SACRAMENTO PUBLIC LIBRARY
828 "I" STREET
SACRAMENTO, CA 95814
5/2012

Ira divina

Ira divina

José Rodrigues dos Santos

Traducción de Juanjo Berdullas

Rocaeditorial

© Título original: *Fúria Divina*
© José Rodrigues dos Santos / Gradiva Publicações S.A.

Primera edición: marzo de 2011
Segunda edición: marzo de 2011

© de la traducción: Juanjo Berdullas
© de esta edición: Roca Editorial de Libros, S.L.
Marquès de l'Argentera, 17. Pral. 1.ª
08003 Barcelona.
info@rocaeditorial.com
www.rocaeditorial.com

Impreso por Brosmac, S.L.
Carretera Villaviciosa - Móstoles, km 1
Villaviciosa de Odón (Madrid)

ISBN: 978-84-9918-189-9
Depósito legal: M. 10.645-2011

Todos los derechos reservados. Esta publicación no puede ser reproducida,
ni en todo ni en parte, ni registrada en o transmitida por, un sistema de
recuperación de información, en ninguna forma ni por ningún medio,
sea mecánico, fotoquímico, electrónico, magnético, electroóptico, por
fotocopia, o cualquier otro, sin el permiso previo por escrito de la editorial.

«Comprar armas para defender a los musulmanes es un deber religioso. Si es cierto que he adquirido esas armas (nucleares), doy gracias a Dios por que me haya permitido hacerlo. Y si estoy intentando comprarlas, no hago más que cumplir con mi deber. Para un musulmán sería pecado no intentar contar con armas capaces de evitar que los infieles causen daño a su pueblo.»

OSAMA BIN LADEN,
Afganistán, 1998

A todos los creyentes que aman y no odian.
A mis tres mujeres, Florbela, Catarina e Inês.

Aviso

Todas las referencias técnicas e históricas,
así como todas las citas religiosas que se reproducen
en esta novela, son verdaderas.
Esta novela ha sido revisada
por uno de los primeros
miembros operativos de Al-Qaeda.

Prólogo

*L*as luces de los faros rasgaron la noche glacial y anunciaron un fragor agitado que se aproximaba. El camión recorrió Prospekt Lenina despacio; el ruido del motor era cada vez más fuerte y no empezó a disminuir hasta aproximarse a la verja. El vehículo giró poco a poco, subió la cuesta rugiendo por el esfuerzo y se detuvo frente a las rejas. Los frenos emitieron un chirrido desafinado y el motor humeó de agotamiento.

El centinela somnoliento salió de la caserna con el cuerpo encogido bajo el abrigo y con el kalashnikov colgado en bandolera con displicencia se acercó al conductor.

—¿Qué ocurre? —preguntó el soldado, malhumorado por tener que dejar el cobijo que ofrecía la caserna y encarar el severo frío del exterior—. ¿Qué hacéis aquí?

—Venimos a realizar una entrega —dijo el conductor, exhalando por la ventana un denso vaho.

El centinela frunció el ceño, intrigado.

—¿A estas horas? *Tchort!* Son las dos de la mañana…

El rostro del conductor le llamó la atención. Tenía la piel cetrina y los ojos negros y chispeantes, la fisonomía típica de un caucásico.

—Dejadme ver la documentación —añadió.

El conductor bajó la mano derecha y sacó algo en medio de la oscuridad.

—Aquí la tiene —dijo.

El soldado apenas tuvo tiempo de darse cuenta de que el conductor del camión le apuntaba a la cabeza con una pistola con silenciador.

Ploc.

El centinela se derrumbó como un títere, sin soltar un gemido siquiera. Su cuerpo se desplomó con un ruido apagado, como un saco que cae al suelo. La sangre brotaba a borbotones de su nuca y manchaba la nieve enlodada.

—¡Ahora! —gritó el conductor volviendo la cabeza hacia atrás.

Cumpliendo con el plan previsto, cuatro hombres saltaron de la caja del camión, todos con uniformes del Ejército ruso con el número del regimiento 3.445 cosido. Dos recogieron el cuerpo del soldado para meterlo en el camión, otro limpió la nieve ensangrentada, y el cuarto desapareció en la caserna.

La verja se abrió con un zumbido eléctrico y, sin recoger al hombre que había entrado en la caserna, el camión pasó por delante de una placa sucia que anunciaba «PO Mayak» en caracteres cirílicos, y entró en el recinto.

El complejo era enorme, pero el conductor sabía muy bien adónde se dirigía. Vio los centros de investigación de Cheliábinsk-60 y, tal como habían acordado, aparcó en la calzada, cogió el teléfono móvil y marcó un número.

—¿Sí? —contestó una voz al otro lado de la línea.

—¿Coronel Priajin?

—Dígame.

—Ya estamos dentro, en el lugar acordado.

—Muy bien —respondió la voz—. Venga al complejo químico y siga el procedimiento establecido.

El camión arrancó y siguió en dirección al «complejo químico», un simple eufemismo. Al final del camino había una garita; el conductor sabía que había dos más a lo largo de la tapia. Entre la garita y la verja, un letrero desgastado y oxidado indicaba «*Rossiyskoye Hranilichsche Delyaschyksya Materialov*».

Ciñéndose al plan, el conductor aparcó discretamente en un rincón delante de la garita, paró el motor y apagó los faros; volvió a marcar el número de teléfono, colgó al segundo tono y esperó.

Υ

La verja automática empezó a abrirse. Luego se abrió la puerta de la garita, dejando paso a un haz de luz del interior, y un hombre salió a la calle. La gorra indicaba que era un oficial del Ejército. El militar miró a su alrededor, como si buscara algo, y el conductor le hizo una señal con los faros.

El oficial vio las luces encenderse y apagarse y, a toda prisa, se dirigió al camión.

—*Komsomolskaia* —exclamó el oficial dando la seña.

—*Pravda* —respondió el conductor como contraseña.

El militar subió al asiento del pasajero, y el conductor lo saludó moviendo la cabeza.

—*Privet*, coronel. ¿Todo bien?

—*Normalno*, mi querido Ruslan —asintió Priajin con voz tensa y gesto de impaciencia—. Vamos. No hay tiempo que perder.

Ruslan metió la primera marcha y dirigió el camión hacia la verja abierta. El vehículo pasó despacio frente a la garita y franqueó la verja para entrar en el complejo químico.

—¿Y ahora qué?

—Aparque delante de aquella puerta de servicio.

El camión se paró delante de la puerta y, sin detener el motor para evitar que se congelara, Ruslan gritó una orden a los hombres que iban en la caja. En el acto, cinco hombres saltaron del camión. El conductor también bajó y dio otras dos órdenes. Era evidente quién estaba al mando. Los hombres sacaron dos cajas pequeñas de metal.

—*Davai, davai!* —bramó con nerviosismo el coronel Priajin para que se dieran más prisa—. ¡Moveos!

Uno de los hombres se quedó a vigilar en el camión; los otros cinco acompañaron al oficial ruso hasta la entrada de servicio y accedieron al edificio, cargados con las dos cajas.

Dentro, la temperatura era agradable y los intrusos se quitaron los guantes, pero no los abrigos. Ruslan miró a su alrededor evaluando las instalaciones. El interior estaba iluminado con una luz amarillenta y las paredes de hormigón parecían increíblemente gruesas.

—Tienen ocho metros de espesor —dijo el coronel al ver que Ruslan miraba las paredes, y señaló hacia arriba—. El techo está cubierto de cemento, alquitrán y grava.

El oficial ruso condujo a los intrusos por los pasillos desiertos, girando varias veces, a derecha e izquierda, hasta llegar a una esquina, donde se detuvo, miró atrás y dijo a Ruslan a media voz:

—Yo me quedo aquí. En el próximo pasillo está la sala de vigilancia, que controla el acceso y el interior del cofre de seguridad. Como ya les expliqué, hay dos hombres. Más adelante, al fondo del pasillo, hay unas escaleras, y ahí arriba está la antecámara con el acceso al cofre de seguridad. Cada guardia conoce una mitad del código. Así que con un hombre sólo tendrán una mitad del código. Por eso…

—Ya lo sé —lo interrumpió Ruslan con repentina aspereza, como si lo mandara callar.

El coronel guardó silencio un momento y escrutó con la mirada al jefe del comando. Estaba acostumbrado a dar órdenes a gente como él, no a recibirlas.

—Buena suerte —gruñó.

Ruslan se dio la vuelta y clavó la vista sobre dos de sus hombres.

—Malik, Aslan —ordenó, moviendo levemente la cabeza—. Id vosotros.

Los dos hombres empuñaron las pistolas con silenciador, doblaron la esquina y avanzaron con sigilo por el pasillo. En el lado derecho había una puerta abierta y dentro había luz. Entraron en la sala y, al instante, se produjo una breve agitación que culminó con los cuatro *plocs* sordos de unos disparos.

Sin esperar a sus compañeros, Ruslan y los otros dos hombres avanzaron por el pasillo con las dos cajas que habían traído consigo del camión. Sólo se detuvieron al llegar a las escaleras. Las subieron con sigilo y llegaron a una antesala protegida por rejas que parecía una jaula.

—¿Quién anda ahí? —preguntó una voz.

Un cuarentón con una gran barriga salió de detrás de un escritorio y se acercó a las rejas, para plantarse ante los desconocidos.

—¿Quiénes sois? —preguntó.

—Soy el teniente Ruslan Markov —se identificó el desconocido al otro lado de las rejas haciendo el saludo militar.

Señaló las dos cajas que llevaban sus compañeros y añadió:

—Venimos de la fábrica química de Novossibirsk con material para almacenar.

—¿A estas horas? —dijo, extrañado, el barrigudo—. Esto va contra el reglamento. ¿Qué protocolo estáis siguiendo?

Después de pasar los ojos por la placa que el barrigudo llevaba en el pecho, Ruslan sacó el móvil y marcó un número. Al segundo tono de llamada, una voz contestó al otro lado de la línea. Ruslan alargó el teléfono al guardia entre las rejas diciéndole:

—Es para ti.

El hombre miró el teléfono, sorprendido, con las cejas arqueadas en un gesto de intriga. Lo cogió y se lo acercó al oído.

—¿Sí?

—¿Vitali Abrósimov? —preguntó una voz al otro lado de la línea.

—Soy yo. ¿Con quién hablo?

—Le paso con su hija Irina.

Se oyó un sonido confuso al otro lado y un hilo de voz trémulo y medroso recorrió la línea.

—¿Papá? ¿Eres tú?

—¿Irisha?

—Papá —dijo la hija sollozando, con la voz alterada por las lágrimas—. Nos van a matar, dicen que nos van a matar a mí y a mamá.

—¿Qué?

—Tienen armas, papá —explicó con un nuevo sollozo—. Dicen que nos van a matar. Por favor, ven…

Un *clic*, seguido del sonido continuo de la línea telefónica al colgar, interrumpió la frase.

—¡Irisha!

Las miradas de Vitali y Ruslan se cruzaron a través de las rejas. La del primero reflejaba temor y dudas, mientras que la del segundo, autoridad y afirmación.

—¡Abre la puerta! —ordenó Ruslan.

17

Vitali dio un paso atrás, sin saber qué hacer. Tenía el miedo pintado en el rostro.

—¿Quiénes sois? ¿Qué queréis?

—¿Quieres volver a ver a tu familia? —preguntó el intruso.

Sacó del bolsillo una máquina de fotos digital, enseñó la pequeña pantalla del aparato a Vitali y añadió:

—¿Ves esta foto? La saqué hace una hora en Ozersk.

El barrigudo vio en la pantalla la imagen de su hija y de su mujer llorando. Un hombre las agarraba del pelo, mientras con la otra mano sostenía junto a su cuello la hoja serrada de un cuchillo militar.

—¡Dios mío!

—¡Abre la puerta inmediatamente! —gritó Ruslan guardando la cámara fotográfica.

Con las manos temblando, Vitali sacó la llave del bolsillo de los pantalones y se apresuró a abrir la puerta. Los tres hombres entraron con arrogancia en la antesala, apuntando con los kalashnikov a los guardias de la cámara.

—Por favor, dejadlas en paz —imploró Vitali, reculando y juntando las manos en un gesto de súplica—. Ellas no tienen nada que ver. Dejadlas en paz.

Ruslan clavó la mirada en la gran puerta de acero que tenía el símbolo nuclear pegado en el centro, al fondo de la antesala.

—Abre la cámara.

—No les hagáis daño.

El intruso cogió a Vitali por el cuello de la camisa y lo atrajo hacia sí.

—Escúchame bien, pedazo de mierda —murmuró—. Si abres esta cámara y salta la alarma, te garantizo que cortaremos a tus mujeres en trocitos. ¿Te ha quedado claro?

—Pero yo no tengo el código...

—Ya lo sé —asintió Ruslan—. Llama a tu amiguito sin levantar sospechas, ¿vale?

Siempre temblando y con gotas de sudor corriéndole por la cabeza, Vitali se sentó al escritorio, cogió el teléfono y marcó el número.

—Misha, ven aquí. —Hizo una pausa—. Sí, ahora. Te necesito. —Hizo otra pausa—. Ya sé que es tarde, pero te necesito inmediatamente. —Una nueva pausa—. *Blin*, ven aquí, haz lo que te digo. Date prisa, vamos.

Colgó el teléfono.

—¿Dónde está? —quiso saber Ruslan.

Vitali miró de soslayo hacia una puerta lateral.

—Durmiendo en el cuarto. Son las dos de la mañana.

Ruslan miró a los dos hombres que lo acompañaban y señaló la puerta. Sin una palabra, los miembros de su comando tomaron posiciones rápidamente, cada uno de ellos a un lado de la puerta.

Cuando se abrió ésta y el muchacho entró, lo agarraron inmediatamente por detrás.

—¿Qué hacéis? —protestó.

Ruslan levantó la pistola, se pegó el cañón con silenciador a los labios y lo fulminó con la mirada.

—¡Ni una palabra!

Inmovilizado por dos hombres y con otro de ellos armado apuntándole desde la antesala, el muchacho pensó que lo mejor era obedecer.

—Tú y Vitali vais a abrir la cámara.

—¿Qué?

Ruslan dio un paso al frente y le lanzó una mirada intensa.

—Presta atención a lo que te voy a decir —murmuró.

Sus palabras estaban impregnadas de un tono latente de violencia.

—Sé que hay un código secreto que abre la cámara y que al mismo tiempo activa la alarma. Ése no es el código que quiero. Quiero que introduzcáis el verdadero código. ¿Me has entendido?

—Sí.

Ruslan esbozó una sonrisa. Era más una mueca que una muestra de buen humor. Sacó la cámara de fotos del bolsillo.

—Sé lo que estás pensando —dijo mientras volvía a encender la cámara—. Puedes decirme que no activarás la alarma. En cambio, metes el código y cinco minutos después, ¡catapún!, esto se llena de hombres del 3.445. —Siguió hablando, poniendo los dedos en las sienes del muchacho—. Eso sería una pésima idea, Mijaíl Andreíev. Una pésima idea.

Enseñó la pantalla de la cámara digital al que ahora era su prisionero.

—Esta fotografía la tomamos hace una hora. ¿Te suena alguien de la foto?

Mijaíl miró con espanto la pantalla.

—¡Iulia!

La pantalla mostraba el rostro lloroso de una mujer con un bebé en el regazo y dos cañones de kalashnikov apuntándoles a la cabeza.

—Han salido muy bien en la foto —exclamó Ruslan, con un tono cargado de ironía—. ¡La preciosa Iulia y el pequeño Sasha!

Guardó la cámara en el bolsillo:

—Si por casualidad aparecen por aquí alguno de los muchachos del 3.445 después de que abráis la cámara, te juro por Dios que los hombres que están en tu apartamento de Orzersk mandarán de inmediato a tu familia al Infierno. ¿Ha quedado claro?

—No les hagáis daño, por favor.

—La seguridad de vuestras familias está en vuestras manos, no en las nuestras. Si os portáis bien, todo saldrá a las mil maravillas. Si os portáis mal, esto acabará en un baño de sangre. ¿Entendido?

Mijaíl y Vitali asintieron con la cabeza, sin oponer resistencia.

Satisfecho, Ruslan dio un paso atrás e hizo una señal a sus hombres de que soltaran a Mijaíl.

—Cuidadito, ¿eh?

En ese instante llegaron a la antecámara los dos hombres que se habían quedado atrás «limpiando» la sala de vigilancia de vídeo. Uno de ellos hizo señas con una cinta, como si mostrara un trofeo.

—Todo arreglado.

—Buen trabajo —dijo Ruslan en tono inexpresivo.

Se dirigió a la puerta de la cámara y miró a los dos prisioneros.

—Introducid el código.

Temblando, conmocionados, ambos se acercaron, se inclinaron sobre la caja que controlaba el cerrojo de la puerta de acero y, al mismo tiempo, marcaron los números que les correspondían. La enorme puerta emitió un *clac* y se desatrancó con el ruido apagado de una descompresión.

De manera cuidadosa, Ruslan giró la manivela y la puerta de la antecámara comenzó a abrirse mientras exclamaba con una sonrisa:

—¡Ábrete, sésamo!

Pronto les pareció a los intrusos que el término «cofre» no hacía justicia a la cámara que se abría ante ellos. La puerta de acero les dio acceso a un enorme almacén lleno de contenedores con el símbolo de radiactividad, que se distribuían a ambos lados de la sala. Los contenedores se amontonaban unos encima de otros, pero con corredores entre ellos, como si fueran calles que separaran bloques de apartamentos.

Ruslan se giró y preguntó a Vitali:

—¿Cómo está organizado el almacén?

—A la izquierda está el plutonio y a la derecha, el uranio.

A una señal de Ruslan, los hombres bajaron las escaleras y se adentraron en el laberinto de contenedores. Se movían con rapidez. Nadie quería estar en aquel lugar más de lo necesario. Aunque los contenedores estaban todos sellados, la radioactividad tenía el don de ponerlos nerviosos.

Los miembros del comando recorrieron el laberinto y sólo se pararon cuando Ruslan levantó la mano.

—¡Es aquí! —exclamó al leer las inscripciones en caracteres cirílicos del nuevo grupo de contenedores.

Se dirigió a uno de sus hombres:

—Beslan, demuestra lo que vales.

Un hombre que transportaba una de las cajas procedentes del camión la dejó en el suelo y sacó unas herramientas del interior, que usó en el acceso a un contenedor. Éste se abrió en unos segundos; el hombre encendió una linterna y entró en el interior. Dentro había varias cajas con caracteres cirílicos y el símbolo nuclear. Beslan cogió una de ellas y la metió en la caja que había llevado consigo. Instantes después repitió la operación con otra caja.

—¿Qué estáis haciendo? —preguntó Vitali, lo suficientemente alarmado como para perder la prudencia—. ¡Esto es uranio enriquecido al noventa por ciento!

—Cállate.

—Creo que no lo entiendes —insistió, casi en un tono de súplica—. Cada una de estas cajas contiene una cantidad subcrítica de uranio. Si se juntan, las dos masas superarán el umbral crítico y puede producirse una explosión nuclear. Es una cosa muy…

Paf.

El estallido resonó con estruendo en el almacén. Vitali, con la cara ardiendo por la bofetada, ni siquiera se atrevió a emitir un sonido.

Ruslan volvió a concentrar su atención en sus hombres.

—Malik, Aslan, mantened las cajas siempre a más de dos metros de distancia una de otra.

Señaló al hombre que había abierto el contenedor.

—Beslan, sella todo esto. Quiero que dejes el contenedor igual que lo encontramos.

Beslan cerró el contenedor e inició la tarea de sellado, mientras sus dos compañeros se alejaban con las cajas. Minutos más tarde se reunieron en la antesala y cerraron la puerta de acero del cofre.

—Vosotros venís con nosotros —les ordenó Ruslan a los prisioneros rusos.

El grupo recorrió el camino de vuelta en fila india con Ruslan siempre al frente. Malik iba tras él con una caja y Aslan cerraba la fila con otra. Los otros dos hombres y los prisioneros iban en medio. Pasaron por la sala de vigilancia de vídeo, y el jefe del comando inspeccionó rápidamente el interior. Estaba arreglada y limpia. No quedaban señales del tiroteo.

—Muy bien.

Siguieron avanzando por los pasillos hasta encontrarse con el coronel Priajin.

—¿Qué tal? ¿Cómo ha ido todo?

—Bien, *niet problem.*

Y

Salieron del edificio al aire helado del exterior. Se enfundaron los guantes y se dirigieron al camión. El motor seguía en marcha y el hombre que vigilaba el vehículo aguardaba al volante. Al ver que los compañeros regresaban, saltó fuera de la cabina y fue a abrir la puerta trasera.

Subieron al camión y colocaron las dos cajas en dos contenedores especiales, separados el uno del otro. Una vez que el material radiactivo estaba colocado de forma segura, Ruslan señaló los tres cadáveres tirados en una esquina, el del centinela, al que habían matado en la verja de entrada, y el de los hombres que habían sido abatidos en la sala de vigilancia de vídeo. Los habían traído hasta allí.

—Cubrid esos cuerpos y haced subir a los presos.

Los hombres echaron una tela sobre dos de los tres cadáveres, mientras Ruslan y Aslan preparaban sus pistolas. Una vez concluidos los preparativos, Malik hizo una señal a los dos prisioneros, que subieron inmediatamente a la caja del camión. Ruslan y Aslan los dejaron pasar, apuntaron a la nuca de los prisioneros y dispararon casi a la vez.

Ploc.

Ploc.

Mientras sus hombres limpiaban la sangre esparcida por la caja del camión y colocaban los nuevos cadáveres encima de los otros, Ruslan saltó y fue a instalarse en el asiento del conductor junto al coronel Priajin. El camión arrancó, cruzó la verja y abandonó el perímetro del complejo químico.

—¿Está seguro de que quiere salir con nosotros, coronel? —le preguntó el jefe del comando al oficial ruso.

—Debe de estar bromeando —respondió Priajin con una carcajada nerviosa—. No es que quiera; tengo que hacerlo. Oficialmente ni siquiera estoy en Mayak. No olvide que he entrado con una credencial anónima y que no hay ningún registro de mi presencia aquí. No pueden verme aquí dentro. Si no salgo con ustedes, ¿con quién voy a hacerlo?

Ruslan señaló con el pulgar la caseta del guarda que ya dejaban atrás. La verja ya se había cerrado a sus espaldas.

—¿Podemos confiar en los tipos de la caseta del guarda?

—Ya le he dicho que son hombres de confianza. Estuvieron

a mis órdenes en Chechenia y respondo personalmente por ellos.

El camión recorrió el perímetro de PO Mayak en el sentido inverso al de media hora antes y regresó a la verja de entrada. El hombre que se había quedado de guardia en la caserna subió de un salto a la caja del camión y el vehículo prosiguió la marcha. Se adentró en la Prospekt Lenina y desapareció en la neblina y la oscuridad de la noche helada.

Transportaba una nueva pesadilla para la humanidad.

24

1

$\mathcal{A}$ mitad del puente bajo y estrecho, entre el lago Azul y el lago Verde, Tomás reparó en el hombre. Era rubio y llevaba el pelo muy corto, casi de punta, y gafas oscuras. Tenía una pose ambigua. Estaba sentado al volante de su pequeño automóvil negro y contemplaba el paisaje en la postura de alguien que pasea y al mismo tiempo espera.

—Debe de ser un turista —murmuró Tomás.

—¿Qué? —preguntó su madre.

—Aquel hombre. Viene detrás de nosotros desde Ponta Delgada. ¿No se ha fijado?

—No ¿Por qué?

Después de mirar de forma prolongada al desconocido parado en la entrada del puente, Tomás movió la cabeza y sonrió, con un gesto tranquilizador.

—No es nada —dijo—. Son manías mías.

Doña Graça paseó la mirada por el paisaje, dejándose embriagar por la armonía serena del panorama que la rodeaba. El valle verde y exuberante se extendía hasta una pared circular lejana. Sólo los dos grandes espejos de agua interrumpían el verdor. Un bosque de pinos bordeaba los pastos y las hortensias y las fucsias teñían de color las laderas.

—¡Qué bonito! —exclamó su madre—. Es un paisaje hermosísimo.

Tomás asintió con la cabeza.

—Es seguramente uno de los paisajes más bellos del mundo.

—¡Aquella parte es espectacular!

—¿Sabe cómo se formó todo esto, madre?

—No tengo la más mínima idea.

Tomás estiró el brazo derecho y señaló con el dedo la larga muralla que rodeaba el horizonte como un anillo.

—¿No lo ha notado? Esto es la caldera de un volcán.

La mirada iluminada de doña Graça, súbitamente asustada, mostró su alarma.

—Me estás tomando el pelo.

—Ni mucho menos. Hablo en serio —insistió el hijo—. ¿No ve aquella muralla del fondo que rodea todo el valle? Son las paredes del cráter. Tienen más de quinientos metros de altura. Ahora mismo estamos en medio de la caldera.

—¡Ay, Dios! ¿Estamos en la caldera de un volcán? ¿Y no es peligroso pasar por aquí, hijo?

Tomás sonrió y le pasó el brazo por los hombros con ternura.

—No se asuste, madre. No va a haber ninguna erupción. Puede estar tranquila.

—¿Cómo puedes estar seguro de eso? Dios mío, si esto es un volcán puede…, puede estallar todo. ¿No te acuerdas de aquel programa de la televisión sobre el Vesubio?

Tomás señaló la ladera occidental del cráter.

—La última vez que hubo actividad volcánica aquí, ocurrió allí al fondo, en el Pico das Camarinhas. Fue hace trescientos años.

—Entonces, puede entrar en erupción otra vez.

—Claro que sí. Pero cuando eso ocurra habrá indicios. Un volcán no entra en erupción máxima de un momento para otro. Antes hay una actividad que sirve de alerta.

Señaló unas casas que bordeaban el lago Azul.

—Mire, es un sitio tan seguro que hay gente que vive aquí. ¿Lo ve?

La madre miró el grupo de casas, con una expresión de pasmo en la mirada.

—Lo que me faltaba por oír. ¿Es un pueblo?

—Se llama Sete Cidades. Tiene unos mil habitantes.

Doña Graça se llevó las manos a la cabeza.

—¡Dios mío, están locos! ¿Cómo pueden vivir en el cráter de un volcán, Virgen Santísima? ¡Válgame Dios! ¿Y si revienta todo?

—Ya le he dicho que si el volcán volviera a la actividad, primero habría signos.

—¿Qué signos?

Tomás señaló los dos lagos que los rodeaban, uno azulado y otro verdoso como el bosque de los alrededores.

—Herviría el agua, por ejemplo. O comenzaría a salir humo del suelo y habría temblores de tierra de origen volcánico. No sé, muchos indicios que sirven de aviso. Pero como puede ver, ahora está todo tranquilo. No va a pasar nada.

Una brisa fresca descendía por las paredes del cráter enorme y recorría la superficie plácida de los lagos. Doña Graça se arregló el cuello de la chaqueta para taparse mejor y se cogió al brazo de su hijo.

—Hace frío.

—Tiene razón. Quizás es mejor que salgamos de aquí.

Entraron en el coche que estaba aparcado en la cuneta del puente y pronto se sintieron más confortados, protegidos del viento desagradable que soplaba fuera.

—¿Adónde vamos ahora? —preguntó la madre.

—No sé, ¿adónde quiere ir? Allí enfrente está Mosteiros…

—No —dijo ella, señalando las casas en el margen del lago Azul—. Vamos antes a ese pueblo.

Tomás encendió el motor del coche. Arrancó, dio media vuelta y pasó frente al coche negro del hombre rubio, camino del pueblo. Una placidez agradable se desperezaba en aquel rincón verde de la isla de São Miguel; era tanta la serenidad reinante que daba la impresión de que allí el tiempo se hubiera detenido.

Una señal indicaba la dirección a Sete Cidades. Al girar a la derecha, más por hábito que por desconfianza, Tomás miró por el retrovisor.

El coche negro del hombre rubio los seguía.

El automóvil que Tomás había alquilado en Ponta Delgada recorrió lentamente el pueblo de Sete Cidades, que parecía adormecido a aquella hora de la mañana. Las ventanas de las casas, cuidadas y bien arregladas, estaban abiertas y la ropa estaba tendida al sol, pero no había un alma por las calles.

—Es un lugar encantador —observó doña Graça—. Deberíamos haber traído aquí a tu padre.

Tomás, que mantenía la atención fija en el retrovisor, desvió la mirada hacia su madre. Algunos días eran mejores que otros, pero no había duda de que el alzhéimer estaba allí. Aquél parecía ser uno de los días buenos. Su madre lo reconocía y hablaba casi con normalidad con él, con tanta naturalidad que Tomás se olvidaba por momentos de la senilidad prematura que se había apoderado de ella. Sin embargo, el comentario sobre su padre le había recordado que aquella lucidez era engañosa y que había acontecimientos recientes que se habían borrado de la memoria de su madre. Por supuesto, uno de ellos era la muerte de su marido. Doña Graça hablaba de él como si aún viviera y Tomás ya había desistido de recordarle constantemente una verdad que olvidaría de inmediato. Y quién sabe si no era mejor así. Si creía que su marido aún estaba vivo, tal vez lo más sensato era dejarlo así. La ilusión parecía inofensiva y la hacía feliz.

—¡Mira allí! ¡Mira allí!

—¿Qué?

Su madre señaló una elegante fachada blanca con una torre en medio, coronada por una cruz.

—La iglesia. Venga hijo, vamos a verla.

Conociendo la manía de su madre por las cosas religiosas, Tomás no dudó en complacerla. Aparcó en la calle. Miró atrás y vio el pequeño automóvil negro doblar la esquina y parar junto al paseo, a unos cien metros de distancia.

—¡Qué demonios pasa! —exclamó, intrigado, aguantando la puerta del coche abierta.

—¿Qué sucede, hijo?

—Es aquel coche —dijo—. No ha dejado de seguirnos.

Su madre miró en dirección al automóvil.

—Estará paseando como nosotros. Déjalo.

—Pero va a donde vamos nosotros y se detiene donde paramos. No es normal.

Doña Graça sonrió.

—¿Crees que nos está siguiendo?

—Si no nos sigue, al menos lo parece.

—¡Vaya disparate! Se nota que ves muchas películas, Tomás. Cuando lleguemos a casa hablaré con tu padre. Me parece que tienes una imaginación muy fértil. Esta semana no vas a ver *El Santo*. La televisión hace estragos en la mente.

Tomás cerró la puerta del coche con estruendo y comenzó a andar en dirección al automóvil negro, dispuesto a aclarar la situación.

—Espéreme aquí, madre. Vuelvo dentro de un momento.

—Tomás, ¿adónde vas, hijo? ¡Ven aquí inmediatamente!

Tomás siguió caminando en dirección al coche. Al verlo aproximarse el hombre rubio del coche negro arrancó el vehículo y dio marcha atrás para mantener la distancia. Tomás se paró, asombrado por este comportamiento tan evidente.

—No me lo puedo creer —murmuró, atónito—. Resulta que el tipo me está siguiendo. Esto es increíble.

Avanzó en dirección al automóvil negro, esta vez un poco más deprisa. Una vez más, el hombre rubio dio marcha atrás. Parecía que estuvieran jugando al gato y al ratón, aunque no estaba claro quién era quién. Visto que el desconocido no se atrevía a enfrentarse a él, aunque, por lo visto hasta entonces no había tenido remilgos a la hora de seguirlo sin tomarse la molestia de disimular, Tomás dio media vuelta y regresó junto a su madre.

—¿Qué estás haciendo, Tomás? ¿Qué es toda esta historia?

—Si quiere que le diga la verdad, no lo sé. Ese hombre nos está siguiendo, pero parece que no quiere explicar por qué lo hace.

—¿Nos está siguiendo? ¿Por qué?

—No sé —respondió Tomás, encogiéndose de hombros—. Supongo que será sólo un chalado.

Resignado, señaló la fachada blanca.

—¿Vamos a ver la iglesia?

Siguieron caminando hacia la iglesia de Sete Cidades. Tomás volvió la cabeza un par de veces para comprobar si aún los seguían. El coche negro permanecía parado al fondo, pero, en cuanto la madre y el hijo cruzaron la puerta del santuario y desaparecieron en su interior, el vehículo volvió a moverse.

Se acercó y aparcó casi al lado de la iglesia.

29

La visita duró unos quince minutos y, en el momento en que Tomás y su madre se dirigieron hacia la salida para dejar la iglesia, se toparon con un hombre apoyado en la puerta, un perfil recortado en negro delante del haz de luz matinal. Cuando se acercaron, Tomás advirtió que era el hombre rubio de cabello corto, el del coche negro.

—¿En qué puedo ayudarle? —preguntó Tomás.

—*Professor Thomas Noronha?* —replicó el hombre, cuyo acento fuerte y nasal denotaba que era norteamericano.

—Tomás Noronha —corrigió el portugués—. *How can I help you?*

El hombre se quitó las gafas oscuras, sacó un carné del bolsillo de la chaqueta y esbozó una sonrisa forzada.

—Soy el teniente Joe Anderson, de la base aérea de As Lajes.

Tomás cogió el documento y lo examinó. El carné pertenecía al *lieutenant* Joseph Anderson. Mostraba una foto en color de un rostro lácteo con boina de oficial. Según el documento, era el *liaison officer* de la USAF en la As Lajes AFB.

—¿Por qué me anda siguiendo?

—Disculpe mis modales, *sir*. He recibido órdenes de averiguar su paradero, pero sin entrar en contacto con usted.

—¿Ha recibido órdenes de seguirme? ¿De quién?

—De los servicios de inteligencia del Ejército.

—Deben de estar de broma...

—Le aseguro que nada de lo que hago mientras estoy de servicio es una broma, *sir* —dijo el teniente Anderson, muy convencido—. Hace un momento, he recibido nuevas instrucciones. Tengo que acompañarlo lo antes posible a Furnas.

—¿Cómo?

—Lo esperan para almorzar.

—¿Cómo?

El teniente consultó su reloj.

—Tenemos una hora para llegar. Primero iremos a Ponta Delgada, y desde allí, en un helicóptero de la USAF, hasta Furnas.

—¡Lo siento, pero he de rechazar su propuesta! —exclamó Tomás, dejando traslucir su incredulidad—. ¡Estoy de vacaciones con mi madre y no tengo ninguna intención de encontrarme con quienquiera que me esté esperando!

—Se trata de una persona muy importante de Washington, *sir*.

—¡Aunque sea el mismo presidente! Mi madre vive en una residencia de ancianos. Me he tomado vacaciones para estar con ella, y con ella voy a quedarme.

—Me han informado de que el asunto que ha traído aquí a esa persona es de suma importancia. Sería muy conveniente que el señor encontrara un hueco, aunque sólo sean unas horas, para ir a Furnas.

—Me gustaría saber de qué se trata.

—Simplemente, escuche lo que tenemos que explicarle. Verá como no se arrepiente…

Tomás puso cara de extrañeza.

—Pero ¿de qué maldito asunto se trata?

—Es confidencial.

—¿Espera usted que interrumpa mis vacaciones para ir a hablar con no sé quién de no sé qué asunto?

—Sólo sé que se trata de algo de extrema importancia.

Tomás miró al teniente norteamericano mientras reflexionaba sobre la invitación. ¿Un *big shot* de Washington estaba allí para hablar con él de un asunto muy importante? En realidad no veía cómo aquello podía tener algo que ver con él, pero todo el asunto despertaba su proverbial curiosidad.

—Ve con él, hijo —interrumpió doña Graça—. No te preocupes por mí.

El historiador se mordió los labios, dubitativo.

—¿Dice que serán sólo unas horas?

—*Yes, sir.*

—¿Y qué pasa con mi madre?

—Dada la naturaleza confidencial del encuentro, me temo que ella no podrá ir, *sir*. Tendrá que quedarse en Ponta Delgada.

Tomás miró a su madre.

—¿Cómo lo ve, madre?

—Hijo, yo lo que quiero es irme al hotel. Estoy cansada y me gustaría dormir un poco, si no te importa.

Tomás percibió el tono de queja de su madre y miró al teniente Anderson.

—¿Quién es ese tipo que quiere hablar conmigo?

El teniente dejó escapar un atisbo de sonrisa victoriosa, dando la partida por ganada. Metió la mano en el bolsillo de los pantalones y sacó un teléfono móvil.

—He hablado con él, pero no sé su nombre. Le llamamos *Eagle One* —dijo enseñándole el teléfono—. En cualquier caso, estoy autorizado a llamarle para que hable con usted, si fuera necesario. ¿Lo cree necesario?

—Por supuesto.

El norteamericano marcó un número y llamó.

—Buenos días, *sir*. Soy el teniente Anderson. Estoy en este momento con el *professor Noronha*, y quiere hablar con usted. *Yes, sir…, right away, sir*.

Anderson alargó el teléfono a Tomás. Éste lo cogió con cautela, como si el aparato pudiera estallar.

—*Hello?*

Oyó una risotada al otro lado de la línea y un rugido irrumpió por el teléfono móvil.

—¡*Fucking* genio! ¿Cómo va todo?

Aquella voz baja y ronca y aquella expresión eran inconfundibles. Tenían la firma del jefe del Directorate of Science and Technology de la CIA, a quien había conocido años atrás.

Era Frank Bellamy.

—Hola, *mister* Bellamy —saludó Tomás con cierta frialdad al reconocer la voz—. ¿Cómo está usted?

—Pero ¿qué tono es ése? —preguntó el hombre al otro lado de la línea con una nueva carcajada—. No me diga que no se alegra de hablar conmigo…

—Estoy de vacaciones, *mister* Bellamy. —El historiador suspiró—. ¿Qué quiere de mí la CIA?

—Tenemos que hablar.

—Ya le he dicho que estoy de vacaciones.

—¡*Fuck* sus vacaciones! Se trata de un asunto de extrema importancia.

Tomás cerró los ojos, armándose de paciencia.

—Dígame de una vez de qué se trata.

Frank Bellamy hizo una pausa, como si calibrara qué podía decir por teléfono. Bajó la voz al responder.

—Seguridad nacional.

—¿De quién? ¿La suya?

—De los Estados Unidos y de Europa, incluida Portugal.

El portugués se rio.

—Debe de estar pasándoselo muy bien —dijo—. Portugal no tiene problemas de seguridad nacional. Puede usted estar tranquilo.

—Eso es lo que usted piensa, pero, según la información que tengo, sí los tiene.

—¿Qué información?

—Están pasando cosas muy graves.

Tomás frunció el ceño, intrigado.

—¿Qué cosas?

El norteamericano suspiró y puso el dedo en el botón rojo para colgar, consciente de que la presa ya no se le escaparía.

—Nos vemos para comer.

2

$\mathcal{L}$a voz atronadora rasgó el aire con un tono imperativo.

—Ahmed, ven aquí.

El muchacho se levantó de un salto, casi con miedo de aquel rugido, y ni siquiera se permitió dudar. Fue corriendo desde el cuarto hasta el salón, donde el padre estaba sentado junto a un anciano de barba blanca y puntiaguda, que llevaba un turbante. Era una figura que Ahmed conocía de lejos, de la mezquita. Lo había visto dirigir la oración muchas veces.

—¿Qué quiere, padre?

Obviando la pregunta de su hijo, el señor Barakah se volvió hacia el visitante y le dijo:

—Éste es mi hijo.

El anciano pasó los ojos atentos por Ahmed, estudiándolo con una expresión afable.

—¿Cuándo quiere que comencemos?

—Mañana, si es posible —dijo el señor Barakah—. Sería bueno aprovechar el comienzo del año.

Se volvió y llamó a su hijo moviendo los dedos cubiertos de anillos.

—Ven aquí, Ahmed. ¿Has saludado ya al jeque Saad?

Ahmed dio dos pasos al frente y agachó la cabeza con timidez:

—*As salaam alekum* —murmuró con un hilo de voz.

—*Wa alekum salema* —respondió el hombre inclinando también la cabeza—. Entonces, ¿tú eres el famoso Ahmed?

—Sí, jeque.

—¿Cuántos años tienes?

—Siete.

—¿Eres un buen musulmán?

Ahmed asintió con la cabeza con convicción.

—Lo soy.

—¿Cumples con el ayuno en Ramadán?

Confuso, el niño miró a su padre de reojo, sin saber qué debía responder.

—Yo..., mi familia... —tartamudeó—. Mi padre..., mi padre no me deja.

El jeque Saad soltó una carcajada a la que se unió el anfitrión.

—¡Y hace muy bien! —exclamó el visitante, que se reía aún con la turbación del niño—. El Profeta, en su inmensa sabiduría, eximió a los niños del ayuno.

Se arregló el turbante, que se le había descolocado con la carcajada, y siguió preguntando:

—Ahora dime, ¿cuántas veces rezas al día?

—Cinco.

El mulá levantó las cejas con una expresión incrédula.

—¿De verdad? ¿Te levantas también de madrugada para la primera oración?

—Sí —repuso Ahmed con gran resolución.

—¡No me lo creo!

—Lo juro.

El jeque miró al anfitrión buscando confirmación de lo que el niño le decía.

—Es verdad —garantizó el señor Barakah—. Antes de que salga el sol, ya está rezando. Es muy devoto.

—¿Y lo hace todos los días?

El padre miró al hijo de soslayo.

—Bueno, no todos los días. A veces se queda dormido, el pobre.

—En cualquier caso, me parece muy bien —afirmó el jeque Saad, impresionado—. Muy bien, Ahmed. Te felicito. Sin duda eres un buen musulmán.

El muchacho casi reventaba de orgullo.

—Sólo cumplo con mi deber —dijo con fingida modestia.

El mulá hizo un gesto en dirección a su anfitrión.

—Y tu padre cree que te gustaría conocer mejor la palabra de Alá. ¿No es así?

Ahmed dudó y lanzó una nueva mirada huidiza a su padre, como si intentara entender el sentido de aquella pregunta.

—Ya has visto al jeque Saad en nuestra mezquita, ¿no? —intervino el señor Barakah—. Es el mulá que nos guía y es un profundo conocedor del Libro Sagrado. Le he pedido que te enseñe el Corán y las oraciones, para ayudarte a profundizar en tus conocimientos del islam. Él ha tenido a bien aceptar, lo que es un gran honor para nosotros. De ahora en adelante, el jeque será tu maestro. ¿Lo has entendido?

—Sí, padre.

—Serás un buen alumno y crecerás como un musulmán virtuoso —sentenció el señor Barakah—. Vivirás de acuerdo con las enseñanzas del Profeta y las leyes de Alá.

—Sí, padre.

El anfitrión se inclinó sobre la mesa, cogió una tetera humeante y sirvió té en la taza del visitante, cuya mirada seguía siendo afable y bondadosa.

—Mañana es el primer día del mes de Moharram y celebramos la Hégira —dijo el mulá.

Hizo una pausa para tomar un sorbo de té y preguntó al muchacho:

—¿Sabes qué es la Hégira?

—Es la huida del Profeta a Medina, jeque.

El jeque depositó la taza sobre la mesa sonriendo.

—Es un día excelente para empezar las lecciones.

El jeque Saad dejó el libro con gran ceremonia y, sin leer, comenzó a recitar. Su voz fluía entonando una melodía cadenciosa. Tenía los ojos cerrados en la contemplación de las palabras divinas y las manos abiertas como si fueran a recibir el cielo.

—*Bismillah Irrahman Irrahim!* —entonó—. En el nombre de Dios, el Clemente, el Misericordioso.

Se paró para dar a su pupilo la oportunidad de que recitara el siguiente versículo.

—*Al-hâmdo li' Lláhi Râbbil-álamin, arrahmáni' rrahim, Máliqui yâumi' ddin* —respondió Ahmed—. La alabanza a

Dios, Señor de los mundos. El Clemente, el Misericordioso. Rey del Día del Juicio.

—*Iyyáca nâebudo wa-Iyáca naçtaín!* —prosiguió el mulá—. A ti te adoramos y a ti te pedimos ayuda.

—*Edhená' çeráta' lmustaquim, çeráta' ladina aneâmta âlaihim, gâiri' lmaghdubi âlaihim, walá' dalin!* —entonó el muchacho—. Condúcenos al camino recto, camino de aquellos a quienes has favorecido, que no son objeto de tu enojo y no son los extraviados.*

—*Amin!* —solfearon ambos al mismo tiempo, al proferir el amén con el que se cerraba la plegaria.

El jeque abrió los ojos, acarició la tapa del libro con cariño y miró a su joven pupilo.

—Así dice la *fatiha*, la primera sura del Corán —dijo refiriéndose al corto capítulo inicial.

Luego, cogió el libro con cuidado, lo levantó hasta ponerlo a la altura del rostro de Ahmed, como si sostuviera en sus manos una corona imperial, y le preguntó al muchacho:

—¿Qué sabes del Corán?

El muchacho arqueó las cejas.

—¿Yo, jeque? El Corán es el Libro de Libros, la voz de Alá que nos habla directamente.

—¿Y sabes quién lo escribió?

Ahmed miró el libro, luego al maestro, y de nuevo el libro. La pregunta le desconcertaba, de tan obvia que era la respuesta.

—Bueno..., fue Alá. El propio Alá lo escribió.

El mulá sonrió y acarició de nuevo el volumen que tenía entre las manos.

—Ésta es una copia perfecta del libro eterno, el *Umm Al-Kittab*, que Dios guarda siempre junto a Sí. El Corán registra las palabras que Alá dirigió directamente a los creyentes y su revelación última a la humanidad. La voz de Dios, vibrante y poderosa, fluye por estas páginas sagradas y se derrama en estos versículos de belleza sin igual. No obstante, no olvides que

* Todas las citas coránicas y las referencias a estas que se incluyen a lo largo de la novela corresponden a la traducción de Juan Vernet para Random House-De Bolsillo (2010). *(N. del T.)*

para transmitir su mensaje, Alá *Al-Khalid*, el Creador, recurrió a su mensajero, el Profeta. En su último sermón antes de morir, Mahoma dijo: «Dejo tras mi paso dos cosas, el Corán y mi ejemplo, la sunna. Aquellos que los sigan nunca se sentirán perdidos». ¡Alabado sea el Señor!

—Alá *An-Nur* —respondió el discípulo—. Dios es la luz.

—La primera vez que Dios se manifestó fue una noche del mes de Ramadán, cuando Mahoma, como hacía a menudo, se recogió en una gruta de Hira para meditar. Sólo que esa vez se le apareció de repente el arcángel Gabriel, quien le dijo: «Lee». Mahoma era analfabeto y le explicó al arcángel que no sabía leer. El arcángel insistió tres veces y, como por arte de magia, el corazón de Mahoma se abrió a las palabras de Alá.

El jeque abrió de nuevo el Corán. Fue directo a las páginas finales y localizó el capítulo 96.

—Ésta es la sura de la revelación —dijo extendiendo el libro a su pupilo—. Lee tú los versículos revelados al Profeta en la gruta de Hira.

38

Ahmed cogió el volumen y leyó en voz alta la sura 96, las primeras palabras divinas que Mahoma escuchó.

—«¡Predica en el nombre de tu Señor, Él que te ha creado, que todo lo ha creado! Ha creado al hombre de un coágulo. ¡Predica! Tu Señor es el Dadivoso que ha enseñado a escribir con el cálamo: ha enseñado al hombre lo que no sabía.»

Concluida la lectura de los primeros versículos revelados por Alá, el maestro alargó las manos y recuperó el libro.

—El Señor enseña por el cálamo lo que el hombre no sabía. O sea, Alá habla directamente a los creyentes a través del Corán. —Pasó una vez más la mano por la cubierta ricamente trabajada del libro—. Cuando Mahoma regresó a su casa en La Meca, se sentía confuso, pero acabó entendiendo que Alá lo había escogido como su mensajero. Siguieron luego nuevas revelaciones, con las que Alá le transmitió la esencia del islamismo. El Profeta las explicó a su mujer, Cadija, que de inmediato las abrazó y se convirtió así en la primera musulmana. Después las reveló a su primo, que también las aceptó y se convirtió a su vez en el primer musulmán. Pronto, el Profeta comenzó a predicar el islamismo en público, pero no le escucharon. Pasaron trece años sin que nadie prestara oído a sus prédicas. Y lo que es peor, como empezó a predicar contra los ídolos de La Meca, que atraían peregrinos y hacían prosperar el comercio de la ciudad, la población se volvió contra Mahoma. Fue entonces cuando un grupo de peregrinos le pidió que mediara en un conflicto antiguo entre dos grandes tribus de Medina, los aws y los jazray. Como su mediación dio buenos frutos, las dos tribus aceptaron el islam e invitaron al Profeta a vivir entre ellos. Toda vez que su propia tribu en La Meca lo perseguía, Mahoma aceptó la invitación y partió hacia Medina.

—¡Y eso fue hoy! —exclamó el pupilo, dando saltos por la excitación—. ¡Fue hoy!

El jeque sonrió.

—Sí, hoy es la Hégira —dijo mientras cogía una taza de té, de la que bebió dando sorbos pequeños—. Hoy se cumplen mil trescientos cincuenta y cuatro años desde que Mahoma dejó La Meca para atravesar el desierto que lo llevó a Medina.

Tras dejar la taza sobre la mesa, le preguntó a su pupilo:

—¿Y por qué es tan importante la Hégira? 39

El niño dudó, desconcertado. Conocía la historia de la Hégira, claro, pero se le escapaba la relevancia del acontecimiento. La marcha de Mahoma a Medina era importante porque los adultos decían que era importante y eso siempre le había bastado. Por eso, la pregunta del maestro le suscitaba cierta perplejidad. La Hégira es importante y punto. ¿Tenía que haber una razón para que lo fuera?

—Bueno… —comenzó en tono dubitativo y dócil—. La Hégira es importante porque… fue el primer día.

—¿El primer día de qué?

—¿Del año? —susurró casi con miedo.

—Sí, claro, la Hégira marca el inicio de nuestro calendario, eso lo sabe todo el mundo. Pero ¿por qué?

El niño bajó la cabeza, sin atreverse a responder. Aquella pregunta era muy difícil. Por más que pensaba, no se le ocurría nada. Al ver que su pupilo estaba en un callejón sin salida, Saad acudió en su ayuda.

—La Hégira es importante porque fue el primer día del islam —dijo con cierta condescendencia—. En Medina fue donde Mahoma fundó la primera comunidad musulmana y donde construyó la primera mezquita. Por eso, éste es el más santo de los días, el primero de los que restan por llegar, el que señala el comienzo del año. ¡Alabado sea el Señor!

Con la influencia del jeque Saad, Ahmed se convirtió en un niño aún más devoto. Hacía el *salat* completo, rezando cinco veces al día. Antes fallaba en ocasiones y se saltaba la oración de la madrugada, la más difícil, pues le interrumpía el sueño. Ahora no fallaba nunca. Cumplía tan rigurosamente con el *salat* que siempre tenía ojeras. Orgulloso de esas marcas oscuras bajo los ojos, las exhibía en la escuela y en la mezquita como trofeos, como la prueba inequívoca de su fe.

No obstante, el *salat* era tan sólo el segundo de los pilares del islam. El maestro procuró que Ahmed también respetara los restantes. El primero, la *shahada*, era el más fácil, porque no era más que una mera declaración afirmativa de la creencia en un solo Dios y el reconocimiento de que Mahoma era su mensajero. Eso ya lo había hecho de niño, pese a que entonces ni siquiera entendió qué decía. El jeque le insistía especialmente en que respetara el tercero de los pilares, el *zakat*: dar limosna a los necesitados.

—El Profeta, que Alá lo acoja para siempre en su seno, dijo: «No es un creyente quien se sacia mientras su prójimo pasa hambre».

Saad hizo un gesto, mostrando al pupilo el cuarto en el que le enseñaba el islam.

—Todo esto que te rodea puede pertenecer temporalmente a tu familia, pero su verdadero propietario es Dios. Por eso debemos ejercer siempre el *zakat* y compartir los bienes de Alá *Ar-Rahman*, el Misericordioso, con nuestros prójimos.

Después de esta conversación, Ahmed se propuso mostrar a Saad su generosidad a la hora de cumplir con el *zakat* y, durante la oración del viernes siguiente en la mezquita, aprovechó un momento en que el jeque lo miraba para entregar a un mendigo un billete que había guardado a propósito para la ocasión. Fue un gran sacrificio, porque era el dinero que había conseguido ahorrar durante los últimos meses, pero pensaba que así impresionaría a su maestro. Sin embargo, cuando miró a Saad, lo vio mover la cabeza con un claro gesto de disgusto.

El muchacho se quedó primero sorprendido y luego intrigado con esta reacción inesperada de su maestro. ¿No había sido suficientemente generoso? Al fin y al cabo, aquel billete era todo el dinero que tenía. Era la suma de toda la calderilla insignificante que el padre le había ido dando durante el último año y que había guardado con celo en una caja de zapatos. Le había costado mucho entregar todo su dinero al mendigo y sólo lo había hecho porque era un buen musulmán. ¿No había sido su acción la de un creyente respetuoso con las enseñanzas del islam? Lo cierto es que no veía nada malo en lo que había hecho. Si así era, ¿por qué desaprobaba el jeque aquel *zakat*? ¿Es que la cuantía era demasiado pequeña? Quizá debería haber dado aún más dinero, pero ¿qué dinero? ¡Él no era más que un niño que iba a la escuela! ¡Era todo lo que tenía!

La respuesta a todas estas dudas llegó en la clase siguiente.

—El problema no es la cantidad. Cada uno da lo que puede —explicó el maestro Saad en tono amable—. El problema es que el *zakat* debe darse de forma discreta.

—Pero ¿por qué, jeque?

—Para que el que pide no se sienta avergonzado —dijo señalando con el dedo de forma perentoria a su pupilo—. Y para que tú no te sientas superior a él.

Mostrándole las palmas de las manos, añadió:

—El Profeta dijo: «La mejor caridad es aquella que se da con la mano derecha sin que la mano izquierda ni siquiera lo sepa». Recuerda que no tienes que agradarme a mí ni a tus semejantes.

—Entonces, ¿a quién tengo que agradar, jeque?

—A Alá.

41

3

$\mathcal{V}$ista desde el cielo, la pequeña población de Furnas parecía un lugar sacado de un cuento de hadas, con casas pequeñas y muy bien mantenidas a lo largo de las laderas verdes, los huertos cuidados y los jardines arreglados. Acá y allá, se levantaban en el aire columnas de vapor, que indicaban la fuerte actividad geotérmica, visible en las fumarolas borboteantes del pequeño pueblo.

El helicóptero rodeó el grupo de casas y tomó tierra en un campo ajardinado, entre una vivienda y unas vacas que pastaban en el monte próximo, vagamente incomodadas con el estrépito de las hélices del intruso que allí tomaba tierra. El teniente Anderson fue el primero en bajar, y extendió la mano para ayudar a Tomás a salir. Se alejaron del helicóptero aprisa, con el cuerpo encorvado y la cabeza agachada, y sólo pararon delante de un Humvee militar que los esperaba en la carretera cercana. En cuanto saltaron al interior, el todoterreno arrancó y serpenteó por las calles tranquilas de Furnas.

—¿Sabe a qué me recuerdan las Azores? —preguntó Tomás al norteamericano, con la mirada presa en las fachadas de las casas que desfilaban por los paseos.

—¿A qué, *sir*?

—A una película de Disney que vi en el cine cuando era pequeño.

—¿Cenicienta?

—No, no. Era una de aquellas películas con gente de verdad, de carne y hueso.

—Como *Mary Poppins*…

—Algo así. Sólo que ésta contaba un viaje al Ártico. Sin saber cómo, los viajeros se encontraban de repente en una tierra perdida en medio de la nieve, donde todo era verde y había volcanes, bosques con árboles altísimos y animales ya extintos —dijo señalando el paisaje de fuera—. Me parece que las Azores es esa tierra perdida.

El teniente Anderson miró a su alrededor y asintió.

—Sí, de hecho este paisaje tiene algo de ficticio. Le confieso que a mí me recuerda a Suiza.

El Humvee recorrió la maraña de arterias del lugar y aparcó bruscamente en una calle estrecha, al lado de un hotel. El norteamericano hizo una señal al invitado para que saliera.

—Es aquí, *sir*.

Tomás se bajó del todoterreno y se sorprendió al ver que el teniente Anderson no se movía de su asiento.

—¿Usted no viene?

—*Nope* —contestó moviendo la cabeza—. Su encuentro con *Eagle One* será a solas, *sir*. No olvide que se trata de un asunto confidencial. Yo no soy más que un correo.

Hizo un gesto con la mano despidiéndose.

—*Bye-bye*.

El Humvee arrancó con un rugido y dejó atrás al pasajero. Tomás respiró hondo y se dirigió a la entrada del hotel. No sentía especial simpatía por el hombre con el que iba a encontrarse, pero su curiosidad podía más. Cruzó el vestíbulo y, de inmediato, oyó la voz ronca que lo llamaba.

—*Hell*, llega tarde.

Tomás se volvió y vio la figura hirsuta y envejecida de Frank Bellamy con un vaso de whisky en la mano. Conservaba el porte militar y las mismas arrugas que rasgaban la comisura de sus ojos glaciales y crueles, pero su pelo era ahora canoso. El norteamericano dio un paso adelante y extendió la mano para saludarlo.

—Hola, *mister* Bellamy —dijo Tomás devolviendo el saludo—. ¿Qué le trae por aquí?

El hombre de la CIA dejó el vaso de whisky sobre la mesa y señaló el restaurante del hotel.

—La gastronomía, Tomás. La gastronomía.

—¿Qué tiene de especial?

—He oído decir que es *fucking delicious*.

ϒ

El salón del restaurante, espacioso y aireado, rebosaba animación. Los camareros se afanaban de mesa en mesa con bandejas anchas, humeantes y olorosas, llenas de embutidos, coles, zanahorias, cebollas, arroz, nabos y, sobre todo, muchas patatas. Uno de ellos se acercó a la mesa de los recién llegados y comenzó a servirlos.

—¿Cómo se llama este plato? —quiso saber Bellamy, mientras se ponía la servilleta en el regazo.

—Cocido de Furnas —aclaró Tomás—. Está inspirado en un plato típico de la gastronomía portuguesa, originario de una región del norte de Portugal llamada Tras-os-Montes.

—Pero convendrá conmigo en que este de las Azores es especial —le cortó el norteamericano—. No todos los días se come un plato cocinado en la tierra.

—¿Ha visto cómo se cocina?

—No.

—Se hace aquí cerca, en el lago de Furnas. La actividad geotérmica hace que la tierra esté muy caliente. Allí, hay unas estructuras donde se meten las ollas con todos los ingredientes. Una vez dentro, se tapa la estructura y se deja que el calor de la tierra cueza la comida durante cinco horas. A mediodía van a buscar las ollas y las traen directamente al restaurante.

—¿Ha visto esas estructuras?

—Sí, claro. Están en un rincón apartado, al lado del lago.

Frank Bellamy probó una morcilla con arroz y entornó los ojos de placer.

—¡Umm..., es una maravilla!

El portugués también la probó.

—Es el mejor cocido a la portuguesa —dijo—. De hecho, el cocido de Furnas es una de las maravillas de la gastronomía mundial. Al cocinarse muy lentamente en la tierra, la comida adquiere este sabor especial... Es difícil explicarlo. Ha sido una gran elección. Le felicito.

—Esta mañana, al llegar, me lo han recomendado mucho.

El camarero se acercó y sirvió vino tinto en las copas de los comensales. Tomás se fue relajando. Era realmente maravilloso estar de vuelta en Furnas y deleitarse con uno de aquellos cocidos. Aunque tal vez sería bueno conocer el resto de la carta, sobre todo los ingredientes con los que su interlocutor aderezaría la conversación.

—Además de la gastronomía, ¿que le trae por aquí? —preguntó, muerto de curiosidad por conocer los detalles—. ¿Qué hace que la CIA se interese por mí?

Bellamy cogió la servilleta, se limpió la boca, tomó un trago de vino y encaró a su interlocutor.

—No es la CIA —dijo—. Es el NEST.

—¿El qué?

—NEST —repitió—. Es una unidad de respuesta rápida creada en Estados Unidos a mediados de la década de los setenta para tratar con contingencias especiales.

—¿El NEST ha dicho? ¿Qué significan las siglas?

—Nuclear Emergency Search Team.

—¿Nuclear? ¿Es un laboratorio de física nuclear?

—No. Es una unidad especial que se ocupa de situaciones de emergencias relativas a armas nucleares.

Desconcertado, Tomás dejó de masticar y miró fijamente a Frank Bellamy.

—¡Caramba! ¡En buena se ha metido usted! —dijo, tratando de digerir la confidencia y de tragarse la comida que tenía aún en la boca—. ¿Ha dejado la CIA?

—No, no. Todavía sigo en la CIA. Estoy en la jefatura del Directorate of Science and Technology. Por eso mismo pertenezco al NEST. Nuestra unidad del NEST está compuesta por especialistas en armamento relacionado con el DOE, la NNSA y los laboratorios nacionales, o sea, las organizaciones responsables del desarrollo, mantenimiento y producción de armas nucleares norteamericanas.

—Ah, el NEST controla las armas nucleares estadounidenses.

—No. El NEST es una unidad creada para localizar, identificar y eliminar material nuclear.

La cara del portugués reflejaba su intriga.

—¿Qué material nuclear?

—Bombas atómicas, por ejemplo. En realidad, todo tipo de

material nuclear que pueda usarse contra Estados Unidos por parte de países u organizaciones terroristas. Contamos en total con más de setecientas personas preparadas para responder ante una amenaza nuclear, aunque normalmente actuamos con equipos pequeños. En sólo cuatro horas, por ejemplo, podemos situar un *Search Response Team* en cualquier lugar donde se produzca una amenaza.

—Vaya, parece un argumento de película norteamericana.

—Me temo que se trata de algo muy real.

Tomás se comió una patata cocida, casi con miedo de formular la siguiente pregunta.

—¿Y ha habido amenazas de ese tipo?

—Algunas.

—¿En serio?

—Sin ir más lejos, un mes después del 11-S, la CIA recibió un informe de un agente con nombre en clave Dragonfire que indicaba que unos terroristas disponían de un arma nuclear de diez kilotoneladas, que se encontraba en Nueva York. Como puede imaginar, el informe sembró el pánico en la Administración. El vicepresidente, Dick Cheney, fue evacuado de forma inmediata de Washington y el presidente Bush mandó al NEST a Nueva York con la misión de encontrar la bomba.

—¿Y la encontraron?

Bellamy emitió un ruido aspirado con la comisura de la boca, como si intentara quitarse un trozo de comida de entre los dientes.

—Resultó ser una falsa alarma.

—Ah, bueno. Lo que quiero saber es si hay amenazas que resultan ser ciertas.

—Todos los días.

Esta vez fue Tomás quien emitió un chasquido con la lengua y esbozó una expresión de impaciencia.

—Vamos, en serio.

—Estoy hablando en serio —insistió Bellamy—. Todos los días hay amenazas de ataques nucleares contra nosotros.

—No puede ser.

—No me cree. Mire, Pakistán desarrolló armas nucleares con la tecnología que su jefe de proyecto, un hombre llamado Abdul

Qadeer Khan, robó a Occidente. Y luego vendió la tecnología a otros países..., al menos a Irán, Libia y Corea del Norte.

—Ya estamos con el cuento de siempre —se burló Tomás—. Dijeron lo mismo de Iraq y después ya se vio lo que había.

—Iraq fue un disparate de Bush hijo, y la historia de las armas de destrucción masiva no fue más que un pretexto para empezar una guerra por el petróleo y para ampliar el dominio norteamericano en Oriente Medio. En cambio, en el caso de las exportaciones de la red de Khan, me temo que estamos hablando de algo muy serio.

—¿Tienen pruebas de todo esto?

—Claro que sí.

—No me refiero a pruebas del estilo de aquellas que su secretario de Estado presentó en la ONU contra Iraq...

—No tenga la menor duda de que disponemos de pruebas. Mire, en 2003 recibimos una denuncia relativa a un barco alemán con destino a Libia llamado *BBC China*. Interceptamos el barco en el Mediterráneo y, cuando lo inspeccionamos, descubrimos que transportaba miles de piezas para centrifugadoras. Descubierta in fraganti, Libia confesó que el remitente era el señor Khan y reveló que éste había prometido equipar el país con armas nucleares a cambio de la nada despreciable cantidad de cien millones de dólares. Esto lo dijo Libia, no yo. El propio señor Khan viajó al menos en trece ocasiones a Corea del Norte. ¿Para qué cree que fue allí? ¿Para ver si las coreanas tienen las tetas grandes? También hay registros de viajes de este caballero a Irán, y sospechas de que negocia con un cuarto país, aunque no sabemos con certeza de cuál se trata. Será Siria o Arabia Saudí. ¿Quiere más pruebas?

—Si las tiene...

—Entonces, aquí van —pontificó Bellamy, embalado—. Sobre las mismas fechas de la intercepción del *BBC China*, los laboratorios del señor Khan distribuyeron en una feria internacional de armamento un folleto en el que ofrecían, a quien la quisiera adquirir, distintos tipos de tecnología nuclear. Presionamos a Pakistán por las actividades ilícitas del jefe de su proyecto nuclear. En 2004, lo detuvieron y lo confesó todo en una aparición en la televisión pakistaní.

—¿Confesó?

—En directo. Dijo que había actuado solo.

—¡Ah! Lo había hecho todo él solito…

Impacientándose por la ingenuidad implícita en la observación de Tomás, Bellamy entornó los ojos.

—A ver, ¿las cucarachas se tiran pedos en francés? No, ¿verdad? Pues la probabilidad de que el señor Khan actuara solo, sin que los militares paquistaníes lo supieran, es la misma de que una cucaracha se tire pedos en francés. —Dibujó un cero con el pulgar y el índice—. O sea, un cero grande como una casa.

Tomó un trago de vino tinto y continuó:

—El tipo despacha centrifugadoras a Libia, distribuye folletos ofreciendo armamento nuclear a Irán y a Corea del Norte, y resulta que los militares pakistaníes no se enteran de nada. ¿Puede haber alguien que se crea una historia así? Claro que el señor Khan es sólo la cabeza visible del problema. Claro que los pakistaníes están metidos hasta el cuello en toda esta porquería. ¿Cómo no iban a estarlo? Ellos son los mentores de la proliferación nuclear en todo el mundo. El jefe de los servicios secretos pakistaníes, el ISI, era el general Hamid Gul. ¿Sabe qué dijo? Afirmó en público que Pakistán tenía el deber de desarrollar la infraestructura nuclear islámica y, a continuación, sin más, añadió que los Estados Unidos no tienen forma de parar los atentados suicidas musulmanes. Esto es, relacionó en público la cuestión nuclear con los suicidios. ¡Y si eso es lo que dice en público, imagínese qué dirá en privado! Basta con ver que el ISI mantiene vínculos estrechos con grupos terroristas islámicos, como, por ejemplo, el Lashkar-e-Taiba, que perpetró los grandes atentados en Mumbai, y tiene filiación con Al-Qaeda. ¿No le parece que esta vinculación entre un estado islámico y los terroristas es un polvorín a punto de explotar?

—Claro que sí. Sin embargo, creía que Pakistán era su aliado. Si así están las cosas, ¿por qué no hacen nada?

Bellamy movió la cabeza, frustrado.

—Por culpa del *fucking* Afganistán —dijo, desahogándose—. Tras el 11-S era esencial conseguir la colaboración de Pakistán en la lucha contra los talibanes y Al-Qaeda, por lo que se decidió hacer la vista gorda ante lo que los militares estaban haciendo con las armas nucleares. Pero, claro, todo es una gran patochada. Pakistán declara en público que está en contra de los fundamentalistas islámicos, pero en privado los ayuda, los arma y los protege. ¿Sabe cuál es el problema? El problema es que hay muchos poderes en Pakistán, y el mayor de ellos es el ISI y los militares. Su poder es tal que la fallecida antigua primera ministro del país, Benazir Bhutto, reveló que la primera vez que vio la bomba atómica de su país fue en una maqueta que un antiguo director de la CIA le mostró. Eso quiere decir que sus propios militares se negaron a enseñarle la bomba del país que supuestamente gobernaba, fíjese. Y cuando la apartaron del poder, la señora Bhutto dijo que había sido víctima de un golpe nuclear montado por los militares que buscaban impedirle tomar el control de esas armas. Es con este tipo de gente con la que tenemos que tratar. Con los militares, que forman un estado dentro de Pakistán, y con sus vínculos con los fundamentalistas islámicos, todo es posible. De ahí que las armas nucleares pakistaníes lleguen a manos de los terroristas, querido amigo, hay un paso pequeño y terrible. ¿Me he explicado con claridad?

—Con claridad meridiana.

—Por eso, y en respuesta a su pregunta, sólo le puedo decir que todos los días se cierne sobre nosotros la amenaza de un atentado nuclear. De hecho, la cuestión no es saber si va a ocurrir o no, porque ocurrirá. La cuestión es saber cuándo. —Suspiró y dejó que la palabra resonara—. Cuándo.

Tomás se movió en su asiento, un tanto incómodo. Para intentar relajarse, deslizó la mirada hacia el vasto jardín que rodeaba el restaurante, concentrando su atención en la flora exuberante, sobre todo en los hibiscos y las hidrangeas que llenaban el lugar. Todo allí era sereno y lento, en contraste con las palabras tensas de su interlocutor.

—Oiga, *mister* Bellamy —dijo—. Entonces ¿qué es lo que quiere de mí?

El otro hombre se recostó en la silla y lo miró desafiante. Los ojos de color celeste le brillaban.

—Que se una a nosotros.

—¿A nosotros? ¿Quiénes son «nosotros»?

—Al NEST.

Tomás frunció el ceño, sorprendido por la sugerencia.

—¿Yo? ¿Con qué propósito?

—Mire, el NEST tiene equipos especiales en Europa, en la región del golfo Pérsico y en la base aérea de Diego García, en el Índico. Lo necesitamos para nuestro equipo europeo.

—Pero ¿por qué yo? No soy militar, ni ingeniero, ni físico nuclear. No veo cómo podría serles útil.

—No sea modesto. Tiene usted otros talentos.

—¿Cuáles?

—Es un criptoanalista de primera categoría, por ejemplo.

—¿Y qué? Seguro que ustedes tienen otros, probablemente con más talento que yo.

—No. Usted es único.

—No veo en qué…

Frank Bellamy jugó con la cucharilla de postre.

—Dígame una cosa. ¿Dónde ha pasado el último año?

La pregunta desconcertó a Tomás.

—Bueno…, en El Cairo. ¿Por qué?

—¿Qué ha estado haciendo allí?

—Estuve en la Universidad de Al-Azhar para completar una especialidad en islamismo y aprender árabe.

—¿Por qué?

—Porque es muy útil para mi estudio de lenguas de Oriente Medio. Como sabe, hablo y leo arameo, la lengua de Jesús, y hebreo, la lengua de Moisés. El árabe, al ser la lengua de Mahoma, puede ayudarme como instrumento de investigación en la historia de las grandes religiones. Además de eso, el primer tratado de criptoanálisis se redactó en árabe.

—¿Y aprendió alguna cosa útil en El Cairo?

—Sí, claro. De hecho, hasta doy clases a alumnos musulmanes en Lisboa. ¿Por qué lo pregunta?

El norteamericano inclinó la cabeza hacia delante, apoyo los codos sobre la mesa y clavó los ojos en Tomás.

—¿Y todavía me pregunta por qué? Es usted un excelente criptoanalista, lee y habla árabe, además conoce el islam a fondo y, después de oírme hablar del tipo de amenaza a la que estamos expuestos, ¿aún me pregunta por qué? ¡Tiene guasa el asunto!

El portugués respiró profunda y lentamente.

—Ah, ahora lo entiendo todo…

—¡Menos mal!

—Pero no cuente conmigo. No quiero formar parte de la organización a la que representa.

—¿Prefiere hacer como el avestruz: meter la cabeza en la arena y fingir que no ocurre nada? Pues debo decirle que están pasando cosas muy graves, cosas de las que la gente normal no tiene ni la menor idea. Y usted nos puede ayudar a hacerles frente.

—Pero ¿por qué motivo tengo que ayudar a Estados Unidos? Ustedes crearon el problema en Iraq y ahora van por ahí lamentándose. ¿Por qué tenemos que ayudarlos?

—El problema no es exclusivamente norteamericano. También es europeo.

—Vaya, vaya, ahora me viene con esas historias.

Bellamy torció los labios finos y se recostó de nuevo en la silla, entrelazando los dedos, con la atención siempre fija en el portugués.

—Hemos descubierto una cosa, Tom. Necesitamos su ayuda.

—¿De qué se trata?

—De un correo electrónico de Al-Qaeda.

—Qué tiene de especial ese correo.

—Aún no se lo puedo decir. Sólo le podremos dar esa información cuando se una a nosotros.

—Eso es pura palabrería.

Un esbozo de sonrisa cruzó la mirada fría y calculadora del hombre de la CIA.

—Dígame algo, Tom. ¿Le gusta Venecia?

Tomás no entendía el cambio en el derrotero de la conversación y no supo qué responder. Se dejó arrastrar: quería ver adónde iba a parar todo aquello.

—Es una de mis ciudades favoritas. ¿Por qué?

—Venga conmigo a Venecia.

El portugués soltó una carcajada.

—Me gusta Venecia, pero le confieso que tenía in mente

otro tipo de compañía… Tal vez una figura con más curvas. También puede que el género tenga algo que ver. Aparte de eso, estoy aquí de vacaciones con mi madre y no tengo la menor intención de dejarla sola.

—¿Y cuándo acaban sus vacaciones?

—Pasado mañana.

—Perfecto. He hecho escala en las Azores de camino a Venecia. Nos encontramos allí dentro de tres días.

—¿Qué hay de especial en Venecia?

—El Gran Canal.

Tomás volvió a reírse.

—¿Y qué más?

—Una señora a la que me gustaría que conociera.

—¿Quién?

Frank Bellamy se levantó y dio el almuerzo por terminado. Sacó la cartera del bolsillo y, con displicencia, soltó un billete grande sobre la mesa antes de responder.

—Una mujer de bandera.

4

*E*l hombre que apareció al fondo del pasillo tenía de algún modo un aspecto ascético. Era delgado, vestía *jalabiyya*, la larga túnica blanca que los hombres más religiosos acostumbran a usar, y llevaba una barba negra, larga y tupida.

—¡Es él, es él! —dijo una voz excitada entre el grupo de niños que esperaba en la puerta del aula.

—¿Quién? —preguntó Ahmed, mientras miraba intrigado la figura que recorría lentamente el pasillo.

—¡El nuevo profesor, estúpido!

El profesor de religión se había retirado el año anterior, por lo que un maestro nuevo se encargaría ahora de las clases. Ahmed asistía a una madraza financiada por Al-Azhar, la institución educativa más poderosa del mundo islámico. Estudiaba matemáticas, árabe y el Corán. Las clases de religión ocupaban más de la mitad del tiempo en la madraza, aunque sus principales conocimientos sobre el islam los había adquirido en casa o en la mezquita, con el jeque Saad, su maestro desde hacía casi cinco años. Había pasado casi todo ese tiempo, no discutiendo sobre el islam, sino recitando el Corán, tarea que le entusiasmaba y le hacía sentirse mayor. Había llegado ya a la sura 24 y sabía que, cuando se aprendiera todo el Libro Sagrado al dedillo, su familia lo respetaría mucho y lo considerarían un muchacho muy devoto.

Sin embargo, todo iba a cambiar con la aparición de aquel hombre al fondo del corredor. El nuevo profesor se aproximó a la puerta del aula y aflojó el paso. Hizo una señal con la cabeza a los alumnos para que entraran y ocupó su lugar al frente de la clase.

—*As salaam alekum* —saludó—. Me llamo Ayman bin Qatada y soy vuestro nuevo profesor de religión. Para comenzar la clase, recitemos la primera sura.

Las lecciones eran muy parecidas a las que Ahmed había recibido sobre el islam en la madraza, en casa y en la mezquita. El profesor Ayman tenía una voz rica en tonalidades y engañosamente suave. Sus palabras y su tono de voz manifestaban tanta fuerza en algunos momentos que, pasadas unas clases, se mostró capaz de galvanizar a los alumnos e inflamar la clase con episodios emotivos.

Pronto quedó claro para todos que las clases no consistirían sólo en recitar el Corán a coro. Interesante e imaginativo, el profesor Ayman contaba muchas historias que animaban a participar a los alumnos, lo que hacía sus lecciones de religión muy estimulantes. De hecho eran, quizá, las clases más interesantes de la madraza.

A partir de un momento, la materia se desvió un poco de las enseñanzas del profesor anterior o de las que el jeque Saad impartía a Ahmed en casa o en la mezquita. Hasta que un día, el profesor Ayman dio una lección que sería inolvidable.

Después de recitar algunas suras, el profesor no se concentró en dar mensajes sobre las virtudes del Corán, como solía hacer su antecesor, sino en explicar la historia del islam. Con brillo en los ojos y un timbre de voz encendido e inflamado, dedicó el resto de la clase a hablar de la grandeza del imperio erigido en nombre de Alá.

—Mahoma, que la paz sea con él, comenzó la expansión del islam con la fuerza de la espada —explicó el profesor Ayman con el puño levantado en el aire, como si él mismo blandiera una cimitarra ensangrentada—. Cuando estaba en Medina, el Profeta, que Alá lo acoja para siempre en su seno, inició la conversión de los árabes a la fe verdadera. Lo hizo predicando, pero también lanzando una guerra contra las tribus de La Meca. Necesitó veintiséis batallas, pero el mensajero divino, por la gracia de Alá, acabó sometiendo a todo el pueblo árabe y lo convirtió al islam. Cuando los musulmanes se congregaron en La Meca para el primer Hadj, Mahoma, que la paz sea con él, subió al monte Arafat y pronunció un discurso de despedida.

El profesor inspiró hondo, como si en ese momento emulara al Profeta.

—«A partir de hoy, ya no habrá dos religiones en Arabia. He descendido con la espada en la mano y mi riqueza surgirá de la sombra de mi espada. Y aquel que esté en desacuerdo conmigo será humillado y perseguido.»

Los alumnos no conocían estas palabras del Profeta, pero, al oírlas en boca del profesor exaltado, toda la clase se levantó con una sola voz.

—*Allah u akbar!* —gritaron los alumnos al mismo tiempo—. Dios es el más grande.

Ayman sonrió, satisfecho con la muestra de fervor religioso. No obstante, se había formado demasiado bullicio en el aula e hizo un gesto con ambas manos para devolver el silencio a la clase.

—Días después de su sermón final, Mahoma, que la paz sea con él, contrajo una fiebre que duró veinte días y murió. Tenía sesenta y cuatro años cuando Alá lo llamó al jardín eterno. En ese momento, ya toda Arabia era musulmana.

—*Allah u akbar! Allah u akbar!* —repitieron en varias ocasiones los alumnos.

El profesor pidió de nuevo calma.

—¿Pensáis que la muerte del Profeta, que la paz sea con él, fue el fin de la historia? —dijo negando con la cabeza—. Ni mucho menos. Fue sólo el principio de una gloriosa epopeya. Tras la muerte de Mahoma, que la paz sea con él, la *umma* se dividió de forma temporal, pero finalmente escogió un sucesor. ¿Sabéis quién fue?

—El califa —respondió un alumno de inmediato.

—Claro que el sucesor fue el califa —dijo Ayman, algo exasperado por la respuesta—. Califa quiere decir «sucesor», eso lo sabe todo el mundo. Lo que yo quiero saber es quién fue el primer califa.

—Abu Bakr —dijeron otros dos.

—Abu Bakr —confirmó el profesor—. Era uno de los suegros de Mahoma, que la paz sea con él. Abu Bakr y los tres califas que lo sucedieron se conocen como los cuatro Califas Bien Guiados, porque escucharon la revelación de labios del propio Profeta y porque aplicaron la *sharia*, protegieron a la *umma* y atacaron a los *kafirun*.

Todos los alumnos de la clase sabían que la *sharia* era la ley islámica, que la *umma* era el conjunto universal de la comunidad islámica, y los *kafirun*, el plural de *kafir*, los infieles; sin embargo, uno de ellos levantó tímidamente la mano. Fue Ahmed, para quien la afirmación del Profeta de que su riqueza procedía de la sombra de la espada constituía una novedad. Ni el jeque Saad ni su anterior profesor en la madraza le habían hablado de aquella frase.

—¿Y cómo lo hicieron, señor profesor?

—Claro está, de la misma manera en que lo había hecho el Profeta, que la paz sea con él. Con el Santo Corán en una mano y la espada en la otra. Abu Bakr desempeñó el califato con pleno respeto a la Justicia de Dios, contemporizando cuando correspondía contemporizar y castigando cuando fue necesario. El segundo califa, Omar ibn Al-Khattab lanzó una gran yihad contra las naciones fronterizas con Arabia, como Egipto y Siria, Persia y Mesopotamia, para expandir la fe y el imperio. Por la gracia de Alá, conquistamos incluso Al-Quds. —Alzó el puño victorioso—. *Allah u akbar!*

—*Allah u akbar!* —repitió la clase, entusiasmada.

Nada de esto era nuevo para los alumnos, pero el profesor tenía el don de explicarlo de una forma que resultaba más interesante.

—Crecimos, prosperamos y extendimos la *sharia* por el mundo conforme al mandato de Alá en el Santo Corán. —El tono entusiasta e inflamado de Ayman se volvió súbitamente lúgubre—. Pero la muerte de Uthman bin Affan (el tercero de los cuatro Califas Bien Guiados, asesinado por rebeldes musulmanes, los jarichíes) complicó las cosas. Cuando comenzó su reinado, Ali ibn Abu Talib, el cuarto califa, decidió no vengar el asesinato del tercer califa por temor a que la insurrección de los jarichíes se propagara. Su decisión iba contra la *sharia* y los mandamientos divinos, como señaló el gobernador de Siria, Muawiyya, que exigió que se castigara a los jarichíes. Cuando el califa Ali no cedió, Muawiyya concluyó que Ali había violado la *sharia* y no era el califa legítimo, por lo que se rebeló. Ali respondió argumentando que él era el sucesor de Mahoma y que el Profeta, que la paz sea con él, jamás permitiría una revuelta contra él, por lo que el propio Muawiyya había violado la *sharia*. La *umma* se dividió así esencialmente en dos bandos: los chiíes, que apoyaban a Ali, y los suníes, partidarios de Muawiyya. Se sucedieron las batallas entre ambos bandos, pero, con la muerte de Ali, Muawiyya se convirtió en califa. Con él se inició la primera dinastía de califas, la dinastía omeya.

—Nosotros somos suníes, ¿no? —preguntó un alumno.

—La *umma* es suní —sentenció Ayman—. Sólo Irán es chií. Irán y partes de Iraq y del Líbano. Pero nosotros somos los musulmanes legítimos, los suníes. Ocupamos desde Marruecos a Pakistán, de Turquía a Nigeria, somos la verdadera *umma*. Los chiíes están en apostasía por haberse quedado del lado de Ali, después de que éste hubiera violado la *sharia*, y por adorar santos, como Ali y su hijo Hussein.

—¿Y después?

—Y después, ¿qué?

—¿Qué pasó cuando comenzó la primera dinastía de califas?

—¡Ah, la dinastía omeya! —exclamó el profesor, retomando el hilo—. Pues... siguieron tiempos turbulentos. El califato se estableció en Damasco, pero la rebelión de los jarichíes continuaba, lo que impidió al ejército islámico concentrarse en su misión principal, la expansión y la conquista, al tener que ocuparse de pacificar el imperio. Muawiyya recurrió a todos los métodos posibles, entre ellos grandes matanzas, para conseguir poner fin a la revuelta de los jarichíes. Lo más importante es que su hijo Yazid, cuando accedió al califato, aplastó otro levantamiento conducido por Al-Hussein ibn Ali, un nieto de Mahoma, que la paz sea con él. El califa decapitó a Hussein y exterminó a su familia.

La clase reaccionó desconcertada ante esta revelación.

—¿El califa mató al nieto del Profeta? —preguntaron los alumnos, admirados, con la sorpresa reflejada en los ojos.

—¿Podía hacer algo así? —quiso saber otro.

—Mahoma, que la paz sea con él, fue un gran hombre —dijo el profesor—. Pero, ojo, él era un gran hombre, no era Dios ni se hacía pasar por tal. Todos los hombres deben atenerse a la *sharia*, incluidos los descendientes del Profeta, porque las leyes de Alá son universales y eternas. La violación de la *sharia* puede implicar apostasía y el Enviado de Dios estableció pena de muerte para ese crimen.

Ayman inclinó la cabeza y, a modo de concesión, añadió:

—Sin embargo, también es cierto que la matanza de los descendientes del Profeta, que la paz sea con él, irritó a la *umma*, y por eso los abasidas, que eran leales a la familia de Mahoma, asesinaron al último califa de la dinastía y pusieron fin a los omeyas.

—¿Acabaron con los califas?

—No, se inició una segunda dinastía de califas, la de los abasidas.

—Ah, entonces llegó la unificación de la *umma*.

El profesor Ayman dudó.

—Bueno, no exactamente. La prioridad de los abasidas fue exterminar hasta al último de los omeyas. No es casualidad que se conociera al primer califa de esta segunda dinastía, Abu al Abbas, como «el Exterminador». Ordenó matar a todos los omeyas que habían sobrevivido, ya fueran mujeres, ancianos o niños. Y cuando los abasidas hubieran acabado con todos y ya no quedó nadie a quien matar, exhumaron los huesos de los muertos y los aplastaron.

—No escapó nadie.

—Sólo Abdul Rahman, que huyó a al-Ándalus y refundó el califato omeya en Córdoba. Los demás murieron todos.

—¿Y eso no permitió unificar la *umma*, señor profesor?

—Desgraciadamente, no. Los abasidas trasladaron la sede del califato a Bagdad, pero nuestro imperio comenzó a fragmentarse debido a las múltiples divisiones internas. Aparecieron estados independientes, surgieron los fatimíes, los mamelucos… No sé, se produjo una gran confusión. Lo único que nos mantuvo unidos (además del Santo Corán) fueron las agresiones externas que entre tanto se dieron. Fue en esa época cuando los *kafirun* llegaron desde Europa y atacaron Al-Quds y Tierra Santa, al sorprendernos debilitados.

Todos los alumnos sabían que los *kafirun*, o infieles, de Europa a los que se refería el profesor eran los cruzados que conquistaron Al-Quds, nombre árabe de Jerusalén.

—Poco después sufrimos la invasión de los mongoles, que ocuparon Bagdad y pusieron fin a quinientos años de dinastía abasida. —Hizo una breve pausa como si preparara lo que iba a decir a continuación—. ¿Y después? Cuando los mongoles se instalaron en la capital del califato, ¿quién de nosotros se levantó contra ellos?

Paseó la mirada por el aula, donde reinaba el silencio. Los alumnos se esforzaban en dar con un nombre, pero no se les ocurría nada.

—¿Quién? —preguntó Ayman de nuevo.

—¿Saladino? —se arriesgó a decir una voz.

El profesor soltó una carcajada.

—Saladino venció a los *kafirun* de Europa. Me refiero a quién se levantó contra los mongoles. ¿Alguien lo sabe?

Sólo obtuvo un silencio sepulcral por respuesta.

—¿No habéis oído hablar nunca de Ibn Taymiyyah?

Muchas cabezas asintieron afirmativamente. Algunos niños reconocían aquel nombre. Ahmed no se contaba entre ellos. Nunca había oído hablar de ese personaje.

—¿Quién fue Ibn Taymiyyah? —preguntó el profesor.

—Fue un gran musulmán —respondió uno de los alumnos que había reconocido el nombre.

—¡Un gigante! —interrumpió Ayman—. El jeque Ibn Taymiyyah fue un gigante. Nació diez años después de la invasión mongol y su padre era el imán de la mezquita de Damasco. Los mamelucos seguían combatiendo a los mongoles, pero el problema era que la elite mongola se había convertido al islam. Como saben, el Profeta, que Alá lo bendiga, prohibió que los musulmanes se mataran entre sí. La conversión al islam de los mongoles significaba que ya no se podía combatir contra ellos. ¿O se podía? El jeque Ibn Taymiyyah consultó los textos sagrados, estudió la cuestión y emitió una *fatwa* que legitimaba la yihad contra los mongoles diciendo: «Está probado por el Libro y por la sunna y por la unanimidad de la nación que quien se desvíe de una sola de las leyes del islam será combatido, aun habiendo pronunciado las dos declaraciones de aceptación del islam». Y el jeque añadió: «Fe y obediencia. Si una parte de ella estuviera en Alá y la otra no, tendrá que combatirse hasta que toda esté en Alá». De este modo, el jeque Ibn Taymiyyah proporcionó cobertura legal y divina a la guerra contra los mongoles convertidos al islam. El jeque dijo a nuestros soldados que la derrota que habían sufrido ante el enemigo era como la derrota de Mahoma, que la paz sea con él, en la batalla de Uhud, pero que su insurrección sería como el triunfo del Profeta, que la paz sea con él, en la batalla de las Trincheras. Lo que sucedió después le dio la razón. Con la ayuda espiritual del jeque Ibn Taymiyyah, los mongoles fueron derrotados definitivamente. ¡Dios es el más grande!

—*Allah u akbar!* —repitieron los alumnos, entusiasmados de nuevo.

—El jeque Ibn Taymiyyah aún vivía cuando nació el gran Imperio otomano, que dio origen al tercer califato, cuya capital fue Estambul. Los otomanos destruyeron el Imperio romano de Oriente, tomaron Constantinopla, conquistaron los países vecinos y atacaron a los *kafirun* desde todos los frentes. El gran califato otomano llegó a las puertas de Viena y duró siete siglos. Pero los otomanos y la *umma* comenzaron a desviarse de la *sharia* y a caer en la tentación de obedecer las leyes humanas, en lugar de obedecer las leyes de Alá. Eso ocurrió en el momento en el que los *kafirun* se dedicaron a desarrollar máquinas y más máquinas, cada vez más poderosas. El resultado fue el debilitamiento de los otomanos y de toda la *umma* con ellos. Hasta que, en 1924, el califato otomano se extinguió.

—¡Qué Alá maldiga a los *kafirun*! —gritó Abdullah, un muchacho que se sentaba justo detrás de Ahmed—. ¡Muerte a los infieles!

—Sí, los *kafirun* estuvieron detrás del fin del gran califato —dijo el profesor Ayman—. Pero la decisión de acabar con el califato la tomó el nuevo emir turco, Mustafa Kemal, que arda para siempre en el fuego eterno. Este apóstata adoptó el título de Atatürk, el padre de los turcos, pero evidentemente estaba bajo la influencia diabólica de los *kafirun* y de su cultura en el momento en que decidió separar la religión del Estado. Fijaos que cometió hasta el desplante de convertir la gran mezquita de Santa Sofía en un museo.

—¡Muerte al apóstata!

—¡Qué Alá lo tenga para siempre en el Infierno!

El profesor levantó las manos buscando serenar a la clase. Quería discutir con los alumnos sobre el orgullo de ser musulmán, pero no entraba en sus planes que se formara un motín en el aula.

—Calma, calma —les pidió—. Calmémonos.

La clase se tranquilizó y la algarabía se fue apagando. Ahmed, que hasta ese momento había estado callado, digiriendo todo lo que oía, levantó la mano para hablar.

La mirada del profesor se posó en él.

—Sí, muchacho, dime.

Ahmed sentía que el corazón le retumbaba en el pecho, fuerte y descontrolado. No sabía si eran los nervios por hablar en público o la indignación por lo que los *kafirun* habían hecho a la *umma*.

—Señor profesor, ¿cómo podemos mantener la calma? —preguntó en un tono altivo—. En este momento no hay ningún califato. Usted ha dicho no hace mucho que Mahoma nombró a los califas sus sucesores. Si ahora no tenemos califa, ¿no estamos incumpliendo la voluntad del apóstol de Dios?

El profesor se acercó a Ahmed y le pasó la mano por el pelo en una muestra de que la pregunta le parecía muy adecuada.

—Tened paciencia y esperad. La *umma* se despertará.

El profesor respiró hondo y sonrió de manera enigmática antes de darse la vuelta.

—Pronto.

$\mathcal{L}$a franja de agua era una carretera que cortaba la ciudad y la lancha aceleraba por el Gran Canal como si fuera un bólido deportivo, zigzagueando entre los pesados *vaporetti*, las góndolas elegantes y los taxis ligeros. Tomás no podía desviar la vista de las deslumbrantes fachadas bizantinas que el espejo líquido reflejaba con una ondulación. Se veían palacetes a ambos lados, que desfilaban pálidos y orgullosos. A veces, las luces encendidas en el interior de los palacetes permitían vislumbrar, por las ventanas, cuadros, candelabros y estantes con libros, siempre bajo techos cuidadosamente trabajados.

—Falta poco —prometió Guido, el guía italiano que había recogido a Tomás en el aeropuerto.

Ya hacía algunos años que el historiador no iba a Venecia, y regresar a la gran y vieja ciudad de los canales se revelaba una experiencia que cortaba la respiración. Paseó la vista por el agua. El mar era de color verde botella y pequeñas olas golpeaban la base de la lancha. Respiró el aire fresco de la tarde. Olía a mar y las gaviotas graznaban sin cesar. Los graznidos parecían de alegría al principio, pero, al instante, transmitían melancolía.

La lancha giró a la izquierda. El Gran Canal se abrió ante Tomás, que pudo ver las torres de San Giorgio Maggiore al fondo a la derecha. La embarcación atravesó el Bacino de San Marco pasando cerca de la gran plaza y del imponente Campanile, situado a la izquierda, y atracó cerca del agitado Ponte della Paglia.

—Hemos llegado —anunció Guido.

Tomás saltó al pequeño muelle, en el que filas de góndolas negras aguardaban clientes. El guía lo siguió.

—¿Dónde es la reunión?

Guido señaló una gran estructura gótica cubierta de mármol rosa que quedaba justo al lado de allí.

—Es aquí, *signore*. En el Palazzo Ducale.

—¿Aquí? —dijo Tomás, admirado—. Organizan las reuniones en el palacio ducal.

—Claro. Es el mejor lugar de Venecia.

—Creía que era un sitio para visitas turísticas…

El italiano se encogió de hombros y se rio.

—Nos hemos inventado unos trabajos de restauración para cerrar el *palazzo* al público. Puede estar tranquilo, nadie nos molestará.

Se dirigieron directamente a las arcadas de la fachada orientada al mar y, al franquear la puerta, se toparon con dos *carabinieri* con armas automáticas. Se identificaron y entraron en el palacio. Estaba oscuro. El guía condujo al historiador por la escalera hasta el segundo piso, donde había más *carabinieri* armados. Tras identificarse de nuevo, pasaron frente a las estatuas de la sala del Guariento y Guido. El guía se detuvo ante la siguiente puerta e hizo una señal a Tomás de que siguiera solo.

—Por favor —dijo—, la reunión es aquí, en la sala del Maggior Consiglio.

La puerta se abrió y apareció ante Tomás un enorme salón con las paredes y el techo lujosamente decorados. Sabía que, en la época de los duques, era precisamente en este salón donde se celebraban las reuniones del gran consejo, que, evidentemente, exigían un espacio amplio para poder albergar a los casi dos mil consejeros de la ciudad. Como en esa época, una mesa enorme ocupaba ahora todo el centro de la sala del Maggior Consiglio. El lugar hervía con decenas de personas apiñadas alrededor de la mesa. Algunas estaban sentadas, mientras que otras deambulaban nerviosamente de un lado para otro con papeles que pasaban de mano en mano.

En la cabecera, delante del descomunal *Paraíso*, de Tintoretto, como si fuera el duque que gobernaba Venecia, distinguió la figura austera e imponente de Frank Bellamy.

Un martillo golpeó tres veces la mesa.

Toc. Toc. Toc.

—Señoras y señores —dijo Bellamy con voz ronca y baja—, les ruego su atención, por favor.

Se arrastraron las sillas por última vez, se pararon las conversaciones cruzadas y el eco de las últimas voces resonó en la habitación hasta que el silencio acabó por imponerse en el salón. Fuera se oía el rumor suave del mar, sólo interrumpido por las gaviotas.

—Bienvenidos a la reunión anual del NEST en Europa —prosiguió el hombre de la CIA—. La mayor parte de los presentes han estado con nosotros en los últimos años, pero, como ya es costumbre, se nos han unido nuevos colaboradores. En esta ocasión, en lugar de militares, ingenieros y físicos hemos reclutado a personas con perfiles y competencias diferentes. Creemos que podrán sernos útiles para identificar amenazas concretas. Hasta ahora hemos dejado esa parte del trabajo en manos de los servicios secretos como la CIA, el MI-5, el Mossad y otros similares, y hemos concentrado nuestra labor en tratar con cualquier amenaza concreta que esos servicios nos indicaban. Pero, tras el 11-S, optamos por hacer un *upgrade* de nuestras capacidades, y de ahí las nuevas incorporaciones. —Señaló la mesa—. Pido a los recién llegados al NEST que se levanten.

La petición desconcertó a Tomás. Cierto que era nuevo, pero no menos cierto que no había aceptado incorporarse al NEST, sólo había accedido a asistir a esa reunión. En respuesta a la petición del orador, diez personas se levantaron. Tomás sintió que la mirada fría de Bellamy se posaba sobre él. Pese a su renuencia, acabó por levantarse.

—Por favor, demos una bienvenida calurosa a los nuevos miembros de nuestro equipo.

Una ola de aplausos siguió a estas palabras en la sala del Maggior Consiglio. Tomás tuvo ganas de contestar y aclarar que no era miembro del equipo, pero guardó silencio ante la aclamación. Al darse cuenta de que la atención se centraba en él, sonrió. Apurado y deseoso de volverse invisible, se sentó lo más aprisa que pudo.

—Vamos a mantener una breve reunión introductoria en la

que daremos información relevante, sobre todo para los nuevos miembros del equipo, pero que también servirá para recordarnos a todos los presentes la razón por la que estamos aquí y el motivo por el que nuestra misión es tan importante —añadió Bellamy—. Después tendremos reuniones independientes más especializadas para discutir la evolución en cada teatro de operaciones y para analizar los nuevos desafíos a los que nos enfrentamos. ¿Les parece bien?

Alrededor de la mesa, los asistentes asintieron a coro.

Tras el beneplácito general, Bellamy retomó su intervención.

—Va a haber un ataque con armas nucleares contra Occidente.

Se desató un murmullo en la sala y los presentes intercambiaron miradas interrogativas.

—No les estoy contando nada nuevo, ¿no? Es un hecho que Occidente va a sufrir un ataque con armas nucleares. La única duda es saber cuándo. Por eso existimos nosotros. —El murmullo se apaciguó—. El NEST, como saben, se creó en los Estados Unidos en la década de los setenta, pero es bueno que no olvidemos que todo empezó en 1945, cuando los científicos del Proyecto Manhattan hicieron estallar la primera bomba atómica en Alamogordo, en Nuevo México, y luego en Hiroshima y Nagasaki.

Bellamy suspiró antes de seguir.

—En aquella época, yo trabajaba en Los Álamos, en el Proyecto Manhattan, y me acuerdo de la sorpresa que me produjo darme cuenta de que Estados Unidos pensaba que estaba en posesión de un gran secreto.

Se oyeron risas en la mesa.

—Hablo en serio —insistió ante las carcajadas—. Hoy puede parecer una anécdota, pero nuestros políticos creían que la bomba atómica era un gran secreto para Estados Unidos. No eran conscientes de que nosotros nos habíamos limitado a resolver un problema de ingeniería y que, en el momento en que hicimos explotar la bomba, probamos que era posible resolver ese problema. A partir de ahí, cualquier otro científico podía hacer lo mismo. El conocimiento quedó al alcance del mundo entero. Pensar que quien inventa la bomba atómica puede guardar el secreto de su construcción es igual que pensar que quien inventó la rueda puede mantener en secreto el concepto. Lo cierto es que se abrió la caja de Pandora. La era nuclear había comenzado y ya no había vuelta atrás. Un grupo de físicos, entre ellos Einstein, Oppenheimer y Bohr, saltó a la palestra para advertir de que no había ningún secreto que proteger y que pronto todo el mundo estaría armado con ingenios nucleares.

—Esa predicción no se cumplió —observó un hombre de uniforme sentado en el otro extremo de la mesa.

—No de forma inmediata —coincidió el orador—. Pero la realidad es que la producción de armas nucleares no es ningún secreto, ¿no es cierto? Al menos diez países las poseen y más de veinte tienen capacidad para fabricarlas. El Tratado de No Proliferación Nuclear consiguió retrasar el problema, pero, como saben, la situación amenaza con estar fuera de control muy pronto. No podemos olvidar que la bomba atómica es el arma más barata jamás inventada en la relación entre poder de destrucción y coste. Con un arma nuclear, la destrucción de una ciudad es mucho más barata que si se usa otro tipo de armamento.

—No olviden que Libia pagó sólo cien millones de dólares para que el señor Khan le construyera armas nucleares —interrumpió un hombre sentado al lado de Bellamy—. Estas bombas son así de baratas.

—Exacto —continuó Bellamy—. Recuerden también que, con la evolución tecnológica, la tecnología nuclear es cada vez más barata y eficiente, lo que la convierte en accesible para los países subdesarrollados. Además, la tecnología necesaria para construir una central nuclear destinada a producir electricidad es prácticamente la misma que la que se necesita para construir armas nucleares. Por tanto, no hay proyectos nucleares pacíficos en los países subdesarrollados. Es relativamente sencillo y barato producir bombas nucleares, por lo que resulta especialmente atractivo para los países pobres. Con poco dinero, estos países consiguen convertirse en una gran amenaza. Basta con producir armas nucleares. En el momento en que un país toma la decisión estratégica de convertirse en una potencia nuclear, no hay sanciones internacionales que lo puedan detener. No hace falta ser un país rico o desarrollado, basta con querer hacerlo.

Miró alrededor de la mesa mientras añadía:

—Amigos míos, las armas nucleares son ahora las armas de los pobres. Quien dispone de ellas puede amenazar o intimidar a su vecino. Y las probabilidades de que un país pobre utilice la bomba atómica son mucho mayores de que lo haga un país rico.

La mayoría de las personas de aquella sala ya eran conscientes de todo eso, pero aun así reaccionaron con un silencio apesadumbrado a estas palabras. Pese a que todos conocían la amenaza, recordarla no era una experiencia agradable. Era como la muerte: todos sabemos que nos llegará, pero a nadie le gusta pensar en ella.

—Sin embargo, ésta no es la mayor amenaza. Al fin y al cabo, si un país subdesarrollado nos ataca con una bomba nuclear siempre podemos responderle con diez bombas termonucleares. Como saben, la mayor amenaza son los terroristas y, entre ellos, los yihadistas islámicos. Si los terroristas hacen estallar una bomba en Venecia, por ejemplo, ¿contra quién responderíamos? Los fundamentalistas islámicos no tienen cuartel general, no tienen una ciudad, no tienen país. No hay un lugar donde podamos responder a la agresión. Con estos terroristas no funcionan las represalias. Desde el 11-S sabemos que así que puedan nos atacarán con armas nucleares. En primer lugar, no temen las represalias y, además, les gusta llevar a cabo acciones terribles que llamen la atención. Por eso mismo, las armas nucleares son perfectas para los fundamentalistas islámicos. Ellos son la mayor amenaza y, en el fondo, es por ellos por lo que nosotros existimos.

Terminó su exposición y consultó el reloj.

—*Damn!* —renegó.

—¿Pasa algo, *mister* Bellamy?

—No. Es una persona que debía estar aquí para dirigir una reunión y llega tarde. —Apoyó las manos en la mesa y se incorporó con un suspiro—. Bueno, voy a pedir ayuda a un colaborador nuestro que está reunido en la sala del Consiglio dei Dieci à Armeria. ¿No les importa esperar un momento?

—Claro que no.

Frank Bellamy se dirigió a la puerta para ir a buscar al colaborador, pero se detuvo a medio camino, como si hubiera recordado algo.

—¡Ah! —exclamó—. Me lo respetan, ¿eh? Es del Mossad.

6

El grupo de muchachos se juntó a lo largo del canal con la mirada fija en las casas blancas perfiladas en la otra orilla y los puños cerrados, sedientos de venganza. Ahmed, dominado por el mismo sentimiento, estaba entre ellos y miraba las casas.

—Tenemos que dar una lección a los *kafirun* —comentó entre dientes Abdullah, al que el viento le movía los cabellos lisos—. ¿No habéis oído al profesor? Los *kafirun* nos odian y hacen todo lo que está en su mano para humillar a la *umma*. ¡Tenemos que vengarnos por el fin del califato!

La declaración surtió el efecto de una llama que se cuela en un polvorín: los tornó airados.

—Por Alá, lo haremos hoy mismo —exclamó Ahmed, golpeándose con el puño la palma de la mano.

Giró la cabeza con expresión desafiante y preguntó:

—¿Quién me sigue?

—¡Yo! —respondieron los demás con gran algarabía.

Se miraron los unos a los otros. La decisión estaba tomada, pero no sabían qué era lo que debían hacer a continuación. Una cosa era decidir, y otra distinta, actuar. Se volvieron hacia Ahmed.

—¿Qué hacemos?

El muchacho reflexionó un instante.

—Vamos todos a casa y pongámonos una *jalabiyya* —dijo, y señaló el puente del canal—. Nos vemos aquí dentro de media hora. El que no aparezca es un apóstata.

Echaron todos a correr y el grupo se dispersó rápidamente. Ahmed entró furtivamente en casa mirando a todos lados. No quería que sus padres o sus hermanos lo vieran y le preguntaran qué hacía. Fue directo a su cuarto, abrió el armario y cogió la túnica blanca que solía vestir para la oración de los viernes en la mezquita del barrio. Se la puso deprisa y, cuando iba a salir, su hermana pequeña apareció de repente y casi chocó con él.

—¿Adónde vas vestido así?

Ahmed se quedó paralizado durante un instante, sin reaccionar.

—¿Quién yo? Voy…, voy a la mezquita.

—¿A estas horas?

El muchacho se apartó del camino y se apresuró a salir de casa por temor a que apareciera alguien más.

—Órdenes del jeque —cortó, dando un portazo antes de desaparecer.

Se reunieron de nuevo en el puente del canal. Ahmed fue el tercero en llegar, pero pronto comparecieron los demás. Venían todos ataviados con la *jalabiyya*, como habían acordado.

—¿Y ahora qué? —preguntó uno de ellos, casi avergonzado.

Ahmed señaló las casas blancas del otro lado.

—Ahora cruzaremos el puente y nos las veremos con los *kafirun*.

—Y cuando lleguemos allí, ¿qué haremos?

Era una buena pregunta. Ahmed se frotó la barbilla, pensativo. No lo había pensado. Cruzarían el puente, se adentrarían en el barrio cristiano y…, y…, ¿y después? El muchacho paseó la mirada por el canal y se detuvo al ver los cantos rodados a lo largo de las márgenes.

—Coged piedras —exclamó señalando los cantos—. Atacaremos a los *kafirun* con ellas.

—Buena idea.

Los muchachos fueron corriendo al canal y se llenaron los bolsillos de piedras. Después, acarreando el peso adicional en la *jalabiyya*, subieron hasta la entrada del puente y se pararon para reunir valor. Ya habían llegado hasta allí, ¿serían capaces de dar el siguiente paso?

—¡Por Alá, vamos! —gritó Ahmed, más para hacer acopio de valor que para encorajar a los demás.

—*Allah u akbar!* —respondieron los demás en un intento de reunir el valor necesario.

El grupo avanzó. Eran diez muchachos, todos vestidos con túnicas blancas y con los bolsillos repletos de piedras. Atravesaron el puente temblando de miedo, con el rostro tenso, mostrando una determinación que no sentían. ¡Ay, si sus padres los vieran! Pero ellos eran musulmanes y al otro lado estaba el enemigo, los *kafirun*…, los cruzados. ¿No era su deber como buenos musulmanes imponerles respeto por el islam?

Entraron en el barrio cristiano copto y se callaron, no fuera que el griterío atrajera atenciones indeseadas. El ímpetu casi se evaporó. ¿Qué les pasaría ahora? ¿Saldría algún cruzado a su encuentro blandiendo una espada? ¿Qué harían si eso pasaba realmente? Su imaginación se volvió súbitamente febril y ya veían cruzados acechando en todas las esquinas.

«Tal vez sea mejor dejarlo», pensó Ahmed al llegar a la primera casa del otro lado del puente. Le temblaban las piernas y las manos por el nerviosismo. Sacó una piedra del bolsillo y apuntó en dirección a la casa.

—Ésta ya nos vale —dijo—. Ataquémosla.

Los otros niños del grupo, ansiosos también por salir de allí lo antes posible, sacaron las piedras que llevaban en el bolsillo.

—*Allah u akbar!* —gritaron en coro para ganar coraje.

Una lluvia de piedras cruzó el aire y cayó sobre la casa sin consecuencias aparentes. Sacaron más piedras de los bolsillos y volvieron a lanzarlas contra la casa, esta vez con más convicción. La segunda ola culminó con el sonido de cristales rotos.

Se pararon un momento, en una espera temerosa.

—¿Qué pasa aquí? —oyeron que gritaba una voz adulta al otro lado.

Presos del pánico, dieron media vuelta y corrieron como desesperados: corrieron por la calle de tierra rojiza; corrieron levantando una polvareda con las sandalias; corrieron hasta el puente y se pararon después de cruzarlo; corrieron hasta que llegaron a su barrio y se pararon para recuperar el aliento. Luego, se rieron por el nerviosismo y la excitación.

¡Por Alá, qué orgullosos se sentían! Habían dado una lección a los *kafirun*.

71

Y

Durante las clases de religión en la madraza, el profesor Ayman hablaba mucho de la historia del islam, sobre todo de los grandes enfrentamientos con los *kafirun*. Describía la masacre perpetrada por los doscientos mil soldados del Imperio romano de Oriente entre los tres mil hombres del ejército de Mahoma —casi como si hubiera ocurrido la semana anterior— y abordaba con el mismo tono las guerras con los cruzados por Jerusalén, o Al-Quds.

—Cuando Omar conquistó Al-Quds se negó a rezar en una iglesia para que nadie se atreviera a transformarla en mezquita —les contó—. Dio orden de que no se molestara a los *kafirun* cristianos y autorizó a los *kafirun* judíos, a quienes los cristianos habían prohibido la entrada en Al-Quds, a volver a la ciudad. ¿Sabéis que hicieron los *kafirun* cristianos cuando tomaron Al-Quds durante las cruzadas?

Los alumnos permanecieron callados a la espera de que el profesor respondiera su propia pregunta.

—¡Mataron a todos los creyentes! Hombres, mujeres, ancianos, niños… Nadie se libró. ¡Ninguno! Pasaron a espada a todos los fieles. —Su voz se volvió arrebatada y el tono colérico y vibrante—. Y no se detuvieron ahí, esos perros. Se atrevieron a transformar la sagrada Cúpula de la Roca en una iglesia. Fijaos bien. ¿Y sabéis qué hicieron con la santa mezquita de Al-Aqsa? ¿Lo sabéis? Le cambiaron el nombre y la rebautizaron como templo de Salomón. Fijaos bien: templo de Salomón. Instalaron en la santa mezquita de Al-Quds la residencia del emir *kafir*. Eso fue lo que hicieron.

Un murmullo de indignación recorrió el aula.

—¡Los *kafirun* nos odian! —concluyó, repitiendo la frase con que cerraba todas estas historias—. Quieren acabar con el islam.

Contaba una historia detrás de otra. A Ayman le gustaba contarlas y a los alumnos les encantaba escucharlas. Comparaba el comportamiento de los cristianos con el de los musulmanes y repetía, siempre aportando nuevos detalles, la historia de Saladino, el gran emir musulmán que, al conquistar Jerusalén, dejó salir libremente a todos los cristianos y hasta indemnizó a las viudas y a los huérfanos de los soldados cristianos que habían muerto en los combates.

—¿Creéis que los *kafirun* se merecían tanta consideración? —preguntaba siempre el profesor después de cada nueva descripción de los actos de Saladino.

—¡Por Alá, no! —respondían los alumnos.

—Los *kafirun* exterminaron a los tres mil mártires del ejército de Mahoma, que su nombre sea para siempre sagrado. Los *kafirun* mataron a todos los creyentes en Al-Quds. Los *kafirun* de Napoleón invadieron Egipto y Siria. Los *kafirun* vinieron a nuestras tierras para controlar nuestro petróleo. Los *kafirun* nos impusieron gobiernos títeres para gobernarnos a su antojo. Los *kafirun* nos imponen leyes que van contra la *sharia*. Aun así, ¿merecen tanta consideración?

—¡Por Alá, no!

Los ataques al barrio cristiano copto fueron cada vez más atrevidos. Ahmed y su grupo se llenaban los bolsillos de la *jalabiyya* de piedras, cruzaban el puente y atacaban casas cada vez más lejos. Llegaron hasta apedrear un restaurante, pero huían siempre que aparecía un adulto y volvían corriendo a su barrio. Al final de cada una de estas razias, la adrenalina les hacía sentirse tan valientes como Saladino, aunque quizá menos clementes.

A pesar de que sabía que sus padres desaprobarían los ataques, Ahmed creía que cumplía con su deber como musulmán. Sin embargo, era consciente de que así respetaba sólo una parte de sus obligaciones como creyente. La otra, más espiritual, se desarrollaba en la mezquita o con la memorización del Corán. No obstante, el mayor desafío espiritual al que se enfrentaba se repetía anualmente en el mismo mes del año: el Ramadán.

Cuando el mes sagrado llegó por primera vez después de conocer al jeque Saad, Ahmed decidió en secreto cumplir con el cuarto pilar del islam, el *sawn*, o ayuno. Los niños estaban eximidos del *sawn*, como sus padres y el mulá le habían repetido en muchas ocasiones, pero Ahmed creía que su deber como buen musulmán era respetar el ayuno.

—El *sawn* nos ayuda a hacernos una idea de lo que sufren

los menos afortunados que no tienen comida —le explicó el jeque en una ocasión en que hablaban del Ramadán—. Los buenos musulmanes deben ayunar en obediencia a Dios.

Durante el mes sagrado, Ahmed se levantaba antes de que amaneciera, como ya solía hacer, pero, esta vez, se unió a su familia en una comida ligera y muy insulsa a la luz de las lámparas amarillentas del salón. Evitaban tomar sal porque daba sed, ya que el ayuno se extendía a la bebida. El *sawn* comenzaba al amanecer, cuando la madre preparaba la merienda que los niños se llevaban a la escuela.

Los cinco hermanos salían de casa sobre las ocho de la mañana. Ahmed y los dos mayores iban a una madraza, y las hermanas a otra. Ya en la escuela, el muchacho tiraba la comida a la basura y pasaba el día en ayunas. Las primeras horas y los primeros días le costaron más, pero, pasado algún tiempo, se acostumbró. Aunque se sentía algo débil e irritable, siguió respetando el *sawn* a escondidas.

Así, descubrió que el mejor momento del Ramadán era el crepúsculo. Cuando el sol enrojecía en el horizonte y el muecín llamaba melancólicamente a la oración desde la mezquita, la madre distribuía sobre la mesa dátiles y jarras de agua, que todos, también los más pequeños, consumían de inmediato, aunque los adultos suponían que los niños no habían ayunado. Seguían luego la oración del principio de la noche y la gran cena, verdaderamente opípara: la mesa se llenaba con los mejores platos, como ricos *koshari*, deliciosos *taamiyya* o suculentos *molokhiyya*, acompañados de pan *baladi* y queso *domiati*, todo regado con mucho té y yogurt. La cena se cerraba con los inevitables dulces de *baklava* variados, que el muchacho devoraba con una gula que no podía disimular.

Ahmed abrazó el Ramadán como el mes de las buenas acciones. Además de preocuparse con la preparación de la cena, la madre aprovechaba el tiempo libre del día para cocinar comida para los pobres. El hijo, piadoso e imbuido por una espíritu de buena voluntad, aprovechaba los viernes, su día libre, para ayudarla. Después llevaba la olla de comida a la mezquita para que la distribuyeran entre los necesitados.

Cuando, casi al final del mes sagrado, la primera vez que

74

respetó el *sawn* en secreto, llegó la *Lailat al-Qadr*, la noche del Destino, que señalaba la primera revelación recibida por Mahoma en la gruta de La Meca, Ahmed no pegó ojo. Pasó la noche entera rezando, confiando en la promesa divina de que aquella noche ninguna plegaria sería ignorada.

—Está escrito en el Libro Sagrado: «La noche del Destino es mejor que mil meses» —le había dicho el jeque Saad durante una lección en la mezquita recitando de memoria los versículos tres y cuatro de la sura noventa y siete—. «Los ángeles y el Espíritu descienden, en ella, con permiso de su Señor, para todo asunto.»

¿La noche del Destino vale más que mil meses? ¿Los ángeles descienden a la tierra en esa noche para cumplir las órdenes de Alá? Él mismo consultó el Corán y leyó y releyó la sura 97. Era verdad, así lo decía. ¿Cómo no aprovechar para rezar toda la noche, si valía más que otras mil noches? Por eso, rezó durante muchas horas, aunque lo cierto era que no tenía mucho que pedirle a Dios. Claro, como buen musulmán, sería más piadoso si rezaba por los pobres y los desfavorecidos. Y así lo hizo. También debía rezar para ser siempre honesto e íntegro, como exigía el Corán, y para que Alá le diera fuerzas para respetar de manera escrupulosa sus leyes y no le dejara caer en la tentación. Y así lo hizo.

Desde entonces, cumplió el *sawn* de forma estricta durante el Ramadán, aunque en secreto, y rezó en la noche del Destino hasta la madrugada. Tras conocer al profesor Ayman, a sus plegarias habituales desde los siete años, unió otras preces en esa noche sagrada. A partir de los doce años rezó por los desfavorecidos y por la incorruptibilidad de su alma. Pero, a partir de ese momento, creyó que debía rezar también por el islam, ahora que éste atravesaba una época de dificultades, y para que el Profeta tuviese al fin un sucesor y el califato fuera restaurado.

Y rezó por eso.

Toc. Toc. Toc.

Alguien llamó a la puerta con suavidad a la hora del almuerzo. El Ramadán ya había pasado hacía casi un mes y toda la familia estaba a la mesa comiendo cabrito asado.

—Ahmed, ve a ver quién es —ordenó el padre, sujetando un pedazo de carne.

El hijo se levantó y fue a abrir la puerta. Ante él apareció un hombre encorvado de mirada sumisa.

—¿Está el señor Barakah?

Ahmed miró hacia el salón.

—Padre, preguntan por usted.

—¿Quién es?

—Es un señor. Quiere hablar con usted.

El señor Barakah se limpió las manos y se levantó. Ahmed fue a sentarse a la mesa y no prestó atención a la conversación que se desarrollaba en la puerta.

No obstante, instantes más tarde, oyó la voz del padre tronar en el aire.

—¡Ahmed, ven aquí ahora mismo!

El tono era inesperadamente imperativo y el muchacho dio un respingo de miedo en la silla.

—¡Ven aquí te he dicho!

76

Ahmed se levantó. Se preguntaba qué pasaría o qué podría haber pasado para que su padre estuviera tan enfadado. Se acercó con miedo a la puerta. El visitante aún estaba del lado de la calle, con la cabeza baja como un penitente.

—Sí, padre.

Paf.

Ni la vio venir. La bofetada fue repentina y brutal, tan fuerte que el muchacho se tambaleó y fue a dar desamparado contra la pared.

—¿No tienes vergüenza? —gritó el padre, empujándolo de nuevo hacia la puerta—. ¿No tienes decencia?

—¿Por qué, padre? —alcanzó a preguntar con un hilo de voz—. ¿Qué he hecho?

Paf.

Recibió otra bofetada, esta vez en la otra mejilla.

—¿Qué has hecho? ¿Aún tienes el descaro de preguntar qué has hecho? —Lo cogió del cuello y lo obligó a encarar al visitante—. ¿Conoces a este señor?

Con los ojos bañados en lágrimas, Ahmed se quedó mirando al desconocido.

—No —balbució, bajando la cabeza.

—Este señor vive en el barrio cristiano al otro lado del canal. Dice que tú y tus amigos habéis apedreado su casa. ¿Es
verdad eso?

Ahmed sintió que un escalofrío le recorría el cuerpo y miró
al visitante encorvado de mirada sumisa. ¿Así eran los *kafirun*?
¿Así eran los temibles cruzados? ¿Así eran los que humillaban
al islam?

—Contesta —insistió el padre, agitándolo como un saco de
patatas—. ¿Es verdad o no?

Esta vez le tocó a Ahmed agachar la cabeza.

—Sí.

Sin soltar al hijo, el señor Barakah miró al visitante, le pidió
disculpas y se despidió. Cuando el desconocido se alejó, cerró la
puerta y arrastró al muchacho a su habitación. Ya con la puerta cerrada, Ahmed vio que su padre se quitaba el cinturón y de
inmediato supo lo que le esperaba.

Maldito *kafir*.

77

*L*a puerta de la sala del Maggior Consiglio se abrió y Frank Bellamy entró acompañado de un hombre bajo y rechoncho. Llevaba barba grisácea y unas gafas pequeñas sobre la punta de la nariz. Tenía un aire tan inofensivo y ridículo que el vecino de Tomás se inclinó hacia él y le susurró en tono de broma:

—Si todos los del Mossad son así, Israel está perdido.

El historiador sonrió por cortesía, pero mantuvo la atención fija en los dos hombres que se aproximaban a la mesa. Bellamy indicó al invitado su asiento.

—Amigos míos, les presento a David Manheimer.

El recién llegado saludó a los presentes con una inclinación de cabeza.

—*Shalom*.

El grupo devolvió el saludo y el hombre de la CIA continuó la presentación.

—Como algunos de ustedes saben, David es nuestro enlace con el Mossad y tiene mucha experiencia en el estudio de grupos terroristas islámicos. Ha interrogado a muchos terroristas y ha trazado un perfil y un cuadro motivacional que se ha convertido en una referencia para los servicios de inteligencia del mundo occidental. Es un privilegio tenerlo aquí con nosotros, aunque sea sólo brevemente, porque debe volver a su reunión. —Sonrió al israelí—. *Go on*, David.

El hombre del Mossad afinó la voz.

—¿Qué puedo decirles que no sepan ya? —preguntó en un inglés gutural—. El terrorista religioso es una suerte de zelote. Tiene tendencia a concentrarse en un único valor y a excluir todos los demás. En el caso de los terroristas musulmanes, el valor central es obedecer a Alá y al Profeta e imponer la ley islámica, cueste lo que cueste. La religión les explica el mundo y su lugar como individuos, pero al mismo tiempo los impulsa a la acción. Para estos zelotes no existen zonas grises, sólo blancas o negras. Destruyen todas las ambigüedades morales. Las cosas son o no son, no hay término medio. Los terroristas se ven a sí mismos como el pueblo de Dios y a los demás como enemigos de Dios. Así, deshumanizan al adversario hasta el punto de querer matarlos como quien mata… hormigas, por ejemplo. Pretenden purificar el mundo y no entienden que lo único que hacen es ensuciarlo con más inmundicia.

—Son unos locos, claro está —observó una voz.

Manheimer lanzó inmediatamente una mirada al hombre que había hablado, un individuo delgado, con los pómulos muy pronunciados.

—Ni se le ocurra pensar eso —dijo de manera terminante—. Todas las pruebas psicológicas demuestran que tratamos con personas perfectamente normales. No son psicópatas, ni siquiera desequilibrados. Son personas como las demás. Es más, si se fija, cuando la policía va a hablar con vecinos y conocidos de un terrorista después de que haya cometido un atentado, la reacción típica es de sorpresa, ya que todos lo consideraban una persona absolutamente normal. ¡Y es que lo son! Muchos terroristas se muestran incluso simpáticos y afables, nadie diría que pueden cometer actos terribles.

—¿Seguro que no se trata de locos?

—Tengo la absoluta certeza. Quizá la única debilidad psicológica que hemos detectado es que casi todos sufren un fuerte complejo de inferioridad. Soportan mal el dominio intelectual, cultural y tecnológico de Occidente. Como no lo consiguen igualar, se sienten acomplejados y rechazan a Occidente aferrándose a la religión y considerándola superior a todo lo demás. Ya se sabe, sólo se proclama la superioridad cuando se siente inferioridad. Lo que hacen es racionalizar ese complejo de inferioridad y se convencen de que ellos son los superiores, los buenos y los que tienen razón. De hecho, los terroristas islámicos se ven a sí mismos como santos y mártires, como personas que abrazan una causa noble, que dan la vida por el bien de la humanidad. La realidad es que tan sólo exorcizan su complejo de inferioridad.

—Pero hacen locuras…

—Desde nuestro punto de vista, sí. Pero no desde el suyo. Si entendemos la forma en la que ellos razonan, es sorprendente la manera tan absolutamente lógica en la que todo encaja. Basta con dar por buenas algunas premisas: por ejemplo, que las órdenes del Corán y de Mahoma deben seguirse al pie de la letra. El resto es sólo la consecuencia…

—Tiene que haber una explicación para esos comportamientos —insistió el hombre de los pómulos pronunciados, que no se daba por vencido—. Si no están locos, son necesariamente personas incultas y pobres, porque…

—Una vez más se equivoca —cortó Manheimer—. Todos los estudios demuestran que los terroristas son personas con una formación por encima de la media, la mayor parte de las veces con estudios universitarios. El perfil del terrorista islámico no es una excepción. Es verdad que algunos son pobres e incultos, pero la mayoría ha concluido estudios superiores. Hay incluso personas ricas entre ellos: Bin Laden, por ejemplo, era millonario.

Movió la cabeza y esbozó una sonrisa condescendiente antes de continuar.

—Ya sé que a los políticos y académicos occidentales les gusta recurrir a causas socioeconómicas para explicarlo todo. Eso les reconforta hasta cierto punto, les hace pensar que si resuelven los problemas socioeconómicos de esos pueblos, resolverán el problema del terrorismo. Entiendo su manera de pensar. Pero ¿se han dado cuenta de que hay un porcentaje anormalmente alto de saudíes entre los terroristas? Que yo sepa Arabia Saudí nada en petrodólares y no hay prácticamente pobres en el país. Eso echa por tierra la teoría, políticamente correcta, de las causas socioeconómicas.

El israelí levantó el dedo, en un gesto profesoral con el que pretendía enfatizar su punto de vista.

—Es necesario que entiendan algo: aunque hay algunos casos en los que las cuestiones socioeconómicas pueden desempeñar un papel importante, los terroristas islámicos están motivados sobre todo por cuestiones religiosas. Sé que eso es difícil de entender para un occidental, pero es la pura verdad. Los terroristas islámicos se limitan a acatar las órdenes del Corán y de Mahoma. Creen que si obedecen ciegamente las palabras divinas, conseguirán liberarse de su complejo de inferioridad respecto a Occidente.

—No puedo aceptar esa explicación —insistió el hombre de los pómulos salientes.

—En cambio, es lo que se desprende de los interrogatorios y de las pruebas que hemos hecho a los terroristas islámicos que capturamos. Como puede imaginarse, hemos trazado perfiles extensísimos a muchísimos fundamentalistas islámicos. Las conclusiones no dejan lugar a dudas.

—Me parece increíble. Seguramente...

Frank Bellamy, un cuerpo inerte hasta entonces, de repente cobró vida.

—Señores, me tendrán que disculpar, pero no vamos a entrar en una discusión —interrumpió—. Si el señor Dahl tiene dudas sobre lo que ha escuchado, estoy seguro de que David le podrá hacer llegar los informes pertinentes.

Consultó el reloj, como si diera el asunto por zanjado por falta de tiempo.

—David, creo que se te ha acabado el tiempo...

—De hecho, así es —confirmó el hombre del Mossad, levantándose—. Les pido disculpas, pero me esperan en otra reunión. Ha sido un placer.

Pese a su porte achaparrado, Manheimer abandonó la sala con paso ligero, tan deprisa como había llegado. Bellamy volvió a dirigir la reunión.

—Falta poco para que acabemos esta reunión general y en breve comenzarán nuestras reuniones especializadas. No obstante, no quería terminar sin recordarles las consecuencias de un eventual fracaso de nuestra misión de vigilancia. —Se volvió hacia una señora de mediana edad sentada a su izquierda—. Evelyn, por favor, explíquenos que pasará en nuestras sociedades si se da un atentado de este tipo.

Evelyn se puso en pie y se ajustó la chaqueta negra.

—*Jolly good, mister* Bellamy.

—La profesora Cosworth es una de nuestras nuevas adquisiciones —aclaró el hombre de la CIA—. Es catedrática de Sociología en el Imperial College de Londres y tiene una tesis doctoral sobre los efectos de las grandes catástrofes en la supervivencia o la extinción de las civilizaciones. Por favor, Evelyn.

La profesora echó una última ojeada a sus notas.

—Lo que tengo que decir es muy sencillo y breve —comenzó, con un fuerte acento británico *upper class*—. Las únicas bombas atómicas que se han lanzado contra sociedades humanas fueron las de Japón, en 1945. Esas explosiones provocaron el colapso inmediato de la sociedad japonesa. ¿Ocurriría lo mismo ahora? El terrorismo nuclear es una experiencia por la que aún no hemos pasado, por lo que no podemos calcular sus efectos con mucha certeza. Sin embargo, hay algunas cosas que sabemos con toda seguridad. Si se produjera un atentado nuclear en Estados Unidos, por ejemplo, la onda expansiva se sentiría de forma brutal en todo el planeta. Por supuesto, las primeras víctimas serían las personas a las que alcanzara la explosión, muchas de las cuales morirían o resultarían heridas. Pero, como ocurrió en el caso de Japón, habría otras consecuencias. La población perdería totalmente la confianza en los gobiernos. Esta pérdida de confianza podría casi paralizar la economía norteamericana. Es posible que estallaran motines, revueltas e insurrecciones generalizadas, lo que convertiría Estados Unidos en un país ingobernable. Ahora bien, el gran crac financiero de 2008 nos ha recordado que, hoy en día, todas las economías del planeta están conectadas por una red invisible, pero muy real. También ha servido para recordarnos lo importante que es la confianza en la economía, en el sistema y en la Administración. Una pérdida de confianza en Estados Unidos podría suscitar un nuevo colapso de la economía mundial. Es posible que nuestra civilización sobreviva a un *shock* así. Aun así, si los terroristas tuvieran la intención de destruir Occidente sólo tendrían que hacer estallar una segunda bomba atómica, y una tercera, y una cuarta. Amigos míos, les garantizo que nuestra civilización no sobreviviría a una catástrofe de tal magnitud.

Se hizo un silencio absoluto en la sala. Aprovechando el

efecto de las palabras de la profesora Cosworth, Frank Bellamy recuperó el control de la reunión.

—Los que piensan que el terrorismo nuclear es sólo un problema norteamericano deberían reconsiderar su postura —dijo a modo de conclusión—. Damos por terminada esta reunión general. En sus cuadernos encontrarán el programa para hoy. Pueden dirigirse a las salas donde se desarrollarán las reuniones especializadas. En este salón se celebrará una reunión con los nuevos miembros del NEST, a quienes invito a sentarse más cerca de mí. Señoras y señores, buen trabajo.

Siguió un alboroto de sillas que se arrastraban, documentos que se ordenaban y conversaciones que se retomaban. Con la barahúnda instalada momentáneamente, Tomás se levantó y fue ocupar un asiento que se había quedado libre, dos sillas más allá de la que ocupaba Bellamy. El norteamericano estaba poniendo orden en sus papeles, pero se puso en pie y miró al recién llegado.

—Bueno, Tomás, ¿ha aprendido algo?

—Sí, claro. Pero tenga en cuenta que yo no soy miembro del NEST. Sólo he venido a asistir a una reunión. Nada más.

Bellamy lo escrutó durante un instante largo, con una expresión entre pensativa e irónica.

—Que yo recuerde, no ha venido sólo a asistir a una reunión...

—¿Ah, no? Entonces, ¿a qué he venido?

—Ha venido a ayudarnos a descifrar un correo de Al-Qaeda.

—Pero usted dijo que sólo podría ver ese correo si aceptaba incorporarme al NEST. Que yo sepa aún no he aceptado.

—Va a aceptar.

El historiador se rio.

—¿Por qué está tan seguro?

—Por la persona que le voy a presentar. Está a punto de llegar.

—¿De quién estamos hablando?

El rostro de Bellamy se abrió en su habitual sonrisa sin humor.

—De la mujer de bandera, claro está.

8

$\mathcal{L}$os delgados dedos del jeque se deslizaron suavemente por el cuero de la portada del Corán, como si el maestro creyera que con aquel gesto acariciaba a Dios.

—¿Por qué lo hiciste? —preguntó el jeque Saad con voz meliflua.

Ahmed mantuvo el rostro inmóvil, mirando fijamente a los ojos al maestro, convencido de que no habría censura que lo pudiera apartar del camino de la verdad.

—Son *kafirun*, jeque.

—¿Y? ¿Qué daño te han hecho?

—Han hecho daño al islam. Quien hace daño al islam, hace daño a Alá y a la *umma*. Y quien hace daño a Alá y a la *umma* me hace daño a mí.

—¿Eso es lo que piensas?

—Sí.

—¿Es eso lo que te he enseñado a lo largo de estos últimos cinco años? ¿Es eso lo que has aprendido de mí? ¿Es eso lo que has aprendido en la mezquita?

El muchacho bajó la cabeza y no contestó. El jeque se rascó la barba, pensativo.

—¿Quién te ha contado esas cosas?

—Unas personas.

—¿Qué personas?

El muchacho se calló por un instante. Pensó que si mencionaba al profesor Ayman le podía acarrear problemas. Quizás era mejor dar una evasiva.

—Mis amigos.

Saad señaló a su pupilo.

—Entonces, les dices a tus amigos que, al perseguir a los cristianos, ellos mismos son *kafirun*.

Ahmed levantó los ojos desconcertado.

—¿Qué quiere decir con eso, jeque?

El maestro señaló el Corán que tenían en las manos.

—¿Por qué sura vas?

—¿Disculpe?

—¿Hasta qué sura has recitado ya?

El pupilo sonrió con orgullo.

—He llegado a la 25, jeque.

—¿En estos cinco años ya has recitado todo el Corán hasta la sura 25?

—Sí.

—Entonces, recita la sura 5. Ahora.

—¿La sura 5, jeque? —Sus ojos reflejaban la sorpresa de Ahmed—. Pero es larguísima…

—Recita el versículo 85 de la sura 5.

El muchacho cerró los ojos, haciendo un esfuerzo para recordar. Recorrió mentalmente la sura 5 y llegó por fin al versículo que el jeque le pedía.

—«En los judíos y en quienes asocian encontrarás la más violenta enemistad para quienes creen —recitó—. En quienes dicen: "Nosotros somos cristianos", encontrarás a los más próximos, en amor, para quienes creen.»

—¿Ves? —preguntó el jeque—. ¡Entre los cristianos encontrarás a los más próximos a los creyentes! ¡Es lo que dice Alá en el Corán! ¡Lo dice la propia voz de Alá!

—Pero, jeque, la misma sura 5 revela otras cosas también —argumentó Ahmed, combativo—. En el versículo 56, Alá dice lo siguiente: «¡Oh, los que creéis! No toméis a judíos y a cristianos por amigos: los unos son amigos de los otros. Quien de entre vosotros los tome por amigos, será uno de ellos».

—Es verdad —reconoció el jeque—. Pero recuerda lo que dice Alá en el versículo 257 de la sura 2: «¡No hay apremio en la religión!». O sea, no podemos obligar a los cristianos a convertirse.

—El problema, jeque, es que en la propia sura 2, versículo 187, Alá dice otra cosa: «Si os combaten, matadlos: ésa es la recompensa de los infieles». Y, dos versículos más adelante, Alá dice: «Matadlos hasta que la idolatría no exista y esté en su lugar la religión de Dios. Si ellos ponen fin a la idolatría, no más hostilidad si no es contra los injustos».

El jeque se incorporó en su asiento. El condenado muchacho, además de ser precoz, se sabía al dedillo la primera parte del Corán. No sabía dónde absorbía toda esa información, pero lo cierto es que siempre traía la lección preparada.

—Escucha, Ahmed. Es cierto que todo eso está escrito en el Corán y se corresponde con la voluntad de Alá —afirmó, hablando lentamente, como si sopesara sus palabras—. No obstante, debo recordarte que Dios reconoce a los judíos y a los cristianos a los que llama «Gentes del Libro». Y, en el versículo 103 de la sura 2, Alá dice: «Muchas Gentes del Libro querrían volveros a hacer infieles después de que profesasteis vuestra fe, por envidia, después que la verdad se les mostró claramente. Perdonad y contemporizad». ¿Ves? «Perdonad y contemporizad.» Aunque Alá censure a los judíos y a los cristianos, Él pide a los creyentes que perdonen a las Gentes del Libro. Tenemos, pues, que perdonar y contemporizar. Es una orden directa de Alá.

—Pero, jeque, no ha recitado todo ese versículo —corrigió el pupilo—. Se ha dejado una parte.

—¿Cuál? ¿Qué parte me he dejado?

—En el versículo 103, Alá nos habla como usted dice —admitió—, pero la frase completa del «perdonad y contemporizad» dice: «Perdonad y contemporizad hasta que venga Dios con su orden». O sea, los creyentes deben perdonar y olvidar hasta que Alá aparezca con su orden. Esto implica que, una vez que aparezca la orden, ya no se debe perdonar ni contemporizar. Debemos hacer otra cosa. Debemos cumplir con el mandato: «Matadlos hasta que la idolatría no exista y esté en su lugar la religión de Dios», como dice la propia sura unos versículos más adelante.

El jeque suspiró, exasperado.

—Escucha, Ahmed —dijo—. El Libro Sagrado a veces es complejo, y, a veces, contradictorio. Además de…

—¿Complejo? ¿Contradictorio? —se sorprendió el pupilo, que cada vez hablaba con mayor atrevimiento.

Señalando el Corán, el muchacho añadió:

—Jeque, lo que está escrito en el Libro Sagrado es simple y directo. Alá dice en la sura 2, versículo 189: «Matadlos hasta que la idolatría no exista y esté en su lugar la religión de Dios». ¡Está muy claro! Es…

—¡Cállate! —cortó Saad con un tono repentinamente irritado y con el rostro rojo de rabia.

Era la primera vez que le levantaba la voz a Ahmed en los cinco años en que había sido su maestro.

—¡No debes hablar así! ¡Ningún buen musulmán debe hablar así! ¡Sólo tienes doce años, no eres más que un niño! ¡No me vengas a enseñar qué dice o deja de decir Alá en el Corán! ¡Sé muy bien lo que Dios dice en el Libro Sagrado! ¡He estudiado el Corán toda mi vida! ¡El islam es Alá, a quien llamamos «*Ar-Rahman*» y «*Ar-Rahim*», el Compasivo, el Misericordioso! ¡El islam es Mahoma, que dijo ser hermano de todo aquel hombre que fuera piadoso! ¡El islam es Saladino, que perdonó a los cristianos cuando liberó Al-Quds! ¡El islam son los ciento catorce versículos del Corán que hablan sobre el amor, la paz y el perdón!

Ahmed se encogió en su silla, intimidado por aquella furia repentina.

—Alá nos aconseja en el Corán que seamos generosos con nuestros padres, con nuestra familia, con los pobres, con los viajantes —continuó Saad en el mismo tono, casi atrancándose—. No debemos despilfarrar ni engañar a los demás. La ostentación y el orgullo son grandes defectos; la honestidad es una virtud. Eso es lo que Alá dice en el Corán.

Arrebatado por sus propias palabras, levantó el dedo con severidad.

—El islam es lo que el Misericordioso enuncia en la sura 2, versículo 172: «Piadoso es quien cree en Dios, en el Último Día, en los ángeles, en el Libro y los profetas; quien da dinero por su amor a los prójimos, huérfanos, pobres, al viajero, a los mendigos y para el rescate de esclavos; quien hace la oración y da limosna. Los que cumplen los pactos cuando pactan, los constantes en la adversidad; en la desgracia y en el momento de la calamidad; ésos son los veraces y ésos son los temerosos».

Aún furioso, miró fijamente al pupilo:

—Y por encima de todo, no olvides que el islam es pacífico. ¿Me has oído? ¡Pa-cí-fi-co! Alá nos ordena en la sura 4, versículo 33: «¡Oh, los que creéis! ¡No os matéis!». Por tanto, matar está prohibido. Así lo afirma el Corán: «¡No os matéis!».

Se hizo el silencio en la pequeña sala de la mezquita. Sólo se oía la respiración apresurada del jeque y el eterno zumbido de las moscas. Saad se pasó la mano por la cara. Se esforzaba por calmarse y recuperar el dominio de sí mismo. El pupilo bajó la mirada, abochornado por la propia vergüenza de su maestro.

Más sereno, el mulá se aclaró la voz y, recuperada su serenidad habitual, dijo:

—A través del Corán, Alá reconoció a los profetas de los judíos y los cristianos como sus mensajeros. Dios dice en la sura 3, versículo 2: «Dios ha hecho descender sobre ti, ¡oh, Profeta!, al Libro con la verdad, atestiguando los que le precedieron. Hizo descender el Pentateuco y el Evangelio, anteriormente, como guía para los hombres». Y Alá añade en la sura 4, versículo 161: «Te hemos inspirado como inspiramos a Noé y a los profetas que vinieron después de él, pues inspiramos a Abraham, Ismael, Isaac, Jacob, a las doce tribus, a Jesús, a Job, a Jonás, a Aarón, a Salomón y a David, a quien dimos los Salmos». El problema es que los intermediarios, como los rabinos y los sacerdotes, adulteraron los mensajes originales de estos profetas de la Torá y del Evangelio. De ahí, surgió la necesidad de que Alá hiciera una última revelación, esta vez a Mahoma, y por eso Alá ordenó que sus palabras quedaran registradas en el Libro Sagrado para que nunca más se adulteraran. Cuando el Corán habla, es Alá quien habla. Y en el Corán se reconoce que Jesús era un profeta verdadero. ¿No lo has leído?

—Sí, jeque. Lo he leído.

—El mensaje de Alá es un mensaje de bondad, de piedad y de tolerancia. En su último sermón antes de morir, Mahoma dijo: «Nadie es superior a nadie. Ni los árabes respecto a los no árabes, ni algunos árabes respecto a otros árabes, ni los blancos respecto a los negros, ni los negros respecto a los blancos. Sólo existe la superioridad que se alcanza a través del conocimiento de Dios». —Hizo una pausa para dejar que la frase calara en el alumno—. ¿Ha quedado claro?

—Sí, jeque —asintió Ahmed de nuevo.

El pupilo dudó como si quisiera añadir algo, pero, preocupado por la inesperada irascibilidad del maestro se contuvo.

—¿Qué ibas a decir, muchacho? —preguntó Saad al ver que dudaba.

—Nada, jeque.

—Di lo que tengas que decir.

Ahmed posó la mirada sobre el volumen que el maestro aún acariciaba.

—Cuando Mahoma dijo que no había superioridad de razas, decía lo que dice el propio Corán.

—Claro.

—Pero, jeque, en esa misma frase el Profeta deja claro que, pese a que no haya superioridad entre razas, el islam sí es superior. Lo que dice el apóstol de Alá es que no hay superioridad entre los hombres «excepto la superioridad que se alcanza a través del conocimiento de Dios». O sea, los musulmanes son superiores. Alá dice en la sura 3, versículo 17: «La religión, ante Dios, consiste en el islam».

—Claro, el islam es la sumisión a Dios. Quien se somete a Dios es superior. Pero recuerda que las Gentes del Libro también tienen conocimiento de Dios…

—Es un conocimiento adulterado por los rabinos y los curas, jeque. No es verdadero conocimiento. Ellos sólo conocen a Dios a través de intermediarios, no de forma directa como nosotros.

—Es verdad —reconoció el maestro—. ¿Y qué?

—Eso muestra que no somos todos iguales, jeque.

—Admito que no lo somos —reconoció Saad—. Pero recuerda lo que dice Alá en la sura 2, versículo 59: «Ciertamente quienes creen, quienes practican el judaísmo, los cristianos y los sabios (quienes creen en Dios y en el Último Día y hacen obras pías) tendrán su recompensa junto a su Señor. No hay temor para ellos, pues no serán entristecidos». Este mensaje se repite en otros dos versículos. Como ves, las personas buenas entre las Gentes del Libro serán recompensadas por Alá. Esto es una muestra de tolerancia para con otras religiones.

—Y en cambio, en la sura 5, versículo 56, Alá deja claro que un creyente no puede ser amigo de un judío o de un cristiano…

—Es verdad.

Ahmed volvió a dudar si debía exponer lo que pensaba, pero esta vez venció sus temores.

—Hay algo más, pero le pido que no se enfade por lo que voy a decir…

Saad sonrió con benevolencia.

—Puedes estar tranquilo.

—Usted ha dicho no hace mucho que Alá prohibió matar en el Corán.

—Sí.

—Pero si es así, jeque, ¿por qué la sura 2, versículo 189, dice: «Matadlos hasta que la idolatría no exista y esté en su lugar la religión de Dios»? Si es así, ¿por qué el versículo 187 de la misma sura dice: «Si os combaten, matadlos: ésa es la recompensa de los infieles»? Si es así, ¿por qué Alá impone la muerte en el Corán para aquellos que cometen ciertos crímenes? En fin, ¿está prohibido matar o no lo está?

Por un instante, el maestro no supo qué responder.

—Bueno…, está prohibido, pero… también se permite… En fin…, se permite sólo en determinadas circunstancias, claro.

—Así es, jeque. Se permite en determinadas circunstancias. Es más, la muerte se ordena, como ocurre en el caso de los creyentes que cometen asesinato, apostasía o que mantienen relaciones sexuales ilegales, o en el caso de los *kafirun*. Recuerde que la sura 4, versículo 33, se dirige a los creyentes. Alá dice: «¡Oh, los que creéis! ¡No os matéis!». O sea, no matéis a otros creyentes, no matéis a otros musulmanes, salvo a los criminales. Pero Alá no prohíbe matar a los *kafirun*. Y eso, sin hablar siquiera de lo que dice la sura 9, versículo 5, donde Alá…

Ahmed se quedó sin voz al ver al maestro palidecer en el momento en que mencionó ese versículo. No obstante, el jeque siguió callado y el pupilo recuperó la voz y acabó la frase.

—… en la sura 9, versículo 5, Alá dice: «Matad a los asociadores donde los encontréis. ¡Cogedlos! ¡Sitiadlos! ¡Preparadles toda clase de emboscadas!».

Los músculos de la mandíbula del maestro se contrajeron en una muestra del esfuerzo que hacía por dominarse.

—Ese versículo se refiere a los idólatras, no a las Gentes del Libro —argumentó con voz fría y tensa.

—¡Todos son idólatras, jeque! ¿No rezan los *kafirun* cristianos a las estatuas que ponen en las iglesias? ¿No adoran a los santos y a la madre de Jesús? ¿No dicen que Jesús es el hijo de Dios? ¡Eso es idolatría! Está en el Corán: «¡No hay más Dios que Alá!». ¡Usted mismo lo ha dicho en todas nuestras lecciones a lo largo de estos años! ¡Sólo hay un Dios! ¡Nadie reza a Mahoma! ¡Nadie reza a la madre de Mahoma! ¡Nadie reza a Abu Bakr ni a ningún otro califa! ¡Un verdadero creyente sólo reza a Dios, únicamente a Dios! ¡Pero los *kafirun* cristianos rezan a Jesús, a su madre, al Papa, rezan delante de estatuas…, le rezan a todo! Hasta piensan que Jesús es una especie de Dios… ¡Eso es idolatría! Y Alá dice: «Matad a los asociadores donde los encontréis».

—Está bien, pero ese mandato se dio en el contexto de una batalla específica. No se puede tomar como un mandato general.

—Sólo no es un mandato general para quien no quiere leerlo así, jeque —repuso el pupilo con arrogancia—. Es evidente que todos los versículos del Corán tienen un contexto. Pero ¿no es Alá *As-Samad*, el Eterno? Por tanto, sus mandatos, aunque los profiriera en un contexto, también son eternos. Cuando Alá, en su infinita sabiduría, reveló al Profeta el versículo que dice que ciertas acusaciones exigen al menos cuatro testigos, ¿ese mandato tenía un contexto?

—Claro que sí.

—Y, en cambio, es eterno. Lo mismo ocurre con el mandato de matar a los idólatras. Como todos los versículos del Corán, ese mandato tiene también un contexto. Sin embargo, es tan eterno como los demás —dijo señalando al maestro—. Usted mismo ha dicho varias veces que el Libro Sagrado es atemporal. Si es así, este versículo también lo es.

Saad respiró profundamente. De pronto se sintió sumamente cansado.

—No sé quién te enseña esas cosas —exclamó, impotente, pasando por alto el problema que el pupilo le planteaba.

En una muestra de que daba por zanjada la conversación, el jeque cogió con ternura el Corán y se levantó.

—Sea quién sea, debes tener cuidado.

—¿Por qué, jeque?

El maestro lanzó una última mirada al alumno antes de darle la espalda y abandonar la salita.

—Porque lo que estás diciendo es peligroso.

9

—*Fuck!* ¡Ya llega tarde!

Frank Bellamy levantó los ojos del reloj y miró hacia la puerta con impaciencia.

—¿Qué pasa? —quiso saber Tomás.

—Es una de nuestras jefas de equipo. Llega tarde.

—Esperemos un poco más.

—No podemos —insistió, consultando de nuevo su reloj—. Tengo otra reunión ahora y después una cena.

El salón ya se había vaciado. Bellamy paseó la vista por la decena de personas que seguían allí esperando instrucciones. Se acercaba el atardecer y se habían encendido las luces de la sala del Maggior Consiglio. Tras comprobar si la pantalla de plasma y el DVD estaban instalados, lanzó una última mirada esperanzada hacia la puerta. Sin querer demorar más la decisión, señaló las sillas vacías.

—Señores, hagan el favor de tomar asiento —dijo—. Vamos a empezar la reunión.

El ruido provocado por las sillas que se arrastraban y las personas que se sentaban fue mucho menor y más breve que quince minutos antes, al final de la reunión preliminar. Esta vez, los presentes no se conocían entre sí, por lo que las conversaciones que se cruzaron fueron de mera cortesía.

—Como he explicado hace poco, todos los presentes han sido reclutados por el NEST por vías poco tradicionales. Esperamos que nos ayuden sobre todo en el proceso de detección de cualquier amenaza potencial en Europa. Por distintos motivos, cada uno de ustedes tiene conocimientos profundos sobre el islam y relaciones con las comunidades musulmanas que viven en sus países. No obstante, hasta donde sé, ninguno de ustedes tiene un conocimiento profundo del tipo de amenaza al que nos enfrentamos, razón por la cual he considerado oportuno hablar un poco al respecto.

Arregló sus papeles e hizo una pausa antes de lanzar la pregunta provocativa que marcaría el tono de la reunión.

—Si yo fuera un terrorista y quisiera cometer un atentado nuclear, ¿qué creen que debería hacer?

La pregunta quedó en el aire, insidiosa, hasta que los presentes comprendieron que Bellamy esperaba de veras una respuesta.

—Conseguir una bomba, supongo —arriesgó Tomás.

—Muy bien —dijo Bellamy, que pareció aprobar la idea—. Pero ¿dónde podría encontrarla?

—No sé. Se la podría comprar al tal Khan, por ejemplo.

El hombre de la CIA reflexionó sobre la respuesta.

—Sería una buena opción. El problema es que el señor Abdul Khan ya fue neutralizado, aunque debo admitir que eso tampoco sería un gran obstáculo. Puede que el señor Khan esté fuera del circuito, pero hay otros Khan sueltos por ahí. Es bueno recordar que sólo acabó confesando, en 2008, que era el testaferro de los militares paquistaníes, y mucho me temo que ésos siguen operando con relativa impunidad. Muchos de ellos son fundamentalistas islámicos y, si yo fuera un terrorista islámico, podría pensar en pedirles ayuda. Pero, si es así, ¿por qué los yihadistas aún no han explosionado una de esas bombas?

El grupo permaneció en silencio. Era una buena pregunta.

—La respuesta es simple —se adelantó Bellamy, respondiendo a su propia pregunta—. Porque una bomba de ésas llevaría escrita la dirección del remitente.

—Creo que no lo he entendido —confesó la profesora Cosworth al otro lado de la mesa.

—Lo que quiero decir es que todas las bombas atómicas tienen una firma individual. El NEST cuenta con una base de datos muy completa sobre el desarrollo de armas nucleares: desde textos publicados en revistas científicas a pasajes de novelas de espionaje. Todo está en esas bases de datos. Si se detonara una bomba nuclear, el NEST analizaría las características de la explosión, incluidas la fuerza de destrucción y la composición de los isótopos de la lluvia radioactiva que seguiría inevitablemente a la explosión. Esas características se compararían luego con la información de la que disponemos sobre los arsenales nucleares ya existentes. En nuestra base de datos constan elementos muy concretos sobre las bombas que poseen Pakistán, India, Corea del Norte…, de todos los países. Comparando las características de la explosión con esos datos podríamos saber qué país construyó la bomba y la entregó a los terroristas. O sea, las características de la explosión nos darían la dirección del remitente. Una vez que supiéramos dónde fueron a buscar los terroristas la bomba, podríamos tomar represalias destruyendo el país que se la facilitó. ¿Lo entienden? Eso es lo que ha impedido a los militares pakistaníes proporcionar armas nucleares a los yihadistas islámicos. Saben que podemos localizar el origen de la bomba. —Todas las cabezas asintieron al mismo tiempo, en un movimiento sincronizado que indicaba que todos habían entendido la explicación.

»La hipótesis más verosímil es que los terroristas obtengan un arma nuclear intacta y, por eso, lo más probable es que la roben —prosiguió Bellamy—. Aquí me temo que el principal sospechoso es Rusia. Desde la desaparición de la Unión Soviética los sistemas de control y de seguridad atómicos se han relajado. El país tiene entre cuarenta y ochenta mil cabezas nucleares, pero la forma en que se almacenan esas armas espantaría a cualquiera. Basta considerar que la inflación en Rusia llegó a ser del dos mil por ciento para entender que resulta cada vez más fácil sobornar a un científico o a un militar en situación vulnerable. Además, vendieron armas a precio de ganga cuando se acabó el sistema comunista. ¡Un almirante fue condenado por haber vendido sesenta y cuatro barcos de la flota rusa del Pacífico, incluidos dos portaaviones, a la India y Corea del Sur! ¿Quién nos garantiza que los rusos no venderán también armas nucleares?

—Si lo hubieran hecho —argumentó la profesora Evelyn Cosworth—, imagino que ya se sabría.

El hombre de la CIA se levantó de su asiento para encender la pantalla de plasma y el reproductor de DVD.

—¿De veras lo cree? Entonces, vea esta entrevista que concedió el general Alexander Lebed, que por aquella época era consejero del presidente Borís Yeltsin, al programa *60 Minutes* de la CBS.

Bellamy apretó un botón del reproductor, la pantalla se iluminó y apareció la figura del general ruso sentado en una silla. Delante de Lebed se encontraba el entrevistador Steve Kroft. La introducción, narrada por Kroft, mencionaba que se desconocía el paradero de bombas nucleares soviéticas de una kilotonelada, bombas del tamaño de un maletín de ejecutivo. Las voces de Kroft y Lebed irrumpieron por los altavoces conectados al reproductor.

—¿Cree que sus armas de destrucción masiva están seguras e inventariadas? —preguntó el entrevistador.

—Ni mucho menos —respondió Lebed—. Ni mucho menos.

—Sería fácil robar una de ellas.

—Tienen el tamaño de un maletín.

—¿Es posible meter una bomba en un maletín y salir con ella?

—La propia bomba tiene forma de maletín. En realidad, es un maletín. Pero también se puede meter en un maletín, si se quiere.

—Pero ya es un maletín.

—Sí.

—Entonces, ¿podría pasearme por las calles de Moscú, Washington o Nueva York y la gente pensaría que sólo llevo un maletín?

—Sí, sin duda alguna.

—¿Es fácil detonar una bomba así?

Lebed reflexionó durante un instante.

—Bastarían veinte o treinta minutos.

—Pero ¿no son necesarios códigos secretos del Kremlin o cosas de ese tipo?

—No.

—¿Y dice usted que hay un número significativo de estas bombas que han desaparecido y que nadie sabe dónde están?

—Sí, más de un centenar.

—¿Dónde se encuentran?

—Algunas en Georgia, otras en Ucrania, en los países bálticos, ¿quién sabe? Tal vez algunas incluso estén fuera ya de estos países.

Sólo hace falta una persona para hacer estallar una bomba nuclear.

—¿Y dice usted que estas armas ya no se encuentran bajo control militar ruso…?

—Le estoy diciendo que más de cien armas de un total de doscientas cincuenta no están bajo el control de las fuerzas armadas de Rusia. No sé dónde se encuentran. No sé si han sido destruidas, si están guardadas o si han sido vendidas o robadas. No lo sé.

Bellamy apagó el reproductor y la imagen desapareció de la pantalla.

—Creo que estas declaraciones permiten hacerse una idea clara de la dimensión del problema que tenemos entre manos —dijo mientras ocupaba de nuevo su asiento—. Conviene aclarar que, después de la entrevista del general Lebed, un portavoz del Gobierno ruso declaró que esas armas nunca habían existido o habían sido destruidas.

Sonrió con sarcasmo.

—Una pequeña contradicción, ¿no les parece? Primero dicen que esas armas nunca han existido y, a renglón seguido, afirman que ya las han destruido, lo que significa que habían existido.

Se hizo de nuevo el silencio en la sala. A Tomás le costaba asimilar lo que acababa de escuchar.

—¿Cree que las armas que desaparecieron cayeron en manos de terroristas?

—Es posible —asintió Bellamy—. Pero lo importante de esta entrevista es que las palabras del consejero del presidente ilustran el colapso del sistema de seguridad de Rusia. Puede que las bombas nucleares en maletines de ejecutivos no cayeran en manos de los terroristas, pero es posible que haya ocurrido con otras bombas. Recuerden que el arsenal ruso es de entre cuarenta a ochenta mil cabezas nucleares. Con la corrupción que hay en el país, ¿cómo podemos estar seguros de que todas están protegidas? Después de todo, el problema no es sólo la corrupción, sino la laxitud. ¡Los inspectores norteamericanos que visitaron las instalaciones nucleares en 2001 revelaron que, cuando llegaron al almacén donde se guardaban las armas, se encontraron la puerta abierta!

—*Gott im Himmel!* —murmuró un hombre que hasta entonces había estado callado y que obviamente era alemán.

—Se trata, por tanto, de un problema de extrema gravedad —insistió Bellamy—. Parece que, últimamente, han mejorado las cosas en Rusia y se ha recuperado gran parte de la disciplina. Por otro lado, hay que recordar que las armas nucleares requieren mantenimiento, incluso para funcionar. Además, muchas de ellas están protegidas por sistemas electrónicos, lo que dificulta mucho las cosas. Eso no quiere decir que no haya riesgo de robos. Ese riesgo se mantiene, pero nuestro análisis arroja riesgos mayores.

—¿Mayores? —espetó la profesora Cosworth sorprendida—. *Good Lord!* ¿Puede haber mayor riesgo que el robo de una bomba atómica por terroristas?

Una voz femenina proveniente de la puerta resonó en toda la sala e interrumpió la conversación.

—¿Por qué no construyen los terroristas su propia bomba?

Todos miraron a la entrada e intentaron identificar a la recién llegada.

—¡Rebecca! —exclamó Bellamy, aliviado—. ¡Llega tarde!

La muchacha de cabello corto y rubio como la paja se dirigió hacia la mesa. En la mano, llevaba un maletín negro de ejecutivo. Tenía los ojos grandes y azules, luminosos y expresivos, y unos labios suculentos y apetitosos como fresas. Llevaba un jersey amarillo y unos vaqueros azul claro, un conjunto que combinaba a la perfección con su pelo y sus ojos.

Tomás la desnudó con la mirada. Reparó en que tenía un cuerpo curvilíneo como una viola y unos pechos pequeños, pero turgentes. Fue en ese instante cuando cayó en la cuenta de quién era la mujer que acababa de entrar.

—Discúlpenme —dijo Rebecca con el acento nasal propio de los norteamericanos—. Había mucho tráfico en el Gran Canal.

Era la mujer de bandera que Bellamy le había prometido.

10

Ahmed balanceaba el cuerpo al ritmo monocorde de las palabras que repetía sin cesar. Se esforzaba por familiarizarse con los sonidos de la cantinela.

—«¡Quiá! Los infieles desmienten la Hora» —entonó recitando los mismos versículos de la sura 25 por quinta vez consecutiva, en su intento de memorizar por completo aquel capítulo del Corán—. «Para quienes desmienten la Hora, preparamos un hogar. Cuando desde un lugar lejano los vea, oirán su enfurecimiento y su chisporroteo. Cuando se les eche entrelazados a un lugar angosto, dentro de él, allí mismo, pedirán la aniquilación. Se les responderá…»

Se calló.

Se oían voces agitadas dentro de casa. Se inclinó hacia la puerta cerrada del cuarto e intentó distinguir los sonidos que le llegaban algo amortiguados. Se dio cuenta de que venían de la sala. Eran las voces de su padre y su madre. ¿Estarían discutiendo otra vez?

Aquello acabaría mal, pensó desanimado. Pronto, el padre comenzaría a golpear a su madre. No tenía ganas de soportar otra escena. Sin embargo, cuando se disponía a taparse los oídos, oyó otras voces. Aguzó de nuevo el oído ¿Qué pasaba? Oía también…, oía también a sus hermanos. Todos hablaban exaltados. Por Alá, ¿qué ocurría?

Dudó. Estaba sentado en el suelo y tenía el Corán sobre un *kursi*, un soporte plegable de madera que facilitaba la lectura y, sobre todo, garantizaba que el Libro Sagrado quedaba por encima de sus rodillas, una posición adecuada y respetuosa. Pero el barullo le molestaba para recitar, por lo que acabó cerrando el Corán y colocándolo con cuidado en un estante. Después abrió la puerta y asomó la cabeza.

—¿Qué pasa?

La algarabía continuaba y nadie le respondió. Intrigado, salió al pasillo y fue a la sala. Allí, su familia discutía con gran agitación alrededor del televisor encendido, en el que hablaba un hombre con corbata.

—¿Qué ha pasado? —volvió a preguntar, con la atención ya puesta en la pantalla en busca de una respuesta.

—No lo sabemos bien —respondió el padre sin desviar la vista del televisor—. Ha habido problemas en un desfile militar y parece que han disparado al presidente.

—¿A qué presidente?

—¿A qué presidente va a ser? ¡A Sadat, por supuesto!

—¿Han disparado a Sadat? ¿Por qué?

—No lo sé. Eso es lo que estábamos discutiendo. Yo creo que son rivalidades entre ellos. El poder te granjea muchos enemigos. Pero tu hermano piensa que han sido los sionistas.

Ahmed señaló el televisor.

—¿Qué dice la televisión?

—Nada —respondió su hermano mayor encogiéndose de hombros—. Dicen que han llevado al presidente al hospital.

—¿Nada más?

—Y que han decretado el estado de emergencia.

Pronto quedó claro que la televisión no aportaría novedades. Toda la familia estaba sumida en un estado de excitación febril y ninguno soportaba estar encerrado en casa.

Pese al calor que hacía fuera, salieron todos a la calle y se toparon con los vecinos. Toda la gente sentía lo mismo: nadie era capaz de contener la agitación nerviosa. Todas las conversaciones giraban de manera obsesiva en torno al mismo asunto: qué había pasado y quién lo había hecho. Unos decían que era un golpe de Estado de los generales, y otros, que era todo un invento. Los primeros se indignaban con los segundos por su opinión. Había quien insistía en los israelitas y decía que los Acuerdos de Paz de Camp David habían sido una emboscada. En cualquier caso, la algarabía se había trasladado a la calle.

La madre de Ahmed, que había ido a mirar un perol que tenía al fuego, apareció de repente, jadeante, en la puerta de casa.

—¡Rápido, rápido! ¡Venid a ver esto!

Fueron todos corriendo a casa, la familia y los vecinos, y la pantalla acaparó de nuevo la atención. El hombre encorbatado había desaparecido. Lo habían sustituido unas imágenes del Corán y una voz que recitaba el Libro Sagrado. Se quedaron paralizados intentando digerir el significado de todo aquello. ¿Por qué motivo recitaban el Corán en la televisión?

—¡La radio! —exclamó el señor Barakah.

El padre de Ahmed fue a toda prisa al cuarto a buscar el pequeño receptor de onda corta. Volvió a la sala, dejó el aparato sobre la mesa, lo encendió y sintonizó la emisora que escuchaba habitualmente. La radio emitió una voz melódica y melancólica. Daban un programa de música y los sonidos fluctuaban como olas: iban y venían, por momentos eran más nítidos, y por momentos, más distantes. Entre medias, como era característico de las recepciones de onda corta, se oían pitidos.

—¿Qué hora es? —quiso saber el hermano mayor de Ahmed.

El padre consultó su reloj. Faltaban cuatro minutos para la hora en punto.

—El noticiario empezará dentro de cuatro minutos.

Esperaron alrededor del aparato. La impaciencia les reconcomía el estómago. En el televisor continuaban recitando el Corán. Ahmed identificó los versículos de la sura 2. El programa musical de la radio, que hasta entonces parecía interminable, llegó entre tanto al final y una voz pausada y distante tomó la sala.

—Aquí Londres. Esto es la BBC. Están escuchando la emisión en lengua árabe.

Tras una pausa llena de ruidos estáticos, los toques metálicos e imponentes del Big Ben rompieron el silencio lentamente.

Volvió a hablar la misma voz.

—Ha muerto el presidente Anwar al-Sadat. El jefe de Estado egipcio ha fallecido víctima de un atentado en El Cairo. Aún no se ha reivindicado el ataque, pero…

Υ

Sólo una semana después se reanudaron las clases. La ley marcial decretada por el vicepresidente Mubarak obligó a Ahmed y a toda la familia, y en general a todos los egipcios, a quedarse en casa durante algunos días. En aquel momento, reinaba una confusión total sobre los motivos reales del atentado, pero, sólo dos días después, la televisión dio a conocer la identidad de los asesinos.

—¿Quiénes son esos hombres de Al-Jama'a? —preguntó Ahmed a su padre durante la comida, después de escuchar el noticiario.

—Al-Jama'a al-Islamiyya —corrigió el señor Barakah, dando el nombre completo del movimiento—. Son unos radicales.

—¿Qué es eso?

—¡Hijo mío, tienes unas preguntas! —replicó el padre con impaciencia—. Son musulmanes que propugnan la aplicación de la *sharia*.

—¡Son unos locos! —añadió la madre, inclinada sobre la tabla para cortar un trozo de carnero—. ¡Unos enfermos!

—Cállate, mujer. ¿Qué sabes tú de eso?

—Sé que así las cosas sólo pueden empeorar...

—¡No va a empeorar nada! —sentenció el marido, extendiendo el plato a su mujer para que le sirviera la carne—. Mubarak tendrá mano firme con esta gente. Ya lo verás.

—¿Y si no la tiene?

—Mira, si no la tiene..., ¡esto puede acabar realmente mal!

—¡Matar al presidente! —insistió la madre mirando de reojo hacia arriba como si consultara a Alá—. ¿Dónde se ha visto algo así, Dios mío? ¿Dónde se ha visto? ¡Quiera el Misericordioso que todo se arregle! *Inch'Allah!*

—¡Deben de pensar que estamos en Estados Unidos! —exclamó el padre, mientras se preparaba para meterse el primer trozo de carnero en la boca—. Allí es donde matan a los presidentes...

—Sadat no debería haber firmado la paz con los sionistas —opinó el hijo mayor, que hasta entonces había estado callado—. ¡Eso fue un error!

—Eso es verdad —asintió el señor Barakah masticando

102

ya—. El presidente debería haber tenido más cuidado. Fue una falta de respeto para con la *umma* y para con los mártires de las guerras contra los sionistas. Eso es verdad.

—Sadat se lo estaba buscando… —insistió el mayor—. ¿Sabéis lo que dijo uno de los hombres que disparó contra él? «¡He matado al faraón!»

El padre se rio.

—¿Faraón? Ésa es buena.

La conversación seguía animada, pero Ahmed ya no prestaba atención. Tenía la mente inmersa en un torbellino. Estaba pensativo desde que su padre le había explicado qué eran los radicales.

«¿Son musulmanes que propugnan la aplicación de la *sharia*? ¿Y qué hay de malo en eso? La *sharia* es la ley de Dios, y Dios la dictó en el Libro Sagrado. Si Al-Jama'a quiere la aplicación de la ley de Dios, ¿no será eso quizá de justicia?», pensaba una y otra vez.

La cabeza de Ahmed bullía, llena de dudas y de perplejidad, pero, teniendo en cuenta el clima de miedo que reinaba desde la muerte del presidente y la purga que desde entonces había iniciado el vicepresidente, sabía que aquél no era el mejor momento para comenzar a hacer preguntas en voz alta.

Lo mejor era seguir callado.

La madraza abrió de nuevo sus puertas la semana siguiente y Ahmed fue a clase desde el primer día. Tenía la sensación de que no podría callarse de manera indefinida: necesitaba saber. Su mente hervía con dudas y necesitaba respuestas urgentes. Tal vez las encontraría en las clases de religión, y por eso esperaba con ansia la hora de la lección.

Cuando el profesor Ayman apareció, vio en su rostro una expresión extraña: era como si mezclara alegría y aprensión. Sonreía y al momento casi acechaba por encima del hombro. El clima de miedo afectaba a todo el mundo y, por lo visto, el maestro no era una excepción. La tensión era palpable, pero Ahmed creía que la clase de religión le daría soluciones.

Sin embargo, no fue así. Ese día la clase resultó ser una gran decepción. En vez de hablar de lo que le interesaba, el profesor Ayman se limitó a hacer que los alumnos recitaran el Corán en coro.

«La recitación del Libro Sagrado es algo bello», se reprochó Ahmed de inmediato, súbitamente mortificado por su decepción. ¿Cómo podía estar decepcionado por recitar el Corán? ¡Aquéllas eran las palabras de Alá *As-Samad*, el Eterno, y cualquier oportunidad de repetirlas constituía una gran honra, y así tenía que pensar siempre!

Momentos después de acabar la lección, después de que todos los alumnos dejaran el aula, se encontró siguiendo los pasos del profesor. No lo había planeado, pero lo estaba siguiendo.

Ayman recorría el pasillo. Su larga *jalabiyya* blanca rozaba el suelo. El muchacho lo seguía en silencio a un par de metros de distancia. Muy atento a todo lo que le rodeaba, el profesor pronto se dio cuenta de que lo seguían. Se paró de repente y encaró a Ahmed.

—¿Qué quieres? —preguntó con una aspereza inesperada—. ¿Por qué vienes detrás de mí?

El muchacho arqueó las cejas casi sobresaltado con el tono agresivo de la interpelación.

—Necesito…, necesito hablar con usted, señor profesor.

Ayman miró a su alrededor de inmediato, como si buscara una amenaza escondida.

—¿Por qué? ¿Pasa algo?

—No, señor profesor. Es sólo que tengo… dudas.

—¿Dudas? ¿Qué dudas?

—Dudas sobre el Corán.

El rostro del profesor reflejó su perplejidad.

—¡Vaya ocurrencia! —exclamó sorprendido—. Las cosas que Alá dice en el Santo Corán son muy claras. Basta leerlo y obedecer sus órdenes.

—Ya lo sé, señor profesor, pero el mulá de mi mezquita no opina igual.

—¿Sobre qué?

—Sobre los *kafirun*.

El cuerpo de Ayman se relajó visiblemente. Con un gesto rápido de la mano, pidió al alumno que lo siguiera.

—Vamos —ordenó, mientras volvía a andar por el pasillo—. Hablemos en mi despacho.

Ahmed, que de nuevo caminaba tras el docente, sintió una beatífica serenidad. El profesor Ayman sabía. Se tranquilizó al verlo deslizarse en su *jalabiyya*: él le mostraría la verdad.

La verdad sobre los *kafirun*.

$\mathcal{F}$rank Bellamy señaló a la rubia que acababa de llegar.

—Les presento a Rebecca Scott, una agente de la CIA que se encuentra adscrita ahora al NEST y que se une a nuestra pequeña reunión.

Tras la presentación, hubo un coro de «*hellos*» y «*good afternoons*», acompañados de muchos gestos con la cabeza y sonrisas. La recién llegada era realmente atractiva y todas las miradas se dirigieron hacia ella. La rubia se sentó al lado de Bellamy y dejó el maletín de ejecutivo a sus pies.

—La especialidad de *miss* Scott —continuó el orador— es el montaje y desmontaje de armas nucleares. Eso quiere decir que, en caso de emergencia nuclear, ella es una de las personas a las que podríamos recurrir para neutralizar una bomba atómica. Además de eso, *miss* Scott tiene experiencia en combate en Afganistán.

Miró fijamente a la mujer.

—Su hermoso rostro parece el de un ángel, ¿no les parece? Sin embargo, queridos míos: ¡tiene dientes de acero!

El grupo se rio, aunque nadie tuviera la certeza de si se trataba de un chiste. Con modos muy profesionales, Rebecca se incorporó y se dirigió a la mesa:

—Muchas gracias, *mister* Bellamy. Es un placer estar aquí con ustedes. Según me ha parecido oír cuando entraba en la sala, ya han analizado las posibilidades de que los terroristas adquieran una bomba nuclear intacta.

—Así es —confirmó Bellamy—. Íbamos a ponderar ahora escenarios aún más probables.

Rebecca Scott asintió.

—Bueno, más que robar un arma nuclear, es más probable que los terroristas construyan una bomba atómica. Es más, ese escenario es más preocupante. Las probabilidades de que se dé son increíblemente elevadas.

Los presentes fruncieron el ceño, sorprendidos e intrigados.

—¿Es posible? —quiso saber Tomás, sin perder tiempo para darse a conocer a la beldad que iluminaba la sala—. Tenga en cuenta que estamos hablando de una bomba nuclear…

—¿Y?

—Bueno, supongo que no se construye una bomba nuclear como si nada.

Rebecca levantó dos dedos.

—Bastan dos días —dijo—. O incluso menos.

—¿Qué?

—Construir una bomba nuclear es facilísimo. Subraye la palabra «facilísimo», por favor. La única dificultad es conseguir material capaz de producir fisión. Si un grupo terrorista tuviera ese material y contara con un ingeniero mínimamente competente, el resto es un juego de niños.

—¿Está hablando en serio?

—¡No lo dude! La mayoría de la gente piensa que para construir una bomba nuclear hace falta un megaproyecto con instalaciones y recursos gigantescos, como el Proyecto Manhattan, por ejemplo. Nada más lejos de la realidad. Las instrucciones para montar una bomba de este tipo se pueden encontrar en Internet y en varios libros técnicos en cualquier buena biblioteca. Basta con leer.

—Disculpe, pero no puede ser tan sencillo…

—Hay algunas dificultades, claro —asintió ella—, pero, en lo esencial, la construcción de una bomba nuclear es realmente sencilla. Para que se hagan una idea, déjenme explicarles lo siguiente: hay dos tipos de bombas nucleares. Uno es las de plutonio, las preferidas por las fuerzas armadas por ser altamente físil, lo que permite provocar una explosión con cantidades muy pequeñas y, por ende, miniaturizar las bombas.

—Como los maletines de ejecutivo rusos.

—Eso mismo. La bomba de Nagasaki, por ejemplo, era de plutonio. Pero un dispositivo de este tipo plantea problemas

107

delicados. El primero es su construcción. La bomba de plutonio detona por implosión, lo que exige una ingeniería compleja y muy minuciosa de simetría implosiva. Además de eso, el plutonio es difícil de manejar al ser altamente radiactivo. Respirar una cantidad ínfima es mortal.

—Yo creía que había dicho que la construcción de un arma nuclear era un juego de niños…

—Y lo es —aseguró Rebecca—. Pero ningún grupo terrorista optará por construir una bomba de plutonio, debido a los problemas que acabo de enumerar. Su opción será siempre la bomba de uranio, como la que se usó en Hiroshima. Se trata de un dispositivo que emplea uranio altamente enriquecido, que contiene más de un noventa por ciento del isótopo físil U-235. Si tuviéramos uranio altamente enriquecido con ese isótopo, podríamos montar una bomba atómica en cualquier lugar, hasta en un garaje.

—Está usted de broma… —dijo la profesora Cosworth.

—Por desgracia, no. Con uranio altamente enriquecido, la construcción del dispositivo es de una sencillez infantil.

—Sí, pero la manipulación de uranio altamente enriquecido debe exigir precauciones especiales —argumentó Tomás—. No podemos olvidar que se trata de material radiactivo. ¡Que yo sepa, eso no se hace en un garaje!

—Basta con un garaje —repitió Rebecca, categórica—. Fíjense, ¿qué es exactamente el uranio altamente enriquecido? En forma natural, el uranio está formado por tres isótopos: el U-234, que es residual, el U-235 y el U-238. Para uso militar, sólo nos interesa el U-235. El problema es que, cuando se extrae uranio de la tierra, la presencia de este isótopo es inferior al uno por ciento. El uranio en estado natural está formado, de forma abrumadora, por el isótopo U-238. Por eso es necesario procesar el uranio con centrifugadoras para eliminar el U-238 y enriquecer la proporción del isótopo U-235. ¿Lo entienden?

—¿Eso es el enriquecimiento?

—Exacto. Se busca enriquecer el uranio con el isótopo U-235. Y ésa es la única parte compleja de la producción de una bomba atómica. El uranio extraído de la tierra se sumerge en ácido sulfúrico, de manera que sólo quede el uranio puro. Ese uranio puro se seca y se filtra. Del proceso se obtiene un polvo llamado *yellowcake*. Este polvo se somete luego a un gas a temperaturas elevadas y se convierte así en un compuesto gaseoso, que se envía luego a unas máquinas de rotación supersónica llamadas centrifugadoras. A medida que estas centrifugadoras giran, los diferentes isótopos, al tener distinto peso, se separan. El más pesado, el U-238, sale al exterior de las centrifugadoras, mientras que el menos pesado, el U-235, se queda más cerca del eje. El gas va pasando de centrifugadora en centrifugadora, lo que aumenta cada vez más el nivel del isótopo U-235. Este proceso exige unas mil quinientas centrifugadoras trabajando en cascada durante un año hasta conseguir reunir el U-235 necesario para superar el punto crítico de detonación. En ese momento, el gas se convierte en un polvo metálico, llamado óxido de uranio, y finalmente en un metal de color ceniza, preferentemente con forma oval, frío y seco al tacto. Bastan…

—¿Al tacto? —insistió Tomás—Pero ¿ese uranio no es radiactivo?

—Claro que es radiactivo —confirmó ella—. Pero tiene una toxicidad baja. El uranio altamente enriquecido es tan tóxico como…, no sé, como el plomo, por ejemplo. Si alguien respira o traga fragmentos de este elemento se sentirá mal, claro, pero sólo eso. El uranio altamente enriquecido es moderadamente radiactivo, lo que significa que puede manipularse sin guantes y hasta transportarse en una mochila. ¡Con un poco de protección ni siquiera hace saltar los detectores de radiación! ¡Imagínense!

—*Good heavens!* —exclamó la profesora Cosworth, horrorizada.

—Por eso una bomba atómica de uranio es muy interesante para los terroristas. ¡Se puede hasta dormir con una cantidad pequeña de este material debajo de la almohada! —Levantó el índice—. Pero, ojo, se deben tomar algunas precauciones. El uranio altamente enriquecido no se puede almacenar a partir de determinadas cantidades, ya que, a veces, los átomos de U-235 se dividen de forma espontánea y disparan neutrones que, a partir de una masa de cierta dimensión, podrían dividirse en un número de átomos suficiente para provocar una reacción en cadena y la consiguiente explosión nuclear. Esto es, hay un valor crítico de masa de uranio enriquecido que no se puede sobrepasar. Al tratar con este material, debe procurarse mantenerlo separado en pequeñas cantidades subcríticas. ¿Me explico?

—En el caso del uranio altamente enriquecido, ¿cuál es el valor crítico? —quiso saber Tomás, cuya curiosidad era infinita—. ¿Cómo sé que la cantidad de material que tengo es subcrítica o crítica?

—La masa crítica de uranio es inversamente proporcional al nivel de enriquecimiento. El nivel más bajo de enriquecimiento necesario para desencadenar una reacción nuclear es el veinte por ciento. En este caso, se tendría que acumular casi una tonelada de uranio para provocar una explosión nuclear espontánea. En el otro extremo del espectro se encuentra el enriquecimiento al noventa por ciento o más. En este caso, bastan pequeñas cantidades.

—¿Cuánto?

—Unos cincuenta kilos. —Con las manos mostró el volumen de una bomba de ese peso—. Tendría el tamaño de una pelota de fútbol.

—¿Quiere decir que si junto cincuenta kilos de uranio enriquecido al noventa por ciento puedo generar una explosión nuclear espontánea?

—Sí.

—¡Caramba!

—¡Es tan sencillo como eso! —exclamó Rebecca moviendo la cabeza afirmativamente—. De ahí que la construcción de una bomba de este tipo sea tan fácil.

Cogió un bolígrafo y garabateó un dibujo en una hoja.

—Basta construir un tubo, poner veinticinco kilos de uranio altamente enriquecido en un extremo, al que llamaremos «bala»...; poner otros veinticinco kilos en el otro extremo, al que llamaremos «blanco»...; poner un poco de material propulsor detrás de la bala...; disparar la bala en dirección al blanco...; en este punto, las dos cantidades subcríticas colisionan y se vuelven críticas...; ¡y, bingo, ya tenemos una reacción nuclear!

Mostró el esquema a los rostros boquiabiertos de la mesa.

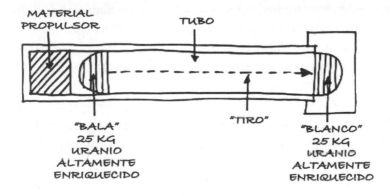

—*I say*, ¿sólo eso? —quiso saber la profesora Cosworth, entre escandalizada y aterrorizada.

—Ya les había avisado de que la construcción de una bomba nuclear era sencilla, ¿no? —observó Rebecca, que seguía mostrando el dibujo a su auditorio—. Cuando dos masas de uranio altamente enriquecido se juntan y cruzan el umbral crítico de los cincuenta kilos, se produce la detonación. La bomba de Hiroshima era así. —Guardó el dibujo—. ¡Y aún no saben lo peor!

—¿Hay algo peor?

—En última instancia, los terroristas no tienen ni siquiera que construir el dispositivo. Les bastaría con poner veinticinco kilos en un primer piso y lanzar desde cierta altura otros veinticinco kilos de uranio sobre el material que hayan dejado en el suelo. Al colisionar, a pesar de no estar dentro de un dispositivo, las dos partes subcríticas podrían cruzar el umbral crítico y desencadenar una explosión nuclear. —Se encogió de hombros—. ¡Un juego de niños!

El alemán que estaba sentado a la mesa volvió a echarse las manos a la cabeza, aterrorizado.

—*Mein Gott!*

La reunión terminó media hora después. Antes se distribuyeron documentos y bibliografía para su consulta posterior. Tomás ojeó el material, y vio que los esquemas y las ecuaciones abundaban en la documentación. Él quizá tendría dificultades para seguir aquellos razonamientos, pero sabía que para un ingeniero todo aquello era obvio.

—Tom —lo llamó una voz.

El portugués levantó la cabeza y vio a Frank Bellamy al lado de la rubia. Ambos lo miraban.

—¿Sí?

—Venga aquí. Déjeme presentarle a Rebecca Scott.

Tomás se levantó y le ofreció la mano.

—*How do you do?* —la saludó Tomás con su mejor inglés británico.

La rubia tenía la palma de la mano blanda y caliente.

—*Hi*, Tom —respondió Rebecca con su acento americano—. *Mister* Bellamy me ha hablado mucho de usted.

—Espero que bien.

La mujer se rio.

—Me dijo que el Palazzo Ducale era el lugar perfecto para que nos conociéramos.

—¿Ah, sí? ¿Por qué?

Rebecca se encogió de hombros y miró al hombre de la CIA para que él respondiera la pregunta.

—Entonces, Tomás, ¿no sabe quién estuvo preso aquí? —preguntó Bellamy.

—¿Aquí, en este palacio? No tengo ni la menor idea.

—Su colega italiano. —Señaló el gran cuadro de Tintoretto que adornaba la pared—. Estuvo preso aquí e intentó huir por un agujero del techo.

—No sé de quién habla.

—Ya se lo he dicho, de su colega italiano. —Bellamy miró a Rebecca de reojo—. Casanova.

La rubia soltó una carcajada, divertida con la observación y sobre todo con la cara aterrorizada de Tomás.

—¡Oh, usted y sus chistes! —observó el historiador con acidez, acusando el golpe.

Bellamy siguió centrando su atención en Rebecca.

—Tenga cuidado con este portugués —la avisó—. Tiene pinta de soso, pero es un depredador de féminas.

—No le haga caso —le pidió Tomás, que intentaba recuperarse del bochorno—. ¿Hace mucho que trabaja en el NEST?

La mejor táctica era cambiar de tema.

—Hace algún tiempo —confirmó ella—. Me destinaron a Madrid, y desde allí coordino las operaciones en la península Ibérica.

—¡Ah, bueno! Eso explica que *mister* Bellamy nos haya presentado.

El hombre de la CIA aprovechó para meter una cuña.

—¡Cuento con que su colaboración será muy provechosa!

El historiador lo reprendió con la mirada.

—*Mister* Bellamy, ya le he dicho que no estoy seguro de querer trabajar para el NEST...

—*Come on*, Tom. Esto es sólo una colaboración. Le pagaremos bien y será un trabajo fácil para usted. Ya verá.

—No sé, no sé. Tengo que pensármelo.

—No me diga que no quiere trabajar para mí —dijo Rebecca haciendo un mohín y pestañeando mucho.

Esta vez fue el portugués quien soltó una carcajada.

—¡Caramba, veo que usan ustedes todo tipo de argumentos!

—Vamos, Tom —lo apremió Bellamy—. Necesitamos una decisión ya. ¿Qué va a ser? ¿Se une a nosotros o no?

El historiador, dubitativo, miraba una y otra vez a Bellamy y a Rebecca.

—¿Me garantizan que esto no me llevará mucho tiempo?

—¡Claro que no! Lo que queremos de usted no es cantidad de trabajo, sino calidad. Como ya le he explicado, tenemos que descifrar un correo de Al-Qaeda y estamos convencidos de que usted es el único que puede hacerlo.

«Realmente —pensó Tomás—, ¿qué puedo perder?» Haría el trabajo de consultoría y le pagarían bien. ¿Por qué dudaba, entonces? La decisión estaba clara.

—¡Está bien! Cuenten conmigo.

Los dos norteamericanos sonrieron y le apretaron las manos.

—*Atta boy!* —exclamó Bellamy, que consultó su reloj por enésima vez y miró luego a Rebecca—. Yo tengo que marcharme a otra reunión. Ahora que van a trabajar juntos, supongo que tendrán mucho de lo que hablar...

—Sí, *mister* Bellamy —asintió ella—. Tengo que hablar con Tom, de hecho. Voy un momento al baño y vuelvo.

Dejó tras de sí a los dos hombres, que contemplaron sus formas femeninas mientras se alejaba.

—Una *pin-up*, ¿eh? —observó el hombre de la CIA—. Conociéndolo como lo conozco, apuesto a que ella ha sido un motivo crucial para que haya decidido unirse a nosotros.

Sin apartar la vista de la mujer, que doblaba ahora la esquina, Tomás se rio.

—¿Qué le hace pensar eso?

Rebecca salió de la sala y Frank Bellamy suspiró. Se volvió hacia el portugués. Sus ojos azules brillaban con frialdad.

—¡Es usted un *fucking* tarado!

12

*E*l despacho era pequeño y lóbrego, tan despojado de decoración que casi tenía un aspecto ascético, muy a semejanza de su circunspecto ocupante. En las paredes colgaban pósteres con fotografías de santuarios sagrados. En un lado, se veía una inmensa multitud en torno a la Kaaba de La Meca durante el Hadj y, en el otro, una imagen de la mezquita de Al-Aqsa, sobre la cima de la colina de Al-Quds.

El profesor Ayman cerró la puerta con llave e invitó al alumno a sentarse frente a él.

—¿Y bien? —preguntó—. ¿Qué pasa? ¿Qué dudas son esas que te hacen seguir mis pasos como si fueras mi sombra?

Una vez que estuvo allí, Ahmed casi se avergonzó de haber confesado que tenía dudas. ¿Cómo podía alimentar dudas sobre la palabra de Alá? Todos los interrogantes se esfumaron de su cabeza por un instante y tuvo que hacer un esfuerzo para recordar la conversación que había mantenido semanas antes con el jeque Saad.

—El mulá de mi mezquita, señor profesor, dice que tenemos que perdonar a los *kafirun* que son Gentes del Libro y olvidar, como dice la sura 2, y que los cristianos son los más cercanos a los musulmanes, como dice la sura 5.

El muchacho se calló por un momento a la espera de la reacción del profesor.

—¿Qué piensas tú?

—Es verdad que Alá dice eso en el Libro Sagrado —reconoció Ahmed—. Pero Alá también dice otras cosas. Estoy un poco confuso.

—¿Cómo se llama ese mulá?

—Es el jeque Saad.

El profesor Ayman cogió un bloc y anotó el nombre. Lo guardó y volvió a mirar al alumno, esta vez para tomar las riendas de la conversación.

—Dime, muchacho, ¿dónde está escrita la ley islámica?

—En el Corán, señor profesor.

—¿Y qué hacemos cuando aparece una situación nueva que no está prevista en el Corán?

El pupilo dudó. Nunca se había planteado esa posibilidad.

—¿Hay situaciones que no están previstas en el Libro Sagrado? —Estaba sorprendido, como demostraba la expresión desconcertada de su rostro.

—Claro que las hay. ¿Cómo las resolvemos?

La mirada de Ahmed se volvió opaca. No tenía respuesta para esa pregunta.

—Creía que en el Corán estaba todo previsto, señor profesor.

—Pues no es así.

La cuestión dejó perplejo a Ahmed. El Corán recogía la palabra de Alá. ¿Sería posible encontrarla en otra parte?

116

—Entonces…, entonces ¿dónde está?

—Remontémonos a la época del Profeta para entender cómo nació la *sharia* —propuso el profesor, señalando el póster de la Kaaba de La Meca, como si la fotografía los transportara a aquella época remota—. Siempre que había una disputa entre los creyentes y no sabían cuál era la voluntad de Dios, la solución era preguntar a Mahoma, que la paz sea con él. El apóstol de Dios recibía entonces una revelación de Alá y daba la respuesta. Sin embargo, a veces Alá no se pronunciaba. Cuando eso ocurría, el Profeta decidía por sí mismo. En la sura 3, versículo 29, Alá dice: «Obedeced a Dios y al Enviado». El Corán recoge este mismo mandato en otros lugares, ¿no es así?

—Sí, señor profesor. Hay que obedecer siempre a Dios y al Profeta.

—Pues así es como conocemos la ley de Alá, a través del Santo Corán. Y si, por acaso, se da una situación para la que el Libro Sagrado no ofrece respuesta, tendremos que preguntar al Profeta.

Ahmed ponderó por un instante lo que el profesor le acababa de decir. Las leyes están escritas en el Corán o en las palabras del Profeta. En caso de duda, se pregunta a Mahoma. Se sentía inquieto, más por la perplejidad que por la incomodidad.

—¡Pero, señor profesor, el Profeta está muerto! —argumentó abriendo los brazos como quien muestra algo evidente—. ¿Qué hacemos ahora cuando el Libro Sagrado no aclara algo?

—¡Ah! —exclamó Ayman levantando el dedo de forma tajante—. ¡Buena pregunta! Ése fue precisamente el problema al que se enfrentaron los primeros creyentes cuando el apóstol de Dios, que Alá lo tenga siempre en su seno, se fue al Paraíso.

—¿Y cómo lo resolvieron?

—Como sabes, la autoridad pasó al sucesor del Profeta, ¿verdad? El primer califa, Abu Bakr, fue quien asumió entonces el mando. Siempre que había una disputa, las personas recurrían a Abu Bakr o algunos de los compañeros de Mahoma que habían sido testigos de las anteriores decisiones del apóstol de Dios: su segunda mujer, Aisha, e incluso, Mo'ath bin Jabal, Abu Huraira, Abu Obaida u Omar ibn Al-Khattab. Los compañeros del Profeta ejercían como jueces y consultaban el Santo Corán. Cuando no encontraban respuesta en el Libro Sagrado, se aplicaba lo que Alá establece en la sura 33, versículo 21: «En el Enviado tenéis un hermoso ejemplo». Y también lo que prescribe la sura 4, versículo 82: «Quien obedece al Enviado, obedece a Dios». O sea, el Profeta, que la paz sea con él, es el ejemplo que debemos seguir. De ahí que buscaran orientación en episodios de la vida del Profeta, que la paz sea con él.

—¡Son los *hadith*! —exclamó Ahmed con los ojos iluminados—. ¡Son los *hadith*! Por eso los mulás en la mezquita siempre hablan de los *hadith* y de la sunna…

—¡Así es! —confirmó el profesor—. Pero no se dice «los *hadith*». Es «un *hadith*» y «varios *ahadith*». El plural es «*ahadith*» y el singular «*hadith*».

—Disculpe.

—Los *ahadith* relatan historias de Mahoma, que la paz sea con él, y de ese modo establecen la sunna, el ejemplo. Los episodios de la vida del Profeta, que la paz sea con él, sirven así como fuente legal, sobre la que sólo tiene preeminencia el Santo Corán. —Alteró el tono de voz con si hiciera un aparte—. Además, muchos de los versículos del Libro Sagrado sólo se entienden si conocemos las circunstancias en las que surgieron. Esas circunstancias se relatan precisamente en los *ahadith*.

—Pero, señor profesor, ¿cómo sabemos que esos episodios narrados en los *ahadith* ocurrieron de verdad? El mulá me dijo que hay muchos *ahadith* apócrifos...

—Y tiene razón —confirmó Ayman—. Hay muchísimos relatos fraudulentos de episodios de la vida de Mahoma, que la paz sea con él. Por ese motivo, doscientos años después de la muerte del Profeta, que la paz sea con él, algunos estudiosos compilaron los *ahadith* y comprobaron la manera en que se habían transmitido a lo largo del tiempo para garantizar su fiabilidad. La colección más importante es la del imán Al-Bujari, que analizó trescientos mil *ahadith* y determinó que dos mil de ellos eran auténticos, pues consiguió seguirles la pista hasta el propio mensajero de Alá. Esos *ahadith* están publicados en una recopilación llamada *Sahih Bujari*. También el imán Muslim reunió una colección muy fiable, conocida como *Sahih Muslim*.

—Entonces ¿los «*hadith*» de esas colecciones se consideran auténticos?

—Sin duda —aseguró el profesor—. Pero déjame que vuelva a la cuestión de cómo se forman las leyes islámicas, porque es muy importante. Imagina que era necesario pronunciar una decisión legal..., una *fatwa*. ¿Qué se hacía? Si el Santo Corán no se pronunciaba sobre el asunto, se consultaba a Aisha y ella recordaba una sunna, un ejemplo de la vida de Mahoma, que la paz sea con él, que se adaptaba a las circunstancias del caso. Pero imagina que no se le ocurría ningún episodio, que no encontraba un *hadith* adecuado. ¿Qué hacía Aisha? Le decía a la persona que hablara con Abu Obaida, por ejemplo, por si él podía recordar algún *hadith* apropiado. Si Obaida no recordaba ninguno, remitía a la persona a Abu Bakr.

—¿Y si el califa tampoco sabía la respuesta?

—Bueno, en ese caso, convocaba un consejo y le presentaba la cuestión, preguntando si alguien recordaba algún episodio de la vida de Mahoma, que la paz sea con él, que resolviera el problema. Si nadie recordaba un episodio, entonces el consejo pronunciaba una decisión nueva, inspirada siempre en el espíritu del Santo Corán y de la sunna.

—¿Eso no es una *ijma'ah*?

—Sí, esas decisiones son las *ijma'ah*. Por tanto, la fuente superior del islam es el Santo Corán. Cuando no hallamos respuesta en el Libro Sagrado, recurrimos a los *ahadith*, que cuentan episodios de la vida del Profeta, que la paz sea con él, y extraemos una sunna, un ejemplo apropiado para decidir sobre el problema. Cuando los *ahadith* no dan respuesta al problema, los sabios pronuncian una *ijma'ah*, inspirada en el Santo Corán y en la sunna.

—Pero eso era en el tiempo en que aún vivían personas que conocieron al Profeta, ¿cómo se pronuncian ahora las *ijma'ah*?

—De la misma manera, con un consejo de sabios —replicó Ayman—. En la actualidad, el Consejo Islámico para la Investigación, que se reúne aquí en El Cairo, en la Universidad de Al-Azhar, pronuncia gran parte de las *ijma'ah*.

—¿Nuestra universidad?

—Sí, la nuestra. Al-Azhar es la universidad de mayor prestigio del islam, ¿no lo sabías?

—¿Cómo no lo iba a saber? —exclamó Ahmed, repentinamente orgulloso—. Y nosotros pertenecemos a ella…

—Nuestra madraza pertenece a Al-Azhar, sí.

El alumno mantuvo por unos momentos la sonrisa dibujada en el rostro, pero pronto le asaltó una duda.

—Tengo una duda, señor profesor. ¿Cómo podemos estar seguros de que las decisiones de esos sabios son siempre acertadas?

—Pues, ése es uno de los problemas —reconoció el profesor Ayman, cuya mirada se ensombreció de repente—. El Consejo Islámico para la Investigación está bajo la influencia del Gobierno y suele pronunciar *ijma'ah* del agrado de éste, no de Alá. —Movió la cabeza—. Eso no puede ser. Yo creo que la *umma* no puede confiar en estos sabios que sólo dicen lo que es conveniente, no lo que es verdadero. Hay otros sabios cuyas *ijma'ah* son más fieles al Santo Corán y a la sunna.

—¿Cuáles?

119

—El gran muftí de Arabia Saudí, por ejemplo. O la Escuela de Ley Islámica de Qatar.

Se hizo un silencio. El zumbido eterno de las moscas, hasta entonces un mero ruido de fondo, se volvió dominante, acompañado por el sonido amortiguado de voces y pasos en el pasillo, más allá de la puerta cerrada.

Ahmed se movió en la silla.

—Señor profesor, aún no lo he entendido bien. ¿Me permite que le haga una pregunta?

—Claro.

El muchacho se calló por un instante durante el que consideró la mejor manera de formular la pregunta.

—No entiendo qué tiene todo esto que ver con el problema de los *kafirun* —dijo, volviendo así a la cuestión que lo había llevado allí—. El mulá de mi mezquita dice que los cristianos son los más próximos a nosotros y que debemos perdonarlos y contemporizar. Eso es lo que Alá dice en el Corán. Pero, al mismo tiempo, Alá dice otras cosas en el Libro Sagrado. Dice que no podemos ser amigos de los *kafirun* judíos y cristianos. Dice que debemos matar a los *kafirun* hasta que la persecución pare y ellos se conviertan y dejen de ser *kafirun*. Dice que debemos tender toda clase de emboscadas a los idólatras y matarlos. Al final, ¿cuál es la verdad?

—Está en todo lo que te he dicho.

El alumno sacudió la cabeza, mostrando así su disconformidad.

—Disculpe, pero sigo sin entenderlo. ¿Qué tiene que ver lo que usted me ha dicho con el problema de los *kafirun*?

—Todo. El Santo Corán y los *ahadith* contienen una respuesta clara al problema de los *kafirun*.

—¿Cuál es esa respuesta?

El profesor se acarició distraídamente la barbilla, pasando los dedos lentamente entre los pelos negros y ligeramente rizados de su tupida barba.

—¿Has oído hablar de la *nasikh*?

—Sí, claro. Mi mulá la mencionó en una lección hace más o menos un año. ¿Por qué?

—¿Qué es la *nasikh*?

—Es la revelación progresiva del Corán.

—Sí, pero ¿qué significa eso?

Ahmed se mordió el labio. El jeque Saad ya había abordado aquel asunto, pero lo hizo tan brevemente que Ahmed no había asimilado el concepto.

—No sé.

El profesor sonrió.

—La *nasikh* es la clave para resolver las aparentes contradicciones del Corán. En realidad, no hay contradicciones en el Libro Sagrado, que es perfecto. La *nasikh* significa que Alá decidió, en su inmensa sabiduría, revelar de manera progresiva el Santo Corán. Podría haberlo revelado todo de una vez, pero Dios, que todo lo sabe y todo lo planea, optó por hacerlo por fases, a través del sistema de revelación progresiva, o *nasikh*. Eso quiere decir que las nuevas revelaciones cancelan las anteriores. ¿Lo has entendido?

El muchacho esbozó un gesto de intriga.

—Umm…, sí.

Por el tono vacilante de la respuesta, el profesor Ayman notó que aquel «sí» era en realidad un «no» encubierto.

—Ya veo que no has entendido nada —observó—. Te lo explicaré mejor. Antes de hacerlo en dirección a La Meca, ¿hacia dónde mandaba rezar el Corán a los creyentes?

—Hacia Al-Quds.

—¡Exactamente! Primero se mandó a los creyentes que rezaran hacia Al-Quds, y después hacia a La Meca. Parece que hay una contradicción. Al final, ¿cuál es el mandato válido?

—Pues, el segundo.

—Eso es precisamente la *nasikh*, o abrogación. A través del Santo Corán, Alá nos mandó primero rezar en dirección a Al-Quds y después en dirección a La Meca. Cuando hay contradicción aparente, se aplica el principio de la revelación progresiva: las nuevas revelaciones cancelan las anteriores. El mandato de rezar en dirección a La Meca canceló el anterior. Lo mismo ocurrió con el alcohol, por ejemplo. Primero se permitía beber alcohol en todas las circunstancias; después se prohibió sólo durante la oración; y, más tarde, se prohibió en cualquier circunstancia. ¿Qué mandato es el válido?

—El último, claro.

—*Nasikh!* Las nuevas revelaciones cancelan las anteriores. Y eso es la abrogación. Podemos seguir leyendo los versículos del Corán, claro, pero ya no son válidos. ¿Lo has entendido?

—Sí —replicó el alumno con la convicción de quien finalmente ha entendido algo.

—Ahora debes entender otra cosa —dijo el profesor—. La revelación progresiva se divide en dos periodos: el de La Meca y el de Medina. En el primero, el Profeta, que la paz sea con él, nunca habló de guerras y defendió la tolerancia y el perdón para las Gentes del Libro. En ese primer periodo de trece años, se limitó a predicar, a rezar y a meditar. Sólo tuvo un único conflicto respecto a la adoración de ídolos. Pero tras la huida a Medina del Profeta, que la paz sea con él, todo cambió. En este segundo periodo, casi sólo habló de guerras y pasó a predicar el islam espada en mano. Comandó personalmente a los creyentes en veintiséis batallas, ordenó la muerte de personas, se regocijó cuando le mostraron las cabezas decapitadas de sus enemigos y combatió a las Gentes del Libro. Ahora, fíjate bien: ¿cuándo comenzó la era islámica?

—Con la Hégira.

—Precisamente con la huida del Profeta, que la paz sea con él, a Medina. Eso quiere decir que el periodo de Medina, y no el periodo de La Meca, es el del verdadero islam. Si fuera el periodo de La Meca, la era islámica habría comenzado con la primera revelación. Pero no fue así. La era islámica sólo comenzó cuando Mahoma, que la paz sea con él, huyó a Medina. Sólo se inició cuando el Enviado de Dios, que la paz sea con él, comenzó a predicar la guerra y la intolerancia con las Gentes del Libro. ¿Lo has entendido?

—Sí.

—Y yo te pregunto ahora: ¿en qué periodo de la revelación progresiva del islam, Alá dijo en el Santo Corán que debemos perdonar a los judíos y a los cristianos y contemporizar?

—En el periodo de La Meca.

—¿En qué período dijo Alá que debemos tender emboscadas y matar a los idólatras?

—En el de Medina, claro.

—A la luz del principio de *nasikh*, ¿qué debemos concluir respecto a esta contradicción aparente?

—El periodo de Medina es posterior al de La Meca —constató Ahmed—. Por tanto, la revelación de la sura 9 canceló la revelación de la sura 2. Y ése es el mandato válido de Alá: el que se encuentra en la sura 9, versículo 5.

Ayman abrió los brazos, cerró los ojos, levantó el rostro y, con la expresión mística de un asceta en trance, entonó el versículo que la revelación progresiva legitimaba.

—«Matad a los asociadores donde los encontréis. ¡Cogedlos! ¡Sitiadlos! ¡Preparadles toda clase de emboscadas!»

13

*L*a campana de la basílica tocó acompasadamente, como si marcara el ritmo de Venecia. El sonido reverberaba con melancolía en la enorme plaza y marcaba el murmullo sordo de las bandadas de palomas, que se movían dando pequeños saltitos entre la multitud.

—Ya son las siete —constató Rebecca, lanzando una mirada a la discreta Torre dell'Orologio situada enfrente—. ¿Quiere ir a tomar algo?

—Sí, ¿por qué no? —asintió Tomás—. Vamos a comer un helado.

—Está bien. Pero después nos acercamos al Harry's, ¿vale?

—Perfecto.

Cruzaron la Piazzeta y pasaron entre el Campanile y la basílica. Las cúpulas blancas y redondeadas del santuario reflejaban los rayos de sol y el crepúsculo sembraba sombras en las columnas sucias de las viejas galerías que rodeaban la plaza de San Marcos. Toda la plaza estaba dominada por un bullicio nervioso. Era un verdadero mar de personas: los turistas llenaban las plazas y se fotografiaban delante de los edificios, sin reparar en las palomas que revoloteaban de un sitio para otro a la caza de las migajas que les lanzaban a manos llenas los venecianos.

Tomás y Rebecca pasaron por una de las terrazas al lado de la Torre dell'Orologio, donde unos músicos, ataviados con elegantes esmóquines, afinaban violines, violoncelos y un piano para el concierto al aire libre con el que comenzaría la noche. Rodearon la terraza y en las galerías *vecchie* se pararon delante de la pequeña vitrina de helados del Gran Caffé Lavena.

—Un *chocolate ice cream* —pidió ella.

Decidido a impresionarla, Tomás optó por exhibir su mejor italiano. Se acercó al mostrador de estilo antiguo y, observando la reacción de Rebecca en el reflejo de los espejos oxidados por el tiempo, pidió.

—*Per me, uno gelato di fragola, per favore.*

La norteamericana lo miró, sorprendida.

—¡*Gee*, no sabía que hablaba italiano!

—Bueno, hablo muchas lenguas. —Le guiñó el ojo y sonrió con malicia—. ¡En realidad, me encanta ejercitar las lenguas!

Captando el doble sentido del comentario, Rebecca no se azoró y soltó una carcajada.

—Reserve la lengua para el sorbete.

Con el helado en la mano, abandonaron el Lavena y atravesaron la plaza de San Marcos en dirección al estrecho pasaje que se abría en el vértice entre el museo Correr y las largas arcadas de la Procuratie Nuove. Tras ellos, la orquesta de la terraza comenzó a tocar los primeros acordes de *Strangers in the night*, llenando el aire de una melancolía vibrante.

—Y bien, ¿qué hace una mujer hermosa como usted en el NEST? —preguntó Tomás, mientras saboreaba su helado de fresa.

—Me gustan la aventura y los retos —replicó ella, que con una mano sostenía el helado y con la otra el maletín—. Cuando acabé la carrera de Ingeniería, la CIA me reclutó y acabé trabajando a las órdenes de *mister* Bellamy en el Directorate of Science and Technology. Después del 11-S, cundió el pánico con el incidente *Dragonfire*, una alerta nuclear en Nueva York que...

—Lo conozco; *mister* Bellamy me lo ha contado.

—Ah, bueno. Pues, ante el desasosiego que produjeron esos atentados, comprendimos que los terroristas musulmanes estaban dispuestos a todo, hasta aquello que nos parecía impensable. El Gobierno del país llegó a la conclusión de que era inevitable que se produjera un ataque nuclear terrorista y decidió reforzar el NEST. Destinaron a *mister* Bellamy al equipo y me invitó a unirme a ellos. Sin embargo, poco después, se concluyó que no se podía combatir la amenaza sólo en Estados Unidos y que era necesario ampliar nuestro ámbito operativo al resto del mundo. Como resultado de esta nueva estrategia,

125

me enviaron primero a Afganistán y luego a dirigir nuestro centro operativo del sur de Europa en Madrid.

—¿Por qué en Madrid?

Rebecca frunció el ceño.

—Usted es historiador, ha vivido el último año en El Cairo estudiando el islam y aún pregunta por qué Madrid.

—¿Se refiere a al-Ándalus?

—Claro.

Tomás rumió la elección de Madrid como sede de aquel centro operativo del NEST.

—Tiene sentido —reconoció—. Los musulmanes ocuparon gran parte de la península Ibérica entre el 711 y 1492. Cuando estaba en la Universidad de Al-Azhar, en El Cairo, oí hablar a algunos fundamentalistas islámicos de al-Ándalus con nostalgia y de la necesidad de recuperar para el islam la península Ibérica. —Se encogió de hombros—. Pero me parece más bien un objetivo a largo plazo.

—Se equivoca.

El portugués miró a la chica, que mordía ya la galleta del cucurucho.

—¿Qué quiere decir con eso? ¿Cree que tienen intenciones inmediatas respecto a la península Ibérica?

Rebecca dejó de masticar por un instante y lo miró de soslayo.

—¿Está de broma? ¡Claro que sí! Osama bin Laden escribió, y cito de memoria: «Pedimos a Alá que la *umma* recupere su honra y su prestigio y arbole de nuevo la única bandera de Alá sobre toda la tierra islámica que se nos robó, de Palestina y de al-Ándalus».

—¿Bin Laden escribió eso?

—En una carta al gran muftí de Arabia Saudí, en 1994.

—¡Vaya!

—Y piense que eso es sólo una pequeña muestra. La recuperación de al-Ándalus forma parte del discurso de los yihadistas. La mano derecha de Bin Landen en Al-Qaeda, el egipcio Ayman Zawahiri, declaró en una grabación difundida en 2007: «La nación musulmana del Magreb es zona de batalla y de yihad. Devolver al-Ándalus al islam es un deber de la *umma* en

126

general, y vuestro en particular». Y también el mentor de Bin Laden, Abdullah Azzam, estableció que la guerra para recuperar las tierras musulmanas de al-Ándalus es obligatoria. ¡Hasta la revista infantil de Hamás habla del asunto!

—¿En serio? ¿Qué les cuentan los tipos de Hamás a los niños palestinos?

—Que es el deber de los musulmanes recuperar Sevilla y todo al-Ándalus. Eso por no hablar del jeque Qaradawi, líder espiritual de la Hermandad Musulmana, que escribió que el islam fue expulsado de dos regiones de Europa, al-Ándalus y los Balcanes y Grecia, pero que ahora volvería. O del jeque Al-Hawali, que en una carta al presidente Bush poco después del 11-S escribió: «¡Como usted se imaginará, señor presidente, aún lloramos por al-Ándalus y nos acordamos de lo que Fernando e Isabel hicieron con nuestra religión, nuestra cultura, nuestro honor! ¡Soñamos con reconquistarlo!».

—Bueno, si lo piensa, no son más que palabras...

La norteamericana se paró poco después de dejar atrás la terraza del Caffé Florian, delante del estrecho pasaje que conducía fuera de la plaza de San Marcos.

—¿Palabras, Tom? ¡Con esta gente no se bromea! ¡Hemos pasado años pensando que eran sólo palabras, que los musulmanes hablaban y hablaban, pero que no harían nada! ¡Y... mire adónde nos ha llevado nuestra ingenuidad!

—Pero ¿ha habido pasos concretos de los fundamentalistas islámicos en relación con al-Ándalus?

Reanudaron la marcha, salieron de la plaza y doblaron a la izquierda en dirección a los muelles de los *vaporetti*.

—Los atentados de Madrid, en marzo de 2004.

—Está bien, pero eso estaba relacionado con el apoyo español a la invasión de Iraq.

—No, Tom. Los atentados de Madrid estaban relacionados con las intenciones de los musulmanes respecto a al-Ándalus. El apoyo español a la invasión de Iraq fue sólo el pretexto. ¿No ha oído lo que Bin Laden dijo en su carta al gran muftí? ¡Esa carta es de 1994, diez años antes de los atentados de Madrid! ¿Y no ha oído lo que declaró Al-Zawahiri en la grabación de 2007? ¡Se trata de los jefes de Al-Qaeda! ¡Si ellos dicen que se debe recuperar al-Ándalus, puede estar seguro de que actuarán en consecuencia!

—Muy bien —aceptó Tomás—. Admitamos que los atentados de Madrid están relacionados con las intenciones islámicas respecto a la península Ibérica. Lo que yo quiero saber es si ustedes han visto otros signos de que los fundamentalistas planeen actuar para recuperar al-Ándalus.

—Da la causalidad de que los ha habido.

—¿Cuáles?

—En Argelia existe una organización terrorista llamada Grupo Salafista para la Predicación y el Combate. Este grupo se unió a la organización de Bin Laden y Al-Zawahiri y cambió su nombre al de Al-Qaeda en el Magreb islámico. Tras un atentado en Argel en 2007, esta gente afirmó: «No descansaremos hasta que recuperemos nuestro amado al-Ándalus». Desde entonces, las autoridades españolas están muy alarmadas con las actividades de estos grupos. El servicio secreto español, el CNI, detectó la presencia de un grupo que se hacía llamar «Grupo para la Liberación de al-Ándalus» en Internet. Sabemos que más de tres mil personas en España consultan regularmente las páginas de Internet musulmanas de carácter fundamentalista y que casi el ochenta por ciento de las personas detenidas en España por conexiones con el terrorismo internacional procedían del norte de África. Esto significa que los terroristas están instalando células durmientes en el país. Entre tanto, las autoridades españolas han descubierto que los fundamentalistas islámicos han tomado el control del diez por ciento de las mezquitas informales del país y predican en sótanos, garajes y locales similares. Y eso no es todo. Se han detectado muchos muyahidines oriundos de España que se entrenan en campos terroristas de Mali, Níger y Mauritania, y que una parte importante de los muyahidines enviados a Iraq proceden de España. ¡Imagine lo que harán con la experiencia que adquieran en los campos de entrenamiento del Sahel y en los campos de batalla de Iraq cuando regresen a España! ¡No se engañe, la situación es muy preocupante!

—No tenía ni idea de que la situación fuera ésa...

—La verdad, Tom, es que Al-Qaeda piensa que todo terri-

128

torio que fue musulmán debe volver a serlo. Bin Laden quiere recuperar al-Ándalus para integrarlo en el Gran Califato. Se mantiene a la gente en la más absoluta de las ignorancias respecto al asunto, pero muchos políticos saben bien lo que pasa. El antiguo ministro de Exteriores alemán, Joschka Fischer, afirmó en círculos íntimos que, si Israel cae, el próximo país que atacarían los fundamentalistas sería España.

Tomás se rascó la nuca.

—Pues, realmente… —Suspiró—. No hay duda de que España tiene un gran problema.

—Y Portugal.

—¿Y eso?

—Tom, ¿está usted dormido o qué? ¿Ha olvidado qué era Portugal antes de formarse como país?

—¿Insinúa que Al-Qaeda…, que Al-Qaeda tiene los ojos puestos en Portugal?

Se pararon en la puerta del Harry's, a poco metros del embarcadero de los *vaporetti*. Las aguas del Gran Canal mojaban la piedra de los muelles y las góndolas negras pasaban una tras otra, como espectros cosidos a la sombra del destino.

—Dígame, ¿qué territorios formaban, al fin y al cabo, al-Ándalus?

—Bueno, España y… Portugal, claro.

Rebecca abrió la puerta del Harry's Bar y, antes de entrar, miró de reojo al historiador.

—Pues ahí tiene la respuesta.

129

14

Camino del aula, unos días después de la conversación mantenida en el despacho, Ahmed iba por el pasillo cuando notó que alguien lo agarraba por el hombro y lo empujaba hasta obligarle a darse la vuelta. Levantó el rostro sorprendido y vio que el cuerpo blanco y espigado del profesor Ayman se inclinaba hacia él hasta rozarle el hombro con la barba.

—He estado investigando a tu mulá —le susurró al oído—. Es sufí. —Ayman se puso derecho y recuperó su tono de voz normal—. Apártate de él.

Tras darle este consejo, el profesor se volvió y siguió su camino. El alumno se quedó clavado en el sitio con la mirada fija en la *jalabiyya* que se alejaba, incapaz de entender el significado de lo que acababa de oír.

—¡Profesor! —consiguió decir aún en dirección al docente—, ¿por qué es un problema que sea sufí?

Ya desde la puerta del aula, Ayman volvió la cabeza y le lanzó una sonrisa enigmática.

—Ahora lo entenderás.

La clase comenzó con la recitación habitual del Corán. Varios alumnos, entre ellos Ahmed, se esforzaban por memorizar el Libro Sagrado y eran capaces de recitar las primeras suras sin mirar el texto. Pero, media hora más tarde, el profesor anunció que dedicaría el resto de la lección a la historia del islamismo, lo que hizo que la clase vibrara de alegría. No había nadie a quien no le gustaran los episodios que el profesor narraba con inigualable pericia.

—El islam tuvo, en su primera época, un crecimiento glorioso —comenzó por decir Ayman, volviendo al tema que a

130

todos les encantaba escuchar en aquellas clases—. El ejército del Profeta, que la paz sea con él, sometió toda Arabia a la voluntad de Alá, y pronto, siguiendo los mandatos de Dios en el Santo Corán y en la sunna, nuestros valientes muyahidines atacaron los países vecinos e impusieron el islam en ellos. Fue un periodo de luchas constantes, de guerras y batallas, pero el islam siempre salía vencedor.

—*Allah u akbar!* —exclamaron algunos alumnos, presintiendo que seguiría una gran narrativa épica.

El profesor hizo una señal de que se callaran.

—Sin embargo, pasado algún tiempo, algunos creyentes más débiles empezaron a cansarse de la guerra. Estaban más preocupados por su bienestar que por obedecer las órdenes de Alá en el Santo Corán y por difundir la palabra de Dios. Cuando nuestro ejército conquistó otros pueblos que no eran árabes, como aquí en Egipto o en Siria, esos creyentes débiles entraron en contacto con los *kafirun* cristianos que vivían en esos lugares y se dejaron influir por ellos.

—¿Eso quiere decir que hay creyentes influenciados por los cristianos, señor profesor? —preguntó un alumno, extrañado por la observación.

—Por ejemplo, había monjes cristianos enclaustrados en un monasterio que, según decían, meditaban para entrar en comunión con Dios y para encontrar la paz y el amor. Toda esa palabrería influyó en los creyentes débiles, muchos de los cuales comenzaron a hablar del amor de Alá, en lugar de hablar de su fuerza. Así nació el sufismo, un movimiento que predica el amor, la paz y la espiritualidad. —Ayman pasó la vista alrededor del aula—. ¿Alguno de vosotros es sufí?

Se levantaron tres manos vacilantes.

El profesor miró la cara de los tres alumnos y esbozó una expresión de desdén.

—Pues debéis saber que el sufismo no es islam.

Los tres arquearon las cejas sorprendidos. Las miradas de los compañeros se centraron de inmediato en ellos, por lo que se sintieron súbitamente intimidados. ¿Qué quería decir el profesor con aquello?

—Pero yo soy creyente, señor profesor —argumentó uno

131

de ellos, casi con un quejido asustado—. Hago el *salat* completo, cumplo el *zakat*, respeto el…

—El mero respeto de algunos preceptos del islam no convierte a una persona en creyente —lo cortó Ayman en un tono agreste que ensombreció su voz—. Para ser musulmán hay que respetar todos los preceptos sin excepción. Todos. Eso es lo que Alá dice en la sura 4, versículo 68 del Santo Corán, y eso es lo que establece la sunna del Profeta, como se relata en un *hadith* auténtico. ¿El mensajero de Alá comandaba a los hombres en el campo de batalla y los sufíes se atreven a subestimar la importancia de la guerra? Los sufíes reniegan del ejemplo del Profeta, que la paz sea con él, ¿y aún se consideran creyentes? ¿Acaso no estableció Alá en la sura 33, versículo 21 del Santo Corán: «En el Enviado tenéis un hermoso ejemplo»? ¿No es un hermoso ejemplo que el propio Profeta hiciera la guerra y mandara degollar a los *kafirun*? Si él mandaba matar en la guerra, ¿quiénes son los sufíes para subestimar la guerra? —Ayman clavó la mirada en otro de los alumnos que había dicho que era sufí, un muchacho gordo de grandes ojos negros—. ¿Dónde dice el Santo Corán que debemos evitar el uso de la fuerza?

La pregunta quedó flotando en el aire, en el silencio que reinaba en el aula. El profesor seguía mirando fijamente al alumno. Al sentirse interpelado, el muchacho se vio en la obligación de responder. Estaba encogido en su sitio y, cuando habló, su voz no pasó de un hilo tembloroso.

—¿Cómo…, cómo dice, señor profesor?

—Muéstrame dónde está el mandato de Alá en el Santo Corán según el cual debemos evitar el uso de la fuerza.

Confuso, el muchacho miró el volumen que tenía delante.

—Está…, está en la…, en la sura 3, señor profesor.

—Recita el versículo.

El alumno no se lo sabía de memoria, así que abrió el Corán. La mano rolliza le temblaba por los nervios. Localizó el tercer capítulo y deslizó el grueso dedo índice por las hojas siguiendo en silencio los sucesivos versículos. El proceso se prolongó, pero el profesor le dejó hacer. Aquel silencio aumentaba la intensidad del momento.

—¡Lo tengo! —exclamó por fin el alumno, casi con alivio—. ¡Lo tengo! ¡Es el versículo 128!

—Recítalo.

El muchacho sopló para aliviar el nerviosismo, como si fuera una máquina de vapor que tuviera que descargar la presión para no explotar. El corpachón le temblaba y tartamudeó cuando comenzó a recitar el versículo.

—«Para los piadosos, que gastan obedeciendo a Dios en las alegrías y en las desgracias, que reprimen la cólera y borran las ofensas de los hombres, ¡Dios ama a los benefactores!»

—¿Nada más?

El alumno gordo levantó la cabeza. Sudaba abundantemente y se le había secado la boca.

—Hay otras suras donde..., donde Alá dice lo mismo, señor profesor.

—Claro que las hay —asintió Ayman con frialdad—. Por ejemplo, en la sura 42, versículo 35, Dios promete lo mejor para aquellos «que se apartan de los grandes pecados y de las torpezas y que, cuando se han enfadado, perdonan». —Se encogió de hombros—. ¿Qué hay de extraño en eso? Alá quiere que los creyentes perdonen y que hagan el bien. Sin embargo, perdonemos y hagamos el bien entre los creyentes. Eso nos hace buenos musulmanes. ¡Pero engrandecer el islam también es hacer el bien! ¡Perdonar a los *kafirun* que se conviertan al islam también es perdonar! No obstante, el perdón tiene límites, ¿o no? ¿Qué dice Alá en el Santo Corán de los que roban? ¿Dice que los perdonemos? ¡No! ¡Dice que les cortemos las manos! ¿Qué dice Alá a través de la sunna de las adúlteras? ¿Dice que las perdonemos? ¡No! ¡Dice que las lapidemos hasta la muerte! ¿Qué dice Alá en el Santo Corán de los idólatras? ¿Dice que los perdonemos? ¡No! ¡Dice que les preparemos emboscadas y que los matemos! ¡El Santo Corán debe leerse como un todo, la *sharia* debe respetarse como un todo! ¿Lo habéis entendido?

Un murmullo de asentimiento recorrió la sala.

—Los sufíes debilitaron el islam —lo acusó, como si aquel muchacho representara a todos los sufíes—. Cuando los *kafirun* cruzados invadieron el islam y conquistaron Al-Quds, que Alá los maldiga para siempre, algunos sufíes se opusieron al uso de la fuerza diciendo que la guerra prescrita en el Santo Corán no era física, sino espiritual. Estas afirmaciones debilitaron el islam y, por culpa de esos malditos sufíes, los cruzados consiguieron humillar a la *umma*. Y cuando, más tarde, los mongoles atacaron y conquistaron la sede del califato, Bagdad, varios sufíes repitieron la misma herejía afirmando que no se debía luchar con las armas, que con la fuerza no se resolvía nada…, y esa clase de palabrería cristiana. ¿Cuál fue el resultado de eso? ¡Debilitaron de nuevo el islam y dejaron que una vez más humillaran a la *umma*! ¿Y sabéis quién se levantó contra los sufíes y denunció su herejía? ¡Fue Ibn Taymiyyah! ¿Sabéis lo que dijo Ibn Taymiyyah?

Miró a la clase como si esperara una respuesta, aunque todos supieran perfectamente que la pregunta era retórica y que nadie iba a responder.

—¡Ibn Taymiyyah declaró que el sufismo es un movimiento cristiano! —Levantó un dedo para subrayar la afirmación—. ¡Un movimiento cristiano! ¡Dicen ser creyentes, pero son cristianos! Tal como dicen los *kafirun* cristianos, los sufíes creen que, cuando rezan a Alá, están con Alá y que Alá está con ellos. ¿Dónde dice el Santo Corán eso? ¡En ninguna parte! ¡Ese tipo de oración es propia de los *kafirun* cristianos, no de un verdadero creyente! Y, además de eso, los sufíes rezan a los santos, igual que los infieles cristianos y los chiíes, con lo que niegan la existencia de un solo Dios. —Volvió a señalar al alumno—. ¡No son más que *kafirun* que fingen ser creyentes! ¡No os dejéis, pues, engañar por esos apóstatas! ¡El islam que los sufíes predican no es el islam del Santo Corán! Leed lo que está escrito en el Libro Sagrado y conoceréis la palabra de Dios. ¡No dejéis que los intermediarios hagan las interpretaciones que más les convienen!

La clase fue inesperadamente tensa, sobre todo por la presencia de los tres alumnos que dijeron ser sufíes y por la forma en que el profesor explicó el movimiento. Todos habían oído hablar de los sufíes, claro. Incluso leían poemas sufíes en la madraza o en casa. Pero nadie había pensado que su doctrina era una desviación del Corán y de la sunna del Profeta.

A ningún alumno le afectó más esta revelación que a Ahmed. Mientras el aula se vaciaba, el muchacho pensaba en las palabras que el profesor le había dirigido una hora antes en el pasillo. El jeque Saad era sufí. ¡Sufí! La palabra, ahora maldita, resonaba continuamente en su mente. ¡Sufí! ¡El jeque Saad era sufí!

Tanta novedad lo atormentaba; necesitaba más aclaraciones. Se acercó al profesor y esperó a que todos los compañeros se marcharan.

—¿Has entendido ya el motivo por el que debes apartarte de tu mulá? —le preguntó Ayman con una mirada severa.

—Sí, señor profesor. Pero hay algo que no entiendo aún.

El aula estaba ya vacía y Ayman se dirigió a la puerta para marcharse, acompañado por su último alumno.

—Dime.

—Los sufíes, señor profesor. ¿Cuál es la sura y el versículo del Corán donde se…?

—¡Es él!

Una voz en el pasillo y la visión del grupo de policías que cercaban la salida del aula paralizaron a Ayman e hicieron enmudecer a Ahmed, que iba tras él y tardó un instante en entender qué pasaba.

—¡Es él! —repitió la misma voz, señalando al hombre enfundado en la *jalabiyya* que se había parado delante de la puerta del aula.

Ahmed miró al hombre que había hablado y que ahora señalaba al profesor de religión y reconoció al director de la madraza. Uno de los policías, que con toda certeza era el jefe, hizo una señal a sus hombres.

—¡Detenedlo!

Los policías agarraron a Ayman de inmediato. Uno de ellos le torció el brazo obligándolo a encorvarse.

—¿Qué es todo esto? —preguntó el profesor, con la voz alterada, mientras se movía para intentar zafarse—. ¡Suéltenme! ¡Por Alá, suéltenme! Yo quiero…

Un policía golpeó a Ayman en el estómago y otros dos lo esposaron con las manos a la espalda. Una vez inmovilizado, le empujaron por el pasillo. Todo ocurrió muy rápido, y Ayman acabó por tropezar y caerse con un gemido de dolor, pero los policías no se detuvieron y siguieron empujándolo, arrastrándolo del pelo por el suelo hasta que desaparecieron al fondo, después de doblar la esquina.

Aterrorizado, Ahmed lo vio todo sin ser capaz de mover un músculo.

15

$\mathcal{U}$na atmósfera densa los acogió en el Harry's Bar. La planta baja estaba repleta de gente y Tomás prefirió llevar a Rebecca al primer piso, donde el ambiente era más tranquilo. Se sentaron en una esquina, bajo la media luz amarillenta del local, y pidieron un bellini para comenzar.

—No quiero ser pejiguero —observó Tomás haciendo una mueca—, pero el Harry's Bar es mucho ruido y pocas nueces.

Señaló la carta y añadió:

—La relación calidad-precio deja bastante que desear.

—No se preocupe, paga el NEST.

—Ya lo sé. Por eso precisamente he hecho el comentario. —Se rio—. ¡Si saliera de mi bolsillo, pagaría y me callaría!

Rebecca se arregló el cabello rubio y paseó la vista por el restaurante. Sus ojos azules brillaban.

—Pero admitirá que es un sitio con clase.

—No lo niego.

La mujer inspiró profundamente, como si quisiera emparse de toda la historia del Harry's.

—*Awesome!* —exclamó extasiada—. ¡Hemingway solía venir aquí! ¿Se ha fijado?

Tomás mantuvo la sonrisa dibujada en los labios.

—Ustedes, los norteamericanos, parece que están obsesionados con Hemingway.

—Fue uno de nuestros mejores escritores, ¿qué espera? Pero este lugar era también el punto de encuentro de las grandes figuras europeas. Maria Callas, Onassis… —Cogió la carta y señaló el plato más famoso del restaurante—. ¿Sabe que aquí inventaron el carpaccio? ¿Qué tal si pedimos un plato para cada uno?

—Si paga el NEST…

Instantes después ya habían pedido al camarero. Rebecca parecía realmente entusiasmada por estar en el Harry's. Por su parte, Tomás seguía dándole vueltas a lo que ella le había dicho antes de entrar en el local.

—¿De veras cree que los fundamentalistas islámicos tienen los ojos puestos en Portugal?

Ella lo miró desafiante.

—¿Qué piensa usted, Tom? —le preguntó—. Usted es historiador y conoce el islam a fondo. ¿Piensa que si están interesados en recuperar al-Ándalus se contentarán con España? ¿Eso es lo que cree?

Tomás suspiró, repentinamente angustiado.

—Tiene toda la razón —reconoció—. A la luz de lo que aprendí en la Universidad de Al-Azhar, la amenaza es mucho más seria de lo que pensamos. —Tamborileó repetidamente sobre la mesa con los dedos—. ¿Considera que hay riesgo de amenaza nuclear contra la península Ibérica?

Rebecca arrugó los labios en un gesto de escepticismo.

—Hoy en día nadie puede estar seguro de nada —dijo—. Pero yo diría que, si usan armas nucleares, los terroristas buscarán objetivos muy mediáticos. El 11-S puso muy alto el listón del terror. Después de esos atentados, seguro que buscarán algo más espectacular o terrible. Un atentado nuclear sería la elección obvia, pero pueden atacar sin una bomba atómica. Hay otros tipos de armas nucleares…

El rostro del historiador reflejó su desconcierto.

—¿Qué otras armas nucleares? Que yo sepa las únicas que existen son las bombas atómicas.

Ella negó con la cabeza.

—Hay otras.

—¿Habla en serio? ¿Cuáles?

—Por ejemplo, un avión.

Tomás movió la cabeza en un esfuerzo por desentrañar el sentido de aquella información.

—Creo que no lo entiendo. ¿Cómo puede un avión ser un arma nuclear?

El camarero volvió con los dos bellini y los dejó sobre la

mesa. La norteamericana dejó que se alejara, dio un sorbo y miró de nuevo al portugués con sus grandes ojos azules.

—Imagine, Tom, que los terroristas que tomaron el control del vuelo de American Airlines que chocó contra la torre norte del World Trade Center, el 11-S, hubieran optado por volar unos sesenta kilómetros más al norte y hubieran estrellado el avión contra la central nuclear de Indian Point. ¿Qué cree que habría pasado?

Tomás arqueó las cejas al imaginar la escena.

—Lo ilustraré al respecto —continuó Rebecca—. Si el avión hubiera alcanzado el sistema de enfriamiento del reactor nuclear, se habría producido un *meltdown* al lado del cual Chernóbil parecería un picnic. Se habrían liberado centenas de millones de curies de radiactividad. ¡Para que se haga una idea, estamos hablando de una cantidad de energía cientos de veces superior a la liberada por las bombas de Hiroshima y Nagasaki! ¡Y eso con Nueva York y Nueva Jersey ahí al lado!

—No se me había ocurrido…

—Pues nosotros lo hemos contemplado. Y los terroristas también. Después de invadir Afganistán conseguimos detener a uno de los cerebros del 11-S, un tipo llamado Khalid Sheikh Mohamed. ¿Sabe lo que confesó? Reveló que el objetivo primordial de los dos aviones eran las instalaciones nucleares, pero que al final decidieron no atacarlas por ahora. Y repitió la expresión «por ahora».

—¡Dios! Pero esas centrales están diseñadas para aguantar terremotos y otros desastres, ¿no?

—Eso es verdad, pero nunca se ha previsto que un avión cargado de combustible se estrelle contra una central nuclear. Ninguno de los reactores que existen actualmente en Estados Unidos se diseñó para aguantar el impacto de un Boeing. Ninguno. Y veinte de esos reactores están situados en un radio de siete kilómetros de un aeropuerto. Además de eso, ni siquiera es necesario un avión para causar un *meltdown* de los reactores nucleares. Basta que el aparato caiga sobre el edificio donde está almacenado el combustible nuclear ya utilizado. El combustible podría incendiarse y liberar una cantidad de radioactividad equivalente a tres o cuatro Chernóbils. ¡Sería una catástrofe!

Tomás se bebió de un sorbo casi la mitad de su bellini.

—Lo único es que ahora los *cockpits* de los aviones están blindados —observó—. Secuestrar un aparato es hoy mucho más difícil que en 2001…

—Eso es cierto —asintió Rebecca—. Pero creo que no entiende la dimensión del problema. ¡De la misma manera que un avión puede chocar contra una central nuclear, también puede hacerlo un camión cargado de explosivos! ¡Para los objetivos que persiguen los terroristas, sería lo mismo! No importa si usan un avión o un camión blindado. Lo que importa es que provocarían una catástrofe nuclear. Y eso está al alcance de cualquier organización terrorista competente.

—Como Al-Qaeda.

—Por ejemplo. Y lo peor es que las amenazas nucleares no se acaban ahí. Hay más armas nucleares a disposición de los terroristas.

Tomás abrió la boca, estupefacto.

—¿Más aún?

—Las llamamos «bombas sucias».

El camarero apareció de nuevo, esta vez con el carpaccio y con los platos principales. Distribuyó la comida por la mesa y se evaporó tan deprisa como había aparecido.

—Los militares prefieren una denominación más sofisticada —dijo Rebecca recuperando el hilo de la conversación—. Las llaman «aparatos de dispersión radiológica».

—Parece que hablaran de máquinas de rayos X.

—Y, en cierto modo, es de lo que hablan. La idea que hay detrás de estas bombas es muy sencilla. Se pone dinamita en una maleta llena de cesio y se hace explotar. O se llena un camión de TNT con cobalto y se detona. Las posibilidades son infinitas y se reducen al concepto elemental de asociar explosivos comunes y material radiactivo. Eso es una bomba sucia.

—¿Quiere decir con eso que esas bombas tienen capacidad para desencadenar explosiones nucleares?

—No, claro que no. Pero si se detonan al aire libre pueden esparcir radioactividad en un radio de cientos de kilómetros cuadrados. Supongo que se imagina el impacto psicológico que eso tendría. El cesio, por ejemplo, emite rayos gamma, que pueden causar daños en los tejidos biológicos, envenenamiento radiactivo y cáncer. Un atentado de este tipo desencadenaría el pánico generalizado debido a la amenaza invisible de la radioactividad. Probablemente habría más muertos por accidentes de coche en los intentos desesperados de huir que por la explosión o por la radioactividad propiamente dichas. Si los terroristas usaran material radiactivo especialmente potente, se tendrían que evacuar y descontaminar durante meses las partes de la ciudad donde se hubiera producido la explosión. Las primeras capas de suelo y hasta la vegetación, el asfalto y el cemento tendrían que retirarse y almacenarse en lugares seguros. Miles de personas se verían obligadas a abandonar sus hogares y muchas sin posibilidad de volver. ¿Ve la confusión que se generaría?

—Pero ¿dónde buscarían los terroristas el material radiactivo?

—En cualquier parte. En hospitales, por ejemplo. Los aparatos de rayos X que acaba de mencionar son radiactivos cuando están encendidos. Hasta los detectores de humo que se usan en las oficinas contienen material radiactivo. Cualquier terrorista puede conseguir ese material, juntarlo con dinamita y... *¡bum!*

—Si es tan fácil, ¿por qué no lo han pensado aún?

Rebecca se recostó en la silla repentinamente cansada.

—Ya lo han pensado.

—¿Qué?

—En 1995, los terroristas chechenos pusieron una bomba en el parque Ismailovski, en Moscú. El dispositivo estaba compuesto por dinamita y unos kilos de cesio-137, un material altamente radiactivo. Por suerte, en vez de detonarlo, llamaron a una estación de televisión local para indicar la localización de la bomba. Esa vez no quisieron sembrar destrucción, sólo crear miedo. En vista de lo que aconteció en el 11-S, no sé si la próxima vez los terroristas serán tan escrupulosos.

El camarero sirvió dos capuchinos humeantes y desapareció de inmediato. Tomás se puso azúcar en el café y lo removió distraídamente con la cuchara, con el pensamiento absorbido por los nuevos problemas que Rebecca le había explicado.

—Con todo esto, nos hemos desviado de Portugal —afirmó.

—Sí que nos hemos desviado.

—Confieso que aún no sé por qué motivo han contactado conmigo.

—Lo necesitamos para entender qué está pasando en Portugal, qué están haciendo los fundamentalistas islámicos allí, si hay algo anormal… Ese tipo de cosas.

—Pero para eso tienen a la inteligencia portuguesa, el SIS.

—El SIS sirve para algunas cosas, pero no para otras. Usted tiene relaciones dentro de la comunidad islámica, el SIS no.

Tomás adoptó una expresión interrogativa.

—¿Qué pasa con la comunidad islámica en Portugal? Sólo hay buena gente entre ellos. Los conozco bien, son personas fantásticas y muy pacíficas, de una gentileza increíble. La mayor parte procede de Mozambique, son personas que ocupan posiciones de relevancia en la sociedad portuguesa y, cuando hablamos entre nosotros, la religión ni siquiera sale. ¿Sabe?, yo pondría la mano en el fuego por ellos.

—Es verdad que las referencias que tenemos de los musulmanes en Portugal son excelentes. Es más, son extrapolables a los musulmanes de todos los países de habla portuguesa, como Brasil, Guinea Bissau y Mozambique. Al contrario de lo que ocurre en la mayor parte de los países occidentales, los musulmanes en Portugal no son una minoría marginada, sino ciudadanos de primera, muy integrados y con formación superior. Por lo que parece, incluso hay una parte que antepone la lusofonía al islamismo, o al menos le da la misma importancia.

—Entonces ¿cuál es el problema?

Rebecca miró durante un instante a su interlocutor.

—En todo rebaño hay ovejas negras…

—¿Qué quiere decir con eso?

La mujer se inclinó en su silla, cogió el maletín que tenía a sus pies, se lo puso en el regazo y lo abrió. Sacó del interior un ordenador portátil de color metálico y, tras desplazar el capuchino para hacer hueco, lo instaló sobre la mesa.

—A Al-Qaeda le gusta mucho Internet —dijo apretando el botón para encender el portátil—. Desde los atentados de 1998 contra las embajadas norteamericanas de Nairobi y Dar-es-Salaam, la organización de Bin Laden y Al-Zawahiri ha coordinado sus grandes operaciones a través de Internet. —La pantalla del ordenador se encendió—. Usan formas muy sofisticadas de encriptación para ocultar sus mensajes. Por ejemplo, recurren a programas que...

—Se está desviando de nuevo del asunto —observó Tomás—. No es eso lo que le he preguntado.

—Tenga paciencia —pidió Rebecca—. No estoy cambiando de tema, tranquilo. Más bien estoy intentando demostrarle algo. —En el ordenador ya aparecían los distintos programas—. ¿Ha oído hablar de la esteganografía?

—Claro que sí —replicó Tomás, casi ofendido como criptoanalista por una pregunta así—. Es una forma de encriptación muy ingeniosa para ocultar la existencia de mensajes. Como están ocultos en imágenes muy inocentes, nadie repara en su existencia. ¿Por qué lo pregunta?

Rebecca abrió el navegador de Internet y fue a la página de Hotmail.

—Porque es una técnica que Al-Qaeda emplea mucho. La organización de nuestro amigo Bin Laden oculta tras ciertas imágenes algunas instrucciones a sus activistas o a sus células durmientes. Ahora, entre otras cosas, siempre vigilamos direcciones electrónicas sospechosas, y aquellas cuyos mensajes se abren en el sur de Europa recalan en mí. —Escribió una dirección electrónica de Hotmail—. Al-Qaeda usa esta dirección para comunicar con sus células durmientes. —Se abrió la dirección y la pantalla mostró la lista de mensajes—. ¿Quiere ver ahora una cosa curiosa?

—Enséñemela...

Rebecca cargó la bandeja de correo *spam* y mostró todo la basura electrónica que acumulaba.

—¡Huy! —dijo Tomás riéndose—. ¡Muchas propuestas para aumentarme el pene! Como si lo necesitara...

La norteamericana lo miró de reojo.

—Pasaré por alto el *marketing*. —Volvió a concentrarse en los mensajes acumulados en el *spam* hasta encontrar uno en concreto titulado «*naughty redhaired*»—. Fíjese en este mensaje.

Pinchó sobre el mensaje, que se abrió y mostró un *link* a un *site* llamado *Sexmaniacs*. Rebecca pinchó en el *link* y el *site* comenzó a cargarse. Instantes después, la pantalla mostró la imagen de una rubia practicando sexo oral.

En primer plano.

—¡Vaya! —exclamó Tomás, sorprendido por la fotografía que ocupaba toda la pantalla—. ¿Usted frecuenta estos *sites*?

Rebecca torció la mirada.

—Muy gracioso —dijo—. Ahora voy a usar el *key-tracker* para identificar el *password*. —Activó el *software* de intercepción y, al cabo de unos instantes, el programa descifró la clave que permitía acceder al mensaje oculto—. ¡Bien! Ahora fíjese en lo que oculta la imagen.

Tecleó el *password* que el *key-tracker* le había proporcionado. El reloj de arena del ordenador comenzó a girar sobre la boca abierta de par en par de la rubia de la imagen y, al cabo de pocos segundos, una línea compuesta por letras y números ocupó el lugar de la fotografía pornográfica.

—¡Bingo!

Tomás inclinó la cabeza hacia delante y, pensando como un criptoanalista, leyó el mensaje que Al-Qaeda había ocultado en aquella fotografía.

6AYHAS1HA8RU

—¡Ah, entonces éste es el correo de Al-Qaeda del que me habló *mister* Bellamy! —dedujo el criptoanalista—. ¿Y qué tiene de especial el mensaje para que tenga que ser yo quien lo descifre?

—Tenga paciencia, ahora lo entenderá —respondió Rebecca—. Hemos seguido la ruta de este mensaje y hemos averiguado que una persona lo abrió, seguramente el destinatario a quien Al-Qaeda estaba enviando instrucciones. A través de la identificación del IP del ordenador en el que se abrió el mensaje encriptado, hemos localizamos el paradero de la célula durmiente. Era un cibercafé. Obviamente, el activista abrió el mensaje en la ciudad donde vive, pero en un lugar público, para evitar cualquier posibilidad de que le identificaran.

—En todo caso, ese cibercafé les indica ya una localización, ¿no? ¿Dónde estaba el ordenador en el que se abrió este mensaje de Al-Qaeda? ¿En Pakistán? ¿En Iraq?

Rebecca miró fijamente a Tomás para medir la reacción de lo que iba a revelarle.

—En Lisboa.

16

*L*a noticia corrió rápido por la madraza: la Policía había detenido al profesor de religión. El alumno sufí gordo al que Ayman había interpelado en su última clase parecía aliviado e intentaba convencer a sus amigos de que habían metido preso al profesor por decir que los sufíes no eran musulmanes. Los compañeros fingieron que lo creían, pero todos sabían que no podía ser. El profesor había demostrado en la clase que el sufismo iba contra el Corán y la sunna. Además, ¿cómo podía haberse enterado y haber reaccionado tan deprisa la Policía? ¡Claro que no era por eso! Pero entonces, ¿por qué lo habían detenido?

Las razones sólo se supieron al día siguiente. El rumor comenzó a circular desde por la mañana temprano y tenía sentido.

—Ven aquí —dijo Abdullah cuando vio llegar a la madraza a Ahmed, a quien empujó a una esquina del pasillo—. ¿Ya sabes que han detenido al profesor de religión?

El recién llegado dejó la mochila en el suelo.

—¿Hay novedades?

Su compañero miró hacia todos los lados con una expresión conspirativa en el rostro antes de volverse hacia Ahmed y susurrarle el secreto.

—Era de Al-Jama'a.

—¿Qué? —dijo Ahmed sorprendido, levantando la voz sin darse cuenta—. ¿El profesor Ayman?

—¡Chis! —ordenó Abdullah, que miró de nuevo a su alrededor, casi alarmado—. Más bajo.

—Perdón —le pidió Ahmed—. Pero ¿estás seguro?

Abdullah se hizo el ofendido.

—¿Cómo no voy a estarlo? Te estoy diciendo que es miembro de Al-Jama'a al-Islamiyya.

—¡Ah! —exclamó Ahmed, que se tapó la boca espantado—. ¿Crees…, crees que él mató al… presidente?

Ahmed susurró estas palabras en voz tan baja que casi resultaron inaudibles.

—¡No seas tonto! —replicó Ahmed con una risa nerviosa—. A los que mataron al faraón los detuvieron poco después. Pero parece que el profesor es militante de Al-Jama'a y están deteniendo a todos aquellos que están relacionados con el movimiento.

—¿Cómo sabes que es de Al-Jama'a?

—He oído al director de la madraza hablar con el profesor de árabe hace poco. El nombre del profesor Ayman estaba en las listas de Al-Jama'a.

La información provocó un gran revuelo en la escuela, no sólo entre los alumnos, sino también entre los profesores y los funcionarios: ¡Por Alá, un conspirador enseñando en la madraza!

147

Ahmed estaba desconcertado. ¿Cómo era posible que detuvieran a una persona que conocía tan bien la palabra de Dios? La historia del profesor Ayman envuelto en la conspiración para matar al presidente lo dejó pensativo.

«Si el profesor estaba metido en eso —razonó—, sus motivos debía de tener.»

En la televisión, calificaban a Al-Jama'a de movimiento radical por defender la aplicación de la *sharia*, pero, a los ojos de Ahmed, eso no lo rebajaba, sino que lo enaltecía. ¡Al fin y al cabo, la *sharia* era la ley de Alá y desear su aplicación debía de ser el deseo natural de cualquier musulmán! ¿Cómo era posible que hubiera musulmanes que se opusieran a la *sharia*?

La discusión comenzó en la mesa cuando la familia almorzaba.

—Estos *koftas* están carbonizados —refunfuñó el padre, mirando con repugnancia los tres pasteles de carnero picado que tenía en el plato.

—¡Por Alá, ya estamos! —dijo la mujer entornando los ojos—. Están como siempre.

—Te digo que estos *koftas* están carbonizados —insistió el señor Barakah, levantando la voz. Cogió uno de los pasteles y lo mostró como prueba—. ¡Mira esto! ¡Mira esto! Algo así no se puede servir en una mesa.

—¡Si no te gusta, cocina tú! —replicó la mujer, ofendida por la crítica del marido.

El señor Barakah se levantó altivo.

Paf.

La bofetada resonó en toda la casa y los hijos, todos ellos sentados a la mesa, se encogieron en la silla y mantuvieron la mirada baja.

—¿Es ésa manera de hablarme? —gritó el señor Barakah fuera de sí—. ¿Ya no hay respeto en esta casa?

—¡Eres un estúpido!

Con la violencia de un toro, el marido rodeó la mesa y agarró a la mujer.

—¿Cómo te atreves a faltarme al respeto, mujer?

—¡Suéltame, suéltame!

—¡Te voy a enseñar lo que es bueno!

Por el rabillo del ojo, Ahmed vio que su padre arrastraba a su madre fuera de su vista y que, momentos después, se cerraba la puerta del cuarto de sus padres. Llegaron luego el sonido de las bofetadas y los puñetazos, y los gritos de su madre. En la mesa, nadie dijo nada. Aquél era un asunto tabú entre los hermanos. Todos veían lo que pasaba, pero ninguno hablaba del asunto.

Ahmed sintió ganas de levantarse y de ir a ayudar a su madre, pero se contuvo y siguió sentado, con la cabeza gacha y el corazón apesadumbrado.

—¡Toma, bestia! —gritaba el padre en el cuarto—. Te mato, ¿me has oído? ¡Yo te mato!

Se oyó luego el sonido de los golpes.

—¡Para, para!

Era su madre, que suplicaba.

Para aislarse de los sonidos brutales que le llegaban del exterior, Ahmed recitaba mentalmente el Corán. En un esfuerzo

por abstraerse de la violencia y por convencerse de que el correctivo que recibía su madre era justo, escogió los versículos
relacionados con el papel de la mujer, en concreto, el versículo
38 de la sura 4.

—«Los hombres están por encima de las mujeres, porque
Dios ha favorecido a unos respecto de otros, y porque ellos
gastan parte de sus riquezas en favor de las mujeres —recitó en
un murmullo casi inaudible—. Las mujeres piadosas son sumisas
a las disposiciones de Dios; son reservadas en ausencia de sus
maridos en lo que Dios mandó ser reservado. A aquellas de
quienes teméis la desobediencia, amonestadlas, mantenedlas
separadas en sus habitaciones, golpeadlas. Si os obedecen, no
busquéis procedimiento para maltratarlas. Dios es altísimo,
grandioso.»

Sólo dejó de recitar cuando notó que el padre, sudando y
jadeante, volvió a sentarse a la mesa para seguir con el almuerzo. Cuando el señor Barakah cortó el *kofta* y se metió la mitad
del pastel en la boca, los hijos siguieron su ejemplo sin pronunciar palabra.

Oían gemir a la madre en el cuarto, donde el padre la había
encerrado, pero ninguno se atrevía a hacer nada.

Ninguno, salvo Ahmed. Atormentado por aquellos gemidos
que no cesaban y, pese a que el tratamiento era justo y correcto,
el muchacho tomó en silencio una decisión que cambiaría su
vida.

Comenzó a evitar quedarse en casa. Al acabar las clases, se
iba a la mezquita a rezar y estudiar, y sólo llegaba a casa por
la noche, a la hora de cenar. Pero pronto se cuestionó si era
sensato refugiarse en aquella mezquita. El jeque Saad era el
mulá del santuario, pero siempre que lo veía, recordaba las palabras del profesor Ayman, que Alá lo proteja: «Tu mulá es sufí,
aléjate de él».

Ahora recibía con una actitud crítica todo lo que Saad decía.
Hasta que un día oyó recitar al jeque una oración que le hizo
ponerse en guardia.

—«Dios mío, que eres bueno con aquel que va contra tus

principios —decía la oración del jeque—. ¿Cuándo has renegado de quien te ha buscado, cuándo has traicionado a quien de ti pedía refugio, cuándo has apartado a quien se acercó a ti?»

Ahmed reflexionó sobre esta oración.

«Dios mío, ¿cuánta bondad demuestras con aquel que va contra tus principios?» Pero ¿qué significaba eso? «¿Alá es bueno con quien no Lo respeta? ¿Dónde estaba escrito eso?», decía para sí.

Cuando acabó la oración, Ahmed fue a hablar con Saad.

—Jeque, ¿le puedo hacer una pregunta? ¿Qué oración ha recitado usted? No recuerdo haberla visto en el Corán.

—Es una oración de la orden Naqshbandi.

—¿La recitó el Profeta?

—La orden Naqshbandi surgió siglos después de la muerte del Profeta, muchacho. —Se inclinó hacia su pupilo y le acarició el pelo—. Veo que te ha interesado la oración. Es hermosa, ¿verdad? Refleja la bondad y tolerancia del islam.

Ahmed no hizo ningún comentario, pero el nombre de la orden se le quedó grabado. A la primera oportunidad, se escapó a la biblioteca de la mezquita y buscó en un libro referencias sobre los naqshbandi. Descubrió que se trataba de una orden ligada a Bahauddin Naqshband, el santo de Bucara que vivió en el siglo XIV. A la mitad de la entrada, el libro indicaba la corriente islámica a la que pertenecía esa orden.

Era sufí.

—¡Ahora lo veo claro! —murmuró Ahmed entornando los ojos—. ¡Ahora lo veo claro!

La relación del jeque con los sufíes quedaba ahora clara, pero le faltaba una prueba concluyente. ¿No dijo el propio Mahoma que no se podía acusar a nadie sin pruebas suficientes? ¿No exigió el propio Profeta la presencia de hasta cuatro testigos en ciertos casos para que no se acusara injustamente a nadie?

La prueba le fue dada inesperadamente el viernes siguiente. Al final de la oración del mediodía, Saad se acercó a su pupilo.

—¿Recuerdas la oración que te dejó fascinado el otro día?

Ahmed tardó unos instantes en caer en la cuenta de que el mulá se refería a la oración de la orden Naqshbandi.

—Sí… —murmuró con una expresión velada, que ocultaba lo que en realidad pensaba.

—Pues hay mil maneras de acercarnos a Dios —dijo el jeque enigmáticamente—. La oración es sólo una de ellas.

—No lo entiendo. ¿Qué quiere decir con eso?

—¿Quieres que te muestre cómo?

Ahmed incluso pensó en decir que no. Sospechaba de aquellas novedades, pero se dio cuenta de que estaba ante una oportunidad de oro para conocer mejor a su maestro y, venciendo sus recelos, acabó por aceptar.

Esa noche, el mulá lo llevó al corazón de El Cairo, el *souq* de Khan Al-Khalili. Caminaron por una callejuela hasta llegar a un edificio antiguo con un gran patio central cubierto de sillas y con un escenario instalado al fondo. Los tres pisos del edificio rodeaban el patio, con elegantes *mashrabiyya* clavados en los pisos superiores.

—Esto es un *wikala* —anunció el jeque. Como la mirada interrogativa del pupilo le dio a entender que la palabra no le decía nada, añadió—: Antiguamente, cuando aún no había hoteles, existían en El Cairo posadas en las que se alojaban los mercaderes que atravesaban el Sáhara en caravanas. Ésta es una de ellas.

Ahmed contempló con desconfianza las sillas y el escenario montados en el patio y la multitud que se agolpaba en el local. Se veían turistas *kafirun* en algunos lugares.

—Esta gente no parecen viajantes de caravanas. ¿Qué hacen aquí?

—Ten paciencia y lo verás.

Minutos más tarde, un grupo de hombres con turbantes y túnicas blancas o coloridas subieron al escenario, mientras otros aparecieron en los balcones con instrumentos en la mano, sobre todo *tabla*. En el patio resonaron los aplausos y, acto seguido, los hombres de los balcones se pusieron a tocar y los del escenario comenzaron a girar al ritmo de la música. Era una melodía extraña, casi hipnótica, con un poder que hacía vibrar el aire y reverberaba en las paredes del *wikala*. Los bailarines danzaban siguiendo la cadencia seductora de la música, haciendo girar las túnicas como ruedas. La melodía aumentaba el ritmo sin cesar, en un frenesí violento, en un remolino arrebatador. Eran peonzas, eran el viento del desierto, eran vórtices coloridos, varios cuerpos en un movimiento único, reducidos a manchas, transformados en un torbellino, inmersos en un trance.

—¿Qué hacen?

—Buscan la comunión con el Creador.

El jeque hizo un gesto en dirección a las figuras que giraban. Las anteriores se habían arremolinado fuera del escenario, que ahora ocupaban unos hombres ataviados con túnicas y turbantes negros que daban vueltas a un ritmo cada vez mayor.

—¡Mira qué belleza! ¡Es sublime! Se unen a Dios a través de la música y la danza. También lo hacen a través de la meditación y la recitación. Hay mil maneras de comulgar con Alá.

Ahmed hizo una mueca de repulsa.

—¿Comulgar con Alá? ¿Son cristianos?

—Musulmanes.

El muchacho casi bajó la cabeza en señal de desaprobación, pero se controló. ¿Dónde se había visto algo semejante? ¿Musulmanes que comulgan con Dios? ¿Musulmanes que usan la meditación, la música y la danza para unirse al Misericordioso? ¿Dónde estaba escrito algo así en el Corán?

Clavó la mirada en el jeque, que seguía prendado del baile hipnótico de los hombres que giraban sobre sí mismos, y le preguntó en tono agresivo:

—¿Qué son estos hombres?

—Derviches.

—¿Qué es eso?

Al fin, el jeque apartó la vista de los bailarines y sonrió bondadosamente a su pupilo.

—Ascetas sufíes.

¡La prueba!

Ahmed no sabía si debía estar enfadado o sentirse alegre por haber confirmado al fin sus sospechas. Ahora ya no tenía dudas.

¡El jeque era un sufí! ¡El profesor Ayman tenía razón! ¡El jeque era un sufí! ¿Y un sufí no era un musulmán sometido a la influencia cristiana?

Y, por tanto, un *kafir*.

¡Eso quería decir que él, Ahmed, era el pupilo de un *kafir*! Eso implicaba que el verdadero islam no era el que el jeque le enseñaba en sus lecciones. Y, lo que era peor aún, el verdadero islam no era el que el mulá predicaba todos los viernes en la mezquita. ¡Él y su familia escuchaban una doctrina cristiana camuflada, no el verdadero islam! El verdadero islam era otro. El verdadero islam era el que Alá exponía en el Corán y el que el Profeta ejemplificaba mediante la sunna. El verdadero islam era el de la sura 9, versículo 5: «Matad a los asociadores donde los encontréis. ¡Cogedlos! ¡Sitiadlos! ¡Preparadles toda clase de emboscadas!».

¿Cómo podían unos verdaderos musulmanes ignorar unos mandatos tan claros de Alá?

A partir de entonces, evitó al jeque Saad y aquella mezquita. Cuando acababan las clases de la madraza se escapaba lejos de allí y deambulaba por las calles de El Cairo. Primero, caminaba sin rumbo. Sin embargo, pronto lo encontró, cuando a dos pasos del *wikala* donde actuaban los derviches sufíes, dio con la que le pareció la mezquita más hermosa del *souq* de Khan Al-Khalili.

La gran mezquita de Al-Azhar pasó a ser su destino después de las clases. A la hora de la oración se dirigía al santuario, en pleno bazar, donde recitaba con redoblado vigor las plegarias a Alá. Los mulás le parecían aún demasiado heterodoxos, pero al menos no eran sufíes. Además, concluyó que el islam heterodoxo era un defecto general en Egipto, ya que el miedo de desagradar al Gobierno parecía mayor que la fe de esos mulás cobardes. Para evitar el problema, concentraba su atención esencialmente en la recitación del Corán y obviaba la mayor parte del sermón que acompañaba a la oración.

El resto del tiempo lo pasaba entre los comerciantes del bazar. Le gustaban el bullicio, los colores, los aromas, la algarabía, y la gente diversa que pasaba por allí. Vagaba solo por el *souq*, aunque solía moverse en un tramo de la Sharia Al-Muizz Allah que a cierta hora quedaba a la sombra del minarete a cuadros rojos del complejo Al-Ghouri. Desde la calle, oía las voces del coro de niños de la madraza del complejo que recitaban el Corán y, sentado en el paseo, se entretenía acompañando la recitación. ¡Ay, qué sosiego le proporcionaba oír las palabras de Alá entonadas por aquellas voces suaves!

—¡Chis!

Ahmed volvió la cabeza para ver si lo llamaban a él. Estaba sentado en un escalón de la entrada del complejo Al-Ghouri, justo al lado de la mezquita. Hacía semanas que frecuentaba aquel trecho de la calle y los comerciantes de la zona ya lo conocían.

—¡Chis! ¡Muchacho, ven aquí!

Se refería a él el vendedor de una tienda de pipas de agua que lo llamaba con el dedo. Después de dudar un instante, fue a hablar con él.

—¿Quiere hablar conmigo?

—Sí, muchacho. ¿Cómo te llamas?

—Ahmed.

—¿Por qué no me ayudas a atraer clientes a la tienda?

El muchacho miró con curiosidad las pipas de agua esparcidas por el suelo y por los estantes.

—¿Yo, señor?

—Aunque estamos en la Al-Muizz, los turistas se acercan pocas veces a esta parte del *souq* —se quejó el comerciante—. Necesito alguien que vaya a buscarlos a Midan Hussein. —Sacó del bolsillo una moneda de cobre reluciente—. Te doy veinte piastras por cada turista que me traigas que compre una *sheesha*. —Le enseñó la moneda como si lo tentara con un dulce de *baklava*—. ¡Veinte piastras!

Desconcertado por la inesperada propuesta, Ahmed levantó la vista hacia el cartel de la puerta de entrada. En él se leía «ARIF» y el adolescente presumió que se trataba del nombre del dueño del establecimiento.

—¿Y si no compran nada?

—Bueno, en ese caso no te llevas el dinero, claro. Pero si hicieras…

—¡Padre!

La voz, suave y melodiosa, procedía del interior de la tienda y los dos dirigieron la vista en aquella dirección. En ese instante, se asomó a la puerta que había detrás del escaparate una muchacha de unos diez años, delgada y con unos ojos negros luminosos, que parecían perlas pulidas. Ahmed sintió su corazón palpitar. Aquella niña era la criatura más hermosa que había visto nunca.

—¡Adara! —exclamó el comerciante—. ¡Vuelve ahora mismo adentro!

—Pero, padre…

—¡Que vuelvas adentro inmediatamente! ¿No ves que ahora estoy ocupado? Luego te llamo.

La muchacha dio media vuelta y desapareció. Era un ángel como Ahmed nunca había visto. Adara. ¡Qué nombre tan bello y apropiado! Adara. La palabra árabe para «virgen» era perfecta para una criatura tan sublime. Adara…

155

Sin dudarlo, el muchacho dio la mano al comerciante.

—Acepto.

Arif lo miró y dibujó en la boca una sonrisa fea, que revelaba sus incisivos podridos.

—¡Excelente!

—Voy a llenarle la tienda de clientes.

17

—¿*D*ónde está su hotel?

Acababan de salir del Harry's y Tomás decidió comportarse como un caballero hasta el final.

—Al pie del teatro La Fenice —dijo Rebecca—. Está aquí al lado, no se preocupe.

—La acompaño. Mi hotel tampoco queda lejos.

De noche, Venecia tenía algo de irreal, parecía un escenario fantasmagórico. La luz desmayada de los quinqués acariciaba tímidamente las fachadas pintadas de blanco, de amarillo y de rosa. Había por todas partes tiendas elegantes, restaurantes acogedores y edificios históricos exquisitamente conservados. La multitud deambulaba distraída, posando la vista en los escaparates ricamente decorados. Sus pasos la llevaban sin rumbo concreto por el entramado de calles.

—Es curioso que los musulmanes fundamentalistas usen imágenes pornográficas para ocultar mensajes cifrados, ¿no le parece? —observó la americana.

—Eso tiene relación con una orden dada por Alá en el Corán.

—¿En serio? ¿Alá mandó ocultar los mensajes detrás de mujeres desnudas?

Tomás se rio.

—Claro que no —dijo—. Pero hay un pasaje del Corán, creo que en el capítulo 57, que dice: «Hemos hecho descender el hierro (en él hay grandes daños y gran utilidad para los hombres) para que Dios, en secreto, conozca a quienes les socorren a Él y a sus enviados». Este versículo se interpreta como una autorización divina para que los musulmanes usen tecnologías modernas para difundir el islam. De ahí que los fundamentalistas no duden en recurrir a armas sofisticadas y a ordenadores, incluidos esos *sites* pornográficos. En tiempos de guerra, todo vale. Es la filosofía de esos tipos. Supongo que han detectado mucha actividad en Internet…

—Mucha, es verdad —confirmó Rebecca—. Hoy en día, Internet es un elemento clave para Al-Qaeda para muchas cosas: propaganda, entrenamiento, planificación, logística… ¡Todo! Lo usan para comunicarse entre ellos, para mostrar vídeos de atentados, para transmitir información, órdenes y planes secretos, y para atacar ordenadores occidentales. Ya hemos detectado unos cinco mil *sites* fundamentalistas, en algunos de los cuales hay instrucciones detalladas para fabricar bombas sencillas. Hay otros con *chat-rooms* donde las personas preguntan lo que quieren y, al otro lado, hay un especialista en ley islámica que les responde. Una vez, en uno de esos *chat-rooms*, un internauta fundamentalista, que decía pertenecer a un grupo que tenía un rehén, quería saber si según el islam era permisible decapitarlo con una sierra o si tenían que usar un cuchillo o una espada, conforme al ejemplo del Profeta…

—¿Y qué respondió el especialista?

—Dijo que se debía seguir el ejemplo del Profeta, como ordena el Corán, y le aconsejó usar un cuchillo o una espada.

Sin conseguir quitarse la escena de la cabeza, Tomás hizo un gesto de rechazo y respiró hondo.

—¿Qué hacen con esos *sites*?

—Clausuramos unos y vigilamos otros. Tenemos incluso una táctica que consiste en abrir *sites* fundamentalistas para ver quién viene a hablar con nosotros. Así, pescamos bastante…

—Peces pequeños, me imagino.

—Claro. Los tiburones tienen sus propios *sites* y sólo frecuentan aquellos en los que pueden confiar.

—¿Como Bin Laden?

—Ése ya no usa Internet.

—Tiene miedo de que lo cojan.

—Sí. Hoy en día, todo el núcleo duro de Al-Qaeda evita Internet. Saben que es un riesgo demasiado grande. Nuestra tecnología de intercepción es tan sofisticada que los podríamos localizar en cualquier momento. Por lo que sabemos, Bin Laden

157

recurre a mensajeros para transmitir sus órdenes. Cuando usa un ordenador, sólo ve información que otros graban en un CD o en un DVD. Ni se le ocurre conectarse a Internet.

La note xe bela,
fa presto Nineta,
andemo in barcheta
i freschi a chiapar.

La voz, que cantaba una melodía melancólica, procedía del estrecho canal de enfrente. Atraídos por la promesa de romanticismo que el sonido encerraba, Tomás y Rebecca se callaron y subieron a un puente que unía las dos manzanas que el canal separaba. El puente era pequeño y pintoresco, y dibujaba un arco sobre las aguas oscuras.

De la penumbra líquida emergió entonces una góndola furtiva. De pie, el gondolero empujaba suavemente el remo, mientras su voz seducía a los turistas que lo oían. Parados en medio del puente, el portugués y la norteamericana no podían despegar los ojos de la embarcación, mientras disfrutaban del momento. La góndola pasó por debajo del puente, deslizándose suavemente por el canal, a lo largo del cual resonaba la melodía.

158

E Toni el so remo
l'è atento a menar.
nol varda, nol sente
l'è un omo de stuco.

El bulto negro desapareció tras una curva y la voz del gondolero se diluyó en la distancia. Tenía una apariencia tan irreal que su paso parecía sólo una ilusión.

—¿Sabe una cosa? —preguntó Tomás, volviendo al problema que más le preocupaba—. Aún me cuesta creer que haya fundamentalistas en Portugal.

Rebecca tardó unos instantes en liberarse del efecto embriagante de la *barcarolle*, la canción de los gondoleros venecianos, y en regresar al presente.

—No sé por qué —dijo al fin.

—Porque conozco a nuestra comunidad islámica. Me encuentro con ellos muchas veces, mantenemos discusiones, hablamos mucho. Son todos buena gente, ya se lo he dicho.

—¡Y yo le he dicho que en todas las comunidades hay ovejas descarriadas!

—Pero en este caso no hay precedentes. No ha habido ningún musulmán portugués implicado en actos de… terrorismo islámico. ¡Es algo impensable!

Rebecca volvió a caminar cruzando el puente hasta llegar a la manzana que ocupaba el otro lado.

—Se equivoca.

El comentario despertó la curiosidad de Tomás, que lanzó una mirada interrogativa a Rebecca desde el centro del puente.

—¿Qué quiere decir con eso?

—Ha habido fundamentalistas islámicos oriundos de Portugal implicados en atentados.

El historiador cruzó por fin el puente, siguiendo los pasos de su acompañante.

—¿Habla en serio?

—Claro.

—¡Dígame quién!

Rebecca siguió caminando, imperturbable, pero volvió la cabeza hacia atrás.

—¿Sabe cuál fue el primer atentado perpetrado por Al-Qaeda en suelo europeo?

Tomás aligeró el paso y se puso a la altura de ella.

—¿No fue el de Madrid?

—Debe de estar bromeando…

—¿Al-Qaeda cometió atentados antes de los de 2004?

—Claro que sí. El primer ataque de la organización de Bin Laden en suelo europeo ocurrió en 1991. Fue en Roma. El antiguo rey de Afganistán, Mohammad Zahir Shah, por aquella época planeaba regresar a su país, lo que obviamente suponía una amenaza para los muyahidines fundamentalistas y, por extensión, para Al-Qaeda. Fue en ese momento cuando un miembro de Al-Qaeda se hizo pasar por periodista y consiguió acercarse al rey. Cuando lo tuvo delante, el terrorista sacó un cuchillo y se lo clavó en el corazón al ex monarca. Lo que salvó

159

al rey fue una pitillera de plata que llevaba en el bolsillo y que impidió que la hoja penetrase en el corazón.

—No lo sabía.

—¿Sabe cómo se llamaba ese miembro de Al-Qaeda?

La norteamericana se paró, sacó una fotografía del maletín y se la enseñó a Tomás. La imagen mostraba a un hombre barbudo y bien nutrido, de aspecto europeo mediterráneo, sentado en una celda. Una leyenda bajo la foto indicaba: «*Carcere di Rebibbia, Roma*».

El historiador se encogió de hombros.

—No lo sé.

—Paul Almida Santous.

—¡Ah…! —exclamó—. Paulo Almeida Santos.

—Eso.

Le llevó aún un momento ver la conexión entre el nombre, aquella fotografía y la historia del atentado de Roma.

—¿Quiere decir que… aquel terrorista de Al-Qaeda era portugués?

—*You bet* —confirmó ella—. Los italianos lo detuvieron, claro. Primero se cerró en banda y sólo años más tarde accedió a hablar, pero se limitó a decir cosas que ya sabíamos. Aun así, nos enteramos de que el señor Santos se había entrenado en los campos de la organización de Afganistán y que tuvo tres reuniones con el propio Bin Laden para preparar el atentado.

—No tenía la más mínima idea de ese caso.

—Le cuento esto para que vea que el trabajo que esperamos de usted no es necesariamente un juego de niños —añadió Rebecca, mientras guardaba la fotografía en el maletín—. Es cierto que la comunidad islámica de Portugal es tranquila y que está formada por buena gente. Pero, como entre los cristianos portugueses, también es posible encontrar entre los musulmanes portugueses a quien opta por caminos diferentes. ¿O puede usted poner la mano en el fuego por toda la gente de su país?

—Claro que no.

—Nuestros sistemas de vigilancia indican que el mensaje que le he enseñado en el Harry's se abrió hace dos meses en un cibercafé de Lisboa. Se envió desde una dirección que vigilamos desde hace años y que sabemos que sólo se usa para enviar órdenes operativas de gran magnitud. Eso demuestra que...

—Si es así —la interrumpió Tomás—, ¿por qué no clausuraron esa dirección?

—Porque ya la tenemos localizada y no la queremos quemar. Si la cerráramos, Al-Qaeda abriría otra, probablemente con más cautelas aún, y enviaría órdenes operativas sin que supiéramos nada. Teniendo identificada esta dirección, podemos al menos observar el tráfico, interceptar mensajes y enterarnos de si va a pasar algo.

—Ahora lo entiendo.

Rebecca se calló por un momento intentando recuperar la idea que exponía cuando Tomás la había interrumpido.

—Como le decía, el hecho de que se hayan enviado órdenes desde esa dirección nos indica que va a pasar algo. Y el hecho de que ese correo se haya abierto en un ordenador cuyo IP está en un cibercafé de Lisboa nos muestra que los miembros a los que se dirigían las órdenes estaban en Portugal.

—Entonces, cree que habrá un atentado en suelo portugués...

—Eso no lo sé —replicó ella—. Sólo hay una manera de responder a esa pregunta, ¿no le parece?

—¿Cuál?

—Descifre el mensaje que le he pasado hace un momento. Todo depende de lo que allí se diga.

Tomás se echó la mano al bolsillo y sacó una libreta. La ojeó y localizó la página donde había copiado la línea de letras y números que se encontraba oculta bajo la imagen pornográfica.

6AYHAS1HA8RU

—No hay forma de que me proporcionen la clave de este mensaje cifrado, ¿no?

La mujer soltó una carcajada.

—¡Si la tuviéramos, Tom, puede estar seguro de que ya la habríamos usado! —exclamó—. Oiga, el correo contiene, sin duda alguna, órdenes operativas. Ese mensaje se abrió en Lisboa, lo que significa que este atentado podría afectar a su país.

161

Si yo fuera usted, ¿sabe lo que haría? ¡Haría horas extraordinarias para descifrar el mensaje!

—Mire, oiga, yo sólo soy un historiador. ¿Por qué no pasan el asunto al SIS?

—Ya lo hemos hecho.

—¿Y qué hicieron ellos?

Rebecca entornó los ojos.

—No saben nada.

—Pero ¿qué dijeron?

—Que la comunidad musulmana portuguesa es muy pacífica y que no da problemas.

—Y tienen razón.

La norteamericana señaló el papel que Tomás tenía entre los dedos.

—¿Eso es lo que cree? Entonces ¿quién usó un cibercafé en Lisboa para abrir el correo que escondía ese mensaje cifrado? ¿El niño Jesús?

El portugués se paró para volver a leer la línea que había anotado en su cuaderno de notas. Dos segundos después, cerró el cuaderno con un gesto decidido y se lo metió de nuevo en el bolsillo.

—No lo sé —dijo—, pero puede estar segura de que lo descubriré.

18

*E*l hombre era rubio, con la piel enrojecida por el sol, y miraba con interés los productos expuestos a lo largo de la callejuela adyacente a Midan Hussein.

—*Mister, mister!* —lo llamó Ahmed, que con una sonrisa encantadora se acercaba al cliente—. ¡Venga a ver la gruta de Alí Baba!

—¿Ah, sí? —sonrió el occidental—. ¿Y qué tiene de especial?

—Está llena de tesoros.

La vida de Ahmed después de las clases consistía ahora en deambular por las callejuelas del *souq* en busca de clientes occidentales. Chapurreaba el inglés, la jerga para turistas que Arif le había enseñado y que fue perfeccionando a través del contacto con los extranjeros.

Muchos occidentales lo encontraban gracioso y se dejaban arrastrar por el laberinto del Khan Al-Khalili hasta la tienda de pipas de agua, casi a la sombra del minarete de Al-Ghouri. Había días que atraía a tantos clientes y recibía por ello tantas piastras que llegaba a ganar cinco o diez libras egipcias.

—*Masha'allah, Ahmed! Masha'allah!*

Arif, el dueño de la tienda, estaba tan satisfecho con la eficacia de su joven agente que empezó a llamarlo «hijo mío». Lo invitaba a almorzar junto a él en el comedor, desde donde Ahmed observaba a menudo cómo comían las mujeres en la cocina. Arif tenía varias hijas, todas ellas esbeltas y gritonas, pero el muchacho sólo tenía ojos para la bella Adara. Las mujeres se quedaban aparte, pero siempre que la muchacha se acercaba por cualquier motivo, Ahmed se ruborizaba y bajaba la vista.

Desde que comenzó a trabajar en la tienda de pipas, nunca

había intercambiado una palabra con ella. Astuto, como buen comerciante, Arif se percató pronto del interés que su protegido tenía por su hija. No se enfadó. No estaba seguro de que Ahmed fuera la persona ideal para Adara, una niña a la que consideraba especialmente rebelde, pero tampoco estaba seguro de lo contrario, por lo que decidió vigilar a su pupilo con atención.

El comportamiento que observó con el tiempo en Ahmed le agradó. Descubrió que el muchacho, como buen musulmán, dedicaba parte de lo que ganaba al *zakat*, a limosnas que distribuía entre los necesitados. Ahmed se limitaba a cumplir celosamente las enseñanzas del jeque Saad, ahora que había entendido que la mayor parte de lo que el mulá le había explicado no eran necesariamente ideas sufíes, sino el verdadero islam. Y ése fue el islam que Arif descubrió en Ahmed. El Corán y la sunna del Profeta exigían generosidad y respeto por los demás, virtudes que comenzaban precisamente por la distribución desinteresada del *zakat* entre los desfavorecidos. Ahmed se enorgullecía de ser el más creyente de los creyentes, por lo que nunca descuidaba esta obligación, lo que a Arif no le pasaba desapercibido.

Alá exigía también respeto a la familia, y Ahmed, pese a que evitaba pasar tiempo en casa, entregaba a su madre el resto del dinero que ganaba en el *souq*.

—¿De dónde has sacado este dinero? —le preguntó la madre la primera vez que el hijo le dio dos billetes de una libra.

—Del *souq* —respondió con sinceridad, tal como ordenaba el Corán—, trabajando en una tienda de *sheesha*.

Los padres se encogieron de hombros ante la noticia y le dejaron hacer lo que quisiera. Siempre que fuera a la madraza y pasara de curso, todo les parecía bien.

Pero Arif, a quien no se le escapaba nada, sacaba sus propias conclusiones.

—¿Qué piensas de Adara?

La pregunta de Arif le cogió por sorpresa. La muchacha acababa de pasar por el comedor y su admirador secreto la había seguido con la mirada con interés mal disimulado.

—¿Qué? —exclamó el muchacho, aturdido, como si lo hubieran pillado con la mano en los *baklavas*.

—Adara. ¿Qué piensas de ella?

Ahmed se ruborizó y, al sentirse desnudado por los ojos escrutadores del patrón, bajó la vista.

—Yo…, yo… no sé.

—¿No sabes? Entonces, ¿no la ves? No me vengas con ésas, acaba de pasar por aquí…

El adolescente se mantuvo absolutamente quieto en su lugar, horrorizado por la facilidad con la que había dejado ver sus intenciones.

—¿Te gustaría casarte con ella algún día?

Ahmed alzó los ojos. Un rayo de esperanza le iluminó el rostro.

—¿A mí?

Arif se rio.

—Sí, a ti. ¿A quién va a ser? ¿Crees que serías un buen marido para Adara? Es una buena chica.

Con el corazón latiéndole aceleradamente en el pecho y la garganta estrangulada por la emoción, el muchacho sólo consiguió asentir y contestar con un hilo de voz:

—Sí.

—Tendrás que domarla, claro. Mi hija es un poco rebelde y necesita la mano firme de un hombre. ¿Te ves capacitado para esa tarea?

Respondió de nuevo con un hilo de voz.

—Sí.

—Para eso tendrás que ser siempre un buen musulmán, no una bestia como los *kafirun* que traes a la tienda. ¿Crees que puedo estar tranquilo en cuanto a eso?

En ese momento, la voz de Ahmed ganó en cuerpo y firmeza. Estaba decidido a ser un buen musulmán toda su vida, a cualquier precio.

—¡Con la gracia de Dios, no le decepcionaré!

Arif soltó una carcajada y le dio una palmada en la espalda. El acuerdo estaba sellado. Ahora sólo faltaba que Ahmed y Adara crecieran.

Y

Ambos crecieron sin que nadie tuviera que pedirles que lo hicieran. En los años siguientes, la vida de Ahmed se desarrolló en la madraza por la mañana y en el *souq* por la tarde. Fue una época en la que maduró y adquirió experiencia.

El contacto con los turistas provocaba en el muchacho una repugnancia que se esforzaba por ocultar. Desaprobaba la forma atrevida e inmodesta en que las mujeres occidentales se presentaban en público: exhibían los hombros y los muslos, lo que les hacía parecer mujeres de la calle, ordinarias y desvergonzadas. ¿No había exigido el Profeta decoro? ¿Dónde estaban los velos que las debían proteger de las miradas pervertidas? ¡Hasta había visto matrimonios de turistas que andaban de la mano en público!

Se encogía de hombros, en un gesto que mezclaba su furia y su indignación. Eran *kafirun*, ¿qué se le iba a hacer? Llegó a la conclusión de que los relatos sobre los cruzados decían la verdad. Confirmó así que el profesor Ayman, que Alá lo protegiera dondequiera que lo tuvieran encerrado, tenía razón: estos bárbaros desconocían las reglas más elementales de la decencia y la buena conducta. No eran más que animales que se abandonaban a sus instintos primarios. Los *kafirun* parecían ricos, claro. Pero eso no los libraba de ser poco más que salvajes.

¡Qué diferencia entre esa gente y Adara, por ejemplo! Los meses se habían convertido en años, y Adara dejó de ser una niña y se convirtió en una mujercita. Poco después de que tuviera su primera menstruación, el padre le ordenó que se cubriera al salir a la calle, no fuera que la desnudez de su piel lechosa desencadenara de forma involuntaria la excitación sexual de los hombres. Ahmed aprobó esta decisión con todo su corazón. ¿No había dicho el propio Profeta, según un *hadith*, que «cuando una mujer alcanza la edad de la menstruación no es adecuado que muestre ninguna parte de su cuerpo, salvo ésta y ésta», refiriéndose al rostro y las manos? Las mujeres *kafirun* no eran más que unas ordinarias, mientras que bastaba con posar los ojos sobre la hija de Arif para comprobar la modestia y el decoro que caracterizaban a los creyentes. ¡Qué contraste! Las *kafirun* exhibían su cuerpo sin pudor alguno, mientras que

Adara salía toda cubierta, como el mensajero de Dios exigía.

El problema fue que, con el tiempo, la muchacha pareció dar señales de rebeldía y, a partir de cierto momento, comenzó a usar ciertas prendas que le parecían poco apropiadas al muchacho con el que estaba prometida. Al principio, Ahmed calló, pero cuando estos comportamientos se volvieron demasiado ostensibles, llegó un momento en que no pudo contenerse y llamó la atención a Arif.

—Adara sale a la calle cubierta siempre de forma adecuada —observó un día durante el almuerzo, midiendo las palabras con cuidado—. Pero, hace poco, la vi salir y hacer algo que llama la atención a los hombres.

—¿Qué? —dijo Arif, alarmado, preocupado por la reputación de su hija—. ¿Qué le viste hacer?

—Llevaba tacones altos —denunció Ahmed bajando la voz—. Eso hace que los hombres se imaginen sus piernas…

El patrón dio un puñetazo en la mesa, súbitamente enfadado.

—¡Por Alá, eso no puede ser! Cuando esta niña vuelva, voy a tener unas palabras con ella.

—Tiene que llevar zapatos bajos —añadió Ahmed, levantando el dedo índice—. Y eso no es todo: olía a champú perfumado. ¡Eso es peligroso! Distrae la mente de los hombres, los aparta de Alá y les inspira fantasías pecaminosas.

Arif se levantó de un salto, incapaz ya de contener la justa indignación que, como padre ultrajado, sentía.

—Tienes razón —vociferó—. ¡Cuando llegue, la castigaré como es debido! ¡No quiero sinvergüenzas en mi casa!

El contacto con los occidentales expuso a Ahmed a algunas ideas nuevas. Un día, cuando caminaba por las calles del *souq* camino de la tienda de pipas de agua, uno de los turistas le preguntó qué opinaba del Gobierno de Egipto. El muchacho se encogió de hombros.

—Yo no opino nada, *mister*. Sólo soy un musulmán.

—Pero ¿no te gustaría que hubiera democracia en tu país?

A la pregunta, Ahmed reaccionó con una expresión de indiferencia.

—¿Qué es eso, *mister*? —preguntó.

Esta vez fue el turista quien se rio.

—¿Democracia? ¿Nunca has oído hablar de la democracia?

—No, *mister*.

—Consiste en poder elegir a tu presidente —explicó el europeo—, y en poder decidir cómo se gobierna tu país y cómo se aprueban sus leyes. ¿No te gustaría?

—Pero ¿para qué necesito hacer eso?

La pregunta le pareció tan ingenua al turista que por un momento lo desconcertó.

—No sé, para… poder cambiar de presidente, por ejemplo. Imagina que crees que este Gobierno no lo está haciendo bien. En vez de que mande siempre, puedes cambiarlo y poner a otro que gobierne mejor.

—Pero él no dejaría que hiciéramos algo así, *mister*.

El turista se rio de nuevo.

—¡Claro que no! Por eso se necesitan leyes democráticas que permitan sustituirlo. ¿No te gustaría que las hubiera?

—No necesitamos nuevas leyes, *mister* —replicó Ahmed, que aminoró el paso, pues ya estaban cerca de la tienda de pipas de agua—. Ya tenemos leyes adecuadas para gobernarnos.

—¿Cuáles? ¿Las de estos dictadores que mandan sobre vosotros?

El muchacho señaló al cielo.

—Las de Alá.

Con el tiempo, se dio cuenta de que el *souq* estaba repleto de policías. Algunos iban de uniforme, por lo que era fácil detectarlos. Pero había otros que iban de paisano, se mezclaban con la multitud y se movían por todas partes. Parecían hormigas.

Ahmed tomó conciencia por primera vez de que andaban por allí cuando vio que unos desconocidos requisaban los productos que un vendedor exponía en un tapete en el paseo: camisas de marca, radios, perfumes…

—Contrabando —le explicó lacónicamente Arif, que contemplaba la escena apoyado en la puerta de la tienda.

Sentando en el escalón de la tienda de pipas de agua, Ahmed observaba sorprendido cómo los hombres esposaban al comerciante al que había pillado *in fraganti*.

—Pero ¿cualquiera puede detenerlo?

Arif se rio.

—Esos tipos no son cualquiera, muchacho —dijo lo suficientemente bajo para que sólo lo oyera su joven empleado—. Son policías.

El incidente hizo que Ahmed abriera los ojos a una nueva realidad: había policías de paisano circulando por el bazar. Desde ese momento, prestó más atención a todo lo que pasaba a su alrededor. Siempre que veía a los policías detener a alguien, se paraba a observarlos atentamente. Memorizaba las caras, las actitudes, las expresiones, lo que decían, la manera de andar y la forma de mirar. Se dio cuenta de que esos hombres no sonreían ni eran espontáneos como el resto de las personas que se veían en el *souq*. En lugar de eso, tenían el rostro tenso, grave y seguro. También tenían una manera de andar característica. No se relajaban de forma natural, aunque se esforzaban por aparentar que estaban tranquilos. Más bien, mostraban una rigidez que eran incapaces de superar.

De ese modo, Ahmed aprendió a reconocerlos y, sobre todo, a evitarlos. Su negocio era atraer clientes a la tienda y procuraba hacerlo bien. A pesar de tratar con *kafirun*, el trabajo no le resultaba del todo desagradable. Algunos turistas se mostraban simpáticos y algunos hasta le daban *baksheesh* de cincuenta piastras e incluso de una libra, aunque el muchacho no se dejaba engañar por eso. Siempre tenía muy presente el aviso de Dios en la sura 5, versículo 56 del Corán: «¡Oh, los que creéis! No toméis a judíos y a cristianos por amigos: los unos son amigos de los otros. Quien de entre vosotros los tome por amigos será uno de ellos».

Así prohibía Alá la amistad con las Gentes del Libro, y Ahmed no lo olvidaba. De ahí que, cuando lo veían pasar por las callejuelas laberínticas del *souq* con un matrimonio de turistas tras sus pasos y le preguntaban adónde iba, siempre daba la misma respuesta: «¡Voy a llevar a este perro *kafir* y a su prostituta al Infierno!».

19

*E*l grupo de jóvenes recorría las calles decadentes observando las fachadas pintorescas de las casas, salpicadas de flores en los balcones y de ropa de colores tendida en las ventanas. En algunas esquinas olía a vino, por influencia de las tabernas que a esa hora aún estaban cerradas, y en otras, a orina. Al frente del grupo, el profesor iba señalando los detalles que debían observar.

—Aquí ya no hay casas moriscas —explicó Tomás a sus alumnos de la asignatura de Estudios Islámicos—. Pero, si os fijáis bien, la Alfama mantiene cierto aire de *kasbah*, ¿no os parece?

Los alumnos asintieron, cada cual mirando en una dirección. La mayoría de los alumnos eran musulmanes, pero algunos eran cristianos o agnósticos que acudían a las clases por pura curiosidad. Bajaron los escalones, dejaron atrás la iglesia y pronto llegaron a la terraza del Miradouro de Santa Luzia. Ante sus ojos, aparecieron los tejados rojos y, a lo lejos, el caudal azul del Tajo: la antigua Lisboa en todo su esplendor.

—¡Extraordinario! —exclamó uno de los estudiantes.

Se quedaron allí descansando y contemplando la magnífica vista de la ciudad. Sin embargo, la mente del profesor bullía de ideas. Desde que había vuelto de Venecia, buscaba la mejor forma de preguntar a sus alumnos sobre política y, en particular, sobre el fundamentalismo islámico. El problema era que no encontraba la forma adecuada de hacerlo. El asunto era totalmente ajeno a las clases y aquellos jóvenes, despreocupados y alegres, parecían tener tanta relación con el fundamentalismo como el agua con el aceite.

Pero, ¡qué diablos!, no cabía duda de que aquel correo de Al-Qaeda lo habían abierto en Lisboa. Era fundamental que comenzara a hacer preguntas, incluso a las personas más improbables, como sus alumnos musulmanes. Por eso, había decidido salir de la facultad y dar una clase al aire libre visitando la Alfama y la Mouraria, los barrios de la antigua Lisboa musulmana. Sabía que en ese contexto conseguiría crear un ambiente propicio para las preguntas que necesitaba plantear.

El estudiante que tenía más cerca era Suleimán, un muchacho tranquilo cuyos padres, de origen indio, habían llegado desde Mozambique en la década de los sesenta y se habían convertido en abogados de prestigio en Lisboa. Tomás vio que ésa era su oportunidad.

—Suli, ¿viste ayer las noticias?

El alumno desvió la vista del paisaje lisboeta.

—Sí, claro. ¿Por qué?

—Terrible lo que ocurrió en la India, ¿no?

Suleimán suspiró y chasqueó la lengua.

—Ni me hable de eso.

—¿Viste lo que pasó? Salieron a la calle y se pusieron a disparar contra todo el mundo...

—Están locos. Son unos chalados enfermizos.

Tres gaviotas se acercaron al mirador en un vuelo rasante y graznando sin parar, por lo que algunos jóvenes tuvieron que agacharse. El incidente causó risas y chistes entre los alumnos.

Tomás dejó pasar unos segundos antes de volver a la carga.

—¿Y si pasara algo así aquí?

—¿Qué?

—Los atentados, Suli. Imagínate que esos tipos, esos fundamentalistas, cogieran sus armas y vinieran aquí a la Alfama, por ejemplo, y empezaran a matar a todo aquel que se les pusiera por delante. ¿Viste el lío que se armó?

Con un gesto inquisitivo, Suleimán preguntó:

—¿Está usted hablando en serio, profesor?

—Bueno, Suli, ¿quién nos garantiza que algo así no ocurrirá aquí? Al fin y al cabo, hay fundamentalistas en todas partes, ¿no es cierto? Basta un puñado de ellos para sembrar el caos...

—¡Estamos en Portugal! —replicó el muchacho, como si ese hecho fuera elocuente por sí mismo—. ¡Aquí no hay gente de ésa!

171

—¿Cómo puedes estar seguro?

Una expresión de desconcierto se apoderó del rostro del estudiante.

—Porque… no sé, porque…, a ver, porque algo así se sabría —tartamudeó.

—¿Cómo se sabría?

—Quiero decir que, por ejemplo, yo ya habría oído hablar de algo así. O alguien habría comentado algo. ¿Sabe? el discurso de los fundamentalistas es algo que se nota, no pasa desapercibido…

—¿Y tú nunca has oído nada?

—Claro que no.

Tomás miró a su alrededor.

—¿Ni los demás?

Suleimán también miró hacia el grupo y, como para relajarse, lanzó la pregunta.

—¡Chicos! ¿Alguno de vosotros ha oído…, no sé…, alguien ha oído a algún tipo hablar de… de yihad, o de cosas por el estilo?

El grupo adoptó una expresión de perplejidad. Pero uno de ellos, Alcides, dio un paso al frente y, con el semblante muy serio, dijo:

—Yo.

Tomás enarcó las cejas.

—¿En serio? ¿A quién?

Alcides entornó los ojos, adoptó una postura de conspirador, miró a su alrededor y, asegurándose de que nadie lo oía fuera del grupo, se inclinó hacia delante y murmuró con un gesto muy serio:

—A Sylvester Stallone. En *Rambo*.

La conversación se diluyó entre bromas.

20

«¡*V*oy a llevar a este perro *kafir* y a su prostituta al Infierno!»

Llevaba tres años respondiendo lo mismo siempre que le preguntaban en árabe en el *souq*, camino de la tienda de pipas de agua, adónde iba seguido por un matrimonio de turistas.

Sólo que, un día, ocurrió algo que no esperaba. Ahmed tenía quince años y recorría el Khan Al-Khalili a sus anchas, como si hubiera vivido allí siempre. Aquel día decidió ir a El Fishawy a buscar turistas. El café más antiguo de El Cairo estaba situado en una callejuela estrecha y concurrida detrás de Midan Hussein. Era un establecimiento con historia, con una atmósfera exótica que un día atrajo incluso al rey Faruk y que parecía gustar a los *kafirun*.

Los turistas se recostaban en los sofás y en las sillas de El Fishawy para fumar *sheesha* o beber té aromático, disfrutando de la decoración refinada y deteriorada del café y de la agitación del *souq*. El callejón era un pasaje estrecho, protegido del sol por enormes toldos, aunque algunos rayos de luz se colaban por los lados y hacían brillar el polvo y el humo perfumado de las pipas de agua, que formaba en el aire diamantes centelleantes y adoptaba tonalidades fantásticas en un incesante juego de sombras.

Después de echar un vistazo a los clientes instalados en el exterior de El Fishawy, Ahmed concentró su atención en un matrimonio que fumaba *sheesha* en un salón interior.

—*Mister*, ¿está buena esa *sheesha*?

El norteamericano levantó el pulgar derecho y acto seguido le guiñó el ojo.

—Excelente.

—¿Le gustaría comprar una pipa de agua aún mejor que ésa?

El turista soltó una carcajada.

—¡*Gee*, ni aquí nos dejan en paz ustedes!

—¡Pero, *mister*, es la tienda más antigua de *sheesha* de El Cairo! —Señaló la fotografía que El Fishawy exponía en la pared del rey Faruk sentado en una mesa del café—. Hasta el rey compraba allí las pipas.

Todo eso era mentira, claro. El establecimiento de Arif distaba mucho de ser antiguo y nunca había recibido visitantes ilustres, pero aquellas palabras parecían surtir efecto en muchos turistas y éstos no serían una excepción. Después de intercambiar algunas palabras, Ahmed vio que eran estadounidenses. El hombre hablaba como una cotorra, pero la mujer, de piel trigueña y con grandes gafas oscuras, permanecía callada, lo que agradaba al joven egipcio. Era recatada, algo que le parecía digno de alabanza. Al fin y al cabo, las mujeres debían saber ocupar su lugar. Por eso, a Ahmed le bastó con hablar con el marido en inglés y lo convenció para que visitaran la tienda de Arif y así ver lo que pomposamente llamó «las pipas más buscadas de El Cairo».

El guía y los clientes salieron de El Fishawy y recorrieron apresuradamente las calles del *souq*. Ya en la concurrida Sharia Al-Muizz li-Din Allah, la calle principal de El Cairo medieval, giraron en dirección al complejo Al-Ghouri. El minarete pintado a cuadros rojos funcionaba como un faro, una vez que la tienda de pipas de agua de Arif se encontraba bajo su sombra. Pasaron por delante del viejo vendedor de especias que desde hacía años siempre preguntaba lo mismo a Ahmed en tono guasón.

—¿Adónde vas con tanta prisa?

—¡Voy a llevar a este perro *kafir* y a su prostituta al Infierno!

Unos pasos más adelante, el guía se dio cuenta de que la pareja se había detenido tras él. Se paró también y dio media vuelta, sin entender cuál era el problema.

—¿Y ahora qué pasa, *mister*?

Para espanto de Ahmed, quien respondió no fue el norteamericano, sino su mujer.

—¿Qué nos has llamado?

Ahmed se quedó boquiabierto. La mujer le había hablado. Y en árabe.

—¿Cómo dice?

—Te he preguntado qué nos has llamado —repitió ella, en un tono de voz cortante y frío.

El muchacho movió la cabeza en un intento de ordenar sus pensamientos. Se había dirigido a él en un árabe fluido, aunque con un acento extranjero inconfundible, que le pareció libanés. ¿Qué había dicho para que le hiciera esa pregunta en aquel tono? Se esforzó por reconstruir el minuto anterior. Venía andando por la callejuela, desembocó en la calle principal, vio al viejo de siempre sentado en el sitio de siempre, el viejo le preguntó adónde iba y él dio la respuesta habitual: iba a llevar al perro *kafir* y a su prostituta…

¡Por Alá! ¡La perra *kafir* lo había entendido!

—¿Qué pasa? —preguntaba el hombre en inglés, sin entender nada—. ¿Por qué nos paramos?

Ahmed confirmó por su reacción que el hombre no hablaba árabe. Sólo la mujer. Ella seguía mirando fijamente al muchacho, y éste, recuperado de la sorpresa al percatarse de que ella había entendido sus palabras, le devolvió la mirada sin mostrarse intimidado. ¡Por el Profeta, ninguna mujer le haría vacilar!

—¿Qué nos has llamado? —insistió la turista.

—¡Os he llamado lo que sois! —dijo Ahmed, mirándola a los ojos con desafío.

—¿Qué pasa, *sweetie*? —volvió a preguntar el norteamericano al presentir que algo no iba bien—. Cuéntamelo.

Sin apartar la vista de Ahmed, la mujer dijo en inglés:

—Este tipo te ha llamado perro infiel; y a mí, prostituta.

El hombre arqueó las cejas, perplejo y boquiabierto. Dudaba incluso de si la habría oído bien.

—¿Qué?

—Lo que te digo, Johnny. Nos ha insultado.

Pasado el pasmo inicial, el rostro del norteamericano enrojeció y, con un gesto rápido e inesperado, abofeteó a Ahmed.

Paf.

—¿Cómo te atreves? —murmuró, súbitamente indignado.

El muchacho, cogido por sorpresa, cayó al suelo y sintió que el hombre se acercaba.

—¡Cerdo árabe! —Lanzó luego una patada que pasó rozando la espalda del muchacho—. ¡Toma! ¿Quién te has creído?

El miedo de Ahmed se volvió repentinamente furia. Se levantó de un salto y se abalanzó a ciegas sobre el norteamericano, lanzando golpes sin cesar. A veces acertaba contra el rostro o el cuerpo del turista, y otras veces fallaba. En todo caso, no paraba de golpear, en un frenesí furioso, imparable, desquiciado. Dejó de ver bien. Todo lo que registraba era una refriega rabiosa. Veía una mano, un rostro, el suelo, una tienda, un pie, una mano, todo en una secuencia incesante, en medio de una confusión indescriptible y una cólera desaforada.

—¡Perro *kafir*! —vociferó en medio de aquel caos enfurecido—. ¡Que Alá te condene al fuego eterno!

Se generó un pequeño tumulto en plena calle. Ahmed notó que, al principio, la violencia de su ataque había cogido al adversario por sorpresa, aunque tras los primeros golpes había reaccionado. Redobló la furia de su ataque, en un intento de acabar la pelea cuanto antes, pero su nuevo ímpetu se vio interrumpido de manera inesperada por dos manos duras como el hierro que lo empujaron por el aire.

—¡Suéltalo! —ordenó una voz en árabe—. ¡Suéltalo!

Ahmed sintió que le doblaban el brazo derecho, que casi reventó del dolor cuando se lo apretaron con fuerza a la espalda. Se llevó un puñetazo en el estómago y el dolor, agudo y devastador, se trasladó a esa parte de su cuerpo. Se retorció y se golpeó la cabeza contra el suelo. Sintió dos patadas en las costillas, y otra en la nariz. Intentó abrir los ojos y lo vio todo rojo: era la sangre que le corría abundantemente por la cara. Pero, en medio de todo aquel barullo, consiguió ver de reojo a los hombres que habían intervenido y, al reconocer las caras serias, se dio cuenta de que estaba perdido: eran policías de paisano.

El juez tenía un aire entre displicente e indiferente en el momento en que alzó el martillo de madera y miró al muchacho, que, en el banquillo de los acusados, lo observaba asustado y ansioso.

—Por delitos contra la integridad física de un turista y contra la integridad moral de una mujer —proclamó de manera monótona—, condeno al acusado, Ahmed ibn Barakah, a tres años de prisión.

El martillo golpeó con estruendo la mesa.

Pac.

Acto seguido, el policía empujó por los hombros a Ahmed, que ni siquiera tuvo tiempo de ver cómo su madre ocultaba su rostro lleno de lágrimas, cómo el padre se estremecía avergonzado en las bancadas casi desiertas del tribunal y cómo Arif agachaba la cabeza en señal de desaliento. En un abrir y cerrar de ojos lo sacaron de la sala de audiencias y lo arrastraron por los pasillos desnudos y opresivos hasta el coche celular, donde lo esperaban los demás condenados del día. Hacía calor, como siempre en El Cairo, pero lo que le ardía ese día era el alma. De miedo e indignación.

Se sentó en el coche celular, con la mirada perdida en el infinito, mientras esperaba la llegada de otros condenados y que los llevaran a la prisión. ¡Tres años de reclusión por haber puesto en su sitio a un *kafir* y a su prostituta! ¡Tres años! ¿Qué país era el suyo, en el que daban más importancia a dos *kafirun* que a un creyente? ¡Y, además, él se había limitado a responder a las agresiones de esos perros! Movió la cabeza, en un ademán que mezclaba indignación y conmiseración. ¿Dónde se había visto algo así? ¡Un *kafir* ya era más importante que un creyente! ¿Cómo era posible? ¡Un *kafir* había llegado a ser más importante que un creyente! ¡Por Alá, a qué extremos había llegado el país...!

A ojos de Ahmed, su enjuiciamiento se resumía a una lógica de una simplicidad horripilante. El turista norteamericano no era más que un periodista que cubría la guerra civil del Líbano. Había ido a El Cairo con su meretriz libanesa, una perra cristiana a buen seguro apaniaguada por los malditos Gemayel y, en venganza por el justo correctivo que le había aplicado, había usado toda su influencia para implicar a la embajada estadounidense y presionar hasta obtener la condena de un creyente. El Gobierno, formado evidentemente por fantoches de los norteamericanos, seguramente se había visto obligado a implicarse en todo aquel lío y había presionado al tribunal. El juez tenía miedo y lo había condenado. Sólo así se podía entender que diera más importancia a un *kafir* que a un creyente.

¡Ay, mientras tuvieran un Gobierno así, no irían a ninguna parte! ¿No eran los mismos que habían ido a Al-Quds y habían firmado la paz con los sionistas? ¡El faraón Sadat fue quien dio la cara, pero Mubarak también había estado involucrado en esa traición, el muy apóstata! ¿Y qué era el pequeño Ahmed ante una afrenta de tal calibre? Si tuvieron la poca vergüenza de acudir a la tierra de los *kafirun* y de abrazar a los sionistas, ¿qué les costaba mandar a un pobre y humilde creyente a prisión durante tres años por haberse defendido de un cruzado?

El sentimiento de rebeldía llevó a Ahmed a pensar en algo que otro turista le había dicho. ¿Qué palabra había utilizado? Democracia, ¿no? Le había preguntado a Ahmed si le gustaría que hubiera democracia en Egipto. Claro, en aquel momento tuvo que buscar la palabra en la enciclopedia: «democracia». Según lo que leyó, había concluido que eso significaba organizar unas elecciones y que todo el mundo votara un nuevo gobierno.

A primera vista, la idea no le parecía del todo mal. Tendría que consultarlo con un mulá, claro. Y no con un sufí desviado, sino con un verdadero creyente. Si hubiera elecciones, podría votar contra Mubarak y sus esbirros, y contra toda aquella miserable corrupción que los arrastraba a la decadencia. En vez de aquellos gusanos, podrían poner en el gobierno a gente honesta, buenos musulmanes que respetaran la *sharia* y la voluntad de Alá, que distribuyeran *zakat* entre los necesitados y que hicieran frente a los *kafirun* que humillaban a la *umma*. Sí, tal vez eso era lo que Egipto necesitaba: democracia.

178

$\mathcal{L}$a vida de Tomás volvió a discurrir dentro de la rutina de siempre. Daba clases de Historia en la Universidad de Lisboa y ejercía de consultor en la Fundación Calouste Gulbekian, que precisamente tenía su sede en la misma calle de la facultad. Los fines de semana, iba a Coímbra a visitar a su madre. Cuando la encontraba más lúcida, se la llevaba a pasear por la Baixinha o por la ribera del río, junto al puente peatonal.

Las novedades llegaban a su vida a través del teléfono. Rebecca Scott lo llamaba con frecuencia desde Madrid para saber si había conseguido descifrar el mensaje que le había mostrado en Venecia o por si había progresado en sus pesquisas sobre los fundamentalistas islámicos en Lisboa.

—He descubierto algunos sitios en Lisboa donde se habla mucho de la yihad —anunció Tomás.

—Ah, ¿sí? ¿Dónde?

—En los cines que proyectan las películas de Chuck Norris —bromeó, empleando el chiste de Alcides.

—Hace muy mal tomándose esto a broma —le reprendió ella al otro lado de la línea—. ¡Es algo muy serio!

Las conversaciones entre ambos se circunscribían a los asuntos relacionados con el trabajo en el NEST, pero Tomás tenía la intuición de que ella usaba el trabajo como un pretexto para hablar con él. Es verdad que la intuición nunca había sido su fuerte e incluso podían ser sólo imaginaciones suyas, pero las conversaciones con Rebecca le hacían tener esa impresión.

En su momento, las revelaciones que recibió en Venecia le parecieron gravísimas, pero, ahora, en el remanso de paz de Lisboa, que se desperezaba en la placidez soleada de los días templados, las amenazas terribles le parecían pura fantasía. En todo caso, decidió no dejar el asunto morir del todo. Bien visto, el NEST le pagaba ahora un sueldo, modesto, es verdad, pero lo suficiente como para convencerlo de que debía prestar el servicio.

Por eso comenzó a frecuentar las mezquitas. Los viernes se movía principalmente por la Mezquita Central, en la Praça de Espanha, que le quedaba muy a mano al estar al lado de la facultad y de la Gulbekian. Los musulmanes que la frecuentaban lo recibieron con una mezcla de sorpresa y satisfacción. No era habitual ver por allí gente con los ojos verdes.

—¿Quiere convertirse al islam? —le preguntaban con frecuencia las primeras veces.

—No, no. Sólo estoy aquí para ver.

Con el tiempo comenzaron a meterse con Tomás, sobre todo los mozambiqueños y los guineanos que se cruzaban con él durante las abluciones.

—¿Cuándo va a declarar la *shahada*, profesor? —le preguntaban en broma, refiriéndose a la declaración de que sólo existe un Dios y de que Mahoma es su Profeta.

Al principio se reía y mantenía la versión de que estaba allí sólo para ver, pero sintió que necesitaba bromear y decidió entrar en el juego.

—Me lo estoy pensando —respondió una vez.

Esta réplica fue diferente de la habitual, lo que suscitó la curiosidad de sus interlocutores, siempre predispuestos.

—¿En serio, profesor?

—Sí —confirmó—. ¡Desde que he descubierto que los musulmanes pueden casarse con varias mujeres, no pienso en otra cosa!

Su comentario fue recibido con una carcajada general, acompañada de muchas palmadas en la espalda.

—Depende de la hembra —replicó un mozambiqueño con las manos metidas en el agua—. ¡Hay mujeres por las que hay que pagar para librarse de ellas, hombre!

Hubo nuevas carcajadas.

—Ahora en serio —insistió el historiador—. ¿Hay alguien que tenga varias mujeres?

—¿Aquí en Portugal? —preguntó un guineano que esperaba su turno para las abluciones—. ¡Ésa es buena!

—Aquí no hay harenes —confirmó el mozambiqueño, que ahora se lavaba los pies—. La gente respeta la ley. ¡Qué remedio!

Tomás descubrió que este ambiente relajado era ideal a fin de crear una atmósfera propicia para hacer preguntas de mayor alcance, sin correr el riesgo de ofender a nadie. Empezó a buscar la complicidad con los hombres haciendo bromas, sobre todo respecto a las mujeres, para sondear el terreno de un modo más eficaz.

—Los fundamentalistas sí que tienen una buena vida, ¿verdad? —dijo al hilo de una serie de chistes sobre los harenes—. Los que sólo obedecen la *sharia* y se casan con todas las mujeres que quieren...

—Ya lo creo, amigo. Ya lo creo.

—Me gustaría conocer a ese tipo de gente. ¿Alguien de vosotros podría presentarme a alguno?

Siempre que pedía algo así, los musulmanes portugueses se reían.

«Sólo en Arabia Saudí, amigo mío», le respondían a menudo. O: «¡Tienes que preguntar a Bin Laden!».

Sólo cuatro semanas después de volver de Venecia, y tras varias llamadas de Rebecca para preguntarle sobre los progresos de su trabajo, abrió la libreta de notas y miró el mensaje cifrado que Al-Qaeda había ocultado bajo la fotografía pornográfica de la rubia de la boca abierta.

6AYHAS1HA8RU

Comenzó por leer la línea en voz alta, intentando respetar las sílabas.

—«Seis ay has un ha oito ru». —Se calló, en un esfuerzo por discernir el sentido de lo que había leído—. ¿Qué demonios querrá decir esto?

Aquel día era festivo, por lo que tenía todo el tiempo del

mundo para resolver el misterio. Se rascó la cabeza. A primera vista, aquello parecía claramente una...

Rrrrrrr...

El sonido hizo que levantara la cabeza del bloc. Era la vibración muda del teléfono móvil. Se metió la mano en el bolsillo y sacó el aparato.

—¿Sí?

—Buenas tardes. ¿Profesor Noronha?

—Sí, soy yo, ¿con quién hablo?

—Soy Norberto.

Tomás hizo un esfuerzo por recordar, pero el nombre no le decía nada.

—Disculpe, no caigo...

—Norberto Mamede. Soy un alumno suyo de la facultad, de Estudios Islámicos.

—¡Ah! —exclamó dándose golpecitos con la palma de la mano en la cabeza—. ¡Norberto! Perdona, tenía la cabeza en otra parte. ¿Va todo bien, muchacho?

Al otro lado de la línea, la voz era vacilante.

—Más o menos, profesor.

—¿Y eso? ¿Qué pasa?

Norberto hizo una pausa breve antes de responder.

—¿Recuerda usted la clase del otro día, cuando nos llevó a pasear por la Alfama y por la Mouraria?

—Sí...

—¿Se acuerda de que nos preguntó sobre los..., bueno, sobre los fundamentalistas?

El corazón de Tomás se sobresaltó. Se sentó lentamente en el sofá y se pegó el auricular del teléfono al oído para asegurarse de que oiría bien lo que el alumno tenía que decirle.

—Sí...

—Pues..., lo cierto es que he recibido hace un momento una llamada y..., no sé qué hacer, no sé a quién dirigirme... Me acordé de la conversación del otro día con usted y decidí llamarlo. No sé si he hecho bien.

—Has hecho bien, Norberto —le aseguró—. Has hecho bien. A mí puedes contarme lo que sea. Dime, ¿quién te ha llamado?

La voz del alumno volvió a ser vacilante.

—¿Se acuerda usted de Zacarias?

—¿Quién? ¿Aquel chico con barba que iba a la facultad el año pasado?

—¡Sí, ese mismo! Se acuerda de él, ¿no? Pues ha sido él quien me ha llamado.

—¿Y?

—Zacarias siempre tuvo la manía de que era mejor musulmán que el resto de nosotros: más esto, más aquello, siempre se enfadaba con nosotros cuando bebíamos cerveza... En fin, era riguroso a la hora de cumplir con nuestras costumbres. El año pasado desapareció y nunca más supimos de él. Confieso que no reparé demasiado en su ausencia, porque el tipo era incluso algo desagradable. Pero anoche, estaba cenando y sonó el teléfono. Mi madre lo cogió y me dijo que era una llamada de larga distancia para mí. Cuando cogí el teléfono, comprobé que era Zacarias.

—Ah, ¿y qué te dijo?

—Me pareció que estaba asustado. Quería saber si podía ayudarle a volver a Portugal.

—Pero ¿por qué estaba asustado?

—Creo que los tipos con los que se mueve son fundamentalistas.

—¿Ah, sí?

—La conexión no era buena, había muchas interferencias, pero me pareció oír que decía una palabra..., una palabra que me acojonó un poco, lo confieso. Todavía estoy algo nervioso.

—¿Qué palabra? ¿Qué fue lo que dijo?

Norberto suspiró para reunir el valor necesario para decir la palabra.

—Terroristas.

22

*L*a puerta de la celda era metálica y, cuando el guarda la abrió, Ahmed vio un mar de cabezas y cuerpos volverse hacia él. El guarda lo empujó al interior de la celda y cerró la puerta. Un fuerte hedor a heces infestaba el aire pesado y viciado. Hacía un calor insoportable, y el recién llegado pronto se dio cuenta de que era difícil moverse en medio de aquella multitud. Parecía que los prisioneros estaban enlatados, hacinados.

—¿Quién eres tú, hermano? —preguntó uno de los compañeros de celda, un viejo de barbas blancas.

184

Ahmed se presentó y, respondiendo al interrogatorio al que lo sometieron, explicó el motivo por el que estaba preso. En un momento de la narración se elevó entre el resto de los presos un leve clamor de aprobación en apoyo a los insultos y a los golpes que habían causado la detención.

—Estos *kafirun* tienen que aprender que no pueden venir aquí, a nuestra tierra, y comportarse como cruzados —observó el hombre de las barbas blancas, lo que provocó un nuevo asentimiento a coro del resto de los presos—. Hiciste bien, hermano.

El suelo de la celda estaba recubierto de azulejos blancos. Había dos pequeñas ventanas en el techo y un retrete en una esquina. Era realmente difícil moverse en aquel espacio: había demasiada gente. Cuando Ahmed comentó la situación, recibió una pregunta inesperada por respuesta.

—¿Tienes dinero?

El recién llegado miró con desconfianza al hombre que le había hecho la pregunta.

—¿Por qué quieres saberlo?

—Porque el dinero compra favores. ¿Tienes dinero?

Sin entender aún el propósito de la pregunta, Ahmed sacó del bolsillo una moneda de veinte piastras. A su alrededor, los presos miraron la moneda como buitres.

—No es suficiente —dijo el hombre—. ¿Tienes más?

Con aire vacilante, Ahmed sacó otra moneda de veinte piastras del bolsillo.

—Cuarenta piastras. Puede que alcance.

El hombre se acercó a la puerta de la celda y gritó:

—¡Guarda! ¡Guarda!

Instantes después, se abrió una ventanita en la puerta y el guarda, un hombre gordo y mal afeitado, miró al interior de la celda.

—¿Qué queréis?

—Aquí dentro no se puede respirar. Abre la puerta diez minutos, por favor.

—¿Y qué gano yo con eso?

El hombre volvió la cabeza y miró a Ahmed.

—Enséñaselo.

Entendiendo al fin lo que pasaba, el nuevo recluso mostró las dos monedas al guarda.

—Cuarenta piastras.

La cerradura giró con tres *clacs* sonoros, se abrió la puerta y el aire fresco entró en la celda como un río. El interior se volvió de repente más respirable y menos sofocante, y un frescor agradable acarició los rostros delgados y sudados. Pero este bálsamo duró poco. Diez minutos más tarde, el guarda se acercó y cerró de nuevo la puerta de aquella ratonera.

Sólo volvió a sentir aquel alivio al caer la noche, cuando la puerta de la celda se abrió de nuevo y condujeron a los prisioneros como borregos por los pasillos de la prisión. Asustado, Ahmed tocó en el hombro al prisionero que caminaba delante de él y le preguntó adónde iban.

—A cenar.

Desembocaron en un salón con una mesa grande en cuyos extremos se sentaban tres guardas. Los reclusos formaron una fila y, uno por uno, se acercaron a los guardas. Cuando llegó el turno de Ahmed, el guarda, al notar que tenía delante a un preso nuevo, lo miró de arriba abajo, como si lo inspeccionara.

185

—*Ya ibn al Kalb, ismakeh?* —le preguntó—. ¿Cómo te llamas, hijo de perra?

—Ahmed ibn Barakah.

El guardia le dio un plato de aluminio y le mandó sentarse. Un cocinero se acercó con una olla grande y le puso arroz, coles y queso de oveja en el plato. Como no le dieron cubiertos, Ahmed tuvo que comer con las manos. Sin embargo, no se sintió mal por eso: al fin y al cabo, así comía el Profeta, y para él era un orgullo comer como el mensajero de Dios.

Al final de la cena, condujeron a los reclusos a su celda, situada en el segundo piso del edificio. Volvió a sentir la sensación de claustrofobia cuando cerraron la puerta. Ya era noche cerrada y los presos se echaron sobre el suelo de azulejos para intentar dormir. La impresión de que no eran más que sardinas en lata fue en ese momento más fuerte. Al mirar la escena a su alrededor, Ahmed se dio cuenta de que cada persona sólo podía ocupar dos azulejos y medio. Sentía que los pies de otro preso le tocaban la cabeza, y también sus propios pies se encontraban con la cabeza de otra persona. Intentó abstraerse y dormir.

No lo consiguió. Por más que lo intentaba, seguía despierto.

No dejaba de preguntarse qué hacía allí y cómo le podía haber pasado algo así. Quería volver a casa, ir a la madraza; quería recorrer el *souq* en busca de clientes para la tienda de pipas de agua; quería deleitarse con la figura de Adara a la hora del almuerzo en la cocina de Arif. ¡Por Alá, había perdido todo eso! ¿Y ahora? ¿Cómo sería su vida? Sintió que las lágrimas le inundaban los ojos y se le escaparon algunos gemidos.

Llegó a la conclusión de que todo era culpa del Gobierno. Sólo así podía entenderse que, en su propio país, un *kafir* valiera más que un creyente.

Daba vueltas y más vueltas en el estrecho espacio que ocupaba. El sentimiento de injusticia le ensombrecía el corazón. Pensó que en la época del Profeta algo así no habría ocurrido. ¡Si presentara su caso directamente al apóstol de Dios, seguro que Mahoma no sólo lo liberaría de toda culpa, sino que lo felicitaría por no haber dejado al *kafir* humillarlo! ¿Cuántos creyentes habían sido perdonados por matar a muchos *kafirun*?

¿No le perdonarían a él por haber defendido su honor? ¡Definitivamente, el Gobierno estaba en manos de *kafirun*!

Pasado un rato, sintió que la vejiga le apretaba y tuvo ganas de orinar. Se levantó y sorteó los cuerpos tumbados en el suelo camino del retrete. Allí el hedor a heces era especialmente fuerte. Había una nube de moscas zumbando alrededor de la letrina, y Ahmed sintió pena de los que dormían en aquella parte de la celda. ¿Cómo podían dormir allí? Cierto que junto al retrete había más espacio que en el resto de la celda, lo que no le sorprendía: todos se alejaban lo más posible de aquella inmundicia. Aun así, al haber tanta gente, algunos sólo encontraban hueco en ese rincón.

Ahmed orinó largamente en el agujero fétido y, cuando hubo acabado, emprendió el regreso a su sitio. Sin embargo, cuando llegó, vio que su hueco había desaparecido. Los cuerpos se habían acercado, ocupando el espacio vacío que había dejado. Buscó en otro rincón de la celda, pero se encontró en las mismas. No había hueco. Cada vez más desesperado, anduvo de un lado para otro, pero los presos estaban apretujados entre sí, sin que quedara un azulejo visible que pudiera ocupar.

—Queremos dormir —protestó un recluso, incomodado con aquel tipo que andaba por la celda.

—No tengo sitio —se quejó Ahmed.

Un coro de voces chirriantes e irritadas respondió a su queja.

—¡Acuéstate ya!

El nuevo preso volvió a mirar a su alrededor, ya desesperado. Entonces comprendió cómo funcionaba aquel lugar. Claro que había espacio. Claro. Era donde se acostaban aquellos que no encontraban otro hueco. Resignado, derrotado y horrorizado, sorteó lentamente los cuerpos por última vez y, con un gesto de enfado, se tumbó en el único hueco que quedaba libre: al lado del retrete.

Cuando se levantó al día siguiente, Ahmed inició una rutina que se prolongó durante todo el tiempo que pasó en la cárcel de Abu Zaabal. Por la mañana, poco después de la oración del amanecer, reunían a los presos de su celda y los conducían a la cantina, donde les servían el desayuno, que consistía en habas cocidas y pan. Esa primera mañana, al hundir los dedos en el emplasto de habas, notó un objeto sólido en medio de la comida.

—¿Qué es esto? —preguntó mostrando lo que parecía un pequeño cilindro.

Los compañeros que se sentaban junto a él en la cantina, dos hermanos llamados Walid, se rieron.

—Es una colilla.

Sin poder creerlo, Ahmed se acercó el cilindro a la nariz para olerlo. Olía a ceniza y a tabaco. Realmente era una colilla.

—¡Qué asco!

—Son los guardas —añadió el otro hermano Walid, encogiéndose de hombros—. Ponen todo tipo de porquerías en la comida para fastidiarnos.

Pronto, Ahmed descubrió que las comidas en Abu Zaabal eran siempre una caja de sorpresas. Podía no encontrar nada, como en la cena de la víspera, aunque también había la posibilidad de que aparecieran en la comida las cosas más inesperadas. Lo más común era encontrar piedrecitas o arena mezclada con los alimentos, pero corrían historias de reclusos que habían oído que los guardas se jactaban de escupir en la olla cuando estaban resfriados.

Sin embargo, lo peor venía después del desayuno. Llevaban a los presos a un patio en el segundo piso del edificio donde los guardas los obligaban a correr, vuelta tras vuelta, en el sentido contrario a las agujas del reloj. Si alguno aflojaba el paso, lo insultaban y lo azotaban con un gran cinturón que uno de los guardas blandía. Ahmed no entendía el propósito de aquella escena, pero corría como los otros y, como los otros, recibía de vez en cuando un cintarazo.

Sólo al final de la mañana, conducían al grupo de presos de vuelta a la celda. Ahmed no tardó muchos días en ver aquel espacio reducido, superpoblado, irrespirable y maloliente como una tabla de salvación. Lo que al llegar le pareció absolutamente insoportable, poco a poco se le fue apareciendo como un verdadero oasis. Le habían explicado que aquella celda había sido concebida para veinte personas, pero allí había sesenta. En su momento la información le escandalizó, pero con el paso del tiempo había dejado de chocarle.

La celda se había convertido en un refugio para él.

Vivió cinco meses así. Dormía mal, la comida no valía nada, sentía nostalgia de la vida que había perdido y de vez en cuando los guardas le pegaban. Presentó una solicitud especial y autorizaron a su familia a mandarle pequeñas cantidades de dinero, lo que le permitió comprar cigarros, verduras, queso y sandía en la cantina. Como nadie tenía cuchillo, los presos aplastaban las sandías contra el suelo para abrirlas.

En todo ese tiempo, lo único que le alegró fue una carta que recibió de Arif. Su antiguo patrón le envió una carta tierna y calurosa, en la que lo llamaba «hijo mío» y le aseguraba que en su corazón nada había cambiado y que el pacto al que habían llegado tres años antes seguía en pie. Adara continuaba siendo su prometida y sería suya, pasara lo que pasara.

Hasta que un día, en medio de una de las carreras en círculo, mientras los guardas daban golpes con los cinturones a los reclusos que se rezagaban, un funcionario de la prisión apareció en el patio.

—¡Ahmed ibn Barakah! —llamó, leyendo el nombre en un papel.

Como nadie respondió, volvió a leer el nombre, esta vez más alto.

—¡Ahmed ibn Barakah!

Ahmed jadeaba pesadamente. El sudor le corría por el rostro y la ropa se le pegaba al cuerpo por la transpiración. Sólo a la segunda se percató de que lo llamaban a él. ¿Para que lo querían ahora? ¿Habría hecho algún disparate? ¿Lo iban a castigar? Incluso pensó en dejarlo estar, en hacerse el despistado, pero pronto concluyó que eso sería peor. Si iban a castigarlo, lo castigarían con más dureza por desobedecer. Aflojó el paso y, jadeante, se presentó ante el funcionario que había gritado su nombre.

—Soy yo —dijo entre jadeos, con el pecho llenándose y vaciándose de aire—. Ahmed ibn Barakah.

—Ve a la celda a buscar tus cosas y preséntate dentro de cinco minutos en el patio central —le ordenó. Luego se volvió de inmediato para llamar a otro preso—: ¡Mohamed bin Walid!

Así fue, sin saber bien qué pasaba, como metieron a Ahmed en un coche celular, junto con otros ocho reclusos. Por los cristales de la ventanilla vio que dejaban atrás el complejo carcelario Abu Zaabal. Vislumbró el edificio de la prisión, pero también el hospital y la escuela, con la aldea de Abdel Moneim Riad al fondo, hasta que la nube de polvo que el coche levantó lo tapó todo y los prisioneros se acomodaron en su asiento.

Entre ellos estaban los hermanos Walid.

—¿Crees que nos van a poner en libertad? —le preguntó uno de ellos, que, pese a todo, mantenía la esperanza.

—No puede ser —dijo Ahmed, que prefería mantener las expectativas bajas—. Todavía me quedan tres años.

—A mí también.

—Y a mí —dijo el segundo hermano.

—Y a mí —añadió otro preso.

Pronto se dieron cuenta de que todos los que iban en el coche celular tenían que cumplir aún condena, con lo que se desvanecieron sus esperanzas. Si no era para liberarlos, ¿para qué los habían sacado de Abu Zabaal? Uno de los reclusos que iba en el coche celular miró a sus compañeros uno por uno y le brillaron los ojos.

—¿Os habéis fijado en algo?

—¿En qué?

—Somos todos de la Hermandad Musulmana.

Se miraron los unos a los otros, reconociendo su pertenencia al grupo radical.

—¡Por el Profeta, tienes razón!

Ahmed carraspeó y dijo:

—Yo no.

Lo miraron con curiosidad.

—¿Por qué te metieron preso?

—Le pegué a un *kafir* —dijo con orgullo—. ¡Y el tribunal,

en vez de protegerme a mí, que soy un creyente, protegió al *kafir*, que Alá lo maldiga para siempre!

Un coro de aprobación recorrió el coche celular.

—Hablas y te comportas como un verdadero creyente, hermano mío —declaró uno de sus compañeros de viaje con cierta solemnidad respetuosa—. Puede que no seas de la Hermandad Musulmana, pero es como si lo fueras.

El descubrimiento de que los que iban en el coche celular pertenecían a la misma organización islámica o compartían las mismas ideas les causó cierta aprehensión. Era evidente que el hecho de que todos respetaran el Corán y la sunna del Profeta había sido un criterio para que los seleccionaran y los sacaran de Abu Zaabal. Eso planteaba cuestiones importantes: ¿qué pasaba? ¿Qué les iban a hacer? ¿Adónde los llevaban?

Cada vez más ansiosos, empezaron a mirar hacia fuera, intentando descubrir adónde se dirigían. Así consiguieron averiguar que bajaban por la provincia de Qaliubiya en dirección al Cairo.

Dos horas después, ya habían dejado atrás la gran ciudad y se acercaban a Maadi, al sureste de la capital. Fue entonces cuando repararon en un cartel con la inscripción «Tora».

—Que Alá *Ar-Rahim*, el Misericordioso, se apiade de nosotros.

—¿Por qué? —preguntó Ahmed, alarmado, mirándolo fijamente—. ¿Conoces este lugar?

—Sí.

—¿Y? ¿Adónde nos llevan?

El hombre que había hablado se apartó de la ventana del coche celular y se sentó en su sitio con un suspiro prolongado. Bajó los ojos, resignado y apesadumbrado.

—Al Infierno.

23

*E*n un principio, optó por mantener la información en secreto. Rebecca volvió a llamar desde Madrid, pero Tomás no le dijo nada sobre la conversación con Norberto. Antes de contarle algo, quería averiguar algunas cosas y comprobar algunos hechos.

La prioridad fue encontrar a la familia de Zacarias. Norberto no tenía las señas de su antiguo compañero, que lo había llamado desde un número sin identificar, por lo que el profesor tenía que llegar a él por otras vías. Buscó las fichas de los alumnos del curso anterior y las hojeó hasta llegar al registro del estudiante desaparecido. La pequeña hoja rectangular con el logotipo de la facultad identificaba a Zacarias Ali Silva. La foto carné en color, pegada en una esquina de la ficha, mostraba un rostro cubierto por una barba negra rizada que lo envejecía prematuramente.

Tomás cogió el teléfono móvil y llamó al número de teléfono que constaba en la ficha.

—¿Quién es? —respondió una voz femenina al otro lado de la línea.

—Buenos días, señora. ¿Podría hablar con Zacarias?

—Zacarias no está.

—Soy el profesor Noronha, de la Universidade Nova de Lisboa. Necesitaría hablar urgentemente con Zacarias. ¿Podría decirme dónde lo puedo localizar?

—Mi hijo está fuera del país.

—¿Es usted su madre?

—Lo soy, sí.

—Encantado, señora. Fui profesor de Zacarias el año pasado y debo felicitarla: tiene usted un hijo muy inteligente.

Tomás percibió el orgullo de madre al otro lado de la línea.

—Gracias.

—¿Cuándo volverá Zacarias?

—Dentro de unos meses.

—¡Ah, qué lástima! Es muy urgente que hable con él…, ¿no habría alguna forma de contactar con él?

—Bueno, mi hijo se marchó a estudiar a Pakistán. Es un poco difícil contactar con él.

—Pero ¿no dejó algunas señas?

—Claro que sí.

—¿Y podría dármelas?

La madre hizo una pausa, dudando qué responder.

—Antes de marcharse, mi hijo nos pidió que no lo llamáramos.

—¿Ah, sí? ¿Por qué?

—¡Bueno, manías suyas! Ya sabe usted cómo son las cosas, la juventud de hoy en día quiere hacer lo que le apetece…

—Entonces, ¿cómo habla usted con su hijo?

—A veces nos llama él.

—¿Y no usa el número que le dejó?

—Ese número es sólo para cosas muy urgentes. Nos insistió mucho en que sólo debíamos llamarlo en caso de extrema urgencia.

—Bueno…, éste es un caso de extrema urgencia. ¿Me lo podría dar?

La voz femenina volvió a hacer una pausa.

—No lo sé.

Tomás respiró hondo. Se dio cuenta de que tendría que ser muy persuasivo si quería llegar a alguna parte.

—Óigame, señora —dijo, mientras su mente buscaba frenéticamente la mentira más convincente y seductora que pudiera imaginar—, tengo que hablar con Zacarias. Se ha presentado… una gran oportunidad profesional para él y tenemos que actuar con mucha rapidez.

La señora adoptó un tono distante, incluso desconfiado.

—¿Podría explicarme de qué se trata?

Tomás vio que la mentira tendría que ser buena.

—Yo doy clases en la facultad, pero también trabajo en la

Gulbekian. La fundación está vinculada al negocio del petróleo, no sé si lo sabe…

—Todo el mundo lo sabe.

—La fundación está buscando a una persona con formación en estudios islámicos para dirigir su Departamento de Relaciones con el Mundo Islámico. Ya sabe cómo son estas cosas. Piensan que no hay nada como un musulmán hablando con otro musulmán, porque parece que eso facilita los negocios en Oriente Medio. La persona que desempeñaba esa función, un musulmán muy respetado, ha muerto de forma repentina y necesitan un sustituto con mucha urgencia. Es un trabajo en el que se manejan muchos millones, por lo que puede imaginarse que la responsabilidad es enorme y…, y hablamos de un trabajo con un sueldo principesco. —Estas últimas palabras las dijo en tono de confidencia, como si estuviera compartiendo un gran secreto—. Hablaron conmigo y les recomendé a Zacarias. Ahora, si no lo encuentro…, perdemos la oportunidad…

Al otro lado de la línea, la mujer siguió en silencio, esta vez por menos tiempo que en las pausas anteriores.

—Voy a buscar el número de Zacarias.

Tomás contempló por un instante el número que ya había apuntado en la libreta de notas. Después se levantó a buscar la guía de teléfonos. Localizó las páginas de llamadas internacionales y sólo paró cuando llegó a Pakistán. Miró de nuevo el número que la madre le había dado: 00-92-42-973…

El prefijo nacional, 92, era el mismo que el de Pakistán. Miró el prefijo de la región y recorrió la lista de prefijos por ciudad, que aparecía en orden alfabético:

«Faisalabad 41; Islamabad 51; Karachi 21; Lahore 42.»

Se detuvo en este último prefijo, 42, y volvió a comprobar el número que la mujer le había dado. Lahore, el número para urgencias de Zacarias era de Lahore. Conocía la ciudad por el nombre y por las múltiples referencias históricas, pero era incapaz de situarla en el mapa. Cogió el atlas y buscó las páginas de Asia. Encontró Pakistán y deslizó el índice hasta Lahore. Estaba cerca de la frontera con la India.

Aún dudaba qué debía hacer a continuación. La decisión más sencilla era pasar el asunto a Rebecca y al personal del NEST. Pero, quizá, lo mejor sería comprobar que estaba siguiendo una pista correcta, no fuera el caso que estuviera dando una falsa alarma, lo que podría ser embarazoso. Además, Zacarias lo conocía a él, no a los norteamericanos que aparecerían en escena.

Venciendo sus últimas renuencias, cogió el teléfono móvil y marcó el número. Luego vinieron los sonidos del establecimiento de llamada y al final el aparato comenzó la llamada.

Trrr-trrr… Trrrr-trrrr…

—*Salaam* —respondió una voz masculina al otro lado.

—*Hello?* —preguntó Tomás en inglés—. ¿Podría hablar con Zacarias Silva, por favor?

—*Muje angrezee naheeng aatee!*

El hombre no hablaba inglés. Lo intentó de nuevo en árabe, pero volvió a responderle en urdu.

—*Kyaap aap ko urdu atee hay?*

El portugués suspiró, impaciente por aquella conversación de sordos. Así no llegaría a ninguna parte.

—Zacarias Silva —dijo repitiendo luego el nombre propio sílaba a sílaba—: ¡Za-ca-ri-as!

—¿Zacareya? ¿Zacareya?

—Eso, eso —dijo entusiasmado—. ¿Está?

El pakistaní replicó con una parrafada en urdu tan larga que dejó a Tomás sin saber qué responder.

—¡Zacarias! —consiguió decir apenas tuvo una oportunidad—. ¡Llámelo, por favor! ¡Zacarias!

Volvió a recibir una frustrante parrafada en urdu por respuesta. Sin embargo, cuando Tomás ya desesperaba el hombre dejó de hablar, aunque no colgó.

—¿Sigue ahí? —gritó el historiador, sin entender qué pasaba—. ¿Sigue ahí? ¡Hola!

El silencio se prolongó y, por un momento, el portugués no supo qué hacer. ¿Debía esperar? ¿Quizás era mejor colgar y volver a llamar? ¿Se habría cortado la llamada? Lo cierto es que no sabía cuál era la mejor opción.

—¿Hola?

195

La línea parecía muerta. A medida que el silencio se prolongaba, Tomás se inclinaba por la posibilidad de colgar y volver a llamar. Sin embargo, cuando iba a hacerlo, alguien respondió.

—*Salaam* —dijo una voz distinta al otro lado, más suave que la anterior.

«Tal vez éste habla inglés», pensó Tomás, esperanzado.

—*Hello?* Quisiera hablar con Zacarias Silva, por favor.

Al detectar la pronunciación portuguesa del «Zacarias Silva», la voz cambió de forma inesperada al portugués.

—Soy yo. ¿Quién es?

—¿Zacarias Silva?

—Sí, soy yo.

—Soy Tomás Noronha, tu profesor de Lisboa. ¿Me oyes bien?

—Sí, le oigo bien. ¿Qué pasa?

—Zacarias, Norberto me llamó y, por lo que me dijo, parece que necesitas ayuda. Dime en qué te puedo ayudar y lo haré.

—Profesor, no puedo hablar ahora —dijo Zacarias, tan deprisa que se atropellaba—. Después le llamo.

Clic.

Colgó.

Tuvo el móvil encendido durante el resto del día, siempre preocupado por recibir la llamada de Zacarias. Ni siquiera desconectó el aparato durante las clases. Se sentía casi como un adolescente enamorado, tan ansioso por recibir la llamada prometida de su amada que llegaba a suspirar.

Siempre que sonaba el teléfono, se echaba la mano al bolsillo y lo sacaba con rapidez e interés, para decepcionarse luego al constatar que la llamada no era de su antiguo alumno.

—Está usted extraño —le dijo Rebecca, una de las personas que lo llamó entre tanto—. ¿Pasa algo?

—Casualmente, sí que pasa algo.

—Ah, ¿sí? ¿Qué?

—Calma —dijo riéndose él—. Cuando tenga algo más concreto le cuento, ¿vale?

Rebecca soltó un grito de excitación.

—¡No me diga que ha descubierto algo!

—Calma…

Sin embargo, la calma no era un bien del que Tomás dispusiera en abundancia esos días. Estuvo atento al teléfono móvil durante dos días sin que pasara nada, lo que le inquietó aún más. ¿Qué habría pasado? ¿Qué secretos ocultaba Zacarias? ¿De qué tenía miedo? ¿Por qué había hablado de terroristas cuando llamó a Norberto?

Ante el silencio obstinado del ex alumno, el historiador pensó que los acontecimientos lo habían superado. Esa noche, al acostarse, decidió abrir el juego a Rebecca a la mañana siguiente.

«Al fin y al cabo —pensó—, ella y el NEST son los que cuentan con medios para llegar a Zacarias.»

Crrrrrr. Crrrrrrr. Crrrrrr.

El teléfono móvil sonó en mitad de la noche. Se despertó de forma repentina y miró la pantalla del despertador que tenía sobre la mesita de noche y vio la hora que el reloj mostraba en color ámbar fluorescente: las 4.27.

Estiró el brazo y cogió el aparato.

—Sí —respondió somnoliento.

—¿Profesor Noronha?

La voz distante lo despertó como si en aquel momento le hubieran echado un jarro de agua fría por encima. Se incorporó inmediatamente en la cama, súbitamente despejado.

—Sí, soy yo —confirmó—. ¿Eres tú, Zacarias?

—No tengo mucho tiempo para hablar —dijo la voz—. ¿Hablaba usted en serio cuando dijo que me ayudaría?

—Totalmente en serio. ¿Qué necesitas?

—¡Necesito que me saque de aquí!

—¿Quieres que te envíe dinero para un billete de avión?

—Tengo dinero —respondió Zacarias—. El problema es que ellos desconfían de mí y me tienen vigilado. Si fuera a la estación de trenes o al aeropuerto, lo descubrirían.

Tomás sintió el impulso de preguntar quiénes eran «ellos», pero se contuvo. El tono de urgencia que notó en la voz del antiguo alumno le indicó que Zacarias no tenía mucho tiempo

197

para hablar, por lo que tendría que limitarse a pedirle información que fuera útil.

—Entonces, ¿qué quieres que haga?

—No lo sé muy bien. Necesito protección para poder salir de aquí.

—¿Quieres que vaya allí?

—Es peligroso, profesor…

—No te preocupes por mí. Estás en Lahore, ¿no?

—Sí.

—Entonces, nos encontramos dentro de ocho días al mediodía en Lahore. —Abrió el cajón de la mesita de noche y cogió un lápiz—. Dime dónde.

Zacarias hizo una pausa mientras intentaba decidir un punto de encuentro.

—En el fuerte de la ciudad vieja —decidió—. ¿Sabe dónde está?

Tomás anotó la referencia.

—No, pero lo averiguaré. Nos encontramos en el fuerte de la ciudad vieja de Lahore, al mediodía, dentro de una semana.

—De acuerdo. —Se hizo un silencio inesperado al otro lado de la línea, como si el ex alumno quisiera decir algo más—. Y…, profesor…

—¿Qué, Zacarias?

—Tenga mucho cuidado.

24

*P*or los portalones, que ahora se abrían de par en par, se accedía a un complejo carcelario absolutamente gigantesco. Tora albergaba cuatro prisiones y Ahmed y sus compañeros de viaje fueron conducidos a una de ellas. El miembro de la Hermandad Musulmana que había visto el nombre «Tora» en el cartel contempló lúgubremente el edificio al reconocerlo.

—Mazra Tora.

El resto de los presos comprendió de inmediato lo que significaba aquel nombre. A Ahmed, en cambio, no le decía nada.

—¿Lo conoces?

—Es la prisión a la que mandan a nuestros hermanos.

La vida en Abu Zaabal había sido un completo infierno, y Ahmed estaba convencido de que, dijeran lo que dijeran, no podría ser peor. Pero se equivocaba. Los primeros días en Tora le hicieron ver que ese infierno tenía varios niveles y que Mazra era quizás el más profundo.

Llevaron a los recién llegados a una de las alas de la prisión. Pronto se percataron de que se trataba de un sector especial. Metieron al grupo procedente de Abu Zabaal en una celda inmunda y, horas después, los guardias fueron a buscar a uno de ellos.

—¿Para qué lo querrán?

Nadie fue capaz de responder.

—Vamos a esperar a ver qué pasa —sugirió el mayor del grupo.

Tuvieron la respuesta dos horas después, cuando su compañero reapareció ensangrentado y casi incapaz de hablar. En ese momento, supieron que aquélla era el ala de los interrogatorios.

Después de ver el estado en el que el preso había llegado y, consciente de lo que le esperaba, el segundo recluso al que llamaron se resistió e intentó escapar de los carceleros. Lo golpearon allí mismo, frente a sus compañeros, y lo arrastraron de los pelos fuera de la celda.

—Vas a aprender a obedecer —rugió uno de los guardas que se lo llevaban.

El segundo preso volvió horas después en una camilla. Le habían partido algunos dientes, y tenía los ojos hinchados y las manos ensangrentadas. Se fueron sucediendo los reclusos. Ahmed notó que se abría una vez más la puerta de la celda. Dos guardas entraron y dejaron en el suelo al hombre a quien acababan de interrogar. Luego se acercaron y se pararon frente a él.

—Es tu turno.

Como un autómata, pues casi no sentía las piernas y las manos le temblaban de manera repentina, Ahmed se levantó y los acompañó fuera de la celda. Caminaba en trance, sin pensar, sabiendo lo que le esperaba, pero resignándose a su destino, como si dejara su vida en manos de Alá *Ar Rahim Al-Halim Al-Karim*, el Misericordioso, el Clemente, el Benévolo.

La sala era una habitación encalada, con charcos de sangre en el suelo y manchas rojizas en la pared. Había una silla en el centro, con correas para atar al recluso de brazos y piernas, y una máquina eléctrica al lado. Un hombre gordo y sudoroso, de aspecto brutal y con barba rala, se acercó a él.

—¡Desnúdate! —le ordenó.

Ahmed miró de reojo la salita. Tenía el corazón sobresaltado y el cuerpo le temblaba por las convulsiones. Dudó por un momento qué debía hacer.

—¿Qué…, qué van a hacerme?

Paf.

El rostro le ardió con la violenta bofetada.

—¡Desnúdate!

El preso se quitó la ropa de inmediato hasta quedarse desnudo. El hombre gordo lo agarró del pelo y lo obligó a sentarse en la silla. Los guardas que lo habían ido a buscar a la celda le apretaron las correas a los brazos y las piernas para inmovilizarlo en el asiento. Luego, le pusieron en los testículos unos electrodos conectados a la máquina de al lado. Cuando terminaron, el hombre gordo se plantó frente al recluso con una gran maleta en las manos.

—¿Cómo te llamas?

—Ahmed ibn Barakah.

El hombre abrió la maleta y hojeó unos papeles hasta encontrar lo que buscaba. Cuando los encontró, leyó durante unos instantes.

—Estoy leyendo tu expediente —murmuró recorriendo el documento con la vista—. Aquí dice que eres un radical. —Miró al preso enarcando las cejas, como quien sabe la verdad y no admite que le mientan—. ¿Es verdad eso?

A Ahmed le palpitaba el corazón en el pecho de forma descontrolada. Sabía que tenía que responder todas las preguntas sin cometer un error, pero no entendía con exactitud qué esperaba de él aquel hombre.

—¿Es verdad?

El preso notaba la boca seca. Había de responder, pero tenía miedo de hablar, no fuera a cometer un error.

—Soy..., soy creyente —balbució al fin—. Creo en Alá *Ar-Rahman Ar Rahim*, el Clemente y Misericordioso. Soy testigo de que no hay más Dios que Alá y de que Mahoma es su Profeta.

El hombre gordo cambió de pierna de apoyo.

—Todos creemos en Alá y somos testigos de que no hay más Dios que Alá —replicó, en un tono que reflejaba que se le estaba agotando la paciencia—. Pero aquí quien manda es Alá *Al-Hakam*, el Juez, y yo quiero saber si eres o no un radical.

—No sé qué es un radical —intentó argumentar Ahmed, en un esfuerzo por evadir la pregunta—. Soy un creyente, respeto los mandatos de Alá y la sunna del...

Un dolor violentísimo le subió por el vientre, como si lo laceraran con cuchillos. El dolor era tan fuerte que lo cegó, llenándole la vista de lucecitas. Se contorsionó en la silla intentando doblarse, pero las correas eran resistentes y no consiguió moverse del sitio.

—¿Eres o no un radical?

Notó que se le había agotado el margen de negociación y decidió que diría lo que le pidieran.

201

—Sí..., sí, soy un radical.

—¿Perteneces a la Hermandad Musulmana?

—No.

Volvió a sentir el dolor, inmenso e intenso. Ahmed casi perdió la conciencia. Sintió que le echaban agua fría por la cabeza y, al abrir los ojos de nuevo, vio al hombre gordo mirándolo.

—¿Perteneces a la Hermandad Musulmana?

—No.

—Pero venías con ellos desde Abu Zabaal.

—Vine..., vine, porque me metieron en el coche. Ni sabía..., ni sabía que ellos eran de la Hermandad.

—¿No los conocías en Abu Zabaal?

—Sólo..., sólo de vista. Dos..., dos de ellos estaban en la misma celda que yo en Abu Zabaal.

—¿Quiénes?

—Los hermanos..., los hermanos Walid.

El hombre gordo consultó los documentos que tenía en la mano y asintió con la cabeza. Parecía haber aceptado la respuesta. Sin embargo, pronto alzó de nuevo la vista y miró fijamente al recluso.

—¿Y a Al-Jama'a Islamiyya?

Ahmed se dio cuenta de que era una pregunta muy peligrosa. Una facción de Al-Jama'a era responsable de la muerte del Sadat, y el Gobierno había emprendido una persecución cerrada contra el movimiento. Cualquier asociación con esta organización sería explosiva, devastadora.

Negó con la cabeza para enfatizar su respuesta.

—No, no pertenezco a Al-Jama'a.

Volvió a sentir una explosión de dolor, de ceguera y de luces. El sufrimiento era increíble, como si le clavaran mil cuchillos punzantes en el cuerpo. Esta vez perdió el sentido.

Volvió en sí con una sensación fría y húmeda en la cara. Le habían vuelto a echar agua en la cabeza.

—Te lo volveré a preguntar: ¿perteneces a Al-Jama'a al-Islamiyya? ¡Di la verdad!

—¡No! —volvió a negar, moviendo de manera vehemente la cabeza—. ¡No!

El hombre gordo señaló los papeles que tenía en la mano.

—Aquí dice que hay testigos de que simpatizabas con el movimiento.

—¿Quién? ¿Qué testigos? ¡No sé nada, lo juro! ¡Por el Profeta, juro que no sé nada!

—¡Mientes!

—¡Es verdad! ¡No soy de Al-Jama'a! ¡Lo juro!

—¿No participaste en el asesinato del presidente?

—¿Yo? —Ahmed se sorprendió y enarcó las cejas horrorizado—. ¡Claro que no! ¡Claro que no!

—¿Puedes probarlo?

—¡Tenía…, tenía doce años cuando ocurrió! ¡Claro que no participé!

—¡Pero tenías amigos en Al-Jama'a!

—Tenía muchos amigos. Quizás algunos pertenecían a Al-Jama'a…, no lo sé.

El hombre hojeó otras páginas recorriendo con la vista la información que contenían.

—Dicen que te volviste un radical.

—Soy un creyente. Sigo las instrucciones de Alá en el Co-rán y la sunna del Profeta. Si eso es ser un radical, soy un radical.

203

El interrogador volvió a estudiar los documentos que tenía en la mano y miró la fecha de nacimiento.

—Es cierto, naciste en 1969, ¿no? —Se rascó la barba mientras hacia el cálculo—. Realmente, tenías doce años cuando el presidente fue asesinado. —Siguió leyendo los documentos y levantó la vista cuando descubrió algo que le llamó la atención—. A ver, ¿por qué dejaste de frecuentar tu mezquita?

En ese momento Ahmed advirtió, sorprendido, que la policía lo había investigado a fondo. ¡Hasta habían preguntado por él en la mezquita!

—¿Qué mezquita? —preguntó, pese a que sabía de sobras a cual se refería su interlocutor, para ganar tiempo y ordenar sus pensamientos.

—La de tu barrio. ¿Por qué dejaste de ir?

—Porque…, porque no enseñaban el verdadero islam.

El hombre gordo arqueó las cejas.

—¿Ah, no? ¿Qué enseñaban entonces?

—Era una versión cristianizada del islam, una versión para agradar a los *kafirun*. Aquello no era el verdadero islam.

—Entonces, ¿qué es el verdadero islam?

—Lo que dice el Corán y en la sunna del Profeta.

—¿En esa mezquita no enseñaban el Corán y la sunna?

—Sí, claro —reconoció—. Pero sólo una parte. Había cosas que no enseñaban.

—¿Qué cosas?

—Que no debemos ser amigos de las Gentes del Libro, por ejemplo. Es lo que Alá dice en el Corán, y algunos que dicen ser creyentes parecen querer ignorarlo. O que debemos tender emboscadas y matar a los idólatras allá donde los encontremos, tal como Alá ordena en el Libro Sagrado. En la mezquita, no enseñaban nada de esto: el mulá fingía que no estaban allí.

El hombre gordo respiró hondo y dejó los documentos sobre una mesita. Después miró a sus hombres e hizo una señal con la cabeza en dirección a Ahmed.

—Lleváoslo y traedme a otro.

25

¡Coff! ¡Coff!

El olor ácido y penetrante a contaminación le invadió los pulmones. Tomás tosió, sofocado, y miró hacia fuera. Una nube violeta se alzaba sobre las calles, planeando sobre los miles y miles de motos y automóviles que llenaban como hormigas las arterias polvorientas de Lahore. Vio que lo peor eran los motocarros, cuyos tubos de escape exhalaban densas columnas de humo. Parecían chimeneas de fábrica sobre ruedas.

¡Coff! ¡Coff!

No podía parar de toser.

¡Coff! ¡Coff!

—Por favor —le pidió al conductor, al sentir que se asfixiaba—, ¿podría cerrar las ventanillas?

—*Yes, mister* —asintió el taxista.

El pakistaní hizo girar el elevalunas hasta cerrar la ventanilla de su puerta y, sin parar el coche en ningún momento, inclinó el cuerpo hacia el otro lado y comenzó a girar el elevalunas de la otra puerta.

—¡Cuidado! —gritó Tomás al ver que el taxi se dirigía hacia un motocarro.

Un volantazo brusco evitó que chocaran en el último momento. El taxista volvió la cabeza y mostró los dientes amarillos, en lo que parecía la caricatura de una sonrisa.

—No se preocupe, *mister*. Aquí, en Lahore, siempre es así.

Con las ventanillas ya cerradas, el interior del taxi parecía por fin aislado, una caja donde se podía respirar en medio de una nube increíblemente vasta de contaminación.

Tomás respiró profundamente, aliviado.

—¡Puf! Ahora se está mejor.

Miró hacia fuera y examinó el entramado urbano. Lahore era una ciudad plana y polvorienta, pero sobre todo caótica. Las casas eran bajas, había edificios inacabados de color ladrillo y una nube permanente de humo fluctuaba a lo largo del horizonte irregular. La neblina era tan cenicienta que oscurecía la mañana. La niebla de la contaminación nacía en las grandes arterias, todas muy agitadas, y ascendía lentamente hacia el firmamento, donde se quedaba planeando como un espectro.

—¿El Zamzama queda lejos? —preguntó el cliente, que ya estaba impacientándose.

El taxi se había metido en una avenida tan congestionada que casi le resultaba imposible avanzar.

—No, *mister*.

La información le tranquilizó.

—¿Cuánto nos falta para llegar? ¿Cinco minutos? ¿Diez?

El taxista se rio.

—No, *mister*. Con este tráfico, vamos a tardar por lo menos una hora…

Tomás entornó los ojos.

—¡Oh, no!

Se recostó en el asiento mentalizándose para un viaje lento y largo. Atrapado en la ratonera infernal de aquel tráfico, el taxi avanzaba a impulsos. No le sorprendía ya que necesitaran una hora para cubrir el trayecto. ¡En los últimos diez minutos, sólo habían avanzado doscientos metros!

Se sentía cansado después de tantos vuelos. Se había pasado las últimas veinticuatro horas de vuelo en vuelo: de Lisboa a Londres, desde donde ese día no había conexión directa con Pakistán; de Londres a Manchester, a tiempo para coger el vuelo nocturno de las líneas aéreas pakistaníes; de Manchester a Islamabad, donde desembarcó de madrugada; y finalmente de Islamabad a Lahore. Había llegado después de cuatro vuelos.

«Lo bueno es que he aprovechado el tiempo para trabajar», consideró.

Cerró los ojos para intentar relajarse y descansar. Pero tenía la mente saturada con las imágenes del trabajo al que se había dedicado durante los vuelos. Era tan obsesivo como aquellos juegos de ordenador que permanecían en la retina después de horas. A pesar de tener los ojos cerrados, sólo veía las letras y los números que formaban combinaciones en la oscuridad, como un inmenso *sudoku* mental.

—Mierda —renegó, abriendo los ojos

Concluyó que no iba a poder dormir hasta que no solucionara el enigma, que lo tenía absorbido. Rindiéndose a la evidencia, se inclinó en el asiento y abrió la bolsa de mano, de donde sacó la libreta de notas. Pasó las páginas y volvió a la línea que lo torturaba siempre que cerraba los ojos.

6AYHAS1HA8RU

—Al lado de la línea y en las páginas siguientes, se multiplicaban los intentos frustrados de descifrar la clave. Vio que algo fallaba. Quizá fuera mejor encarar el acertijo de otra forma. Como los criptoanalistas del NEST, siempre había partido de la premisa de que se enfrentaba a una clave de gran complejidad, pues sus autores parecían contar con recursos tan sofisticados que hasta habían conseguido ocultar el mensaje tras una imagen. Pero puede que ésa no fuera la línea correcta. Los continuos fracasos, tanto los suyos como los de los criptoanalistas del NEST, eran un indicio evidente de que estaban cometiendo un error.

¿Y si cambiaba la perspectiva? ¿Y si intentaba ponerse en el lugar de los hombres que habían enviado aquel mensaje? Mejor aún, ¿y si era capaz de comprender la posición del destinatario en Lisboa?

Se rascó la cabeza, totalmente embebido en aquel misterio.

Lo primero destacable es que el mensaje, aunque lo habían enviado unos musulmanes, posiblemente árabes, estaba escrito en caracteres latinos. Tomás pensó que ese detalle no era baladí. ¿Qué lectura debía hacer de eso? En primer lugar, esto parecía demostrar que el destinatario en Lisboa no tenía modo de abrir un mensaje en caracteres árabes. Claro, lo había consultado en un cibercafé, como había averiguado el NEST, y era natural que el ordenador de ese cibercafé no tuviera instalado *software* para lengua árabe. Por eso habían tenido que enviar el mensaje en caracteres latinos.

Sin embargo, había otra conclusión que debía extraerse de ese hecho. Estaba claro que quien envió el mensaje no sabía que la dirección del remitente se encontraba bajo vigilancia. Eso era lo que Rebecca le había dicho. Si es así, después de ocultar el mensaje tras una fotografía pornográfica, seguramente los terroristas no verían la necesidad de utilizar una clave muy compleja. ¿Por qué lo iban a hacer si pensaban que no estaban vigilados? Además, era incluso posible que el destinatario en Lisboa no dispusiera de medios para descifrar un mensaje que utilizara un sistema demasiado sofisticado. Visto así, la conclusión era clara: la clave tenía que ser sencilla.

Sencilla.

—Es evidente… —murmuró Tomás, cayendo en la cuenta—. ¿Cómo no lo he visto antes?

—¿Perdón, *mister*?

El portugués miró alelado al taxista, que lo observaba por el retrovisor. Su mente seguía sumergida en el enigma, con la vista fijada momentáneamente en los ojos del pakistaní. Sólo tras un instante de perplejidad se dio cuenta de que el hombre le había formulado una pregunta.

—No pasa nada —dijo, volviendo a dirigir su atención hacia la libreta de notas. Estaba hablando solo.

Con movimientos frenéticos, bolígrafo en mano, se puso a probar soluciones tradicionales para el mensaje. La clave debería ser sencilla. Probó la clave de César, pero no consiguió nada. Probó luego con las cifras de sustitución homófonas, también sin suerte. Tampoco consiguió nada aplicando el cuadro de Vigenère.

—Tengo que volver a ponerme en la piel de quien envió el mensaje y de quien lo recibió —murmuró, pensativo.

Volvió a mirar fijamente en el mensaje, como si la intensidad de la mirada pudiera descifrar el secreto que ocultaba. Si el remitente era de Al-Qaeda, era muy probable que se tratara de un árabe. Y el destinatario también debía de ser árabe. Incluso si no eran árabes, al menos eran musulmanes fundamentalistas, lo que significaba, con toda certeza, que sabían árabe, aunque sólo fuera por haber memorizado el Corán. O sea que, pese a estar escrito en caracteres latinos, con toda probabilidad el mensaje original estaba en árabe.

En árabe.

¡El árabe se escribe de derecha a izquierda! ¿Cómo podía haber pasado por alto un detalle así?

Volvió a recurrir a la clave de César, a las cifras de sustitución homófonas, al cuadro de Vigenère, pero, esta vez, leyendo los resultados al revés. No consiguió nada tampoco. Suspiró, ya desanimado. En una última tentativa, se puso a escribir la secuencia de números y letras en tamaño gigante, como si pudiera extraer el secreto oculto en el acertijo agrandándolo.

Escribió los caracteres en un tamaño descomunal, tan grande que no cabían en una sola línea de la libreta, por lo que tuvo que repartirlas en dos líneas.

6 A Y H A S
1 H A 8 R U

—¿«Seis-Ayhas-Um-Ha-Oito-Ru»?

De repente, le pareció que esta forma inesperada de presentar el acertijo tenía potencial. De izquierda a derecha no tenía sentido. ¿Y de derecha a izquierda?

—«Sahya-Seis-Ur-Oito-Ah-Um.»

Tampoco.

Salvo que fueran coordenadas geográficas. Ur había sido la primera ciudad del mundo, donde nacieron la escritura y Abraham. Estaba en Sumeria, en el actual Iraq, y cerca de allí había una base aérea norteamericana. ¿Sería una pista? ¿Contendría el mensaje las coordenadas de un lugar? ¿Indicaría el sitio donde iba a ocurrir un atentado?

¿En Ur?

«Era una posibilidad», concluyó. Pero la separación de las cifras —el seis a un lado, el ocho a otro, y el uno en una posición aislada— no parecía corresponderse con coordenadas. Se puso a imaginar alternativas que lograran juntar las cifras. A primera vista, sólo podía conciliar el seis y el uno, por lo que probó una alternativa combinando las dos líneas. Comenzó en un sentido, sin resultados, y después probó en el sentido contrario.

—Dios mío.

Boquiabierto, de repente vio aparecer el mensaje ante sus ojos, potente y palpable. Cogió el bolígrafo y, en un frenesí nervioso, garabateó con flechas la secuencia del secreto que la cifra ocultaba.

$$6 \quad A{\leftarrow}Y \quad H{\leftarrow}A \quad S$$
$$1{\leftarrow}H \quad A{\leftarrow}8 \quad R{\leftarrow}U$$

—¡Lo tengo! —gritó.

El conductor se sobresaltó, asustado.

—¿Qué? ¿Qué pasa?

Al notar que se había dejado llevar por el entusiasmo, Tomás se ruborizó, avergonzado.

—¡Nada, nada! —le aseguró, volviendo a la realidad—. Oiga, ¿falta mucho aún?

El coche pasó al lado de un pequeño campo ajardinado de *hockey* y desembocó al comienzo de una gran avenida de aspecto europeo, donde había instalado un cañón del siglo XVIII.

—Ya hemos llegado.

El coche aparcó al lado del paseo y, por la ventana, Tomás vio a una mujer escultural junto al cañón, con el cabello corto, cubierto por un pañuelo de seda naranja. Como si tuviera un sexto sentido, la mujer se volvió en dirección al taxi, se quitó las gafas de sol y lo miró con sus brillantes ojos azules.

Era Rebecca.

26

*L*os carceleros arrastraron a Ahmed hasta la celda. Le dolía el estómago y era incapaz de caminar. Pero, aparte de las dificultades para moverse, llegaba en un estado incomparablemente mejor que el resto de los reclusos a los que habían interrogado antes que a él. Hubo otro detalle que sus compañeros de celda tampoco pasaron por alto: el interrogatorio no había durado más de media hora.

—¿Qué ha pasado? —preguntó uno de los reclusos a los que aún no habían interrogado, entre esperanzado y desconfiado.

—Creo que aún buscan creyentes que estuvieran implicados en la muerte del faraón —explicó Ahmed, en una referencia al asesinato de Sadat.

—¿Y tú no estuviste implicado?

—Claro que no.

—¿Cómo los has convencido de eso?

—Tenía doce años cuando ocurrió.

Todos los miembros de la celda pasaron por las manos de los interrogadores y la gran mayoría volvió casi inconsciente. La primera fase de los interrogatorios duró dos días. Después de eso, nadie los molestó durante otros dos días, lo que permitió recuperar fuerzas a los que habían sido más torturados.

Sin embargo, al quinto día, tres carceleros entraron en la celda y uno de ellos, después de llamar al mayor de los hermanos Walid, le dio un frasco con una cuchara.

—¡Tómate dos cucharadas de este jarabe!

Walid miró el frasco, intrigado.

—¿Qué es eso?

—¡Tú, tómatelo! —rugió el guarda.

Consciente de que no había modo alguno de negarse a cumplir la orden, el recluso cogió el frasco y se tomó las dos cucharadas del jarabe. Los guardias permanecieron en la celda, como si esperaran que el remedio hiciera efecto.

Minutos más tarde, después de consultar el reloj, le ordenaron:

—¡Masajéate las partes bajas!

—¿Qué?

—¡Haz lo que te digo! —volvió a gritar el guarda—. ¡Masajéate los bajos!

El preso obedeció y se masajeó los testículos, sin comprender el objetivo de aquella orden. Momentos después, paró, sorprendido por la enorme erección. Los carceleros parecían satisfechos con el resultado, pues se sonreían entre ellos, antes de volverse de nuevo hacia el recluso.

—¿Tu hermano?

Walid señaló a un hombre que estaba al otro lado de la celda.

—Está allí.

Uno de los guardas fue a buscarlo y, el que parecía estar al mando, ladró una nueva orden.

—Desnúdate.

Sin ni siquiera atreverse a dudar, el más joven de los Walid se quitó la ropa y se quedó desnudo en medio de la celda. Exhibía en los brazos, la espalda y el pecho las marcas del interrogatorio de la primera noche.

—¡Ponte a gatas!

El recluso se agachó y se puso a gatas. En la celda reinaba un silencio pesado; los demás presos ni se atrevían a respirar, por miedo a llamar la atención sobre sí mismos. El jefe de los carceleros miró al mayor de los Walid, que seguía teniendo una gran erección, y sonrió con malicia.

—¡Sodomízalo!

El preso enarcó las cejas, espantado con la orden.

—¿Cómo?

—¿Estás sordo o qué? —gritó el guarda—. ¡Sodomízalo!

El pánico se adueñó del rostro del mayor de los Walid.

—Pero..., pero..., pero es mi hermano.

El guarda dio un paso al frente, agarró del cuello al recluso y apretó con fuerza, hasta que enrojeció y, por un momento, dejó de respirar.

—¡Si vuelves a cuestionar una de mis órdenes, te mato! ¿Me has oído? ¡Te cojo por el gaznate y te mato! —Señaló al hermano más joven, que seguía a gatas en medio de la celda—. ¡Sodomízalo!

Acorralado y sin alternativa, el mayor de los Walid se bajó los pantalones y se acercó por detrás a su hermano. Desconcertados por lo que estaba pasando en la celda, Ahmed y los demás reclusos no sabían qué hacer. La mayoría miró para otro lado, en un esfuerzo por no ver lo que pasaba ante sus ojos, pero los gemidos de dolor y el llanto convulso de los dos hermanos eran demasiado terribles para poder ignorarlos. Fue en ese instante y en aquellas circunstancias cuando Ahmed se dio cuenta de dónde estaba: en el último círculo del Infierno.

Dos días después de la terrible escena de los hermanos Walid, los carceleros volvieron a la celda.

—¡Ahmed ibn Barakah!

Al oír que el guarda pronunciaba su nombre, Ahmed sintió un sobresalto. El corazón empezó a latirle con fuerza, como si se le fuera a salir del pecho.

—Soy yo.

—Acompáñanos.

El recluso siguió a los carceleros. El miedo le anestesiaba el cuerpo. No era sólo la breve experiencia de tortura, ni el estado en que habían vuelto los demás reclusos después de los interrogatorios lo que le asustaba de esa manera, sino, sobre todo, la humillación a la que habían sometido a los hermanos Walid.

«Si los hombres que dirigen la cárcel han sido capaces de hacer eso, pueden hacer cualquier cosa, por pérfida que se me antoje», concluyó. Por eso, se preparó para lo peor. Tenía que ser fuerte, entregar el cuerpo a su destino y esperar que Alá *Ar-Rashid*, el Guía, lo condujera a la salvación.

Acompañado por dos guardias, Ahmed recorrió el mismo pasillo por el que lo habían llevado cuando lo interrogaron días atrás, pero, en vez de entrar en la sala de interrogatorios, continuaron hasta llegar a la sala que daba acceso a aquella ala. Uno de los hombres abrió la puerta y empujaron al recluso hasta llegar a un patio. Lo condujeron por las escaleras al piso inferior y lo llevaron por un nuevo pasillo hasta otra puerta, que también abrieron.

—Entra.

Presa aún del miedo, Ahmed obedeció y cruzó la puerta. Era una celda nueva. Quizás había unos quince reclusos allí, pero todos tenían un aspecto mucho más saludable que los que había dejado atrás.

Clac.

Oyó un sonido metálico tras de sí y se volvió. Habían cerrado la puerta de la celda. Sintió un gran alivio por todo el cuerpo, como si le llegara de nuevo oxígeno a los pulmones. Ahmed tomó entonces conciencia de que había abandonado el ala de los interrogatorios y que lo habían trasladado al ala de presos comunes.

Su vida pasó a ser considerablemente mejor de ahí en adelante. En esta nueva ala, los reclusos podían hacer ejercicio en el patio todos los días y hasta jugar al fútbol. Así, su vida cotidiana se convirtió primero en una experiencia agradable, después rutinaria y, al final, tediosa. Cuando no había juegos ni otras actividades, Ahmed se arrastraba lánguidamente por el patio, sin nada que hacer y con una eternidad de tiempo por delante.

Sin embargo, había momentos que le alegraban la vida. Ahora, su madre le enviaba comida dos veces al mes y podía leer los periódicos, el *Al-Ahram* y el *Al-Goumhouria*, que circulaban entre los presos. Así se enteró de las últimas novedades sobre la guerra santa de los muyahidines en Afganistán, que Alá los protegiera y los acogiera en el Paraíso, y de los detalles más indignantes sobre la ocupación sionista del Líbano, que Alá los maldijera y los condenara al Infierno. ¡Ah, cómo le gustaría unirse a los muyahidines!

Su soledad acabó precisamente un día que estaba sentado en un rincón del patio de la prisión leyendo los pormenores de la gran batalla que libraba el León de Panjshir, el glorioso comandante Ahmed Shah Massoud, contra los *kafirun* rusos, que se habían atrevido a poner sus inmundos pies en tierra islámica. A media lectura del texto, entusiasmado por la narración de la victoria en esa batalla, esta vez en Jalalabad, una sombra incómoda se proyectó sobre el periódico.

Alzó la vista y vislumbró un cuerpo plantado ante él. El sol le impedía distinguir las facciones del intruso. Se puso la mano en la frente, a modo de visera, para protegerse de la luz que lo cegaba. Se quedó boquiabierto cuando reconoció al hombre que lo miraba con una sonrisa cálida.

Era Ayman.

El profesor de religión que tanta influencia había ejercido sobre Ahmed en la madraza había envejecido mucho en los apenas tres años que había pasado en la cárcel. Su espesa barba era ahora canosa y tenía un aspecto cansado: ligeramente encorvado ya y con arrugas en la comisura de los ojos.

Pese a todo, Ahmed se emocionó con el encuentro. A lo largo de los últimos tres años, se había preguntado muchas veces qué sería del profesor, cómo estaría y si aún permanecería con vida. Rezaba a menudo a Alá para que protegiera a su maestro. Y ahora lo tenía delante, cierto que algo envejecido y desmejorado, machacado por los años de prisión, pero la llama del islam aún brillaba en sus ojos. Era al mismo tiempo un preso y un hombre libre: el cuerpo confinado en la prisión y el alma entregada a Alá.

—¿Qué le hicieron, señor profesor? —le preguntó, superada la emoción del reencuentro.

Ayman lo reprendió con un gesto amable.

—No me llames «profesor» —dijo—. Aquí no soy profesor. Además, ya sabes suficiente sobre el islam como para que te trate aún como un alumno.

—Entonces, ¿cómo debo llamarle?

—Hermano, como todo el mundo. Ambos somos musulmanes, y Alá exige modestia y pudor entre nosotros. Llámame «hermano».

La costumbre hacía que le costara llamar «hermano» a su

antiguo profesor, pero era consciente de que, con el tiempo, se acostumbraría a usar el nuevo tratamiento.

—De acuerdo…, hermano.

Le costó, pero lo dijo.

—Muy bien —aprobó Ayman—. Ahora, cuéntame, ¿qué es de tu vida?

—Estoy bien, *masha'allah*. ¿Qué le hicieron a usted, señor profes…, hermano?

El antiguo profesor de religión se encogió de hombros.

—¡Me hicieron lo que les hicieron a todos los hermanos, que Alá los maldiga para siempre! Me torturaron. —Se desabrochó la camisa y le enseñó las marcas en el pecho—. Me golpearon, me dieron *electroshock*, me colgaron como si fuera un trozo de carne en una carnicería. —Mostró las manos. Tenía las puntas de los dedos deformadas—. ¡Me arrancaron las uñas, una por una, que Alá los lleve al Infierno!

Ahmed miró impresionado los dedos deformados del profesor moviendo la cabeza. Le costaba contener la furia. Le hervía la sangre.

—¡A mí también me torturaron, esos malditos perros!

—¿Qué te hicieron?

—Me dieron *electroshock*.

—¿Y qué más?

—¿Te parece poco?

Ayman movió la cabeza, queriendo decir que podía haber sido peor.

—Y ahora que has pasado por la tortura, ¿tienes miedo?

El joven miró a su profesor con una expresión escandalizada, como si lo hubiera insultado.

—¿Miedo, yo? ¡Claro que no!

—¿Y entonces?

Ahmed temblaba.

—¡Los odio! ¡Los odio! ¿Cómo pueden comportarse así? ¿Cómo pueden hacernos esto? —Escupió al suelo con desdén—. ¡Estos perros son la vergüenza del islam! ¿Cómo pueden castigar a un creyente para proteger a los *kafirun*?

—Los del Gobierno declaran la *shahada* y practican el *salat* —dijo el antiguo profesor—, pero no son creyentes.

—¡Son perros rabiosos!

Mirando el alambre de espino trenzado sobre los muros que rodeaban el patio de la prisión, Ayman aspiró con fuerza y escupió, en un gesto de profundo desprecio.

—Peor que eso —sentenció—: ¡son *kafirun*!

217

27

—¿*H*a leído usted a Kipling? —preguntó Rebecca.

—Claro, no olvide que soy historiador…

La norteamericana pasó la mano por el cobre trabajado de la pieza de artillería que dominaba la gran avenida.

—Entonces, ya conoce el Zamzama.

Los ojos verdes de Tomás se deslizaron de las grandes ruedas laterales al arma que sostenían.

—«Quien controla el Zamzama controla el Punjab», así comenzaba la mejor novela de Kipling, *Kim*. —Dirigió la vista hacia ella—. ¿Es verdad eso?

Rebecca sonrió como si no hubiera respuesta para esa pregunta, como si ella no la supiera, o como si careciera de importancia, y señaló con la cabeza el lado izquierdo de la avenida.

—¡Vamos! Tenemos mucho que hacer.

Cruzaron The Mall en dirección al museo de Lahore, un bonito edificio de estilo neomongol que impresionó a Tomás. Estaban en pleno Raj británico.

En esta parte de la ciudad todo era grandioso e imponente, como la gran avenida que dividía Lahore como un río majestuoso: a un lado el bello museo en aquel estilo neomongol, semejante al Taj Majal; al otro la Universidad del Punjab. A ambos lados de la avenida había amplios paseos y espacios verdes, todo muy ordenado y bien cuidado, en un contraste flagrante con el caos y la contaminación que había encontrado al entrar en la ciudad.

—¿Sabe? —dijo Tomás—, ya he descifrado la clave del acertijo que interceptaron.

—¿En serio?

Pese a que iban caminando por el paseo, el historiador abrió su bolso de mano y buscó la libreta de notas.

—Sí. Me he pasado el viaje dándole vueltas y he conseguido descubrir el método con el que Al-Qaeda encriptó el mensaje.

—¿Qué dice?

—¿El mensaje? Aún no lo sé, pero me falta poco. Al menos ya...

Rebecca consultó el reloj y levantó la mano para interrumpirlo.

—Ahora no tenemos tiempo para eso —dijo en un tono de voz bajo y tenso—. Son las diez de la mañana y la cita con su ex alumno es dentro de menos de dos horas. Tenemos muchas cosas de qué preocuparnos en este momento. Dejemos el acertijo para luego.

Truncado su entusiasmo, Tomás se calló y se dejó guiar por la mujer, mientras su mirada de historiador se perdía entre la arquitectura imperial de aquella parte de la ciudad.

Era cierto, las fachadas de los edificios estaban deterioradas, pero la zona refulgía con el esplendor de la gran joya arquitectónica del Raj. Contemplando The Mall era posible retroceder en el tiempo y volver a las tardes indolentes de *cricket*, en las que los *gentlemen* llenaban los paseos de la avenida, acompañados de *ladies* que se protegían del sol con sombrillas, con números del *The Times*, que llegaban con semanas de retraso, bajo el brazo; en las que los caballos y las calesas recorrían la calzada con sus «clip-clops» característicos; en las que hombres con lazo y corbata entraban en los *clubs* para el *tea time* con *scones* y conversaciones en torno al *great imperial game*, y *mensahib* vestidas con...

—Es aquí.

La voz de Rebecca deshizo la imagen del Raj de Lahore y devolvió a Tomás al presente. La norteamericana se paró delante de una gran camioneta azul, aparcada junto al paseo.

Una nave espacial.

Ésa fue la impresión que tuvo cuando puso el pie en el interior de la camioneta. Por fuera, el vehículo tenía la chapa

219

desgastada y abollada en algunas partes. La pintura azul se había desvaído y estaba cubierta por una densa capa de polvo y por espesas manchas de barro. Los neumáticos estaban casi gastados. Lo único que distinguía a la camioneta del resto de las carcasas ambulantes que agitaban el tráfico de Lahore eran los cristales oscuros, que, aparentemente, cumplían la función de proteger a los ocupantes del calor asfixiante del Punjab.

A la vista del aspecto exterior tan degradado, Tomás se esperaba que el interior del vehículo estuviera sucio y desaseado, quizás hasta con agujeros en los asientos, por lo que, al entrar, experimentó una sensación de absoluta irrealidad. El interior era oscuro, lleno de pantallas LCD y de alta tecnología. Dentro se respiraba un aroma de sofisticación. Esperaba algo tan distinto que hasta dudó de sus sentidos. ¡No podía estar dentro de la camioneta destartalada que había visto hacía sólo unos instantes! ¡Seguro que se engañaba!

—*Howdy!*

La voz masculina procedía de la parte delantera de la camioneta. O, para ser exactos, del *cockpit*. Esforzándose por acostumbrarse a la oscuridad, Tomás distinguió dos figuras. Eran dos hombres de veinte a treinta años, vestidos con camisa clara y corbata, y que llevaban puestos unos enormes auriculares.

—Me llamo Jarogniew —dijo uno de ellos, que se volvió hacia él y le ofreció la mano para saludarlo—. Pero me llaman «Jerry». Es más fácil. ¿Cómo va todo?

—Yo soy Sam —dijo el otro, imitando a su compañero.

El recién llegado les dio la mano.

—Soy Tomás —se presentó.

—*No shit, Sherlock!* —sonrió Jarogniew—. ¡Pensábamos que era el *fucking* Bin Laden!

Se rieron ambos, muy animados, y Tomás sonrió más por cortesía que porque le hubiera hecho gracia el chiste.

—¡Muchachos! ¡Muchachos! —dijo Rebecca, que había entrado en la camioneta y acababa de cerrar la puerta tras de sí—. ¡Un poco de formalidad! ¡Compórtense! ¿Qué va a pensar nuestro invitado?

—Sí, Maggie —respondió Jarogniew, que era claramente el más bromista—. ¿Nos vamos ya, *boss*?

—Sí.

Jarogniew encendió el motor y la camioneta arrancó bruscamente, agitando a los ocupantes en sus asientos. Rebecca sonrió y se volvió hacia el portugués.

—No les haga caso, Tom. Siempre están de guasa, pero puede confiar en ellos. Son los mejores agentes que tenemos en Pakistán.

—¿La han llamado Maggie?

La mujer se encogió de hombros.

—Ah. No les haga caso.

—Pero ¿se llama Maggie o Rebecca?

—No es eso. Tienen la manía de que me parezco a Meg Ryan…

Tomás la miró con atención y observó mejor los grandes ojos azules y el cabello rubio y corto de la mujer sentada a su lado.

—No van desencaminados —reconoció—. Se da usted un aire.

—¿De veras?

—Claro que usted es más guapa —se apresuró a añadir—. Si quiere que le diga la verdad, Meg Ryan no le llega a la suela de los zapatos…

Rebecca soltó una carcajada.

—¡Ay, la sangre latina! ¡*Mister* Bellamy ya me avisó! ¡Debo tener cuidado con usted!

—¿Y yo? ¿Con quién debo tener cuidado?

La mujer desvió la vista hacia las calles que se sucedían. La camioneta acababa de dejar The Mall y se adentraba en el sector pakistaní de Lahore.

—Usted debe tener cuidado con lo que pase en el fuerte —respondió ella, cambiando el tono ligero de la conversación—. Esta gente no bromea.

—¿Y quién me va a proteger? ¿Usted?

—Claro. —Señaló a los dos hombres que ocupaban la parte delantera del coche—. Y ellos.

Tomás centró su atención en los dos hombres.

—¿El NEST tiene agentes en Pakistán?

—No. Jerry y Sam trabajan en la embajada de Islamabad.

221

Digamos que nos los han prestado para esta operación. ¿Ve a Jerry?

Tomás miró al hombre que conducía la camioneta. Jarogniew era gordo y tenía una calva reluciente. Sólo tenía pelo detrás de las orejas.

—Sí.

—Es nuestro experto en comunicaciones. Sus abuelos llegaron desde Polonia, pero ahora su país es esta camioneta. Instala sistemas de comunicaciones y se dedica a labores de vigilancia. Si hay alguna anomalía, Jerry será el primero en detectarla.

El portugués continuaba mirando fijamente la calva del conductor.

—Y si detecta una anomalía, ¿qué pasa entonces?

—En ese caso, nos la comunicará a nosotros —dijo ella—, y todo quedará en mis manos y en las de Sam.

Los ojos de Tomás se deslizaron hacia el hombre que estaba sentado junto al conductor. Sam era un individuo corpulento, de pelo corto y barba rala, totalmente vestido de negro.

—Sam es el músculo, ¿no?

—Podría decirse que sí.

—Parece una versión fea de Van Damme —observó—. ¿No sabrá kárate también?

Era una broma, pero, por lo visto, a Rebecca el comentario le pareció oportuno.

—¡Sam! —llamó.

El hombre de negro volvió la cabeza.

—¿Qué, Maggie?

—Antes de venir a Islamabad, ¿que hacías?

—Me temo que esa información es confidencial.

Rebecca puso morritos y pestañeó de manera exagerada.

—¡Venga, no me vengas con ésas!

El hombre se rio.

—Navy SEALS —dijo—. Operaciones especiales en Afganistán, como bien sabe. ¿No se acuerda de aquel té que nos tomamos en Kandahar?

—¿Cómo no voy a acordarme? No dejaban de pegar tiros fuera, mientras nos tomábamos aquella zurrapa…

222

—Si se acuerda, ¿por qué lo pregunta?

—Por nada —replicó ella—. Sólo quería que nuestro amigo se percatara de en manos de quién está.

—*Right*.

El agente volvió a mirar hacia delante y prosiguió su conversación con el conductor, y Rebecca se inclinó en dirección al portugués.

—¿Le ha quedado claro? Sam es el responsable de su seguridad. Si Jerry detecta un problema, Sam y yo actuaremos. Su vida dependerá de nuestra capacidad de reacción.

Tomás se incorporó en su asiento.

—Caramba, ahora me está usted asustando. ¿Cree que esto puede salir mal?

—Oiga, Tom. ¿Tiene idea de qué tipo de musulmanes viven en esta ciudad?

—Sufíes —replicó Tomás—. Es más, los sufíes de Lahore son famosos. ¿Quién no conoce las noches sufíes del santuario de Baba Shah Jamal? Parece que bailan hasta entrar en trance, como una forma de entregarse a Dios. Dicen que es interesante. Muy místico.

Ella lo miró de nuevo, con un brillo de incredulidad en la mirada.

—¿Sufíes, dice?

—Sí. Es la corriente más pacífica del islam, junto con los ismaelitas. Los sufíes viven en paz y armonía. Para ellos la yihad es un concepto de lucha del espíritu por alcanzar la perfección, no significa necesariamente ni guerras ni matanzas.

Rebecca movió afirmativamente la cabeza. No parecía estar muy convencida.

—Es verdad que hay sufíes en Lahore —reconoció—. Es verdad que esta ciudad es el centro del misticismo islámico. —Adoptó un tono sombrío y añadió—: Pero también es verdad que aquí viven musulmanes de otras corrientes. ¿Ha oído hablar del Lashkar-e-Taiba?

El historiador asintió.

—El Ejército de los Puros —tradujo él—. Fueron los responsables de los atentados de 2008 en Mumbai. ¿Por qué?

—El Lashkar-e-Taiba es originario de Lahore.

223

—Habla en serio…

—Y otro puñado de organizaciones fundamentalistas islámicas. Lahore, Peshawar, Rawalpindi y Karachi son auténticos viveros de radicales. —Señaló hacia las calles—. Ésta puede ser la ciudad de la noche sufí de Baba Shah Jamal, pero no se olvide de que Lahore es también la ciudad de las mañanas sangrientas del Lashkar-e-Taiba.

La camioneta dejo atrás el tráfico denso y enfiló por un camino despejado que desembocaba en las grandes murallas. Había dos autobuses estacionados enfrente y algunos peatones con cámaras de fotos colgadas al cuello. La camioneta se aproximó despacio y aparcó al lado de los autobuses.

—Hemos llegado —anunció Jarogniew—. Éste es el fuerte.

Se hizo el silencio en el vehículo. Con una mezcla de curiosidad y preocupación, Tomás estiró el cuello y observó la concurrida entrada del fuerte.

—Lahore es la ciudad de los fundamentalistas islámicos —insistió Rebecca—. No olvide el tipo de gente con la que se encontrará aquí.

Fuera, todo el mundo parecía normal. La mayor parte de los que entraban en el fuerte eran turistas, por lo que Tomás centró su atención en los pocos pakistaníes que había por allí. Había conductores de autobuses, algunos taxistas, tres o cuatro conductores de motocarros, y un puñado de vendedores de bebidas y folletos turísticos, además de algunos transeúntes. El historiador buscaba una amenaza en los rostros, pero todos tenían un aire inofensivo.

—¿Qué hora es? —preguntó.

Rebecca miró el reloj.

—Las once —dijo—. Falta una hora.

28

*E*l encuentro con el antiguo profesor reavivó una llama de esperanza en Ahmed. Durante las horas en que podía salir de la celda e ir al patio, aprovechaba para reunirse con Ayman y beber un poco más de su sabiduría. No siempre podía estar a solas con el maestro, ya que en la prisión había otros miembros de Al-Jama'a al Islamiyya, con los que Ayman pasaba mucho tiempo en animadas discusiones políticas y teológicas.

Pero Ahmed disfrutaba de la compañía de aquellos hombres con los que compartía tantas ideas y a quienes admiraba por haber tenido el coraje de matar al faraón. Con ellos, aprendió a comportarse como un verdadero creyente: la manera de hablar; la forma de rezar; la manera de vestir. Se fue educando de forma gradual en todos esos aspectos. Empezó a caminar con la mirada baja, como se exigía a los creyentes píos, para evitar las miradas de los demás. Le enseñaron a no mirar a las mujeres por encima de la barbilla. Como en la cárcel no había mujeres, practicó esa manera de mirar respetuosa con otros reclusos.

Aprendió a cubrirse siempre la cabeza, para ahuyentar al diablo, y, sobre todo, a rezar correctamente: no debía mirarse los pies cuando se arrodillara, sino el punto donde apoyaría la cabeza cuando se inclinara delante de Dios. Además, en la cantina empezó a comer con los dedos, como los demás miembros de la Hermandad Musulmana o de Al-Jama'a. Ésa era la manera en que Mahoma comía, según describían los *ahadith*, por lo que los verdaderos creyentes debían comer así.

Se fijó en que otros reclusos, más instruidos religiosamente, movían los labios sin cesar, pero sólo pasado un tiempo reunió el coraje para preguntar a Ayman por qué lo hacían.

—Estoy rezando —le explicó su antiguo profesor—. Debemos rezar constantemente, debemos arrepentirnos en todo momento, debemos purificarnos permanentemente. No olvides que hacer el *salat* cinco veces al día es lo mínimo que se exige a los creyentes, pero Alá quiere que lo hagamos más veces.

Desde entonces, Ahmed siempre murmuraba oraciones moviendo los labios, aunque a veces se olvidaba y sólo la imagen de otro hermano rezando le hacía recordar su deber como buen musulmán. Viéndolo siempre tan devoto, Ayman hablaba con él con más frecuencia para revelarle más facetas del islam.

El antiguo alumno ya había recitado todo el Corán, lo que lo convertía en un *hafiz*, «aquel que preservó», pero la realidad era que, como la mayoría de los creyentes, no comprendía bien su contenido. Sus implicaciones filosóficas, políticas y teológicas se le escapaban. El árabe del siglo VII en que se escribió el Libro Sagrado era difícil de comprender. Para complicar las cosas aún más, sólo se podían entender bien los versículos cuando se interpretaban a la luz de los *ahadith*, que explicaban las circunstancias que los originaron. A esas alturas, Ahmed sospechaba que el jeque Saad había evitado explicarle el contexto de muchos versículos a conciencia, por lo que buscaba en Ayman la explicación que lo aclarara todo.

Y el antiguo profesor se la daba con gusto.

La primera vez que volvieron a encontrarse a solas en el patio de la cárcel fue una mañana soleada, pero extrañamente fresca.

—Nuestro gobierno está formado por *kafirun* —proclamó Ayman—. Toda la gente que manda sobre nosotros, todas las leyes que nos rigen y que sirvieron para enviarnos a prisión…, todo es cosa de *kafirun* que fingen ser creyentes.

Hablaba no como si los insultara, sino como si expusiera una mera constatación teológica, lo que intensificó la curiosidad de Ahmed.

—Hermano, ¿piensas igual que yo? ¿Nuestro gobierno es…, es *kafir*?

—Con toda certeza. Está en el Libro Sagrado. Cualquier

creyente estudioso lo sabe. El Gobierno es *kafir*, no hay duda alguna.

Ahmed reflexionó sobre estas palabras.

—Pero ¿dónde dice eso el Libro Sagrado, hermano? Que yo sepa, nuestros gobernantes declararon la *shahada*, hacen el *salat* y creen en Alá. ¿Eso no los convierte en musulmanes?

Ayman se sentó con un gemido de placer en un banco del patio. El sol ardiente le tostaba la piel.

—Déjame contarte un *hadith* que tuvo muchas implicaciones para el islam —comenzó por decir, mientras se acomodaba en el banco—. En cierta ocasión, dos hombres fueron a hablar con Mahoma, que la paz sea con él, y le pidieron que decidiera una disputa. El Profeta, que la paz sea con él, decidió, pero el hombre perjudicado por la decisión no la aceptó, y los dos hombres fueron a hablar con Omar ibn Al-Khattab. Al saber que el perjudicado no había aceptado la decisión del Profeta, que la paz sea con él, Omar cogió una espada y lo decapitó. —Inclinó la cabeza hacia el alumno, en un gesto inquisitivo—. Entiendes el problema que la situación creó, ¿no?

—Omar violó la *sharia* —confirmó Ahmed.

—Recítame el versículo que establece el mandato que Omar violó —le pidió Ayman, poniendo a prueba el nivel de comprensión y memorización del Corán de su antiguo alumno.

—«¡Oh, los que creéis!», dice Alá en la sura 3, versículo 2, «¡No os matéis!».

Ayman movió la cabeza en señal de aprobación.

—¡Ni más ni menos! ¡Omar había violado la *sharia*! O, al menos, eso parecía. Al haber asesinado a un musulmán, la *sharia* exigía que se le ejecutara. Por tanto, se debía matar a Omar. El Profeta, que la paz sea con él, se vio obligado a juzgar el caso. Fue entonces cuando Dios, a través del ángel Gabriel, le recitó la frase que consta en la sura 4, versículo 68: «¡Pero no, por tu Señor! No creerán hasta que te hayan obligado a juzgar sobre lo que está en litigio entre ellos; a continuación, al no encontrar en sí mismos queja de lo que sentencies, se someterán totalmente». O sea, que Alá comunicó al Profeta a través del ángel que, al no aceptar la decisión del Profeta, el hombre perjudicado había dejado de ser musulmán. Así, Omar no había matado a un musulmán, sino a un *kafir*. Por tanto, no debía ser ejecutado. ¿Lo has entendido?

—Sí, hermano.

—Ahora dime: ¿cuáles son las consecuencias de esta decisión?

Ahmed frunció del ceño.

—¿Omar se salvó?

—¡Eso es evidente! —exclamó Ayman, súbitamente exasperado—. ¡Claro que Omar se salvó! ¡Pero eso no es lo importante de este versículo! Lo importante es que se establecieron dos cosas fundamentales: matar *kafirun* no es necesariamente un crimen, y no aceptar todas las decisiones del Profeta nos convierte en *kafirun*. Repito: todas. Recuerda el final de la sura 4, versículo 68: «Se someterán totalmente». Si la sumisión fuera parcial, la persona deja de ser musulmana. La sumisión tiene que ser total. Además, lo mismo dice Alá en la sura 4, versículos 149 y 150 del Santo Corán: «Quienes no creen en Dios ni en sus enviados, desean establecer una distinción entre Dios y sus enviados, diciendo: "Creemos en unos y no creemos en otros". Desean tomar entre aquéllos un camino intermedio. Ésos son los infieles, verdaderamente; pero hemos preparado para los infieles un tormento despreciable». O sea, no hay camino intermedio. Si no aceptamos todas las leyes, nos convertimos en *kafirun*.

—¿Qué quieres decir con eso, hermano? Si incumplo una ley, aunque sólo sea una, ¿dejo de ser musulmán?

—¡Es exactamente eso lo que dice Alá en el Santo Corán! Para ser musulmán hay que respetar todas las leyes. Basta con que incumplas una para dejar de ser musulmán. Por ejemplo, tú rezas cinco veces al día, ¿no?

—Sí, sin fallar nunca.

—Si rezas cinco veces al día, como exige el Santo Corán, eres creyente, pero si, por casualidad, no respetas el ayuno durante el Ramadán, como exige también el Santo Corán, dejas de ser creyente y te conviertes en un *kafir*. ¿Lo has entendido? El propio Ibn Taymiyyah, al referirse a los mongoles que aceptaron el islam, pero que mantuvieron algunas prácticas paganas, dijo: «Cualquier grupo que acepte el islam, pero que al mismo tiempo no respete alguno de sus preceptos, debe ser combatido por todos los musulmanes».

—¡Ah! —exclamó Ahmed rascándose la cabeza—. ¡Por eso, en la última clase en la madraza, dijiste que los sufíes no eran creyentes, hermano!

—¡Exacto! Declararon la *shahada* y practican el *salat* y el *zakat*, puede que hasta cumplan con el *hadj* y respeten el ayuno del mes sagrado, pero, al invocar a los santos en sus oraciones, niegan que sólo hay un Dios, lo que, a la luz de lo que establecen el Santo Corán y la sunna, los convierte en *kafirun*.

—Ahora lo entiendo…

—Pero aún debes entender algo más —se apresuró a añadir Ayman—. Como sabes, Alá se cansó de ver que los intermediarios adulteraban su palabra y decidió dictar sus leyes por última vez a los hombres. Escogió a Mahoma, que la paz sea con él, como mensajero. Esta vez, para impedir que se adulterara nuevamente Su palabra, Alá prohibió la existencia de intermediarios y obligó a que su ley quedara escrita en el Santo Corán. De ese modo, no habría posibilidad de desviaciones: quien quisiera reinterpretar la voluntad de Dios vería su interpretación confrontada con lo que Él dejó escrito en el Libro Sagrado. La *sharia* es, por tanto, una orden dada directamente por Dios a los creyentes, sin influencia de intermediarios. «No temáis a los hombres, pero temedme», dijo Dios en la sura 5, versículo 48.

—Todo eso ya lo sé, hermano. Pero ¿qué significa?

Ayman miró a su antiguo alumno a los ojos.

—Recítame, por favor, la frase del testimonio que el muecín entona desde el *adhan*, cuando llama a los creyentes a la oración.

—*Ass-hadu na la illaha illahah* —entonó Ahmed—. Soy testigo de que no hay más Dios que Alá. *Ash-hadu Muhammad ur rasulullah* —completó—. Soy testigo de que Mahoma es su Profeta.

—La declaración que acabas de recitar implica nuestra sumisión a Dios y sólo a Dios —lo interrumpió Ayman—: «No hay más Dios que Alá». Eso significa que todas las autoridades terrenales, incluidos los presidentes y los gobiernos, valen menos que la voluntad de Alá, expresada directamente en el Corán. Eso implica que debemos obedecer la voluntad de Alá, aunque conlleve desobedecer a un presidente o a un policía. Alá manda por encima de todos. ¿Está claro?

—Bueno…, sí —vaciló—. ¿El Profeta defendía eso?

—¡Claro! —exclamó Ayman, casi escandalizado por la pregunta—. ¿No conoces el *hadith* del encuentro del cristiano Adi con el apóstol de Dios, que la paz sea con él?

—Debo confesar que no.

—El cristiano Adi fue a hablar con el Profeta, que la paz sea con él, y lo oyó recitar el versículo que dice que las Gentes del Libro optaron por rendir culto a sus rabinos y sacerdotes, en lugar de a Dios. El cristiano negó que eso fuera cierto, y Mahoma, para demostrar que tenía razón, sentenció: «Todo lo que sus rabinos y sus sacerdotes consideran permisible, ellos lo consideran permisible; todo lo que declaran prohibido, ellos lo consideran prohibido, y, de esa manera, les rinden culto».

Ahmed meditó durante unos instantes el sentido del *hadith* que Ayman le acababa de relatar.

—Por tanto, el Profeta consideraba que los *kafirun* no adoraban a Dios, sino a los intermediarios de Dios —concluyó.

—Claro. Pero este *hadith* tiene especial importancia porque establece que obedecer las leyes y las decisiones humanas constituye una forma de culto. Así, quien acepte las leyes que no emanan de Alá rinde culto a alguien distinto de Alá. Como sabes, hermano, eso va contra el islam. Quien lo hace se convierte en *kafir*. No olvides que hasta el propio califa Ali fue destituido y asesinado por no respetar la *sharia* en toda su integridad. ¡Nadie está por encima de la ley divina! ¡Ni los califas, ni los presidentes, ni los policías! Alá es la única autoridad.

—¿Y…, y en el caso de las leyes de nuestro país? ¿Cómo se pueden compatibilizar esas leyes con el islam?

El antiguo profesor respiró hondo, como si la referencia al asunto le enervara.

—¡Qué Alá me dé paciencia! —murmuró—. ¡Hoy no la tengo!

Sin pronunciar palabra, se levantó y se marchó.

Ayman necesitó dos días para reunir toda la paciencia de la que era capaz y volver a sentarse con Ahmed para abordar el asunto que lo enervaba. Traía consigo un libro azul grueso que mostró a su pupilo.

—Éste es el Código Penal de Egipto —anunció, mientras lo hojeaba buscando las partes que consideraba relevantes—. Déjame mostrarte el artículo 274…, ¡aquí está! Se aclaró la voz para leer el texto: «Una mujer adúltera será sometida a una pena de prisión de dos años». —Miró a su interlocutor—. Ahora recítame lo que dice Alá en la sura 24, versículo 2 del Libro Sagrado.

Ahmed hizo un esfuerzo por recordar. Sabía que el maestro no sólo le preguntaba sobre aquel versículo en concreto, sino que estaba poniendo a prueba sus conocimientos del Corán.

—«A la adúltera y al adúltero, a cada uno de ellos, dadle cien azotes.»

—También un *hadith* recoge la orden del Profeta, que la paz sea con él, de lapidar hasta la muerte a una pareja de adúlteros —añadió Ayman—. Hay otro *hadith* que revela que Alá recitó al Profeta, que la paz sea con él, un versículo en el que ordenaba la lapidación, hasta la muerte, de dos adúlteros, pero ese versículo se perdió de manera inadvertida. A todos los efectos, lo que nos interesa es que Alá manda en el Santo Corán dar cien azotes a los adúlteros y que la sunna del Profeta, que la paz sea con él, ordena que se los ejecute por lapidación. ¡Pero, para nuestro asombro, nuestra ley sólo prevé hasta dos años de prisión para las adúlteras y hasta seis meses para los adúlteros! ¿Esto es el islam?

—Claro que no.

Ayman hojeó de nuevo el Código Penal egipcio.

—Ahora el artículo 317 —dijo, mientras localizaba rápidamente la página que buscaba—. Escucha: «La pena para el robo es de tres años de prisión con trabajos forzados». —Alzó la vista—. Ahora recítame el mandato de Alá en la sura 5, versículo 42.

Ahmed necesitó algunos segundos para identificar mentalmente el pasaje.

—«Cortad las manos del ladrón y de la ladrona.»

—Lo que el Profeta, que la paz sea con él, también ordenó, conforme relatan los *ahadith* canónicos, es que se debía cortar

231

la mano derecha. O sea, Alá ordenó cortar las manos a los ladrones y el Profeta aclaró que Él se refería a la mano derecha, pero nuestra ley apenas prevé tres años de prisión con trabajos forzados. Y yo me pregunto otra vez: ¿esto es el islam?

—No, hermano, es evidente que no.

El antiguo profesor levantó el Código Penal a la altura de los ojos y lo miró con desprecio.

—He leído la ley egipcia de atrás hacia delante y de arriba abajo, y no he encontrado ninguna norma que castigue la apostasía. Según la ley egipcia, cualquiera puede dejar de ser creyente y convertirse en un *kafir* cristiano o en cualquier otra cosa. Ahora recítame lo que dice Alá en la sura 2, versículo 214.

La sura 2 es el capítulo más extenso del Corán, por lo que Ahmed necesitó algún tiempo para localizar el versículo en su memoria.

—«Quien de vosotros abjure de su religión y muera, es infiel, y para ésos serán inútiles sus buenas acciones en esta vida y en la última; ésos serán pasto del fuego.»

—Lo que se completa por la sunna del Profeta, que la paz sea con él —interrumpió Ayman—. Un *hadith* canónico recoge esta orden del mensajero de Alá, que la paz sea con él: «Matad a los que renieguen de nuestra religión». —Le mostró el libro azul que tenía en la mano—. ¡O sea, Alá envía a los apóstatas al fuego y el Profeta ordena matarlos, pero la ley egipcia ni siquiera considera la apostasía un delito! Y yo pregunto de nuevo: ¿esto es el islam?

—¡Por Alá, claro que no!

—Te he dado sólo tres ejemplos, pero hay muchos otros que demuestran la absoluta discrepancia entre la Ley Divina y la ley que está en vigor en Egipto. —Se sorbió la nariz y escupió—. ¿Sabes qué me recuerda Egipto?

Ahmed negó con la cabeza.

—Antes de que el Profeta, que la paz sea con él, comenzara a predicar la palabra de Alá, toda Arabia estaba hundida en la *jahiliyya*, en la ignorancia de Dios. Una sociedad *jahili* es precisamente aquella que no se somete exclusiva y totalmente a Alá, que vive en la ignorancia de sus leyes. Eso es muy grave, porque la Ley Divina es la ley universal. —Se agachó y cogió

una piedra del suelo—. ¿Ves esta piedra? Voy a soltarla. —La
dejó caer—. Ha caído, ¿lo has visto? ¿Y sabes por qué ha caído?

—Por la ley de la gravedad.

—¡Que es una ley divina! La ley de la gravedad es igual en
la Tierra que en la Luna, hoy que hace mil años, es eterna y
universal, porque fue Dios quien la estableció. Lo mismo pasa
con la *sharia*. La Ley Divina que Alá prescribió para los hombres, como la ley de la gravedad y todas las leyes de la naturaleza, es eterna y universal, válida para todos los hombres, con
independencia de cuál sea su raza o nacionalidad, válida aquí o
en Estados Unidos, válida hoy, mañana o en el tiempo del Profeta, que la paz sea con él. La *sharia* es la mejor ley, porque
viene de Dios y, que yo sepa, las leyes de las criaturas no se
pueden comparar con las leyes del Creador.

—Entonces, debemos rechazar las leyes humanas.

—¡Con todas nuestras fuerzas! La base del mensaje de Alá
es precisamente ésa: todos tenemos que aceptar la Ley Divina
y rechazar las demás leyes. El principio en el que se funda todo
es la verdad eterna que pronunciaste no hace mucho: «*La illaha
illallah*», «no hay más Dios que Alá». Esa proclamación constituye una declaración de guerra contra la posibilidad de que
los hombres aprueben leyes no permitidas por Alá. «*La illaha
illallah*», esa proclamación liberó a unos hombres de los otros.
Un creyente no puede ser esclavo de otro creyente; finalmente,
todos somos libres y nadie puede ejercer autoridad sobre los
demás. La única sumisión es a Alá y a su *sharia*. El islam puso
fin a la justicia humana e instituyó la Justicia Divina. Alá dijo
que no se puede consumir alcohol, y los creyentes obedecieron.
Compara eso con los gobiernos seculares *jahilis*, con toda su
legislación, con todas sus instituciones, policías y ejércitos, que
tienen tantas dificultades para que las personas obedezcan sus
leyes. Estados Unidos también intentó abolir el alcohol, ¿o no
lo intentó? ¿Y lo consiguió? ¿No es el fracaso de Estados Unidos a la hora de prohibir el alcohol, comparado con el éxito del
islam a la hora de establecer la misma prohibición, la prueba de
que la Ley Divina es más eficaz que las leyes humanas?

—Además, somos más libres.

—¿Más libres? ¡Somos totalmente libres! El islam libera al

233

hombre de las leyes imperfectas y de las tradiciones humanas, y lo somete únicamente a Dios. El universo entero queda así bajo la autoridad de Alá y el hombre, que es sólo una ínfima parte de ese universo, obedece así las leyes universales. La Ley Divina regula todas las materias y pone al hombre en armonía con el resto del universo. El ser humano se libera. En el islam no interesa la raza, la lengua, la nacionalidad, la clase social. Somos todos gotas de agua que se juntan en un arroyo y todos los arroyos convergen en un gran río que desemboca en un océano inmenso. Compara, por ejemplo, el imperio de Dios con los imperios del pasado. ¡Fíjate en el Imperio romano! ¿Has visto lo que pasaba en él?

Ahmed dudó sobre el sentido de la pregunta.

—¿Cayó?

—Claro que cayó, eso era inevitable. No obstante, lo que quiero decir es que en él se juntaban personas de todas las razas, pero la relación entre ellas no era de libertad. Unos eran nobles y otros esclavos, y los romanos mandaban más que las personas de otras regiones. ¡Fíjate en los grandes imperios europeos, como el británico o el español, el portugués o el francés! Todos ellos se fundaban en la ganancia y en el orgullo, en la opresión y en la explotación de otros pueblos. ¡Mira el Imperio comunista! En vez de los nobles, allí quien mandaba era el proletariado o, para ser más exactos, una elite privilegiada que usurpó el poder en nombre del proletariado. Todo el comunismo se basa en la lucha de clases, no en la armonía. Compara todo eso con el islam, que libera al ser humano de esos grilletes y lo somete universalmente a la Ley Divina. En su sentido más profundo, «*la illaha illallah*» significa que todos los aspectos de la vida humana deben regirse por la *sharia*, pero eso, hermano mío, tiene una importante consecuencia. ¿Sabes cuál es?

La pregunta era retórica y Ahmed permaneció callado.

—¡Debemos enfrentarnos a aquellos que se rebelan contra la soberanía de Alá y deciden proclamar leyes humanas! Dios quiso que el Profeta, que la paz sea con él, pusiera fin a la *jahiliyya* e impusiera la Ley Divina entre los hombres. «Impusiera», repito. El problema es que, con el tiempo, se ha dejado de aplicar la *sharia* y no se respeta la voluntad de Alá entre los hombres.

—Hermano, ¿crees que ahora Egipto vive en *jahiliyya*?

—¿No es así, acaso? —preguntó Ayman, al que le temblaba todo el cuerpo y cuyo tono de voz se estaba inflamando—. ¿No es así? Alá instituyó el islam precisamente para poner fin al culto a las imperfectas leyes humanas. Todas las personas de la Tierra deben obedecer a Dios y sólo a Dios. Nadie tiene derecho a hacer leyes. Aceptar la autoridad personal de un ser humano significa aceptar que ese ser humano comparte la autoridad de Alá. ¡Eso es una herejía! ¡Ésa es la fuente de todos los males del universo!

Incapaz de permanecer sentado, se levantó, dominado por la exaltación. Remarcaba con un ademán del brazo las frases con las que expresaba su indignación.

—¡Sólo hay un Dios: Alá! ¡Sólo hay una autoridad en la Tierra: Alá! ¡Sólo hay una ley: la *sharia*! Pero aquí, en Egipto y en los países que dicen formar parte del islam, la autoridad es del Gobierno y la ley que rige es la ley de ese Gobierno. Y yo pregunto: ¿esto es el islam? ¡Claro que no! ¡Claro que no! Estos gobiernos que dicen ser islamistas son, en realidad, *jahili*, porque establecen límites a la *sharia*, pues no castigan a los adúlteros con la lapidación hasta la muerte, no ordenan la amputación de la mano derecha de los ladrones, y no consideran siquiera la apostasía como delito, conforme está previsto en la Ley Divina. ¡Una persona puede ser adúltera, borracha e incluso *kafir*, pero siempre que obedezca la ley humana se le considera un buen ciudadano! ¿Eso tiene sentido? ¡En cambio, un creyente que mata a una adúltera a pedradas respetando la *sharia* es, imagínate, tratado como un delincuente y un fanático, y hasta va a la cárcel! ¿Esto es un país islámico? Como ya te he explicado, Alá ordena en el Santo Corán que se respeten todos sus preceptos, no sólo algunos. Quien respeta unos preceptos e ignora otros es, en buen rigor, un *kafir*. Eso significa que estos gobiernos *jahili* que mandan en nosotros no pasan de ser, a los ojos de Dios, más que gobiernos *kafirun*.

Ahmed intentó digerir las implicaciones de lo que acababa

235

de escuchar. «Los gobiernos que no aplican la *sharia* son *kafirun*», repitió mentalmente. Eso significaba que su gobierno también era *kafir*.

—Pero…, pero… ¿cómo podemos vivir en un país *kafir*?

—Eso es precisamente lo que mis compañeros y yo preguntamos. ¿Egipto es o no es un país creyente? Si lo es, debe respetar íntegramente la Ley Divina. Si no la respeta en su totalidad, se convierte en *kafir*.

—¡Tienes toda la razón, hermano! —exclamó Ahmed—. ¿Qué podemos hacer para imponer el respeto a la voluntad de Alá?

Ayman, superada la pasión que se había apoderado de él momentos antes, se volvió a sentar.

—Tenemos que derrocar el Gobierno, no hay otra posibilidad. Repito lo que te he dicho: Alá quiso que el Profeta, que la paz sea con él, pusiera fin a la *jahiliyya* e impusiera la Ley Divina entre los hombres. La palabra «impusiera» es crucial, no me canso de subrayarla. Por eso, Dios nos obliga a restituir la comunidad islámica en su forma original, para acabar con el estado de *jahiliyya* en que el mundo está inmerso. Se ha quitado la soberanía a Alá y se les ha dado a los hombres, lo que hace que unos manden sobre otros y hagan leyes que contradicen la Ley Divina. Como resultado de esa rebelión, ha vuelto la opresión. Fíjate en nuestro gobierno: ¿no es corrupto? ¿No ves corrupción por todas partes? ¿Cómo es posible que los judíos tengan hoy más fuerza que toda la *umma*? ¿Cómo es posible que los cristianos manden sobre nosotros y usen Gobiernos fantoches para oprimirnos? ¿Cómo es posible que nos dejemos dividir? Tenemos que poner en marcha un movimiento que una a la *umma*, que reinstaure la Ley Divina entre los hombres y que restablezca el verdadero islam.

—¿Por eso Al-Jama'a mató al faraón?

—Claro. No fue por los Acuerdos de Camp David con los sionistas, como algunos piensan. El conflicto con los sionistas es sólo un síntoma del mal, no es el mal en sí. El verdadero mal es que tenemos leyes humanas que se anteponen a la Ley Divina. Todos los males de la *umma* son el resultado de ese error. ¡Por eso mandamos al faraón al gran fuego!

—Pero su muerte no ha cambiado las cosas —constató Ahmed—. La *jahiliyya* continúa.

—El asesinato del faraón fue sólo el primer paso. Debemos dar otros. No hay alternativa. Los mandatos de Alá en el Libro Sagrado son muy claros y no podemos fingir que no existen, como hacen muchos que dicen ser creyentes y que, en realidad, son sólo *jahili*.

Ahmed respiró hondo y se meció en su asiento, como un péndulo, reflexionando sobre el problema. Hacía ya algún tiempo que pensaba sobre el asunto, en particular desde que un turista al que guiaba en el *souq* de El Cairo le había sugerido la idea.

—Quizás hay otro camino —murmuró.

—¿Cuál?

—Un *kafir* me habló una vez de la posibilidad de cambiar de gobierno sin grandes problemas —dijo pausadamente—. Lo llamó «democracia». Según ese *kafir*, es…

El antiguo profesor se levantó como un resorte.

—¿Democracia? —preguntó casi a gritos, con la voz cargada de indignación—. ¿Democracia?

237

Ahmed se estremeció, asustado. No esperaba aquella reacción y mucho menos la vehemencia y el escándalo que traslucía.

—¿Por qué reaccionas así, hermano? ¿He dicho…, he dicho algo malo?

—¿No has oído lo que te he explicado? Te he revelado el islam, te he mostrado que Alá ordenó que respetáramos íntegramente la *sharia* y que la verdadera libertad radica en el respeto a la Ley Divina, y tú… me hablas de… democracia. ¿No has entendido nada de lo que te he explicado?

—¡Pero, señor profes…, hermano! —intentó argumentar Ahmed, en un tono sumiso y tímido, con el cuerpo encogido por la vergüenza—. ¡Que yo sepa, hasta ahora no habíamos hablado de esto! En realidad, yo… no sé bien qué pensar de la democracia, quería entender lo que Alá dice sobre el asunto. Por favor, no te ofendas.

Ayman resopló, como una máquina de vapor que liberara la presión, y se esforzó por calmarse. Se sentó y miró hacia su pupilo.

—¿Sabes qué es la democracia?

La pregunta desconcertó momentáneamente a Ahmed.

—Bueno…, significa… democracia es… que podemos escoger un nuevo gobierno.

—Lo que tiene grandes y graves consecuencias. Imagina que los creyentes son minoría y que el gobierno que sale elegido es *kafir*. ¿Qué pasa entonces? ¿Tenemos que aceptar que nos gobiernen los *kafirun*?

Enfrentado a una posibilidad que nunca se había planteado, el pupilo reflexionó sobre el asunto con el ceño fruncido.

—Pues no lo había pensado.

—Y ése es el menor de los problemas —se apresuró Ayman a adelantar—. El mayor problema es de cariz teológico. Ése es insoslayable.

—No lo entiendo.

—Dime, ¿cuál es la ley verdadera que debe regir a los hombres?

—Bueno, es la Ley Divina, la *sharia*.

—Entonces, ¿no ves que la democracia da a las personas el poder de establecer sus propias leyes? En una democracia, las personas deciden qué se puede hacer y qué no, qué se puede prohibir y qué no. ¡Eso va contra el islam! En el islam, las personas no tienen poder para decidir qué es legal o ilegal. ¡Sólo Alá tiene ese poder! Los adúlteros tienen que ser lapidados hasta la muerte, aunque las personas no estén de acuerdo con esa pena. ¡Es Dios quien hace las leyes, no las personas! La Ley Divina está escrita en el Santo Corán, y las personas, les guste o no, deben respetarla íntegramente. Si no lo hacen, se convierten en *kafirun* y la sociedad se hunde en la *jahiliyya*. Por eso, la democracia es inaceptable para el islam. Al quitar el poder a Dios y entregarlo a los hombres, la democracia siembra la herejía y el politeísmo.

—Pero, hermano, he leído que Estados Unidos quiere que el islam tenga democracia…

Ayman soltó una sonora carcajada.

—¡No me hagas reír! —exclamó—. ¡Eso sólo puede decirlo quien desconozca el islam! ¡O, lo que es más probable, quien tenga un plan para destruir el islam! Decir que un creyente puede ser demócrata es igual que decir que un creyente puede ser politeísta. Son cosas contradictorias: es como querer mezclar el agua y el aceite. ¡La democracia prevé libertad religiosa, incluido el derecho de las personas a cambiar de creencia, pero eso va contra el islam, como bien sabes! ¿No decretó el Profeta, que la paz sea con él, la muerte para los apóstatas? ¿Cómo puede eso ser compatible con la libertad religiosa? La democracia prevé también la libertad de expresión, lo que significa que se puede criticar a Alá y a sus decisiones, algo que el islam prohíbe de forma terminante.

—Tienes razón —reconoció Ahmed—. Lo único es que no sé dónde se establece esa prohibición.

—En la sunna. Hay un *hadith* que explica que el Profeta, que la paz sea con él, preguntó a un grupo de amigos: «¿Quién puede ocuparse de Kaab bin Ashraf?». Se refería a un poeta que criticaba a Mahoma, que la paz sea con él. Un hombre llamado Musslemah le preguntó: «¿Quieres que lo mate?». El Profeta, que la paz sea con él, respondió: «Sí». Musslemah decapitó al poeta, y Mahoma, que la paz sea con él, dijo: «Si se hubiera callado como todos los que compartían su opinión, no estaría muerto. Sin embargo, nos ofendió con su poesía y cualquiera de vosotros que hiciera lo mismo merecería la espada». Este *hadith* muestra que no se puede criticar el islam, y que el castigo para quien lo haga es la muerte. Por tanto, es evidente que no se puede criticar el islam. ¿Cómo puede ser compatible el respeto de Dios con la libertad de expresión? ¿Cómo puede ser compatible el islam con la democracia? —Movió la cabeza y esbozó una sonrisa cínica—. ¿Sabes qué quieren realmente los *kafirun* norteamericanos? ¿Lo sabes?

Ahmed permaneció callado, esperando que Ayman respondiera él mismo su pregunta.

—Recítame lo que dice Alá en la sura 5, versículo 56.

El pupilo volvió a concentrarse.

—«¡Oh, los que creéis! No toméis a judíos y a cristianos por amigos: los unos son amigos de los otros. Quien de entre vosotros los tome por amigos, será uno de ellos.»

—Lo que Alá dice en ese versículo es que, además de no poder ser amigos de las Gentes del Libro, no podemos confiar en ellos. El Santo Corán repite eso mismo en otros lugares, como la sura 3, versículo 95. Sería ingenuo por nuestra parte creer que los judíos y los cristianos actúan de buena fe cuando analizan la historia islámica y hacen propuestas para nuestra sociedad, como la democracia. Cuando vienen con esas ideas, lo que realmente quieren es atacar los cimientos del islam y socavar la estructura de nuestra sociedad. Al propugnar la libertad, la democracia y los derechos humanos, atacan el islam con poderosas armas intelectuales.

—Pero en Irán hay democracia, hermano —argumentó Ahmed—. Que yo sepa, los iraníes respetan mucho la *sharia*.

—Han tenido épocas mejores —replicó el maestro en tono irónico—. Además, los iraníes son chiíes, no practican el verdadero islam. De cualquier manera, hay que tener en cuenta que quien realmente manda en Irán son los ayatolás y a ésos no los elige nadie. Los presidentes y el parlamento de Irán, aunque son elegidos, no tienen el poder de violar la *sharia*, sólo de hacer que se respete. Pero lo verdaderamente importante es resistir la tentación de ceder frente a las armas intelectuales del Occidente *kafir*, pues, si no lo conseguimos, abandonaremos la Ley Divina y querremos ser gobernados por las leyes de los hombres. ¿Dónde dice el Santo Corán que la democracia es necesaria? ¡Si Alá no habla de ella, es porque no es necesaria! Basta con la Ley Divina, que rige todo el universo. Si la ley de Alá es buena para todo el universo, ¿por qué no ha de serlo para los hombres?

Ahmed se rascó la cabeza. Lo entendía, pero seguía confuso.

—Entonces, ¿qué hacemos?

—Hacemos lo que Ibn Taymiyyah nos dijo que hiciéramos.

El pupilo frunció el ceño, sorprendido por la referencia al jeque que combatió el dominio mongol.

—¿Qué quiere decir con eso?

—Ante una situación semejante a la nuestra, Ibn Taymiyyah consultó el Santo Corán y la sunna del Profeta, que la paz sea con él, y concluyó que un gobierno que sólo acata parte de la *sharia* e ignora otra parte está, en realidad, siguiendo a los hombres, no a Dios. El jeque dijo: «Fe y obediencia. Si una parte de ella estuviera en Alá y la otra no, tendrá que combatirse hasta que toda esté en Alá».

Ahmed se quedó callado un momento, reflexionando sobre lo que implicaba la *fatwa* de Ibn Taymiyyah.

—Hermano, ¿quieres decir que la única solución es la guerra?

El antiguo profesor de religión se puso en pie para dar por terminada la conversación. Pero antes de ir a reunirse con el grupo de compañeros de Al-Jama'a, que estaban al otro lado del patio preparándose para la oración del mediodía, se volvió hacia su pupilo.

La llamamos «yihad».

241

$\mathcal{L}$a ansiedad y la impaciencia le carcomían. Tomás miró el reloj por décima vez en apenas cinco minutos y respiró hondo, sin saber si deseaba que el tiempo se acelerara o se ralentizara. Cerró los ojos y deseó fervientemente saltarse las dos próximas horas. Deseaba que, al abrir los ojos un instante después, fuera por la tarde y ya se hubiera producido el encuentro con Zacarias.

Abrió los ojos y volvió a mirar el reloj: las 11.05.

—¡Joder!

—¿Qué pasa? —preguntó Rebecca.

—Todavía faltan cincuenta y cinco minutos. —Se movió en su asiento, exasperado—. Quizá deberíamos ir ya.

—¿Adónde?

—¡Fuera! —exclamó Tomás, en un tono tenso, que denotaba su impaciencia—. Puede que Zacarias haya llegado.

Rebecca echó un vistazo al exterior.

—¿Lo ha visto?

—No, claro que no.

—Entonces, ¿por qué esas prisas?

—Bueno…, al menos saldríamos de esta maldita camioneta, ¿no cree? ¡Además, así despachamos este asunto de una vez por todas! Cuanto antes se resuelva todo, mejor.

La norteamericana lo miró, con una ternura casi maternal.

—Cálmese, Tom —dijo en un tono tranquilizador—. Saldremos cuando tengamos que salir. Ni un minuto antes ni un minuto después. ¿Me ha entendido?

Las palabras de Rebecca parecieron tener un efecto sedante para Tomás, que consiguió relajarse.

—Está bien.

—No se preocupe, tenemos la situación controlada —añadió ella, señalando con la cabeza a los dos agentes en la parte delantera de la camioneta—. Jerry y Sam están vigilando lo que pasa fuera. —Los dos hombres habían dejado de hablar y parecían atareados con los instrumentos electrónicos de lo que a Tomás le parecía un *cockpit*—. Déjelos trabajar. Pero si ve a Zacarias, avíseme. *Okay?*

—Puede estar segura.

Reinaba el silencio en la camioneta. Sólo se oían las comunicaciones electrónicas en el *cockpit*. Jarogniew probaba los instrumentos y Sam vigilaba todos los movimientos en el exterior. Aquella espera lo exasperaba. Volvía a sentir que el nerviosismo se apoderaba de él. ¿Dónde sería exactamente el encuentro con Zacarias? El antiguo alumno sólo le había dicho «en el fuerte de la ciudad antigua», pero, ahora que estaba allí, veía que se trataba de un complejo enorme. ¿Cómo localizarían el punto exacto del encuentro? ¿Y qué pasaría? ¿Aparecería Zacarias al final? Por teléfono, le había parecido que estaba increíblemente inquieto. ¿Y si había surgido algún imprevisto?

Rebecca notó que, poco a poco, la inquietud se apoderaba de nuevo del historiador, que se movía en su asiento y suspiraba. Había que mantener su mente ocupada en algo distinto.

—Usted vivió en Egipto, ¿no? —le preguntó.

Tomás asintió con la cabeza.

—Me imagino que ha leído mi expediente.

—Sí, pero la documentación no siempre refleja qué pasa por la cabeza de una persona —replicó la norteamericana—. Dice lo que ha hecho, pero no siempre explica por qué lo ha hecho.

—¿Quiere saber por qué fui a El Cairo?

—Sí.

—Quería aprender árabe y conocer el islam —explicó él—. Soy especialista en lenguas antiguas y criptoanálisis. Sé hebreo, la lengua de Moisés, y arameo, la lengua de Jesús. Pero me faltaba conocer la lengua y cultura de Mahoma. Además, no olvide que el tratado más antiguo de criptoanálisis se escribió en árabe.

243

—¿En serio?

—¿No lo sabía? Es un texto del siglo IX, descubierto en 1987 en un archivo de Estambul. Se titula *Un manuscrito para descifrar mensajes criptográficos.* —Enarcó las cejas—. Un título fascinante, ¿no?

—¿Quién es el autor?

—Abu Yusuf Yacub ibn Ishaq ibn as-Sabbah ibn Omran ibn Ismail Al-Kindi.

Tomás pronunció el nombre muy deprisa. Su interlocutora lo miró desconcertada.

—¿Cómo?

El historiador soltó una carcajada.

—Para facilitar las cosas, solemos llamarle Al-Kindi —aclaró, divertido—. Él es el principal responsable de mi interés por la lengua árabe. Me propuse leer el manuscrito de Al-Kindi en el idioma original. Es fascinante. Por eso fui a El Cairo a aprender árabe. Pero, claro, acabé interesándome por el islam. Estudié en la Universidad de Al-Azhar, la universidad islámica más prestigiosa del mundo, y conseguí entender mejor cómo funciona la mente de los musulmanes. Ni se imagina la gente tan diversa con la que entablé contacto.

—¿Conoció a fundamentalistas?

—Claro.

Rebecca cambió de posición en su asiento, interesada de manera repentina. Había preguntado a Tomás sobre su paso por Egipto sólo para distraerlo, pero, en ese momento, se dio cuenta de que el historiador podía abrirle nuevas perspectivas.

—¿Y?

—¿Y qué?

—¡Vamos, no se haga el ingenuo! —exclamó Rebecca, que ahora se mostraba impaciente—. ¿Qué le dijeron esos tipos, Tom? ¿Por qué razón atacan a todo el mundo? ¿Por qué cometen atentados horribles? ¿Se lo explicaron?

El historiador frunció el ceño.

—¿Insinúa que no sabe por qué motivo los radicales cometen esos atentados?

—Bueno, supongo que se debe a... razones socioeconómicas, la pobreza, la ignorancia...

—¿Qué razones socioeconómicas? ¿Qué pobreza? ¿Qué ignorancia? ¿Acaso no sabe que Bin Laden es millonario? ¿No sabe que muchos de los que cometen esos atentados tienen estudios universitarios? Es más, en la reunión del NEST en Venecia, un tipo del Mossad nos explicó cuál es el perfil de esa gente.

—Sí…, tiene razón. Entonces, ¿cuál es la explicación? ¿La averiguó?

—Claro.

—¿Y bien?

—Aquellos a quienes usted llama fundamentalistas se limitan a seguir al pie de la letra los dictados del Corán y de la vida de Mahoma. Es así de sencillo.

—No es así del todo —corrigió ella—. Hacen una interpretación abusiva del islam.

—¿Quién le ha dicho eso?

—No sé… —vaciló ella, desconcertada por la pregunta—. No sé…, es lo que dice la prensa. Lo he leído en *Newsweek*…, en *Time*. No sabría decirle.

Tomás inclinó ligeramente la cabeza, como un profesor que reprende con la mirada a su mejor alumno.

—¿Y se ha creído todo eso?

—Bueno, no tengo razones para dudar…, ¿no?

El historiador respiró hondo, esta vez no por la ansiedad, sino para organizar sus ideas. El problema no era qué responder, sino por dónde comenzar.

—Oiga: hay que entender una serie de cosas sobre el islam —dijo—. La primera, y tal vez la más importante, es que el islam no es como el cristianismo. Nosotros fantaseamos con que los profetas siempre promueven la paz y con que la vida es siempre sagrada para ellos; que los profetas no aceptan que, bajo ningún concepto, se haga la guerra o se mate a otra persona. Es así, ¿no?

—Bueno…, sí, es verdad. —Cambió su tono de voz y decidió ser más asertiva—. ¡Pero también es verdad que la mayor parte de las guerras se deben a la religión! En nombre de Cristo se han llevado a cabo muchas matanzas.

—¿Ordenadas por Cristo?

—No, claro que no. Pero sí en su nombre…

—No confunda las cosas —corrigió Tomás—. Cuando un cristiano hace la guerra, es importante que entienda que está desobedeciendo a Cristo. ¿No dijo el propio Jesús que debemos ofrecer la otra mejilla? Al negarse a poner la otra mejilla y optar por la guerra, el cristiano desobedece a su profeta, ¿no?

—Claro que sí.

—Pues ésa es una gran diferencia entre el cristianismo y el islam: según éste, cuando un musulmán hace la guerra y mata gente puede, simplemente, estar obedeciendo al Profeta. ¡No olvide que Mahoma era un jefe militar! ¡Según el islam, puede que un musulmán que se niega a hacer la guerra sea que el desobedezca al Profeta!

Rebecca frunció el ceño, en un gesto de absoluta incredulidad.

—¿Está hablando en serio?

—No olvide esto que le voy a decir —añadió el historiador, casi deletreando las palabras—: la mayor parte del Corán está dedicada a versículos relacionados con la guerra.

El rostro de la norteamericana seguía reflejando incredulidad.

—¡Eso no puede ser! —exclamó—. Siempre he oído decir que el islam es totalmente pacífico y tolerante.

—Lo sería si todos fuéramos musulmanes. El islam impone reglas de paz y concordia entre los creyentes. El problema es que no todos somos musulmanes. Si no recuerdo mal, en el capítulo 48, el Corán dice: «Mahoma es el enviado de Dios. Quienes están con él, son duros con los infieles, y compasivos entre sí». El «compasivos entre sí» se interpreta como una orden de tolerancia entre los creyentes y el «duros con los infieles» como una orden de intolerancia respecto a los no creyentes. En nuestro caso, como no musulmanes, según las órdenes recogidas en el Corán o en el ejemplo de Mahoma, tenemos que pagar a los musulmanes un tributo humillante. Si no lo hacemos, debemos morir. O sea, si tomamos al pie de la letra las reglas del islam, la elección es muy sencilla: o nos convertimos al islam, o nos humillamos, o morimos asesinados.

—Pero nunca he oído hablar de eso…

—Nunca lo ha oído, porque en Occidente se ocultan tales cosas. La versión del islam que se nos presenta es expurgada de elementos perturbadores. Nos dan una versión cristianizada del islam. Incluso es frecuente oír a líderes islámicos de Occidente citar textos sufíes para mostrar que el islam es sólo paz y amor. Lo que ocurre es que el sufismo es un movimiento islámico muy minoritario y con fuerte influencia cristiana. Eso no lo explican. La idea de que el islam está muy próximo al cristianismo no es realmente cierta. Mahoma hacía cosas que, pese a ser normales en su época, serían inaceptables para una mente occidental. Y se cuidan bien de ocultarnos todo eso.

—Umm…, todo esto es nuevo para mí —dijo Rebecca, escéptica—. Deme otros ejemplos de cosas que no se cuentan.

—Mire, la primera gran batalla en que Mahoma participó fue la batalla de Badr, contra su propia tribu de La Meca. Los musulmanes vencieron y mataron o capturaron a todos los líderes enemigos. Uno de ellos, Uqba, suplicó por su vida y preguntó a Mahoma quien cuidaría de sus hijos si lo ejecutaban. ¿Sabe qué le respondió el Profeta? «El Infierno», le dijo, y lo mandó matar. Un musulmán mató a otro líder enemigo, Abu Jahl, y exhibió su cabeza decapitada ante Mahoma. Al ver la cabeza, y después de cerciorarse de que se trataba de Abu Jahl, el Profeta dio gracias a Dios por la muerte de su enemigo.

—*Jesus!* —exclamó Rebecca—. ¿Eso ocurrió de verdad?

—Está ampliamente documentado —aseveró Tomás—. De ahí que el antiguo líder de Al-Qaeda en Iraq, Al-Zarkawi, invocara este incidente cuando decapitó a un rehén norteamericano en 2004. Si no recuerdo mal, Al-Zarkawi dijo: «El Profeta, el más misericordioso, ordenó que se les cortara el cuello a algunos prisioneros en Badr. Él nos dejó así un buen ejemplo».

Rebecca se mordió el labio.

—Por eso decapitan rehenes los fundamentalistas…

—Sólo están siguiendo el ejemplo del Profeta, que es, al fin y al cabo, lo que el Corán manda.

—¿Hay más situaciones como ésas?

—¿Aún quiere más? —se sorprendió Tomás—. Entonces le contaré la historia de una tribu judía que se negó a convertirse al islam: los qurayzah. Mahoma puso sitio a la tribu durante un mes y los qurayzah acabaron por rendirse. Mahoma les pidió que escogieran a alguien que decidiera su destino. Los judíos escogieron a un musulmán llamado Mu'adh, a quien conocían y de quien esperaban que fuera clemente. Pero Mu'adh decidió que se ejecutara a los hombres y se esclavizara a las mujeres y los niños. Cuando su decisión llegó a oídos de Mahoma, éste dijo: «Has decidido conforme al juicio de Alá que habita los siete cielos». Mahoma se dirigió entonces al mercado de Medina y mandó abrir una zanja. Después mandó traer a los prisioneros y los fue decapitando en la zanja a medida que se los fueron presentando. Luego entregaron a las mujeres y a los niños a los musulmanes, salvo a aquellos que se convirtieron al islam.

—¡Qué horror! ¿Está seguro de que eso ocurrió?

—Claro que sí. Incluso hay un versículo del Corán que se refiere a este episodio.

Rebecca movió la cabeza.

—No tenía ni idea de todo eso.

—Es lo que le intentaba explicar hace un momento —insistió el historiador—. En Occidente, sólo se presenta una versión cristianizada del islam, con cuidado de eliminar siempre estos pormenores que podrían chocar o generar rechazo. ¿Se imagina usted a Jesús ordenando que se decapite a alguien, o diciéndole a los condenados que el Infierno se encargará de sus hijos, o vanagloriándose ante un enemigo decapitado? ¡Esto es chocante para nosotros y por eso no se nos explican estos detalles! Pero es importante que los conozcamos para entender mejor a Al-Qaeda, a Hamás y a toda esa gente.

—Claro, tiene razón.

—Recuerde que los fundamentalistas no se inventan nada. Se limitan a cumplir al pie de la letra las órdenes del Corán. Suelen citar profusamente los textos sagrados del islam y el gran problema es que, cuando vamos a las fuentes a comprobar que lo que dicen está realmente escrito, descubrimos que los fundamentalistas tienen razón. Lo que dicen las fuentes es lo que ellos dicen.

—¡Pero eso es muy grave! —exclamó Rebecca—. Si efectivamente es así, entonces…

—¡Señores!

—… no veo cómo podremos…

—¡Señores!

Esta vez, el tono fue más perentorio y consiguió sacarlos de la conversación en la que estaban inmersos. Rebecca y Tomás dejaron de hablar y se volvieron hacia el asiento delantero y vieron a Sam inclinado hacia atrás, mirándolos.

—¿Qué pasa, Sam?

—Odio interrumpir la conversación. Parecen tan entusiasmados que, realmente, me disgusta…

—Está bien. ¿Qué quieres? ¿Pasa algo?

El agente volvió el brazo hacia ellos y les mostró el reloj dando golpecitos en la esfera.

—Es casi la hora.

30

*S*iempre que Ahmed se unía al grupo de presos de Al-Jama'a al Islamiyya que rodeaba a Ayman, escuchaba atentamente las conversaciones. Hablaban de teología, política y filosofía. Pero en esas conversaciones —unas serenas, otras apasionadas—, todos empleaban a cada paso la misma palabra: «yihad».

Como buen conocedor del árabe y buen musulmán, Ahmed sabía muy bien el significado. El término procedía de *juhd*, una palabra que quería decir «esfuerzo, lucha, tentativa o acto de batallar». Su significado preciso dependía del contexto. Pero, también por conocer bien el árabe y ser un buen musulmán, no se le escapaba que, en aquellas discusiones, la palabra significaba sobre todo «guerra santa», el combate por el camino de Alá.

Esa mañana, mientras esperaba que Ayman estuviera disponible para explicarle nuevas cuestiones teológicas, Ahmed notó que uno de los miembros de Al-Jama'a lo miraba. El hombre tenía una cicatriz que le cruzaba la cara y unos ojos negros penetrantes como dagas. Se decía que ya había matado a dos policías.

—Hermano, ¿por qué no te unes a la yihad? —le preguntó el hombre, en un tono entre desafiante y provocador—. ¿Acaso no quieres agradar a Alá?

—Claro que quiero.

—Entonces la yihad es el camino.

—Hay muchas maneras de hacer la yihad —argumentó Ahmed, repitiendo como un papagayo lo que el jeque Saad le había enseñado años atrás.

El hombre de Al-Jama'a se rio, socarrón, y movió la cabeza con una nota de desprecio.

—Ésa es la disculpa de los que no quieren hacer la yihad y prestar servicio a Alá. Así no vas por buen camino, hermano.

El comentario perturbó a Ahmed. ¿Eso es una disculpa? ¿Qué quería decir? ¿Era o no verdad que había varias maneras de llevar a cabo la yihad? El tono irónico implícito en la observación del recluso de Al-Jama'a le incomodó, no sólo por la importancia de la cuestión, sino porque admiraba a aquellos hombres. ¡Por Alá, se habían enfrentado al Gobierno y habían matado al faraón! ¡Lo habían hecho a sabiendas de que serían perseguidos, torturados y ejecutados, pero lo habían hecho! ¡Qué valentía! ¡Lo hicieron porque ponían el servicio de Alá por encima de sus propias vidas! ¡Qué fe! ¡Eran realmente dignos de admiración! ¡Y uno de esos hombres, uno de esos valientes, uno de esos héroes a los que tanto admiraba..., se había burlado de su respuesta!

¡Por Alá, tenía que conseguir aclarar todo aquello!

Cuando Ayman estuvo por fin libre para explicarle la cuestión por la que quería verlo, Ahmed cambió de opinión y prefirió preguntarle sobre la guerra santa.

—¿Qué sabes de la yihad? —le preguntó Ayman cuando su pupilo le mencionó el asunto.

—Sé lo que el jeque Saad me enseñó en las lecciones privadas y lo que él mismo decía en la mezquita.

—¡Ah, el sufí! —exclamó Ayman, con desprecio—. ¿Y qué te enseñó, hermano?

—Me dijo que la yihad alude a varios tipos de lucha, no sólo a la lucha militar, y que puede ser la batalla moral de una persona para resistir frente al pecado y la tentación.

—¿Y qué versículo del Santo Corán citó para sustentar esa observación tan interesante?

La pregunta, inequívocamente irónica, desconcertó a Ahmed.

—Bueno, a ver..., no citó el Libro Sagrado...

—Entonces, ¿qué citó?

—Un *hadith*.

—¿Qué *hadith* es ése? Cuéntamelo.

—Es un *hadith* que relata que, al volver de una batalla, Mahoma dijo a sus amigos que regresaba de una pequeña yihad y que se encaminaba a una yihad mayor. Cuando los amigos le preguntaron qué quería decir con eso, el apóstol de Alá respondió que la pequeña yihad era la batalla que le había enfrentado a los enemigos del islam y que la gran yihad era la lucha espiritual de la vida musulmana.

Ayman se rascó la barba con los dedos deformados, con una mirada sibilina.

—Dime, hermano, ¿dónde se recoge ese *hadith*?

—Bueno…, eso no lo sé.

—Yo sí que lo sé —lo interrumpió el maestro, con un tono repentinamente perentorio y ahora más elevado—. Ese episodio lo relató Al-Ghazali, que vivió cinco siglos después del Profeta, que la paz sea con él. Sabes quién fue Al-Ghazali, supongo…

Ahmed agachó la cabeza, casi avergonzando por su ignorancia.

—El fundador del sufismo.

—¡No me sorprende que tu mulá te llenara la cabeza con esos disparates cristianos! ¿La batalla en nombre de Alá es una pequeña yihad? ¡Hay que tener poca vergüenza! —Señaló a su pupilo—. Para que lo sepas, Al-Ghazali menciona ese *hadith* sin citar la fuente. Ese *hadith* no consta en las compilaciones de *ahadith* fiables, ni en la *Sahih Bujari* ni en la *Sahih Muslim*. Por tanto, es un *hadith* falso, inventado por los sufíes para restar importancia a la espada a ojos de los creyentes. Es más, basta con leer el Santo Corán y todos los *ahadith* que gozan de credibilidad para darse cuenta de que esa historia es disparatada e incoherente con la palabra de Alá o la sunna del Profeta, que la paz sea con él. En ninguna parte del Libro Sagrado se describe así la yihad, ni Mahoma, que la paz sea con él, lo hizo en ninguno de los *ahadith* citados por Al-Bujari o Al-Muslim, las dos compilaciones de *ahadith* más fiables. Olvida, pues, esa historia disparatada que te contó el jeque.

Ahmed mantuvo la cabeza gacha, como si estuviera arrepentido y quisiera hacer penitencia.

—Sí, hermano.

—¿Qué más disparates te contó el mulá sobre la yihad?

—Me explicó que existen tres categorías de yihad: la yihad

del alma, la yihad contra Satanás y la yihad contra los *kafirun* y los hipócritas. Me dijo que se debe completar cada yihad antes de pasar a la siguiente.

—¡Umm! —murmuró Ayman, ponderando la exposición que acababa de oír—. Tu mulá es hábil, usó la verdad para engañarte: es verdad que esas tres yihads existen y es verdad que son categorías. El problema es que tu mulá, aunque reconoce explícitamente que son categorías, las trata como si fueran etapas. ¡No son etapas! Si fueran etapas, tendríamos que dejar de luchar contra Satanás mientras lucháramos por nuestra alma. Ahora bien, eso no tiene ningún sentido, ¿no? ¡Lo cierto es que esas tres categorías corren paralelas, de la mano! Yo hago la yihad del alma al mismo tiempo que la yihad contra Satanás y la yihad contra los *kafirun* y los hipócritas. ¡Una yihad no excluye las demás, más bien las complementa y las apoya! ¿Lo has entendido?

—Sí, hermano.

—Para entender la yihad y el mandato de Alá de hacerla, tienes que entender antes otra cosa —dijo el maestro—. La revelación de la *sharia* fue gradual. El Profeta, que la paz sea con él, no recibió todas las revelaciones de una vez. Alá prefirió desvelar la Ley Divina por etapas, a lo largo de muchos años. Primero nombró a su mensajero, que la paz sea con él, y le mandó convertir a su familia y a las tribus, sin combatir ni imponer el pago del *jizyah*, el impuesto que los *kafirun* tienen que pagar para poder vivir entre los creyentes. Por orden de Alá, el Profeta, que la paz sea con él, dedicó treces años en La Meca a predicar. Después Alá le ordenó emigrar a Medina y predicar a las tribus que vivían allí. Más tarde, Dios le autorizó a combatir, pero sólo a aquellos que lo combatían. El Profeta, que la paz sea con él, no recibió autorización divina para combatir a aquellos que no lo atacaban previamente. Luego, Alá mandó combatir a los politeístas hasta que la Ley Divina fuera impuesta por completo. Cuando se dio este mandato de yihad, los *kafirun* se dividieron en tres categorías: los que estaban en paz con los creyentes, los que estaban en guerra con los creyentes y los *dhimmies*, aquellos que vivían entre nosotros pagando el *jizyah*, por lo que gozaban de nuestra protección. Finalmen-

253

te, llegó el mandato de hacer la guerra contra las Gentes del Libro que no fueran hostiles, guerra que sólo debía parar cuando se convirtieran al islam o cuando, como alternativa, aceptaran pagar el *jizyah* y convertirse así en *dhimmies*.

—Por tanto, sólo quedaron dos categorías de *kafirun*...

—Así es: los que estaban en guerra con los creyentes y los *dhimmies*. Ésa fue la etapa final, que continúa porque no hay nada en el Santo Corán o en la sunna del Profeta, que la paz sea con él, que la haya dado por terminada. —Se inclinó hacia Ahmed—. Y ahora yo te pregunto: ¿por qué motivo es importante entender estas fases?

—Por la *nasikh*, la abrogación.

—¡Exactamente! La revelación de la voluntad de Alá se produjo en etapas, y cada etapa anuló la anterior. Ahora, dime: cuando tu antiguo mulá, ese *kafir* sufí que te enseñaba, hablaba de yihad, ¿a qué etapas se refería?

—A las primeras.

—¿Por qué?

Ahmed recibió la pregunta con un gesto inquisitivo.

—No lo sé.

—¡Porque eran las que le convenían! —exclamó Ayman con gran vehemencia—. ¡Porque eran las que le permitían presentar un islam en paz con los *kafirun*! ¡Porque eran las que no chocaban con los *kafirun* cristianos! ¡Ese maldito mulá prefirió ignorar que la yihad es el principal tema del Santo Corán! ¡Ese mulá hereje prefirió ignorar que la expresión «*jihad fi sabilillah*», o «la guerra es el camino de Alá», se usa veintiséis veces en el Santo Corán! ¡Ese mulá apóstata prefirió ignorar que el Santo Corán contiene suras enteras dedicadas exclusivamente a la guerra y que algunas de ellas llevan el nombre de batallas, como la sura Ahzaab, la sura Qital, sura Fath y la sura Saff! ¿Qué dice la sura 8, versículo 66? «¡Profeta! ¡Incita a los creyentes al combate!». ¿Y qué dice la sura 9, versículo 14? «¡Combatidlos! Dios los atormentará en vuestras manos, los sonrojará y os auxiliará contra ellos.» ¿Cómo podemos ignorar esas órdenes directas de Dios? ¡Y por si no bastara con eso, hay cientos de *ahadith* que ilustran la sunna del Profeta, que la paz sea con él, en relación con la

254

guerra! ¡Sólo el *Sahih Bujari* contiene más de doscientos capítulos con el título de yihad, y el *Sahih Muslim* contiene unos cien del mismo título! No olvides que el Profeta, que la paz sea con él, dijo: «He descendido con la espada en la mano y mi riqueza surgirá de la sombra de mi espada. Y aquel que esté en desacuerdo conmigo será humillado y perseguido». —Se inclinó en dirección a Ahmed, con los ojos encendidos y la voz alterada—. ¿Sabes por qué tu mulá prefirió ignorar todo eso? ¿Lo sabes?

Al sentir la mirada intensa del maestro, el pupilo bajó la vista sin atreverse a pronunciar palabra.

—¡Porque forma parte de la conspiración *kafir* que intenta impedir que los creyentes comprendan verdaderamente el Santo Corán! —bramó—. ¡Ésa es la razón!

Ahmed tenía la boca seca y le costó recobrar la voz.

—Pero, hermano, Alá dice en el Corán que no puede haber apremio en la religión...

—Es cierto —concordó Ayman, bajando el tono de voz para recuperar la serenidad—. Ésa es su voluntad: no se puede obligar a nadie a convertirse al islam ni a someterse a Alá. Claro, aquellos que se nieguen a convertirse deberán rendir cuentas en el Juicio Final, pero ésa es una cuestión entre esa persona y Alá, no un problema de los creyentes. Alá nos mandó que los dejáramos en paz, Él se ocupará de ellos en su momento. Sin embargo, recuerda que las últimas revelaciones de Dios, que anulan las anteriores, prescriben que los *kafirun* que no se conviertan están obligados a pagar el *jizyah* y a convertirse así en *dhimmies*. Si no lo hacen, debemos matarlos. ¿O no es cierto?

—Sí.

—En cambio, como esto no les interesa, aquellos supuestos creyentes que quieren agradar a los *kafirun* cristianos, como tu mulá sufí, extraen de los primeros versículos coránicos verdades definitivas y pasan por alto, a su conveniencia, que se trata de verdades provisionales y que sólo fueron válidas en una etapa inicial de la revelación de la Ley Divina. Ellos enuncian una verdad, que no hay apremio en la religión, para defender que las guerras sólo pueden ser defensivas, lo cual es falso.

Esta última afirmación intrigó a Ahmed.

—¿Qué quieres decir con eso, hermano? ¿La yihad no es defensiva?

El antiguo profesor de religión esbozó una mueca de enfado.

—¿Defensiva? ¿Acaso fue defensiva la yihad del Profeta, que la paz sea con él, contra las tribus judías, o la yihad que lanzó después contra La Meca? Cuando Omar, bendito sea, conquistó El Cairo, Damasco y Al-Quds, ¿estaba haciendo una yihad defensiva? ¿Qué yihad defensiva? ¿Dónde se menciona la yihad defensiva en el Corán? Hablar de yihad defensiva es como si habláramos de guerra defensiva. ¡La yihad no es sólo una guerra! ¡No debemos tener miedo de pronunciar estas palabras: la yihad es el recurso a la fuerza para difundir la Ley Divina entre los hombres!

—Pero…, precisamente por eso, hermano, ¿no se trata de una contradicción? ¿Cómo podemos difundir la Ley Divina a la fuerza si no hay apremio en la religión?

Ayman suspiró, en un esfuerzo por dominar su impaciencia.

—Por Alá, veo que las influencias del mulá sufí aún te nublan el raciocinio —exclamó—. Estás confundiendo dos cosas distintas. Es verdad que no hay apremio en la religión. Pero también es cierto que, en las últimas revelaciones, que cancelan las anteriores, Alá ordenó que los *kafirun* que no se convirtieran tendrían que pagar el *jizyah* o deberían morir. El mandato de Alá en la sura 9, versículo 29 del Santo Corán es muy claro: «¡Combatid a quienes no creen en Dios ni en el Último Día ni prohíben lo que Dios y su enviado prohíben, a quienes no practican la religión de la verdad entre aquellos a quienes fue dado el Libro! ¡Combatidlos hasta que paguen la capacitación personalmente y ellos estén humillados!». —Levantó el dedo, en un ademán perentorio—: «Combatidlos hasta que paguen la capacitación» —repitió, señalando todo el patio de cárcel con los brazos extendidos—. ¿Acaso los *kafirun* pagan hoy en día el tributo que exige el versículo?

—Que yo sepa, no.

—Entonces, si no lo pagan, para obedecer los mandatos de Alá, ¿qué debemos hacer?

Confrontado directamente con la pregunta, Ahmed dudó si debía llevar el razonamiento hasta el final.

—¿Debemos… combatirlos?

—Siguiendo el ejemplo del Profeta, que la paz sea con él, tenemos que dar primero un plazo a los *kafirun* para que se conviertan o paguen el *jizyah*. —Se inclinó sobre su pupilo, con un aire casi amenazante—. Pero si no respetan ese plazo, debemos matarlos, claro está.

Ahmed se mordió el labio inferior.

—¿Eso no será un poco… brutal?

El rostro de Ayman enrojeció. Frunció el ceño. Todo su cuerpo reflejaba tensión.

—¿Brutal? —dijo casi a gritos, escandalizado—. ¿Qué quieres decir con «brutal»?

—Bueno…, matar a una persona, incluso a un *kafir*…, en fin…, hoy en día quizás ésa no sea la…

—¿Hoy en día? —cortó Ayman, furioso—. ¿Desde cuándo la *sharia* tiene plazo de validez? ¡La Ley Divina es eterna! ¡Las órdenes de Alá son eternas! ¡La ley de la gravedad está tan vigente hoy como en la época de Mahoma, que la paz sea con él! ¡La orden de obligar a un *kafir* a pagar el *jizyah* bajo pena de muerte es tan válida hoy como en el tiempo de Mahoma, que la paz sea con él! ¡La *sharia* es eterna! ¿Todavía no has entendido eso?

Ahmed agachó la cabeza, cohibido.

—Sí, hermano —susurró con un hilo de voz—. Tienes razón. Disculpe. Te ruego que me perdones.

Al ver que el alumno reculaba, Ayman se calmó. El antiguo profesor de religión levantó los ojos y barrió el cielo con la mano.

—Existe una ley que gobierna el universo, una fuerza que lo mueve, una voluntad que lo ordena —dijo en un tono de voz más sereno—. No es posible desobedecer la voluntad o la ley divina ni por un instante. Las estrellas, la Luna, las nubes, la naturaleza, todo está sometido a su ley y a su voluntad, y así es como el universo halla su armonía. —Señaló a los reclusos que estaban en el patio—. El hombre es parte del universo y, por eso, las leyes que lo gobiernan no son diferentes de las leyes

257

que gobiernan el resto del universo. De la misma forma que Alá creó las leyes que regulan el universo, creó las leyes que gobiernan a los hombres. Los seres humanos tienen que obedecer la ley divina para estar en armonía con el universo y en paz consigo mismos. Si, en lugar de hacerlo, ceden a las tentaciones y a sus instintos y rechazan la *sharia*, entran en confrontación con el universo y surge la corrupción y todos los problemas que vemos en el islam y en el mundo. ¿Está claro?

—Sí, hermano.

—El islam es la declaración de que el poder pertenece a Dios y sólo a Dios. Los *kafirun* son libres de escoger su religión, pero esa libertad no implica que se puedan someter a las leyes humanas. Cualquier sistema instituido en el mundo debe responder a la autoridad de Alá, y sus leyes deben emanar de la ley divina. Sólo bajo la protección de este sistema universal, los individuos pueden adoptar la religión que quieran. Pero recuerda: quien usurpa el poder divino debe ser disuadido. Se le puede disuadir a través de la predicación o, cuando opone obstáculos, a través de la fuerza. O sea, con el recurso a la yihad.

Ahmed movió la cabeza, frustrado.

—El jeque Saad no me enseñó nada de eso nunca. Él decía que la yihad era sólo defensiva y que...

—Eso es un discurso de cobardes que tienen miedo de aceptar las consecuencias de los mandatos de Alá en el Santo Corán o de la sunna del Profeta, que la paz sea con él —dijo Ayman interrumpiéndolo—. ¡Fingen que no existe lo que es obvio que existe! Los *kafirun* cristianos distorsionan el concepto de yihad insinuando que impone la tiranía. Más bien al contrario, la yihad libera a los hombres de la tiranía. Y esos cobardes que dicen ser creyentes se avergüenzan tanto delante de los *kafirun* cristianos que argumentan que la yihad es meramente defensiva y muestran versículos ya abrogados del Corán como supuesta prueba. —Inclinó la cabeza—. Según tu mulá, ¿qué era lo que se defendía a través de la yihad defensiva?

—Bueno..., supongo que los territorios del islam.

—¡Qué vergüenza! ¿Cómo puede siquiera haber sugerido algo así? Quien dice algo así desprecia la grandeza del islam y da a entender que los territorios son más importantes que la fe. La yihad sólo es defensiva en el sentido de que defiende al hombre y lo libera de los grilletes de otros hombres. Sólo en ese sentido es defensiva. ¡En el resto de los casos, el mandato divino es que debemos difundir la ley divina a toda la humanidad! ¿Y cómo debemos hacerlo? ¿Sólo predicando? ¡Claro que no! Tendríamos que ser muy ingenuos para pensar que las sociedades *jahili* aceptarían someter sus leyes a la ley divina para facilitar un clima de libertad en el que los *kafirun* pudieran escoger su religión sin constreñimientos. ¡La yihad no tiene como objetivo defender un territorio, sino imponer la ley divina!

Ayman se agachó y barrió el patio con las palmas de las manos hasta reunir un pequeño montículo de arena. Después, cogió un poco de arena y se la mostró a Ahmed.

—¿Cuánto dirías que vale esto?

Ahmed miró la arena que se escapaba entre los dedos del maestro.

—No sé…, nada, supongo.

—Nada —repitió Ayman, frotándose las manos para deshacerse de la arena—. O sea, las tierras del islam en sí no tienen valor. El islam busca la paz, pero no una paz superficial que se limite a garantizar la seguridad de sus tierras y de sus fronteras. Lo que el islam busca es la paz más profunda de todas: la paz de Dios y de la obediencia exclusiva a Dios. Mientras no exista esa paz, tendremos que luchar por ella. La lucha se despliega a través de la predicación y, cuando es necesario, a través de la yihad. ¿Hay algún verdadero creyente que, después de leer el Santo Corán y de conocer la sunna del Profeta, que la paz sea con él, piense que la yihad se circunscribe a la defensa de las fronteras? ¡Dios dice en el Libro Sagrado que el objetivo es limpiar de corrupción la faz de la Tierra! Si la yihad fuera la defensa de las fronteras, lo habría dicho. Pero no lo dijo. La yihad no es, pues, una mera fase temporal, sino una etapa fundamental que existe mientras exista la *jahiliyya* entre los hombres. El islam tiene la obligación de luchar por la libertad del hombre hasta que todos se sometan a la ley divina. El destinatario del islam es toda la humanidad y su esfera de acción es todo el planeta. O

259

los *kafirun* se convierten o pagan el *jizyah*. Ésas son las órdenes de Alá, y para eso existe la yihad.

—Sí, hermano.

Ayman se recostó en su sitio y miró fijamente el firmamento.

—Si los *kafirun* no lo hacen, deben morir.

C rrrr.
—Bluebird.

La voz rasgó el aire con su tonalidad eléctrica y el zumbido áspero de la electricidad estática.

—Bluebird, ¿me oye?

Crrrr.

Tomás se ajustó el pequeño artilugio que le habían instalado en el oído, intentado mejorar la recepción.

—¿Es a mí? —preguntó el historiador.

—Sí —confirmó la voz—. ¿Me oye bien?

—Muy bien.

Crrrr.

—¿Ha localizado a Charlie? —preguntó Jarogniew en el auricular, lo que produjo de nuevo perturbaciones en la electricidad estática.

—¿Qué Charlie?

—El tipo con quien se va a reunir. Ya se lo he explicado en la camioneta: usted es «Bluebird» y él es «Charlie».

El historiador miró a su alrededor intentando reconocer algún rostro en la plaza. Había mucha gente circulando por el lugar, sobre todo musulmanes, pero ninguno de ellos era su ex alumno.

—No, todavía no he visto a Zacarias.

—*Fuck!* —protestó Jarogniew—. ¡No use su verdadero nombre, *goddamn it!* Él es Charlie, ya se lo he dicho.

Tomás chasqueó la lengua, impaciente.

—¡Pero qué pantomima tan absurda! —se quejó, entornando los ojos—. ¿Por qué no lo podemos llamar por su nombre?

JOSÉ RODRIGUES DOS SANTOS

¿Para qué tenemos que usar esos códigos idiotas? Ni que estuviéramos en una película. ¿Tengo cara de 007? ¿Qué payasada es ésta?

—Seguridad.

—¿Qué seguridad?

—*Jesus!* Odio trabajar con aficionados. Sólo hacen disparates —murmuró Jarogniew, apretando los dientes por la impaciencia—. Oiga, Bluebird, tiene que entender que los tipos con los que tratamos tienen acceso a la tecnología. Si supieran que se va a producir este encuentro, lo natural sería que vigilasen las frecuencias de radio. Si lo hacen, darán con nosotros. Por eso le aconsejo que use los nombres en clave que le he dado en la camioneta. ¿Me ha entendido?

El historiador suspiró y acató las órdenes sin estar convencido del todo.

—Sí.

Crrrr.

—Miró una vez más a su alrededor. El fuerte de Lahore parecía un oasis tranquilo, abierto en medio del infierno urbano. A pesar de eso, en la plaza, junto a la entrada del fuerte, había mucho movimiento. Eran los creyentes que salían de la mezquita de Badshahi, una de las mayores y más bellas del mundo, un edificio elegante con cuatro minaretes situado justo al otro lado de la plaza. El fuerte y la mezquita estaban construidos en el imponente estilo mongol, caracterizado por las paredes gruesas, la pintura de color ladrillo y por cúpulas amplias que le recordaban las *stupas* tibetanas. Al fin y al cabo, el estilo mongol había producido obras grandiosas como el Taj Mahal.

Pero más que la mezquita espectacular, lo que le impresionaba era sobre todo la puerta de Alamgiri, la puerta de acceso al fuerte. Se trataba de una entrada enorme. Tomás sabía por los libros de historia que, en el periodo mongol, los miembros de la familia real solían entrar por ella a lomos de elefantes. ¡Qué espectáculo debía de haber sido!

Miró el reloj: las doce menos cuarto.

Faltaban quince minutos para la hora acordada con Zacarias.

Volvió a pasar la vista por la plaza, mirando atentamente los rostros de los que pasaban, pero siguió sin identificar el rostro familiar del ex alumno. ¿Habría ocurrido algo? ¿Se presentaría Zacarias?

Crrrr.

—Bluebird.

Esta vez era una voz femenina la del auricular.

—¿Qué pasa, Rebec…?

No terminó de pronunciar el nombre, al recordar lo que Jarogniew le había dicho minutos antes. No podía llamar a nadie por su nombre, pero tampoco conseguía recordar el nombre en clave de Rebecca.

—¿Qué, Shopgirl?

—Estoy en…, *crrrr*…, justo en… *crrr*…, minarete que…

Crrrr.

—¿Repítalo?

Crrrr.

—… no sé…

Crrrr.

—¿Shopgirl?

Parecía que había perdido contacto con Rebecca. Por seguridad, Tomás llamó a Jarogniew por su nombre en clave.

—¿Alpha? ¿Va todo bien?

Crrrr.

Estaba claro que, por algún motivo, se habían interrumpido las comunicaciones. Irritado, Tomás dio medio vuelta y volvió a la camioneta renegando.

—Me he quedado sin señal.

En cuanto entró en el vehículo, Jarogniew le quitó del cinturón el pequeño receptor y comenzó a hacer pruebas para detectar el problema. Al ver que había surgido un imprevisto, Rebecca también volvió a la camioneta para enterarse de lo ocurrido.

—Tienes diez minutos para arreglarlo —avisó a Jarogniew.

—Tranquila —replicó el agente, concentrado en el aparato.

Tomás y Rebecca se instalaron en los asientos traseros. Era

una espera tensa. Casi era la hora del encuentro y había problemas con las intercomunicaciones. ¿Qué sería lo siguiente? Acostumbrada a trabajar bajo presión, la mujer era consciente de que en ese momento no podía hacer nada y que lo mejor era relajarse. Tenía que quitarse el problema de la cabeza y distraerse.

—Aún le estoy dando vueltas a lo que me ha contado hace poco —murmuró—. Confieso que me he quedado atónita.

—Lo entiendo —replicó Tomás—. Pero no es para tanto.

—¿Cómo que no es para tanto?

El historiador movió la cabeza de un lado a otro.

—Hay que tener presente que Mahoma era un hombre del siglo VII —dijo—. Las cosas que hizo deben juzgarse en su contexto histórico. La realidad es que Mahoma unió a los árabes y levantó una civilización; promovió el monoteísmo; impulsó la caridad; estableció reglas de convivencia… Hizo muchas cosas. No cabe duda de que fue un gran hombre. No podemos juzgarlo con la moral occidental de hoy en día. Nuestra moral está impregnada de valores cristianos, aunque ni siquiera nos demos cuenta, por lo que tendemos a ver las cosas a través de esos valores.

—¿Está insinuando que debemos aceptar lo que hacen los fundamentalistas?

—No, en modo alguno. Tenemos que ser tolerantes con los tolerantes e intolerantes con los intolerantes. ¡Inglaterra y Estados Unidos fueron tolerantes con el nazismo y mire el resultado! No podemos ser ingenuos y pensar que hay espacio para el diálogo con los intolerantes. ¡No lo hay! Al-Qaeda es intolerante. El Lashkar-e-Taiba es intolerante. Hamás es intolerante. Siguen al pie de la letra el Corán y aspiran a imponer el islam en todo el mundo. A veces veo a intelectuales occidentales defender el diálogo con Al-Qaeda o con Hamás y me dan ganas de reír. Eso sólo lo puede decir quien no tiene la más mínima noción de…

—Señores, ¿pueden callarse de una vez?

Era Jarogniew, que estaba probando el aparato.

—Hablaremos más bajo —prometió Rebecca.

—¡Estoy intentando concentrarme, *goddamn it*!

—¡Vale, está bien! —dijo ella, que bajó la voz enseguida—. Lo que dice, Tom, es que tenemos que enfrentarnos a los musulmanes.

—No.

—Disculpe, es lo que he deducido de sus palabras.

—Lo que he dicho es que tenemos que enfrentarnos a lo que se conoce generalmente como «fundamentalismo».

—Pero los fundamentalistas aplican los preceptos del Corán y el ejemplo del Profeta, ¿no?

—Sí, es cierto.

—¿No los convierte eso en verdaderos musulmanes?

Tomás se rio.

—Habla usted como Bin Laden.

Rebecca esperaba que Tomás continuara. Sin embargo, al ver que Tomás seguía callado, insistió:

—Debo decir que no ha respondido mi pregunta…

—No sé qué responder… —confesó el historiador—. Es un tema muy delicado. Cuando estuve en El Cairo me di cuenta de que, en lo más íntimo, muchos musulmanes se preguntan si los fundamentalistas no tienen razón. A fin de cuentas, todo lo que dicen los fundamentalistas tiene su apoyo en los versículos del Corán y en ejemplos de la vida de Mahoma. No se inventan nada. Eso, como se imagina, inquieta a muchos musulmanes, sobre todo porque el Corán establece que, para ser un verdadero musulmán, es necesario respetar todos los preceptos del islam, no sólo algunos de ellos. Nos guste o no, hacer la yihad contra los infieles es uno de los preceptos. Punto final.

—Si es así, ¿por qué la mayoría de los musulmanes no siguen al pie de la letra esos preceptos?

—¡Eso daría para una conversación muy larga! —Hizo una pausa—. ¿Quiere que se lo explique?

—Sí, mientras Jerry resuelve el problema.

Tomás miró al norteamericano, que inspeccionaba el aparato de sonido, y después miró a la multitud afuera. No había rastro de Zacarias. Aunque lo hubiera, Rebecca tenía razón. No podían hacer nada mientras no se resolviera el problema técnico.

—Mire, si nos tomamos al pie de la letra las órdenes que

contienen ciertos preceptos religiosos, como el Corán o la Biblia, la violencia es inevitable.

—¿La Biblia también?

—Claro —exclamó, intentando abstraerse del problema que los preocupaba en aquel momento—. ¿No ha leído en el Antiguo Testamento la orden divina de lapidar a las adúlteras? ¡Si lo cumpliéramos al pie de la letra…! Por eso, los judíos y los cristianos evitan las lecturas literales de la Biblia, y lo mismo hacen los musulmanes seculares respecto al Corán. Entienden que los tiempos han cambiado y que algunos de los preceptos establecidos por Mahoma en el siglo VII reflejan la realidad de ese siglo y no pueden extrapolarse a la actualidad. Esos musulmanes son genuinamente pacíficos. Son musulmanes, pero quieren vivir en paz y aceptan a Occidente. Lo que ocurre es que otra parte de los musulmanes creen en la lectura literal de la ley islámica. Algunos creen que es necesario aplicar la *sharia* de forma íntegra inmediatamente: son los que conocemos normalmente como «fundamentalistas» y «radicales». Me refiero a los fanáticos que nos declaran la guerra hasta la muerte y perpetran matanzas por todas partes. Hay otros fundamentalistas conservadores. Ésos también quieren acabar con Occidente, pero entienden que el enemigo es más fuerte y prefieren un entendimiento temporal, a la espera del momento más propicio para atacar.

—¿Y los gobiernos de esos países? ¿Qué piensan?

—Hay de todo, como bien sabe. Pero aquellos que no son fundamentalistas ni conservadores están bajo el punto de mira de su propia población.

—¿Por qué?

—Por violar la *sharia* —observó el historiador—. Por ejemplo, la ley islámica exige que se apedree a las adúlteras hasta la muerte, como ya exigía el Antiguo Testamento. Sólo que eso, como puede imaginarse, choca con la moral occidental. ¿No dijo el propio Jesús en defensa de una adúltera «el que esté libre de pecado que tire la primera piedra»? Hay gobiernos musulmanes que están bajo la influencia de la cultura occidental y prescriben penas más leves para este tipo de delitos. Pero ¿no ordenó Mahoma la lapidación de las adúlteras? Si un gobierno es

266

musulmán, ¿por qué no cumple la orden del Profeta? Estas preguntas son difíciles de responder, lo que pone a estos gobiernos en jaque.

—¿La población musulmana cree que se debe lapidar a una adúltera hasta la muerte?

—Mucha gente lo cree, sí.

—Está bien, pero es la mentalidad de un pueblo ignorante...

—¡Se equivoca! Muchos musulmanes instruidos e ilustrados son fundamentalistas. Fíjese que la principal característica de los fundamentalistas islámicos es la voluntad de respetar íntegramente y de verdad el islam. Si el Corán manda rezar cinco veces mirando a la Meca, rezan. Si el Corán manda dar limosnas a los pobres, las dan. Si el Corán ordena cortar la mano a los ladrones, se la cortan. Si el Corán manda matar a los infieles que no acepten la humillación de pagar un impuesto discriminatorio, los matan. Es tan sencillo como eso. Para un fundamentalista no existen las zonas grises. Lo que el Corán y el Profeta ordenan debe hacerse y se corresponde con lo bueno. Los que no obedecen el Corán y al Profeta son infieles y están al servicio del mal. Y se acabó. Los musulmanes se encuentran en el reino de la luz; y los infieles, en las tinieblas.

—Todo eso ya lo sé —dijo Rebecca—. Pero ¿cómo es posible que esa gente no evolucione con el tiempo? ¡Eso es lo que no entiendo!

—No lo entiende, porque no conoce la historia del islam —la cortó Tomás.

Se encogió en su asiento y sacó un mapa de la bolsa de viaje que tenía a los pies. Abrió el mapa sobre su regazo y señaló distintos lugares.

—Fíjese: desde la época de Mahoma, los musulmanes se acostumbraron a atacar y a dominar pueblos. Se expandieron rápidamente por Oriente Medio y por el norte de África, tomaron la India por la fuerza, los Balcanes y la península Ibérica, y llegaron a atacar Francia y Austria.

—Pero siempre he oído decir que las relaciones de los musulmanes con las demás religiones eran pacíficas...

—¿Quién le dijo eso?

267

—Lo leí en un artículo. Decía que las cruzadas iniciaron las hostilidades entre cristianos y musulmanes.

Tomás se rio.

—¡Eso es un cuento! ¡Las cruzadas fueron el primer esfuerzo de los cristianos para abandonar la actitud defensiva, después de soportar ataques durante cuatro siglos! Sólo con las cruzadas, los cristianos se alzaron contra los musulmanes y pasaron a la ofensiva. —Tomás señaló otros puntos en el mapa—. Fueron la primera respuesta de los cristianos a los continuos ataques de los musulmanes. Además de reconquistar Tierra Santa, los cristianos recuperaron la península Ibérica y, con los descubrimientos portugueses, comenzaron a expandirse por el mundo. En poco tiempo, surgieron imperios europeos por todo el planeta. Hasta potencias pequeñísimas como Portugal ocuparon áreas dominadas por el islam, como partes de la India y el estrecho de Ormuz, y llegaron incluso a levantar fuertes en plena Arabia, la tierra que el Profeta, antes de morir, dijo que sólo los musulmanes podían ocupar. Pese a la inaudita expansión europea, el islam mantuvo el objetivo declarado de conquistar toda Europa e hizo una última tentativa de retomar la ofensiva, atacando de nuevo al sacro Imperio romano en el siglo XVII, pero el segundo sitio de Viena fracasó y los ejércitos islámicos se batieron en retirada. Fue la consumación del descalabro. Se sucedieron las derrotas, hasta que los europeos entraron en pleno corazón del islam.

—En el siglo XIX.

—Antes —corrigió Tomás—. Napoleón invadió Egipto en 1798. Como puede imaginarse, los musulmanes se quedaron desconcertados. Lo peor fue comprobar que quien expulsó a los infieles franceses de Egipto no fueron los ejércitos islámicos, como sería de esperar, sino un pequeño escuadrón británico. ¡El islam entendió entonces que las potencias europeas podían invadir a placer sus tierras y que, para más inri, sólo otras potencias europeas podían expulsarlas!

—Bueno, en cierta medida, hubo justicia poética, ¿no le parece? —observó Rebecca—. Los musulmanes se pasaron siglos comportándose como imperialistas e invadiendo país tras país. Alguna vez tenían que probar su propia medicina...

—Visto bajo ese prisma, es verdad. Sólo que descubrieron que esa medicina era muy amarga, cuando la expansión europea en territorio islámico se acentuó en el siglo XIX, cuando los británicos ocuparon Adén, Egipto, el golfo Pérsico, y los franceses colonizaron Argelia, Túnez y Marruecos. El apogeo de este proceso fue la derrota del Imperio otomano en la Primera Guerra Mundial. Gran Bretaña y Francia destrozaron todo Oriente Medio: los británicos ocuparon Iraq, Palestina y Transjordania, y los franceses, Siria y el Líbano. El símbolo de ese dominio occidental sobre el islam fue la abolición del califato otomano, en 1924.

—¡Está bien, pero todo eso es historia! —argumentó Rebecca—. Que yo sepa, todos esos países han recuperado su independencia. Además, fueron los propios turcos quienes abolieron el califato. Fueron los propios turcos, no Occidente...

El historiador dobló el mapa y lo guardó de nuevo en la bolsa de viaje.

—¿Cree que todo eso es historia? Tenga en cuenta que no es así como lo ven los musulmanes. Nosotros, los occidentales, vemos la historia como algo que ya ha pasado y que no debe condicionarnos. Es, una vez más, la cultura cristiana que nos orienta, sin que seamos conscientes. Pero los musulmanes no son cristianos y ven las cosas de forma diferente. ¡Afrontan acontecimientos que ocurrieron hace mil años como si sucedieran ahora!

—Eso es una exageración...

—¡Ojalá! Sé que para nosotros todo esto parece extraño, pero el pasado tiene una importancia desmesurada para los musulmanes. En él es donde hallan la orientación religiosa y legal. En el fondo, los musulmanes creen que el pasado refleja los propósitos de Dios, y por eso toda la historia es muy actual. De ahí que la colonización de los países islámicos por los europeos los desconcierte por encima de todo.

—Pero hace mucho tiempo que recuperaron la independencia —insistió Rebecca—. Por lo que sé, la mayor parte de los países islámicos dejaron de ser colonias entre 1950 y 1970...

—Es verdad, pero para ellos es como si hubiera ocurrido ayer. Fíjese en que el islam fue la principal civilización del planeta en el periodo en que el cristianismo estaba sumergido en la Edad Media. Los musulmanes se acostumbraron a verse como los guardianes de la verdad divina y veían su supremacía como una consecuencia natural y lógica de eso. Pero, de repente, tuvieron que confrontar la reconquista cristiana, las consecuencias de los descubrimientos portugueses y, con el siglo de las luces, y de un día para otro, vieron que Occidente dominaba el mundo. ¡Los infieles occidentales, que hasta entonces sólo se habían defendido, se habían convertido en los señores del planeta, y llegaron a colonizar los países islámicos! La capital del califato, Estambul, puso fin al propio califato y, por decisión de Atatürk, pasó a imitar la cultura y el sistema secular de los infieles occidentales, y separó la religión del Estado. ¿Cómo cree que afrontan los musulmanes esa transformación?

—No creo que les haya gustado mucho.

—¡Claro que no les ha gustado! Y, para empeorar las cosas, el contraste entre la calidad de vida de las dos civilizaciones se volvió escandaloso. Muchos musulmanes comenzaron a comparar su vida con la de los occidentales, y eso les hizo preguntarse por qué los países islámicos vivían en la pobreza y tenían gobiernos corruptos; por qué estaban tan atrasados en relación con Occidente; por qué diablos no conseguían fabricar coches bonitos y llegar a la Luna. Incapaces de hacer frente al dominio tecnológico y financiero de Occidente, esos musulmanes concluyeron que sólo conseguirían responder en el ámbito cultural. ¿Y qué tenían? ¡El islam! ¿No fue el islam el que dominó el mundo, de la India a la península Ibérica? ¿No creó Mahoma una civilización en pocos años? ¿Cómo lo hizo? La respuesta era sencilla: respetando la ley islámica en su integridad. Luego, la respuesta para los problemas de hoy también podía ser la misma. Muchos pensaron que el problema era que habían abandonado la fe y que si respetaban de nuevo todos los preceptos del islam recuperarían el esplendor de antaño con toda certeza.

—Y eso fue lo que les llevó al fundamentalismo.

—¡Exactamente! Cuando un musulmán dice que se siente humillado por Occidente, no quiere decir que Occidente lo maltrata, sino que es humillante ver la superioridad de Occidente sobre el islam en el plano económico, cultural, tecnológico, político y militar. El pecado de Occidente es mostrarse más poderoso que el islam. De ahí al razonamiento siguiente sólo hay un paso. Muchos musulmanes creen que si rechazan la modernidad y cumplen los preceptos del Corán y el ejemplo del Profeta al pie de la letra, recuperarán la gloria y el islam dominará de nuevo el mundo.

—Y eso fue lo que los fundamentalistas comenzaron a defender después de la caída del califato otomano.

Tomás hizo una mueca.

—En realidad, este retorno a los fundamentos del islam comenzó con un jeque medieval llamado Ibn Taymiyyah, que defendió la interpretación literal del Corán y del ejemplo de Mahoma, y recibió un gran impulso en el siglo XVIII, avivado por la invasión napoleónica de Egipto. En esa época vivió en Arabia un teólogo llamado Al-Wahhab, que, inspirado en Ibn Taymiyyah, rechazó las innovaciones que se habían realizado a lo largo del tiempo, preconizó el regreso del islam a sus fuentes originales, el Corán y la sunna del Profeta, y estableció que la yihad era un deber fundamental de los musulmanes. Al-Wahhab declaró que todos los musulmanes que no respetaban el islam al pie de la letra eran infieles y se alió con un emir tribal llamado Ibn Saud. Unidos, conquistaron lo que hoy es Arabia Saudí y crearon una dinastía que aún hoy gobierna el país. Los Saud se mantienen como jefes políticos, y los descendientes de Wahhab, como líderes religiosos. En cualquier caso, lo más importante es que los wahhabistas están en la actualidad dedicados en cuerpo y alma a la gestión de las madrazas y las universidades.

271

—¿Qué?

—En serio. La educación saudí se basa hoy en día en el fundamentalismo más primario. Ve el problema que eso genera, ¿no? El control del sistema educativo saudí por los wahhabistas significa que los saudíes aprenden desde niños, en la escuela, el islam de la yihad, de la matanza de los infieles, de la mutilación de los ladrones, de la lapidación de adúlteras hasta la muerte... y otros preceptos similares. ¡Y por si eso fuera poco, en el siglo XX apareció el petróleo!

Rebecca hizo una mueca de extrañeza.

—¿Qué tiene el petróleo que ver con todo esto?

El historiador se frotó el pulgar contra el índice.

—Dinero —explicó—. El petróleo enriqueció a los saudíes. De pronto, los wahhabistas dispusieron de dinero a raudales, y ¿se imagina en qué decidieron emplearlo?

—¿En levantar mezquitas enormes?

Tomás soltó una carcajada.

—También —dijo—. Pero, sobre todo, lo emplearon para financiar madrazas en todo el mundo islámico, con lo que consiguieron controlar toda la materia pedagógica que se enseñaba en ellas.

—¡Dios mío!

—¡Pues sí! En poco tiempo, todas las escuelas a lo largo y ancho del mundo islámico se convirtieron en viveros de fundamentalistas. Los nuevos currículos educativos propugnan el regreso al siglo VII, la matanza de infieles y el rechazo de la modernidad, alegando que el retorno al islam original situaría a los musulmanes en la vanguardia de nuevo.

—¡Pero eso no tiene mucho sentido! ¿Cómo van a volver a la vanguardia rechazando la modernidad? No lo entiendo…

—Bueno, tiene que entender que el mensaje de retorno a los orígenes les llegó en un momento de vulnerabilidad, en el que muchos musulmanes se sentían humillados por el colonialismo y por ser ciudadanos de segunda en su propia tierra…

—Pero ¿no era precisamente eso lo que ellos hacían con los cristianos, los judíos y los hindúes? ¿No se habían pasado siglos convirtiendo a otros en ciudadanos de segunda, obligándolos a pagar impuestos discriminatorios y humillantes para poder vivir en su propia tierra?

—Claro que sí —reconoció Tomás—. Pero cuando los cristianos se lo hicieron a ellos, no les gustó y, como es lógico, se sintieron humillados. Esa humillación fue la parte negativa, aunque quizá pedagógica, de la colonización europea. En cambio, la moneda tenía dos caras, y la otra era positiva. Los europeos construyeron infraestructuras que los países islámicos no tenían, instituyeron sistemas escolares y servicios públicos que no existían y abolieron la esclavitud. Bien visto, no hay comparación entre el grado de desarrollo de los territorios islámicos que fueron colonizados por los europeos y los que permanecieron bajo dominio musulmán. Sólo los palestinos crearon siete universidades desde la ocupación israelí en 1967. ¡Compárelo con las ocho universidades de la inmensamente rica Arabia Saudí o con el atraso de Afganistán! Y eso por no hablar del oscurantismo. Sólo para que se haga una idea: ¡desde el siglo IX, en todo el islam se han traducido unos cien mil libros, exactamente el número de libros que se traducen hoy en día en España en un solo año!

—Entonces, ¿dónde radica la confusión de los fundamentalistas? ¿No se dan cuenta de las ventajas de la modernización?

—Los fundamentalistas y los conservadores ven las cosas de manera diferente. ¿Qué le vamos a hacer? Ellos creen que Occidente superó al islam porque se desviaron de las leyes divinas y, bajo la influencia de los wahabitas financiados por el petróleo saudí, consideran que sólo el retorno a las prácticas del siglo VII les permitirá tomar de nuevo la delantera. No tienen nuna visión humanista del mundo, sino una visión ortodoxa islámica.

—¿Qué porcentaje de musulmanes piensa de esa manera?

273

—Es difícil saberlo. Yo diría que el musulmán medio sólo aspira a vivir su vida en paz y sosiego, a respetar a Dios y a ser feliz. Pienso que éstos son la mayoría. Tienen un conocimiento superficial del islam, desconocen los fundamentos islámicos de la yihad, pero saben que no quieren vivir en un país donde se aplique la *sharia* en su totalidad.

—Por tanto, la mayoría es secular.

—Sí, creo que podríamos decir que sí. No obstante, en algunos casos, la mayoría de la población musulmana puede ser fundamentalista. ¿No contó la Revolución islámica con amplio apoyo en Irán? ¿No ha ganado Hamás las elecciones en Palestina? ¿No ganó el Frente de Liberación Islámica la primera vuelta de las elecciones en Argelia? Y no ganó la segunda vuelta porque se cancelaron los comicios. ¡Los fundamentalistas argelinos se dedicaban a cortarle el cuello a miles de personas, pero, por lo visto, contaban con el apoyo de la mayoría de la población! Eso prueba que los fundamentalistas gozan de un apoyo popular mayor del que nos gustaría creer, aunque en general sean minoritarios.

—Por tanto, si lo he entendido bien, tenemos a los fundamentalistas, a los conservadores y a los seculares.

—Sí, y los laicos son la tendencia mayoritaria —insistió Tomás—. Pero no se haga ilusiones: los otros dos grupos son muy peligrosos y, en algunos países islámicos, son mayoría. Sería ingenuo creer que los musulmanes son todos muy tolerantes y que el conflicto se debe a meros problemas sociales y a la existencia de Israel. Desgraciadamente, la cuestión es mucho más compleja y peligrosa. La mayoría puede ser laica pero, al mismo tiempo, es silenciosa. En cambio, la minoría fundamentalista es muy activa y ruidosa.

—Ya veo.

—El islam está, pues, viviendo un gran resurgir. Existe una voluntad muy fuerte por parte de algunos musulmanes de pasar a la ofensiva y de extender el islam por todo el planeta, imponiendo…

—¡Listo!

Miraron hacia delante y vieron a Jarogniew con el aparato en la mano, preparado para volver a instalarlo. Tomás se incorporó y se acercó al hombre, que ajustó el aparato al cinturón del historiador y comenzó a hacer las conexiones.

—¿Cuál era el problema?

—Había unos cables que no hacían bien el contacto —explicó Jarogniew—. Es un problema frecuente y, a veces, pone en peligro las operaciones. Me acuerdo de una vez que…

Tomás ya no le oía. Tenía los ojos fijos en un muchacho vestido con un *shalwar kameez* blanco y un turbante gris. Su aspecto le resultaba familiar, pero no estaba seguro: llevaba una barba negra muy larga y estaba muy delgado. Sin embargo, todas sus dudas se esfumaron cuando el muchacho levantó el rostro por unos instantes.

—Es él —murmuró.

—¿Qué?

—Charlie ha llegado.

*L*a visita de su madre a la cárcel de Tora era siempre un acontecimiento para Ahmed. La esperaba con impaciencia. Su padre se negaba a ir a verlo. Decía que lo había avergonzado y que había llevado la desgracia y la deshonra a la familia, pero su madre era su madre. Las visitas a los reclusos que no estaban confinados en alas especiales se permitían dos veces al mes y su madre no falló nunca. Era siempre de las primeras en llegar y le traía casi siempre comida casera que hacía las delicias del hijo y compensaban el rancho austero de la prisión.

Al principio los guardas inspeccionaban con gran cuidado los paquetes, abriéndolos y hundiendo los dedos sucios en la comida. Cuando oyó a su pupilo quejarse de los registros, Ayman le explicó qué debía hacer para evitar que emporcaran la comida de esa manera.

—*Baksheesh.*

—¿Qué?

—¡Tienes que pagar a los guardias!

Aunque fuera algo elemental, le pareció una idea genial. A partir del momento en que empezó a pagar el soborno a los carceleros, que podía ser en dinero o en tabaco, todo fue más fácil.

La madre siempre traía la ansiedad dibujada en el rostro. Al fin y al cabo, no era fácil tener un hijo en la cárcel. Pero, ese día, Ahmed vio que había algo diferente en ella: era una expresión que le bailaba en el rostro; no parecía estar tan ansiosa y tenía un aire en cierto modo feliz, lo que le sorprendió.

—¿Qué pasa? —le preguntó en cuanto se sentaron en la sala de visitas.

Ella lo miró con una sonrisa luminosa.

—No me digas que no lo sabes…

—No.

—Han admitido la petición que presentamos ante el tribunal.

Ahmed mantuvo un aire indiferente.

—¿Y?

La madre estaba escandalizada, desconcertada con la displicencia del muchacho.

—¿Y? —preguntó, sorprendida—. ¡Hijo mío, el juez ha decidido que deben ponerte en libertad! ¿Te parece poco?

Ahmed se encogió de hombros.

—Es una mera formalidad —observó sin entusiasmo—. No vale para nada.

—¿Qué quieres decir con eso?

—Madre, llevo preso un año y medio. Después de haber cumplido la mitad de la pena sin que haya quejas de mi comportamiento, es normal que el juez decrete mi libertad condicional.

—Pero ¿y aún te quejas? ¡Condicional o no, recuperarás la libertad! ¡El juez ha ordenado que te suelten! ¿Te parece poco?

—¿Cuándo será eso?

—Dentro de dos semanas.

Ahmed se rio sin ganas.

—Madre, ¿se ha creído usted ese cuento?

—Claro que sí. —Lo miró con un aire desconfiado—. ¿Por qué? ¿No debería creerlo?

—Claro que no.

—¿Por qué?

Ahmed señaló al guarda de prisiones que vigilaba la sala.

—¡Porque son unos mentirosos! ¡Porque hacen lo que quieren! ¿Cree que me van a soltar alguna vez?

—Pero la decisión no la tomaron los guardas, hijo. Ni siquiera el Gobierno. Ha sido un juez.

—¿Y qué? Mire: ya ha visto cuatro casos de hermanos de Al-Jama'a a quien el juez concedió la libertad. ¿Sabe que les pasó? ¡Siguen presos! ¡El Gobierno no quiere saber nada de decisiones de jueces! Si los jueces nos ponen en libertad, el gobierno invoca las medidas especiales previstas para el estado de emergencia y nos mantiene encerrados. Sólo saldremos de aquí cuando ellos lo decidan, no cuando lo ordenen los tribunales…

Su madre recuperó la sonrisa.

—A ver, ¿acaso eres tú de Al-Jama'a?

—Bueno…, en realidad, no lo soy.

—Eso fue lo que nos dijo el tío Mahmoud, que conoce bien a la gente de la policía. Parece que se dieron cuenta de que no eres de Al-Jama'a, y por eso no van a invocar el estado de emergencia para impedir tu puesta en libertad.

Ahmed clavó los ojos en su madre, observándola con atención, como si intentase ver a través de ella.

—Madre, ¿habla usted en serio?

—Claro que sí.

—¿Eso es lo que la policía le dijo al tío Mahmoud?

Ella levantó la mano frágil y, cariñosa y tierna, le pasó los dedos cálidos por la cara.

—Hijo mío —le dijo con dulzura—, volverás a casa.

También Ayman, conocedor de las prácticas habituales del gobierno en circunstancias semejantes, reaccionó inicialmente con escepticismo ante la noticia. Sin embargo, los detalles de la conversación del tío Mahmoud con la policía acabaron por convencerlo de que la liberación de su pupilo era inminente.

—Pues tu madre tiene razón —observó Ayman, moviendo afirmativamente la cabeza—. En realidad, no estás afiliado a Al-Jama'a. Deben de haber investigado y, como es evidente, no habrán encontrado ningún documento ni testimonio que te relacione con nosotros. Por tanto, es perfectamente natural que te pongan en libertad.

Estaban en la cantina de la prisión a la hora del almuerzo y acababan de servirles la sopa. Escuchando distraídamente la opinión de su maestro, Ahmed puso un gesto de abandono.

—Me resulta del todo indiferente.

Ayman lo miró con curiosidad.

—No pareces muy satisfecho…

—¿Qué voy a hacer ahí fuera? Como mi hermano dijo, y muy bien, vivimos en una sociedad *jahili* que finge ser creyente. ¿Cómo crees que me siento al estar fuera y no poder hacer nada para imponer la voluntad de Alá? ¿Cómo puede un verdadero creyente vivir en medio de la *jahiliyya*?

El maestro recorrió la cantina con la mirada, observando a los reclusos que almorzaban.

—La mayoría de los hermanos salen de aquí rotos, con miedo de volver a enfrentarse a los *kafirun* que dicen ser creyentes y mandan sobre nosotros. —Volvió a mirar a Ahmed—. ¿Y tú? ¿Qué crees que te ha hecho la experiencia de la cárcel? ¿También sientes miedo?

—¿Miedo yo? —gruñó el pupilo, con la mirada encendida, indignado por la mera sugerencia—. ¡Nunca! ¿Quién crees que soy?

—¿Y entonces?

—¡Salgo de aquí con rabia! ¡Salgo de aquí sublevado! ¿Aceptaré algún día lo que nos está haciendo el Gobierno? ¡Jamás! ¿Cómo puedes pensar que soy tan débil? —Se puso la mano en el pecho—. ¡Nosotros somos creyentes y ellos persiguen a los creyentes! ¿Cómo te atreves, hermano, a pensar siquiera que tengo miedo de esos… perros? ¡Si cree que esa maldita gente me da miedo, se equivoca!

Ayman abrió las manos en un gesto de aprobación.

—¡Alabado sea Alá, eres un verdadero creyente! —exclamó—. Perdóname por haber dudado, pero debes saber que sólo unos pocos reaccionan como tú. Cuando los someten a tortura y encierro, la mayoría de los hermanos se rompe. Pero algunos, pocos y valientes como tú, ganan determinación. Ésos son la vanguardia del islam, aquellos que marchan por el océano de la *jahiliyya* con una antorcha en la mano y guían a la humanidad hasta Dios.

Al oír estas palabras, la indignación del pupilo se ahogó en un torbellino de emociones y dio paso a una ola embriagante de orgullo.

—Si hubiera una manera, yo también levantaría la antorcha. —Se golpeó el pecho—. ¡Yo también lo haría!

Ayman tamborileó con los dedos en la mesa.

—Hay una manera.

—¿Cuál?

—La del Profeta, que la paz sea con él.

Ahmed entornó los ojos.

—¿Qué está sugiriendo?

—La yihad.

El pupilo se calló. Hacía mucho tiempo que reflexionaba sobre el asunto. Desde que había empezado a entender el Corán y la sunna del Profeta de verdad, se preguntaba si no era su obligación obedecer las órdenes de Alá: extender la fe predicando cuando fuera posible y por la fuerza si predicar no era suficiente. Él y su maestro no habían abordado nunca abiertamente su participación en Al-Jama'a, pero era algo implícito, que siempre flotaba, como un fantasma, en las conversaciones entre ambos.

Sin embargo, había algo que cada vez se le hacía más evidente: si creía realmente en Alá y en su mensaje, tendría que obedecerle. La obediencia no era en una opción, sino una orden divina. Y la orden instituida en las últimas revelaciones de Dios al Profeta era que la humanidad entera debía someterse al islam. «Combatidlos hasta que no exista la tentación y sea la religión de Dios la única», dijo Alá en el Corán, sura 8, versículo 40. «¡Combatidlos hasta que sea la religión de Dios la única!» Por Alá, ¿podía haber una orden más explícita? ¿Cómo podría un creyente ignorar esta instrucción divina? ¡Dios mandaba combatir a los *kafirun* hasta que se sometieran!

¿Y él, Ahmed? Puesto que se consideraba creyente, ¿no debía ser consecuente con sus creencias? Si se había sometido a la voluntad de Alá, ¿no debía obedecer sus órdenes? ¿Cómo podría fingir que esa orden inequívoca no estaba grabada a fuego en el Corán? ¡Lo estaba! ¡La había leído: «Combatidlos hasta que sea la religión de Dios la única»! Si era un verdadero creyente, tendría que obedecerla. No tenía alternativa. Su voluntad y su opinión personal no contaban para nada.

La voluntad de Alá era soberana.

Volvió la cabeza y encaró a Ayman con determinación: la decisión ya estaba tomada, su sumisión a Dios era finalmente completa.

—¿Qué tengo que hacer?

Y

No recibió respuesta a su pregunta hasta dos semanas después. Ayman le explicó que tenía que consultar a los hermanos para decidir cuál era el mejor camino, por lo que Ahmed quedó a la espera de instrucciones. Por primera vez, se sentía absolutamente en paz consigo mismo. Había decidido unirse a la yihad y cumplir las órdenes divinas. Por Alá, ¿podría haber mayor placer en la vida que realizar la voluntad divina?

Pasaron los días y recibió una notificación formal del día y la hora de su puesta en libertad: sería al cabo de setenta y dos horas. Enseñó la notificación al maestro, que le pidió que tuviera paciencia. Pronto tendría novedades.

En la víspera de su liberación, cuando Ahmed estaba ya en el patio despidiéndose de sus compañeros de prisión, que ocupaban otras celdas y a los que no vería nunca más, Ayman apareció y le hizo señas de que lo siguiera a una zona apartada junto al muro.

—Los hermanos me han respondido —le anunció el maestro en un susurro, lanzando miradas a su alrededor para asegurarse de que nadie los oía—. Ya está todo arreglado.

—¿Y bien?

—Queremos que prosigas tus estudios.

La decisión dejó boquiabierto a Ahmed.

—¿Estudios? ¿Qué estudios? ¡Yo quiero combatir! ¡Yo quiero unirme a la yihad!

Ayman le lanzó una mirada de leve reprobación.

—Ten calma, hermano. Cálmate y escúchame: después del nombre de Dios, ¿sabes cuál es la segunda palabra que Alá empleó más en el Corán?

Hundido aún en la frustración, el pupilo movió la cabeza con una vehemencia provocada por una furia que a duras penas controlaba.

—No.

—«*Ilm*» —dijo el maestro, poniéndose el dedo índice en la sien—. Conocimiento. En trescientos versículos del Corán, Alá exhorta a los creyentes a usar la inteligencia y el conocimiento. El propio Profeta, que la paz sea con él, lo afirmó: «Lo primero que Alá creó fue el intelecto». —Se golpeó la cabeza con el dedo—. Por tanto, debemos usar la cabeza.

—Está bien, usaré la cabeza. ¡Pero quiero usarla para hacer la yihad, como Alá ordena a los creyentes!

—Y vas a hacerla —le aseguró Ayman—. Puedes estar tranquilo en cuanto a eso. Pero primero tienes que adquirir conocimientos.

—¿Qué tipo de conocimientos?

El antiguo profesor de religión volvió a mirar a su alrededor, para asegurarse de nuevo de que nadie los oía.

—Ingeniería.

Al oír la palabra, Ahmed puso una mueca.

—¿Para qué?

—Recuerdo que en la madraza, el profesor de matemáticas te elogiaba mucho. Supongo que te gusta la asignatura, ¿o me equivoco?

—No, está en lo cierto. ¿Y?

—Los hermanos dicen que necesitamos ingenieros. Tú pareces tener vocación para esa disciplina. Por tanto, queremos que termines tus estudios y te licencies en Ingeniería.

Ahmed respiró hondo, resignado.

—Muy bien, si ésa es la voluntad…

—Ésa es la voluntad de los hermanos, sí.

—Pero ¿me garantiza que tomaré parte en la yihad?

—A su debido tiempo, recibirás instrucciones al respecto, *inch'Allah*. Pero será sólo cuando acabes la carrera de Ingeniería.

—Está bien.

—Y ya hemos escogido el sitio donde estudiarás.

A pesar de la frustración, Ahmed casi se rio.

—¡Por Alá, eso sí que es organización! —exclamó—. ¿Adónde me mandan? Espero que al menos sea en El Cairo…

El maestro negó con la cabeza.

—Nuestro país es demasiado peligroso, hay muchos policías en las universidades que vigilan a los estudiantes. Además, no olvides que tienes antecedentes. Tendrás que dejar Egipto.

—¿Qué?

—Aquí te cogerían pronto.

—Entonces quiero ir a la Tierra de las Mezquitas Sagradas

—dijo en tono perentorio—. Es el único país que aplica la mayor parte de la *sharia*.

Ayman volvió a negar con la cabeza.

—No —repitió—. No vas a ir a Arabia Saudí. Allí ya tenemos mucha gente. Te queremos totalmente fuera de los circuitos habituales. Tenemos otro destino para ti.

—¿Cuál?

—Europa.

La noticia desconcertó al pupilo.

—¿Yo? ¿A Europa? —No podía creer lo que estaba oyendo—. Pero ¿se han vuelto locos? ¿Quieren mandarme a vivir junto a los *kafirun*?

—Cálmate, hermano —le pidió Ayman, poniéndole la mano en el hombro para serenarlo—. Queremos mandarte a un sitio donde nadie te vigilará y donde te sentirás a gusto. El mundo islámico está lleno de gobiernos *jahili* que sólo hacen lo que los *kafirun* quieren. Aquí no estarías seguro. Necesitamos enviarte a un sitio donde pases absolutamente desapercibido.

Ahmed se frotó la barbilla, pensativo.

—Ir a Europa es un gran sacrificio —dijo—. Si realmente me quieren en la tierra de los *kafirun*, tengo una condición: necesito que me proporcionen medios para casarme.

Ayman se quedó boquiabierto.

—Por Alá, ¿tienes novia?

—Estamos prometidos desde los doce años.

—Eres una caja de sorpresas, hermano —exclamó el maestro—. Puedes contar con la ayuda de Al-Jama'a, no te preocupes. Además, el matrimonio es la forma ideal de pasar desapercibido. ¡Es… perfecto!

Ahmed respiró hondo, satisfecho por la evolución de los acontecimientos.

—Entonces estamos de acuerdo —dijo—. ¿Adónde quieren que vaya? Hay muchos hermanos que van a Londres…

—Justamente, ése es el problema. En Londres ya hay demasiados hermanos y los *kafirun* comienzan a desconfiar. No podemos mandarte allí. Tienes que ir a un sitio más tranquilo, donde pases inadvertido.

—¿Qué es lo que Al-Jama'a tiene en la mente?

—Al-Ándalus —anunció el maestro—. Queremos que vayas a una de las grandes ciudades del califato de Al-Ándalus.

—¿El califato de Córdoba?

—Sí.

—¿Quieren que vaya a Córdoba?

Con una sonrisa que dejó entrever los dientes podridos, Ayman negó una última vez con la cabeza y anunció el destino que habían reservado para su protegido.

—Al-Lushbuna.

—¿Cómo?

El maestro sacó del bolsillo una hoja muy arrugada y la abrió, y se la mostró a su pupilo: era un pequeño mapa de Europa. Señaló con el dedo deforme y sucio una ciudad en el extremo occidental de la península Ibérica.

—Los *kafirun* la llaman «Lisboa».

Zacarias había entrado por la puerta Alamgiri, lo que significaba que el muchacho ya debía llevar un rato dentro del fuerte a la espera de su antiguo profesor. Con las comunicaciones restablecidas, Tomás apretó el paso y se acercó a él. El muchacho intercambió una mirada fugaz con el historiador y siguió andando, como si no fuera con él, atravesando la plaza entre el fuerte y la mezquita.

—¡Se está marchando! —comunicó Tomás por el aparato que Jarogniew le había instalado en la ropa.

—Bluebird, ¿Charlie ha entablado contacto?

—Bueno…, me ha visto, sí.

—¿Y le ha hecho alguna señal?

Tomás dudó, con la mirada fija en la figura vestida con *shalwar kameez* que caminaba delante de él.

—No estoy seguro —dijo—. Me ha mirado y me ha reconocido, eso es seguro. Pero no sé si me ha hecho una señal o no. Tal vez. No lo sé.

—Sígalo.

El historiador obedeció las órdenes de Jarogniew y siguió a Zacarias. Miró a su alrededor buscando a Rebecca y a Sam, pero no los vio. La plaza no estaba tan concurrida como diez minutos antes, aunque seguía habiendo movimiento.

—Bluebird —volvió a llamar Jarogniew—, ¿cuál es la situación?

—Va camino de una gran puerta, situada al otro lado de la plaza. Es un paso estrecho.

—Es la puerta de Roshnai —identificó la voz del auricular—. Continúe tras él.

Zacarias se aproximó a la puerta y agachó la cabeza para pasar a través de la abertura angosta al otro lado. Tomás siguió su ejemplo y, al salir a la calle, vio que el antiguo alumno miraba hacia atrás, como si quisiera asegurarse de que el hombre con el que había ido a encontrarse iba tras sus pasos. Ese intercambio de miradas dio valor al historiador: era una señal clara de que debía seguir a su antiguo alumno, por lo que apretó el paso y se acercó más a él.

Caminaban ahora por las calles estrechas de la ciudad vieja de Lahore. Acostumbrado al *souq* de El Cairo, Tomás esperaba que esta zona fuera más pintoresca, con puestos por todas partes y cierto encanto exótico en las callejuelas. Pero allí no había nada de eso. La ciudad vieja era sucia y parecía caerse a pedazos, con edificios en ruinas y cables de electricidad que colgaban por todas partes. Las calles estaban embarradas por las tuberías de agua rotas y las cloacas a cielo abierto. Las recorrían motos, mulas, burros, carros, motocarros y algún automóvil ocasional, en una cacofonía de bocinas y radios a todo volumen. Allí, no había elegancia alguna, sólo suciedad por todas partes.

Su ex alumno se metió por una callejuela a la derecha, tan inmunda como las demás, y entró en lo que parecía una tetería improvisada. No tenía paredes en el exterior, sólo unas sillas de plástico y una enorme vasija en la que fermentaba leche. Zacarias se sentó en una silla y miró en todas direcciones. Daba la impresión de sentirse acosado.

—Bluebird, ¿cuál es la situación?

—¡Ahora no! ¡Silencio en las comunicaciones!

Crrrrr.

Tomás aflojó el paso, entró en el establecimiento y se sentó dos sillas más allá. Vio al muchacho pedir un *lassi*, una bebida a base de la leche que fermentaba en la vasija y, siguiendo su ejemplo, pidió otro. Después se quedó sentado en silencio, esperando a ver qué pasaba.

—Esto está complicado, profesor.

Fue lo primero que dijo Zacarias. Su antiguo alumno habló en portugués, pero casi sin mover los labios y mirando a la

285

calle, como si quisiera disimular. Visto desde lejos, alguien podría pensar que estaba canturreando o murmurando una oración.

Al ver su preocupación por esconder que habían entablado conversación, Tomás apoyó el codo en la mesa y dejó caer la cabeza sobre la mano de manera que la palma le tapara la boca y nadie le viera mover los labios.

—¿Y? —preguntó—. ¿Qué pasa?

—Creía que los había despistado, pero cuando estaba esperándolo en el fuerte vi a uno de ellos. Casi sentí pánico.

Tomás echó una mirada a la calle, intentando vislumbrar alguna figura sospechosa, pero no vio nada fuera de lo normal. Había personas yendo de un lado para otro y motos que pasaban con gran ruido y mucho humo, pero todos parecían ir a lo suyo.

—¿Te están vigilando?

—Sí.

—¿Por qué?

—Porque sé demasiado y porque les he dicho que no estaba de acuerdo con lo que están haciendo. —Se mordió los labios y entornó los ojos, como si se estuviera reprendiendo—. ¡Yo y mi bocaza! ¡Nunca aprenderé a estar callado! ...

—Pero ¿sabes exactamente lo que están haciendo?

—Sé que va a haber un gran atentado. Será algo terrible, peor que el 11-S.

—¿Peor aún? —preguntó el historiador, sorprendido—. ¿Dónde?

—En Occidente.

—Sí, pero ¿dónde?

Zacarias movió la cabeza.

—No lo sé.

—¿En Europa o en América?

—Sólo sé que será en Occidente.

—¿Y cuándo será eso?

—Es algo inminente.

—¿Qué quiere decir eso? Va a ser hoy, mañana, la próxima semana, dentro de un mes..., ¿cuándo?

—«Inminente» quiere decir inminente.

El empleado del establecimiento se acercó y ambos se callaron. El hombre puso un vaso de aluminio frente a Zacarias, dejó otro frente a Tomás y regresó junto a la gran vasija de leche fermentada.

El historiador se llevó el vaso a los labios y probó el *lassi*: tenía el sabor fresco del yogur. Dejó el vaso de aluminio sobre la mesa y se limpió el líquido blanco que le coloreaba la comisura de los labios.

—Ya he entendido que el atentado puede ocurrir en cualquier momento —siguió Tomás—. Pero ¿quién va a llevarlo a cabo?

—Un musulmán portugués.

—¿Qué?

—En serio. Un tipo de Lisboa.

—¿Cómo se llama?

—Ibn Taymiyyah.

El profesor hizo una mueca de incredulidad.

—Ese nombre no suena muy portugués…

—¿Qué quiere que le diga? Es como se llama el tipo.

—¿Y va a cometer un atentado así por las buenas? ¿Él solito?

—Claro que no está sólo.

—Entonces, ¿con quién está?

—Con Al-Qaeda.

Al oír ese nombre, Tomás sintió que se le erizaba el vello y tuvo que tomar otro sorbo de *lassi* para calmarse e intentar ordenar sus pensamientos. Todo aquello empezaba a adquirir proporciones demasiado grandes. ¿Al-Qaeda? ¡Caramba, en qué estaba metido! Tuvo ganas de hablar con Rebecca o con cualquiera de los otros dos norteamericanos para que le dieran algún consejo, pero sabía que no podía hacerlo. Tendría que arreglárselas solo en aquel momento.

—A ver, ¿cómo sabes todo eso?

—Al-Qaeda pidió ayuda a los tipos con los que estoy. Necesitaban pasar por Pakistán material que consiguieron en Afganistán. Como estábamos sin personal, me pidieron que les echara una mano. Así me enteré de lo que estaba pasando.

—¿Y cómo sabes que hay un portugués involucrado?

—¿Ibn Taymiyyah? Porque hablé con él.

—¿En serio?

—Sí. Estuve sólo diez minutos con el tipo, pero lo reconocí de Lisboa y entablé conversación con él.

—¿Lo conocías?

—Sí. Lo había visto algunas veces en la mezquita y en la facultad.

—¿En qué facultad?

Zacarias lanzó una mirada fugaz a su antiguo profesor.

—En la nuestra —dijo apartando de nuevo la cabeza—. La Facultad de Ciencias Sociales y Humanidades de la Universidad de Lisboa.

—Tienes que estar de broma…

—Creo que incluso fue alumno suyo.

Tomás volvió la cabeza, absolutamente atónito. La conversación había adquirido visos surrealistas: ¿Un antiguo alumno suyo era ahora miembro de Al-Qaeda? ¿Y ese antiguo alumno iba a cometer un atentado? ¿Qué maldito disparate era aquél?

288

—Disculpa, pero no recuerdo a ningún Ibn Taymiyyah en mis clases… —dijo, después de hacer un esfuerzo por recordarlo.

—¿Recuerda usted el nombre de todos sus alumnos?

—Claro que no, son demasiados. Pero un nombre así no pasa desapercibido, ¿no? ¿Ibn Taymiyyah? ¡Me acordaría de un nombre así! Tiene fuertes connotaciones históricas.

Zacarias se encogió de hombros.

—Quizá no fue alumno suyo —admitió—. Pero lo vi en la facultad, de eso no me cabe la menor duda.

El historiador se incorporó en su lugar, decidido a dejar el asunto para otro momento. Había otras prioridades.

—Bueno, después hablamos de eso —murmuró—. Ahora explícame de quién intentas huir.

Zacarias permaneció callado unos instantes, como si hasta tuviera miedo de pronunciar el nombre.

—¿Ha oído hablar del… Lashkar-e-Taiba? —susurró, volviendo a lanzar miradas en todas direcciones para asegurarse de que nadie le había oído.

—Son los tipos de los atentados de Mumbai, en 2008. ¿Estás metido con esa gente?

—Por desgracia.

—Pero… ¿cómo?

El joven se encogió de hombros, como si fuera incapaz de entender las circunstancias que lo habían llevado a meterse en aquel lío.

—¿Sabe?, vine a estudiar a un complejo educativo cerca de Lahore —dijo, señalando vagamente en una dirección—. Se llama Muridke. No sé si ha oído hablar de él.

—No.

—El Muridke tiene un campus a unos cuarenta kilómetros de aquí. Dentro hay un hospital, escuelas, una mezquita, laboratorios…, de todo. Lo llaman «complejo educativo», pero es también, en cierto modo, un campo de entrenamiento.

—¿De entrenamiento? ¿Qué tipo de entrenamiento?

—¡Hombre, para la yihad!

Tomás le lanzó una mirada escrutadora.

—¿Viniste a Pakistán para entrenarte para la yihad?

—No es exactamente así. Vine a Muridke sin saber dónde me metía. Al fin y al cabo, quien dirige el complejo es Jammaat-ud-Dawa, la Asociación para la Profesión de la Fe, que regenta más de un centenar de escuelas y seminarios por todo Pakistán, y una red de hospitales y servicios sociales. Confié en eso, claro. —Dudó—. Lo que no sabía es que… Jammaat-ud-Dawa no es más que una fachada del Lashkar-e-Taiba.

Se hizo un breve silencio, que truncó el estrépito de una moto que pasó por delante del establecimiento.

—¿Las autoridades están al tanto de eso?

Zacarias se rio sin ganas.

—Las autoridades lo apoyan —exclamó.

—¿El Gobierno pakistaní apoya a esa organización?

El joven movió la cabeza.

—El Gobierno no manda nada —dijo—. Quien está detrás de todo esto es el ISI, los servicios secretos pakistaníes. Ellos son quienes mandan en el país. Se coordinan con los talibanes, con el Lashkar-e-Taiba…, quizás incluso con Al-Qaeda, no lo sé.

El historiador hizo un gesto con la cabeza, como si todo aquello fuera demasiado para él.

—¡Qué tierra ésta!

—Los tipos del Lashkar-e-Taiba me reclutaron en Muridke. Yo era muy ingenuo y no sabía dónde me estaba metiendo. Cuando por fin lo entendí, era demasiado tarde.

La mirada de Zacarias se perdió entre las casas degradadas de la ciudad vieja de Lahore, como si estuviera inmerso en sus pensamientos, reflexionando sobre el entramado de circunstancias que lo había arrastrado de manera inexorable a aquel momento y a aquel lugar, como si no fuera más que una hoja a merced del humor inestable del viento.

—¿Los tipos de Lashkar-e-Taiba estaban vigilándote en el fuerte?

—No lo sé —dijo estremeciéndose, como si su espíritu hubiera vuelto a su cuerpo en aquel instante—. He visto a uno de ellos, eso es verdad. Pero podría ser una coincidencia.

Tomás se rascó la barbilla, pensativo. Le habría gustado pedir instrucciones a Jarogniew o a Rebecca, pero no parecía aconsejable en aquel momento.

—¿Qué quieres que hagamos ahora?

—No sé —dijo dubitativo—. Quiero salir de aquí, pero me temo que es demasiado arriesgado.

—He venido acompañado.

—¿De quién?

—Fuerzas de seguridad.

Zacarias lo miró horrorizado. Alzó la vista, como si le hubieran hablado del diablo.

—¿Qué? ¿No me diga que ha hablado con la Policía pakistaní? —Se echó las manos a la cabeza, con una expresión de alarma en el rostro—. ¡Oh, no! ¿No ha oído lo que le he dicho? ¡Esos tipos están conchabados con el Lashkar-e-Taiba, todos están conchabados! —Miró a su alrededor, desorientado—. Dios mío, ¿qué vamos a hacer ahora?

—Calma —dijo Tomás en tono tranquilo—. No he hablado con nadie de la Policía pakistaní.

—Entonces, ¿con quién ha hablado?

—Norteamericanos.

Zacarias miró hacia la calle, intentando identificar rostros occidentales.

—¿Dónde están?

El historiador hizo un gesto displicente en dirección al exterior.

—Por ahí andan…

—¿Y esos tipos pueden sacarme de aquí?

—Claro. En este mismo momento si quieres. Te meten en un coche y te llevan a una base militar que hay aquí cerca. Después te meten en un avión de las fuerzas aéreas norteamericanas y te sacan inmediatamente del país. Sólo hace falta que lo pidas.

El muchacho respiró hondo. Era como si su cuerpo fuera un saco de preocupaciones que se vaciaba en aquel momento.

—¡Uff! ¡Muy bien!

—¿Entonces? ¿Qué hacemos?

Zacarias se levantó de un salto, repentinamente lleno de energía y entusiasmo.

—Vámonos de aquí —exclamó, ya sin intentar disimular que hablaba con Tomás—. No hay tiempo que perder. —Hizo un gesto en dirección al camino por donde habían venido—. Pero primero tenemos que ir al fuerte.

—¿Por qué?

El muchacho dejó un billete sobre la mesa y salió a la calle, acompañado de su antiguo profesor.

—He traído una prueba.

—¿Qué prueba?

—La prueba de que se está preparando un gran atentado. Pero, cuando estaba en el fuerte, vi al tipo de Lashkar-e-Taiba rondando por allí, me entró el pánico y la escondí, porque no quería que me sorprendieran llevando algo así. ¡Ahora tenemos que ir a buscarla! Cuando usted vea…

—*Ibn al Kalb*!

El insulto, dicho a gritos, interrumpió la conversación y paralizó a Tomás. Vio un bulto negro entre él y Zacarias, vio una hoja que brillaba al sol y, como en un sueño, la vio precipitarse sobre el cuerpo de su antiguo alumno.

—¡Ahhhh!

El desconocido estaba apuñalando a Zacarias.

34

*L*isboa impresionó a Ahmed.

Era la primera vez que salía de Egipto y visitaba un país extranjero, que además era occidental, por lo que sintió una desorientación brutal cuando se enfrentó a las diferencias entre los dos mundos. El contacto con los *kafirun* en el *souq* de El Cairo ya le había dado algunos indicios, pero una cosa era intuir las diferencias, y otra muy distinta era sumergirse en ellas.

La novedad que más le desconcertó al principio, algo para lo que no estaba realmente preparado, fue la riqueza que veía en Portugal: los coches brillaban de tan nuevos que parecían; las furgonetas tenían puertas automáticas; las calzadas eran impecables; no había papeles ni plásticos tirados por los paseos; las personas tenían un aspecto cuidado y sus cuerpos olían a perfume; no se veían barrios degradados, ni albañales, ni cubos de basura en las esquinas, ni bandadas de mendigos; el aire era limpio y todo parecía ordenado y arreglado.

¡Qué contraste con El Cairo!

¿Y qué decir de los comportamientos? Nunca había visto tanto *kafir* de una sola vez, pero lo más chocante fue observar que las mujeres andaban por todas partes exhibiendo su piel blanca. ¡Por Alá, iban prácticamente desnudas! Se les veían los brazos, las piernas, el pelo, los hombros. ¡Algunas llevaban camisas tan cortas que dejaban al aire la barriga e incluso el escote!

—¡Prostitutas! —vociferó en voz baja, indignado—. ¡Son todas unas prostitutas!

Y lo más extraordinario era que a los hombres tampoco parecía importarles demasiado. No daban señales de estar molestos con semejante impudicia. Hasta los vio tratar a las mujeres como si fueran iguales, mezclándose con ellas sin pudor. ¡Observó que muchos matrimonios iban de la mano por la calle y, con los ojos que Alá le había dado, llegó a verlos besarse en la boca en plena vía pública! ¡Qué inmundicia!

Sentía que se ahogaba en aquel mar de inmoralidad y degeneración, por lo que decidió buscar refugio en una mezquita. Le dijeron que había una cerca de Martim Moniz y la buscó, pero, por más vueltas que daba, no la encontraba. Deambuló perdido por la Baixa Lisboa y se asustó cuando vio que un policía se acercaba a él. Pensó que lo iban a detener y se preparó para huir, pero se quedó paralizado y fue incapaz de despegar los pies del suelo. El policía le habló en portugués e, inmóvil, Ahmed movió la cabeza e hizo un gesto de que no entendía lo que le decía. Después de unas primeras palabras confusas, el guardia se dirigió a él en un inglés básico, pero comprensible.

—¿Necesita ayuda?

¡El policía quería ayudarle! En El Cairo siempre veía a los policías como represores agresivos y corruptos, personas a las que había que evitar a toda costa. Aquello, en cambio, era desconcertante: aquel guardia era amable. Desconfiando, Ahmed farfulló una disculpa improvisada y se alejó lo más aprisa que pudo, convencido de que en todo aquello había gato encerrado.

¡Qué tierra aquélla!

—Estos portugueses deben de hartarse de robar a los creyentes —observó después de su primer paseo por la ciudad.

Ahmed se instaló en casa de los Qabir, una familia de musulmanes de origen mozambiqueño que vivía en Odivelas. Nadie sospechaba de la relación del visitante con Al-Jama'a, y lo habían acogido en casa como pago de antiguos favores.

—¿Por qué dices eso, hermano? —le preguntó el cabeza de familia, Faruk—. ¿Pasa algo?

—Me refiero a toda esta opulencia, a todo este dinero que exhiben los portugueses. Es gente muy rica. Sin duda, deben de haberlo robado en alguna parte.

Faruk se rio.

—¿Quién? ¿Nosotros? —Soltó otra carcajada—. ¡Somos de

los pueblos más pobres de Europa occidental! ¡Hermano, tienes que viajar más por Europa para ver riqueza de verdad! ¡Hay pueblos mucho más ricos que nosotros!

Ahmed clavó la mirada en el anfitrión. Su gesto denotaba una mezcla de incredulidad y escándalo.

—¿Los demás *kafirun* son aún más ricos? ¡Por Alá, el expolio debe de ser increíble!

—No es del todo así, hermano. Invertimos mucho en la educación y sabemos que la verdadera riqueza proviene del conocimiento. Si viajas por este país o por el resto de Europa, verás pocas riquezas naturales. No hay petróleo, no hay oro, no hay diamantes. —Se tocó la sien con el dedo índice—. Pero tenemos conocimientos. Aquí en Occidente, sabemos hacer coches, aviones, puentes, ordenadores…, ésa es nuestra riqueza.

Ahmed se calló. Le pareció evidente que aquella familia se había desviado del islam y vivía en *jahiliyya*. ¡Estos supuestos creyentes estaban tan integrados que hasta se referían a los *kafirun* occidentales como «nosotros» y no como «ellos»! ¿Dónde se había visto algo así? Además, tenían comportamientos impropios. ¿No iba Fátima, la hija mayor de Faruk, vestida con vaqueros y mostraba impúdicamente la cara y el pelo por la calle, lo que atraía las miradas lúbricas de los *kafirun*? ¿Y qué decir de la mujer de su anfitrión, Bina, que a veces parecía ser quien mandaba en casa? ¿Cómo podía Faruk permitir algo así? ¿Por qué no las ponía en su sitio? Como si todo aquello no bastara, ¡Ahmed había visto con sus propios ojos cervezas en el frigorífico de aquella casa! ¿Sería posible?

El recién llegado comenzó a frecuentar la mezquita de Odivelas, pero pronto creyó que era demasiado heterodoxa. ¿Dónde estaban los llamamientos a la yihad? ¿Dónde se exigía la aplicación de la *sharia*? ¿Dónde se oían recitar las órdenes de Dios en el Corán de tender emboscadas contra los idólatras? ¡En ninguna parte! Por Alá, ¿qué musulmanes eran aquéllos?

Las instrucciones de Al-Jama'a a Ahmed eran que nunca debía dejar entrever que era un verdadero creyente. Debía ocultar siempre su pensamiento, incluso frente a los musulmanes portugueses. Se trataba de una medida de seguridad. No podía llamar la atención, ya que la organización quería mantenerlo a toda costa fuera de las listas de los creyentes identificados por los servicios secretos occidentales. Por eso, permanecía callado, pero se sentía confuso e indignado con tanta *jahiliyya*.

La gota que colmó el vaso de su paciencia llegó al final de la segunda semana, cuando cenaba con los Qabir. Fátima llegó a casa esa noche muy excitada con la noticia que le acababan de contar. Una amiga musulmana se había casado obligada por su familia con un desconocido un año antes. Ahora se había descubierto que la muchacha tenía un amante secreto y, por lo visto, había seguido en contacto con él, incluso después de casada.

—¡Vaya lío! —observó Fátima.

—Esa muchacha debería tener más juicio —dijo su madre—. ¡Siempre ha sido una cabeza loca!

—¡Oh, ya la conoces! Cuando se le mete algo en la cabeza, no hay quien se lo saque. ¡Ha decidido que su amante es el hombre de su vida, y no habrá quien la convenza de lo contrario! ¡Ahora que se ha descubierto todo, creo que se divorciará y se casará con su amante!

El alboroto despertó la curiosidad de Ahmed, que pidió que le explicaran la conversación. Fátima le resumió el asunto en su árabe titubeante y dejó al convidado atónito.

—¿Seguía viendo a su amante? —se espantó.

—Así es —confirmó Fátima.

—¿Y ahora?

—Y ahora…, fíjate: va a divorciarse.

—Pero… pero… ¿y el adulterio?

—Pues no creo que al marido le haya gustado —reconoció ella—. ¡Que no se hubiera casado por contrato! Quien anda bajo la lluvia se moja, ¿no es así?

—¡Pero cometió adulterio! —insistió Ahmed, escandalizado—. ¿Eso está permitido?

La familia Qabir se miró de reojo.

—Bueno…, claro que no —dijo Faruk.

—¡Ah, bueno! Entonces, ¿cuál es el castigo que le impondrán a esa adúltera?

El anfitrión lanzó una mirada de reprimenda a la hija por haber sacado aquel asunto en la mesa, teniendo en cuenta la presencia del huésped y sus hábitos manifiestamente conservadores. Luego encaró al egipcio con una sonrisa forzada, algo avergonzado de lo que iba a decir.

—No habrá castigo alguno.

—¿Por qué?

—Porque…, porque aquí el adulterio no es un delito.

Al oír esta revelación, el huésped se atragantó y comenzó a toser. Tosió tanto que parecía que se le iban a salir los pulmones por la boca. Cuando por fin se recuperó, sintió ganas de levantarse y gritar a toda aquella gente, de mandar a las mujeres que se pusieran el velo, de tirar las cervezas por la ventana y…

Pero se contuvo.

Sus órdenes eran que no debía revelar sus pensamientos. Tenía que ocultar a toda costa que era un verdadero creyente. Por Alá, no podía dejar de cumplir las instrucciones que le había impartido Al-Jama'a.

Se dio cuenta, sin embargo, de que no iba a ser fácil.

296

Pasó los primeros tres años en Lisboa aprendiendo portugués y cursando asignaturas en el instituto que le permitirían luego matricularse en la facultad. Hastiado de tanto comportamiento desviado, dejó en cuanto pudo la casa de los Qabir y alquiló un cuarto a dos manzanas de allí. La capacidad de memorización que había desarrollado al aprenderse todo el Corán en su infancia le ayudó considerablemente y, pasado un tiempo, hablaba portugués con sólo algún rastro de acento extranjero.

La modernidad que veía a su alrededor, en vez de inspirarlo y llevarlo a cuestionar todo lo que había pensado hasta entonces, le sirvió para reforzar sus creencias y alentar el mayor de los resentimientos. ¿Cómo era posible que los *kafirun* fueran tan ricos y los creyentes tan pobres? ¿Cómo podía Alá permitir tamaña injusticia? La respuesta era evidente: los creyentes se habían desviado del verdadero camino. ¡Habían abandonado la *sharia* y Dios los había castigado con aquella enorme humillación!

Por tanto, era preciso volver a las verdaderas leyes islámicas. Era necesario respetar la *sharia* íntegramente y devolver a la

Tierra la Ley Divina. Sólo así los creyentes podían agradar a Dios y recuperar su favor, para volver a ser más ricos y poderosos que los *kafirun*. Era fundamental regresar a los valores del pasado para garantizar la hegemonía en el futuro.

Acabó con éxito la secundaria y, como había acordado con Al-Jama'a, se preinscribió en Ingeniería, en el Instituto Superior Técnico y en la Universidade Nova de Lisboa. Le aceptaron en ambos centros, lo que no era sorprendente dadas sus excelentes notas de secundaria y las bajas notas de acceso, y acabó decidiéndose por la Universidade Nova que, al fin y al cabo, era una universidad.

En esa época recibió una carta de El Cairo. La abrió y vio que se la enviaba Arif, su antiguo patrón en el *souq*. Después de los saludos y preámbulos habituales, el dueño de la tienda de pipas de agua se quejó de que Adara ya estaba en edad de casarse y quería saber si su antiguo pupilo seguía dispuesto a cumplir lo acordado años atrás.

Ahmed respondió enseguida y, en dos meses, los novios y los padres tramitaron los papeles necesarios. Cuando firmaron los documentos del matrimonio y todo estuvo listo, Ahmed se acercó a correos por última vez durante toda aquella espera y envió a El Cairo un billete de avión. En el momento en que salía del edificio no pudo contenerse y dio un salto de alegría.

¡La bella Adara llegaría pronto!

35

*P*arecía una película.

El desconocido agarraba a Zacarias con el brazo izquierdo, mientras con la mano derecha descargaba una y otra vez el puñal sobre su víctima. Lo apuñaló hasta tres veces, hasta que Tomás salió de su estupor y, recuperada la plena conciencia, asestó una patada brutal en la cabeza al agresor. Cogido por sorpresa, el hombre cayó al suelo, soltando a Zacarias, y encaró al portugués.

298

—*Kafir!* —vociferó.

El desconocido se levantó de un salto, con el cuchillo bañado en sangre, y avanzó en dirección a Tomás, amenazador.

Crrrrrr.

—¡Blackhawk! ¡Blackhawk! —Era la voz de Jarogniew en el auricular, que gritaba frenéticamente—. *Go! Go!*

En medio de la confusión, Tomás recordó que «Blackhawk» era el nombre en clave de Sam. Pero no había tiempo de preocuparse de los demás, la amenaza era demasiado inminente.

Crrrrrr.

—¡Bluebird, salga de ahí! ¡Ahora!

El agresor, vestido de negro, se movió rápido como un felino y descargó el puñal en dirección a Tomás. Éste saltó hacia atrás y consiguió esquivarlo. Aprovechando que el desconocido perdió el equilibrio momentáneamente, volvió a darle una patada, esta vez en el estómago, pero, aun así, el hombre no vaciló y se abalanzó sobre el historiador.

Crrrrrr.

—¿Blackhawk!? *Go! Go!*

El portugués consiguió aguantar la mano que empuñaba el

cuchillo, pero sintió los golpes del agresor en los riñones. El dolor le hizo flaquear y pronto tuvo la hoja del puñal cerca de los ojos. Empleó todas sus fuerzas para hacer recular al agresor, pero lo único que consiguió fue evitar que avanzara. La punta del puñal estaba ahora a sólo un palmo y Tomás no tenía mucho tiempo para reaccionar.

Crrrrrr.

—¿Bluebird?

Con un movimiento rápido y desesperado, el europeo se encogió y consiguió dar un rodillazo a su agresor en el vientre y, acto seguido, se volvió y acertó a darle un codazo en la cara. En un acto reflejo, la mano que empuñaba el cuchillo retrocedió y Tomás aprovechó para darle un cabezazo en el rostro al agresor. El desconocido soltó un grito de dolor y, a ciegas, con una furia repentina, descargó el puñal contra su víctima con tal fuerza que rompió la defensa del enemigo y le rasgó la camisa. La hoja del puñal alcanzó el cuerpo de Tomás.

Crrrrrr.

—Blackhawk, ¿qué pasa?

El portugués sintió un dolor agudo en el pecho, junto al corazón, y vio que le habían acuchillado. Casi sintió pánico. ¿Dónde estaba la ayuda?, se preguntó en aquel momento de desesperación. ¿Dónde estaba Sam? ¿Dónde estaba Rebecca? ¿Por qué tardaban tanto en acudir en su ayuda? ¿Tendrían problemas de comunicación como al principio de la operación? ¿No oían las llamadas insistentes de Jarogniew por los auriculares?

Si era así, estaba perdido.

Crrrrrr.

—¿Dónde estás, Blackhawk? ¿Qué pasa?

Al notar que su resistencia se agotaba por momentos, Tomás se retorció en un intento de liberarse, pero el desconocido lo inmovilizó con el brazo izquierdo, como había hecho momentos antes con Zacarias. Cuando consiguió liberar el brazo derecho, levantó el puñal bien alto para acuchillar al historiador con todas sus fuerzas.

Pah.

Pah.

El pulso del desconocido perdió energía. Tomás miró hacia

arriba y vio que su agresor tenía los ojos vidriosos y un agujero en la cabeza, del que brotaba un fluido blanco mezclado con sangre. El hombre de negro estaba muy rígido y se inclinó poco a poco, como un árbol que se tumba, hasta caer al suelo. Estaba muerto.

Echado de espaldas en el suelo y al fin sin nadie encima de él, el historiador levantó la cabeza y vio a Sam, que agarraba una pistola con las dos manos. Miraba en todas direcciones en busca de potenciales amenazas. El arma aún humeaba.

—¿Está usted bien? —le preguntó Sam sin mirarlo.

Tomás se incorporó apoyando el cuerpo en el codo y se masajeó el pecho dolorido.

—Creo que me ha acuchillado en el pecho —dijo comprobando aún la reacción de su cuerpo—. Pero creo que ha sido de refilón.

—Ahora veremos de qué se trata.

El portugués desvió la atención de la herida que le ensuciaba de sangre la camisa hacia el norteamericano.

—¡Creía que no aparecería nadie! —refunfuñó—. ¿No ha oído como lo llamaba su compañero por el auricular?

—Lo he oído.

—Entonces, ¿por qué rayos ha tardado tanto en llegar?

—Estaba entretenido con otros matones. —Señaló con la cabeza hacia el final de la calle, donde había dos cuerpos tirados en el suelo—. Me ha llevado un momento despacharlos.

Crrrrrr.

—¡Blackhawk! ¿Cuál es la situación?

—Bluebird está *okay* —reveló Sam—. Charlie está *down*. *Standby.*

El historiador se levantó poco a poco y, tambaleante, se acercó a Zacarias, que estaba tirado en el suelo, inanimado, al lado de un charco de sangre que, aparentemente, le había brotado del cuello. Pero ya no chorreaba más sangre. Tomás se arrodilló junto al antiguo alumno y le puso dos dedos debajo de la oreja intentando encontrarle el pulso.

Nada.

Le tomó el pulso, pero seguía sin haber pulsaciones.

—¿Y bien? —quiso saber Sam.

Tomás agachó la cabeza con tristeza. Sosteniendo la pistola con una sola mano, el norteamericano se arrodilló al lado de Zacarias y le tomó el pulso. Le llevó sólo un instante sacar sus propias conclusiones.

—Está muerto.

Crrrrrr.

—*Hello?* —Esta vez era la voz de Rebecca—. ¿Qué pasa? ¿Ha ocurrido algo?

—Ha habido un incidente —respondió Sam—. Hemos perdido a Charlie. Tenemos que salir de aquí.

—Pero ¿qué pasa? ¿Cómo está Tom? —La voz era frenética y destilaba ansiedad—. ¡Tom! ¿Está usted bien?

—Estoy bien.

—Shopgirl, deje libre la línea —ordenó Sam—. Tenemos que salir de aquí.

Una multitud se acercaba en aquel momento al lugar atraída por los cuerpos inertes de Zacarias y del desconocido. Sam estaba ansioso por dejar el lugar antes de que llegara la policía y tiraba de Tomás. El historiador, por su parte, no digería fácilmente la idea de abandonar el cadáver de su antiguo alumno y se sacudió la mano que tiraba de él.

—¡Oiga, tenemos que salir de aquí ya! —exclamó Sam, con urgencia en la voz—. Está muerto, no podemos hacer nada por él.

Tomás miró por última vez a Zacarias, como si se estuviera despidiendo de él. Le miró los ojos vidriosos, el cuello destrozado y la mano estirada con el índice arañando el suelo…

—¡Espere!

Sam se impacientó.

—¿Qué pasa ahora?

Tomás volvió a acercarse al cuerpo y se inclinó sobre la mano inmóvil de Zacarias.

—¿Qué es esto?

El otro hombre se acercó y miró hacia donde Tomás señalaba.

—¿Qué?

Delante del dedo, la tierra parecía revuelta, reflejando unos trazos. Tomás volvió la cabeza intentando descifrar lo que, por lo visto, Zacarias había dibujado mientras agonizaba. Entendió que tenía que ser algo importante. Nadie gastaba los últimos instantes de su vida dibujando algo baladí.

Giró de nuevo la cabeza y miró fijamente los trazos. Entonces vio que no era un dibujo. Eran letras:

USE
ME

—*Use me?* —se preguntó Tomás—. ¿Qué rayos quiere decir esto?

—Le pidió que lo usara —constató Sam, traduciendo la frase.

El historiador hizo una mueca de intriga y movió la cabeza, desorientado.

—¡No tiene ningún sentido!

El sonido lejano de una sirena rasgó el aire y los devolvió a la realidad. Sam cogió a Tomás inmediatamente por el brazo, esta vez con la determinación de quien no admite vacilaciones, y tiró de él con fuerza.

—*Let's go!*

302

36

*L*a figura que apareció en la rampa de llegadas del aeropuerto de Lisboa atrajo las miradas de todo el mundo. Era una mujer cubierta de la cabeza a los pies con ropas islámicas, una imagen poco común en la capital portuguesa.

Incrustado en aquella pequeña multitud, Ahmed miró atentamente la figura tímida y reconoció sus ojos.

—¡Adara! —la llamó levantando el brazo—. ¡Adara! ¡Aquí!

Fue a recibirla al final de la rampa. A pesar de que se habían visto con frecuencia en la tienda de pipas de agua, no habían intercambiado más que algunas palabras. Adara llegaba adecuadamente tapada, pero era evidente que se había convertido en una mujer: más alta, con el cuerpo más ancho, los ojos aún como perlas relucientes y una cara angelical.

Rebosante de felicidad, Ahmed la llevó a su nuevo apartamento en el monte de Caparica, al que se había mudado para estar más cerca de la facultad. Ya en casa, le sirvió el carnero asado y el arroz árabe que Bina, la mujer de Faruk, había preparado.

—¿Está bueno? —le preguntó, intentando entablar conversación.

Adara asintió en silencio.

—¿Estás cansada?

Ella volvió a asentir con la cabeza, sin apartar los ojos de la comida. No estaba muy habladora, lo que contrarió a Ahmed. Le parecía hermosa y quería que fuera feliz, pero parecía cerrada como una concha. El novio se encogió de hombros, resignado. Pensó que ya se soltaría a su debido tiempo.

Y

Cuando terminaron de cenar se instaló entre ellos cierta incomodidad. Ambos sabían qué tenía que ocurrir a continuación, pero no estaba claro cómo llegaría a pasar. Ahmed reflexionó sobre el asunto y optó por seguir una vía indirecta.

—¿Quieres ver la casa?

Adara levantó la mirada, que reflejaba el miedo que sentía. Entendió muy bien el sentido de la pregunta. Ahmed interpretó el silencio como un consentimiento tácito, la postura adecuada para una mujer modesta y recatada, y la llevó al cuarto. En el centro, había una cama de matrimonio grande y le hizo señas de que fuera hacia ella. Adara obedeció y se tumbó vestida sobre la cama, con el cuerpo rígido. Sus ojos mostraban todo su nerviosismo.

El marido apagó la luz y se tumbó a su lado. No sabía bien qué hacer en esas circunstancias, ya que el tema estaba prohibido incluso en las conversaciones entre hombres, pero sabía que todo pasaba entre las piernas de ella. Reunió valor suficiente y pasó con torpeza la mano por debajo del vestido y la exploró hasta detectar la abertura caliente. Sintió la erección crecer entre sus piernas y se desnudó con un movimiento rápido. Después se deslizó encima de ella e hizo fuerza para penetrarla, sin resultado. Debía de haber algún mecanismo que ambos desconocían. Se le ocurrió entonces abrirle las piernas y volvió a embestirla. Ella gimió de dolor en el momento en que el marido consiguió penetrarla.

Fue una refriega rápida y apresurada. Dos minutos después, Ahmed se levantó y fue a lavarse. Luego fue el turno de ella para las abluciones. El marido volvió al cuarto, encendió la luz y constató que había una pequeña mancha de sangre en las sábanas. Los ojos le brillaron por el alivio que sintió.

El campus universitario de la Facultad de Ciencias y Tecnología de la Universidade Nova estaba en el monte de Caparica, cerca del apartamento donde vivían. Se matriculó en Ingeniería Electrotécnica y se pasó los siguientes meses dedicado a las diferentes asignaturas de la carrera. Asistió a cursos con nombres extraños como Electrotécnica Teórica, Instrumentación y Me-

304

didas Eléctricas, Conversión Electromecánica de Energía y Electrónica de Potencia en Accionamientos. No eran las disciplinas más excitantes del mundo, pero Ahmed las completó con competencia y dedicación.

Le iban bien los estudios, pero no podía decir lo mismo de la vida doméstica. Adara estaba siempre deprimida. Era muy distinta de aquella muchacha alegre y divertida que le había llamado la atención en la tienda de pipas de agua de El Cairo.

Un día, al llegar de clase, se la encontró llorando en el sofá.

—¿Qué pasa? ¿Ha pasado algo?

La mujer se pasó la mano por la cara, limpiándose apresuradamente las lágrimas, y se levantó.

—No es nada.

—¿Cómo que no es nada? ¿Por qué estás llorando, mujer?

Adara se negaba a responder, pero Ahmed no admitió el silencio por respuesta y le exigió que le explicara qué le pasaba. No saldría de allí hasta que no consiguiera aclararlo. Tanto insistió que la mujer acabó por abrirse.

—No soy feliz.

—¿Por qué? ¿Echas de menos a tu familia?

Ella asintió con la cabeza.

—Pero no es sólo eso, ¿no? ¿Hay algo más?

Ella no dijo nada.

—¿Entonces? ¿Por qué estás tan triste?

Adara volvió a cerrarse en un mutismo obstinado. Pero la puerta se había entreabierto y Ahmed no estaba dispuesto a aceptar que las cosas quedaran así. Quería averiguar qué estaba pasando.

Volvió a insistir pasados unos días, hasta que consiguió arrancarle una confesión sorprendente.

—No me gusta este matrimonio.

La revelación le desconcertó.

—¿Qué? ¿Qué dices?

Por primera vez desde que vivían juntos, Adara alzó la vista y miró a su marido a los ojos, desafiante, como si decir aquello la liberara.

305

—No me gusta estar casada.

Aquella declaración era inaudita y dejó atónito a Ahmed. ¿Dónde se había visto que una mujer dijera algo semejante a su marido? ¿Se habría vuelto loca?

—¿Qué quieres decir con eso? ¿Acaso te trato mal?

—No, claro que no.

—Entonces, ¿cuál es el problema?

Ella bajó los ojos. Una lágrima solitaria le recorrió el rostro.

—No estoy enamorada de ti.

Ahmed la miró sin salir de su asombro. Esperaba que ella dijera cualquier otra cosa. Todo menos aquello.

—¿Y desde cuándo importa eso? —preguntó al fin—. ¿Qué tiene que ver el amor con todo esto? ¿Eres tonta o qué?

La mujer se encogió por completo. Sus ojos, que se movían de un lado a otro, mostraban su desorientación y desesperación.

—Yo quería un matrimonio…, un matrimonio especial, ¿lo entiendes? Un matrimonio en el que hubiera pasión de verdad, que me hiciera vibrar…

—¿Estás loca?

—¡Yo quiero un amor como el de las novelas!

El rostro del marido se contrajo en una expresión de perplejidad.

—¿Qué novelas? ¿De qué estás hablando?

—Estoy hablando de los libros que leía en El Cairo a escondidas de mis padres, de Barbara Cartland, Daphne du Maurier…

—Basura —cortó Ahmed, súbitamente enfurecido—. ¡Eso es todo basura! ¡Son todo ordinarieces de los *kafirun*!

—Son libros bonitos —argumentó ella—. Hablan de amor, de un mundo en el que las mujeres pueden decidir su vida, en el que se enamoran, en el que se casan con el hombre al que quieren y no con el que su padre decide, en el que toman sus propias decisiones, en el que pueden…

—¡Eso es basura! —repitió el marido en un tono agresivo que la obligó a callarse—. ¡Esos libros de los *kafirun* no son más que obras del diablo! Querer estar guapa en público, desear atraer a los hombres, buscar el placer, divertirse… ¡Todo eso son seducciones de Satanás! ¡No olvides que esta vida es una prueba temporal! ¡El diablo tiene innumerables estratagemas para desviarnos del buen camino y esos libros inmorales de los *kafirun* son una de ellas! —Señaló hacia arriba—. ¡Pero Alá *Al-Hakam*, el Juez, todo lo observa, y si nos ve caer en la tentación nos cerrará el paso a los jardines eternos! Eso es lo que quieres, ¿acabar en el Infierno?

Adara negó con la cabeza. Vivía aterrorizada con la posibilidad de ir al Infierno.

—¡Entonces, no pierdas el juicio! —ordenó él—. Una buena musulmana evita las sensaciones animalescas de esos libros. El islam es sumisión. Las mujeres deben obediencia a sus maridos y a Dios, no a Satanás ni a la animalidad del cuerpo.

Adara volvió a mirarlo.

—Pero cuando estamos los dos juntos, cuando tú quieres intimidad…, lo que ocurre es precisamente animal. No hay romanticismo, no hay…, no sé, no hay nada. ¡Es horrible!

Ahmed respiró hondo.

—Sólo hablas así porque has leído esos libros de los *kafirun*, con sus descripciones licenciosas y no islámicas de la intimidad entre marido y mujer. Pero has de saber que ninguna buena musulmana debe copiar el comportamiento de las impías. ¡Una buena creyente evita vestirse como ellas, comportarse como ellas, mantener intimidad como ellas!

—Al menos las *kafirun* son libres.

—¡Son impías! —exclamó él, en un tono que no admitía discusión—. Esos libros asquerosos que leías apartan a las buenas musulmanas del camino de Alá.

—Me gustan las novelas.

Ahmed se pegó a la cara de la mujer y habló entre dientes, en un tono de voz bajo y tenso, cargado de amenazas:

—Te prohíbo que vuelvas a leer esas inmundicias.

Las cosas no iban nada bien en casa. La conversación permitió a Ahmed entender el problema y su origen, pero no resolverlo. Adara era infeliz y el marido empezó a intuir que su suegro tenía razón: en el fondo era una rebelde. Sabía que tendría que mantener el pulso firme para domarla y empezó a

307

vigilarla con más atención, controlando especialmente lo que la mujer leía o veía en la televisión.

Con su matrimonio languideciendo, se dedicó con fervor a los estudios. Acabó Ingeniería en 1994, a los 25 años y, gracias a la recomendación de sus contactos en Al-Jama'a, empezó a trabajar en proyectos de una empresa saudí que abrió una oficina en Lisboa. Pero la curiosidad y cierto aburrimiento por el trabajo y por los silencios pesados en casa lo impulsaron a buscar algo diferente.

En cuanto consiguió un trabajo, se mudó a una casa mejor situada. El matrimonio dejó el monte de Caparica y se trasladó a un apartamento en la Praça de Espanha, cerca de las oficinas de la empresa y de la Mezquita Central. Poco después de acabar la mudanza echó un vistazo a las carreras que ofrecía la universidad en la que se había licenciado y descubrió que la Universidad Nova de Lisboa tenía otra facultad a dos pasos de su nuevo apartamento.

Visitó la Facultad de Ciencias Sociales y Humanidades a la primera oportunidad. Lo que más le llamó la atención fue la carrera de Historia, que le apasionaba desde la época en la que el profesor Ayman le enseñó la historia del islam en la madraza de Al-Azhar. Decidió ocupar el tiempo libre del que disponía y comenzó a asistir a algunas asignaturas de esa carrera. De todas las asignaturas, la que más le interesó fue Lenguas Antiguas. Quiso saber quién la impartía y se fijó en el nombre del profesor: Tomás Noronha.

37

—¡*T*enemos que volver!

—¿Qué?

—¡Tenemos que volver! —repitió Tomás—. ¡Inmediatamente!

El historiador estaba sentado en la camioneta con el torso desnudo. Rebecca le limpiaba la herida del pecho con un trozo de algodón empapado en alcohol. Pero Tomás tenía los ojos clavados en las murallas de caliza roja del fuerte, que ahora dejaban atrás.

—¿Qué pasa? —preguntó Jarogniew, agarrado al volante.

—Quiere volver —explicó Rebecca, mientras preparaba el vendaje.

—¿Por qué?

Todas las miradas se dirigieron al historiador, que mantenía la vista fija en el fuerte, ahora ya en segundo plano.

—Zacarias me dijo que había dejado una cosa muy importante escondida en el fuerte. Tenemos que ir a buscarla.

—¿Está usted loco? —insistió Jarogniew—. En este momento, el cuerpo de su amigo ya está rodeado de policías. Si vuelve, algún testigo podría identificarlo.

—Pero tenemos que buscar lo que Zacarias dejó allí.

—¿Qué narices puede ser tan importante?

—Por lo que entendí, se trata de una prueba relacionada con el gran atentado que están preparando.

—¿Sabría dónde encontrarla?

—En el fuerte.

—Sí, pero ¿dónde?

—Zacarias no me lo dijo.

—Entonces, ¿cómo pretende encontrar esa prueba? El fuerte es enorme...

Tomás volvió la cabeza y clavó la vista en Sam.

—«*Use me*».

El norteamericano respondió con una expresión vacía, propia de quien no ha entendido nada.

—¿Qué?

—El mensaje que Zacarias dejó escrito en el suelo —explicó el historiador—. Es una pista para llegar a la prueba que escondió en el fuerte.

Se hizo un silencio breve en la camioneta, durante el que los norteamericanos consideraron las consecuencias de lo que acababan de oír. Como había sido el único que había visto el último mensaje de Zacarias escrito, Sam fue el primero en entender adónde quería llegar Tomás. Venciendo sus últimas dudas, se inclinó en su asiento, abrió una bolsa y sacó una tela blanca del interior.

—Póngase este *shalwar kameez* y este *pakol* —dijo, alargando a Tomás las prendas pakistaníes—. Así nadie le reconocerá.

Sentado al volante, Jarogniew miró a su compañero con un gesto inquisitivo.

—¿Qué estás haciendo?

Sam señaló el fuerte, que desaparecía a lo lejos.

—Vamos a volver.

Esta vez, Tomás cruzó la puerta de Alamgiri y entró en el complejo del fuerte de Lahore. A su lado iba Sam, también disfrazado con un *shalwar kameez*, con la pistola oculta entre la ropa y los ojos atentos a cualquier amenaza.

—¿Por dónde quiere comenzar? —preguntó el norteamericano.

Dejaron atrás la puerta de Alamgiri; a un lado quedaba la Puerta de Musamman Burj, ya dentro del complejo. Ante los dos occidentales vestidos de *shalwar kameez* se extendía un espacio enorme, ocupado por edificios y jardines.

—Por el centro.

Atravesaron el gran jardín a buen paso. En aquel lugar reinaba una placidez beatífica. Los cuervos graznaban y los gorriones gorjeaban sin cesar. El sonido melodioso se superponía al rumor distante, pero siempre presente, de la ciudad. El fuerte estaba defendido por unos cañones antiguos que adornaban las esquinas de las murallas. Más allá se extendían las casas degradadas de la ciudad vieja, casi un vertedero de edificios decadentes y callejuelas inmundas.

En cambio, allí, en medio del jardín del fuerte, reinaba la armonía. Unos aspersores gigantes regaban las plantas y los chorros de agua alcanzaban el tronco de los árboles *papiyal* y el camino por el que deambulaban los visitantes, lo que obligaba a Tomás y a Sam a tener especial cuidado para no mojarse.

Rodearon el jardín y se acercaron al primer edificio, una construcción de piedra con puertas bajas. Tomás sacó del bolsillo un folleto con el plano del complejo.

—Éste es el Diwan-i-Aam —dijo identificando el edificio—. Aquí recibía el emperador mongol las visitas.

Los dos hombres se agacharon y franquearon la puerta de entrada.

—Esos mongoles debían de ser unos enanos —observó Sam, al constatar que todas las puertas del edificio eran igual de bajas.

El Diwan-i-Aam parecía una reliquia mal conservada. El mármol antiguo que decoraba el interior tenía un aspecto muy deteriorado. No obstante, los arabescos grabados en la superficie podían verse aún claramente. Las paredes parecían de yeso y estaban agrietadas. Había pintadas hechas con tiza por visitantes irrespetuosos, probablemente adolescentes enamorados, mientras que se abrían grietas en el suelo. El interior era oscuro y extrañamente fresco, en un contraste agradable con el horno de fuera. Las salas eran estrechas y parecían extraídas de un Punjab para liliputienses. Los dos hombres las recorrieron metódicamente sin encontrar nada.

—No es aquí —concluyó Tomás.

Salieron al balcón y contemplaron el patio que se extendía

frente a ellos, adornado por un pequeño jardín con un lago artificial seco que dejaba ver los tubos de las canalizaciones. Más allá se veían aún más edificios y, tras las murallas, de nuevo la ciudad que se desplegaba en medio del *smog*.

Sam señaló los demás edificios del complejo.

—Vamos a buscar en aquel lado.

Antes de alcanzar la escalera que bajaba al jardín, Tomás lanzó una última mirada al balcón del Diwan-i-Aam. En ese momento reparó en una mancha azul, casi oculta debajo de la arcada, a la izquierda. Era una caja cilíndrica de plástico azul, con una abertura en la parte superior y unas letras pintadas en blanco:

Un contenedor de basura.

Tomás se quedó inmóvil, mirando las letras blancas en el contenedor azul. Parecía hipnotizado.

—¿Pasa algo? —preguntó Sam.

El historiador señaló maquinalmente el contenedor de basura. Se quedaron ambos contemplándolo durante un instante, casi como si temieran ver qué escondía en su interior. El primero en reaccionar fue el norteamericano. Metió la mano debajo del *shalwar kameez* para agarrar el arma y, aunque mantuvo la pistola escondida, adoptó una postura vigilante, como si de ese modo garantizara la seguridad del perímetro.

—Vaya a ver qué hay dentro.

Tomás se acercó lentamente e inclinó la cabeza sobre la abertura mirando el interior del contenedor de basura. Había una lata de refresco verde y una bolsa blanca de patatas fritas. Alargó la mano y apartó la bolsa, intentado ver qué había debajo. Vio entonces una superficie de color amarillo tostado, que le pareció un cartón.

—Aquí hay algo.

—Sáquelo.

Moviéndose con muchísimo cuidado, el historiador metió el brazo en el contenedor de basura y tocó la superficie amarillenta. Era un cartón o un papel grueso. Lo cogió, lo sacó y lo miró a la luz.

Era un sobre.

Inspeccionó el sobre por delante y por detrás, pero no había nada escrito en él. Indeciso, intercambió una mirada con Sam. El norteamericano le hizo señas con la cabeza, animándolo a abrirlo. Tomás buscó la abertura y descubrió que estaba sellada con una pequeña cuerda áspera. Deshizo el nudo, metió la mano dentro del sobre y notó una superficie lisa y fresca en el interior.

—¿Y bien? —preguntó Sam, impaciente.

—Calma.

Después de comprobar que no había nadie a su alrededor espiándolos, Tomás extrajo el objeto suave que contenía el sobre. Parecía una hoja plastificada, de tamaño A4. Giró la hoja y lo que vio hizo que le diera un vuelco el corazón.

—¡Dios mío!

Al ver al historiador arquear las cejas, Sam no consiguió contener la curiosidad.

—¿Qué es? ¿Qué pone ahí?

Lívido, Tomás le enseñó la hoja. Sam se percató entonces de que se trataba de una imagen ampliada de una fotografía tomada con un teléfono móvil. La imagen era oscura y algo desenfocada, pero aun así se veía bien lo que era: la foto mostraba una caja con caracteres cirílicos. En la parte superior de la caja, entre una bandera rusa y los caracteres cirílicos, había un símbolo reconocido universalmente: el símbolo nuclear.

313

38

*U*na desagradable ráfaga de viento obligó a Ahmed a levantarse para cerrar la ventana. Miró hacia fuera y arqueó las cejas, horrorizado: ¡Adara cruzaba en ese momento la calle y, para su espanto, llevaba la cabeza completamente descubierta!

—¡Por Alá! —exclamó sin salir de su asombro—. ¡Se ha vuelto loca!

No le gustaba que fuera a la compra sola, pero no había manera de evitarlo. Estaba en un país *kafir* y no tenía a su familia allí para que acompañaran a Adara siempre que necesitaba salir a la calle. Por eso, había tenido que resignarse, pero sólo había accedido a dejarla ir sola con la promesa de que protegería su rostro y su cuerpo de miradas impúdicas. Ahora veía que había incumplido esa promesa.

En el momento en que Adara abrió la puerta, llevaba el cabello cubierto con un pañuelo. El marido le abofeteó la cara varias veces.

—¡Eres una prostituta! ¡Una desvergonzada! ¿Cómo te atreves a desobedecerme?

Ahmed perdió el control de sí mismo. Era la primera vez que pegaba a su mujer, pero la furia se había apoderado de él. Adara estaba encogida en una esquina de la entrada y se cubría la cabeza con los brazos. Su cuerpo, hecho un ovillo en una postura defensiva, temblaba.

—¿Qué he hecho? —gimió ella—. ¿Qué he hecho?

—¡Prostituta! ¿No tienes vergüenza? ¡Perra! ¡Ordinaria! ¡No vales para nada!

Pese a que el marido había dejado de golpearla, Adara permaneció durante un rato acurrucada en la esquina, llorando.

314

Ahmed, jadeante, se repetía por enésima vez que aquella mujer era de veras rebelde, mientras miraba con despecho su cuerpo trémulo. ¡Pero él la haría entrar en razón, le enseñaría cómo ser recatada y a comportarse como una buena musulmana!

—¡No me puedes pegar! —gimió ella cuando recuperó el aliento—. ¡No tienes derecho! ¡Sólo un mal creyente pega a una mujer!

—¿Quién te ha dicho eso?

—El mulá de la Mezquita Central. ¡Dijo que el Profeta, en su último sermón, ordenó a los creyentes tratar bien a sus mujeres!

—Que yo sepa, te trato bien...

—¡Pero me has pegado! El mulá dice que el Corán garantiza la igualdad entre hombres y mujeres. ¡No puedes maltratarme!

El marido soltó una carcajada forzada.

—O bien es un ignorante, o bien ese mulá se ha vendido a los *kafirun*. ¿Dónde está escrito eso?

Ella levantó la vista. Su mirada mezclaba desafío y rencor.

—En el Corán, ya te lo he dicho. ¡Yo misma lo he leído! Alá dice en el versículo 228 de la sura 2: «Las mujeres tienen sobre los esposos idénticos derechos que ellos tienen sobre ellas». ¡Está escrito en el Corán!

—¿Ahora recitas el Corán?

—Conozco ese versículo.

—Entonces, deberías citarlo entero. Es cierto que Alá dice en el Corán que los derechos de hombres y mujeres son idénticos. Pero luego, en el mismo versículo, Alá aclara que «los hombres tienen sobre ellas preeminencia».

—«Tienen preeminencia» —admitió ella—, aunque tienen «idénticos derechos» a los de ellas.

—Así es. Pero no olvides que Alá establece en el Libro Sagrado que el testimonio de una mujer vale la mitad que el de un hombre, que la herencia que corresponde a una hija es la mitad de la que corresponde a un hijo, y que un hombre puede casarse con cuatro mujeres al mismo tiempo y que, en cambio, una mujer no puede estar casada con más de un hombre a la vez. Y en el versículo 223 de la sura 2, Alá dice: «Vuestras mujeres os pertenecen. Disfrutadlas como os plazca».

—«Disfrutadlas», dice Alá —argumentó Adara, siempre combativa—. No dice «golpeadlas».

—Lo dice en la sura 4, versículo 34: «A aquellas de quienes temáis la desobediencia, amonestadlas, mantenedlas separadas en sus habitaciones, castigadlas».

—Exacto —insistió Adara—. Alá dice «amonestadlas» y «castigadlas», pero en ningún caso dice que se pegue a las mujeres.

—¿A qué castigo y amonestación crees que se refiere Alá?

—No sé, pero no habla nunca de golpear.

—Lo dijo el Profeta.

La mujer le lanzó una mirada inquisitiva.

—¿Qué quieres decir con eso?

—Hay un *hadith* que recoge estas palabras del mensajero de Dios: «No se le preguntará a ningún hombre los motivos por los que pega a su mujer». Y en otro *hadith* está escrito que el Profeta se quejó de las mujeres que se enfrentaban a sus maridos y dio permiso a éstos para pegarles.

—Mi mulá dice que esos *ahadith* no son totalmente fiables —contestó ella.

Ahmed se encogió de hombros.

—Los cita Abu Dawud —aclaró, como si eso fuera suficiente—. Y hay otro *hadith* de Al-Bujari en que alguien preguntó al Profeta si podía pegar a su mujer y él le respondió que sí, añadiendo que se debe infligir el correctivo con un *miswak*.

A Adara le costaba aceptar aquello. Aunque sabía que jamás conseguiría derrotar a Ahmed con argumentos coránicos, no se dio por vencida.

—Pues que yo sepa no me has golpeado con un *miswak* —protestó—. Además, un creyente que golpea a su mujer debe tener un motivo válido. ¡No puede pegarle porque le apetezca sin más!

—Es cierto.

—Entonces, si es cierto, ¿por qué me has pegado?

—¡Porque me has desobedecido!

—¿Yo?

Ahmed dio un paso adelante, enervándose, y señaló a la mujer en un gesto acusador.

—¡No te hagas la despistada, porque lo he visto todo! ¡Andabas por la calle sin ir debidamente tapada, como ordenó el Profeta, como te mandé yo y como corresponde a una musulmana que se dé a respetar! ¿O me lo vas a negar?

Adara no supo qué decir. Era verdad que, últimamente, se destapaba siempre que salía a la calle. Estaba cansada de las miradas extrañadas de los *kafirun* portugueses y quería integrarse mejor, andar sin sentirse observada en todo momento. Siempre había tenido cuidado de cubrirse al llegar a casa, pero, por lo visto, su marido la había sorprendido infringiendo las reglas.

Levantó la vista y volvió a mirar a Ahmed con una expresión desafiante.

—Está bien, me he destapado en la calle. ¿Y qué? ¿Cuál es el problema?

El marido la miró con asombro. No podía creer lo que estaba oyendo.

—¿Cuál es el...? —Movió la cabeza, como si hacerlo le sirviera para ordenar sus pensamientos—. ¿Te estás burlando de mí, mujer?

—¡No, ni mucho menos! ¿Cuál es el problema de que las mujeres vayan destapadas? ¿Me lo puedes explicar tú?

—¿Estás loca? ¡Son órdenes del Profeta!

—Pero él tendría una razón para ordenar que nos cubriéramos...

—¿No te das cuenta de que los hombres..., los hombres pierden la cabeza cuando ven a una mujer destapada? ¿No ves el efecto que una mujer semidesnuda provoca en los hombres? ¡Les ciega el deseo! ¡Una visión así los confunde!

—¿Los confunde?

—¡Sí, los confunde! ¡No consiguen trabajar! ¡Se instala un caos total! ¡La sociedad se hunde en la anarquía más completa! ¡Es la *fitna* absoluta!

Adara permaneció callada durante un instante mirando a su marido, como si intentara decidir por dónde empezar. Después se levantó a duras penas y se dirigió lentamente hacia la cocina.

—En la madraza, en El Cairo, las profesoras también me daban esa explicación. Decían que las mujeres tenemos un gran poder en nuestro cuerpo y que, si lo mostramos en público, la sociedad se desintegra. —Se acercó a la ventana y llamó al marido—. Ven aquí, mira esto.

Sin entender adónde quería llegar, Ahmed se acercó.

—¿Qué?

—¿Las mujeres *kafirun* se tapan?

—Sabes bien que no —replicó con desprecio—. Esas impías no son más que prostitutas que no tienen vergüenza alguna de exponer su cuerpo a miradas impúdicas.

Adara señaló hacia la calle.

—Entonces mira ahí afuera y dime: ¿ves a los hombres correr de un lado para otro ardiendo de deseo? Si todo lo que tú y las profesoras decís es verdad, ¿cómo explicas que esta tierra de *kafirun* esté más organizada y ordenada que la tierra de los creyentes? ¿Cómo explicas que vaya destapada por la calle y no haya hombres que me lancen miradas lúbricas? ¿Cómo explicas que todo funcione tan bien cuando hay miles de mujeres destapadas por todas partes? ¿Dónde está la *fitna*? ¿Dónde está el caos? ¿Dónde está la anarquía?

Ahmed pasó la vista por la calle delante de su apartamento. El paisaje era realmente mucho más armonioso que la confusión a la que estaba acostumbrado en Egipto. Las personas andaban tranquilamente y los hombres no daban señales de babear siempre que se cruzaban con un tobillo femenino. Es cierto que algunos obreros echaban piropos soeces a las chicas, pero era algo relativamente raro, y en El Cairo había visto cosas peores. Vio pasar al fondo a una mujer con los hombros descubiertos y el hombre con quien se cruzó no sufrió un ataque de nervios ni experimentó una erupción lasciva. ¿Cómo podía explicar aquel misterio?

Con un gesto de desprecio, el marido volvió la espalda a la ventana y salió de la cocina.

—La explicación es sencilla —refunfuñó al salir—: ¡los *kafirun* no son machos de verdad!

$\mathcal{L}$a rubia se inclinó lasciva sobre Tomás, dejando ver los senos exuberantes por el cuello entreabierto de la camisa, y dibujó una sonrisa maravillosa.

—¿Desea algo más?

Al oír la pregunta, el historiador notó la boca seca.

—No, gracias.

La rubia dejó la copa de champán sobre la mesita, volvió a sonreír y dio media vuelta. Caminó contoneándose por el avión hasta desaparecer detrás de las cortinas de la parte delantera.

—*Jesus!* —exclamó Rebecca, que estaba sentada al lado de Tomás observando la escena—. Es verdad que tiene usted tirón con las mujeres. ¡Hasta las azafatas le ponen ojitos!

El portugués de ojos verdes torció la boca y esbozó un gesto de conmiseración.

—Notan que usted no me hace ningún caso… —murmuró con un quejido fingido.

Ella soltó una carcajada.

—¡Ahora está usted tanteando el terreno!

—Por desgracia, es lo único que he tanteado hasta ahora…

Rebecca lo miró de reojo.

—¡Si quiere algo más, tendrá que ganárselo!

—Ah, ¿sí? —Tomás se animó y esbozó una sonrisa seductora—. ¿Qué tengo que hacer?

La mujer se agachó en su asiento y sacó una carpeta de cartulina que guardaba en la bolsa que tenía a los pies. La carpeta llevaba impresa el águila norteamericana, las siglas del NEST debajo, y las palabras «*Top Secret*» selladas en rojo en una esquina.

—Tiene que hacer su trabajo —respondió ella adoptando una postura profesional y alargándole la carpeta—. Lea.

Con aire resignado, el historiador cogió la carpeta de cartulina y la abrió. Dentro había pliegos de papel con el nombre de Al-Qaeda como referencia. Vio que había fotografías y fue directo a ellas. Unas mostraban hombres vestidos con ropas árabes, con la cabeza tapada y armas en las manos; otras eran imágenes de edificios, sacadas desde el aire o desde el propio lugar, con una leyenda que decía «campos de entrenamiento»; otras incluso mostraban perros muertos en el interior de lo que parecía ser una cámara estanca. Había también fotografías con rostros árabes. Dos de ellas eran de Osama bin Laden: una mostraba al líder de Al-Qaeda disparando un kalasnikov.

—Esto es un dosier sobre Al-Qaeda —constató Tomás.

—*Gee*, Tom! ¡Es usted un genio!

Ignorando el tono de ironía, el portugués cerró la carpeta y se la devolvió a Rebecca.

—Oiga, no soy ningún genio —dijo—. Soy un historiador, y esta materia es de su competencia, no de la mía.

—Pero usted trabaja en el NEST, Tom, tenemos una emergencia entre manos —argumentó Rebecca—. Su ex alumno le dijo que Al-Qaeda cuenta con material radioactivo. Las palabras en ruso escritas en las cajas que fotografió revelan que se trata de uranio enriquecido por encima del noventa por ciento. O sea, es material militar. Eso es muy grave y, ya que está usted implicado en la operación, sería bueno que se familiarizara con este asunto.

—Usted ya ha leído todo ese ladrillo.

—Claro.

Tomás cogió la copa de champán que la azafata rubia le había servido y tomó un sorbo.

—Entonces, hágame un resumen.

Rebecca suspiró, derrotada, y abrió la carpeta.

—Muy bien —dijo—. Este dosier recoge todo lo que sabemos sobre los proyectos de Al-Qaeda en relación con la construcción y el uso de bombas nucleares. Los proyectos se remontan a la década de los noventa. Un sudanés que desertó del movimiento, un tipo llamado Jamal Ahmad Al-Fadl, nos reveló que Bin Laden se empeñó en esa época en comprar uranio enriquecido por un millón y medio de dólares. Nuestro informador dijo haber visto con sus propios ojos un cilindro con una serie de letras y números grabados en el exterior, incluidos un número de serie y la palabra «Sudáfrica», que identificaban el origen del uranio enriquecido.

—¿Qué pasó con ese material?

—No lo sabemos.

Tomás miró la carpeta.

—Teniendo en cuenta el volumen del dosier, supongo que habrá otras pistas.

Ella hojeó los documentos que había dentro de la carpeta.

—Claro que las hay —confirmó, sacando una fotografía que mostró a Tomás—. ¿Ve esto?

La imagen mostraba una serie de tiendas miserables, hombres con turbante, mujeres que cocinaban sobre leña y niños andrajosos que jugaban en la tierra.

—Parece un campo de refugiados.

—¡Muy bien! —exclamó ella, como si el historiador hubiera acertado una pregunta en un concurso televisivo—. Es el campo de Nasir Bagh, en la frontera entre Pakistán y Afganistán. La policía encontró aquí, en 1998, diez kilos de uranio enriquecido. El material estaba en manos de dos afganos que se dirigían a Afganistán. —Bajó la voz como si hiciera un aparte—. Sabe quién campaba a sus anchas en Afganistán en aquella época, ¿no?

—Al-Qaeda.

Rebecca guardó la fotografía y sacó otras dos.

—Está usted en estado de gracia, las acierta todas. —Sonrió y le mostró las dos nuevas fotografías—. ¿Reconoce a estos señores?

Los ojos del portugués se deslizaron hasta las leyendas que había bajo las imágenes.

—Según lo que pone, éste es Bashiruddin Mahmood, y este otro Abdul Majeed —dijo señalando cada una de las fotografías—. No tengo la más mínima idea de quiénes son.

—Son dos miembros del programa de armas nucleares pakistaní —replicó ella identificándolos, y señaló la fotografía del primer hombre—. El señor Mahmood es uno de los principales expertos en uranio enriquecido de Pakistán. Trabajó durante treinta años en la Comisión de Energía Atómica de su país y fue una figura central en el complejo de Kahuta, donde los pakistaníes produjeron el uranio enriquecido con el que construyeron su primera bomba atómica. También estuvo a cargo del reactor de *Khosib*, que produjo plutonio para construir bombas atómicas, pero tuvo que dimitir después de declarar en público que las bombas nucleares pakistaníes eran propiedad de toda la *umma* y de abogar por suministrar uranio enriquecido y plutonio militar a otros países islámicos. Era algo que Pakistán ya estaba haciendo, claro, pero, por lo visto, no se podía confesar públicamente.

—Un muchacho con la lengua un poco larga —bromeó Tomás—. Pero ¿por qué me habla de esos caballeros tan poco recomendables?

—Porque se trasladaron a Kabul para reunirse con Bin Laden en agosto de 2001, un mes antes de los atentados de Nueva York y Washington. La noticia de ese encuentro llegó a Langley después del 11-S y puso a la CIA al borde de un ataque de nervios. Se pensó que el asunto era tan grave que el director de la CIA, George Tener, fue derecho a Islamabad para hablar con el presidente Musharraf. Las autoridades pakistaníes detuvieron entonces a Mahmood y a Majeed, y equipos conjuntos de Pakistán y Estados Unidos los interrogaron. Mahmood negó haberse encontrado con Bin Laden.

—Y entonces, ¿qué hicieron ustedes? ¿Le hundieron la cabeza en el agua como hicieron con los fundamentalistas en Guantánamo?

—No por falta de ganas —murmuró Rebecca, tras lo que hizo una pausa—. Pero teniendo en cuenta las circunstancias, no podíamos emplear de inmediato métodos tan expeditivos. En lugar de eso, nuestro personal de la CIA decidió someterlo al polígrafo. La máquina demostró que el tipo mentía.

—Sorprendente —ironizó Tomás.

—¿Verdad? Entonces interrogamos al hijo. El muchacho nos contó que Bin Laden había pedido información a su padre sobre cómo fabricar una bomba nuclear. Después de que el hijo se fuera de la lengua, Mahmood confesó que realmente se había desplazado a Kabul y que se había reunido durante tres días con Bin Laden y con su mano derecha, Ayman Al-Zawahiri. Mahmood admitió también que Al-Qaeda quería fabricar armas nucleares. Los compañeros de Bin Laden le habían dicho que el Movimiento Islámico de Uzbekistán les había proporcionado material nuclear y que querían saber cómo usarlo. Mahmood les había explicado que el material que tenían no daría ni para fabricar una bomba sucia y, mucho menos, para desencadenar una explosión nuclear. Nos dijo que le había dado la impresión de que Al-Qaeda no tenía suficientes conocimientos técnicos y que su proyecto estaba aún en fases iniciales.

—De cualquier manera, eso disipa todas las dudas —concluyó Tomás—. Al-Qaeda quiere construir armas nucleares.

Rebecca le lanzó una nueva mirada sarcástica.

—¿No decía yo que usted es un genio? ¡Claro que quiere construir armas nucleares! Es más, por eso creemos que el señor Mahmood no nos contó toda la verdad. Si Al-Qaeda no tenía suficientes conocimientos técnicos, con toda seguridad él y Majeed le facilitaron instrucciones detalladas sobre cómo fabricar una bomba atómica. Sólo que Mahmood no nos podía confesar eso, claro.

—Claro, daría al traste con todo.

La mujer guardó las fotografías en la carpeta y sacó un pliego de hojas escritas a mano.

—Ahora me gustaría que viera esto —dijo mostrándole el documento—. Tradúzcame el título.

Tomás cogió el pliego y lo ojeó. Eran veinticinco hojas escritas en árabe, con diagramas y dibujos por todas partes. Volvió a la primera página y miró los caracteres árabes del título.

—«Superbomba.»

Rebecca recuperó el documento.

—Cuando invadimos Afganistán, después de los atentados del 11-S, entramos en edificios, refugios, grutas y campos de entrenamiento de Al-Qaeda y descubrimos miles de documentos e imágenes con detalles sobre las actividades y los proyectos de la organización de Bin Laden. El análisis de esa documentación reveló que Al-Qaeda estaba intentando hacerse con armas de destrucción masiva. —Señaló el pliego de hojas—. Este documento, titulado «Superbomba», lo encontramos en casa de Abu Khabab en Kabul. El señor Khabab era un miembro destacado de Al-Qaeda. —Hojeó el documento sin detenerse en ninguna página en particular—. El documento contiene información detallada sobre los distintos tipos de armas nucleares que existen. Además, en estas páginas puede encontrar todos los detalles sobre la ingeniería necesaria para provocar una reacción en cadena, incluidas las propiedades de los materiales nucleares. O sea, es un verdadero manual para construir una bomba atómica.

Guardó el manual en árabe en la carpeta y localizó otra fotografía, que volvió a enseñar a Tomás.

—Este señor se llama José Padilla y es de Chicago —dijo—. Lo detuvimos en el verano de 2002, después de que se reuniera con el jefe de operaciones de Al-Qaeda, Abu Zubaydah. Nuestro amigo Padilla le propuso fabricar una bomba atómica, pero Zubaydah le pidió que antes regresara a Estados Unidos y que consiguiera material radioactivo para usarlo con explosivos comunes y construir así una bomba sucia que permitiera contaminar un área importante. Es interesante que Al-Qaeda rechazara la propuesta de Padilla, ¿no cree? Sólo podía hacerlo si a esas alturas ya tenía en marcha su propio proyecto de bomba atómica.

—La bomba de Zacarias.

—Exacto. De otro modo, Zubaydah jamás habría rechazado la propuesta de Padilla. Con toda seguridad, Al-Qaeda ya...

—Señores pasajeros: vamos a iniciar el descenso —anunció una voz dulce, que debía de pertenecer a la azafata rubia—. Por favor, abróchense los cinturones y pongan sus asientos en posición vertical. Aterrizaremos en el aeropuerto de Ereván a las 13.35, hora local, o sea, dentro de aproximadamente media hora. Gracias por volar con...

—Aún no he entendido por qué demonios me ha arrastrado hasta Armenia —refunfuñó Tomás.

—Ya le he explicado que tenemos que aclarar todo esto —dijo Rebecca—. Mi contacto ruso opera desde Ereván y, si queremos hablar con él, tenemos que encontrarnos con él aquí.

Al fin y al cabo, nosotros somos los interesados ¿no es así?
Tenga paciencia.

—¿Este desvío a Ereván se debe a las inscripciones en caracteres cirílicos de la fotografía de Zacarias?

—Sí, pero no sólo hemos venido por eso. —Volvió a señalar la carpeta de cartulina—. Antes de salir de Lahore hablé con Langley y me dijeron que la fotografía era muy fiable porque coincide con toda la información de la que disponemos. Sabemos que, en la década de los noventa, algunos miembros de Al-Qaeda se trasladaron a tres Estados centro-asiáticos que formaban parte de la antigua Unión Soviética y, aprovechando el caos que siguió al desmoronamiento del sistema comunista, intentaron compra una ojiva nuclear y material para construir una bomba atómica.

—¿Y lo consiguieron?

—Estamos convencidos de que no. Pero en 1998, supimos que pagaron dos millones de dólares a un kazajo que prometió entregarles un artefacto nuclear soviético del tamaño de un maletín.

—¿Qué tipo de maletín? ¿Uno de aquellos de los que hablaba el general Lebed, el antiguo asesor de Yéltsin?

—Esos mismos.

—Si no recuerdo mal la grabación que *mister* Bellamy nos pasó en Venecia, el general Lebed dijo en una entrevista en la televisión estadounidense que habían desaparecido varios de esos maletines. ¿Me está usted diciendo que uno de ellos cayó en manos de Al-Qaeda?

—Es una posibilidad. Es más, ese mismo año, la revista árabe *Al Watan Al Arabi* publicó que Al-Qaeda había comprado veinte ojivas nucleares a mafiosos chechenos por treinta millones de dólares y dos toneladas de opio. No conseguimos confirmar esa información, pero el biógrafo de Bin Laden, Hamid Mir, reveló que Ayman Al-Zawahiri, el número dos de Al-Qaeda, le dijo en 2001 que Al-Qaeda ya disponía de artefactos nucleares. Al-Zawahiri le contó que bastaban treinta millones de dólares y un viaje al mercado negro de Asia central para adquirir material atómico de fabricación soviética. Según Al-Zawahiri, Al-Qaeda ya habría adquirido de esa forma armas nucleares en formato maletín. Se trata de fuentes diversas, pero la información parece coincidir y hasta complementarse. Como puede imaginar, es muy preocupante.

—¿Cree que la fotografía de Zacarias constituye la prueba definitiva de que todo eso es verdad?

Rebecca miró por la ventana del avión.

—Es lo que vamos a averiguar en Ereván.

El aparato ya había iniciado el descenso y se movía ligeramente con los cambios de viento. La azafata rubia pasó al lado de Tomás y le dedicó otra sonrisa encantadora, pero el historiador estaba tan embebido en sus pensamientos que ni la vio.

—¿Quién es el tipo con quien vamos a hablar?

—Prepárese para conocer a un tipo algo extraño. Se llama Oleg Alekséiev.

—Sí, pero ¿quién es?

—Es un antiguo coronel del Komitet Gosudarstveno Bezopasnosti.

—¿Cómo?

Rebecca metió la carpeta de cartulina en la bolsa y comprobó que tenía bien abrochado el cinturón de seguridad, preparándose así para la fase final del aterrizaje.

—El KGB.

40

Ahmed disfrutaba con las clases de Lenguas Antiguas, sobre todo porque los temas estaban relacionados con Oriente Medio. El profesor Noronha comenzó por los rudimentos de las lenguas de Mesopotamia, la antigua Tierra de los Dos Ríos, Iraq, y después se extendió sobre Egipto y el descubrimiento de que la lengua de los faraones era de origen copto.

Como es natural, la materia interesaba al estudiante árabe, toda vez que abordaba la historia de su país. Aunque fuera musulmán, el alumno se consideraba un buen egipcio y, en secreto, se sentía orgulloso de sus antepasados, incluso de aquellos del periodo preislámico. A pesar de vivir en *jahiliyya*, habían sido capaces de levantar las impresionantes pirámides que había contemplado durante su infancia en El Cairo. ¿No eran aquellos gigantes de la explanada de Giza dignos de admiración?

Cierto día, cuando se preparaba para ir a una de estas clases, al ojear las páginas de empleo del periódico se topó con una noticia que le llamó la atención. El titular era MASACRE EN LUXOR. En el artículo se daban detalles sobre la matanza de sesenta turistas *kafirun* por un grupo de lo que el periódico tildaba de «radicales islámicos». Sin embargo, Ahmed sabía que sólo eran verdaderos musulmanes.

—*Allah u akbar!* —exclamó, esforzándose por contener la excitación que se había apoderado de él.

Tras asegurarse de que nadie lo miraba, murmuró una plegaria:

—¡Que la gran yihad se declare al fin y que Dios, el Todopoderoso, nos ayude a vencer!

Convencido de que aquel atentado desencadenaría un movimiento que culminaría con el colapso del régimen *jahili* y la toma del poder por parte de los verdaderos creyentes, sintió ganas de volver de inmediato a Egipto y de unirse a la yihad. En cuanto llegó a casa, llamó a Salim, su contacto de Al-Jama'a Al-Islamiyya en Londres. Salim le dio a entender, entre líneas, que el movimiento era responsable de aquella acción gloriosa.

Ahmed estaba rebosante de orgullo y excitación.

—Es un gran día para la *umma* —declaró desbordado por el entusiasmo—. ¿Puedo coger el primer avión para unirme a la yihad?

—No es el mejor momento —le susurró la voz al otro lado de la línea—. Tras los incidentes en Tebas, el faraón ha iniciado una campaña de represión contra los creyentes. La situación es muy peligrosa e inestable. Da gracias a Alá de que estás ahí, y ahí debes quedarte.

Ahmed sabía que, por motivos de seguridad, su interlocutor hablaba en clave: Tebas era el antiguo nombre de Luxor, y el faraón era el presidente Mubarak. El régimen, como hizo tras el asesinato de Sadat, perseguía a los verdaderos creyentes.

—¿El pueblo está con nosotros?

Salim dudó un instante, mientras buscaba las palabras más adecuadas para describir cómo había recibido el pueblo aquella acción.

—Por la información que tengo, hermano, nuestro pueblo está hundido en la *jahiliyya*. Por eso debemos ser más prudentes en nuestras acciones. El Profeta, que la paz sea con él, escogió hacer la revelación por etapas, para garantizar el triunfo de la verdadera fe. Tenemos que ser pacientes y aprender de su hermoso ejemplo.

Estas palabras, cuidadosamente escogidas, indicaban que la jornada de gloria y martirio no había tenido buena acogida entre los ciudadanos. Era una información desconcertante.

No obstante, Ahmed no se desanimó.

—¿Cuándo permitirán que me una a la yihad? ¿Cuándo?

—Sé paciente y espera.

—No he hecho otra cosa, hermano. Pero siento que ha llegado mi hora. ¿Cuándo me llamarán?

Su interlocutor hizo una breve pausa, tal vez para ponderar qué podía decir por teléfono. Respondió hondo y al fin respondió.

—El día se acerca.

La masacre de Luxor renovó el interés de Ahmed por el Antiguo Egipto, materia de las primeras clases de la facultad. El problema es que, después de abordar la civilización egipcia y los jeroglíficos, el profesor Noronha dedicó sus clases al Antiguo Testamento y al hebreo, y luego al Nuevo Testamento y al arameo y el latín. El curso era semestral y faltaba poco para que acabaran las clases, sin que el profesor hubiera abordado el mayor y más importante periodo de la historia de la humanidad: el islam.

Ahmed siempre se sentaba en un rincón apartado del aula, para mantenerse lejos de las miradas ajenas, pero al comprobar que el semestre se acababa sintió la necesidad de hablar con el profesor al acabar una de las últimas clases. Lo abordó a la salida de la clase, se presentó y le preguntó:

—Profesor, ¿no va usted a hablar del islam?

—Por desgracia, no.

—¿Por qué?

—Primero, porque no hay tiempo —explicó Tomás—. Tenga en cuenta que este curso es semestral. Por otro lado, el árabe no es exactamente una lengua antigua, como sin duda sabe, y este curso se llama precisamente Lenguas Antiguas y….

—El árabe coránico es una lengua antigua —interrumpió Ahmed—. Hay muchos hablantes de árabe moderno que no lo entienden. Además, el árabe es la lengua de Dios. Alá habló a los creyentes en árabe.

—Los judíos dicen que fue en hebreo…

—¡Los judíos son unos falsos! —vociferó Ahmed, irritado por la referencia al pueblo que el Corán maldijo por haber roto la alianza con Dios—. Mahoma dijo: «La última hora sólo vendrá después de que los musulmanes combatan a los judíos, y los musulmanes los maten hasta que los judíos se escondan debajo de una piedra o de un árbol y la piedra y el árbol digan: "Musulmán, siervo de Alá, aquí hay un judío, ven y mátalo"».

Así habló el Profeta y sus palabras reflejan el destino que espera a esos miserables.

Tomás se quedó perplejo por un momento, asustado por la agresiva descarga verbal del alumno.

—Bueno… —dijo dubitativo—. Eso…, en todo caso, no es asunto para estas clases.

Al notar que había perturbado al profesor, Ahmed bajó el tono de voz, pero no dejó el asunto.

—Sí, pero ¿cómo puede usted ignorar el islam? —insistió—. Es importante que las personas de este país conozcan la palabra de Dios.

—Sin duda —coincidió el profesor, algo cansado del tono excesivamente asertivo del estudiante—. Pero éste es un curso sobre lenguas antiguas, y el islam no forma parte del currículo por los motivos que le he indicado y por otro más: yo no sé árabe ni soy experto en asuntos islámicos.

—Pues debería aprenderlo. ¿No tiene curiosidad?

—Admito que sí. De hecho, estoy pensando en ir a estudiar árabe a un país islámico. Me interesa mucho el criptoanálisis, y el primer tratado sobre la materia se publicó en árabe. Me gustaría leerlo en la lengua original.

—Es una idea excelente —aprobó Ahmed—. Puede usted ir a un país árabe, aprender la lengua y, entonces, iniciarse en el islam. ¿Quién sabe si no acabará convirtiéndose?

—Sí, ¿quién sabe?

Tomás echó a andar, esforzándose por alejarse de aquel alumno al que empezaba a encontrar molesto, pero aún tuvo tiempo de oír sus últimas palabras.

—Recuerde que la historia aún no ha acabado —exclamó Ahmed tras él, a modo de aviso—: un día serán los historiadores musulmanes los que analicen el pasado cristiano de la península Ibérica.

El profesor, que ya subía las escaleras, levantó la mano despidiéndose.

—Adiós.

—El islam volverá.

Y

Triiimmm.

Ahmed estaba tumbado en la cama releyendo los *ahadith* compilados en el *Sahih Bujari*. Era su forma de relajarse después de un día de trabajo. Refunfuñó al oír el timbre de la puerta, pero no se movió.

—Adara —gritó—. ¡Ve a ver quién es!

Los textos islámicos eran su única compañía en su tiempo libre y no le apetecía levantarse. Ya había entrado en la treintena y hacía un tiempo que le rondaba por la cabeza la idea de buscar otra esposa. Adara convertía su vida en un infierno. Además, no le había dado ningún hijo. Ya había pensado en más de una ocasión en decirle en voz alta tres veces «te repudio» para divorciarse de ella, pero lo iba postergando.

Quizá la mejor solución era buscarse una segunda esposa, una muchacha que fuera respetuosa, obediente y buena paridora. En Portugal, las muchachas musulmanas le parecían demasiado desviadas del islam, por la influencia licenciosa de los *kafirun*. Tendría que pedir a la familia que le buscaran una virgen en Egipto.

Se lo pensó mejor: vivía en Portugal y casarse con una segunda mujer le podía crear problemas con los malditos *kafirun*. Tal vez la solución fuera divorciarse.

Triiimmm.

Al oír por segunda vez el timbre, Ahmed entornó los ojos y respiró hondo. Recordó que Adara había salido a comprar. Con una interjección de impaciencia, dejó el volumen en la mesita de noche y se levantó a abrir la puerta.

—Un momento —dijo en portugués.

En el rellano había un hombre de barba tupida, vestido con ropas blancas islámicas.

—¿Ahmed ibn Barakah? —quiso saber el desconocido, que, evidentemente, era musulmán.

—Soy yo —respondió en árabe—. ¿En qué puedo ayudarlo?

—Me llamo Ibrahim Sakhr —dijo el hombre presentándose—. Vengo de parte de Ayman bin Qatada.

Al oír el nombre de su antiguo profesor, Ahmed sonrió amablemente e invitó al desconocido a entrar en el apartamento. Le ofreció el mejor sofá, té y galletas. Después de las habituales muestras de cortesía, el anfitrión hizo la pregunta que dio pie al visitante para explicar el propósito de su presencia allí.

—¿Cómo está Ayman?

—Ahora está en Yemen.

—¿En serio? —dijo Ahmed, sorprendido—. ¿Qué hace allí?

—Servir al islam.

El anfitrión lanzó una mirada soñadora por la ventana, más allá del horizonte lisboeta.

—¡Ay, Yemen! —exclamó—. ¡Qué suerte! ¿Aún trabaja para Al-Jama'a?

—Claro. Ayman es un buen musulmán. —Ibrahim tomó un sorbo de té—. ¿Y tú? ¿Aún eres un buen musulmán?

—¿Yo? Claro que sí.

—¿No te ha corrompido la *jahiliyya* que impera en esta tierra de *kafirun*?

—¡Nunca!

—Sabemos que no has hecho afirmaciones propias de un verdadero creyente en público...

Ahmed casi se ofendió por la observación.

—¿Qué quieres decir con eso, hermano?

—Sólo repito lo que he oído.

—Es verdad que he evitado hacer declaraciones que muestren que estoy en el camino de la virtud. ¡Pero ésas fueron las instrucciones que recibí de Al-Jama'a! ¡Ayman me pidió que no llamara la atención y que evitara que me identificaran como un verdadero creyente! ¿Cómo puedes ahora venirme con esas insinuaciones ofensivas? ¿Por qué razón me...?

El visitante le puso la mano en el hombro.

—Cálmate, hermano —dijo en un tono de voz sereno y pausado—. Sólo estaba poniéndote a prueba.

—¡No sabes cómo me cuesta permanecer callado con las cosas que veo a mi alrededor! ¡En este lugar hay gente que dice ser creyente y, en cambio, bebe vino y deja que sus mujeres se expongan a miradas impúdicas! ¿Piensas que no tengo ganas de reprenderlos cada día? Pero las órdenes de Al-Jama'a fueron claras y, con la ayuda de Dios, me esfuerzo por cumplirlas.

—Ya lo sé, hermano —insistió Ibrahim—. Sólo quería tener la certeza de que tu silencio se debía a nuestras órdenes y no a que te hubieras dejado corromper por estos *kafirun*.

—Espero que no haya quedado ni una sombra de duda en tu espíritu.

—Puedes estar tranquilo —le aseguró el visitante—. Ahora sé de primera mano lo que Ayman decía sobre ti.

Ahmed cogió la tetera humeante y, haciendo un esfuerzo por calmarse, sirvió más té en la taza del visitante.

—Ahora bien, hay veces que tengo la sensación de que Al-Jama'a se ha olvidado de mí.

—No es así.

—¡Pues lo parece! Me mandaron aquí hace más de quince años y no he salido de aquí. ¿Para qué me quieren los hermanos en esta tierra de *kafirun*? ¿De qué sirvo en este lugar?

Ibrahim cogió una galleta y la mojó en el té hasta que se ablandó con el calor.

—Lo cierto es que tenemos una misión para ti.

El anfitrión enarcó las cejas. La esperanza ahogó súbitamente su resentimiento. Desde que tuvo noticia de la masacre de Luxor, esperaba este día.

—¿En serio? —Miró hacia el cielo, rezando—: ¡Dios es grande! ¡Él es *Al-Karim*, el Benévolo, y *As-Samad*, el Eterno! —Miró al visitante—. ¡Es bueno saber que no se han olvidado de mí!

Ibrahim mordió la galleta reblandecida.

—No te hemos olvidado en ningún momento.

—¿Cuál es esa misión que me ha sido confiada, hermano?

—Queremos que te entrenes para ser un muyahidín.

—¡Pero... ése es mi sueño! ¡Por Alá, eso es maravilloso! ¡No deseo otra cosa en la vida!

—Está bien. —Ibrahim sonrió, satisfecho al comprobar su entusiasmo—. Eres un verdadero creyente, de eso no cabe duda. —Arqueó las cejas—. ¿Tienes pasaporte en vigor?

—Lo tengo todo en orden.

El hombre de Al-Jama'a sacó un sobre del bolsillo de la chaqueta y se lo dio a Ahmed. El anfitrión lo abrió con expresión intrigada y vio un fajo de dólares y una lista de contactos, con

333

números de teléfono y direcciones. Entonces levantó la vista y miró con aire inquisitivo a Ibrahim.

—¿Qué es esto?

—Son las personas con las que debes hablar cuando llegues allí.

—¿Allí, dónde? ¿Al campo de entrenamiento?

El visitante señaló con el dedo áspero una de las direcciones de la lista y los ojos le brillaron.

—A Afganistán.

41

—*H*ay un tipo que nos sigue.

Tomás miraba por el cristal de los escaparates de las tiendas de la calle Abovian, una de las principales arterias del centro de Ereván, siguiendo, aunque disimuladamente, al tipo que parecía vigilarlos.

—Lo sé —replicó Rebecca, despreocupada—. Me lo he encontrado en la recepción del hotel.

—¿Qué hacemos?

La norteamericana se encogió de hombros.

—Nada.

La respuesta desconcertó a Tomás.

—Pero… ¿dejamos que el tipo nos siga? ¿No hacemos nada?

—¿Tiene alguna sugerencia? ¿Quiere salir corriendo? ¿O prefiere que saque la pistola y le dispare?

—Bueno, no sé…, ustedes están más acostumbrados a tratar con estas situaciones.

Rebecca cogió a Tomás del brazo, haciéndole señas de que siguiera adelante.

—Déjelo estar, no se inquiete. Vamos a continuar nuestro paseo y a ver qué pasa.

Habían salido unos diez minutos antes del hotel, situado en plena calle Abovian, y caminaban por una pequeña plaza dominada por el anticuado Kino Moskva, un grandioso multicine con el sello inconfundible del estilo arquitectónico soviético. A los pies de este monumento de vanguardia comunista había una terraza con toldos cubiertos con anuncios de Coca-Cola, una ironía que no le pasó desapercibida a Tomás.

Cruzaron y bajaron por la calle Abovian. Era elegante, llena de tiendas y con aceras anchas. Por todas partes se anunciaban los principales productos de Armenia, sobre todo moquetas y *brandy*. Las personas tenían cierto aire de Oriente Medio, pese a la cultura marcadamente occidental que reflejaban su forma de vestir y de comportarse. No le sorprendía. Al fin y al cabo, aquél era el país cristiano más antiguo.

Por lo general, Ereván resultó ser una ciudad descuidada. Parecía un gran bazar, aunque el centro estuviera algo más arreglado, sobre todo en la calle Abovian, la más elegante. El paseo por el que caminaban se ensanchó considerablemente, en un espacio que ocupaba una gran terraza dominada por un restaurante llamado Square One.

El portugués paseó la vista por el lugar, como si estuviera contemplándolo, y miró de reojo en busca del tipo que los seguía desde el hotel.

—Aún nos sigue —constató.

—Olvídese de él —dijo Rebecca, casi indiferente—. Disfrute del paseo.

—Pero no he venido a hacer turismo —argumentó Tomás, en un tono que mezclaba protesta y queja—. ¿Cuándo vamos a encontrarnos con su ruso?

—No lo sé. Estoy esperando que el coronel establezca contacto con nosotros.

—¿Sabe que estamos aquí?

—Claro que lo sabe. —Hizo un gesto con la cabeza en dirección al individuo que los seguía—. Es más, sospecho que este tipo es de los suyos.

En un acto casi reflejo, Tomás volvió la cabeza y miró directamente al hombre.

—¿Usted cree? —le susurró.

—Pronto lo sabremos —repuso Rebecca.

La calle Abovian desembocó en la impresionante plaza de la República, el centro de Ereván y el corazón de la ciudad. La plaza tenía forma ovalada y estaba rodeada de edificios bonitos, con fachadas de ladrillo amarillo y rojo y grandes arcadas. Daba la impresión de que aquél era el punto de encuentro del estilo arquitectónico soviético con las líneas tradicionales armenias. El centro de la plaza estaba dominado por grandes fuentes con chorros de agua que dibujaban coreografías que los visitantes contemplaban admirados.

Por el rabillo del ojo, Tomás siguió vigilando a la sombra que los acompañaba. Aquello podía ser normal para Rebecca, pero él no estaba acostumbrado a que lo siguieran por la calle, por lo que la situación le ponía nervioso. Vio que el hombre estaba hablando por teléfono y cómo instantes después guardaba el móvil y se dirigía hacia ellos.

—¡Atención! —dijo Tomás, tocando a Rebecca en el hombro—. El tipo viene hacia aquí.

La mujer se volvió y miró al hombre, que se acercaba de una manera ostensible, sin hacer el más mínimo esfuerzo por disimular su presencia. Ahora que estaba más cerca, constataron que era armenio. Tenía una nariz prominente y el rostro demacrado.

—¿Quién es Scott? —preguntó éste en un inglés rudimentario.

—Soy yo —dijo ella—. Rebecca Scott.

—Traigo un mensaje del coronel Alekséiev. Quiere hablar con usted esta noche en el CCCP.

Era el acrónimo en ruso de la URSS, la antigua Unión Soviética, lo que descolocó a los dos visitantes.

—¿CCCP? —preguntó Rebecca, sorprendida—. No sé si le he entendido bien.

—Es un local en la calle Nalbandian, al lado de la plaza Sájarov. —Señaló hacia el otro lado de la plaza de la República—. Es aquella calle de allí. Estén en el CCCP a las diez en punto. —Hizo el saludo militar—. Buenas tardes.

El hombre se alejó, dando por terminada su misión. Tomás vio cómo se alejaba subiendo por la Abovian, hasta que sintió la mirada de los ojos azules de Rebecca.

—¿Lo ve? —dijo ella—. El coronel nunca nos falla.

42

*P*eshawar.

Aquel nombre era una leyenda, y el inconfundible regusto exótico de la aventura recorría la gran ciudad.

¿Cuántas veces había leído en los periódicos egipcios referencias a aquel lugar mágico, en los relatos de la gloriosa epopeya que había sido la yihad contra los *kafirun* soviéticos? Sosteniendo la maleta con una mano, Ahmed se agarraba al tirador esforzándose por mantener el equilibrio junto a la puerta del pintoresco autobús que danzaba por las calles de Peshawar, zigzagueando, abarrotado de gente entre el tráfico intenso. Iba tan lleno que había pasajeros montados en el techo. El autobús resplandecía con un colorido desconcertante. Llevaba la chapa tapada por placas doradas o de aluminio pintado de manera barroca y los faros decorados con pestañas metálicas, lo que le daba el aspecto de un palacete ambulante.

Pasaron por delante de un edificio de tonos rojos y castaños con cúpulas redondas, del mejor estilo neomongol, y Ahmed lanzó una mirada inquisitiva al pakistaní que se apretaba contra él.

—Es el museo —dijo el hombre, en inglés, identificando el edificio.

El autobús desembocó en una calle increíblemente caótica y se paró con un temblor súbito. Había automóviles por todas partes pitando sin cesar. Los tubos de escape echaban humo gris. Las personas se movían entre los coches como hormigas. Nervioso con la confusión que había a su alrededor, Ahmed volvió a dirigirse a su anónimo compañero de viaje.

—¿La mezquita de Mehmet Khan queda lejos aún? —preguntó.

Le devoraba la impaciencia.

El hombre señaló hacia delante.

—Está ahí mismo, en el Bazar Jáiber —dijo indicándole la dirección—. Cuando llegue allí, gire a la izquierda y siga por la calle de los Orfebres. La mezquita está a mitad de la calle.

Ahmed se bajó del autobús y atravesó el mar de coches y carretas hasta alcanzar la acera izquierda y continuó en dirección al fondo de la arteria congestionada. La vía pública estaba reservada a los hombres, todos con vestidos tradicionales, y no se veían mujeres por ninguna parte.

La calle desembocaba en el bazar, en pleno corazón de la ciudad vieja, donde la confusión era aún mayor, si eso era posible. Había tiendas de gafas, de maletas, de ollas, de ropa, de todo y de nada.

En las aceras había puestos ambulantes de *miswak*, los mondadientes hechos de nogal, y también de golosinas como los *tooth* y los frutos secos, sobre todo dátiles.

Siguiendo las instrucciones que había recibido en Lisboa, el visitante egipcio se paró en una tienda de ropa y señaló una túnica tradicional blanca colgada en una percha.

—¿Cómo se llama esa prenda?

El vendedor miró la túnica.

—*Shalwar kameez.*

Ahmed sonrió. Le hizo gracia el inesperado parecido entre la palabra paquistaní «*kameez*» y la portuguesa «camisa». «Vasco de Gama llevó la palabra portuguesa al subcontinente indio, o el término urdu a Portugal», pensó.

—Deme ése.

El comerciante lo midió a ojo y sacó un *shalwar kameez* envuelto en un plástico. Ahmed señaló uno de los gorros tradicionales afganos, amontonados unos encima de otros en una bandeja.

—¿Y eso qué es?

—Es un *pakol.*

—Deme uno también.

Pagó, pidió indicaciones para llegar a la calle de los Orfebres y siguió su camino, con las compras en una bolsa de plástico y la maleta en la otra mano. Aquí y allí le asaltaba el olor a espe-

339

cias, visibles por todas partes en montoncitos de colores diversos expuestos en sacos de arpillera o en vasijas de plástico. Por estas callejuelas ya no se veían coches, sólo motos, bicicletas, burros y carros y, sobre todo, muchos peatones, todos ataviados con el *shalwar kameez*.

En medio del bazar se abría una calle estrecha repleta de vitrinas con artículos de oro que Ahmed identificó como la calle de los Orfebres. Era apenas un callejón, transitado y rico, pero poco más que un paso estrecho entre tiendas.

El visitante vio algunas mujeres allí. Eran las primeras que veía en público en Peshawar y comprobó, con satisfacción, que iban totalmente tapadas con burkas negros y ocultaban sus ojos y la nariz tras una red. Se notaba que estaba en una tierra pía, pensó satisfecho. ¡No era la impudicia que se veía en Portugal y, aunque a menor escala, en Egipto!

Recorrió la calle a buen paso y pronto dio con el minarete, que se alzaba a la izquierda. Contempló la estructura, se acercó a uno de los orfebres que estaba a la espera de clientes en la puerta de la tienda y le preguntó:

—¿Es ésta la mezquita de Mehmet Khan?

El hombre asintió.

—La misma.

Ahmed miró a su alrededor y, como si no encontrara lo que buscaba, dejó la maleta en el suelo y sacó un papel del bolsillo.

—¿Dónde queda el mercado de Shanwarie?

El orfebre señaló un patio a la derecha.

—Aquí al lado.

El patio era un espacio cerrado, totalmente cercado por balcones y apartamentos, donde se secaba ropa colorida tendida en cuerdas. Se oía el piar de los pájaros, probablemente en jaulas en los balcones. El espacio cerrado amplificaba el sonido alegre y melodioso de su canto. Toda la planta baja del patio estaba ocupada por tiendas pequeñas. Los comerciantes conversaban en voz baja, sentados en los escalones de la entrada. Sin duda, aquél era el mercado que Ahmed buscaba, aunque fuera más discreto de lo que había imaginado.

340

Sin perder tiempo, consultó el papel que llevaba en el bolsillo y miró a su alrededor para identificar la dirección que buscaba. La localizó, se adentró por una puerta discreta y subió la escalera oscura hasta el segundo piso. Se paró delante de una puerta enrejada y llamó al timbre.

Ding-dong.

Un hombre calvo y con barba blanca, vestido con un *shalwar kameez*, abrió la puerta.

—*As salaam alekum* —saludó el hombre con acento argelino—. ¿En qué puedo ayudarlo?

—*Wa alekum salema* —respondió Ahmed—. Vengo en nombre de la sura 9, versículo 5.

—«Mata a los asociadores donde los encontréis» —replicó el hombre, dando así la contraseña en árabe—. «¡Cogedlos! ¡Sitiadlos! ¡Preparadles toda clase de emboscadas!». —Cuando acabó de recitar el versículo, el hombre lo abrazó—. ¡Bienvenido, hermano! ¡Me anunciaron tu llegada!

El dueño de la casa hizo entrar a Ahmed y lo condujo a un cuarto donde había dos literas. Parecía el camarote de un barco. Las dos camas de arriba ya estaban ocupadas, aunque sus dueños no se encontraban allí, y el anfitrión asignó al visitante la cama de abajo del lado izquierdo.

—Dormirás aquí —dijo arreglando las sábanas—. Mañana de madrugada vendrá un hermano a buscarte y, con la gracia de Dios, te llevará a los *mukhayyam*.

Al oír la palabra mágica, los ojos de Ahmed brillaron. ¡Iban a llevarlo a los *mukhayyam*! ¿Sería posible? Sintió ganas de dar saltos de alegría. Todos sabían que los *mukhayyam* eran los campos de entrenamiento de Afganistán. ¿Iba a cumplirse por fin su sueño? ¡Por Alá, había esperado este momento durante tanto tiempo!

—¿Mañana? —preguntó el recién llegado, incapaz de contener el entusiasmo, casi con miedo de haber entendido mal a su anfitrión—. ¿Salgo…, salgo mañana para los *mukhayyam*?

—*Inch' Allah!* ¡Tienes que estar listo a las seis de la mañana!

¡Era verdad! ¡Por Alá, era verdad! Su rostro se iluminó de alegría, pero hizo un esfuerzo para contenerse.

—Y… ¿a qué *mukhayyam* me envían?

Sin querer divagar sobre el asunto, el anfitrión se volvió para salir del cuarto y así dejar al invitado que se instalara y descansara.

—Si Dios quiere, a su tiempo lo sabrás.

Ahmed descansaba tumbado en la cama cuando, una hora después, volvió el dueño de la casa. Quería comprobar que todo iba bien e inspeccionó a su invitado de pies a cabeza, haciendo un gesto de reprobación ante la *jahaliyya* egipcia que aún llevaba puesta.

—¿Tienes un *shalwar kameez*?

El recién llegado fue a buscar la bolsa, la abrió y dejó a la vista de su anfitrión el tejido inmaculadamente blanco de las ropas tradicionales que acababa de adquirir en el bazar.

—Aquí lo tengo. —Mostró con entusiasmo el gorro tradicional afgano—. Hasta me he comprado un *pakol*.

El hombre movió la cabeza en un gesto de censura y abrió el armario del cuarto. Abrió un cajón y sacó un *shalwar kameez* viejo y hecho jirones.

—Mañana te pones esto.

Ahmed cogió la túnica sucia con un atisbo de decepción en la mirada.

—¿Esto, hermano?

—Sí —confirmó el anfitrión extendiéndole la mano—. Dame todos tus documentos, incluido el pasaporte.

—¿Por qué?

—Se quedan aquí con tu equipaje. Te lo devolveré todo cuando regreses.

El visitante sacó los documentos del bolsillo y se los entregó a su anfitrión. El hombre los metió en un sobre, sin mirarlos siquiera, y cogió un bolígrafo para identificarlos.

—¿Cómo te llamas?

—Ahmed —respondió el recién llegado, aún disgustado por el aspecto aviejado del *shalwar kameez* que le había dado.

Por lo visto, querían que llegara a los *mukhayyam* como un andrajoso, como un mendigo que pide *zakat*.

—Ahmed ibn Barakah. Vengo de…

Con un gesto rápido el hombre le tapó la boca y le impidió seguir.

—No quiero saberlo —lo reprendió—. Aquí nadie dice de dónde viene ni su verdadero nombre, hermano. Tienes que escoger un nombre por el que te conoceremos y que quedará registrado aquí.

Ahmed lo miró, dubitativo.

—Está bien… Confieso que no había pensado en eso.

—Pues tienes que pensar, hermano. Quien llega aquí deja todo atrás, incluida la familia y su propia identidad. Dejamos de ser personas normales y, con la gracia de Dios, nos convertimos en muyahidines.

La palabra tenía una connotación simbólica tan fuerte que Ahmed sintió que el corazón se le aceleraba. Era la primera vez que alguien le llamaba muyahidín. Primero había oído la palabra *mukhayyam* y ahora muyahidines. ¡Por Alá, la yihad estaba cerca de veras!

—¿Todos los muyahidines se cambian el nombre? —preguntó Ahmed.

—Todos.

—¿Tú también te lo cambiaste?

—Claro.

—¿Cómo te llamas ahora?

—Aquí soy Abu Bakr —contestó.

El nombre de guerra del argelino estaba inspirado, claro está, en el primer califa. Abu Bakr movió de un lado a otro el sobre que contenía los documentos que Ahmed le había entregado.

—Ahora tienes que decirme tu nombre; debo escribirlo en este sobre.

Con la mirada perdida, Ahmed buceaba en sus recuerdos de la historia del islam. No necesitó mucho tiempo para decidir cuál era la figura histórica que quería reencarnar.

—Ya lo tengo —exclamó.

—¡Omar ibn Al-Khattab! —anunció con satisfacción—. Adopto el nombre del conquistador de Egipto y de Al-Quds.

Abu Bakr negó con la cabeza.

—No puede ser, ya tenemos un Omar. Es más, la mayor parte de los hermanos han elegido los nombres de los califas o de los grandes guerreros, como Saladino y otros. Tienes que ser más original.

Ahmed se mordió el labio inferior mientras pensaba en alguien cuyo espíritu quisiera reencarnar.

—Creo que ya lo tengo.

—¿Quién?

El visitante inspiró con serenidad y sintió el espíritu del pasado glorioso del islam tocarle el alma cuando pronunció el nombre que más admiraba, por el que se le conocería desde ese momento como muyahidín.

—Ibn Taymiyyah.

El hombre al que a partir de entonces llamarían Ibn Taymiyyah había terminado la oración de la madrugada tres minutos antes de que se abriera la puerta del cuarto con suavidad y de que la barba blanca de Abu Bakr asomara por la rendija.

—Es la hora, hermano.

Ibn Taymiyyah metió la maleta debajo de la cama, cogió la bolsa de viaje y salió inmediatamente del cuarto.

—¿Ya ha llegado?

—Sí, tu guía ya está aquí —confirmó—. Debes evitar hablar con él. Si te ordena hacer algo, obedece sin cuestionarlo. Nunca le hagas preguntas. ¿Entendido?

—Sí.

Recorrieron el pasillo. Ibn Taymiyyah vio a un niño muy moreno y de cabello negro y abundante, de aspecto claramente afgano, de pie en la entrada del apartamento. Abu Bakr los presentó y el guía hizo señas al visitante de que lo siguiera.

Después de despedirse de Abu Bakr, Ibn Taymiyyah bajó las escaleras y oyó cerrarse tras él la puerta del apartamento. Pocos minutos después, ya seguía al guía por el Bazar Jáiber, aún tranquilo a esa hora de la mañana.

Junto a la acera había aparcada una *pickup* con hombres, mujeres y gallinas en la carga. El guía hizo una señal a Ibn Taymiyyah de que entrara. El visitante saltó a la parte de atrás, la camioneta arrancó con un rugido y, aprovechando que las calles de la ciudad aún estaban desiertas, dejó atrás Peshawar en diez minutos.

Condujeron por la carretera del legendario paso del Jáiber.

Sólo pararon en los sucesivos *checkpoints* de las distintas milicias tribales. El viaje, incómodo y molesto por el continuo traqueteo del vehículo, se prolongó varias horas hasta que, cerca de Sadda, la camioneta abandonó la carretera principal y enfiló por un atajo, que parecía un camino de cabras.

Avanzaron entre baches y en medio del polvo durante varios kilómetros. Horas después, el guía señaló unos montes áridos a la derecha y anunció:

—*Afghanistan!*

Ibn Taymiyyah contempló fascinado aquellos montes. Después de la derrota que los muyahidines habían infligido a los *kafirun* rusos, consideraba sagrada aquella tierra. ¡Hacía años que oía hablar de Afganistán, los relatos de grandes batallas victoriosas llenaban su imaginación, y ahora por fin estaba a punto de abrazar aquella bendita tierra!

Minutos después, la carretera desembocó en una explanada con un gran árbol, donde había camionetas estacionadas. La *pickup* se paró al lado de otras y toda la gente se bajó. No entendió muy bien qué pasaba, pero al ver que el guía también se apeaba, Ibn Taymiyyah siguió su ejemplo. Le dolían la espalda y las piernas, por lo que aprovechó para estirar los músculos.

—¿Dónde estamos? —preguntó Ibn Taymiyyah en árabe, mientras ejercitaba el tronco.

El guía hizo señas de que no entendía. Ibn Taymiyyah repitió la pregunta en inglés, pero obtuvo la misma respuesta. El visitante vio que debía intentarlo de otro modo.

—*Afghanistan?* —preguntó.

El guía señaló unos vehículos aparcados en otra plaza, más allá de los árboles, y dijo algo en pasto. La gente se cruzaba en un camino entre las dos explanadas. Todas ellas pasaban por debajo del gran árbol. Ibn Taymiyyah miró mejor y vio dos hombres a la sombra del árbol. Iban vestidos con *shalwar kameez* negros, el uniforme de la Policía pakistaní.

En ese momento, se dio cuenta de que aquello era la frontera y exclamó:

—Claro, estamos en la frontera.

Siguió al guía y a otros ocupantes de su *pickup* en dirección al árbol. Los policías pakistaníes registraban a las personas que, vestidas con *shalwar kameez* andrajosos, cruzaban en ambas direcciones con bolsas. Entendió entonces por qué Abu Bakr había rechazado la ropa que había comprado en el bazar: si hubiera llegado allí con un *shalwar kameez* recién estrenado, habría llamado la atención.

El guía lo miró. Con los dedos imitó dos piernas que andaban, con lo que le dio a entender que debía caminar sin parar. Ibn Taymiyyah obedeció y se integró en la fila sin mirar a los policías. Vio al guía acercarse a los pakistaníes y darles un puñado de rupias para que no hicieran preguntas. Después reemprendió la marcha aparentemente despreocupado.

En frente, al otro lado, había más *pickups*. Parecían taxis a la espera de clientes. Caminaron en aquella dirección, pero Ibn Taymiyyah vio que había hombres con turbantes blancos y armados con AK-47 que los vigilaban. Se fijó mejor y se dio cuenta de que no eran hombres, sino muchachos. Parecían muy jóvenes, ninguno debía de pasar de los quince años, y llevaban dibujada en el rostro la desconfianza.

También al guía parecía incomodarle la presencia de aquellos muchachos armados. Bajó la cabeza y, dirigiéndose concretamente a Ibn Taymiyyah, pronunció la palabra que aclaró todo de inmediato:

—Talibanes.

Estaban en Afganistán.

346

43

*L*a noche era calurosa y la estatua de Andréi Sájarov que había en medio de la plaza les confirmó que habían llegado. Tomás miró la estatua y consideró que era muy propia para la ocasión. Al fin y al cabo, Sájarov era el padre de la bomba atómica soviética, el hombre que estaba en el origen remoto de los caracteres cirílicos que había en la caja que Zacarias había fotografiado en Pakistán.

—Busque la calle Nalbandian —le pidió Rebecca, mirando hacia todos lados.

Tomás señaló a la derecha.

—Es aquélla, ¿lo ve? Corre paralela a la Abovian.

Caminaron por la calle Nalbandian y bajaron en dirección a la plaza de la República. A pesar de que estaban en pleno centro de Ereván, esta arteria era mucho más tranquila que la Abovian, donde se hospedaban y habían cenado.

—Es aquí —dijo la mujer.

Tomás miró a la derecha y vio cuatro enormes letras que indicaban el local: «CCCP».

Junto al acrónimo ruso de la antigua Unión Soviética había una hoz y un martillo gigantes y, al lado, unas escaleras cavadas en la calle bajaban a lo que parecía ser una cueva. Tomás y Rebecca descendieron hasta llegar a una puerta con la efigie de Lenin. El historiador tocó el timbre que había a la derecha.

Ding-dong.

Al momento, un hombre corpulento, probablemente un guardia de seguridad, abrió la puerta. Rebecca le mostró una tarjeta del NEST.

—Hemos venido a hablar con el coronel Oleg Alekséiev.

El guardia de seguridad inspeccionó la tarjeta y, con cara de pocos amigos, les indicó con la cabeza que pasaran. Entraron en un pequeño *hall* dominado por un mapa gigantesco de la antigua Unión Soviética que ocupaba la pared de la derecha, y oyeron el ruido fuerte de la música en la sala de al lado.

—Vengan conmigo.

El hombre tomó la delantera y entró en una sala llena de luces rojas que giraban. La música estaba tan alta que hacía vibrar las paredes. Pero lo que llamó la atención de Tomás no fue la música estridente, ni las luces psicodélicas, sino lo que pasaba en medio de la sala.

Una mujer desnuda bailaba de espaldas a la entrada, enseñando sus pechos enormes a varios hombres que bebían sentados en el bar. La luz roja de los focos bañaba el cuerpo sudado de la mujer que se contoneaba, en una escena que rozaba lo surrealista. Algunos hombres, excitados por el movimiento de los pechos, se relamían lascivamente y se frotaban la barriga mientras observaban a la *stripper*. Otros, en cambio, parecían indiferentes, a la espera quizá de la siguiente actuación.

—Esto es típico del coronel —observó Rebecca a gritos, intentando hacerse oír por encima de la música—. Quedar en un *strip club*. ¡Sólo se le puede ocurrir a él!

El guardia de seguridad les hizo un gesto de que esperaran y desapareció por una puerta en una esquina, dejando a los dos de pie en medio de la sala. Tomás llevó a la mujer a una mesa cerca de la pared y, como la música a todo volumen no les permitía hablar, se entretuvieron mirando a la *stripper*. Era una mujer grande y morena, con el pelo rizado y negro, con un aspecto vulgar. Movía sus largas piernas al ritmo de la música y comenzaba a deshacer el nudo que mantenía las bragas pegadas a su cuerpo.

—*Privet*, Rebecca.

Tomás se volvió y vio a un hombre grande, que ya había pasado de los sesenta, de cejas negras y enormes arcos supraciliares. Se daba un aire a Anthony Queen.

Rebecca se levantó y saludó al hombre con tres besos en la

cara. Señaló a Tomás y se lo presentó al ruso. El coronel Alek-séiev le estrechó la mano con excesivo vigor y entusiasmo y los invitó a pasar a la sala contigua.

—Vengan —dijo—. Aquí hay demasiado ruido.

La sala era más pequeña, pero tenía la enorme ventaja de estar aislada del ruido vibrante que animaba el centro del *strip club*. Las paredes estaban decoradas con pósteres de mujeres desnudas; había cuatro sofás alrededor de una pequeña mesa de cristal; un diván largo de color rojo chillón y un pequeño bar en una esquina, adonde se dirigió el coronel.

—¿Qué quieren tomar? —quiso saber con los vasos ya en la mano—. ¿Whisky, ginebra, vodka?

Rebecca sólo quiso un agua con gas. Tomás dudó. Pasó la vista por todas las botellas.

—¿Qué me recomienda?

—¡Estamos en Armenia! ¡Pruebe la bebida nacional! —Cogió una botella con un líquido brillante color caramelo—. *¡Brandy!* ¡El Ararat es el más famoso!

—Vale, que sea *brandy* entonces.

El coronel sirvió las bebidas y se sentaron los tres en el sofá. El ruso despachó de un trago el vaso de vodka y suspiró largamente.

—¡Ah! ¡Éste es el sabor de la Santa Rusia! —Con los ojos súbitamente congestionados, sin duda por el efecto del ardor del alcohol, se volvió hacia Tomás—. Y ese brandy, ¿qué tal está?

El portugués se vio obligado a probar la bebida. Tenía un sabor fuerte y dulzón.

—No está mal.

El ruso soltó una carcajada.

—¿No está mal? ¿No está mal? —Soltó otra carcajada—. ¡El brandy armenio es de lo mejor que hay! —Se inclinó hacia Tomás y le guiñó el ojo—. ¿Y la *devushka*? ¿Qué tal? ¿Y la *devushka*?

—¿Quién?

—¡La chica, *blin*! ¡La chica de ahí fuera! ¿No la ha visto, hombre? ¿Es marica o qué?

—¡Ah sí! La… bailarina.

349

Otra carcajada sonora.

—¡Bailarina! ¡Bailarina! —Se volvió a Rebecca con otra carcajada—. ¿De dónde ha sacado a este finolis? —preguntó.

Sin esperar la respuesta se volvió de nuevo hacia Tomás.

—¡Es la primera vez que oigo llamar bailarina a una puta! —Volvió a bajar la voz, adoptando una pose de confidente—. Galina es buena, pero la mejor es Natalia, que viene ahora. ¿Quiere probarla?

Tomás se quedó atónito con la pregunta, sin saber qué responder.

—¿Yo?

—¡Sí, usted! ¿Quiere probar a Natalia o no? —Entornó los ojos con una expresión de desconfianza—. ¿O va a resultar que es maricón?

—¡Coronel! —cortó Rebecca, saliendo al auxilio del historiador—. El profesor Noronha no ha venido para acostarse con... prostitutas. Fue él quien descubrió la fotografía que le enviamos. El profesor tiene un papel muy relevante en esta operación. Es un experto en criptoanálisis y, además de eso...

—Sé muy bien quién es —la interrumpió el coronel ruso con una sobriedad que parecía imposible cinco segundos antes—. He leído la documentación del FSB.

El acrónimo dejó intrigado a Tomás.

—¿FSB? —preguntó sorprendido— ¿Qué es eso?

—Federalnaia Sluzhba Bezopasnosti —dijo el coronel, como si sus palabras lo aclararan todo.

El historiador mantuvo la expresión inquisitiva.

—Vale, ¿y qué significa eso?

—El FSB es el sucesor del KGB —explicó Rebecca—. El coronel Alekséiev es nuestro contacto informal en el FSB. —Se volvió hacia el ruso—. Oiga: me imagino que han analizado en detalle la fotografía que les enviamos desde Pakistán. ¿Ya tienen una respuesta al respecto?

El coronel dejó el vaso vacío sobre la mesa de cristal, cogió la botella y se sirvió más vodka.

—Tengo todo lo que necesitan —prometió—. Pero primero han de hacerme un favor.

—Lo que desee.

—Quiero que contemplen una de las maravillas de la naturaleza.

—Ah, ¿sí? —dijo Rebecca sorprendida—. ¿Qué?

El coronel dio un grito. La puerta de la salita se abrió y el
guardia de seguridad se asomó para ver qué quería.

—Sasha —dijo Alekséiev—. Ve a buscar a Natalia.

351

44

—*Bismillah Irrahman Irrahim!* —recitó una voz a lo lejos.

Al oír las primeras palabras del Corán, Ibn Taymiyyah dio un salto en el saco de dormir. Estaba oscuro y no reconoció el lugar al despertarse. Su primer impulso fue preguntarse dónde estaba para, acto seguido, susurrar entusiasmado:

—¡Estoy en un *mukhayyam*! ¡Estoy en Afganistán! *Allah u akbar!*

Su segundo pensamiento fue casi de pavor. ¡El *salat* de la madrugada ya había comenzado y él no estaba rezando con sus nuevos compañeros! Por Alá, ¿qué pensarían de él los muyahidines? ¿Que no era pío? ¿Que le faltaba celo? ¿Que no cumplía con sus deberes como creyente?

Aún medio dormido, salió del saco de dormir extendido sobre el suelo, hizo rápidamente las abluciones y fue corriendo a la mezquita. Aún no había salido el sol y hacía un frío increíble, pero el malestar físico no era nada frente a las recriminaciones con que se martirizaba por haber fallado al primer *salat*. ¿Cómo era posible que no se hubiera levantado a la hora?

Lo cierto era, como comprendió de inmediato, que no se había adaptado aún al horario solar de Asia central. Además, tras toda la excitación de ir a los campos de entrenamiento ahora estaba pagando haber dormido muy poco durante cuatro días consecutivos: su última noche en Lisboa; la noche en el avión a Islamabad; la noche que pasó en Peshawar; y la última noche allí en Jaldan.

¡Jaldan, qué nombre tan hermoso y misterioso! Entonces, ¡era allí donde los muyahidines se preparaban para la yihad!

¡Aquél era uno de los varios *mukhayyam* que los hermanos habían diseminado por Afganistán! Le parecía increíble estar allí, pero lo cierto es que allí estaba. Había llegado la víspera y ese día comenzaba el entrenamiento para convertirse en un muyahidín. *Allah u akbar!* ¡Sin duda, Dios era grande!

Después de la oración, el jefe del campo, Abu Omar, los mandó a todos a la gran plaza que había delante de los edificios. Omar era un jordano bajo y musculoso. Sólo con mirarlo, podía adivinarse que debía de ser un guerrero temible, quizá tanto como la figura histórica que había inspirado su nombre, el califa Omar ibn Al-Khattab, el sucesor de Abu Bakr, quien conquistó El Cairo, Damasco y Al-Quds.

Omar les mandó correr alrededor de la plaza y luego hacer ejercicios para estirar los músculos. Mientras se ejercitaba junto a sus compañeros, Ibn Taymiyyah contempló el campo casi con adoración. La mezquita, un edificio de ladrillo y tejado de zinc, ocupaba el centro del complejo. A la entrada del perímetro estaba la cantina, construida en piedra y con un tejado de hojas secas. Al otro lado, cerca de una pendiente que daba a un riachuelo, había un grupo de edificios rústicos construidos de una forma tan rudimentaria que el suelo era la propia tierra. Era la zona residencial, donde estaba el barracón en el que había dormido aquella noche.

353

Después de los ejercicios de calentamiento, Abu Omar condujo al grupo en fila india fuera del campo de entrenamiento y los llevó por las montañas de alrededor. Durante los primeros cientos de metros, Ibn Taymiyyah reaccionó bien, pero después del entusiasmo de las primeras vueltas, los músculos comenzaron a dolerle y las piernas a pesarle como el plomo.

Jadeando, levantó la cabeza para localizar al resto del grupo. Iban todos delante y parecían estar haciendo tiempo, esperando que el novato los alcanzara. Casi desfalleció, pero en un arranque de orgullo siguió subiendo la montaña hasta alcanzarlos. Para entonces tenía el corazón acelerado, los pulmones agotados y le flaqueaban las piernas.

—*Masha'allah*, hermano. —Omar lo acogió con una sonrisa haciendo señas al grupo de que continuara la subida—. *Yallah! Yallah!*

Ibn Taymiyyah enarcó las cejas, horrorizado.

—¡Omar, espera! —consiguió decir entre jadeos—. Déjame descansar aunque sea un momento...

—La yihad no espera —replicó Omar—. Un verdadero muyahidín saca fuerzas de flaqueza. —Se volvió al grupo de nuevo y dio la orden de que siguieran corriendo—: *Yallah! Yallah!*

El instructor y el grupo reemprendieron la subida. A Ibn Taymiyyah no le quedó otra alternativa que esforzarse por seguirlos, arrastrándose por el camino de piedras e intentando descansar en las bajadas. ¡Por Alá, ya no era ningún chaval! Tenía treinta y dos años. Además, nunca se había entrenado en serio y, aunque no estuviera gordo, había echado algo de barriga con los platos de Adara y, sin duda, debía perder unos kilos para recuperar la forma.

Pero Abu Omar, aparte de algunas carcajadas y alguna que otra palabra de ánimo, parecía indiferente a las dificultades del nuevo recluta y continuaba llevando al grupo arriba y abajo por las montañas. Ibn Taymiyyah se arrastraba como un guiñapo unos kilómetros más atrás. A veces veía a los compañeros delante, otras veces los perdía del todo.

La carrera se convirtió para él en un ejercicio penoso que sólo terminó una eternidad más tarde, cuando Abu Omar los condujo de regreso al campo de entrenamiento. Tumbado en la plaza de los ejercicios, recuperando el aliento y las energías, el nuevo recluta aún tuvo fuerzas para levantar el brazo y consultar el reloj para calcular el tiempo que había durado aquel sufrimiento: cinco horas.

La vida en el campo de Jaldan era más dura de lo que, fantaseando en la distancia, había imaginado. La comida tenía un aspecto más que dudoso: no pasaba de un plato de habichuelas con el que nunca se saciaba. Los alimentos escaseaban. Por eso, los que había les parecían manjares. Los viernes, la dieta forzosa se compensaba con la matanza de un carnero. ¡Qué bien le sentaban a Ibn Taymiyyah aquellos viernes! Parecía que vivía para ellos...

Los ejercicios físicos eran durísimos. Unas veces corrían por las montañas; otras, a lo largo de ríos de aguas rápidas y heladas, que tenían que cruzar con sacos de piedras a la espalda. A veces, Abu Omar les ordenaba que corrieran descalzos, lo que invariablemente hacía que Ibn Taymiyyah acabara los ejercicios con los pies ensangrentados; y, otras veces, corrían con armas, como kalashnikov o morteros.

—Omar es duro, ¿eh? —observó un argelino con una sonrisa comprensiva durante una de las pausas para descansar.

Ibn Taymiyyah se encogió de hombros.

—Si es el emir del campo, tiene que ser duro, ¿no? —observó—. En caso contrario no podría comandar a los muyahidines.

—Omar no es el emir del campo.

La noticia sorprendió a Ibn Taymiyyah.

—Es el jeque.

—¿Qué jeque?

—El jeque, que Alá lo proteja. Anda por aquí desde la yihad contra los *kafirun* soviéticos. —Hizo un gesto hacia el nordeste—. Vive en unas montañas en aquella zona y rara vez pasa por aquí. Pero es el emir de este *mukhayyam*. De éste y de otros. Omar es sólo su lugarteniente aquí, en Jaldan.

Toda la *umma* parecía estar representada en el campo de entrenamiento: había saudíes, marroquíes, argelinos, yemeníes, chechenos, tayikos, uzbecos, somalíes, indonesios, cachemires, palestinos y otros creyentes. Había incluso algunos procedentes de países *kafirun*, como Gran Bretaña, España o Francia.

Pronto constató que el *mukhayyam*, como la cárcel años atrás, vivía al ritmo de una rutina propia. Después del primer *salat* y de la carrera de madrugada, llegaba el desayuno, a base sólo de pan y té, que Ibn Taymiyyah devoraba con avidez casi animal.

Sentía que el hambre le roía siempre el estómago y, pasadas unas semanas, comprobó, con una mezcla de orgullo y preocupación, que la pequeña barriga de treintañero ya había desaparecido, sustituida por unas costillas cada vez más marcadas.

Nada de eso le sorprendía: el adelgazamiento acelerado era el fruto lógico de la dieta forzosa y de la pesada carga de ejercicios a la que le habían sometido desde su llegada.

Sin embargo, después del desayuno, las cosas se calmaban un poco en el campo. El día seguía con una lección militar en un pequeño edificio cerca de la cantina, en la que el instructor de armas, un eritreo llamado Abu Nasiri, les presentaba los diferentes tipos de armamento que, por lo general, usaban los muyahidines y les explicaba las características específicas de cada uno de ellos, incluidos los detalles relativos a las municiones.

Tras la primera lección, Abu Nasiri les mostró una pistola con un formato característico, que los oficiales alemanes de las películas norteamericanas de la Segunda Guerra Mundial empuñaban siempre.

—¿Sabéis qué es esto?

—Una Luger —respondió de inmediato un recluta checheno, obviamente fascinado por el arma.

Abu Nasiri hizo girar la pistola en su mano.

—En realidad se llama «Parabellum» —explicó—. La he elegido para esta primera clase, no sólo porque es muy famosa, sino, sobre todo, por su nombre: «Parabellum». ¿Saben lo que significa?

Nadie lo sabía.

—Es latín —dijo—. La empresa que inventó la Luger tenía como lema la frase en latín: *Si vis pacem, para bellum.* ¿Alguien sabe qué significa este lema?

—Algo sobre la guerra —arriesgó un recluta argelino, procedente, no obstante, de Francia—. «*Bellum*» es guerra en latín, «*bélique*» en francés.

—Así es, tiene que ver con la guerra —asintió Abu Nasiri—. Pero ¿cuál es la traducción exacta del lema?

Como era previsible, no obtuvo respuesta.

—«*Si vis pacem, para bellum*» significa: «si quieres paz, prepárate para la guerra». —Gesticuló con la pistola—. Es un lema muy apropiado para un muyahidín, ¿no creéis? Aunque debe ser reformulado, claro. Un guerrero del islam diría: «*Si vis islam, para yihad»*. O sea: «Si quieres islam, prepárate para la yihad».

Después de la Parabellum, Ibn Taymiyyah aprendió a manejar otra pistola alemana, la Walther PPK, y después las rusas Tokarev TT y Makarov PM. Abu Nasiri pronto pasó de las pistolas al arma de asalto más famosa del mundo, el Kalashnikov AK-47; después a las pistolas ametralladoras, como la Uzi; luego a las ametralladoras ligeras, en concreto a la Degtyarev DP; a las pesadas PK y PKM, alimentadas por cinturones de munición; y a las ultrapesadas Dushkas, tan potentes que tenían que ser transportadas con carros.

Además de las clases teóricas, hacían ejercicios para probar cada una de las armas. El grupo ocupaba sus tardes disparando sin cesar en ejercicios con fuego real en un valle de los alrededores. La primera vez que oyó disparar una Dushka, Ibn Taymiyyah pensó que iba a quedarse sordo. La detonación resonó en las montañas y los reclutas casi abandonaron el arma. También probaron misiles antitanque de fabricación soviética, en particular los distintos modelos del RPG.

357

Durante los ejercicios de tiro, Ibn Taymiyyah aprendió a montar y desmontar las armas con los ojos cerrados, a respirar cuando dirigía la puntería y a calcular la trayectoria de las balas y granadas en función de la distancia y del viento. Pese a sus limitaciones en los ejercicios físicos, se reveló un alumno de primera en la precisión en el tiro y el mantenimiento de las armas: era capaz de montar y desmontar un kalashnikov en setenta segundos, cuando la mayoría de los compañeros lo hacía en dos minutos.

—*Masha'allah*, Ibn Taymiyyah —le susurraba Abu Omar en señal de aprobación cuando detectó su talento—. *Masha'allah*.

Como buen ingeniero, a Ibn Taymiyyah le gustaba sobre todo la parte de la instrucción dedicada al cálculo de tiro y manejo de las armas. Incluso el eco de los sonidos de las detonaciones por las montañas y los valles, que al principio le impresionaban, se habían vuelto familiares.

En el campo se desarrolló un espíritu de camaradería entre los reclutas, como si fueran realmente hermanos, unidos por la fe y por esos lazos invisibles que acercan a los hombres cuando el mundo los amenaza. Para ellos sólo contaba el presente y el sentimiento de hermandad era el acero que unía al grupo. El problema es que tenían prohibido hablar sobre su verdadera identidad y los movimientos regionales en los que participaban. Era una medida de seguridad sensata, claro, pero frustraba un poco a Ibn Taymiyyah. Quería saber más de los hombres por los que estaba dispuesto a dar la vida.

Sin embargo, había algunas cosas que se traslucían en pequeños gestos o palabras sueltas. Observando con atención el comportamiento de cada uno de los muyahidines, vio que los chechenos y los tayicos tenían mucha experiencia en combate, mientras que los saudíes eran más perezosos. Había incluso algunos gordos e indolentes, pero con ellos, sin embargo, los instructores mostraban una especial deferencia: se trataba, con toda seguridad, de importantes financiadores de la yihad.

358 Las lecciones tácticas eran, junto con las carreras, el punto débil de Ibn Taymiyyah. Para compensar, mostró una gran destreza en el manejo de explosivos, una vez más gracias a su formación como ingeniero. Trataba la dinamita como si lo hubiera hecho desde niño, aunque su interés se centraba sobre todo en los explosivos plásticos, en particular el Semtex, que se diferenciaba del resto por ser completamente imposible de detectar. Aprendió a activar y desactivar minas y a instalar explosivos en cualquier objeto.

Con sus conocimientos de ingeniería llegó hasta a debatir con el profesor, Abu Nasiri, sobre los aspectos físicos y químicos de los explosivos, incluidas su composición y la reacción química característica de cada uno. Esta materia apasionaba tanto a Ibn Taymiyyah que se pasaba noches con el instructor fabricando nitroglicerina, pólvora negra, RDX, Semtex, TNT y otros explosivos basados en productos que se podían adquirir fácilmente en tiendas, como café, azúcar, fósforos, limones, fertilizantes, lápices, productos de limpieza, arena, baterías, aceite de maíz y tinta, que contenían los componentes esenciales para la producción de los distintos explosivos.

Sin embargo, la verdadera gloria le llegó el día en que fue capaz de fabricar una bomba a partir de su propia orina.

—Es raro ver un muyahidín tan habilidoso con los explosivos —observó Abu Nasiri, realmente impresionado—. Eres un verdadero fenómeno.

Ibn Taymiyyah destacó tanto en la materia que le concedieron autorización para frecuentar las grutas en las que se guardaba el arsenal para ir a buscar municiones o explosivos. Eran cavernas cavadas en la ladera de las montañas, cercanas al campo de entrenamiento. Las entradas eran estrechas, de un metro de ancho, y era preciso entrar a rastras; no obstante, una vez dentro, las grutas se abrían en enormes galerías.

La primera caverna estaba llena de municiones. Eran miles y miles de balas y granadas almacenadas en cajas de madera apiladas hasta el techo. Muchas de ellas tenían estampados en la madera números y caracteres cirílicos. La segunda caverna, la que Ibn Taymiyyah visitaba a menudo, guardaba miles de explosivos almacenados en el mismo tipo de cajas, sólo que, en vez de inscripciones en caracteres cirílicos, presentaban rótulos que indicaban que procedían de Italia o de Pakistán.

359

—¿Y la tercera caverna? —preguntó después de dos meses en el campo, cuando sintió que había confianza suficiente para preguntar al responsable de Jaldan—. ¿Qué se guarda allí?

Abu Omar, siempre celoso de su responsabilidad como encargado del *mukhayyam*, puso un gesto grave.

—No puedes entrar ahí.

—¿Por qué?

Omar negó con la cabeza.

—Porque no.

El contenido de la tercera caverna despertó la curiosidad de Ibn Taymiyyah y la prohibición aumentó su interés. ¿Qué demonios habría allí que exigía tanto secretismo?

Después de los ejercicios con armas, los reclutas se retiraban al campo para el *salat* del crepúsculo y se juntaban en la cantina para cenar el inevitable plato de arroz cocinado por dos afganos. Pasado algún tiempo, Ibn Taymiyyah se cansó de aquel plato repetitivo y decidió quejarse a los cocineros, sobre todo porque había visto gallinas sueltas por el campo.

Al ver al recluta hablando con los hombres de la cocina, Abu Nasiri fue a buscarlo y lo sacó al comedor, a esa hora ya desierto.

—No puedes hablar con ellos.

—¿Cuál es el problema?

—Son afganos. Una de las reglas de los *mukhayyam* es que los muyahidines no pueden hablar con los afganos.

Ibn Taymiyyah seguía sin entenderlo.

—No se puede confiar en ellos, son traicioneros —susurró sin mover los labios—. Créeme, es mejor que no hables con los afganos.

Después de la cena venía el aleccionamiento religioso, que los instructores consideraban la parte más importante de la formación de un muyahidín. Se juntaban a la luz de antorchas, ya que no había electricidad en el campo, y unas veces recitaban el Corán y otras discutían diferentes aspectos del islam.

En esas situaciones era interesante ver cómo se difuminaban las jerarquías en el campo. Pronto quedó claro que la autoridad de Abu Omar y del resto de los instructores sólo era válida para cuestiones de orden práctico. En todo lo demás, todos se consideraban hermanos. Podían expresar sus opiniones y desafiar las palabras de los instructores, sin ningún tipo de constreñimiento. Ibn Taymiyyah conocía la mayor parte de la materia teológica, pues la había aprendido con Ayman cuando era joven, pero aparecían cosas nuevas acá y allá.

—Lo que distingue a un muyahidín de un guerrero *kafir* es su preparación moral y su pureza ante Dios —explicó Omar—. Un muyahidín es un soldado de Alá, por lo que, cuando combate, debe respetar reglas muy rigurosas. Debe evitar matanzas indiscriminadas, especialmente de mujeres y niños, y también la destrucción de santuarios religiosos, como iglesias o sinagogas.

—¿Y si las mujeres y los niños participan en las actividades bélicas de los *kafirun*? —preguntó un checheno, que, evidentemente, pensaba en una situación que había vivido—. ¿Cómo se procede en esas circunstancias?

El instructor respondió sin dudar un instante.

—En ese caso deben morir —sentenció—. Las leyes de la yihad son muy claras en eso. Un *hadith* cuenta que una vez preguntaron al Profeta si era pecado matar a las mujeres y los niños de los *kafirun*. Él respondió: «Los considero iguales a sus padres». O sea, si los padres son *kafirun*, en ciertas circunstancias se permite matar a los hijos. Por ejemplo, quien apoya de alguna manera al enemigo, aunque sólo sea suministrando agua o incluso apoyo moral, es también un enemigo y se le puede matar.

Todos movieron la cabeza al mismo tiempo, en señal de asentimiento.

—Imagina, hermano, que una mujer *kafir* reza para que el marido mate a un creyente —insistió el checheno—. O imagina que un niño *kafir* reza para que el padre mate a un muyahidín.

—Ambos deben morir —sentenció Abu Omar sin dudar—. Basta que un *kafir* desee la muerte de un creyente para que se le pueda matar, aunque se trate de un niño. En cualquier caso, es importante subrayar que debe evitarse el recurso a la fuerza mientras sea posible. No obstante, cuando la yihad sea necesaria, nadie debe eludir sus responsabilidades. El Profeta dijo: «Aquel que se encuentre con Alá sin haber participado nunca en la yihad, tendrá un defecto a los ojos de Alá». —Levantó el dedo para subrayar el punto crucial—. La yihad ocupa muchas páginas del Santo Corán. Hay más de ciento cincuenta versículos en los que Alá *Al-Hakam*, el Juez, dicta las reglas de la guerra, dejando claro que la verdad debe contar con una fuerza que la proteja y la propague. La mayor parte de las guerras decretadas por Mahoma fueron ofensivas, todo el mundo lo sabe. Por tanto, como Alá nos manda en el Corán seguir el ejemplo de su mensajero, también debemos lanzarnos a guerras ofensivas. Hay hasta un *hadith* que cita al Profeta diciendo: «Fui educado para blandir la espada hasta que llegue la hora en que sólo Alá sea venerado. Él nos ofreció sustento bajo la sombra de la hoja de nuestras espadas y decretó la humillación de todos los que se opongan a mí». Aquí se ve que el apóstol de Alá valoraba la espada y la necesidad de usarla hasta que todos los seres humanos se sometan a Alá. En otro *hadith*, se cita así al Profeta: «Yo ordeno por Alá que se haga la guerra a toda la gente hasta que todos declaren que Alá es el único Dios y que yo soy su Profeta». O sea, el objetivo del islam es gobernar el mundo y someter a toda la humanidad al islam. Hay personas que dicen ser musulmanas, pero que prefieren ignorar estas palabras del Profeta. Pero, hermanos, las órdenes de Mahoma son claras: mientras haya *kafirun*, debe haber yihad para convertirlos o para obligarlos a pagar el *jizyah*.

—Pero ¿quién decreta la yihad ofensiva, hermano? —preguntó un recluta procedente de Gran Bretaña—. Hay quien dice que sólo el califa puede hacerlo...

—Ése es un punto polémico —admitió Omar—. Muchos de nuestros hermanos entienden que el Corán y la sunna del Profeta, que la paz sea con él, ya decretaron la yihad ofensiva. Basta con ver los *ahadith* que acabo de citar o leer la orden de Alá en la sura 2, versículo 212 del Corán: «Se os prescribe el combate, aunque os sea odioso». —Levantó el dedo para subrayar las palabras que consideraba cruciales, y repitió—: «Aunque os sea odioso». Sin embargo, hay otros hermanos que entienden que sólo el califa puede decretar la yihad ofensiva, aunque ésta sea una obligación de los creyentes. Existe, como sabéis, tradición en este sentido. El califa tiene el deber de reunir al ejército y atacar a los *kafirun* una o dos veces al año, como hicieron en el pasado Abu Bakr y Omar ibn Al-Khattab, y tantos otros. El califa que no lo hace viola la voluntad de Alá, expresada en el Corán y en la sunna. La yihad es obligatoria para los creyentes y debe existir hasta que todos los seres humanos sean creyentes o paguen el *jizyah*.

—Pero el último califato ya fue abolido —observó el mismo recluta—. ¿Cómo hemos de obrar ahora que no hay califa?

—En mi opinión, se aplican las órdenes de Alá dadas en el Corán o en el ejemplo del Profeta —respondió el instructor—. Pero parece haber acuerdo en que, pase lo que pase, es necesario reinstaurar el califato para poner fin a ese punto de discordia para poder lanzar, con consenso, guerras anuales contra los *kafirun*. Dice el Profeta en un *hadith*: «Si recibes una orden de marchar contra el enemigo, marcha». Precisamente por haber incumplido la orden divina de atacar a los *kafirun* Alá nos abandonó. Ignoramos sus reglas y Él nos ignoró a nosotros. Por dejar de hacer la yihad ofensiva, conforme ordenó Alá en el Corán o en la sunna del Profeta, nos vemos ahora obligados a llevar a cabo la yihad defensiva. En consecuencia, urge reinstaurar el califato y poner fin a la humillación que padece la *umma*, extendiendo el islam por todo el planeta.

—¿Y cómo se hace eso? ¿Cómo se puede reinstaurar el califato?

Abu Omar cogió el kalashnikov que lo acompañaba siempre y lo levantó en el aire con vehemencia.

—Con la guerra.

363

45

—¡*N*atalia!

La rubia oxigenada que apareció en la puerta era rolliza y de formas abundantes, con tantas curvas que la carne casi le rebosaba del vestido. Llevaba una prenda de una sola pieza de color rojo vivo, ajustada en el pecho y la cintura, y que se ensanchaba en una falda de encaje que le quedaba a la altura del muslo. Era el tipo de cuerpo que las mujeres odian tener, que encuentran gordo. Sin embargo, pocos hombres ven gordura en esas formas generosas.

—¿Me ha llamado, coronel?

—¡Ven aquí, *devushka*!

—Estoy a punto de empezar mi espectáculo…

—Será sólo un minutito, vamos.

Natalia se acercó, muy consciente del efecto animal que su cuerpo lúbrico producía en los hombres.

—¿Qué pasa, mi coronel? —ronroneó, pasando la mano por el pecho del ruso—. ¿Para qué necesita a su Natalya?

Alekséiev señaló a Tomás.

—Quería presentarte a este señor —dijo—. Anda, dale un besito…

La rubia de rojo y ojos verdes sonrió con malicia y se acercó al portugués, que lanzó una mirada alarmada a Rebecca. La norteamericana le hizo señas de que todo iba bien, lo que Tomás entendió como una indicación de que no debía contrariar al ruso.

Natalia se inclinó sobre él y le acercó la cara. Tomás olió su perfume barato y sintió sus labios calientes y carnosos pegarse a los suyos. Quiso resistirse, avergonzando por la presencia de

Rebbeca, que observaba la escena, pero aquella boca húmeda y ardiente era deliciosa. Tras los labios de Natalia llegó su lengua mojada, que penetró en la boca entreabierta del historiador y la exploró con gula.

El beso duró casi un minuto y terminó abruptamente. En el momento en que le soltó los labios, Tomás notó que la mujer le palpaba la entrepierna.

—¿Y bien? —preguntó el coronel.

Natalia volvió la cabeza y le guiñó el ojo, dando por cumplida su misión.

—Está duro.

El coronel soltó una de sus carcajadas ruidosas y dio una palmada a Natalia en su exuberante trasero.

—¡Ya lo sabía yo! —exclamó—. ¡Ya lo sabía yo! ¡Nadie se resiste a mi Natalia! ¡Está aún por nacer el hombre que pueda permanecer indiferente a este pedazo de mujer!

Natalia miró hacia la puerta.

—¿Puede irme, mi coronel? Ha llegado la hora de mi espectáculo…

—Ve, ve, *devushka*. ¡Arrasa!

La mujer lanzó a Tomás una mirada de despedida llena de promesas, le dio la espalda y caminó hacia la puerta contoneándose. Cuando salió, el coronel se volvió hacia Tomás.

—¿Y qué? ¿Qué le ha parecido?

Tomás intercambió una nueva mirada con Rebecca, como si pidiera nuevas instrucciones. La norteamericana se encogió de hombros. Después de lo que había visto, nada parecía importarle.

—Es… guapa —dijo el portugués.

—¿Quiere probarla? ¡Es cara, pero merece la pena!

—Creo…, creo que lo dejaremos para otra ocasión.

—¡Se arrepentirá, se lo aseguro! Esa muchacha le podría hacer un tratamiento que lo dejaría como nuevo. Hace tiempo, tuve una sesión con Natalia: fue como estar varios días a base de suero. Con esa boca que tiene es capaz de…

Rebecca carraspeó, un poco cansada de aquel juego y de aquella conversación.

—Coronel, si me disculpa, tenemos un asunto que tratar con cierta urgencia.

Alekséiev enarcó las cejas espesas y respiró hondo, como si se resignara ante la imposibilidad de evitar la conversación que debían mantener.

—¡Ah, sí! La fotografía, ¿no?

—Eso mismo.

—Dígame, ¿qué quieren saber?

—Nosotros enviamos la fotografía, cuéntenos usted qué es.

El ruso se inclinó en el sofá y cogió el vaso de vodka que había dejado sobre la mesa.

—¡*Blin*, es Rusia en su peor versión! —exclamó y tomó un trago—. Oiga: tiene que entender que, cuando la Unión Soviética se desintegró en 1991, Rusia heredó la mayor industria nuclear del planeta, incluido el mayor arsenal de armas atómicas y la mayor cantidad de uranio enriquecido y plutonio nuclear del mundo. Todo distribuido en decenas de complejos, tan escondidos, que ni constaban en los mapas. Teníamos ciudades secretas que albergaban casi un millón de personas, donde se concentraba toda la industria nuclear soviética. Con el colapso de la economía y la quiebra de la disciplina, toda esta industria quedó a la buena de Dios. La inflación se disparó al dos mil por ciento, las personas comenzaron a recibir un sueldo miserable e incluso a no cobrar durante meses. Los edificios se deterioraron, dejó de atenderse el material nuclear, hasta se impusieron restricciones eléctricas porque no había dinero para pagar la electricidad. ¡Para que se haga una idea, había almacenes con toneladas de uranio enriquecido protegidos sólo con candados! Y los guardias que vigilaban esos almacenes, ¿sabe que hacían? ¡Dejaban su puesto para ir a buscar comida o bebidas…, o para ir a ver a una *devushka*!

—¡No parece que las cosas fueran bien!

—¡Imagine!

—En su opinión, en medio de toda esa anarquía, ¿qué material resultó ser más vulnerable al tráfico?

—El país tenía decenas de miles de ojivas nucleares guardadas en más de cien lugares distintos. El mayor riesgo, a mi modo de ver, eran las armas nucleares tácticas portátiles, las RA-155 del Ejército y las RA-115-01 de la Marina. Son pequeñas, pesan unos treinta kilos, basta un único soldado para detonarla en diez minutos y están guardadas en posiciones avanzadas, donde la seguridad es menor. Muchos de los oficiales encargados de su protección ya se han retirado, pero siguen viviendo en los complejos donde se almacenan esas armas nucleares tácticas. Esos hombres saben donde está el material, tienen acceso fácil a él y sus pensiones son bajas. Es una mezcla explosiva. ¿Quién nos garantiza que si alguien les ofrece una cuantía generosa de rublos que los saque de la miseria la rechazarán?

—Es evidente —asintió Rebecca—. ¿Se ha confirmado algún robo?

—¿De armas nucleares tácticas? No le puedo decir.

—El general Lebed, asesor del ex presidente Yéltsin declaró en público que algunas de esas armas habían desaparecido...

—No puedo hablar de eso.

Rebecca sacó de su maletín la fotografía de Zacarias.

—Bueno, a todos los efectos, aquí no hablamos de armas nucleares tácticas, ¿verdad? —dijo ella, mostrando la imagen de la caja con caracteres cirílicos y el símbolo nuclear—. Es uranio enriquecido. ¿De dónde salió este material? ¿Qué puede decirnos de esto?

El coronel sacó unas gafas del bolsillo, se las puso, se inclinó hacia la imagen y la examinó con atención.

—¿Ésta es la famosa fotografía?

—¿Aún no la había visto?

—Querida, la enviaron ustedes a Moscú. —Apartó la vista de la foto y miró fijamente a Rebecca—. Yo estoy en Ereván, ¿no?

La norteamericana lo miró con un gesto inquisitivo y una expresión de alarma en la mirada.

—¿Qué quiere decir con eso? No me diga que no tiene aún respuesta...

Alekséiev guardó las gafas, sonrió y se movió en el sofá volviéndose de nuevo hacia la puerta.

—¡Sasha!

La puerta se abrió de nuevo y el guardia de seguridad volvió a asomarse.

—¿Sí, mi coronel?

367

—¿Ha llegado Vladímir?

—Está de camino, mi coronel.

—En cuanto llegue, hágalo pasar.

—Sí, mi coronel.

Se cerró la puerta. Alekséiev se acomodó en el sofá y volvió a mirar a los dos visitantes.

—El hombre del FSB que está investigando este caso es de mi entera confianza —dijo—. Le he pedido que venga a explicarnos qué ha descubierto.

Rebecca respiró aliviada.

—¡Uff! —exclamó, mucho más relajada—. Me temía lo peor.

El coronel cogió el vaso que había dejado sobre la mesa y apuró el vodka que quedaba.

—Tienen que entender algo —dijo el oficial ruso, ya recuperado del ardor del alcohol—: con la inflación al dos mil por ciento, el lema en Rusia era «todo está en venta». ¡En aquel momento, se vendía todo! ¡Kalashnikovs, minas, tanques, aviones…, todo! ¡Hubo hasta un almirante que vendió sesenta y cuatro navíos, incluidos dos portaaviones, de la flota del Pacífico! —Soltó una carcajada—. Ya ven hasta dónde llegaron las cosas: ¡el tipo vendió una escuadra rusa!

—Háblenos del uranio enriquecido.

El ruso se recostó en el sofá y resopló, como si fuera reacio a tratar ese tema.

—Veamos. ¡El uranio enriquecido! —Volvió a inclinarse hacia delante y a llenar el vaso de vodka—. ¿Sabe cuánto uranio enriquecido tiene Rusia? Novecientas toneladas.

—Y bastan cincuenta kilos para construir una bomba atómica —observó Rebecca.

—Así es —suspiró Alekséiev—. Lo peor es que la mayor parte de ese uranio está almacenado en lugares poco seguros. En uno de nuestros informes identificamos más de doscientos almacenes con graves problemas de seguridad, desde vallas reventadas a ventanas por las que unos ladrones podrían entrar sin dificultad.

—Lo sé —intervino ella—. Nuestro gobierno gastó millones de dólares en ayudarles a rehabilitar esas instalaciones, pero, en cuanto nuestro dinero dejó de llegar, volvieron a deteriorarse y a ser inseguras. Por lo visto, robar en un complejo nuclear ruso es más fácil que robar un banco.

—Es todo muy complicado —reconoció el coronel, limpiándose las gotas de sudor que le corrían por la frente—. El problema se agrava si se tiene en cuenta que el uranio enriquecido puede usarse, no sólo en instalaciones militares, sino en otros lugares. Empleamos el uranio enriquecido en cuarenta reactores de investigación científica, en reactores de navíos y submarinos, y en instalaciones de fabricación de combustibles. Mucho de este material físil se guarda en depósitos a los que es muy fácil acceder.

—¿Fácil hasta qué punto? ¿De qué estamos hablando?

—Le pondré un ejemplo. En noviembre de 1993, un capitán de nuestra Marina entró en los astilleros de Sevmorput, en el puerto de Murmansk, por una puerta sin guardia. Así de sencillo le resultó acceder al edificio donde se guardaba el combustible de los submarinos nucleares. Una vez dentro, cogió tres piezas de un reactor con cinco kilos de uranio enriquecido, puso el material en una bolsa y salió de los astilleros de la misma forma que había entrado. Nadie se enteró de nada. Sólo supimos del caso meses más tarde, cuando detuvieron al capitán intentando vender el uranio enriquecido.

—Es muy preocupante —observó Rebecca.

El oficial ruso se encogió de hombros.

—¿Eso cree? —preguntó—. Lo realmente preocupante es que esta historia no tiene nada de extraordinario. Es igual a muchas otras. Lo que sucedió en Sevmorput ya había pasado en la base naval de Andréieva Guba o en la base de submarinos de Viliuchinsk-3, por citar sólo algunos ejemplos. Y los casos con civiles también son frecuentes, como los de Luch, Sárov o Glázov. A un hombre al que detuvieron con uranio altamente enriquecido robado en Podolsk le condenaron sólo a tres años con suspensión de condena, porque el juez sintió pena de él. El ladrón sólo quería conseguir dinero para cambiarse el horno y el frigorífico.

—¿Ha habido muchos incidentes de ese tipo?

—Alguno que otro.

—¿Cuántos?

369

Alekséiev suspiró, cansado de la presión a la que la americana lo sometía.

—Sólo la Agencia Internacional de la Energía Atómica identificó dieciocho incidentes en Rusia entre 1993 y 2002.

—Eso es lo que dice la agencia. ¿Cuántos hubo en realidad?

—Muchos más.

Rebecca se inclinó hacia su interlocutor mirándolo fijamente, como una fiera que no estaba dispuesta a soltar su presa.

—¿Cuántos?

—No puedo decírselo —murmuró—. Es información confidencial. Pero puedo decirle que, sólo en la transición de la Unión Soviética a Rusia, perdimos material nuclear que bastaría para construir veinte bombas atómicas.

La mujer arqueó las cejas, incapaz de dar crédito a lo que acaba de oír.

—¿Cuántas?

—Veinte bombas.

—*Jesus!*

46

*E*sa mañana, los reclutas de Jaldan estudiaban la técnica y los principios de los *itishadi*, los atentados suicidas. Abu Omar, que impartía la clase, comenzó explicando los principios teológicos que legitimaban las acciones de los *shahid*, los mártires, toda vez que el suicidio estaba absolutamente prohibido por el Corán.

—Los *itishadi* son precisamente la excepción —subrayó el instructor, refiriéndose a los suicidas en acciones de combate—. El martirio en la yihad es incluso la única forma de asegurarse el Paraíso. ¿Alguien sabe qué versículo del Corán lo establece?

Al lado de Ibn Taymiyyah había un palestino de Gaza, con toda seguridad relacionado con Hamás. El muchacho levantó la mano.

—En la sura 3, versículo 163 —exclamó de pronto—: «No tengáis por muertos a quienes fueron matados en la senda de Dios. ¡No! Están vivos junto a su Señor, están alimentados».

—Muy bien —aprobó Abu Omar—. Ese versículo deja claro que la muerte en la yihad nos lleva junto a Alá, a los jardines eternos donde abundan la comida y el agua. Hay hasta un *hadith* que aclara que al *shahid* le esperan setenta y dos vírgenes. Eso es...

Un murmullo de alegría recorrió el aula.

—¿Qué? —preguntó el profesor con una sonrisa—. ¿Ya estáis pensando en las setenta y dos vírgenes?

El murmullo dio paso a las risas.

—En Gaza hay muchos hermanos que sólo quieren ser *shahid* por las vírgenes —observó el palestino con una sonrisa socarrona.

Su comentario dio pie a una nueva carcajada general.

—¿Cómo no vamos a desear morir si el *shahid* es el único creyente que tiene asegurado un lugar en el Paraíso? —preguntó Omar cuando el rumor se calmó—. Nos esperan la paz del Señor y las vírgenes, ¿cuál es la duda? ¿Qué son las amarguras de esta vida comparadas con la recompensa que nos espera? Hay otros versículos del Corán y otros *ahadith* que hablan sobre el Paraíso que espera a los *shahid*. Por ejemplo, ved lo que Alá dice en el...

La curiosidad por conocer la experiencia de su vecino devoraba a Ibn Taymiyyah. Se inclinó hacia él y le susurró:

—¿Has conocido muchos *shahid*?

—Sí —confirmó el palestino—. Yo mismo quiero ser un *shahid*.

—¿En serio?

—¿No ves lo que nos espera, hermano? ¡El Paraíso! ¡El río con jardines! ¡El vino sin alcohol! ¡La gracia de Dios!

—Y las vírgenes...

El palestino sonrió de nuevo.

—¿Sabes lo que hacen muchos hermanos cuando se convierten en *shahid*? Como no consiguen dejar de pensar en las vírgenes, se protegen el vientre con cartón para asegurarse de que, después de estallar, llegan con los órganos genitales intactos al Paraíso.

Ibn Taymiyyah se rio.

—No puedo creerlo.

—¡Te lo juro por Alá! Antes de partir para completar su misión, muchos *shahid* se protegen los genitales. Dicen que es muy eficaz para...

De repente, se oyó un tiroteo ensordecedor fuera.

Tac-tac-tac-tac-tac.

—¿Qué pasa?

Tac-tac-tac-tac-tac.

El fuego cerrado sembró el caos en el aula. Los reclutas se resguardaron debajo de las mesas.

—Están atacando el campo —gritó Abu Omar, que cogió de inmediato su kalashnikov y salió afuera.

Después de los primeros momentos de confusión, Ibn Taymiyyah y sus compañeros siguieron el ejemplo de su instructor y fueron también a buscar sus armas. Acostumbrados a usar el kalashnikov, quitaron el seguro y salieron a toda prisa del edificio. Iban agachados, sin despegar el dedo del gatillo, mirando en todas direcciones para localizar la amenaza y neutralizarla.

Los compañeros adoptaron la posición de tiro. Junto a ellos, Ibn Taymiyyah vio tres hombres que disparaban, se arrodilló y apuntó hacia ellos.

—¡Alto! —ordenó Abu Omar, antes de que los reclutas abrieran fuego—. ¡No disparéis! ¡Son nuestro hermanos!

En ese momento, Ibn Taymiyyah se percató de que el enemigo eran Abu Nasiri y otros dos instructores. Los tres disparaban frenéticamente al aire. Parecían niños. El grupo que había salido del aula los miró sin saber qué pensar.

—¿Qué ocurre? —preguntó Abu Omar a Abu Nasiri, intentando hacerse oír pese a las sucesivas ráfagas de tiros—. ¿Pasa algo?

—*Masha'allah!* —gritaban los instructores—. *Masha'allah!* Dispararon más tiros.

—¿Qué pasa?

Abu Nasiri dejó de disparar por un momento.

—¡Encended la radio! —gritó, como si estuviera histérico—. ¡Escuchad la noticia que están dando los *kafirun*!

—¿Qué dicen?

—¡Estados Unidos ha hincado la rodilla! ¡Estados Unidos ha hincado la rodilla! *Masha'allah!*

Los instructores volvieron a disparar para celebrar la noticia, con una euforia desatada. Intrigados, Abu Omar y los reclutas abandonaron la plaza y se precipitaron hacia la cantina. En el comedor había un receptor de onda corta que escuchaban algunas noches.

Ibn Taymiyyah conocía la frecuencia de la BBC en árabe, que había visto sintonizar a sus padres de pequeño, y la buscó. La radio emitió los pitidos habituales de las ondas cortas y pasó por varias estaciones hasta llegar a la frecuencia que buscaban.

Una voz en árabe irrumpió en la cantina.

—«... no sabemos aún que va a pasar con el otro edificio» —dijo la voz, que claramente improvisaba—. «El primer avión

373

chocó contra ella, pero permanece en pie, mientras que la torre contra la que se estrelló el segundo aparato ya ha caído. ¿Caerá también la primera torre?» —Una segunda voz, aparentemente desde un teléfono, respondió a la primera—. «¡Bueno…, no quiero ni pensarlo! Es una tragedia sin…, sin precedentes. En el centro de Nueva York reina el caos. Todo el mundo se pregunta quién ha lanzado este brutal ataque contra las Torres Gemelas del World Trade Center. El presidente Bush, que ha recibido la noticia, se encontraba en una…»

—*Masha'allah!* —gritó Abu Nasiri afuera, loco de alegría.

El grupo que se había reunido en la cantina en torno a la radio echó a correr hacia la plaza, pegando tiros y saltos, entusiasmado, gritando a coro la respuesta que les llenaba el corazón:

—*Allah u akbar!*

—*Masha'allah!*

—*Allah u akbar!*

Las celebraciones acabaron bien entrada la noche.

374

La moto avanzaba, levantando una nube de polvo rojiza, e Ibn Taymiyyah se agarró con fuerza al cuerpo del conductor para no caerse. Vio que la moto reducía la velocidad y miró hacia delante. Allí estaba el hombre, sentado en una mesa de la terraza tomando un café.

Ibn Taymiyyah se acomodó la Walther PPK en la mano derecha y se preparó para actuar en cuanto recibiera la orden.

—¡Ahora! —dijo el conductor.

Ibn Taymiyyah saltó de la moto en marcha, quitó el seguro a la Walther, avanzando a zancadas hasta situarse delante del hombre sentado en la terraza, apuntó a la cabeza y apretó tres veces el gatillo.

Pam. Pam. Pam.

El hombre cayó desamparado hacia atrás y el asesino echó a correr, saltó a la parte trasera de la moto, el vehículo arrancó con estruendo y dejó atrás rápidamente el lugar del atentado.

—¡Muy bien! —Abu Nasiri irrumpió aplaudiendo en la terraza—. ¡Eres un asesino perfecto, hermano! Has estado incluso mejor en este ejercicio que en la simulación de secuestro.

La moto dio media vuelta y regresó al lugar. Ibn Taymiyyah se apeó y fue a comprobar la precisión de sus disparos en la cabeza del muñeco tirado en el suelo.

—He fallado un tiro —constató.

—No pasa nada —lo consoló el instructor—. Dos disparos en la cabeza son suficientes para arruinarle el día a cualquier *kafir*.

Ibn Taymiyyah, no muy convencido, miró hacia la moto, cuyo motor aún ronroneaba.

—¿Puedo intentarlo otra vez?

—Claro, pero esta vez quita el seguro de la pistola cuando la moto comience a frenar, no cuando ya estés andando. Lo que hiciste es arriesgado. Imagina que hubieras saltado delante del objetivo, ¿qué habrías hecho? Todavía tendrías que haber quitado el seguro y el *kafir* habría tenido tiempo suficiente para percatarse de la amenaza y reaccionar. ¿Lo ves?

—Sí, hermano.

Sin perder más tiempo, Abu Nasiri fue a recoger el muñeco y lo puso de nuevo en la mesa.

—Vamos a repetirlo.

Ibn Taymiyyah permaneció de pie mirando al muñeco,

—¿Y si en vez de dispararle a la cabeza lo mato como Alá ordenó?

—¿Qué quieres decir con eso?

—Alá dice en la sura 47, versículo 4 del Corán: «Cuando encontréis a quienes no creen, golpead sus cuellos hasta que les dejéis inermes».

El instructor miró fijamente al muñeco.

—¿Quieres decapitarlo?

—Sí, ésa es la orden de Alá.

—Es muy complicado, no hay tiempo para algo así en el medio urbano —observó Abu Nasiri, moviendo la cabeza de un lado a otro—. Ahora practica la ejecución con pistola. Ya tendrás tiempo para practicar la decapitación otro día.

El recluta se dirigió de nuevo a la moto, se acomodó en el asiento trasero y puso el seguro a la Walther. La moto volvió a su posición inicial. Ya estaban listos para repetir el ejercicio de asesinato en medio urbano cuando Ibn Taymiyyah vio que alguien se acercaba a ellos gesticulando frenéticamente.

—¿Quién viene?

—Es Omar —respondió el compañero—. Parece que nos está llamando.

El motorista se dirigió al responsable del campo para ver qué quería.

—Ibn Taymiyyah, hermano —dijo Abu Omar poniendo la mano en el hombro del recluta—. Ve a buscar tus cosas inmediatamente.

—¿Qué cosas?

—Las que trajiste al campo.

—¿Por qué?

—Sales dentro de cinco minutos.

La información dejó boquiabierto a Ibn Taymiyyah.

—¿Salir? ¿Adónde?

—El jeque quiere hablar contigo. Nos ha pedido que te lleváramos a su refugio lo antes posible.

—¿Para qué?

Poniendo voz de pito, Abu Omar imitó a Ibn Taymiyyah.

—¡Para qué, para qué…, cuántas preguntas! —Señaló en dirección a los barracones—. ¡Por Alá, ve a buscar tus cosas y cállate! ¡Pareces una alcahueta con tantas preguntas! Un buen muyahidín no habla, actúa.

Ibn Taymiyyah se mordió el labio, reprochándose su falta de disciplina, y obedeció.

—Sí, hermano.

Al observar alejarse al recluta, Abu Omar hizo un gesto rápido con la mano, como si lo ahuyentara.

—*Yallah! Yallah!* ¡Lárgate!

Viendo que su discípulo se marchaba, Abu Nasiri corrió tras él para darle unos últimos consejos.

—Llévate un abrigo —le recomendó cuando lo alcanzó—. En las montañas hace frío. Y que Alá te acompañe, porque vas a necesitar ayuda, hermano.

Esta observación hizo que Ibn Taymiyyah se parara y mirara al instructor.

—¿Qué quieres decir con eso?

—Quiero decir que te espera una misión muy importante.

—¿Qué misión?

Abu Nasiri movió la cabeza y miró a su alrededor, como si temiera haber hablado de más.

—No te lo puedo decir. Eso corresponde al jeque.

—¡Ah, el jeque, la figura misteriosa del campo! —exclamó—. ¿Quién es, si puede saberse?

El instructor arqueó las cejas, sorprendido por la pregunta.

—No hay ningún misterio. Es el emir de nuestro campo —dijo—. Por Alá, ¿no sabes quién es el jeque?

—No.

—A ver, ¿no has leído los periódicos que llegan al *mukhayyam*?

—Claro que sí, ¿por qué?

—El jeque es el héroe de la *umma*, hermano. ¡El jeque es el hombre que sometió a Estados Unidos!

Ibn Taymiyyah no entendía nada. ¿De quién hablaba el instructor?

—¿De quién hablamos?

Abu Nasiri clavó los ojos en su discípulo.

—El jeque es Bin Laden.

47

*U*n hombre minúsculo de cabello rubio, escaso y fino, entró saludando en la sala de estar del *strip club*. El coronel Alekséiev volvió la cabeza y, al verlo, se incorporó de un salto y abrió los brazos para acogerlo efusivamente.

—¡Vlad!

Los dos hombres se abrazaron y el coronel condujo al recién llegado al sofá y se lo presentó a Rebecca y Tomás.

—Éste es Vladímir Tarasov, un camarada del FSB —anunció—. ¡Un gran tipo!

—Mucho gusto —respondió Rebecca estrechándole la mano.

—¿Cómo está? —dijo Tomás cuando llegó su turno de saludar al recién llegado—. Veo que se conocen desde hace mucho tiempo…

Alekseev miró a Vladímir y soltó una carcajada cómplice.

—¡Oh, desde los tiempos de la guerra de Afganistán! —Agarró a Vladímir por el hombro y lo atrajo hacia sí—. Aquí Vlad trabajaba conmigo en una unidad de contraespionaje del KGB en Kabul. —Una nueva carcajada sonora—. Aquellos fueron grandes tiempos, ¿eh?

—¡Sí que lo fueron…! —asintió Vladímir con una sonrisa agobiada—. ¡Con nosotros, aquellos canallas no jugaban!

Se acomodaron en el sofá intercambiado las cortesías propias de la ocasión. El coronel llenó de nuevo el vaso de vodka, mientras el recién llegado se quejaba del retraso del vuelo de la Aeroflot que le había impedido llegar a tiempo a Ereván.

Una vez que habían cumplido con las formalidades, Rebecca volvió a sacar la fotografía de Zacarias para enseñársela a Vladímir.

—Presumo que ya la ha visto.

El ruso asintió.

—El FSB distribuyó la foto por todos los despachos del país —confirmó—. La recibí en Ozersk y me he pasado los dos últimos días investigando el asunto.

—Y... ¿ha descubierto algo?

Vladímir se acercó la fotografía a los ojos y la analizó con atención.

—¿Dicen ustedes que este material está en manos de Al-Qaeda?

—Sí.

Vladímir mantuvo la atención fija en la fotografía durante unos instantes, como si quisiera confirmar una vez más lo que ya sabía, y después respondió a la mujer:

—Tengo una noticia para ustedes.

—Hable.

—Este material es genuino.

Se hizo un silencio súbito en la sala. Sólo se oían los acordes sordos de la música en el salón del *strip club*, al otro lado de la puerta.

—¿Seguro?

—Sin ningún tipo de duda.

Rebecca se quedó con la fotografía en las manos. Parecía alimentar la esperanza de que la imagen le revelara algún otro secreto.

—¿Y dónde adquirieron el material?

—Creemos que en el complejo de Mayak.

—¿Mayak? ¿El lugar del desastre nuclear de 1957? ¿Hubo algún incidente que no nos hayan comunicado?

Vladímir se rio nerviosamente.

—No hemos tenido más que incidentes en ese maldito complejo —exclamó—. Mayak está adscrita a Ozersk, por lo que desgraciadamente está bajo mi jurisdicción. Le puedo asegurar que me ha dado muchos dolores de cabeza. En 1997, descubrimos por pura casualidad que un grupo de trabajadores de la fábrica Radioisótopos Número 45, de Mayak, estaba vendiendo desde hacía dos años iridio radioactivo con documentos falsificados. El propio director de la fábrica estaba involucrado en el tráfico de material. Al año siguiente, el FSB desmanteló un plan ideado por otra de las unidades de Mayak, llamada Cheliábinsk-70, para robar más de dieciocho kilos de uranio altamente enriquecido.

—*Gee!* —se admiró Rebecca—. Eso es casi la mitad de la cantidad necesaria para fabricar una bomba atómica.

—Así es. Un año después hallamos una tonelada de acero radioactivo abandonada en los alrededores de Ozersk. Una investigación reveló que el material había sido robado de Mayak. Si no hubiera aparecido el acero radioactivo, o si no se hubieran dado algunas casualidades que permitieron detectar los robos de iridio y uranio altamente enriquecido, no sabríamos nada. Y si con aficionados, que cometen errores de principiantes, fue difícil detectar los robos, imagínese la cantidad de material nuclear que los profesionales pueden haber robado de Mayak sin que lo sepamos.

—Creía que se había reforzado la seguridad en Mayak —argumentó la mujer—. Invertimos mucho dinero en eso.

—Sí, ahora está mejor. Pero no hay duda de que aún tenemos problemas. Basta con decir que hemos detectado redes de tráfico de drogas en la que estaban involucrados soldados destacados en Mayak. Eso dice mucho de las deficiencias del sistema de seguridad del complejo.

Rebecca volvió a enseñarle la fotografía.

—¿Qué le lleva a pensar que esta caja de uranio enriquecido salió de Mayak?

—Los números de serie que hay en la caja. Coinciden con el inventario de Mayak.

—Y ¿cuándo lo robaron?

—No estamos seguros —dijo Vladímir—. Pero, en 1997, aparecieron en un descampado de Ozersk los cuerpos de unos soldados y de varios funcionarios que supuestamente estaban de servicio la noche anterior en el complejo de Mayak. En otro lugar de la ciudad, se encontraron los cadáveres de los familiares de los funcionarios. Hicimos averiguaciones, que se quedaron en nada, y cerramos el caso. Pero ahora, al ver esa fotografía, empecé a preguntarme qué había pasado realmente y decidí reabrir el caso.

—¿Ha descubierto algo?

—Aún estamos haciendo inventario del material que hay dentro del cofre de Mayak —dijo en un tono dubitativo—. Pero ya ha habido un par de cosas que nos han llamado la atención.

—¿Qué cosas?

—Intentamos ver las grabaciones de las cámaras de seguridad de la noche en que los guardias y los funcionarios estaban supuestamente de servicio. Por una extraña coincidencia, por lo visto hubo una avería en el sistema de video-vigilancia del edificio donde deberían haber estado los dos funcionarios. También comprobamos la actividad en los puestos fronterizos rusos en aquellas fechas, para ver si se había detectado alguna anomalía en las fechas en que se hallaron los cuerpos.

—¿Y sacaron algo en claro?

—La frontera más próxima es la de Kazajistán, situada tan sólo a cuatro horas por carretera. Nuestro puesto fronterizo de la carretera entre Ozersk y Kazajistán registró el paso de un grupo de hombres horas antes de que se encontraran los cuerpos de los guardias, los funcionarios y sus familiares.

—¿Qué tenían de especial esos hombres?

—Su nacionalidad.

—No me diga que eran árabes…

—Chechenos. —El hombre del FSB se echó la mano al bolsillo y sacó una fotografía de un hombre moreno de apariencia caucásica—. Uno de ellos se llama Ruslan Markov, un miembro muy activo de la guerrilla. Tenemos hasta un expediente sobre él.

Rebecca y Tomás se inclinaron sobre la fotografía, como si el rostro que mostraba pudiera darles respuestas.

—¿Cree que fue este tipo?

—¿Qué cree usted? —preguntó Vladímir—. Los chechenos son musulmanes, y muchos de ellos, fundamentalistas, con lazos con otros movimientos islámicos. Markov, también checheno, tenía contacto con grupos fundamentalistas y sabemos que participó en la ejecución de rehenes en Chechenia y en el sur de Rusia. Nuestros archivos indican que pasó con un grupo de chechenos por la frontera más próxima a Mayak, horas antes de que se encontraran los cuerpos de los soldados, los funcionarios y sus familiares. Teniendo en cuenta toda esta información, ¿qué conclusión saca usted?

Rebecca no respondió. La respuesta era obvia. En lugar de eso, señaló la fotografía que tenía en la mano.

—¿Dónde está ese Markov?

—Según nuestra información, está muerto. Parece que nuestros hombres lo abatieron en un combate en los alrededores de Grozny.

—*Damn!* —renegó Rebecca.

—Por él, ya no sabremos nada, pero no es difícil adivinar qué ocurrió después del robo de uranio enriquecido en Mayak. Los chechenos se deshicieron de los cuerpos de los guardas, de los funcionarios y de sus familiares, a los que probablemente usaron para hacerles chantaje, huyeron a Kazajistán y desaparecieron del mapa. Allí, o en cualquier otro lugar, aquel mismo día o un tiempo después, acabaron vendiendo el uranio enriquecido a Al-Qaeda. Así de sencillo.

La mujer giró la fotografía entre los dedos nerviosos, dudando qué hacer a continuación.

—¿Y ahora? —preguntó ella.

Tras comprender que el *briefing* del hombre del FSB en Ozersk había terminado, Tomás se levantó y tiró de Rebecca.

—Ahora sólo hay una cosa que podamos hacer —dijo el portugués rompiendo su largo silencio—. Tenemos que encontrar esa caja.

48

*E*l todoterreno de fabricación rusa avanzaba por los caminos polvorientos y escarpados del sur de Afganistán. La tierra era amarilla y castaña, recortada contra el cielo azul y las nubes blancas. Al volante iba un muyahidín al que le gustaba pisar el acelerador y atrás, al lado de Ibn Taymiyyah, viajaba un segundo muyahidín armado con un kalashnikov. El coche daba unas sacudidas increíbles en los baches de la carretera, pero eso no disuadía al conductor de pisar el acelerador a fondo.

Pasadas dos horas, el todoterreno se paró ante una barrera en la carretera y los muyahidines cogieron de inmediato sus armas, preparándose para una emboscada. Sin embargo, pronto reconocieron a los muchachos con *shalwar kammeez* y turbantes blancos que estaban al cargo del puesto de control. Aún en tensión, los ocupantes del vehículo volvieron a dejar las armas.

—Talibanes —dijo el conductor en un tono de voz algo irritado.

Los muchachos del puesto de control inspeccionaron los documentos muy despacio y leyeron todos los papeles con muchísima atención, como si las hojas ocultaran algún secreto. Cuando se dieron por satisfechos, uno de ellos sacó del bolsillo una pequeña cinta y dijo algo incomprensible en pasto. El muyahidín suspiró, armándose de paciencia, y puso la cinta en el casete del coche.

Ahmed se preguntó si sería música. De inmediato tuvo la respuesta. Por los altavoces del *jeep* salió una voz grave que recitaba versículos en árabe antiguo. Prestó atención y reconoció la primera sura del Corán.

Los talibanes sonrieron en señal de aprobación y, con un gesto, les mandaron seguir.

—Por Alá, son creyentes —observó Ibn Taymiyyah cuando se alejaban del puesto de control, volviendo la cabeza para observar a los muchachos que iban desapareciendo tras la nube de polvo que levantaba el todoterreno.

El muyahidín que iba junto a él asintió.

—A veces hasta exageran —observó con acidez—. Exigen cosas que Alá no ordenó en el Santo Corán, o a través de la sunna del Profeta.

—¿Por ejemplo?

El muyahidín señaló al casete donde seguían sonando versículos coránicos.

—Por ejemplo, oír el Santo Corán cuando viajamos. ¿Dónde se exige tal cosa en el Libro Sagrado? ¿En qué *hadith* prescribió el Profeta, que la paz sea con él, este precepto?

Ibn Taymiyyah se sabía el Corán de memoria y la mayor parte de los *ahadith* fiables, y sabía que el muyahidín tenía razón. En ninguna parte se exigía tal cosa de los creyentes. Concluyó que los talibanes eran unos exagerados. Se habían desviado de los mandatos divinos. Pero sabía que no era buena política hablar mal de los anfitriones. Los muyahidines los necesitaban para seguir preparando la yihad en los *mukhayyam*, y por eso siempre evitaban hacer observaciones críticas en público sobre ellos.

Eso no impidió que, cuando ya hubieron dejado atrás a los afganos, el conductor se inclinara hacia la radio y apagara el casete. En el momento en que cesó la recitación, los tres hombres del *jeep* se rieron, divertidos con aquella pequeña rebelión contra los talibanes, como si aquel gesto materializara la voluntad común.

El incidente creó una afinidad indefinida entre Ibn Taymiyyah y los muyahidines que lo llevaban. Era un sentimiento tan volátil como una pluma en el viento, pero se prolongó por unos instantes. Aprovechando la atmósfera relajada que reinaba en el *jeep*, el recluta se arriesgó a hacer una pregunta.

—¿Adónde vamos?

—Al Nido del Águila —explicó el muyahidín que seguía a su lado.

—¿Qué es eso?

—Es nuestra base en las montañas.

Dejó pasar unos instantes y, a modo de posdata, añadió:

—Es allí donde está el jeque.

«¡Ah, Bin Laden!», pensó el recluta, entusiasmado súbitamente con la perspectiva del encuentro.

—¿Qué querrá de mí?

—No sé —respondió el muyahidín—. A su tiempo lo sabrás, *inch'Allah*!

Ibn Taymiyyah miró a la carretera, con la mirada perdida, sumido en sus pensamientos.

—¿Hace tiempo que conocen al jeque?

—Desde la guerra contra los rusos.

—¿Y cómo es?

—Es uno de los mejores hombres del mundo, que Alá lo proteja y lo guíe. Un creyente muy pío. Si todos fueran como él, hermano, puedes estar seguro de que el islam ya gobernaría el mundo y habríamos sometido a todos los *kafirun* a la voluntad de Alá. El jeque es el emir de varios *mukhayyam* que tenemos diseminados por Afganistán, incluido Jaldan, donde hemos ido a buscarte.

—Sí, lo sé. Por eso me sorprende que una figura tan admirada me quiera conocer. Yo no soy nadie.

—Eres un creyente. Por eso eres importante.

—Sí, pero hay millones de creyentes en todo el mundo. ¿Por qué motivo quiere hablar conmigo en particular?

—No sé el motivo concreto, hermano. Pero conociendo como conozco al jeque desde hace años, hay algo de lo que estoy seguro.

—¿De qué?

El muyahidín se recreó en la contemplación del paisaje amarillento y árido de Afganistán.

—Si te ha llamado con tanta urgencia, es porque van a pasar cosas importantes —dijo volviendo la vista a su pasajero—. Te espera una misión muy importante.

385

Υ

Una camioneta de caja abierta irrumpió súbitamente en la carretera con gran estruendo y se situó al lado del todoterreno haciendo que Ibn Taymiyyah se sobresaltara. Además del conductor, en la camioneta iban tres hombres en la caja, dos armados con lanzacohetes y otro agarrado a una metralleta instalada sobre una plataforma. Parecía que iban a abrir fuego a quemarropa contra el jeep.

—As salaam alekum! —saludaron los dos muyahidines que acompañaban al recluta de Jaldan.

En vista del intercambio de saludos, Ibn Taymiyyah se relajó. Se conocían todos. No parecía haber problema.

—¿Quiénes son?

—Es la guardia del Nido del Águila.

Ibn Taymiyyah inspeccionó la camioneta que los había interceptado. Acompañó al *jeep* durante varios centenares de metros, aparentemente para comprobar la identidad de sus ocupantes, y luego se puso a su cola.

Volvió la cabeza hacia la carretera que había delante de ellos. Hacía rato que el todoterreno subía por las montañas nevadas y tenía la impresión de que se encontraban a mucha altitud. Hacía frío y el aire parecía más leve.

El pasajero se inclinó hacia el muyahidín que iba a su lado.

—¿Nos falta mucho?

El muyahidín señaló la cima de las montañas frente a ellos.

—No —contestó—. El Nido del Águila está ahí.

Estaba entusiasmado por conocer al hombre al que Estados Unidos consideraba responsable de la yihad en sus ciudades, pero Ibn Taymiyyah se esforzaba por permanecer sereno. Se había pasado todo el viaje pensando en aquel encuentro y preguntándose qué querría Osama bin Laden de él y, ahora que estaba a punto de llegar, le devoraba la curiosidad. Sus expectativas eran tantas que tuvo que hacer un esfuerzo para distraer la mente.

—Estamos a mucha altitud —dijo mirando el valle que se extendía a sus pies.

—Estamos a tres mil metros. —El muyahidín señaló otro

pico más alejado—. En la yihad contra los rusos, los *kafirun* instalaron allí una base que nos dio muchos problemas. Tuvimos que bombardearlos día y noche para expulsarlos de ahí.

—¿Luchaste contra los rusos? —preguntó Ibn Taymiyyah, cuyo rostro reflejaba admiración y respeto.

—Alá, en su grandeza, me concedió esa oportunidad.

—¿Y cómo eran?

—Valientes. No eran como los *kafirun* norteamericanos que huyeron en cuanto les dimos la primera tunda en Mogadiscio. Los rusos eran duros y pacientes. Fue una yihad muy dura, que dejó atrás muchos mártires entre los creyentes.

El pasajero asintió. ¡Como le habría gustado participar en la yihad contra los rusos, esa guerra ya mítica que reportó tanta gloria al islam! Se frotó las manos para calentarse y miró a su alrededor, cautivado por el deslumbrante paisaje que se desplegaba ante ellos. Contempló los picos nevados y escarpados. Cortaban la respiración, sobre todo perfilado contra el cielo azul y anaranjado del crepúsculo, como en ese momento. La existencia de lugares como ése en la Tierra era la prueba irrefutable de que Alá era el supremo artista.

—¿Qué montaña es ésta?

El muyahidín lanzó una nueva mirada a la montaña por la que subían antes de responder, con un sentimiento de protección, como si le perteneciera.

—Tora Bora.

Acá y allá se abrían grutas en la ladera nevada de la montaña. A pesar de que anochecía rápidamente, aún había actividad. Delante de las cuevas había muyahidines armados. El todoterreno siguió subiendo por la montaña unos cientos de metros, giró a la altura de una gruta y se paró con un chirrido. La nube de polvo se fue disipando tras el vehículo.

—Hemos llegado —anunció el conductor, que echó el freno de mano y luego paró el motor.

La calma se instaló en el lugar. Ibn Taymiyyah se apeó lentamente; dudaba sobre qué debía hacer a continuación. Sin embargo, no tardó mucho en toparse con un hombre de mediana

JOSÉ RODRIGUES DOS SANTOS

edad que salió a su encuentro desde la gruta. Después de saludar al recién llegado, el hombre le hizo señas de que lo siguiera. Ibn Taymiyyah se despidió de los muyahidines que lo habían traído desde Jaldan y acompañó a su nuevo guía.

—El jeque te espera —le anunció el hombre.

La gruta estaba casi a oscuras, a pesar de que había algunos quinqués de luz amarillenta en las paredes. Ibn Taymiyyah recorrió los corredores. El corazón se le salía por la boca. Al principio, creía que era de excitación, pero pronto tuvo que pararse porque le faltaba el aliento.

—¿Qué pasa? —preguntó el hombre que lo conducía por la gruta—. ¿Estás bien, hermano?

El recién llegado jadeaba y se apoyó en la pared para descansar.

—No sé —dijo—. Estoy… cansado.

El hombre lo observó atentamente y sonrió cuando vio cuál era el problema.

—Es normal, no te preocupes —lo tranquilizó—. Es el mal de altura. Pasar de repente a tres mil metros de altitud deja a cualquier persona sin aliento.

En cuanto el visitante se recuperó, el guía lo condujo por el corredor hasta una abertura en medio de la pared por la que entraba la luz. La franquearon y desembocaron en una galería bien iluminada, ocupada por tres muyahidines, sentados con las piernas cruzadas sobre alfombras, con los kalashnikov en el regazo.

Al ver al invitado, los tres dejaron las armas en el suelo y uno de ellos, el más alto, se acercó a él sonriendo y con los brazos abiertos.

—*As salaam alekum*, hermano —dijo, estrechándole las manos—. ¡Bienvenido al Nido del Águila!

Ibn Taymiyyah lo reconoció de las fotografías. Ya había visto aquel rostro alguna vez antes de los atentados de Nueva York, pero sólo se había familiarizado con él en las últimas dos semanas, al leer los periódicos que llegaban a Jaldan con los detalles de lo sucedido en Estados Unidos: era Osama bin Laden.

49

*R*ebecca cogió el teléfono y miró a Tomás.

—Voy a reservar un vuelo para Washington —dijo—. ¿Quiere venir?

El portugués estaba de espaldas, contemplando la ciudad iluminada y el cielo estrellado sobre Ereván. Se encontraban en la terraza del hotel, junto a la piscina oscura y silenciosa; ya habían pasado de la una de la madrugada. Tras dejar el CCCP, la norteamericana insistió en volver al hotel para hablar con Frank Bellamy por su teléfono-satélite, el único medio de comunicación que con toda seguridad no estaría sujeto a escuchas.

Al oír la pregunta, Tomás se volvió, se rascó la barbilla y entornó los ojos, pensativo.

—¿Qué le ha dicho *mister* Bellamy?

—Que el presidente ha decretado DEFCON 4.

—¿Qué demonios es eso?

—*Defense Readiness Condition* —dijo ella, traduciendo el acrónimo—. Es un estado de alerta del Ejército de los Estados Unidos. El estado normal es 5. La alerta de grado 4 se refiere a una amenaza aún no muy clara y se extiende a todo el planeta. Ya ha empezado la cacería. Los servicios secretos de todo el mundo están apretando a sus fuentes para intentar localizar a la unidad de Al-Qaeda que va por ahí con uranio enriquecido.

—Pero ¿cómo diablos se hace una búsqueda como ésa?

—Hablando con mucha gente y haciendo muchas preguntas. Además, no olvide que tenemos una pista.

—¿Cuál?

—¿No le dijo su antiguo amigo que el terrorista de Al-Qaeda se llama Ibn Taymiyyah? Ahora todo el mundo está buscando a ese tipo.

—¿Y hay alguna pista de su paradero?

La mujer negó con la cabeza, un poco preocupada.

—Aún no.

—Ni la habrá.

Rebecca alzó la vista y lo miró fijamente, sorprendida.

—¿Por qué? ¿Por qué dice eso?

—Rebecca, ¿sabe quién fue Ibn Taymiyyah?

La pregunta acentuó su expresión de sorpresa.

—No entiendo la pregunta...

—Ibn Taymiyyah fue un jeque que se levantó contra la invasión mongol de Bagdad, en la Edad Media. Es uno de los teóricos del yihadismo. ¿Comprende lo que quiero decir?

—No.

—¡Ibn Taymiyyah es un seudónimo! —exclamó categóricamente—. No existe nadie con ese nombre. ¡Pueden escudriñar todos los registros aduaneros que quieran, no van a encontrar a nadie, porque no existe nadie con ese nombre! Y si por casualidad apareciera alguien con ese nombre en el pasaporte, puede estar segura de que no será quien ustedes buscan. ¿Me he explicado bien?

—¿Eso cree?

—Estoy seguro. Además, Zacarias me dijo que Ibn Taymiyyah estudiaba en mi facultad. Ya he llamado a mi secretaria en Lisboa y le he pedido que compruebe si ha habido alguien matriculado en la universidad con ese nombre en los últimos diez años. No ha aparecido nadie. ¿Han hablado ya con el SIS portugués?

—Claro. Les pedimos que identificaran a Ibn Taymiyyah.

—¿Y cuál fue la respuesta?

—Aún no han encontrado nada.

—Ni lo encontrarán, porque, como ya le he explicado, no existe nadie con ese nombre.

—Entonces, ¿cómo podemos localizar al terrorista?

—Por lo que me dijo Zacarias, sólo podemos estar seguros de que nuestro hombre frecuentaba la Mezquita Central de Lisboa y mi facultad. Probablemente fue alumno mío, o al menos eso creía Zacarias. Así que debemos empezar por la facultad.

Rebecca jugó con el cable del teléfono-satélite durante unos momentos, mientras reflexionaba sobre las palabras de Tomás.

—Tom, ¿tiene su universidad un archivo de todos los alumnos que se han matriculado en los últimos diez años?

—Claro.

—¿Y hay fotografías de todos ellos?

—Sólo son obligatorias para la matrícula.

—Muy bien. Vamos a hacer lo siguiente —dijo resueltamente—. Voy a pedirle a *mister* Bellamy que contacte con el Gobierno portugués para que dé órdenes a su universidad de que lo envíe todo a Washington lo antes posible. ¿Cree que podrá ayudarnos a identificar a sus alumnos?

—Claro.

—Entonces, tendrá que venir a Washington conmigo. También tendremos que averiguar dónde ocurrirá el atentado. Hemos puesto en alerta todos los puertos y pasos fronterizos del mundo occidental. Además…

—Yo sé dónde será.

—¿Cómo? ¿Lo sabe?

—Si tenemos en cuenta que este atentado implica una nueva escalada en el yihadismo, y conociendo la lógica de los fundamentalistas islámicos, no es difícil saber cuál será el objetivo.

—No me diga que será Estados Unidos…

—Con toda seguridad.

—¿Por qué lo piensa? ¿Porque somos el Gran Satán?

—Porque son los líderes del mundo occidental —dijo Tomás.

—¡Qué disparate! —exclamó Rebecca—. ¿Van a atacarnos sólo por eso? ¡No tiene sentido!

El historiador suspiró, armándose de paciencia.

—Oiga, ¿sabe de qué les acusan los fundamentalistas? Culpan a su país de haber exterminado a los indios; de haber esclavizado a los negros; de haber cometido crímenes de guerra en Hiroshima y Nagasaki, y también en Corea, en Vietnam, en Iraq, en Afganistán y en otros lugares; de apoyar a Israel; de apoyar a los tiranos árabes; de explotar el petróleo de los países árabes; de inmoralidad; de practicar la usura; de permitir el consumo de alcohol y la libertad sexual; de defender la demo-cracia; de dejar que las mujeres sirvan a los pasajeros en los aviones; de…

—Ya lo he entendido —cortó Rebecca—. Somos los culpa-bles de todo.

—¡Exactamente! Algunas de esas acusaciones son muy ex-trañas, como seguramente habrá notado. Por ejemplo, la acusa-ción de que Estados Unidos esclavizó a los negros. Viniendo de quien viene, es hilarante. ¿No permitía Mahoma la esclavitud? ¡No tenía él mismo esclavos! ¿Y Arabia Saudí? ¿Sabe cuándo, ese país islámico, el más sagrado de todos, la patria de Mahoma, la tierra donde se encuentran La Meca y Medina…, sabe cuán-do abolió Arabia Saudí la esclavitud? ¡En 1962! ¿Cómo pueden los fundamentalistas islámicos indignarse con prácticas en Es-tados Unidos que el Profeta aprobaba o él mismo ejercía?

—¿Adónde quiere llegar?

—La idea es muy sencilla: la interminable lista de quejas de los fundamentalistas islámicos contra su país no es más que un pretexto para disfrazar la verdadera motivación. Fíjese que cuando Occidente cede a alguna exigencia de los islamistas y satisface alguna de sus reivindicaciones, eso no acaba con el an-tagonismo. Siempre aparecen nuevas quejas. Siempre. Y lo que es peor: cuando los norteamericanos se ponen del lado de los musulmanes contra los cristianos, como ocurrió en Bosnia y en Kosovo, eso se ignora de entrada. Los fundamentalistas y los conservadores islámicos llegan al extremo de olvidar la enorme contribución norteamericana en la guerra de Afganistán contra la Unión Soviética, y no tienen ningún reparo en afirmar que los muyahidines vencieron solos a los soviéticos. Todo esto de-muestra que existe un problema de fondo, ¿no le parece?

—Sí, pero ¿cuál? ¡Qué tienen contra Estados Unidos! Eso es lo que no entiendo…

—Cuando el islam nació, el gran enemigo era la tribu que dominaba La Meca. Cuando derrotaron a esa tribu, los no mu-sulmanes que vivían en Arabia pasaron a ser el enemigo. Una vez que esos no musulmanes se convirtieron o fueron asimila-dos, asesinados o expulsados, el gran enemigo fue Persia. Tras la caída de Persia, el siguiente gran enemigo fue Constantinopla, que encabezaba el mundo cristiano. Con la caída de Bizancio, el gran enemigo pasó a ser Viena, la capital del sacro Imperio romano. Pero cuando Gran Bretaña y Francia pasaron a liderar el mundo cristiano, estos dos países se convirtieron en el Gran Satán. Y ahora, ¿quién es el líder del mundo occidental?

—Estados Unidos.

—Por eso es el gran enemigo —sentenció Tomás—. Los fundamentalistas atacan su país no porque maltrate a los musulmanes, sino sencillamente por ser el Estado que lidera Occidente, la principal potencia mundial y, por tanto, el mayor obstáculo para la expansión del islam por todo el planeta. Lo más grave es que al ser económica, cultural, política y militarmente superior a todos los países musulmanes juntos, Estados Unidos humilla al islam, pues demuestra que un país que se rige por las leyes de los hombres es más fuerte que varios países que se rigen por las leyes de Dios. Eso es insoportable para muchos musulmanes en general, y para los fundamentalistas en particular. De ahí que cualquier pretexto sirva para demonizar a Occidente y, sobre todo, al país que lo lidera, Estados Unidos. Saben que los cristianos de Occidente son la única fuerza que puede hacer frente al islam y creen que, si consiguen derrotar al líder, el enemigo se desmoronará dando paso al nacimiento del Gran Califato que llevará el islam a todo el planeta.

—Por tanto, el único crimen de Estados Unidos es ser poderoso.

—Así es.

Rebecca entornó los ojos y movió la cabeza de un lado a otro.

—*Jesus Christ!*

Tomás se arrodilló junto a Rebecca y la ayudó a desmontar el teléfono-satélite, doblando las piezas hasta que el conjunto se redujo a lo que parecía un maletín metálico.

—Por eso, querida, no tengo la más mínima duda de cuál será el blanco del gran atentado que planean los fundamentalistas.

Rebecca cerró la maleta y se levantó, rindiéndose a la evidencia.

—Estados Unidos.

50

*F*ue el momento más inolvidable de la vida de Ibn Taymiyyah hasta entonces. El jeque lo había saludado y ahora estaba allí delante de él, en persona. Se pellizcó para asegurarse de que los ojos no le engañaban. No había duda: el jeque era igual que en las fotografías.

Casi no podía creerlo, pero el parecido con las imágenes de los periódicos no engañaba. Por increíble que pareciera, frente a él, sonriendo afablemente, estaba el hombre que se había enfrentado a Estados Unidos, el creyente que había hecho recuperar el orgullo al islam: el gran Osama bin Laden.

¡Por Alá, qué privilegio!

—*Allah u akbar!* —exclamó Ibn Taymiyyah, inclinando el cuerpo en señal de respeto—. Le agradezco la invitación. Es un gran honor poder estar ante usted. El jeque es un regalo de Alá, el orgullo de la *umma*, la luz que…

—Bueno, bueno —lo interrumpió Bin Laden, casi incómodo con tanta adulación—. Aquí sólo soy un hermano, como tú y como todos los que están en este Nido del Águila. ¡No soy más que un súbdito de Alá, que Dios me ayude a servirlo por toda la eternidad! —Llevó a su invitado del brazo junto a los demás—. Ven, siéntate aquí con nosotros. —Lo presentó a sus compañeros—. Éste es nuestro hermano Uthman bin Affan, y éste es nuestro hermano Ayman Al-Zawahiri…, egipcio, como tú.

Aún aturdido, Ibn Taymiyyah saludó a los dos compañeros del jeque, tras lo cual se sentaron todos en un tapete. Pensó que no se estaba mal en aquel lugar. La galería tenía unos cuatro por seis metros. Un hornillo de leña la mantenía caliente. Crepitaba lentamente, lo que creaba un ambiente acogedor. La luz amarillenta de las llamas bailaba de forma intermitente por la gruta y dibujaba figuras danzantes sobre los estantes de libros y los kalashnikov que colgaban de clavos en la pared.

—¿Todo bien? —preguntó Bin Laden acomodándose en su lugar—. ¿Qué tal el viaje?

El jeque tenía una voz suave y tranquila, casi meliflua, y una sonrisa agradable.

—Quizás un poco largo —dijo el recién llegado quien, inclinándose un poco, se tocó la región lumbar e hizo una mueca—. El todoterreno tenía la suspensión dura. Voy a necesitar un tiempo para recuperarme…

Los anfitriones rieron cortésmente.

—Te pido disculpas por haberte sometido a semejante prueba, hermano —exclamó Bin Laden—. Es por una buena causa, créeme.

—Estoy a sus órdenes, jeque. ¡Es un honor que haya pensado en mí! Nunca imaginé que podría servir a un creyente así.

—No me sirves a mí —replicó Bin Laden, que señaló hacia arriba—. Sirves a Alá.

—Al servirlo a usted —dijo con gran respeto—, sirvo a Alá.

Un muyahidín entró en la galería trayendo una bandeja con una tetera, dos tazas y dos vasos de agua. Aprovechando la pausa, Ibn Taymiyyah estudió al héroe de la *umma*. Bin Laden era un hombre delgado y, sobre todo, alto, lo que le sorprendió. No esperaba a alguien de tanta estatura. En las fotografías de los periódicos no parecía tan alto. El jeque tenía una barba larga y puntiaguda, llevaba un *shalwar kammeez* cubierto por una chaqueta de camuflaje sin insignias y un turbante blanco en la cabeza.

El muyahidín que acababa de entrar dejó la bandeja en el suelo, puso los vasos frente a Bin Laden y Al-Zawahiri, y las tazas frente a los otros dos hombres sentados en la alfombra, y sirvió el té.

—¿Tienes hambre, hermano? —preguntó Bin Laden a su invitado.

Desde su llegada a Afganistán, Ibn Taymiyyah vivía en estado permanente de desnutrición, debido a las circunstancias de su presencia en Jaldan. En cierto modo, se había acostumbrado, tras concluir que el entrenamiento también pretendía familiarizar a los muyahidines con el hambre ininterrumpida. Por eso hizo un esfuerzo por dominar el apetito que lo consumía.

—Estoy bien, jeque.

Pese a su respuesta, el anfitrión parecía conocer bien la vida en los campos de entrenamiento e hizo señas al muyahidín que les servía el té.

—Hassan, ¿cuándo podremos cenar?

—Dentro de quince minutos, Abu Abdullah.

El visitante memorizó este nuevo nombre. Por lo visto, las personas más próximas al jeque le llamaban Abu Abdullah, el padre de Abdullah. Ansió que llegara el día en que tuviera suficiente confianza con él como para llamarle así.

El muyahidín se retiró y los cuatro probaron la bebida. Bin Laden dejó el vaso de agua junto al kalashnikov y suspiró.

—Como debes saber —dijo, cambiando el tono de voz para indicar que iban a abordar la parte seria de la conversación—, con la ayuda de Dios golpeamos el corazón de Estados Unidos hace dos semanas.

396

—Fue una gran victoria, jeque —afirmó Ibn Taymiyyah—. Gracias a usted, el islam está recuperando su sitio. La *umma* se siente orgullosa de su hazaña.

—Éste es el camino de la virtud, pero es un camino duro —prosiguió el anfitrión—. La acción gloriosa que nuestros hermanos, que Alá los tenga para siempre rodeados de vírgenes en el Paraíso eterno, llevaron a cabo en Nueva York y Washington implica que la yihad ha alcanzado su punto álgido. Nada será como antes. Ahora ya no hay vuelta atrás y, con la gracia de Dios, la guerra se propagará por todo el mundo. Aunque no hayamos reivindicado la operación, los *kafirun* de la alianza de cruzados-sionistas ya saben que hemos sido nosotros y están preparando su venganza. No tardarán mucho en atacarnos en nuestro santuario en Afganistán.

—Que vengan —dijo Uthman, irritado, con el puño cerrado—. Les daremos una lección como se la dimos a los rusos en la anterior yihad. Y estos *kafirun* norteamericanos no tienen el aguante de los rusos, como ya han demostrado en muchas ocasiones. Tienen mucha tecnología y mucha fanfarria, pero cuando se les aprieta fuerte…, se vienen abajo.

—Es verdad —asintió Bin Laden—. Esta gente es cobarde, hermano. Les gusta usar aviones para no tener que arriesgar la vida en el terreno. Pero aquí, en esta tierra que conocemos tan bien, las cosas serán diferentes. Los obligaremos a entablar un combate para el que no tienen valor suficiente. ¡Nunca olvidaré que bastó una explosión para que salieran despavoridos de Beirut, dos para que huyeran de Adén, y que fue suficiente con derribar un helicóptero y matar a un puñado de soldados para que salieran de Mogadiscio! ¡Por Alá, les espera algo mucho peor que eso! —Suspiró—. Claro que, con toda la tecnología y los recursos financieros de los que disponen, son muy poderosos y no podemos enfrentarnos a ellos de manera convencional. En un primer momento, tendremos que recular, y Afganistán dejará de ser un lugar seguro.

—Pakistán nos ayudará, con la gracia de Alá —sugirió Uthman.

—No estés tan seguro, hermano —replicó Bin Laden—. Los *kafirun* dominan nuestros gobiernos corruptos. Casi ninguno es capaz de resistir la presión de la alianza de los cruzados-sionistas. Estamos rodeados de *jahiliyya*, y por eso el islam nos necesita. Como en el tiempo del Profeta, que la paz sea con él, un pequeño grupo debe asumir la vanguardia y conducir a la humanidad a la sumisión a Alá. No olvides lo que Dios dice en la sura 2, versículo 249: «Cuando hubieron pasado él y quienes creían, dijeron: "No tenemos fuerzas hoy frente a Goliat y sus tropas". Quienes creían que iban a encontrar a Dios, dijeron: "¡Cuántas pequeñas partidas vencieron a grandes ejércitos con permiso de Dios!"».

—Esa pequeña partida somos nosotros —aclaró Al-Zawahiri, rompiendo su mutismo—. Con la ayuda de Dios, seremos la luz que iluminará a la *umma* y la extenderá al resto de la humanidad, como nos ordenó Alá en el Santo Corán y a través de la sunna del Profeta, que la paz sea con él. ¡Llegará el día en que sólo habrá creyentes o *dhimmies* que paguen el *jizyah, inch'Allah*!

—Vamos a poner fin a la humillación de ver que los *kafirun* tienen más poder que nosotros —afirmó Bin Laden—. ¡Mirad lo que hacen en Palestina! ¡Mirad cómo manipulan a nuestros gobiernos como si fueran títeres! ¡Mirad las leyes humanas contrarias a la *sharia* que nos imponen con su cultura corrupta! ¡Mirad las bases militares que la alianza de cruzados-sionistas ha instalado en la Tierra de las Dos Mezquitas Sagradas violando la voluntad del Profeta en su último sermón! ¿Cómo es posible que hayamos llegado a este punto? ¿Cómo es posible que los creyentes se hayan dejado humillar de esa manera? ¡Esto, hermanos, sólo es posible porque nos hemos desviado de la Ley Divina! ¡Alá nos ha castigado así por haber ignorado su *sharia* y por haber cedido a las tentaciones y deseos humanos! Si Alá creó y gobierna el universo, ¿quién puede saber más que Él de leyes verdaderas? Por tanto, debemos recuperar la ley divina, como hizo el Profeta, que la paz sea con él, y como hicieron los primeros califas, que Alá los bendiga. Si la *umma* cumple todos los preceptos de la ley divina, como es su obligación, el islam volverá a ser la fuerza dominante de la humanidad. Pero mientras no se respete la *sharia*, seguiremos humillados y los *kafirun* de la alianza de cruzados-sionistas mandarán sobre nosotros.

398

—¡Eso no lo podemos tolerar! —vociferó Uthman—. ¡Nuestra yihad es justa! Los *kafirun* combaten por dinero y por el deseo de someter a los demás hombres a su voluntad, mientras que los muyahidines combaten por el deber de servir a Alá y sólo a Alá. ¿Cuál es el combate que Dios favorecerá? ¿El de los avariciosos o el de los justos? ¡La yihad de los muyahidines está destinada a gozar del favor de Alá! ¡Por eso, aunque el camino de la yihad sea difícil, venceremos con la gracia y la ayuda de Dios!

—Hemos alcanzado nuestro punto álgido —dijo Bin Laden, repitiendo la idea que había expresado momentos antes—. Además de ser un pago justo a las humillaciones a las que los *kafirun* de cruzados-sionistas han sometido a la *umma* a lo largo de los años, la yihad que hemos lanzado ahora contra el corazón de Estados Unidos persigue sobre todo provocarlos, forzarlos a invadir la tierra de los creyentes. Pero es sólo la primera fase de un largo camino. La segunda fase será usar ese ataque de los *kafirun* para despertar al gran gigante adormecido, la mayor fuerza existente sobre la Tierra: la *umma*. Cuando los *kafirun* se quiten la máscara y ataquen los territorios islámicos, y demuestren así que realmente son cruzados, los creyentes verán la realidad y muchos se nos unirán.

Ibn Taymiyyah, que hasta entonces había seguido la exposición en silencio, se movió en su lugar, inquieto.

—¿Cree usted que los *kafirun* nos atacarán aquí, en Afganistán?

—No tienen alternativa, hermano. Los hemos provocado. Me decepcionarían mucho si no lo hicieran. Tienes que entender que, en estas circunstancias, no los podremos derrotar en un combate convencional. Por eso necesitamos atraerlos a la tierra de los creyentes. Aquí podremos darles una lección que jamás olvidarán. Rezo para que ataquen Afganistán y cuento con que no se contenten con eso, sino que ataquen también otros territorios islámicos, como Pakistán o la Tierra de los Dos Ríos, Iraq, y otros si fuera posible. Al atacarnos, los *kafirun* harán más por nuestra causa que mil *fatwas*. Caerán en una gran emboscada y, lo que es aún más importante, harán que miles de creyentes se unan a nosotros para participar en la yihad. O sea, los ataques de los cruzados-sionistas encenderán a la *umma* y la empujarán a actuar. Así pasaremos a la tercera fase: la expansión del conflicto a todo el mundo islámico. Con la gracia de Dios, obligaremos a los *kafirun* a entablar un combate cuerpo a cuerpo, que ellos claramente rehúyen. A los *kafirun* les gustan las guerras de Hollywood, con un principio, un nudo y un final bien definidos, pero nosotros vamos a obligarlos a librar una guerra interminable. La cuarta fase será conseguir que nuestra yihad sea global. Cualquier creyente podrá unirse a nosotros a través de Internet y lanzar acciones desde cualquier parte del mundo. Ya disponemos de células durmientes en Occidente y estamos creando otras para que actúen en su momento, *inch'Allah*.

—Y ¿cuándo será eso?

Bin Laden mostró los cinco dedos de la mano.

—Será el momento que conducirá a la quinta fase —dijo—. Tenemos la intención de atraer a los *kafirun* de la alianza de cruzados-sionistas a una emboscada global y presionar sus capacidades militares hasta el límite. Estarán preocupados con

Afganistán, con la Tierra de los Dos Ríos, con Irán, con el Líbano, con Somalia, con los campos petrolíferos, con la protección de los ocupantes sionistas de Palestina…, con toda una serie de cosas que se darán al mismo tiempo. Llegará un momento en que no tendrán capacidad militar o financiera para soportar la situación por más tiempo. En ese momento, Estados Unidos entrará en colapso.

—Y… ¿después?

—Con la implosión de Estados Unidos, los gobiernos corruptos del islam se quedarán sin apoyos y, con la gracia de Dios, serán derrocados por la *umma*. Llegaremos entonces al objetivo final.

El jeque se calló, como si hubiera concluido su exposición, y el visitante se movió en su silla. Aquella visión de la gloria le había picado la curiosidad.

—Disculpe, jeque —dijo tímidamente—. ¿Cuál es el objetivo final?

—El nuevo califato.

Se hizo el silencio en la gruta, sólo interrumpido por el crepitar acogedor de la leña que ardía en el hornillo. El invitado aún estaba digiriendo la grandiosidad de lo que había oído.

—¿Eso es lo que ocurrirá? —preguntó al fin Ibn Taymiyyah, con los ojos brillantes de fascinación—. ¿Se reinstaurará el califato?

Bin Laden asintió con la cabeza.

—Ése es el plan, alabado sea Dios —dijo—. Con la yihad que lanzamos hace dos semanas en el corazón de Estados Unidos, alcanzamos el punto álgido. Ahora vamos a esperar que los acontecimientos que hemos desencadenado sigan su curso natural. Los *kafirun* van a recibir tal lección que se verán obligados a dejar en paz a los creyentes. Cuando los *kafirun* dejen de fortalecer a nuestros gobiernos corruptos, los verdaderos creyentes contarán con la ayuda de Dios y recuperarán el control de sus países. Como un dominó, los países se liberarán uno tras otro hasta que la *sharia* rija en todos ellos. Así, todos los países musulmanes pasarán a ser uno solo. Entonces, la *umma* estará unida y se proclamará el gran califato, *inch'Allah*. Cuando el califato retorne, el califa tendrá que cumplir la voluntad de Alá recogida en el Santo Corán y en la sunna del Profeta, que la paz sea con él, y ordenar una o dos yihads al año contra los *kafirun*, hasta que el mundo entero se convierta al islam, o los que no se conviertan paguen el *jizyah* a los creyentes, conforme al deseo de Dios.

—¡Con la gracia de Alá, eso es lo que ocurrirá! —exclamó Uthman, en un tono irritado que contrastaba con la serenidad de las palabras de Bin Laden—. Sólo habrá creyentes en el mundo. ¡Los que se nieguen a reconocer la verdad serán humillados y transformados en *dhimmies*, como es la voluntad de Alá! Mataremos a los que no acepten pagar el tributo.

El jeque puso la mano en el hombro de Ibn Taymiyyah.

—Para esta gran yihad, para reinstaurar el califato mundial, te necesitamos, hermano —dijo—. Te hemos reservado la mayor de las misiones, aquella que golpeará el punto más vulnerable de la alianza de los cruzados-sionistas, que provocará su colapso final. Gracias a esa misión, la *umma* de nuevo…

—Con permiso.

El muyahidín que quince minutos antes había servido el té y el agua se asomó a la entrada de la gruta e interrumpió la conversación.

—¿Qué pasa, Hassan?

—La cena está servida.

51

—*É*ste.

Guardaron la fotografía en un archivo separado y pronto el joven operador del NEST, un muchacho de cara lechosa y pelo negro y liso, regresó a la lista importada y fue mostrando más imágenes. Los rostros de estudiantes se sucedían en la pantalla. Cada foto permanecía en la pantalla durante dos o tres segundos. Cuando aparecía una muchacha, lo que ocurría la mayor parte de las veces, el operador saltaba inmediatamente a la foto siguiente.

—Éste.

El norteamericano guardó la nueva fotografía y volvió a la lista importada. Intentó pasar a la siguiente foto, pero la imagen se mantuvo fija, como si se hubiera congelado o como si el ordenador se negara a avanzar.

—Creo que ya hemos acabado —concluyó el hombre del NEST—. No hay más fotografías.

—¿Cuántas tenemos? —preguntó Tomás.

El hombre miró las propiedades del archivo separado y consultó las estadísticas.

—Cincuenta y cuatro.

—¿Cincuenta y cuatro chicos en diez años? —ponderó el profesor portugués—. Sí, tiene sentido. Esa facultad está llena de mujeres. No debo haber tenido más de cincuenta chicos durante este tiempo en mis clases.

Una de las personas que esperaban en la oscuridad, detrás de Tomás y el operador, rompió el silencio.

—Por tanto, hemos identificado a todos sus alumnos.

El historiador volvió la cabeza y lo miró.

—Sí, *mister* Bellamy —asintió—. ¿Y ahora? ¿Qué van a hacer?

—Vamos a proceder a una identificación biométrica.

—¿Qué es eso?

—Se trata de un proceso de reconocimiento automático de personas a través de trazos anatómicos distintivos —explicó Frank Bellamy con su voz ronca y tensa—. Como sabe, fotografiamos a todas las personas que entran en Estados Unidos en nuestros puestos aduaneros, cuando presentan el pasaporte.

—Ah, sí —exclamó Tomás—. Son aquellas cámaras redondas y amarillas, ¿no? Incluso hoy me han fotografiado al llegar al aeropuerto de Washington.

—Es un procedimiento que adoptamos después del 11-S —explicó el responsable del NEST—. Don va a conectar el archivo con las fotos de sus alumnos al sistema donde están registradas las millones y millones de fotografías de todas las personas que han entrado en Estados Unidos en los últimos dos años. El ordenador identificará los rostros de sus alumnos que coinciden con rostros de personas que han visitado el país. Seguiremos la investigación a partir de ahí.

—¿Es rápido?

Bellamy negó con la cabeza.

—Puede llevar algún tiempo. El ordenador trabaja deprisa, pero hay que comparar muchas fotografías...

Sentado delante de la pantalla del ordenador, Don iba tecleando órdenes para conectar el archivo y el sistema aduanero. Cuando terminó, comenzó el proceso de identificación biométrica. Un reloj de arena aparecía siempre que el ordenador procesaba una comparación anatómica.

—¿Esto no puede ir más deprisa? —preguntó Tomás.

—Es demasiada información —replicó Don sin despegar los ojos de la pantalla—. El sistema biométrico por reconocimiento de rostro funciona a baja velocidad, debido a las muchas semejanzas que las personas presentan entre sí. El porcentaje de éxito es muy alto en condiciones controladas, en concreto cuando el individuo está mirando a la cámara con una expresión neutra. Pero si hay diferencias en la pose o en los apéndices faciales, como gafas u otras cosas, el proceso se complica. —Se-

403

ñaló las imágenes en la pantalla—. Por suerte, todas las fotografías de sus alumnos que nos han llegado son frontales y relativamente neutras, lo que hace posible el reconocimiento biométrico. Sin embargo, incluso así, el ordenador tiene que tomar decisiones sobre fotografías que no son exactamente iguales y tiene que reconstituir pequeñas diferencias, como, por ejemplo, la longitud del pelo y de la barba. Eso lleva tiempo.

—¿De cuánto tiempo hablamos exactamente?

—Podemos pasarnos aquí días, incluso semanas.

—¿Qué? —El portugués se espantó y levantó la voz, alarmado—. ¡No disponemos de días! ¡Ni mucho menos de semanas! ¡Mi contacto en Lahore fue muy claro! ¡El atentado es inminente! ¿No hay manera de acelerar el proceso?

La otra persona que estaba detrás de Tomás dio un paso hacia delante y puso la mano sobre el brazo de Tomás. Era Rebecca.

—Tom, como debe imaginar, estamos más ansiosos que usted —dijo ella—. No olvide que, al fin y al cabo, éste es nuestro país. Desgraciadamente, no podemos hacer nada más. Tenemos que esperar a que el ordenador haga su trabajo y rezar para que lo acabe a tiempo.

—Esto es muy lento —protestó el historiador, sin resignarse—. ¿No hay más pistas?

—Por desgracia, no.

Tomás miraba fijamente el reloj de arena que giraba en la pantalla, exasperado por la lentitud del proceso de reconocimiento biométrico. No paraba de dar vueltas al asunto buscando alguna alternativa.

—¿Y el mensaje cifrado?

—¿Qué mensaje cifrado?

El portugués miró a Rebecca, extrañado.

—¿No recuerda que, cuando nos encontramos en Lahore, le dije que había descifrado el enigma?

La mujer se tocó la cabeza con la mano derecha.

—¡Es verdad! —exclamó—. ¡El mensaje que enviaron a Lisboa desde la dirección de Al-Qaeda! ¡Con toda la confusión en Lahore y después en Ereván, no me he acordado de eso! ¿Por qué no me lo ha recordado antes?

—Porque no mostró el más mínimo entusiasmo cuando le di la noticia en Lahore. Al ver su reacción, pensé que ya no daba tanta importancia al mensaje…

—¡Claro que se la doy! ¡*Hell*, en medio de esta locura, me he olvidado por completo! —Adoptó una expresión inquisitiva—. ¿Qué dice el mensaje? ¿Hay alguna pista?

Tomás sacó su bloc de notas del bolsillo.

—No lo sé —respondió, abriendo el pequeño cuaderno—. Conseguí identificar la clave cuando iba en el taxi a su encuentro, en Lahore, pero no terminé de decodificarlo.

Ojeó el bloc de notas. Detrás de él, los dos norteamericanos miraban el bloc por encima de su hombro.

—*Goddamn it!* —renegó Frank Bellamy—. ¿Cómo han podido descuidar algo así?

—*Mister* Bellamy, las cosas fueron muy difíciles en Lahore —se disculpó Rebecca—. Con aquella confusión, la verdad es que teníamos otras prioridades y este asunto… En fin, se nos pasó por alto.

Tomás se paró en una hoja del pequeño cuaderno de rayas azules.

—Aquí está.

La atención de los dos norteamericanos se dirigió hacia la hoja, donde vieron el enigma que les resultaba tan familiar:

$$\text{6AYHAS1HA8RU}$$

Tomás pasó el índice por las distintas pruebas, hasta que llegó a la última.

—¿Lo ven?

$$\begin{array}{cccc} 6 & A{\leftarrow}Y & H{\leftarrow}A & S \\ \uparrow & \updownarrow & \updownarrow & \uparrow \\ 1{\leftarrow}H & A{\leftarrow}8 & R{\leftarrow}U \end{array}$$

—¿«Seis Ayhas 1 Ha 8 Ru»? —leyó Bellamy— ¿Qué demonios quiere decir eso?

Tomás movió la cabeza, esbozando una sonrisa.

—Corté la secuencia original por la mitad y puse una mitad sobre la otra. El mensaje está en árabe, por lo que debe leerse de derecha a izquierda y de arriba abajo, zigzagueando después de abajo hacia arriba, siguiendo las flechas que dibujé entre las letras y los números. Éste es el itinerario.

—No lo entiendo.

—Se lo enseñaré.

El historiador cogió un bolígrafo y garabateó las letras en la secuencia sugerida por el recorrido que permitía descifrar el mensaje en clave:

SURAH 8 AYAH 16

—*Voilà!*

Frank Bellamy hizo una mueca.

—¿Qué significa eso?

—Surah 8 Ayah 16.

—Sé leer —gruñó el norteamericano—. Lo que quiero saber es qué significa.

—Es el mensaje que Al-Qaeda envió a su miembro operativo en Lisboa.

52

—*S*entaos.

Sólo la férrea disciplina emocional que había desarrollado en el campo de Jaldan impidió que el rostro de Ibn Taymiyyah no trasluciera la decepción que sintió al ver lo que le ofrecían para cenar. Hacía algunos meses que no disfrutaba de una comida decente. Se había alimentado a base de habichuelas y pan. Por eso, cuando supo que iba a visitar al jeque, no había conseguido controlar el impulso de salivar que le provocaba la expectativa de una comida más satisfactoria. Pensó que si Bin Laden era tan poderoso, seguramente sus comidas serían auténticos banquetes.

Ahora que había llegado el momento, la decepción hacía que le doliera el estómago. Sobre el mantel sucio había patatas sumergidas en aceite, una tortilla pequeña, un queso y una cesta de pan afgano. Nada más. Los cuatro ocuparon sus lugares y Bin Laden hizo señas al invitado de que se sirviera primero.

Disimulando su desencanto, Ibn Taymiyyah cortó un cuarto de la tortilla, un trozo minúsculo, se sirvió unas patatas grasientas y unas lonchas de queso en el plato, y cogió un trozo de pan de la cesta. No era peor que en el campo de Jaldan, claro. Sin embargo, dadas sus elevadas expectativas, la cena era un duro revés. Después de que todos se sirvieran, Ibn Taymiyyah decidió comenzar por el queso, que tenía un aspecto más decente. Pero en cuanto comenzó a masticar notó que era muy salado. Para disfrazar el sabor, mordió el pan y los dientes le rechinaron. Abrió los ojos, atónito: ¡había arena en el pan!

—¿Qué tal? —preguntó Al-Zawahiri, que vio su reacción—. ¿Está bueno?

—Umm —asintió el invitado, ruborizado por la vergüenza que le producía haber dejado ver lo que realmente pensaba de la cena—. Muy bueno.

—Un *koshari* no vendría mal, ¿no? —Sonrió con una sencillez cómplice.

Ibn Taymiyyah le devolvió la sonrisa. Recordó que Al-Zawahiri era egipcio, como él, por lo que la referencia a los platos de su país era un lazo invisible que los unía.

—Eso —asintió el invitado—, o una *molokhiyya*.

Bin Laden no parecía ser un hombre que comiera mucho, como constató al pasar la vista por sus compañeros de mesa. No le sorprendía, a la vista de lo delgado que estaba. El jeque devoró las patatas grasientas como si fueran caviar, comió un poço de pan con queso, bebió agua y pareció darse por satisfecho.

—Hermano —dijo masticando los últimos trozos de pan—, déjame explicarte la misión para la que te hemos llamado. Imagino que te preguntas por los motivos que han hecho que te pidamos que vengas al Nido del Águila…

408

Ibn Taymiyyah tragó deprisa el trozo de tortilla para poder responder.

—Pues…, la verdad, confieso que cuando Abu Omar me dio la noticia, me sorprendió mucho…

El jeque apartó su plato hacia un lado, un signo de que la conversación entraba en la parte realmente importante.

—Te hemos hecho llamar —dijo lentamente, midiendo las palabras—, como ya te he explicado, en relación con la gran yihad que se avecina.

Ibn Taymiyyah permaneció callado un instante hasta que vio que Bin Laden esperaba de él una señal de aceptación o rechazo, como si de ese gesto dependiera que la conversación continuara o se interrumpiera definitivamente.

—Jeque, sus deseos son órdenes para mí —declaró con solemnidad—. Dígame qué tengo que hacer y lo haré.

Al oír esto, Bin Laden lo miró con tal intensidad que el invitado tuvo la impresión de que le veía el alma.

—¿Estás dispuesto a todo?

—A los mayores sacrificios.

El jeque se inclinó hacia su invitado.

—¿Incluso a convertirte en un *shahid*?

La referencia al martirio desconcertó momentáneamente a Ibn Taymiyyah. ¡De eso se trataba! ¡El jeque quería reclutarlo para una misión suicida! ¡El jeque quería hacer de él un *shahid*! ¡Por Alá, eso era…, era un orgullo!

—Sería para mí un honor sin igual morir al servicio de Alá —proclamó, casi conmovido—. El martirio en nombre de Dios es mi mayor deseo y, si Alá, en su infinita gracia y generosidad, me concediera esa oportunidad, puede estar seguro de que no le decepcionaré.

—Sabes que te espera el Paraíso —susurró Bin Laden—. El Profeta, que la paz sea con él, en una ocasión en la que se enfrentaba a un enemigo dijo: «Las puertas del Paraíso están a la sombra de las espadas». Un hombre que lo oyó se levantó, se despidió de los amigos, se lanzó contra el enemigo y combatió hasta la muerte. El hombre sabía que no saldría vivo, por eso se había despedido. Este *hadith* prueba, sin dejar lugar a dudas, que el apóstol de Dios defendía el ataque suicida, siempre que fuera por el bien del islam, y prometió el Paraíso a quien lo llevara a cabo. El Profeta, que la paz sea con él, aclaró en otro *hadith*: «El *shahid* posee seis características para Alá: se le perdona, entre los primeros a los que se perdona; se le mostrará su lugar en el Paraíso; no será castigado en la tumba; está a salvo del supremo terror del Día del Juicio; se le impondrá la corona de dignidad; se casará con setenta y dos mujeres en el Cielo; podrá interceder por setenta de sus familiares». Siendo así, ¿cómo no aprovechar esta magnífica oportunidad de ir al Jardín Eterno? ¿Cómo ignorar que setenta y dos mujeres esperan al *shahid* en el Paraíso?

—Lo sé, jeque.

Ibn Taymiyyah no pudo evitar acordarse del muyahidín palestino que había conocido en Jaldan y que soñaba con las setenta y dos vírgenes que lo aguardaban en el Paraíso.

—El propio Alá dice en la sura 4, versículo 74 del Santo Corán —prosiguió Bin Laden—: «¡Combatan por la causa de Dios los que cambian la vida mundana por la otra! A ésos, los que combatan en la senda de Dios y que mueran o venzan, les daremos una enorme recompensa». La recompensa es, como

409

todos saben, el Paraíso. Ya en la sura 9, versículos 89 y 90, Alá aclara: «El Enviado y quienes con él creen, combaten con sus riquezas y sus personas. Éstos tendrán los bienes y éstos serán los bienaventurados. Dios les ha preparado unos jardines en que corren, por debajo, los ríos. En ellos permanecerán inmortales». La importancia de la yihad es tal que el Profeta explicó cierta vez: «Permanecer una hora en las filas del combate en la senda de Alá es mejor que rezar durante sesenta años».

Ibn Taymiyyah ya conocía todo aquello. ¿Podría haber un muyahidín que ignorara que Alá le prometía el Paraíso en caso de convertirse en *shahid*? Era cierto que, en ninguna parte del Corán, Dios no daba a los creyentes garantías de que irían al Jardín Eterno. Por más que se esfuercen o intenten respetar rigurosamente la *sharia*, los creyentes siempre cometen pecados y no tienen garantizado el perdón de Alá. Sólo el martirio garantiza ese perdón: el que muera mártir irá con toda certeza al Paraíso, aunque haya cometido muchos pecados en vida. Siendo así, ¿cómo podía un verdadero creyente no desear el martirio? Ser *shahid* era ver abrirse una entrada directa y segura al Paraíso, por lo que cualquier muyahidín deseaba fervientemente la muerte en la yihad.

—Sí Alá me invita a sus jardines, aceptaré con gran alegría —aseguró Ibn Taymiyyah—. Dígame qué tengo que hacer y lo haré.

Bin Laden alargó la mano y la puso sobre el hombro de su invitado en un gesto de aprecio.

—Eres un verdadero creyente, hermano —proclamó—. Son los muyahidines como tú los que permitirán encaminar a la *umma* y salvar a la humanidad, con la gracia de Dios.

—Su generosidad me abruma, jeque. Me limito a cumplir con el deber de un creyente que se somete a la voluntad de Alá. ¿Cuáles son sus órdenes?

Bin Laden se incorporó y adoptó la pose del emir de los muyahidín.

—Recuerdas nuestro plan para provocar a los *kafirun* de la alianza de cruzados-sionistas para que vengan a combatir a nuestra tierra, para así despertar a la *umma* y propiciar el colapso del enemigo, ¿no?

—Sí, el plan del Gran Califato. ¿Tiene un papel para mí en ese plan?

El jeque asintió con la cabeza.

—Tengo un papel muy, muy importante.

Ibn Taymiyyah se llevó la mano al pecho.

—Me siento muy honrado, jeque. Si Alá me creó para desempeñar un papel así de importante en la expansión de la fe verdadera, quiero que sepa que estaré a la altura de una misión tan elevada. Nada me honra más que servir a Dios.

—Los hermanos que te han entrenado en Jaldan nos dieron tu nombre —reveló Bin Laden, volviéndose hacia Al-Zawahiri, que seguía la conversación en silencio—. Hermano, ¿puedes explicarlo tú?

El egipcio se aclaró la voz.

—La situación es la siguiente —comenzó diciendo—: los *kafirun* nos atacarán aquí en Afganistán. Pronto perderemos las condiciones de seguridad de las que gozamos aquí. Por eso, poco a poco, estamos instalando células durmientes en todo el mundo. Debemos tener preparadas respuestas muy poderosas para cuando lleguen las primeras oleadas de ataques. Con la gracia de Dios, esas células durmientes darán la respuesta, pues me temo que, en ese momento, la capacidad operativa de nuestro comando se verá comprometida. —Miró fijamente al invitado—. ¿Has seguido mi razonamiento hasta ahora?

—Sí, perfectamente.

Al-Zawahiri lo señaló y dijo:

—Queremos que tú seas una de esas células.

—Haré lo que me ordenéis.

—La idea es muy sencilla. La operación que nuestros valientes hermanos lanzaron el bendito día 11-S, que esa fecha gloriosa quede grabada en letras de oro en la historia de la humanidad, demostró que la alianza de cruzados-sionistas, por poderosa que sea, tiene puntos débiles que podemos aprovechar. Estados Unidos es una gran potencia, pero sus cimientos son frágiles y huecos. Si alcanzamos sus cimientos, el edificio se desmoronará, *inch'Allah!* Te necesitamos para lanzar un ataque mortífero contra esos cimientos.

—¿Qué quieren exactamente que haga?

—Le dije a Abu Nasiri que buscaba un muyahidín con un perfil muy específico para una misión… Digamos, alguien especial. Abu Nasiri oyó las características que buscaba y me dijo que, por casualidad, en Jaldan había un muyahidín que encajaba a la perfección. —Sonrió—. Eras tú, claro.

—Me complace saber que Alá, en su inmensa sabiduría, ha encontrado un papel para mí en sus altos designios.

—Queríamos alguien familiarizado con explosivos y que no hubiera sido identificado aún por los servicios secretos de los *kafirun*. Cuando Abu Nasiri nos habló de ti, averiguamos la forma en que llegaste a Jaldan y vimos que te había enviado Al-Jama'a, por lo que contacté con mis conocidos dentro de la organización para informarme sobre ti. El resultado fue muy alentador. Confirmé que no sólo eres un verdadero creyente, capaz de dar la vida por Alá, sino que además tienes la carrera de Ingeniería, algo muy útil en el área de los explosivos. Además, nunca has constado inscrito en Al-Jama'a y vives en Al-Lishbuna, una ciudad que está fuera de los circuitos de los verdaderos creyentes. ¡Eso significa que no estás fichado por la policía de ningún sitio! Y para poner la guinda al pastel, hermano, has recibido entrenamiento como muyahidín. ¡Es… perfecto! ¡No podía creer que existieras! ¡Y, en cambio, sí que existes, alabado sea Dios! ¡Eres un regalo de Dios para la gran yihad!

Ibn Taymiyyah sintió tanto orgullo que casi se ruborizó.

—Haré lo que necesiten.

—Necesitamos que vuelvas a Lisboa y te quedes allí como célula durmiente, viviendo tu vida normal hasta que alguien se ponga en contacto contigo y te entregue una orden codificada. Cuando eso ocurra, obedecerás las órdenes que se te den.

—Pero ¿qué necesitan exactamente de mí? ¿Que asesine a alguien?

—Necesitamos que fabriques una bomba y que la hagas explotar cuando se te ordene.

—¿TNT? ¿Semtex?

Bin Laden hizo señas a Al-Zawahiri, indicándole que quería tomar de nuevo las riendas de la conversación. Volvió la cabeza y miró a Ibn Taymiyyah, muy serio.

—Nuclear.

El invitado se quedó boquiabierto. Su primera reacción fue de desconcierto, luego dudó de si había oído bien al jeque.

—¿Qué?

—Una bomba nuclear.

Ibn Taymiyyah miró a su alrededor para comprobar que aquello iba en serio.

—Pero…, pero…, —tartamudeó y movió la cabeza intentando ordenar sus pensamientos—. Disculpen, ¿quieren que construya y haga explotar una bomba nuclear?

—Así es.

—Pero… no puede ser. ¡Una bomba nuclear no se construye de la noche a la mañana! Se trata de bombas muy complejas, que requieren muchos medios y material sofisticado. Además…

—Según nos han dicho —cortó Bin Laden con su voz calmada y susurrante—, el principio es hasta elemental.

El muyahidín se rascó la barba, reflexionando sobre la cuestión.

—Bueno…, sí, es cierto —admitió momentos después—. No obstante, la fabricación de una bomba nuclear requiere primero la producción de materiales muy raros…, plutonio o uranio enriquecido. No quiero desanimarlos, pero sólo para conseguir ese combustible hay que contar con un equipo multidisciplinar y equipos de tecnología punta, como centrifugadoras y cosas por el estilo. Contando con eso, el trabajo, incluso con mucha dedicación, lleva unos diez años. Además, hay que pensar que no será fácil encontrar dónde…

—Nosotros tenemos material nuclear.

—¿Qué?

—Nos lo entregó hace años un comando checheno como pago por el entrenamiento para su yihad contra los *kafirun* rusos en el Cáucaso.

—¿Dónde lo consiguieron ellos?

—Creo que lo robaron de unas instalaciones rusas. Es lo de menos. Lo importante es que, con la gracia de Dios, disponemos de ese material.

—¿Qué tipo de material es? ¿Uranio? ¿Plutonio?

—Uranio.

Ante las posibilidades que inesperadamente se abrían ante él, su mente de ingeniero comenzó a funcionar a gran velocidad.

—¿Cuál es el grado de enriquecimiento?

—Noventa por ciento.

—¡Por Alá, eso servirá! —exclamó, súbitamente entusiasmado—. ¿Dónde está ese uranio?

Bin Laden sonrió.

—En Jaldan.

Ibn Taymiyyah se quedó boquiabierto. ¿Había uranio enriquecido en Jaldan? ¿Dónde? Había trabajado con explosivos junto a Abu Nasiri y no recordaba haber visto ningún material radioactivo en los campos de entrenamiento. Él mismo había ido muchas veces a buscar explosivos a las grutas que servían de arsenal y...

Se golpeó la cabeza con la palma de la mano cuando dio en la tecla.

—¡Por Alá! —exclamó—. ¡La tercera gruta!

¡El uranio estaba en la tercera gruta! ¡De ahí que Abu Nasiri le prohibiera visitarla! ¡Claro! ¡Había uranio enriquecido en la tercera gruta!

—¿Cómo dices, hermano?

Su mente volvió a la galería donde estaban cenando.

—¿Yo? —se sorprendió al darse cuenta de que había hablado en voz alta—. Nada, nada. Estaba hablando... solo.

Bin Laden lo observó atentamente, como si lo evaluara.

—¿Te consideras capaz de cumplir esta misión?

—¡Sin duda! —exclamó sin vacilar—. Puede contar conmigo, jeque.

—La construcción de la bomba... no es imposible, espero.

—No, no. Si cuento con uranio enriquecido en cantidades suficientes, la bomba se fabrica sin grandes problemas técnicos. Como usted ha dicho hace poco, los principios son elementales.

—¿Y la década de la que hablabas hace un momento?

—Eso era para enriquecer el uranio o para producir plutonio. Pero si ya disponemos de uranio enriquecido, no tenemos ese problema.

Convencido de que el hombre que tenía ante él estaba a la altura de la misión, el jeque se frotó las manos.

—¡Excelente! ¡Excelente! —exclamó—. Entonces, daré instrucciones a Abu Omar y a Abu Nasiri de que te ayuden. Considerando que los *kafirun* no tardarán en llegar, debemos transportarlo a un sitio más seguro inmediatamente.

Ibn Taymiyyah enarcó las cejas.

—Hay que tener en cuenta que el material radioactivo lleva
aparejados problemas serios de seguridad. Es preciso llevarlo a
un lugar discreto, montar la bomba y luego trasladarla al objetivo. No es tan sencillo como podría parecer a primera vista…

—Nosotros nos ocupamos de eso. Quiero que sigas tu vida
normal y que no llames la atención. Cuando llegue el momento, nos pondremos en contacto contigo. En ese momento, sólo
tendrás que montar la bomba y, con la gracia de Dios, detonarla en el lugar indicado. Del resto nos encargamos nosotros.

—¿Cómo sabré que la persona que se ponga en contacto
conmigo es de los nuestros?

—Te dará una contraseña con el nombre en clave de la operación. La contraseña es el versículo 16 de la sura 8 del Santo
Corán.

—Versículo 16…, versículo 16…

—Es el que avisa a los creyentes de que no deben de huir de
la yihad, bajo pena de ir al Infierno.

—¡Ah, ya lo recuerdo! —exclamó Ibn Taymiyyah, que recitó
al fin el versículo—: «Quien vuelva entonces la espalda, a menos
que sea para volver al combate o para unirse a otro grupo de
combatientes, desatará la ira divina y su refugio será el Infierno».

El jeque asintió.

—Ésa es la contraseña.

—Muy bien. ¿Y el nombre de la operación?

—Ya te lo he dicho: aparece en ese versículo.

El visitante esbozó un gesto de desconcierto.

—Pero el versículo es largo, jeque —argumentó—. ¿Cuáles
son las palabras del versículo que dan nombre a la operación?

Antes de responder, Bin Laden se levantó de la mesa y dio
la cena por terminada. Los tres hombres siguieron su ejemplo
e Ibn Taymiyyah quedó a la espera de la respuesta.

El jeque lo miró y murmuró:

—*Ghadhabum min'Allah*. Ira de Dios.

53

*T*odo el grupo miraba atentamente el texto que Tomás había escrito en su bloc de notas tras descifrar el mensaje de Al-Qaeda. Los hombres de la CIA movían la cabeza, sin entender nada.

SURAH 8 AYAH 16

—*Shit!* —renegó Frank Bellamy con una voz ronca y tensa—. ¡Es un nuevo *fucking* enigma!

—No, no lo es —corrigió Tomás—. Son palabras y números árabes. ¡Concretamente, es una referencia coránica! Se dice *surah* o sura, y significa «capítulo». *Ayah* quiere decir «versículo». O sea, capítulo 8, versículo 16. ¡El mensaje remite a un versículo del Corán!

—*I'll be damned* —exclamó Bellamy, concentrado en la solución al enigma—. ¿Qué versículo es ése?

—No sé. —El historiador miró a su alrededor—. ¿Alguien tiene un Corán?

Rebecca se agachó y cogió la maleta que guardaba a los pies de una mesita.

—¡Yo tengo uno! —anunció.

Abrió la maleta y rebuscó.

—Desde que trato con esta gente siempre tengo el Corán a mano. —La mano dejó de moverse dentro de la maleta, como si hubiera encontrado lo que buscaba—. ¡Aquí está!

Entregó el libro a Tomás, que se puso a hojearlo de inmediato.

—Sura 8..., sura 8..., sura 8... —murmuró, pasando rápido las páginas—. ¡Lo tengo! —Deslizó el índice por los versículos del capítulo—. Vamos a ver el... versículo 16.

El dedo del historiador se clavó en la línea donde comenzaba el versículo y los tres inclinaron la cabeza para leer lo que decía el versículo.

—«Quien vuelva entonces la espalda, a menos que sea para volver al combate o para unirse a otro grupo de combatientes, desatará la ira divina y su refugio será el Infierno» —leyó Rebecca.

—*Fucking hell!* —renegó Frank Bellamy entre dientes—. ¡Otro misterio! ¿No lo decía yo? ¡Esta mierda no se acaba nunca! Cada enigma encierra otro enigma y no salimos de ahí.

—Ahora no hay ningún misterio —dijo Tomás, mientras se esforzaba por interpretar lo que había leído—. Alá ordena que los musulmanes hagan la guerra contra los infieles y prohíbe huir a los creyentes, a no ser que lo hagan para preparar un nuevo ataque. —Golpeó con el dedo la página del Corán—. Esto es una orden operacional.

—Una orden de Alá.

—Sí, pero también una orden de Al-Qaeda. Al enviar la referencia a este versículo, Bin Laden ordenó a su hombre en Lisboa que desencadenara la operación terrorista. —Levantó la cabeza y miró a Rebecca—. ¿Cuándo llegó este mensaje al correo de Al-Qaeda en Internet?

—Hace dos meses.

Tomás se volvió hacia el operador norteamericano que controlaba el procesamiento de datos de la comparación biométrica en curso.

—Oiga…, se llama usted Don, ¿no?

El muchacho volvió la cabeza, sorprendido de que se dirigiera a él.

—*Yes, sir.* Don Snyder.

—Don, no es necesario comparar las fotografías de mis alumnos con los visitantes de los últimos dos años. Restrinja el universo de búsqueda a los últimos dos meses.

Don miró a Bellamy, como si le pidiera autorización.

—*Sir?*

Bellamy asintió.

—*Do it.*

El operador se volvió hacia la pantalla y comenzó a teclear las nuevas órdenes.

417

—Esto acelerará mucho las cosas —dijo Don, visiblemente satisfecho—. Con un poco de suerte, mañana tendremos la identificación biométrica completa.

Tomás se mordió las uñas, con la mirada perdida en el infinito.

—Enviaron el mensaje hace dos meses... —murmuró, sumido en cavilaciones.

Miró de nuevo a Rebecca.

—Dígame una cosa: ¿cuánto tiempo lleva montar y transportar una bomba nuclear al objetivo?

—Depende del objetivo.

—Imagine que tiene uranio enriquecido en Pakistán y va a fabricar una bomba con él para hacerla explotar en algún lugar de los Estados Unidos.

—Sé lo que está pensando —observó Rebecca—. Si tuviera suficiente uranio enriquecido, montar la bomba es sencillo. Incluso puede hacerse en veinticuatro horas en cualquier sitio. Hasta en un garaje de Bethesda. En todo este proceso, lo que exige más tiempo es trasladar el uranio enriquecido a Estados Unidos. A eso hay que añadir el tiempo que se necesita para obtener un visado.

—Nuestro sospechoso es ciudadano portugués —recordó Tomás—. No necesita visado.

—Es verdad, tiene razón. En ese caso, yo diría que la operación puede llevar uno o dos meses.

Se hizo el silencio en la sala. Sólo se oía el susurro leve de los ordenadores procesando información. Los tres volvieron los ojos hacia la ventana y miraron afuera, como si esperaran ver un hongo atómico formándose en el cielo en ese mismo instante.

—Entonces, se nos ha acabado el tiempo.

54

*E*l *Washington Post* de esa mañana traía las noticias de costumbre. Ocupaban las primeras páginas el bombardeo sorpresa de Israel contra supuestos objetivos de Hamás en la Franja de Gaza y la fotografía de una niña palestina ensangrentada, rescatada de los escombros y presentada ante las cámaras como una *shahid*. Un portavoz de Hamás juraba venganza y citaba las palabras del Profeta, mencionadas al final del artículo séptimo de la constitución de su movimiento: «el Juicio Final no llegará hasta que los musulmanes luchen contra los judíos y los maten». En otro artículo, Irán anunciaba que su presidente llevaría el asunto a la Asamblea General de las Naciones Unidas, que se celebraría al cabo de dos días, mientras los países de la Unión Europea, que renovaban su promesa de hablar con una sola voz sobre el asunto, emitían las habituales opiniones dispares.

—¡Siempre la misma mierda! —murmuró Tomás, cansado de leer siempre las mismas noticias.

Pasó la página.

El presidente estadounidense instaba al Congreso a que aprobara un paquete de incentivos para la industria de las energías renovables. Siguió adelante, pasando la vista distraídamente por los titulares, y pronto llegó a las páginas de los deportes. Buscó noticias sobre fútbol, pero el diario norteamericano parecía concentrar su atención en una espectacular victoria de los Angeles Lakers sobre los Chicago Bulls. Podía ser una noticia excitante para los estadounidenses, pero a él, como europeo, le parecía tediosa.

Trrr-trrr.

El timbre del móvil lo sacó de su letargo. Se echó la mano al bolsillo y lo sacó.

—¿Sí?

—Tom, ¿dónde demonios se mete?

—Estoy aquí, leyendo el periódico en el *business center* del hotel. ¿Por qué?

—El *business center* está al lado de recepción, ¿no?

—Sí. Hay una puerta grande de cristal. Si entra por la puerta principal, gire a la derecha y luego verá que...

Aún estaba a media frase, cuando se abrió la puerta del *business center* y vio a Rebecca entrar apresuradamente, con el móvil pegado a su cabeza rubia.

—¡Por fin lo encuentro! —exclamó ella colgando y extendiendo el brazo en dirección al portugués—. ¡Estoy harta de llamarlo y no lo coge!

—Disculpe, he encendido el móvil hace un momento.

Rebecca lo cogió de la mano y lo obligó a levantarse.

—¡Vamos, no tenemos tiempo que perder!

Pese a que Rebecca casi lo arrancó de su sitio, Tomás aún tuvo tiempo de dejar el periódico sobre la mesa.

—¿Qué sucede? ¿Ha pasado algo?

Sin volverse, ella empujó la puerta de cristal y arrastró al portugués al *lobby* del hotel.

—El ordenador de Don ya ha terminado la búsqueda —anunció—. Ya tenemos la identificación biométrica.

Al contrario que la víspera, ese día la sala de operaciones de la CIA en Langley estaba abarrotada. Todo el mundo hablaba animadamente sosteniendo tazas con el logotipo de la agencia, pero no parecían hacer gran cosa. En el momento en que Rebecca entró en la sala con Tomás, cesó el murmullo y la pequeña multitud se hizo a los lados para dejarlos pasar. En su foro interno, le sorprendió que le dieran tanta importancia a su llegada, pero fingió que aquello era normal y, muy seguro de sí mismo, acompañó a la mujer hasta Frank Bellamy.

—¡*Fuck*, llega usted tarde! —gruñó el responsable del NEST, que lanzó una mirada dura al historiador.

—Tenía el móvil apagado —replicó Tomás, como si eso lo explicara todo—. ¿Qué pasa?

Bellamy se volvió hacia Don Snyder, que estaba sentado en el mismo sitio donde el historiador lo dejó en la víspera, como si no se hubiera movido de allí.

—El ordenador ha acabado la búsqueda —dijo—. Enséñasela, Don.

El operador tecleó algo y la pantalla mostró el retrato de un hombre.

—La identificación biométrica entre las fotografías seleccionadas por el profesor Noronha y nuestra base de datos con las imágenes de todos los hombres que han entrado en Estados Unidos en los últimos dos meses ha arrojado dos docenas de coincidencias, la mayor parte de ellas inverosímiles. Ocho alumnos del profesor Noronha vinieron al país en los últimos dos meses. Siete de ellos ya han vuelto a Portugal.

—Entonces, hay uno que sigue aquí.

Don señaló el rostro de la pantalla.

—Es este individuo —dijo—. Rafael Cardoso. El sospechoso llegó al aeropuerto de Miami hace una semana y se hospeda en el Holiday Inn. Ya hemos puesto a unos hombres a vigilarlo.

—¿Qué piensa, Tom? —preguntó Bellamy—. ¿Es nuestro hombre?

Tomás observó el rostro imberbe de su antiguo alumno. La leyenda de la fotografía indicaba que se llamaba Rafael da Silva Cardoso. El profesor lo recordaba vagamente. Había asistido a su clase de Lenguas Antiguas años atrás.

—No creo —dijo moviendo la cabeza con escepticismo—. ¿No tienen a nadie más?

—Los otros siete ya han vuelto a Portugal.

—Enséñemelos.

El operador volvió a teclear y la pantalla mostró una serie de rostros que Tomás escrutó.

—Ninguno parece tener nada de extraordinario —concluyó, decepcionado—. ¿No hay más?

—Me temo que no.

Tomás respiró hondo y un murmullo de desaliento recorrió la sala. Sintiendo que todos los ojos y todas las esperanzas estaban puestos en él, el historiador no se dio por vencido.

—¿No ha dicho que la búsqueda ha producido decenas de resultados?

—Sí, pero los restantes eran inverosímiles.

—¿Qué quiere decir inverosímiles?

Don atacó el teclado de nuevo.

—La comparación suele dar resultados erróneos, pues distintas personas pueden tener rasgos semejantes. Cuando las semejanzas son muy grandes, eso confunde al ordenador. —Aparecieron dos fotografías en la pantalla—. Por ejemplo, la imagen de la izquierda pertenece a su antiguo alumno Filipe Tavares. La imagen de la derecha pertenece a Dragan Radánovic, un herrero de Belgrado. El ordenador ha emparejado las fotografías pensando que se trataba de la misma persona, porque ambas presentaban semejanzas fisonómicas. Es un error, como es obvio.

El portugués asintió con la cabeza. Comprendía el problema, pero no estaba dispuesto a tirar la toalla.

—¿Cuántos errores como éste se han producido?

Don apretó una tecla y obtuvo las estadísticas.

—Treinta y uno.

—Muéstremelos todos.

El operador miró a Frank Bellamy, como si creyera que todo aquello era una pérdida de tiempo. Sin embargo, su superior le hizo señas con la cabeza de que obedeciera y Don buscó todas las comparaciones fallidas.

Las parejas de rostros comenzaron a sucederse. El primer caso comparaba a un antiguo alumno de Tomás con un visitante italiano; el segundo era el de otro alumno con un brasileño, y así sucesivamente. La comparación siempre emparejaba a un alumno con un visitante de otra nacionalidad.

Sin embargo, cuando llegaron al decimoséptimo par de fotos, Don rompió su silencio.

—Este caso es curioso —dijo señalando la pantalla—. En vez de emparejar a un ex alumno suyo portugués con un visitante extranjero, el ordenador ha emparejado a un ex alumno suyo árabe con un visitante portugués. —Soltó una carcajada—. Es gracioso, ¿no?

La observación hizo que Tomás se fijara con más atención en las dos fotografías.

—¿Cómo se llama este alumno?

Don buscó la tecla de la leyenda.

—Ahmed ibn Barakah. Es egipcio. El ordenador lo ha emparejado con el ingeniero Alberto Almeida, de Palmela.

El historiador no despegó los ojos del rostro de su antiguo alumno. Lo recordaba vagamente. Se trataba de un muchacho callado y, por lo que recordaba, había asistido a algunas clases hacía años. A medida que Tomás miraba la fotografía y hacía un esfuerzo, fluían los recuerdos. Tuvo la impresión de que había hablado alguna vez con aquel estudiante y al recordar esa conversación, revivió la sensación de incomodidad que tuvo años atrás. El muchacho dijo algo que le había llamado la atención. ¿Qué fue?

Cerró los ojos e hizo un nuevo esfuerzo por recordar. Se concentraba en el rostro y trataba de asociar conversaciones con él. Se esforzó tanto que acabó recordando el detalle desagradable. Su antiguo alumno hizo un comentario agresivo contra los judíos y le dijo que la historia aún no había acabado o algo por el estilo… ¿Cómo lo dijo exactamente? Ah, le dijo que un día serían los historiadores musulmanes los que analizarían el pasado cristiano de la península Ibérica…

En un gesto casi reflejo, estiró el brazo y señaló la pantalla.

—Es él.

Los norteamericanos que rodeaban al portugués lo miraron sin entender nada.

—¿Cómo?

—¡Es el hombre de Al-Qaeda!

423

55

*T*odos miraban la pantalla, examinando de nuevo la imagen a la cual Tomás señalaba con el dedo acusador. La cara inmóvil del sospechoso, inmortalizada por la cámara aduanera, miraba al vacío junto a la imagen enviada por la Universidade Nova de Lisboa. Según las respectivas leyendas, el rostro pertenecía al ingeniero Alberto Almeida y a Ahmed ibn Barakah.

Los nombres eran distintos, pero la cara era la misma.

Después de un primer momento de silencio y aturdimiento, se multiplicaron las órdenes en la sala de operaciones de la CIA y todos se pusieron en movimiento.

—¡Don! —gritó Bellamy, sin dejar de mirar la cara que mostraba la pantalla—. ¿Dónde demonios se aloja ese *motherfucker*?

No habría necesitado dar la orden, porque Don ya tecleaba furiosamente. Las fotografías desaparecieron de la pantalla y dejaron paso a la información relativa al sospechoso.

—Alberto Almeida entró en Estados Unidos por el aeropuerto de Orlando hace exactamente… treinta y tres días, proveniente de Madrid. Según lo que dijo, se alojaba en el Marriott de Orlando.

—Llama al Marriott —ordenó Bellamy a Don.

Después miró al hombre que estaba a su lado.

—Ponme con la Casa Blanca. Quiero hablar con David Shapiro.

Don llamó a Florida desde el ordenador. Tras dos tonos de llamada, que se oyeron en los altavoces de la sala, contestaron.

—Hotel Marriott, buenos días. ¿En qué puedo ayudarle?

—Con el director, por favor —ordenó Don—. Es urgente.

—Por supuesto. Espere un momento, por favor.

Se oyó una música de salón suave y luego un tono de llamada.

—Hughs al habla.

—¿Es usted el director del Marriott de Orlando?

—Sí, ¿en qué puedo ayudarle?

—Me llamo Don Snyder y le llamo desde Langley. Llamo de la CIA y necesitamos urgentemente información sobre una persona que se hospedó en su hotel.

Se hizo un breve silencio.

—¿Es una broma?

—Por desgracia, no. Podemos enviar a alguien con las credenciales necesarias, pero el caso es tan urgente que le agradecería que confiara en mí y que me diera de inmediato la información. Seguro que pueden ver mi número en su centralita y confirmar que llamo desde Langley.

Al otro lado de la línea, el hombre vaciló, como si estuviera tomando una decisión.

—Muy bien —suspiró el gerente del Marriott—. ¿Cómo se llama ese huésped?

—Alberto Almeida. ¿Quiere que se lo deletree?

—Sí, por favor.

Don deletreó el nombre y, en silencio, el director consultó la información en el ordenador del hotel.

—Es cierto. Un tal Alberto Almeida se alojó en el hotel. Era un individuo de nacionalidad paraguaya…, perdón, portuguesa. Durmió uno noche en el hotel e hizo el *check-out* a la mañana siguiente. Pagó en efectivo.

—¿No hay ninguna indicación de adónde se dirigía?

—No. Como puede imaginarse, nunca preguntamos eso a nuestros clientes.

Cuando Don colgó, Frank Bellamy ya estaba hablando con la Casa Blanca para comunicar las novedades. El responsable del NEST salió de la sala de operaciones y se encerró en un cubículo acristalado para que nadie le oyera.

—¿Y ahora? —preguntó Tomás.

—Hemos lanzado una alerta nacional para localizar a ese tipo —respondió Rebecca con expresión seria—. Pero si llegó hace un mes a Estados Unidos… No sé, no sé. Si tiene uranio enriquecido en cantidades suficientes, la construcción de la bomba es cuestión de un segundo.

Don volvió al teclado.

—Voy a hacer una búsqueda con el NORA.

—¿Qué es eso?

—*Non Obvious Relationship Analysis* —dijo aclarando el acrónimo—. Lo crean o no, es un sistema de cruce de datos que desarrollaron los casinos de Las Vegas. Muy eficaz, por cierto. —Se puso la lengua en la comisura de los labios en un gesto infantil y deletreó el nombre a medida que iba tecleando—: A-l-b-e-r-t-o A-l-m-e-i-d-a.

Introdujo todos los datos que constaban en la ficha aduanera del aeropuerto de Orlando y después, por cautela, añadió el nombre «Ahmed ibn Barakah». El reloj de arena comenzó a girar en la pantalla mientras el ordenador procesaba la información.

—Explícame qué estás haciendo —le pidió Rebecca, aprovechando el respiro que les concedía el ordenador.

—El NORA combina información sobre la identidad de una persona con bases de datos de compañías de tarjetas de crédito, registros públicos e información que consta en los ordenadores de los hoteles y otros lugares. El sistema funciona a través de la construcción de hipótesis basadas en información real.

—No lo entiendo.

—Este sistema lo crearon los casinos para evitar fraudes —explicó Don, con un ojo puesto en el reloj de arena del ordenador y otro en Rebecca—. El NORA puede descubrir, por ejemplo, que la hermana de un *dealer* de *blackjack* tenía un vecino dos años antes que ganó doscientos mil dólares en una partida controlada por ese *dealer*. Así se establece la relación entre el *dealer* y el ganador, lo que permite al casino saber si hicieron trampas.

—Ahora lo entiendo.

—El sistema permite establecer otro tipo de asociaciones. Un nombre árabe puede escribirse «Otmane Abderaqib» en África, o «Uthman Abd Al Ragib» en Iraq. El NORA permite emparejar estos dos nombres, lo que…

426

Una voz sonó por los altavoces e interrumpió la conversación.

—¡Atención todos! ¡Atención!

Era la voz ronca de Frank Bellamy. Tomás miró hacia el cubículo acristalado y comprobó que el responsable del NEST había terminado la llamada con el consejero presidencial y que ahora hablaba a través de un micrófono.

—Acabo de hablar con la Casa Blanca. En vista de la información que tenemos, el presidente ha decretado DEFCON 2. Estamos en DEFCON 2. Estamos en DEFCON 2.

Un silencio sepulcral se apoderó de la sala.

—Ya lo he visto en las películas… —murmuró Tomás.

—DEFCON 2 es el segundo nivel de emergencia más alto en Estados Unidos —explicó Rebecca en voz baja—. Significa que nuestro Ejército está en estado de alerta máxima ante la posibilidad de un ataque inminente. Que yo sepa, la última vez que se decretó DEFCON 2 fue durante la crisis de los misiles de Cuba.

—¿Y en el 11-S?

—Estuvimos en DEFCON 3.

—Por tanto, esto es más serio…

Rebecca lo miró fijamente.

—Tom, estamos hablando de una bomba nuclear.

El reloj de arena del ordenador dejó de girar y una avalancha de información inundó la pantalla. Don analizó las conclusiones del gigantesco cruce de datos.

—Señores —llamó—, vengan a ver esto.

Las personas de la sala se agolparon alrededor del lugar que ocupaba el operador y se concentraron en la pantalla, donde el programa NORA listaba todos los datos y proporcionaba, al fin, el paradero de Alberto Almeida, alias Ahmed ibn Barakah, alias Ibn Taymiyyah.

—El *motherfucker* está en Nueva York.

56

*E*l Chevrolet blanco esperó a que el semáforo se pusiera en verde para arrancar. Cuando lo hizo, giró inmediatamente a la derecha, y avanzó por el barrio de viviendas de clase media, una zona agradable llena de árboles y zonas ajardinadas. Las nubes grises tapaban el sol, creando una luz melancólica. El río Hudson discurría lento al fondo. Sus aguas oscuras reflejaban la selva de rascacielos que se extendía en el margen opuesto.

—¿Está segura de que es aquí?

Rebecca movió la cabeza para apartarse el flequillo rubio de la cara y echó un vistazo al plano.

—Es por aquí —confirmó—. No conozco muy bien Nueva Jersey, pero no se preocupe, lo encontraré.

Tomás miró la punta sur de Manhattan, al otro lado del río. A pesar de los años que habían pasado, aún se hacía extraño no ver allí las Torres Gemelas del World Trade Center.

—¿Cómo es posible que Al-Qaeda haya introducido cincuenta kilos de uranio enriquecido en el país sin que nadie se haya dado cuenta? —preguntó, algo irritado—. ¿Montan un gran aparato de seguridad en los aeropuertos y dejan pasar algo así? ¿Cómo puede ser?

Rebecca no despegaba la vista de la carretera, buscando una señal que la ayudara a encontrar el camino.

—Traficar con grandes cantidades de uranio enriquecido en Estados Unidos no es nada difícil —observó—. ¡De hecho, es la cosa más sencilla del mundo!

—¿Disculpe?

Volvió a mirar el plano para confirmar dónde estaban.

—Mire, hace unos años, una cadena de televisión de Nueva

York, la ABC, envió una maleta con siete kilos de material radioactivo desde Yakarta a una dirección en Los Ángeles. Después, esperó a ver qué pasaba. ¿Sabe qué pasó? Al cabo de un tiempo, la maleta llegó intacta al lugar previsto. ¡O sea, aquel material nuclear pasó por la *goddamn* aduana del puerto de Los Ángeles sin que nadie sospechara nada!

—¿No tienen sistemas para detectar material radiactivo en las aduanas?

—Claro que los tenemos.

—Entonces, ¿cómo es posible que no detectaran esa maleta?

—Tom, tiene que entender cómo funcionan las aduanas —dijo Rebecca—. Antes de que llegue un barco, nuestros agentes aduaneros consultan los conocimientos de embarque de los puertos de origen y determinan el grado de riesgo que comporta cada carguero. Imagine un barco que viene de Colombia. Si los agentes consideran que hay riesgo alto de tráfico de drogas, pueden decidir analizar la carga. En ese caso, someten a los contenedores del carguero a un análisis de rayos X y a otros sistemas de rayos gamma para obtener una imagen más precisa de su contenido. Si detectan algo, abren el contenedor e inspeccionan el contenido.

—Muy bien. Entonces, ¿por qué no lo hacen?

—¡Porque todos los días atracan ciento cuarenta barcos, con cincuenta mil contenedores y más de medio millón de productos procedentes de todo el mundo! ¡Por eso! ¡Sólo al puerto de Los Ángeles llegan más de once mil contenedores al día! ¿Sabe cuánto tiempo tarda un funcionario en inspeccionar un solo contenedor? ¡Tres horas! ¿Sabe cuántos puertos de aguas profundas hay en Estados Unidos? ¡Más de trescientos! Eso significa que, si pone cincuenta kilos de uranio enriquecido en una caja de productos de tenis y, al rellenar el conocimiento de embarque, pone que son raquetas, ¡puede estar seguro de que la maldita caja llegará a su destino sin grandes obstáculos! Eso fue lo que pasó con la maleta de la ABC. Y si la ABC descubrió que es así de fácil traficar con productos radiactivos, ¿cree que Al-Qaeda no lo sabe?

—De acuerdo, tiene razón.

—Las probabilidades de interceptar el material son muy

429

bajas y sabemos que Al-Qaeda suele usar cargueros para transportar armas. Por eso, el único aspecto realmente complejo a la hora de llevar a cabo un atentado nuclear es adquirir el uranio altamente enriquecido. ¡Si han conseguido superar ese obstáculo y han logrado material nuclear en cantidad suficiente, transportarlo al objetivo y construir la bomba es un juego de niños!

Tomás miraba las viviendas frente a las que pasaban, mientras consideraba las alternativas.

—Por tanto, cree usted que la bomba ya está montada.

—No tengo la más mínima duda —dijo, enfáticamente—. Pueden haber perdido tiempo transportando el uranio enriquecido hasta aquí. Al fin y al cabo, los barcos son lentos. Pero si tienen el material y ordenaron pasar a la acción a nuestro hombre hace dos meses, han tenido tiempo de sobra para completar la operación. La bomba atómica de Al-Qaeda ya debe de estar lista.

—¿Y por qué no la han hecho explotar aún?

El coche tomó una curva a la izquierda. Rebecca comprobó de nuevo su posición en el plano, aminoró y entró a un paseo siguiendo a un coche gris oscuro.

—No lo sé —contestó ella—, pero nuestro terrorista lo sabe. —Observó las viviendas a su alrededor y, al identificar el número que buscaba, señaló hacia un tejado al fondo de la calle, donde había una casa protegida por muros altos—. Es allí.

—¿Qué?

—La casa del sospechoso.

Los dos agentes del FBI se estaban comiendo un *hot dog* y oyendo música por la radio cuando Rebecca y Tomás entraron en el coche. Cuando los recién llegados se identificaron, los hombres del Bureau les hicieron un *briefing* sobre el estado del caso.

—Fireball está dentro —señaló Ted, el hombre del FBI que parecía estar al frente de la operación.

—¿Quién?

—Es el nombre en código que le hemos dado al sospechoso.

Ha llegado hace poco con una bolsa de compras. Le hemos sacado algunas fotografías.

—¿Puedo verlas? —pidió Tomás.

El compañero de Ted sacó una cámara fotográfica con un zoom que parecía un cañón. El agente del FBI mostró la pequeña pantalla de la cámara al portugués.

—Aquí lo tiene.

Las imágenes de Ahmed con las compras se fueron sucediendo en la pequeña pantalla. Se veían perfectamente hasta sus huesos afilados.

—Es él —confirmó el historiador—. Lleva la barba más larga y da la impresión de haber adelgazado, pero estoy seguro de que es él.

—Comiendo de esa manera, me sorprende que esté más delgado —bromeó Ted.

—¿Está solo?

—Eso parece. —Señaló a los alrededores—. Nuestros hombres están preguntando a los vecinos y a los dueños de las tiendas de la zona, pero parece que nunca han visto a Fireball con nadie.

—¿Y el uranio? —quiso saber Rebecca—. ¿Lo han detectado?

El hombre del FBI negó con la cabeza, mientras masticaba los últimos trozos del *hot dog*.

—*Nope*.

—¿Qué han hecho para intentar localizarlo?

—Poca cosa —reconoció Ted—. Cuando Fireball salió a comprar, pasamos por delante de la casa con el contador geiger. No indicó ninguna radiactividad.

—Eso no quiere decir nada —insistió Rebecca—. El uranio puede estar en el sótano de la casa, protegido por láminas de plomo. Si fuera así, el contador no lo detectaría.

—Es cierto.

—Entonces, ¿qué piensan hacer?

—Vamos a reventar el sistema eléctrico de la casa. Hemos pinchado la señal telefónica y, cuando llame para pedir asistencia, la llamada se desviará a una de nuestras unidades. La unidad desplazará un coche hasta la vivienda y se presentará para reparar la supuesta avería eléctrica.

—Ah, ahora lo veo. Van a meter el contador geiger dentro.

—Eso mismo. Y vamos a instalar micrófonos por toda la casa.

—¿Y si el contador no detecta nada? Recuerde que el material puede estar bien protegido…

—Si no detectamos nada y vemos que no hemos completado el registro, esta madrugada, mientras Fireball duerma, introduciremos una unidad en la casa para hacer un registro exhaustivo.

Tomás se sorprendió con esa parte del plan.

—¿Eso no es arriesgado?

Ted se volvió hacia atrás y sonrió.

—Vivir es arriesgado.

El FBI cumplió con el plan con la precisión de un reloj. Al anochecer, conforme a lo previsto, las luces de la casa se apagaron de manera repentina. Tomás vio una luz tenue a través de una de las ventanas: seguramente era Ahmed, que se movía por la casa con una vela en la mano.

Una hora después llegó al lugar una furgoneta con las palabras «General Electric» estampadas en las puertas. Dos hombres de mono azul oscuro se apearon de la furgoneta llevando el equipo y llamaron a la puerta. Después de un breve compás de espera, volvió a verse algo de claridad y se abrió la puerta. Alguien que parecía ser Ahmed —era difícil saberlo con certeza con aquella luz— miró desde la puerta a los dos hombres y tras intercambiar algunas palabras, los tres desaparecieron tras los muros de la vivienda.

—Ya estamos dentro —murmuró Ted, que apagó la música de la radio y aumentó el volumen del intercomunicador.

Los dos hombres del FBI sacaron las armas de las pistoleras que llevaban ocultas bajo el traje y comprobaron la munición.

—¿Qué pasa? —preguntó Tomás, desconcertado—. ¿Va a haber lío?

—Si hubiera alguna anomalía, nuestros hombres tienen órdenes de alertarnos —dijo Ted sin quitar los ojos de la pistola—. En ese caso, tendremos que asaltar la casa de inmediato.

Pasaron dos horas de espera angustiosa. Cada quince minutos, los agentes de los diferentes coches del FBI que vigilaban la casa se comunicaban para comprobar que todo iba bien. La respuesta siempre era la misma: «Sin novedad».

De pronto volvió la luz a la casa y, minutos más tarde, los dos hombres de mono aparecieron en la puerta y se despidieron de Ahmed, que los había acompañado hasta allí. Se metieron en la furgoneta y se marcharon.

Crrrrrr.

—Electric One, Electric One —llamó una voz por el intercomunicador—. ¿Han descubierto algo?

—Nada, Big Mother —respondió otra voz, presumiblemente la de uno de los supuestos electricistas—. El contador geiger sólo se animó levemente al pasar por la cocina, pero nada especial. En el resto de la casa, según el geiger, todo es normal.

—¿Y en el sótano?

No hemos podido bajar.

—¿Por qué?

—Estaba cerrado y Fireball nos ha dicho que, a oscuras, no encontraba la llave. Parecía un poco nervioso, por lo que hemos preferido no insistir.

—¿Y los micrófonos?

—Los hemos instalado todos. Puede probarlos.

—Okay, gracias Electric One. Buen trabajo.

Rebecca y Tomás siguieron la conversación desde el coche donde se encontraban. Una vez acabada, Ted bajó el volumen del intercomunicador, volvió a encender la radio y sintonizó una emisora de *jazz*.

—¿Y ahora qué?

—¿No ha oído a nuestros hombres? —preguntó Ted, algo impaciente—. No hemos podido registrarlo todo. No han conseguido entrar en el sótano.

—¿Eso quiere decir que harán un nuevo registro esta madrugada?

—*Yep.*

Fuera estaba oscuro y Tomás comenzaba a tener hambre. Se

433

JOSÉ RODRIGUES DOS SANTOS

preguntó si servía de algo que se quedaran allí, pero, como Rebecca no daba señales de querer marcharse, decidió dejarlo estar.

—¿Hay alguna duda de si Ahme…, uh, *Fireball* es una amenaza para la seguridad de los Estados Unidos? —preguntó.

—No —respondió Rebecca—. En este momento, no hay duda de que es el encargado dentro de Al-Qaeda de hacer explotar una bomba atómica en el país.

—Entonces, ¿por qué no lo detienen inmediatamente?

—Porque no sabemos dónde está la bomba.

La respuesta sorprendió un poco a Tomás.

—Bueno…, si lo detienen, él se lo puede decir, ¿no? Además, si lo dejan suelto, puede escaparse en cualquier momento y hacer explotar el artefacto.

Rebecca le clavó sus ojos azules.

—Su antiguo alumno es un fundamentalista islámico, ¿no?

—Supongo que sí.

—Entonces, no nos dirá nada que nos sirva —dijo ella—. Detenerlo sólo serviría para alertar a sus compañeros de Al-Qaeda de que vamos tras ellos. Si la bomba no está en la casa, estará en manos de otros miembros de la organización que la podrían hacer explotar más aprisa. Por eso debemos ser pacientes y actuar en el momento oportuno.

—De ahí la importancia del registro de esta madrugada.

La mujer asintió y volvió la vista hacia la casa que todos vigilaban.

—Tenemos que encontrar la maldita bomba.

$\mathcal{T}$res días.

Tomás empezaba a estar harto de la inactividad. El registro de tres días antes no había dado resultados y ahora el FBI se limitaba a vigilar a Ahmed. Se pasaba casi todo el tiempo encerrado en aquella maldita furgoneta, aparcada en un paseo a dos manzanas de la casa donde se alojaba su antiguo alumno.

La furgoneta era enorme, con monitores, cámaras y todo lo imaginable. Al fin y al cabo, era la Big Mother, el centro de control de aquella operación. Los tres hombres del FBI que la ocupaban, incluido el jefe de la operación, conversaban relajadamente entre ellos, y Rebecca, a su lado, apoyaba la cabeza en el cristal opaco y parecía dormida.

La tediosa espera estaba acabando con Tomás. El portugués tenía el cuerpo dolorido de estar sentado todo el tiempo y, por más que cambiaba de postura, no conseguía estar cómodo. Miró el *The New York Times* tirado en el suelo y lo cogió por tercera vez. Ya lo había leído de punta a punta, pero alimentaba la esperanza de encontrar algo nuevo que lo entretuviera.

Arregló el periódico con gran estruendo y pasó la vista por los titulares. La noticia del día eran las supuestas irregularidades financieras de un senador. Ojeó el diario y se detuvo en otra noticia que daba cuenta de un nuevo escándalo de *insider trading* en Wall Street: habían detenido a un inversor famoso del que Tomás no había oído hablar nunca. Un titular especulaba sobre el tenor del discurso del presidente de los Estados Unidos ante la Asamblea General de la ONU, esa misma tarde. Ya lo había leído todo. Saltó a las páginas de deportes y casi lloró al ver que no había referencia alguna al fútbol europeo. El periódico parecía considerar más excitante el partido entre los Cardinals y los Philadelphia Eagles por el campeonato de la American Football Conference.

—¡Qué rollo! —gruñó con frustración, tirando el periódico al suelo.

Suspiró y se recostó en su asiento preparándose para más horas de tediosa espera. A su lado, Rebecca aún dormía. Los cabellos color trigo le caían por el rostro lácteo, dándole un aire salvaje. Era guapa. Sintió ganas de despertarla y charlar con ella, pero se contuvo. La norteamericana estaba cansada y necesitaba recuperar fuerzas. Extendió el brazo y le acarició la cara con cariño, deslizando los dedos por su piel aterciopelada y cálida.

—Hmm —ronroneó ella, al sentir la tierna caricia.

Ahora, Tomás no tenía ganas de charlar con Rebecca, sino de besar sus labios húmedos y entreabiertos. Se inclinó hacia el rostro sereno, pero en el último instante dominó el impulso de pegarse a la boca de ella y, en lugar de eso, le susurró al oído:

—Chis, duerma.

Tut-tut.

Los tres agentes del FBI que había en el interior de la furgoneta dieron un salto, como si les hubieran dado una descarga eléctrica, y tomaron de inmediato posiciones.

—¡El teléfono! —exclamó el jefe de la operación haciendo señas a sus subordinados—. Bob, localiza la llamada. Carl, activa la grabadora.

La súbita agitación despertó a Rebecca. Despertada de manera repentina, miró a su alrededor y, sin entender qué pasaba, se volvió hacia el portugués.

—Tom, ¿qué pasa?

Tomás se puso el índice delante de la boca.

—¡*Chist!* —dijo—. Alguien está llamando a Ahmed. Déjeme escuchar.

Tut-tut.

—*Hello?*

Era la voz de Ahmed.

—*Ibn Taymiyyah?*

—*Nam.*

—*Surat-an-Nisaa, ayah arba'a wa sabiin.*

Al oír estas palabras, Ahmed hizo una pausa, como si estuviera digiriendo su significado, y exclamó:

—*Allah u akbar!*

Clic.

En la furgoneta, los agentes del FBI y los dos miembros del NEST parecían congelados, atentos a la llamada que habían interceptado

—*Fuck!* —vociferó el jeque del equipo del Bureau—. Los *motherfuckers* ya han colgado. —Giró la cabeza a un lado—. Bob, ¿has conseguido localizar la llamada?

Bob negó con la cabeza, sin dejar de mirar el monitor con desánimo.

—*Nope* —dijo—. Ha sido demasiado corta. Lo único que hemos conseguido averiguar es que se trataba de una llamada nacional.

El jefe del equipo entornó los ojos.

—Ya me lo imaginaba. —Se volvió al segundo subordinado—. ¿Lo has grabado todo, Carl?

—Sí.

—Al menos tenemos algo. Manda la grabación inmediatamente a Federal Plaza. Quiero que el traductor de árabe trabaje con el material lo antes posible.

Tomás cogió el maletín de Rebecca, se levantó y se acercó el jefe del equipo buscando en el interior el libro que sabía que la norteamericana guardaba allí.

—Disculpe.

El hombre se volvió hacia él.

—¿Qué? —preguntó, irritado—. ¿No ve que estamos trabajando, *goddamn it?*

—Yo sé árabe.

El jefe de equipo lo miró con súbito interés.

—¿Por qué no lo ha dicho antes? —preguntó sin esperar respuesta—. ¿Qué decían estos *motherfuckers?* ¿Algo importante?

—Ha sido una llamada extraña. El tipo que llamó le dio un versículo del Corán a Fireball. Fireball ha dicho que Dios es grande y han colgado.

El responsable del FBI se rascó la barbilla.

—Un versículo del Corán, ¿eh? —Se volvió hacia sus hombres—. ¿Tenéis un ejemplar del Corán a mano?

Como un alumno aplicado, Tomás estiró el brazo y alargó al norteamericano el libro que acababa de sacar del maletín de Rebecca.

—Aquí —dijo—. ¿Podrían volver a pasar la grabación para que pueda tomar nota de la referencia coránica?

Carl puso en marcha la grabadora y se oyó por los altavoces el breve intercambio de palabra entre Ahmed y el desconocido. Cuando el desconocido dijo: «*surat-an-Nisaa, ayah arba'a wa sabiin*», el historiador anotó la referencia en su bloc y de inmediato se puso a hojear el libro sagrado del islam.

—*Surat-an-Nisaa…*, *surat-an-Nisaa…* Es la sura 4 —dijo.

Localizó el capítulo coránico y el versículo citado en la grabación.

—«*Ayah arba'a wa sabiin*» es el versículo 74 —dijo deslizando la punta del dedo por los sucesivos versículos de la sura—. Aquí está…, aquí está…, versículo 74.

Afinó la voz y leyó:

—«¡Combatan por la causa de Dios los que cambian la vida mundana por la otra! A ésos, que combatan en la senda de Dios y que mueran o venzan, les daremos una enorme recompensa.»

Reflexionaron todos durante un momento sobre aquellas palabras.

—¿Una enorme recompensa? —preguntó Carl—. ¿No me digan que al tipo le ha tocado la lotería?

Los hombres del FBI se echaron a reír en el interior de la furgoneta, pero la pareja del NEST no los acompañó. Ignorando las bromas a su alrededor, Tomás releyó el versículo en silencio, buscando su verdadero sentido.

—Esto es serio.

—¿Por qué lo dice? —quiso saber Rebecca, intuyendo la amenaza que el mensaje escondía.

—En primer lugar, fíjese en el comienzo del versículo: «Combatan por la causa de Dios». En el original del Corán en árabe, la palabra combate debe de ser «yihad». Por tanto, es una orden divina de hacer la yihad. Luego viene esta expresión extraña: «los que cambian la vida mundana por la otra». En el original árabe, «la vida mundana» es esta vida, mientras que la «otra» es la vida después de la muerte, en el Paraíso. O sea, con estas palabras, Alá está prometiendo el Paraíso a los musulmanes que mueran en la yihad. La segunda parte del versículo refuerza esta idea: «A esos, que combatan en la senda de Dios y que mueran o venzan, les daremos una enorme recompensa». La recompensa para los que mueren es, como se deduce de la referencia inicial a la «otra» vida, el Paraíso.

—Veamos, ¿cómo entiende usted ese versículo?

—Es una orden de Alá a los creyentes, en la que les manda que hagan la yihad y en la que promete a los *shahid* el Paraíso —dijo Tomás—. Eso es lo que quiere decir el versículo.

Los hombres del FBI, que se habían callado mientras hablaba el historiador, movieron la cabeza casi al mismo tiempo.

—¿Se creen eso? —se preguntó el jefe del equipo—. ¡Qué idiotas!

Tomás leyó de nuevo el versículo en el contexto de la operación que Al-Qaeda estaba llevando a cabo.

439

— Es una orden operativa —sentenció—. Fireball ha recibido instrucciones de prepararse para el martirio y pasar a la acción.

—¿Qué quiere decir con eso?

Convencido de que había interpretado todo lo que había que interpretar, el portugués cerró el Corán y miró al responsable del Bureau.

—Prepare a sus hombres.

—¿Para qué?

Sin perder más tiempo, Tomás cogió sus cosas, hizo una señal a Rebecca para que lo siguiera, abrió la puerta de la furgoneta y salió a la calle. Sin embargo, antes de marcharse, lanzó una última mirada al hombre del FBI.

—El atentado será hoy.

58

*L*a puerta de la casa se abrió lentamente.

Crrrrrr.

—*Standby*.

Instantes después de que el jefe del equipo diera la orden por el intercomunicador del FBI, salió un viejo Pontiac verde de la casa. Instalados en los asientos traseros del coche de Ted, Tomás y Rebecca vieron a los hombres del Bureau lanzar un sinfín de fotografías sobre el coche en marcha.

440

—Es él —confirmó Ted, con el ojo pegado a la cámara con *zoom*—. El *motherfucker* está saliendo.

Crrrrrr.

—Fireball en movimiento. Sierra One, ¿puedes seguirlo?

—Roger, Big Mother —confirmó—. Sierra One en movimiento.

El Pontiac pasó por delante de ellos y el coche de Ted, que había encendido el motor después de dar la orden de *standby*, arrancó con suavidad y siguió a Ahmed. Era una parte muy delicada de la operación: varios coches del FBI seguían ya o esperaban el paso del sospechoso en diferentes puntos de los posibles itinerarios, en una especie de coreografía improvisada.

Para evitar denunciar sus intenciones, el coche en el que iba Tomás siguió a Ahmed con algunas cautelas, a unos doscientos metros de distancia.

Crrrrrr.

—Sierra Two, adelanta a Fireball y haz una comprobación con el geiger —ordenó el jefe de equipo.

—Roger, Big Mother. Sierra Two en movimiento.

Un coche azul arrancó desde atrás, como si tuviera prisa, y

adelantó al coche donde iba Tomás. Después se acercó al Pontiac de Ahmed y también lo adelantó, pero sin mucha prisa. Luego, giró a la izquierda y desapareció.

Crrrrrr.

—Aquí Sierra Two. El geiger ha dado negativo.

—¿Está seguro, Sierra Two?

Ted miró de reojo por el espejo retrovisor a sus invitados del NEST.

—La medición no ha detectado radioactividad en el coche —dijo—. El tipo no lleva la bomba.

—Es porque ya debe de estar colocada —observó Rebecca, que, pensativa, tamborileaba con los dedos en la ventanilla del coche—. Es extraño, ¿no? —Miró a Tomás con una expresión confusa—. ¿Por qué no han hecho estallar la bomba después de colocarla en el sitio? No tiene sentido…

—Tal vez no está instalada aún en el objetivo —dijo Tomás—. Quizás Ahmed va a buscarla ahora.

—Sólo puede ser eso…

Continuaban siguiéndolo por las calles de Nueva Jersey y la operación de vigilancia discurría sin novedades. El Pontiac se aproximó a una rotonda y Ted se preparó para el problema.

Crrrrrr.

—Nos acercamos a Blue Three.

«Blue Three» era la rotonda.

—Manténgase en Blue Three.

El Pontiac se adentró en la rotonda. Ted intentó seguirlo, pero el tráfico se intensificó de manera repentina y le impidió avanzar de inmediato. Se percató de que tendría que ser otro coche el que siguiera al sospechoso.

—*Fuck!* —renegó Ted, golpeando con frustración el volante.

Sin perder la concentración, siguió con la vista el coche verde que giraba en la rotonda, al mismo tiempo que, con un gesto rápido, cogía el micrófono del intercomunicador y se mantenía atento a la salida del vehículo del sospechoso.

—Fireball en la Blue Three.

Lo vio girar a la derecha y salir de la rotonda.

—Ha tomado la dos. —El Pontiac había cogido la segunda salida—. Ha tomado la dos. ¿Quién puede seguirlo?

Respondió una nueva voz.

—Sierra Five, tengo a Fireball.

Al oír que otro coche se encargaba de la situación, Ted se relajó y giró tranquilamente en la rotonda. Identificó la ruta que había seguido Ahmed y, con una sonrisa de satisfacción, giró a la derecha y desembocó en una calle paralela. Aceleró en un esfuerzo por recuperar la posición más adelante.

—¿Adónde vamos? —preguntó Tomás, que no entendía la maniobra.

—Vamos a esperarlo más adelante.

—¿Más adelante? ¿Ya saben el itinerario que va a seguir?

—Teniendo en cuenta la carretera que ha cogido al salir de la rotonda, sabemos hasta su destino.

Ted señaló el bosque de cemento que se alzaba al otro lado del río, en el que la parte alta de los edificios estaba iluminada por el sol, mientras que las calles quedaban a la sombra.

—Manhattan.

El Lincoln Tunnel iba engullendo el tráfico como un monstruo hambriento. En el coche del FBI, el grupo permanecía en silencio, acompañando por el intercomunicador al avance del coche de Ahmed y a la espera de ver aparecer al coche verde en cualquier momento por la Route 495.

—Tarda mucho —observó Tomás, impaciente.

Nadie respondió. Ted estaba tranquilo, masticando chicle, sin apartar la vista del tráfico continuo.

—Si se dirige a Manhattan es porque la bomba ya está colocada —observó Rebecca—. No tiene sentido que vaya a Manhattan a buscar una bomba para ponerla en otro sitio. No hay en los alrededores un blanco con un perfil más alto que Manhattan. El atentado tiene que ser aquí.

—Tiene razón —admitió Tomás—. Pero, si es así, ¿por qué diablos no la han hecho estallar ya? ¿A qué están esperando?

La norteamericana se encogió de hombros.

—*Beats me.*

Ted estaba concentrado en el tráfico y les hizo señas para que se callaran.

—¡Ahí viene!

Encendió la ignición y esperó a que el coche verde se aproximara. Cuando Ahmed pasó, arrancó y se colocó tras él, procurando mantener un vehículo entre ambos, una medida de precaución para pasar desapercibido.

—Sierra One en movimiento —comunicó por el micrófono.

—Roger, Sierra One —confirmó el vehículo que había mantenido el contacto con el sospechoso hasta allí—. Sierra Five adelantando a Fireball para esperarlo en la 30 Oeste.

Tras esta comunicación, el otro coche cogió el carril para transportes públicos y dejo atrás la lenta fila de tráfico en dirección a Manhattan. Tomás casi sintió envidia al verlo acelerar de esa manera, al ver el tráfico denso en la entrada al túnel. Avanzaron más lentos de lo que había previsto, en una interminable sucesión de arrancadas y parones.

Al fin, avanzando poco a poco, los automóviles de Ahmed y Ted atravesaron el Lincoln Tunnel y entraron en Manhattan. El portugués miró el reloj: sólo aquel tramo entre Nueva Jersey y la isla les había llevado treinta minutos.

—Menudo atasco —constató Tomás—. ¿Siempre es así?

—El tráfico en Manhattan nunca ha sido fluido —respondió Ted—. Sin embargo, hoy es más complicado por las medidas de seguridad.

El intermitente del Pontiac verde se encendió de repente y el coche giró en el sentido que el piloto había indicado. Ted invadió de inmediato el carril exclusivo para transportes públicos, adelantó a un coche y se situó detrás de Ahmed. El Pontiac avanzó por el entramado de callejuelas y, dejando atrás el tráfico, se internó en Manhattan en dirección este, seguido siempre por los hombres del Bureau.

Cuatro manzanas más adelante, el coche verde giró en lo que parecía ser un túnel y desapareció en su interior. Los tripulantes del coche identificaron el cartel azul con la P de «Parking».

—*Stop, stop!* —ordenó Ted por el micrófono—. *Near side.*

Era una orden para los coches del FBI que lo seguían, para que se detuvieran. Ted, en cambio, ni siquiera frenó, optando por seguir adelante, no fuera que el sospechoso estuviera vigilando el tráfico para comprobar si alguien lo seguía.

443

Crrrrrr.

—Sierra One, ¿qué pasa?

—Fireball se ha metido en un aparcamiento —explicó Ted, que paró más adelante—. Sierra Two y Sierra Three, quédense donde están. Sierra Four y Sierra Five, identifiquen otras salidas del aparcamiento. Tengan en cuenta que en Sierra One se quedará sólo un hombre, porque nuestros dos invitados y yo pasamos a ser Foxtrot One.

—¿Por qué, Sierra One?

—Fireball puede pasar a ser Foxtrot.

—*Roger that.*

A una señal de Ted, Rebecca y Tomás salieron del coche y caminaron por el paseo en dirección al aparcamiento.

—¿Qué significa que Fireball puede pasar a ser Foxtrot? —quiso saber Tomás, que tenía curiosidad por los códigos, fueran los que fueran—. ¿Qué significa «Foxtrot»?

—Hay una probabilidad alta de que Fireball salga del coche —replicó el hombre del FBI—. «Foxtrot» significa «peatón». No olvide que nuestro hombre ha entrado en un aparcamiento. Eso sólo lo hace quien pretende aparcar, ¿no?

Entraron en el aparcamiento fingiendo estar relajados, atentos a cualquier movimiento. Inspeccionaron el primer piso y no detectaron nada anormal. Subieron por la escalera hacia el segundo piso, pero oyeron los pasos de alguien que bajaba y se ocultaron tras una columna.

Un hombre vestido con vaqueros y una camisa verde salió de la oscuridad de la escalera y se dirigió a la salida.

—¡Es él! —dijo Tomás, que lo identificó.

En cuanto Ahmed cruzó la puerta del aparcamiento y salió a la calle, los tres se apresuraron a seguirlo a cierta distancia hablando entre ellos para disimular. El musulmán caminaba unos cincuenta metros por delante, algo rígido, como si estuviera tenso.

—Estamos al lado de la Port Authority —confirmó Ted, volviendo la vista hacia la gran terminal.

Tomás ignoró la referencia. Prefería concentrar su atención en su antiguo alumno.

—¿Han visto el color de su camisa? —preguntó.

Rebecca hizo una mueca de indiferencia con la boca.

—Es verde —respondió—. ¿Qué tiene eso de especial? Que yo sepa, el verde es el color del islam. Siendo musulmán…

—Así es —confirmó el portugués—. Pero para los musulmanes, el verde es también el color del Paraíso. Parece claro que nuestro hombre cree que va camino del Paraíso.

Ted soltó una carcajada.

—¿Nueva York? ¿El Paraíso? ¡Ésa es buena!

Doblaron la esquina y Tomás vio tres policías a caballo a su izquierda, y otros tres a su derecha, todos con casco. Al fondo de la calle, identificó dos coches con el logotipo del NYPD estampado en las puertas y oyó varias sirenas que sonaban a lo lejos. Miró hacia arriba y vio helicópteros que recorrían el cielo de Manhattan. Mientras observaba el zumbido de los aparatos, vio casualmente a un hombre posicionado en un balcón con lo que parecía un rifle con mira telescópica. Era un francotirador de la policía.

—Oiga, ¿no estarán exagerando con tanto despliegue? —preguntó el portugués.

—¿Por qué? —dijo Ted, sorprendido.

—¿Aún pregunta por qué? — Señaló a los dos policías a caballo—. ¿Ha visto la cantidad de policías que hay en calle? ¿Cree que es normal? ¿Cree que nuestro hombre es tonto y no va a desconfiar?

El agente del FBI miró desinteresadamente el dispositivo policial.

—Claro que es normal.

—¿Está de broma? —preguntó Tomás—. ¿Le parece normal toda esta… parafernalia policial? ¿No le parece que nuestro sospechoso notará que lo están vigilando?

Ted se rio.

—¿Cree que todo esto es por Fireball? No, *man*, es la Asamblea General de la ONU. Todos los años es el mismo lío. Vienen jefes de Estado y de Gobierno de todo el mundo a soltar discursos en la Asamblea y convierten la ciudad en un pandemónium. Durante estas dos semanas, transforman la vida en Manhattan en un infierno.

—Cuando se celebra la Asamblea General, ¿es todos los días así?

—Bueno, hoy es peor de lo normal. Hoy viene el presidente, ¿no? Cuando él aparece, el dispositivo de seguridad es siempre un poco más espectacular.

—¿Qué presidente?

—¿Cuál va a ser? El de los Estados Unidos, claro.

—¿Hoy es el discurso del presidente de los Estados Unidos ante la Asamblea General de la ONU?

Ted asintió.

—Esta tarde.

—¿Ya…, ya ha llegado?

—Debe de haber llegado, sí. El discurso está previsto para dentro de quince minutos.

La noticia dejó boquiabierto a Tomás. Se paró en medio de la acera, sin apartar la vista de la camisa verde que se movía cincuenta metros más adelante. De repente lo vio todo claro. ¡Había leído la noticia sobre el discurso ante la Asamblea y, como un idiota, no había visto la relación!

—¡Eso es! —dijo casi gritando y haciendo chocar las palmas de las manos—. ¡Eso es!

—¿Qué? —dijo Rebecca, asustada—. ¿Qué pasa?

El historiador, exaltado, señaló a Ahmed a lo lejos. Los ojos le brillaban. Ahora lo veía todo claro y la idea le horrorizaba.

—¡Está esperando a que empiece el discurso! ¡Está esperando a que empiece el discurso!

—¿Qué?

—¡Al-Qaeda va a hacer estallar la bomba atómica cuando el presidente esté hablando ante la ONU!

59

—*F*oxtrot One a Big Mother.

Dadas las circunstancias, Ted ni siquiera se esforzó por disimular cuando efectuó la llamada por el intercomunicador portátil que llevaba en el cinturón.

Crrrrrr.

—¿Qué pasa, Foxtrot One?

—Ordenen evacuar Manhattan y saquen al presidente de la sede de las Naciones Unidas —dijo con frialdad—. Pongan contadores geiger a funcionar en el edificio y en todas las calles aledañas. Registren todo de cabo a rabo.

Extrañados por sus órdenes, los hombres tardaron en responder.

—¿Por qué, Foxtrot One? ¿Qué ha pasado?

—¡El presidente está en Manhattan! ¡Fireball está en Manhattan! ¡Hay una probabilidad alta de que haga explotar el artefacto nuclear hoy! Creo que no hace falta que dé más explicaciones.

—Roger, Foxtrot One.

Ahmed cruzaba ahora otra avenida, la Quinta, en medio de la multitud. Siguieron por la calle Cuarenta y dos dejando atrás las líneas clásicas de la Biblioteca de Nueva York. No había duda de que su antiguo alumno se dirigía a la sede de la ONU, al otro lado de la ciudad.

—Considerando lo que sabemos, ¿no sería aconsejable interceptarlo ya? —preguntó Tomás, nervioso con todo aquello—. Puede que sea más seguro, ¿no?

—¿Y la bomba? —preguntó Rebecca—. ¿Cómo sabemos dónde está la bomba?

—Eso ya lo veremos después.

—No podemos hacerlo así —dijo ella—. Aunque neutralicemos a Fireball, eso no significa que neutralicemos la amenaza nuclear. Probablemente, sus compañeros aún tienen la bomba. No dudarán en hacerla estallar si Fireball no aparece. Nuestra prioridad es localizar la bomba. Sólo cuando sepamos dónde está, podremos avanzar. —Señaló a Ahmed—. En cualquier caso, Fireball no es una verdadera amenaza aún. Él no lleva la bomba. Creo que aún tenemos algo de tiempo.

Tomás miró el reloj con nerviosismo.

—El discurso del presidente comenzará dentro de siete minutos. —Miró a Ted—. Además de él, ¿quién asiste a la Asamblea?

—Déjeme ver…, tenemos al presidente de Brasil, al presidente español, al primer ministro italiano…, al presidente de Irán, al primer ministro de…

—¿El de Irán está también?

Al ver que el jefe de Estado iraní asistía a la Asamblea, Ted se animó repentinamente.

—¡Sí, el iraní está aquí! Eso es bueno, ¿no lo creen? El tipo es fundamentalista. Si está aquí, no creo que Al-Qaeda se atreva a hacer estallar la bomba hoy, ¿no?

—Al-Qaeda es suní y considera infieles a los chiíes —explicó el historiador—. El presidente iraní es chií, luego es un infiel. Matarlo sería un excelente incentivo para Al-Qaeda.

Ted movió la cabeza y se volvió hacia el este, en dirección a la zona donde se encontraba la sede de las Naciones Unidas.

—¿Y la ONU? —preguntó—. ¿Es que ni siquiera respetan la ONU?

Tomás sonrió sin ganas.

—¿Respetar la ONU? Al-Qaeda ya ha perpetrado ataques violentos contra la ONU en Afganistán, Iraq, Argelia, Somalia, Sudán, el Líbano…

—¿Por qué? Las Naciones Unidas es una organización que reúne a todos los pueblos, también a los musulmanes. ¿Qué diablos les pasa? ¿Cómo pueden atacar a la ONU?

—Al-Qaeda acusa a la ONU de crímenes contra el islam, incluido el reconocimiento de la existencia de Israel —explicó Tomás—. No obstante, el principal problema es teológico.

—Está de broma.

—Hablo en serio. La Carta de las Naciones Unidas establece la igualdad de todas las religiones y los musulmanes no aceptan eso, ya que Mahoma declaró la superioridad del islam. La declaración de igualdad de las religiones contradice a Mahoma, y la consecuencia es que Al-Qaeda considera que la ONU es una organización antiislámica.

Ted enarcó las cejas, perplejo al oír todo aquello, que para él era nuevo.

—¡Pero…, pero la libertad religiosa es un derecho humano fundamental!

—Eso es lo que nosotros creemos, pero muchos musulmanes no lo ven así —observó Tomás—. Es más, el mundo islámico planteó muchas objeciones a la Declaración Universal de los Derechos Humanos. Y no vinieron sólo de los fundamentalistas. De hecho, muchos países musulmanes ni siquiera aceptan esa declaración, porque establece el derecho a cambiar de religión conforme a la libre voluntad. Eso choca frontalmente con el delito de apostasía establecido por el Corán y por el Profeta, que prevé la pena de muerte para quien reniegue del islam. Además, la Declaración Universal de los Derechos Humanos establece la igualdad total entre hombres y mujeres, y entre las personas de cualquier religión, lo que también va contra las leyes del islam. De ahí que muchos musulmanes, y no sólo los fundamentalistas, consideren que la Declaración va contra el islam.

El hombre del FBI gruñó, frustrado.

—¡No sé qué decir!

El edificio de las Naciones Unidas estaba a cuatro manzanas de distancia. Tomás vio que en la siguiente avenida, Lexington Avenue, una barrera metálica bloqueaba el acceso a partir de la calle 42. Las calles parecían estar cortadas al tráfico desde allí.

Crrrrrr.

—Big Mother a Foxtrot One.

—¿Sí, Big Mother?

—Es imposible evacuar Manhattan. No hay tiempo.

—¿Y el presidente?

—Tampoco podemos sacarlo de la sede de la ONU. Técnicamente el edificio no es territorio norteamericano, por lo que el presidente no tiene prioridad sobre los demás gobernantes que están allí. Son unos treinta. Tendríamos que sacarlos a todos a la vez, y no es posible hacerlo en unos minutos.

—¿Qué? —se escandalizó Ted, que perdió la calma por primera vez—. ¿Están locos? ¡El presidente tiene que salir inmediatamente de Manhattan!

—Lo lamento, Foxtrot One. Ha sido el propio presidente quien ha tomado la decisión. Tienen que encontrar esa bomba y neutralizarla.

El hombre del FBI tuvo ganas de tirar el intercomunicador al suelo, pero se contuvo. La situación era demasiado grave para permitirse el lujo de tener un ataque de nervios. Respiró hondo y recuperó el control.

—¿Han detectado algo los contadores geiger?

—La sede de la ONU está limpia, Foxtrot One. Y también las calles aledañas al edificio. Estamos ampliando la búsqueda.

Ted guardó el intercomunicador portátil en el cinturón y consultó una vez más el reloj.

—*Fuck!* —renegó—. Faltan tres minutos para que comience el discurso del presidente. Quizá tengamos que interceptar a Fireball.

—Ya le he dicho que primero tenemos que localizar la bomba —dijo Rebecca, que parecía estar ya cansada de repetirlo—. ¿Cuántas veces tengo que recordarles que el objetivo último no es neutralizar a Fireball, sino neutralizar la bomba?

El lado opuesto de Lexington Avenue estaba lleno de policías. Se veían francotiradores en muchas terrazas y balcones de los edificios. Los helicópteros zumbaban y se oían sirenas por todas partes. No había duda de que, aquel día, los alrededores de la sede de las Naciones Unidas eran el lugar más vigilado del planeta. Ante tal dispositivo de seguridad, parecía una locura que alguien soñara con cometer un atentado en aquel lugar esos días, pero, por lo visto, nada de eso impresionaba a Al-Qaeda.

Ahmed concentró su atención de nuevo en la figura solitaria

de Ahmed, que ahora caminaba por Lexington Avenue en dirección norte y pasaba al lado de la multitud de policías y de coches patrulla que protegían el acceso a la zona de la sede de las Naciones Unidas. ¿Estaría su antiguo alumno explorando el terreno? El historiador dudó de todo lo que hasta entonces había dado por sentado. ¿Cómo podían estar seguros de que el atentado era inminente? Y si, en realidad, todo aquello no era más que…

Se cayó.

Sin que nadie lo esperara, Ahmed pareció haber tropezado y, de repente, se derrumbó contra el suelo.

Los tres perseguidores clavaron la vista en el cuerpo del hombre que se había caído en la acera, al otro lado de la avenida, intentando entender qué había pasado. El sospechoso se había caído y, por lo visto, no se levantaba.

¿Estaría bien?

Tomás y los dos compañeros se mantuvieron atentos al cuerpo tirado en el suelo esperando que se levantara, que se moviera o hiciera algo. Pero no se movió, y los tres llegaron a la conclusión inevitable: habían abatido a Ahmed.

60

—*F*oxtrot One a Big Mother.

Ted se agarraba de nuevo al intercomunicador portátil. Hervía de irritación y sentía que un nerviosismo creciente se apoderaba de él.

—¿Qué pasa, Foxtrot One?

—Fireball está *down*. ¿Quién demonios le ha disparado?

—Voy a comprobarlo, Foxtrot One —le respondieron—. *Standby*.

Se quedaron los tres en la esquina de Lexington Avenue con la Cuarenta y tres, junto al edificio de la Chrysler, observando al cuerpo inmóvil de Ahmed. Vieron algunos policías acercarse y un hombre de bata blanca que salía de una ambulancia. El hombre de la bata blanca, obviamente un médico, se arrodilló junto al cuerpo de Ahmed y comprobó sus constantes vitales. Habló luego con los policías. Parecía evidente que les daba instrucciones sobre cómo proceder.

Cuando terminaron de hablar y gesticular, dos guardias levantaron el cuerpo y lo llevaron a la ambulancia, un coche blanco con la cruz roja y el nombre del Bellevue Hospital en la parte inferior. Tumbaron a Ahmed en una camilla y lo metieron en el vehículo por la puerta trasera, que luego cerraron.

—Quizá lo mejor es que vayamos a ver qué pasa —dijo Tomás, inquieto por haber perdido el contacto visual con Ahmed.

—¿Y si el tipo vuelve en sí? —preguntó Rebecca—. Nos verá haciendo preguntas al médico y nos delataríamos. No, quizás es mejor que nos quedemos quietos. Más vale que el FBI se ponga en contacto con los responsables del hospital y que pregunten al médico por los canales habituales.

Ted asintió con la cabeza en señal de que aceptaba la sugerencia y habló de nuevo por el intercomunicador:

—Foxtrot One a Big Mother. ¿Podría comprobar algo, por favor?

—Diga, Foxtrot One.

—Se han llevado a Fireball en una ambulancia del Bellevue Hospital estacionada junto al Chrysler. ¿Podría el hospital preguntar discretamente al médico qué le pasa al paciente?

—Roger, Foxtrot One.

El hombre del FBI pasó la vista por la azotea de los edificios. El perfil lejano de un francotirador le recordó que aún no le habían respondido su otra pregunta, por lo que volvió a pegarse el intercomunicador a la boca.

—Por cierto, Big Mother. ¿Sabemos ya quién ha sido el idiota que abrió fuego contra Fireball?

—Negativo —le respondió—. Aún estamos intentando averiguar qué ha pasado, pero nadie ha dicho nada. Quienquiera que haya sido, no ha dicho ni mu. Probablemente ha sido un francotirador que se ha puesto nervioso, no lo sé…

—No me sorprendería —murmuró Ted entre dientes, bajando lentamente el intercomunicador mientras movía la cabeza—. Han reclutado novatos, y los tipos se cagan. —Volvió a ponerse el intercomunicador delante de la boca y apretó el botón—. Big Mother, ¿tenemos resultados de la inspección con los geiger?

—Afirmativo, Foxtrot One. Hemos puesto varios coches con contadores a recorrer toda la zona y el resto de la ciudad. Casi hemos completado la búsqueda.

—¿Y bien?

—Negativo. No hemos detectado signos de radioactividad en ninguna parte de Manhattan. Está todo limpio. Por lo visto, no hay ninguna bomba, Foxtrot One.

Ted, Tomás y Rebecca se miraron entre sí, sin saber qué hacer ni decir. La situación parecía tomar un derrotero imprevisible: lo que era seguro, al momento se convertía en improbable. Parecía una montaña rusa de emociones.

En un gesto que parecía ya un tic nervioso, el historiador portugués miró el reloj por enésima vez.

—Es la hora.

El hombre del FBI reculó algunos pasos y se paró delante de una tienda de electrodomésticos para ver la CNN en un televisor. Tomás y Rebecca se le unieron. La cadena estaba retransmitiendo en directo desde el interior de la sede de la ONU: un hombre de traje azul oscuro y corbata roja subía tranquilamente al podio de mármol verde para dar su discurso.

Era el presidente de los Estados Unidos.

Crrrrrr.

—Big Mother a Foxtrot One.

—¿Qué pasa, Big Mother?

—Debe de haberse confundido sobre la ambulancia.

—¿Confundido?

—El Bellevue Hospital dice que no tiene ninguna ambulancia en Lexington. Es más, ni siquiera tiene ambulancias en la zona. ¿Puede comprobarlo?

Ted se fijó en el vehículo blanco de emergencias médicas, estacionado al otro lado de la Avenida. Efectivamente, en las puertas de la ambulancia ponía «Bellevue Hospital».

—Disculpe, Big Mother. La ambulancia es del Bellevue Hospital, no me cabe la menor duda al respecto.

—Negativo, Foxtrot One. El hospital dice que no tiene ninguna ambulancia en la zona.

Ted no se dio por vencido.

—¡Se equivocan! —insistió—. La tengo delante…

En un gesto impulsivo, Tomás, que seguía la conversación con creciente interés, le arrancó de las manos el intercomunicador portátil al hombre del FBI y habló directamente con el mando de la operación.

—Big Mother, aquí Tomás Noronha, del NEST —se presentó—. Estoy acompañando a Foxtrot One y necesito saber algo.

Tardaron unos segundos en responder. Daba la impresión de que el comandante de la operación estaba ponderando si debía hablar con un aficionado extranjero que no pertenecía al Bureau. Sin embargo, la gravedad de las circunstancias condicionó su decisión.

—*Go ahead, mister* Noronha.

—¿Han pasado los contadores geiger por toda la ciudad?

—Afirmativo.

—¿Y no han registrado radioactividad en ninguna parte?

—Exacto. No hay nada.

—¿Está diciéndome que la aguja del contador geiger no ha registrado ninguna actividad? ¿Nada de nada?

—Bueno, hay siempre circunstancias en que el geiger indica radioactividad, ¿no?

—¿Qué circunstancias?

—A ver, cuando pasa al lado de hospitales, por ejemplo. Los hospitales están llenos de equipos radioactivos. Siempre que se pasa el contador geiger por un hospital, la aguja se mueve. Pero eso es normal y lo damos por descontado.

El corazón de Tomás latía cada vez más deprisa. Su mirada reflejó el terror que le invadía y tuvo tanto miedo de hacer la siguiente pregunta que casi no la hizo.

Pero la hizo.

—Y... ¿las ambulancias?

—Es lo mismo.

Tomás miró a Ted y a Rebecca. Los tres cayeron en la cuenta: miraron la ambulancia aparcada en la base del Chrysler y sus rostros se paralizaron durante un segundo eterno al interpretar lo que veían desde una perspectiva totalmente nueva. El pavor cayó sobre ellos como una sombra: la ambulancia era la bomba atómica.

61

*C*omo si hubieran recibido en ese momento una descarga eléctrica, los tres echaron a correr para cruzar la avenida. Ted y Rebecca sacaron sus pistolas. Tomás, con las manos vacías, corría a su lado. Sus mentes le daban vueltas de manera obsesiva a una misma idea, al mismo descubrimiento, al mismo horror: la ambulancia era la bomba atómica.

Se acercaron al vehículo sin preocuparse por pasar desapercibidos. Era todo demasiado urgente para andarse con sutilezas. El hombre del FBI agarró el tirador intentando abrir la puerta trasera, pero estaba atrancada. Sin dudar ni un momento, Ted apuntó con la pistola a la cerradura, la sujetó fuerte para evitar el retroceso del arma y apretó el gatillo.

Pam.

El estallido brutal del disparo resonó en los tímpanos de Tomás y sembró el caos alrededor. Los policías que se encargaban de la seguridad de la zona se percataron de que ocurría algo extraño, sacaron las armas y comenzaron a gritar.

—*Freeze.*

Pero Ted los ignoró.

La cerradura de la ambulancia saltó en pedazos y tiró de la puerta, que se abrió de inmediato. Dentro había dos hombres: uno de camisa verde arrodillado sobre algo y el que llevaba la bata blanca con un arma en la mano.

Pam.

Pam.

Ted abatió al hombre de bata blanca, que se retorció y cayó a la calle. El hombre de verde, Ahmed, sacó una pistola y apuntó hacia fuera.

Crack-crack-crack-crack-crack.

Una lluvia de balas cayó sobre Ted, que cayó desamparado al suelo. Los policías habían abierto fuego sobre él al pensar que el hombre del FBI acababa de disparar contra un médico indefenso.

—¡CIA! —gritó Rebecca a los policías—. ¡Alto el fuego!

Los policías dudaron un momento y dejaron de disparar.

Pam.

Desde el interior de la ambulancia, Ahmed disparó y Tomás rodó por el suelo, fulminado por el tiro.

Rebecca se lanzó al suelo y apuntó a Ahmed, que ya giraba el arma humeante hacia ella.

Pam.

Pam.

Ahmed cayó en el interior de la ambulancia.

Crack-crack-crack-crack-crack.

Esta vez la policía abrió fuego sobre Rebecca. Al estar tirada en el suelo resultó ser un blanco más difícil. Además, tiró la pistola de inmediato y se protegió la cabeza. Al verla indefensa, los guardias dejaron de disparar, aunque siguieron apuntado a todos, incluso a los que habían recibido algún tiro.

—¡Que no se mueva nadie! —gritó uno de los policías—. ¡Quédense en el suelo! ¡Si alguien se levanta o hace algo, dispararemos!

—¡CIA! —repitió ella—. ¡Soy de la CIA! ¡Hay una bomba en la ambulancia! ¡Tenemos que desactivarla!

La información desconcertó a los policías. Miraron hacia la ambulancia y después al de más graduación del grupo, un barrigón que aún intentaba decidir qué hacer.

—¿Es de la CIA?

—Sí. Déjenme entrar en la ambulancia. ¡Hay una bomba!

—¡Quédese quieta! —ordenó el policía barrigudo—. ¿Tiene algún documento que la identifique?

—Sí.

—Muy lentamente, sáquelo y enséñenoslo. Pero, ojo, con movimientos muy lentos. Si hace algún gesto brusco, dispararemos.

Rebecca se echó la mano ensangrentada al bolsillo de la chaqueta, sacó un carné y se lo enseñó a los policías. Los hombres del NYPD se acercaron con mucho cuidado, agachados y atentos, siempre apuntándole con las armas. Uno de ellos se inclinó lentamente y cogió el carné. El pequeño rectángulo plastificado mostraba una foto de ella, el círculo con el águila norteamericana en el centro y alrededor las palabras «Central Intelligence Agency».

—¡Dios, es de la CIA! —constató el guardia mostrando el carné al de más graduación.

—¿Puedo levantarme? —preguntó Rebecca.

El superior jerárquico ponderó la petición durante un instante. Miró el carné, después a Rebecca, luego de nuevo el carné y una vez más a la mujer. No tenía motivos para dudar de la autenticidad del documento, por lo que acabó asintiendo con la cabeza. El policía que había cogido el carné le dio la mano y la ayudó a levantarse.

La norteamericana se sentía débil y le costó incorporarse. Había recibido dos balazos en el brazo derecho y llevaba la manga llena de sangre. Miró a su alrededor y vio a Tomás y a Ted tirados en el asfalto. Junto a ellos, había charcos de sangre.

—Dios mío.

—¿Los conoce?

—Están conmigo —dijo ella, que se acercó rápidamente al portugués. Se arrodilló junto a él, inclinó la cabeza rubia y le habló al oído—. Tom, ¿está usted bien?

Tomás soltó un gemido y se giró poco a poco.

—Me han herido en el hombro —puso una mueca de dolor—. Pero creo que sobreviviré.

Rebecca se lanzó sobre él y lo abrazó.

—¡Gracias a Dios! ¡Gracias a Dios! He pasado tanto miedo…

Tomás le devolvió el abrazo, con cuidado de protegerse el hombro izquierdo y la besó en las orejas y en el cuello. Olió el perfume suave en el cabello dorado y se sintió flotar. Todo su cuerpo se relajó, entregado a la mujer.

—Ya ha pasado todo —insistió en un susurro, cerrando los dientes para controlar una punzada inesperada en el hombro—. Ya ha pasado todo.

Los policías los rodearon.

—Señora —dijo uno de ellos, con una expresión de alarma en el rostro—. Hay un reloj dentro de la ambulancia.

Sobresaltados, Rebecca y Tomás se volvieron inmediatamente hacia él.

—¿Qué?

—Está en cuenta atrás.

62

*U*n policía delgado y alto ayudó a Rebecca y a Tomás a subir al vehículo. Ambos sentían dolores fuertes en las heridas, pero la información que les había dado el hombre del NYPD fue como un latigazo. No importaban los dolores ante una situación como ésa.

El policía les indicó el reloj.

—Es aquí.

Ambos se inclinaron sobre el lugar y abrieron los ojos de estupor al ver los dígitos luminosos moviéndose en la sombra:

03:10

—Tres minutos y diez segundos para la explosión —murmuró Tomás, aterrado—. ¿Puede desarmar la bomba?

Rebecca negó maquinalmente con la cabeza.

—¿En tres minutos? ¡Imposible!

Se llevaron las manos a la boca, impotentes ante el problema.

—¿Es una bomba? —preguntó el policía, repentinamente alarmado—. ¡Será mejor evacuar la zona!

—Es una bomba nuclear —observó Rebecca—. No vale la pena evacuar la zona. Es demasiado tarde para eso.

Tomás la miró.

—Oiga, Rebecca. Tiene que haber una forma.

—¡Es imposible, Tom! Tendríamos que abrir la bomba y desactivar el propulsor de la bala de uranio enriquecido. Eso no se hace en…

Miró de nuevo el reloj.

—¡… en menos de tres minutos! ¡Es absolutamente imposible!

Negándose a darse por vencido, Tomás concentró su atención en la caja negra que mostraba el reloj en ámbar.

—Esto es un teclado.

—Sí, forma parte del sistema de seguridad —dijo Rebecca—. El teclado sirve para introducir el código que activa la bomba.

La información fue como un rayo de esperanza.

—Eso significa que tiene que haber un código que la desactiva…

—Es probable —admitió ella—. El problema es que no lo sabemos.

Tomás volvió la cabeza hacia el cuerpo del hombre de la bata blanca, que seguía tirado en la calle.

—Pero ellos lo saben —dijo.

Levantó la vista hacia el policía que los acompañaba.

—Ha sobrevivido alguno de los tipos de la ambulancia.

—El paciente —indicó el hombre del NYPD, que se apartó para que pudieran ver a Ahmed—. Está herido en los pulmones, pero aguanta.

Tomás se arrastró hasta llegar junto a su antiguo alumno.

—¡Ahmed! ¡Ahmed!

Tenía los ojos cerrados, pero los abrió al oír que alguien lo llamaba por su nombre, algo que no esperaba. Se sorprendió al ver a Tomás, como si no pudiera creer lo que veía.

—¡Profesor! —exclamó en portugués—. ¿Qué hace usted aquí?

—Es una larga historia —dijo Tomás esforzándose por sonreír—. ¿Estás bien?

Ahmed respiró con dificultad.

—Estoy preparado para entrar en el Paraíso —murmuró—. Dios es grande y misericordioso y me acogerá en su bello jardín.

Al oírlo hablar de esa manera, Tomás vio que no iba a ser fácil convencerlo de que le revelara el código para desactivar la bomba.

461

—Oye, Ahmed —dijo con suavidad—. Eres libre de ir al jardín de Alá cuando quieras. Pero ya sabes que yo no tengo mucha prisa y me gustaría vivir un poco más.

—Lo entiendo —asintió el hombre de Al-Qaeda, al que le costaba hablar por la herida en el pulmón—. Si muere ahora, irá al Infierno, pues es usted un infiel. —Tosió—. Pero hay una solución.

—¿Cuál?

—Conviértase al islam ahora —le sugirió—. Recite la *shahada* aceptando a Alá como el único Dios y a Mahoma como su profeta. Se convertirá inmediatamente en un musulmán y morirá como un *shahid*. Dios, en su infinita misericordia, lo acogerá en el Paraíso de las vírgenes.

Estas palabras le sonaron a Tomás como un sentencia de muerte. Era evidente que Ahmed no hablaría. A pesar de eso, no se rindió. Señaló el reloj que brillaba en la sombra, a dos metros de distancia, avanzando en la cuenta atrás.

—¿Lo ves?

Ahmed volvió la cabeza hacia el reloj.

462

01:37

—Falta un minuto y medio para que Alá me reciba en el Paraíso —murmuró en árabe—. ¡Dios es grande!

—Cuando explote la bomba morirá mucha gente, Ahmed. Mujeres, niños, ancianos. No puedes dejar que eso ocurra. Por favor, dime el código para desactivar la bomba.

—Si son musulmanes, todos serán *shahid* e irán al Paraíso de las vírgenes y de los ríos de vino sin alcohol. Si son infieles, conocerán las llamas del Infierno. Usted, profesor, aún está a tiempo de convertirse.

Tomás respiró hondo.

—Óyeme, Ahmed, ¿cómo sabemos que ésa es la voluntad de Dios? ¿Por qué no le damos a Dios la posibilidad de elegir? Dame una pista sobre el código —sugirió el historiador—. Si consigo descifrar la clave que pare la cuenta atrás, es porque Dios quiere que la bomba no explote. En cambio, si no lo consigo, será porque Dios quiere que estalle. ¿Qué te parece la idea? No me digas que tienes miedo a dejar la decisión en manos de Dios…

Ahmed volvió a mirar el reloj.

Un minuto para la explosión. ¿Qué tenía que perder?

—Está bien —asintió—. Dios, en su infinita sabiduría, decidirá. La pista es: «*Thy mania by I*».

Tomás hizo una mueca.

—¿Qué?

—«*Thy mania by I.*» Ésa es la pista sobre el código.

—¿Es Shakespeare o qué?

El hombre de Al-Qaeda lanzó una última mirada al reloj y sonrió.

—Tiene un minuto, señor profesor —dijo cerrando los ojos—. ¡Que se cumpla la voluntad de Alá y se desate la ira de Dios!

Viendo que no conseguiría sacar nada más de su antiguo alumno, Tomás se arrastró hasta el reloj y tecleó «*Thy mania by I*». Después miró la pantalla ámbar.

Los guarismos siguieron su marcha inexorable.

—¿Qué? —preguntó Rebecca, ahogada por la ansiedad—. Ha conseguido parar el…

—¡Chis! —ordenó Tomás.

El historiador hizo un esfuerzo para concentrarse en el enigma.

«*Thy mania by I.*»

Parecía inglés antiguo y quería decir literalmente: «tu manía por mí». Shakespeare era una posibilidad, pero si era una referencia a un verso del poeta inglés, estaba todo perdido. No había tiempo de localizar la referencia ni el verso, ni mucho menos de encontrar la palabra o frase que pararía la explosión de la bomba.

Sin conseguir controlar el nerviosismo, lanzó una mirada al reloj.

`00:45`

Dos gotas de sudor le corrieron por la cabeza. La verdad, la triste verdad, es que no había tiempo para nada. La única esperanza era ver si se trataba de un anagrama. Si era otra cosa, estaba todo perdido. ¿Sería un anagrama?

Aunque lo fuera, el tiempo corría sin misericordia.

`00:39`

«Veamos», pensó, escribiendo el enigma en un pedazo de cartón que arrancó de una caja que había en la ambulancia.

«*Thy mania by I.*»

Un espasmo de dolor le hizo gemir. Era como si le clavaran una aguja en la herida que latía, pero respiró hondo, controló el sufrimiento y, aunque le costó, volvió a concentrarse.

Si era un anagrama, tendría que usar las mismas letras, alterando el orden para dar con la frase. Debía de ser una referencia islámica: una palabra con dos «Y», dos «A», una «T», una «M».

`00:32`

¿Sería «*Allah u akbar*»? No, las letras no coincidían. ¿Y los primeros versículos del Corán? ¿Y «*Bismillah Irrahman Irrahim*»? No, tampoco podía ser. Tenía que ser algo secreto, algo que sólo supiera Ahmed. Esas frases islámicas eran demasiado obvias para que las hubiera escogido como código.

Volvió a sentir el dolor agudo. Apretó los dientes, hizo fuerza con todo el cuerpo, cerró los ojos hasta que le brotaron lágrimas por las comisuras y espero a que pasara el espasmo. Cuando el dolor remitió, volvió a mirar el enigma. Sabía que, costara lo que costara, tenía que concentrarse.

464

¿Y si era un nombre? Movió afirmativamente la cabeza, animado por aquella línea de pensamiento. Sí, un nombre. «Mahoma» o «Muhammad» no eran, seguro, las letras no coincidían y, además, era una opción demasiado evidente. Claro que su antiguo alumno podía haber utilizado su propio nombre.

Negó con la cabeza. Tampoco. Ahmed no coincidía. Era un nombre demasiado corto y obvio. Además, la pista no incluía la «E». Al ser un nombre, parecía claro que debía de ser un nombre secreto, un nombre que…

Caramba, quizá… quizá…

—¡Ibn Taymiyyah! —exclamó—. ¡Es Ibn Taymiyyah!

Se agarró al teclado y escribió «Ibn Taymiyyah», el nombre de guerra de Ahmed en Al-Qaeda. En su desesperación, estaba convencido de que era «Ibn Taymiyyah».

Acabó de introducir las letras, con el rostro cubierto de sudor, que le corría abundantemente por la nariz y el mentón, y clavó los ojos en el reloj, con ansiedad.

—¡No! —exclamó—. ¡No!

El reloj no se había detenido.

La bomba atómica iba a explotar al cabo de veinte segundos y borraría Manhattan del mapa. Estaba todo perdido. ¡La palabra del código que paraba la cuenta atrás no era «Ibn Taymiyyah»! Era otra cosa. Otra cosa.

Pero ¿qué?

Sus ojos volvieron a concentrarse en el enigma que Ahmed le había planteado, escrito en el pedazo de cartón. «*Thy mania by I*». Claro, era evidente que no podía ser «Ibn Taymiyyah».

El nombre de guerra de Ahmed tenía tres «Y» y el enigma sólo contenía dos. No podía ser lo mismo.

`00:12`

—¡Tom! —imploró Rebecca, muy angustiada—. ¡Tom!

Oyó a la mujer rezar a su lado y volvió a sentir el dolor agudo en el hombro, como una ola insaciable que iba y venía cada vez más aprisa, a medida que la herida se enfriaba. En ese momento volvía y en su auge parecía una daga que le lacerara la carne. Sin embargo, sabía que en aquel momento tenía que estar por encima de todo, incluso del sufrimiento más insoportable, hasta de aquel dolor que le desgarraba el hombro. Apretó los labios y respiró hondo, en un esfuerzo por hacer caso de la herida. El sudor le chorreaba por la cara como una cascada. Al fin la ola de dolor remitió y Tomás consiguió recuperar la concentración.

No había tiempo para buscar soluciones alternativas al enigma. Además, intuía que «Ibn Taymiyyah» era la línea correcta, aunque algo fallaba. ¿Qué? ¿Qué sería?

Observó las letras de las palabras que encerraban la solución y buscó una nueva forma de obtener el nombre de guerra de Ahmed.

`00:08`

—¡Tom, esto va a explotar! —gimió Rebecca.

El miedo se había apoderado de su voz.

—¡¡¡Tom!!!

El sudor le corría cada vez más por la cara y le bajaba en un hilo continuo por el mentón. Se pasó el brazo por la cabeza para limpiárselo. Sabía que el tiempo volaba y que sólo tenía una oportunidad.

La última.

Volvió a mirar el enigma. Lo cierto es que todas las letras del enigma y del nombre coincidían. Todas. La excepción era la maldita y griega. ¿En qué se estaba equivocando? Clavó los ojos en las dos «Y» del enigma, como si mirarlo intensamente le fuera a permitir arrancarle el secreto que ocultaba. Y si…, y si…, ¿y si la ortografía era diferente? ¿Por qué no? En ese momento recordó que en árabe no había uniformidad a la hora de escribir «Ibn Taymiyyah» y que en ciertos textos usaban solo dos…

—¡Oh, Dios, vamos a morir!

El tiempo se había agotado.

Con los dedos temblándole, Tomás agarró el teclado y, en un intento desesperado, escribió «Ibn Taymiyah» con dos «Y» en lugar de tres. Podía equivocarse, pero no tenía nada que perder. Apretó el botón de «*enter*» y cerró los ojos con fuerza. Aunque no era un hombre religioso, rezó a ciegas y entregó su destino a la divina providencia, resignado a morir.

El tiempo se paró.

Se paró.

Se paró durante tanto tiempo que pareció transcurrir una eternidad. Como no parecía ocurrir nada, el historiador abrió un ojo y, con miedo, miró la pantalla.

467

El reloj se había parado.

Epílogo

*L*a cerveza corría a raudales y todo eran carcajadas en el bar. Un grupo de hombres con el uniforme del NYPD se acercó al sofá donde Tomás estaba sentado y lo cogieron del brazo derecho, empujándolo al centro del bar.

—*Come on, Tom!* —dijo uno de ellos—. ¡Es usted el héroe del momento! ¡Venga a festejarlo!

Tomás hizo señas con la cabeza a Rebecca de que lo esperara.

—¡Pero ya estaba festejándolo! —protestó—. ¡Con un ángel!

Uno de los policías se volvió hacia la rubia.

—Disculpe, *miss* Scott. Sólo se lo robaremos unos minutos.

Rebecca tenía el brazo derecho enyesado, pero hizo un gesto con la mano izquierda de que no había problema.

—Todo vuestro, *guys...*

Los policías arrastraron a Tomás hasta el piano.

—*You are the man, Tom!* —insistía uno de ellos, llevado por el entusiasmo—. *You are the man!*

—¡En el último segundo! —gritó otro, levantando al historiador a hombros—. ¡Ha desactivado la bomba en el último segundo! ¡Ni en Hollywood! ¡Ni Spielberg!

—*You are the man!*

Tomás se rio y se dejó llevar a hombros por los policías eufóricos. Los hombres del NYPD no dejaban de reír y lo dejaron sobre una silla al lado del pianista.

El músico aguardó la señal y comenzó a tocar una melodía. Al oír las primeras notas, los policías neoyorquinos llenaron los pulmones y, con los vasos mirando hacia el portugués, gritaron a coro:

For he's a jolly good fellow,
For he's a jolly good fellow,
For he's a jolly good fewwllooow…
And so say all of us!

El coro se deshizo entre bromas y Tomás aprovechó la confusión para volver junto a Rebecca.

—¡Jeez, es usted el héroe! —sonrió ella—. ¡Estoy impresionada!

—¿Y para usted? ¿También lo soy?

Una sonrisa iluminó el rostro de la mujer. Rebecca se humedeció los labios con malicia, se inclinó hacia el historiador y lo abrazó con ternura y dulzura.

—¿Bromea? ¡Después de lo que ha hecho esta tarde, para mí usted es…, es un dios!

Tomás la atrajo hacia sí y sintió ganas de besarla, pero no se atrevió. Prefirió sentir el calor y el perfume suave que exhalaban los cabellos dorados.

—¿Puedo pedirle algo? —murmuró él, abrazándola aún.

—Lo que quiera —respondió ella—. Haría cualquier cosa por usted. Cualquier cosa.

Al oír estas palabras, el portugués sintió una erección monstruosa e incontrolable bajo el pantalón.

—¿Y si nos fuéramos de aquí?

—¿Quiere irse?

—Sí. Los policías son simpáticos, pero la verdad es que no los conozco de nada. —Le acarició el pelo—. Prefiero mil veces celebrarlo con usted.

Rebecca apartó ligeramente la cabeza y miró a Tomás a los ojos.

—Está bien —concordó—. Nos iremos a otro lado, pero dentro de un rato.

El portugués hizo pucheros.

—¿Por qué? ¿Por qué no nos vamos ahora?

—No puede ser, Tom. No olvide que la gente de Washington viene hacia aquí. Vienen *mister* Bellamy y toda la gente del NEST. Tenemos que quedarnos con ellos, aunque sea sólo un rato. ¿No le parece?

Tomás se esforzó por disimular su decepción. Quería marcharse inmediatamente de allí con Rebecca y planeaba besarla en el ascensor. Ya se imaginaba haciendo el amor con ella, él con el hombro izquierdo enyesado y ella con el brazo derecho en el mismo estado. Sería original. Se sentía decepcionado por no salir de allí en aquel instante, pero pronto se conformó. Sólo era un aplazamiento de los instantes divinos que los labios húmedos y el cuerpo de aquella mujer le prometían.

Un mero aplazamiento.

—Está bien —asintió—. ¿Cuándo llegarán?

Rebecca miró el reloj.

—Dentro de una media hora.

Nueva York de noche era una gloriosa corona de joyas brillantes, que titilaban como diamantes incrustados entre rubíes, zafiros y esmeraldas. Contemplar la gran ciudad desde las alturas, sentirla vibrar a través de la gran ventana del Rainbow Grill, el bar de la sexagésima quinta planta del edificio del Rockefeller Center era aún más espectacular.

Dentro del piano-bar, los hombres del NYPD no paraban de cantar y de beber cerveza, pero Tomás y Rebecca preferían observar en silencio la metrópolis resplandeciente, como si estuvieran hipnotizados por las luces y los colores exuberantes que se extendían y movían por todas partes en una grandiosa coreografía.

—Estoy muerto de ganas de salir de aquí —observó el historiador—. ¿Cree que tardarán mucho? Ya ha pasado media hora…

Ella miró el reloj.

—Tiene razón —constató—. Ya se retrasan veinte minutos. Quizá lo mejor es que llame a…

—¡*Fucking* genio!

El portugués reconoció la voz baja y atropellada, se volvió y se topó con el rostro familiar del responsable del NEST que se abría en una sonrisa.

—¡*Mister* Bellamy!

—¿No llevo años diciéndolo? —preguntó el norteamericano, sin apartar los ojos de Tomás—. ¡Usted es un *fucking* genio!

—Fue suerte...

—¡Que suerte ni que suerte¡ ¡Nadie hace lo que ustedes hicieron por suerte! ¡Mi enhorabuena a los dos! —Señaló a Rebecca—. Usted también, *babe*. ¡Ha estado muy bien!

—Gracias, *mister* Bellamy.

—Me han informado de que el presidente les va a conceder la Presidential Medal of Freedom, la condecoración civil más alta del país, por mérito extraordinario en la defensa de la seguridad nacional de los Estados Unidos. Y el pobre tipo del FBI que ha muerto también recibirá una medalla a título póstumo. Se portó como un héroe.

La referencia a Ted ensombreció los rostros de Tomás y Rebecca. No era propiamente un amigo, pero habían pasado tres días junto al miembro del Bureau mientras vigilaban la casa de Ahmed y lo habían visto morir. Una extraña afinidad los ligaría para siempre a él.

Tomás sintió la necesidad de relajar el ambiente.

—¿Ha venido solo, *mister* Bellamy?

—Claro que no.

Rebecca miró con repentina ansiedad hacia la entrada del bar, en busca de sus colegas del NEST.

—¿Dónde están los demás?

—Me he adelantado en un coche con escolta —dijo Bellamy—. Deben de estar al caer.

—¿Ha venido Anne también?

—Claro.

Como si lo hubieran ensayado, en cuanto el responsable del NEST dejó de hablar, una pequeña multitud invadió el Rainbow Grill con gran alboroto.

Al ver a Rebecca, los recién llegados fueron directamente hacia ella. Una mujer guapa, morena, de pelo rizado y largo, encabezaba el grupo. Tenía lágrimas en los ojos y cayó en brazos de Rebecca.

—*Oh, baby!*

—*Honey!*

Estupefacto, sin poder creer lo que veía con sus propios

ojos, Tomás vio que Rebecca y Anne se besaban en la boca, con tal intensidad, pasión y voluptuosidad que se le encogió el corazón. Evaporándose como oxígeno en el vacío, sus esperanzas se fueron desvaneciendo hasta transformarse completamente en desilusión.

Nota Final

Esta novela narra una historia ficticia, con personajes ficticios, pero, como el resto de mis obras, muchas de las cosas que el libro recoge no son fruto de la invención.

Son verdaderas.

Es verdad que hay documentos de Al-Qaeda y declaraciones de sus dirigentes que revelan la intención de hacer estallar un dispositivo nuclear. Es verdad que, con cincuenta kilos de uranio altamente enriquecido, cualquier persona con conocimientos de ingeniería puede montar una bomba nuclear en poco más de veinticuatro horas y en un garaje. Es verdad que es posible conseguir uranio altamente enriquecido o plutonio en países con medidas de seguridad deficientes. Es verdad que se han producido varios robos de material nuclear en instalaciones rusas, entre ellas Mayak. Es verdad que Pakistán exportó tecnología nuclear a otros países islámicos, y que Bin Laden y otros dirigentes de Al-Qaeda se entrevistaron con los científicos del país. Es verdad que más de ciento cincuenta versículos del Corán están dedicados a la yihad.

Ninguno de los diálogos de los personajes de esta novela refleja mi opinión sobre el islam. Sólo exponen las diferentes perspectivas que existen sobre esta importante religión, con una lógica atención a la perspectiva radical o fundamentalista. Por su parte, las citas del Corán o de los *ahadith* que establecen el ejemplo del Profeta son genuinas. A estos efectos, he usado la traducción del Corán al portugués de Américo Carvalho, editada por Publicacões Europa-América en 2002. Sólo he introducido una pequeña alteración en la forma, no en el contenido, en una referencia incluida en la sura 8, versículo 16, y en otra en la sura 4, versículo 34, siguiendo el consejo de un mulá musulmán para quien el cambio refleja mejor el original árabe. Por su parte, las citas de los *ahadith* son traducciones mías a partir de traducciones inglesas del árabe.*

También he usado otras fuentes. En primer lugar, textos de los mentores del islamismo radical o fundamentalista, que consulté en versión inglesa. Los principales fueron: *Jihad*, del egipcio Hasan Al-Banna, fundador de la Hermandad Musulmana, que fue asesinado en 1949; sobre todo, *Milestones Along the Road*, escrito en prisión por el también egipcio Sayyid Qutb en 1964, considerado el texto fundamental de los islamistas modernos. Qutb, que sucedió a Al-Banna al frente de la Hermandad Musulmana, fue ejecutado en 1965, precisamente por haber publicado este libro.

Otras obras, que siguieron la estela de los textos de Al-Banna y de Qutb, y que también he consultado son: *Defense of Muslim Lands* y *Join the Caravan*, del jeque Abdullah Azzam, uno de los mentores de Osama bin Laden; *The Virtues of Jihad*, del *maulana* Mohammed Massod Azhar; *Ruling by Manmade Law*, de Abu Hamza Al-Masri; y *Jihad in the Qur'an and Sunnah*, del jeque Abdullah bin Muhammad bin Humaid.

Para entender Al-Qaeda y conocer el pensamiento de su líder he empleado dos opúsculos escritos por el propio Osama bin Laden, titulados *Declaration of War on America* y *Exposing the New Crusader War*, así como la entrevista que concedió a ABC News en 1998. En relación con este tema, también han sido de gran utilidad los libros: *Al Qaeda*, de Jason Burke, y *The Secret History of Al-Qaeda*, de Abdel Bari Atwan. Ambos me proporcionaron datos relativos a Bin Laden y a los campos de entrenamiento de Al-Qaeda en Afganistán. Sin embargo, sobre este aspecto en particular, la obra más importante ha sido, sin duda, *Mi vida en Al Qaeda: memorias de un espía occidental*, de Omar Nasiri (traducción de Diana Hernández Aldana, Barcelona, Ediciones El Andén, 2007).

Otras referencias que me gustaría destacar son: *Terror in the Name of God*, de Jessica Stern; *Who Becomes a Terrorist and Why*, un informe que Rex Hudson preparó en 1999 para el Gobierno estadounidense; *El choque de civilizaciones y la reconfiguración del orden mundial*, la célebre obra de Samuel Huntington (traducción de José Pedro Tosaus Abadía, Barcelona, Ediciones Paidós Ibérica, S. A., 2005); *El fin de la fe: reli-*

---

* Los *ahadith* se han traducido al castellano a partir de la versión portuguesa reproducida por el autor. *(N. del T.)*

gión, terror y el futuro de la razón, de Sam Harris (traducción de Félix Lorenzo Díaz Buendía, Barcelona, Editorial Paradigma, S.L., 2007; *Sobre o islão*, de Ali Kamel; *La crisis del islam: guerra santa y terrorismo*, de Bernard Lewis (traducción de Jordi Cotrina Vidal, Barcelona, Ediciones B, S. A., 2003); y, por último, *God's Terrorists. The Wahhabi Cult and the Hidden Roots of Modern Jihad*, de Charles Allen.

Respecto a las obras generales sobre el islam, además del propio Corán, he usado como referencia: *O Islão*, de Akbar Ahmed; *Islam: Faith, Culture, History*, de Paul Lunde; y también *Diccionario de civilización musulmana*, de Yves Thoraval (Barcelona, Larousse Editorial, S. A., 1996).

También he consultado obras que analizan la faceta bélica del islam. Las más importantes han sido: *Journey Into the Mind of and Islamic Terrorist* e *islam and Terrorism*, de Mark Gabriel; y *The Truth About Muhammad*, de Robert Spencer. Estos autores utilizaron seudónimos, ya que temían revelar su verdadera identidad, algo que me parece inquietante y sintomático en relación con la libertad de expresión.

En cuanto a la cuestión nuclear, mis obras de cabecera han sido: *The Atomic Bazar*, de William Langewiesche; *Nuclear Terrorism – The Ultimate Preventable Catastrophe*, de Graham Allison; *The Four Faces of Nuclear Terrorism*, de Charles Ferguson y William Potter; *The Seventh Decade: The New Shape of Nuclear Danger*, de Jonathan Schell; *America and the Islamic Bomb: The Deadly Compromise*, de David Armstrong y Joseph Trento; *Deception: Pakistan, the United States and the Secret Trade of Nuclear Weapons*, de Adrian Levy y Catherine Scott-Clark; *The Nuclear Jihadist: The True Story of the Man Who Sold the World's Most Dangereous Secrets… How We Could Have Stopped*, de Douglas Frantz y Catherine Collins; y, por último, *Shopping for Bombs: Nuclear Proliferation, Global Insecurity, and the Rise and Fall of the A. Q. Khan Network*, de Gordon Corera.

No puedo dejar de reconocer la valiosa contribución de varias personas a esta obra. El primer agradecimiento es para los dos musulmanes que revisaron la novela: Paulo Almeida Santos, uno de los miembros más antiguos de Al-Qaeda, interlocutor de Bin Landen y autor del primer atentado del movimiento en Europa; y un amable clérigo, que conoció a los muyahidines en Afganistán y Pakistán y que, aunque me ayudó a confirmar que el libro presenta la visión real que los fundamentalistas tienen del islam, ha preferido mantenerse en el anonimato.

Tengo que estar agradecido también a José Carvalho Soares, profesor de Física de la Universidad de Lisboa e investigador del Centro de Física Nuclear, por su revisión de los aspectos relativos a la ingeniería de la construcción de una bomba nuclear; a Evgueni Mouravitch, que ha sido una vez más de gran utilidad para todo aquello que tenía que ver con Rusia en esta obra; a Ali Zhan, mi ilustrado guía musulmán ismaelita en Peshawar y Lahore; a Hussein, que me mostró El Cairo islámico y copto; a Mohammed, que me llevó al templo de Hatshepsut, donde, en 1997, Al-Jama'a Al-Islamiyya perpetró la masacre de Luxor; a mi editor, Guilherme Valente; y a todo el equipo de Gradiva, por su dedicación y profesionalidad; y, como siempre, por encima de todo, a Florbela.

476

ESTE LIBRO UTILIZA EL TIPO ALDUS, QUE TOMA SU NOMBRE
DEL VANGUARDISTA IMPRESOR DEL RENACIMIENTO
ITALIANO, ALDUS MANUTIUS. HERMANN ZAPF
DISEÑÓ EL TIPO ALDUS PARA LA IMPRENTA
STEMPEL EN 1954, COMO UNA RÉPLICA
MÁS LIGERA Y ELEGANTE DEL
POPULAR TIPO
PALATINO

* * *

* *

*

IRA DIVINA SE ACABÓ DE IMPRIMIR
EN UN DÍA DE INVIERNO DE 2011, EN
LOS TALLERES DE BROSMAC, CARRETERA
VILLAVICIOSA – MÓSTOLES, KM 1,
VILLAVICIOSA DE ODÓN
(MADRID)

* * *

* *

*